作者 陆天明

陆天明

著名作家，国家一级编剧，中国作协主席团委员，中国电视剧编剧委员会名誉会长。曾获各种国家奖项：中国百佳电视艺术工作者、全国最佳编剧，中国电视艺术家协会颁发的二十年突出贡献编剧称号。享受国务院特殊津贴。长篇小说《大雪无痕》获国家图书奖，《省委书记》《命运》《上将许世友》等获中宣部五个一工程奖等，主要作品有长篇小说《桑那高地的太阳》《泥日》《木凸》《苍天在上》《大雪无痕》《省委书记》《黑雀群》《高纬度战栗》《幸存者》（中国三部曲之一）等，电影剧本《走出地平线》，话剧剧本《扬帆万里》、《第十七棵黑杨》，电视剧剧本《华罗庚》、《上将许世友》、《阎宝航》、《冻土带》等，与小说同期创作的同名长篇电视连续剧《苍天在上》、《大雪无痕》、《省委书记》《高纬度战栗》《命运》播出后，均在国内外引起强烈反响。并获飞天、金鹰等国家大奖。

当代风云录

大雪无痕

陆天明◎著

新 星 出 版 社 NEW STAR PRESS

只为苍生说人话（代序一）

这些年来，我这几部贴近中国当代生活的小说被一些出版社多次用各种结集的方式出版。这一回，新星出版社又要结集出版它们，而且果断纳入以深圳和当代中国变迁为背景的长篇小说《命运》，让我受到很大的鼓舞。也许它再次印证了这么一个判断，今天的中国还是需要、也是能够从事现实主义文学创作的。也许有的朋友会说，照你这么说，好像在中国曾经产生过这样的疑问——有人阻碍过现实主义的文学创作，或者说，有人认为现实主义的文学创作不再是一种好的创作方法，最起码也是一种过时了的创作方法。应该被淘汰了。情况真是这样吗？

确实，从千百年世界文学的创作实践和理论探究过程来看，迄今为止，无论在什么地方，还没有人从原理上公开出来否定现实主义的创作方法。但是以我个人的经历和遭遇，可以这么说，在一个相当长的时段——比如十年，现实主义，尤其是贴近时代贴近现实生活，密切关注社会问题，热心表达当下民众生存诉求的创作，不管这样的作品怎样受到当下民众（读者）广泛的欢迎和认可，在一定的圈子里，甚至在一些很权威很重要的圈子里不仅得不到承认，还会明着暗着嘲讽和羞辱你。不只是故意忽略这样作品的存在，不只是认为这样的创作是“非文学”的，甚至还认为是一种“堕落”。问题的焦点就集中在，“文学”到底要不要反映——或者说要不要去“贴近”“表现”和“再现”社会现实，要不要关注民生，要不要为民说话。这个“问题”在世界文学史上从来就没有成为过一个问题。不管世界文学的城头上曾如何变幻什么花色的旗帜，现实主义，尤其是贴近时代贴近现实生活，密切关注社会问题，热心表达当下民众生存诉求的创作，作为“现实主义” 缤纷大营中不可或缺的要素之一，甚至还可说是其中一个骨干、一种精髓、一个魂灵，它“从来”、也“一直”张扬在世界文学之林中。它总是在力求去完成这样一个文学使命：告诉读者，或者和读者一起来探讨，我们，作为一种人、一群人、一类人，曾经怎么活着。还可以怎么活得更像一个人。它始终没有脱离过文学的基本要义：人（社会）和现实。最近我被叫去参加了一个文艺现状调研会。会议的组织者事先提供了六七个课题让与会者思考，其中一个就是怎么才能进一步繁荣和发展我国的现实主义文艺创作。这让我感动，并感奋。与会者都承认近年来中国文艺创作在数量上可以说达到了“繁荣”的程度，在流派纷呈方面也可以说做到了多彩多姿。但综其所有，总觉得还缺少了一点什么。缺少的正是议题中特别提及的“现实主义精神”，也就是对人的生存状态和诉求的真实表达和刻画，对社会现实和理想追求的深刻再现。这里涉及两个不可回避的母题，其一是：今天的文艺家们还把替人民说真话、真实地表达人民的生存现状和诉求当作自己不可变更的历史使命吗？其二：社会大环境鼓励提倡支持文艺家们坚持现实主义精神，去为人民说真话，表达人民的生存和情感诉求吗？

我的毛笔字是写得很差劲的。有回一个年轻的朋友定要我替他写点什么。我想了又想，写了我这一辈子最想说的一句话：“只为苍生说人话”。这大概就是我总结并奉行的文学创作，尤其是现实主义文学创作的要义吧。

几十年的文学创作经历告诉我，实践这个要义，其实是很难很难的。难的在于并不是所有人都愿意听真话。难的还在于自己也不是真能说得出真话，但历史告诉我们，一个民族一个国家的文学创作如果缺少了这样一种现实主义精神，不管它玩得多么“花哨”或“多彩”，数量多么庞大，必定还会是苍白的。终究做不成文学的大国和强国。路依然漫漫。但它总在你我脚下。这时候也许还是要请出苏轼老先生说上两句，就用他那首千古绝唱的《定风波》来做结束语：“莫听穿林打叶声，何妨吟啸且徐行。竹杖芒鞋轻胜马，谁怕？一蓑烟雨任平生。料峭春风吹酒醒，微冷。山头斜照却相迎。回首向来萧瑟处，归去，也无风雨也无晴。”

作者 2018 年 4 月 8 日于北京

我的文学三十年祭（代序二）

三十年了。

我的文学创作又走过了三十年的路。

是“一竿风月”，还是“一蓑烟雨”，抑或是“波涛万顷”？

上小学三年级时，写作文：《我的理想》。我说我要当“作家”。我上学早。写作文的那年我七岁。我那个被多年的肺痨病已经折磨得几乎要对生活失去希望的父亲，看到我的那篇作文，非常欣慰地说：“好啊。我儿子也想当作家了。”他年轻时的理想就是要当作家。但不幸的是，他是巴金笔下“觉新”式的人物，一个大家族的长房长子，终归屈服于生活的压力，为了顾全家族的生活“大局”，无论哪方面，都“痛苦”而又“自觉”地放弃了他个人的理想。

三年后，他死了。还是死于肺痨。死的时候才三十岁。

在此之前和之后很长的一段时间，我并不知道他曾经想当一个作家，并不能体会那天晚上他站在写作文的我身后，所发出的那一声喟叹里所饱含的全部伤感意味。也许他活着时，觉得我太小，就没想到还有那个必要跟我细细地说说这些。

又过了十年，我离开上海，离开母亲，要去新疆生产建设兵团“战天斗地”。母亲为我准备行装。全部的行装就是一个旧帆布箱和一个旧铺盖卷。她把父亲十九岁时发表的一些小说和诗歌，还有抗战时期他流亡昆明一路上写的日记当作唯一的“遗产”放进了我的行李里。

我这才知道自己和毕生经商的父亲在精神上一度是多么的接近。两代人的文学梦，两个世纪的挣扎生涯，让我觉出许多的心酸和沉重。所幸我迅速全身心地投入到了社会变革的大洪流中去了。我可以活得和父亲不一样。虽然，我也曾得过肺结核（是父亲传染给我的？说不清），但我可以不再用一个“旧时日肺痨病人”和“只属于一个大家族”那样的苍白软弱和绝望去处置自己的一生，去处置自己的文学梦。

大西北农场难以想象的艰苦贫瘠，不仅让人同样难以想象地彻底治好了我的肺结核，还给我心底铸进了西北汉子常有的那种倔强和愚拙。大概就是因了这种“倔强和愚拙”，农场十二年，我一次又一次主动放弃了种种充满另一类诱惑的人生选择，执着地在那戈壁荒漠上做着文学梦。

一九七三年，在到农场的第十个年头，我终于写出了平生第一部“大作品”，一个知青题材的四幕话剧《扬帆万里》。这部作品引起了方方面面的关注。西安电影制片厂要将它拍摄成电影。上海要发表它。兰州北京西安乌鲁木齐以及东北和别的一些地方的大大小小的剧团将它搬上舞台演出。其实那时候，我一共只看过三个国产的剧本：《槐树庄》《第二个春天》和《年青的一代》。只看过一个话剧演出，还是那个永远激动我的《年青的一代》。那还是在离开上海前看的。后来在农场宣教组仓库里，翻拣到一本契诃夫的戏剧集，半本易卜生的剧本集。记得当时反反复复地读，一直到把它们读破。也就是像罗兰·巴特说的那种“抬头阅读”，读一段，抬起头来默想细究，“将其切割，亦因迷恋，又将其恢复，并从中汲取营养……”我的倔强和愚拙，同时也体现在：我写作，只是觉得自己心里有话要说，要对这个世界表白什么。我要叫喊。要喊出属于我的那一声来。在底层的十多年生活，面对这个世界，我总觉得自己心里有太多的话要说，有太多的声音要发出。总是直觉到，这个世界需要这样一种声音。这愿望，这直觉，这冲动和向往极其真诚而又无比强烈。甚至强过初恋时的那种可以说无与伦比的冲动和向往。至于这样喊出的“声音”是否时下或教科书上界定的那种“文学”，我不管。也许正是因了这种愚拙的真诚，我的这第一部“大作品”在当时确实打动了不少的人。后来，也是因了这部作品，我才被北京一个专业文艺团体看上，把我全家调进北京。我也因此开始了自己三十多年的专业创作生涯。

但我创作上真正的新生，却开始于“四人帮”倒台。“四人帮”倒台，让起步于“文革”期间的我，有可能开始一场彻底的“蜕变”。这对我个人，对我这一代人来说，在精神上，具有哈姆雷特式的“绝对意义”：“是活着，还是死去？”这是一道必须跨过去的大坎。当文学艺术的春天重归人间，文学艺术创作将充满艺术个性地回归到它的本真意义上来。因为时代使然，我们这一代人曾经一度失去过，或者说忽略过自我和艺术个性，而要重新找回自我，谈何容易！要重新确定自己的艺术创作个性，同样“谈何容易”啊！我们必须要像幼蛇蜕变那样，从紧紧包裹束缚着自己的“旧壳”中蠕动挣脱出来，必须先用锋利的“手术刀”细细地解剖自己。需要认真地重新认识自己，认识“人”。而在这个世界上最难的事情，恰恰是认识自己和认识“人”这样一种最复杂又最完美的“东西”。是自己拿着刀，一刀一刀地切割自己的肌肤。是舔食自己的血水，以此去重新获取新生的力量。

我用整整一年的时间彻彻底底地沉到一个钢厂里去生活。每天跟着工人三班倒，春夏秋冬、日日夜夜，以重新获得普通人的生存感觉，站在普通人的立场去重新认识眼前的这个世界，借此来摆脱那个旧我。同时又大量阅读能找到的新小说、新理论著作。并且写了两部长篇小说，一部是《桑那高地的太阳》，用它来回顾自己这一代人是怎么失去自我的，以从容告别过去。然后又写了那个《泥日》，以确立自己新的创作定位。学会不看任何人的脸色，只凭自己的心灵感觉和感悟去创作。寻找一种完全属于那个叫“陆天明”

的男人的创作风格，力图发出一种只有那个叫“陆天明”的男人才发得出的声音。迈出这沉重而又必需的一步，找回创作上的自我，我用了将近四年的时间。那时我已经快四十岁了……

不蜕变便会被阉割。“是活着，还是死去？”现在回想起来，我之所以能坚持着写下来，还是得归功于自己那个最原始的创作动机：要对这个世界说出自己想说的话。同时也要归功于一种最本真的生命动因：视天下为己任。我清楚地知道，我们这一代人是有许多东西可以总结和必须加以纠正的。但是，我们幸运地从时代那儿获取了汇聚了又胶结了这样一种热源，把文学创作和民族命运、人民需求紧密地结合在一起。那样，就没有人能挡住一个男人发出自己的声音。我们和每一代的年轻人一样，都做过一些错事，但许多事情我们是在自己心里的真实感受驱使下去做的。错了，也该由我们自己来负责。我们的灵魂是真实的，是完全可以面对历史的。我始终坚信，文学必须属于人民，是应该也是能够在历史的进程中发挥它可以发挥的那一点作用的。我们不能把文学创作所必需的个性化，扩大到，以至于极端化到私人化隐私化的地步，更不能因此极端地认为，文学只有在脱离现实脱离社会，完全不讲它的社会功用和大众阅读权利的情况下才能完成它的升华。这也是我在发觉20世纪90年代中期以后中国当代文学不可避免地开始萎软苍白，决定实现我自己创作的第二次回归——向现实回归，向大众回归的主要原因。它让我在整个中国发生巨大社会变革的历史进程的关键时刻，下决心要用自己的文学创作去参与这场变革。即便这样的写作被一些先锋的“理论家”冷落过，也丝毫不能动摇我继续实现这二次回归的决心。这样的作品，最典型的就是《苍天在上》《大雪无痕》和《省委书记》。这几部作品，严肃，沉重，朴实，没有任何时尚元素和花哨的个性玩弄，却在大众中引起极其强烈的反响，一版再版，印数已达几十万册，至今还在不断的再版中，不仅被收到各种集子里，还被改编成电视剧、舞台剧。由它们拍成的电视剧，播出时，最高收视率达到百分之三十九……即便如此，我并不认为，它们是完美的。我不认为它们是完美的，并不是因为它们曾经被那些“理论权威”冷落，而是以我的文学感觉和文学本真的意义去衡量，我始终认为，一个作家和一个民族的文学创作，真正成熟的标志应该是既被自己的人民认可，又在文学史的进程中有创造性的突破。中国的文学产生在中国这块土壤上，又要让它在中国的历史进程中发挥它能够发挥的应该发挥的那点作用，就不能回避我们大众的阅读接受程度。它应该是既深刻，又好读；既文学，又大众，既充满着深层次的形而上意味，又洋溢着当代的生活气息；既有作家独特的个性魅力和独立思考的张力，又具有涵盖时代和历史的广度和深度……我知道我离这个目标还很远，但我将继续努力。我的《木凸》《黑雀群》《高纬度战栗》，包括最近创作的《命运》，都属于在向这个目标靠拢的尝试之作。我在一点一点地积累这方面的经验和教训。我一定要再向前跨那么一大步，使自己的创作真正接近这个目标……

这些年，我常常深夜扪心自问：天明，你在变吗？你变了吗？是的，我在变。我变了。我不断地在变。一种不可推卸的使命感让我不能重复自己，不能在原地踏步。我必须在变。但我又没有变。我要求自己不变。不变的是，我希望自己永远能够以一个“热血青年”的面貌出现在中国文坛上，出现在自己的创作中，始终那样真切地关注着，并全身心地融入到自己的国家自己的民族自己的人民为争取更加美好未来的奋斗中去，虽然老之将至，老已降至，我必将不可挽回地衰老……一天比一天地衰老……

去年，我回老家南通一次。到墓园去看望了父亲。一个六十岁的儿子去祭扫三十岁的父亲。看着极其简陋粗糙的水泥墓碑上他那个极年轻极清瘦极忧郁极聪慧又极无奈的神情，我哽咽了。我该对他说些什么呢？“父亲，你儿子终于成了一个作家了。”这话好像三十年前就该说了。“我还会写下去的，直到把心里要说的那些话都说出来为止。”这话好像也不准确，只要你关注人民的命运，心里的话有说得完的那一刻吗？“我知道自己还没写出最好的作品，为此，我将不懈努力。”几十年了，还用得着来对父亲表这个态吗？三十岁的父亲早就了解了自己这个六十岁的儿子：他一生的努力就只有一个目标，就是为了写出一部更好的作品而不惜一切。两代人的文学梦。两个世纪的生存努力。我和我妹妹，我和我儿子，我和我的作家朋友们，我和我那些亲爱的读者们，我和所有还活着的中国人，中国的平民大众，我母亲，我弟弟，我亲戚和非亲戚们……我们不曾放弃，也不会就此止步，为了两代人的强国梦，为了那两个世纪的复兴之路……我将持续地用我固有的那种倔强和愚拙写下去，而不管别人会说些什么！

作者 2008 年 10月于北京

1

事后，丁洁记得非常清楚，十二月十八日下午，她亲自驾驶那辆大奥迪车，送父亲去来凤山庄参加那个高级别的聚会，应该说，当时一切正常，无论怎么回想，也找不到任何迹象表明那天会出事。丁洁的父亲刚从大军区司令员的位置上退下来，决定定居省城。是日晚，热情而又懂事的省市主要领导为尽地主之谊，特地在著名而又非常幽静的来凤山庄组织了一个小型聚会，为这位劳苦功高的大军区离休司令员接风。虽说是小型聚会，但省市几大班子的主要领导都要出席，安全保卫工作自然是做得严密到位，滴水不漏。头一天的白天，奉命筹办这次聚会的市政府秘书长周密就带着他那一班秘书处的得力干将进驻了山庄，并会同市公安局政保处的人对山庄的方方面面都做了无可挑剔的部署。到晚间，一支精干的警卫小分队便严密封锁了进出山庄的各路径道口，并把警戒哨放到了五六百米以外。十八日下午，只有两件事让她稍感意外。一件事是气象台预报没有大雪，但一时间偏偏下起了大雪。这雪还下得很凶猛，大片儿大片儿的雪花像无数个毛茸茸的小精灵，张牙舞爪地在风中你推我搡，肆无忌惮地旋转啸叫，扯动了整个破碎的天空，极灰暗地往下坠落。但，雪大，风大，天色昏暗，能见度低。这在关外，在冬季，在北国这片千里沃土上，应该说是一件寻常事，并非表明一定要出事。除了交通警察，任何人都会同意这种说法。另一件事不仅让她感到意外，还给她平添了几分不痛快，那就是在通往来凤山庄的山道上，突然间又见到了方雨林。

方雨林是她中学的同桌，也是她在法学院读大本时的同学。方雨林性格气质上素有一种让丁洁比较欣赏的北方汉子气：执著、火热、敢为人先，却又踏实、肯干、大度，见山是山，见水是水，绝不在背后使阴招。再加上方雨林的父亲也是个军人（当然，要说明的是，方父的职务不能跟丁司令员相提并论。用现在的话来说，方父只是个低级军士，最“辉煌”的时刻，也无非是在军区司令部大院里当了个代理的警卫排排长，一直到退伍时也没能正式提上干）。故而，两个人一直走得挺近，不说是“青梅竹马”，也应该说是“发小”了。有一点在这里还要特别加以说明，两个人相处，丁洁要更主动一些。这一方面是因为同龄的女孩儿总是要比男孩儿更早熟更有心计一些。比如十五六岁时，身为副班长的方雨林还是个啥都不懂的“傻孩子”，只知一心扑在班级的集体活动上，而身为班长的丁洁在“使用”和“指挥”自己这个得力的副手时，却已经知道“心疼”和“关照”了。当然，在很多年里，“傻孩子”方雨林对丁洁的种种“心疼”和“关照”，总体会不到它的细枝末节处所隐含的“另类意义”，总是“只把杭州作汴州”。丁洁呢，却把方雨林的这点“傻”，认做是“憨厚”和“淳朴”，越发觉得他“可靠”，也越发激起了她本性上的那种“心疼”。她总想出头露面地来“保护”他，反而搞得方雨林挺恼火。法学院毕业后，这个从小就想当刑警的方雨林如愿以偿当上了刑警，而一贯比较任性的她却又去读了个经济管理硕士学位。喜欢埋头苦干的方雨林后来一步一个脚印儿地当上了市刑侦支队重案大队副大队长。她呢，在电视台经济部干了两年，又噌的一下，居然当上了电视台新闻部主任，让所有熟悉她的人大跌眼镜之余，细细一想，却又觉得此事概属情理之中。两个人年纪都二十八九岁了，不能说事业已有大成，但在一般人眼里，他俩生活稳定，前程未可限量，的的确确应该谈婚论嫁了。一度，他俩的关系也的确接近到了那一步。但不知为什么，这一年多，突然又疏远了。而原因又全在“傻小子”方雨林这边。不知道为了什么（丁洁特别恼火这一点：有啥事，你挑明了说嘛，跟谁逗闷子呢？）这个“傻小子”却别别扭扭、若即若离，一天天变得“阴阳怪气”起来。

她知道他最近挨了“切”，受了个老大不小的处分。为了那个被圈内人叫做“5·25大案”的案子。案子侦破到了一个关键时刻，上头命令他停止对几个相关的涉案人的侦查。“傻小子”不听招呼，非拧着劲儿吩咐自己手下的人继续对几位重大的涉案者布控侦查，在刑侦纪律上犯了个大忌，被免去了重案大队副大队长的职务，调到交警中队站大街去了。没想到那天他也被派到来凤山庄来值外勤。当时奥迪车刚从山道上拐过弯儿，顺着个大下坡，正顶着十来米开外就不见人影的弥天风雪直奔山庄大门而去，他一下站出来，把车给截住了。

“请出示证件。”方雨林规规矩矩地向奥迪车先敬了个礼。丁洁一见是他，一下就来了气，放下车窗，冲他嚷道：“方雨林，你搞什么名堂？我爸在车上！”

方雨林裹着一件旧的警用棉大衣，棉帽上早已落满雪花。个头高挑，皮肤黝黑，略显瘦削，长相还有点怪，两个特大的颧骨隆起在稍嫌扁平的大脸庞上，极像阿那克库都克荒原上耸立的两座蒙古王古墓。但凡见过的人都知道，那古墓都是用黑色的片石和碎石堆砌成的，既没有墓碑，也不见任何一点皇家陵寝常有的装饰。它的原始和朴实就像是天然浑成一般。但在夕阳的逼问下，它却总是在隐隐地透露着某种岁月的神秘和坎坷。

“请出示证件。”方雨林客客气气地又重复了一遍。

丁洁更来气了。她知道方雨林是故意在跟她过不去，便用力瞪了他一眼：“你不认识我爸？”

“有命令要求我对通过这儿的任何车辆和人员检查证件。”

“上头给你这命令是为了啥？是为了保证我爸和其他首长的安全！可

现在我爸就在车上！”这时，要不是丁司令员出来干预，丁洁肯定轻饶不了这小子。丁司令员一边拍了拍丁洁的肩，让她别再吱声，一边微笑着从后座上探出半截身子，对仍在车外笔直地站着的方雨林说道：“小方啊，你看怎么办好呢？今天我还真没带证件。平时，那些零七碎八的东西，都是交警卫员和秘书带着，今天他们一个也没跟出来……”老头随和地笑着。此时，交警中队的中队长带着两名战士急匆匆地跑来，粗鲁地推开方雨林，并训斥他：“老方，你干吗呢？快给我闪开！”忙弯下腰去，对车里的丁司令员敬了个礼，红着脸说道：“对不起，司令员，他……他是新分到我们中队来的，还不太熟悉有关警务……您请走。”

丁洁气呼呼地关上车门。奥迪车缓缓起步。交警中队的中队长和其他战士都一本正经地向离去的司令员座车敬礼。方雨林虽然也敬着礼，但脸上却明显地流露着一丝不恭和调侃。奥迪车平稳地驶去。由于方雨林这么一搅和，丁洁原想在这个著名的来凤山庄过一个愉快的夜晚的好心情实实在在地受到了沉重打击。但即便如此，她也万万想不到，仅仅几分钟后，受到如此严密警戒保卫的山庄里竟然会发生一起枪杀案。此案的重大，不仅将震惊整个省城，还将惊动千里之外的中南海。

2

奥迪车刚起步，方雨林习惯性地看了一下表，那一刻是十八日下午四点五十分左右。在零下几度的气温下，他已经在这山道旁站了三个多小时。脸颊上阵阵针扎似的刺疼早已被厚重麻木的僵硬所替代。他越过微微颤动着的奥迪车车顶，把自己疑询的目光投向那座著名的山庄。山庄被一个地势雍容的山湾大度地拥抱着，还有一大片幽美深邃的白桦林熨帖地依偎着它。从高处远远地看去，仿佛一个俊美的牧童率领着一群天真的美少女嬉憩在这山谷间。九十年代以前，这里是省委省政府接待中央首长和外省宾客的主要场所。后来建了设备更现代档次更高级的中式宾馆，它才不再肩负接待任务，单纯成了本省各级领导干部夏天避暑、冬天疗养滑雪的处所。省委省政府一些主要的笔杆子们也喜欢上这儿来要上几间房，关起门，“吞云吐雾”地赶着起草省委省政府的一些重要文件和讲话稿。山庄的建筑属此地少见的西班牙风格，传说是多年前一个西班牙传教士所建。这位西班牙传教士之所以斥巨资把自己的传教所建在如此偏远的一个山湾里，目前能找到的一个正解说法是当时他斗不过在这一带更为盛行的那些东正教的传教士们，只得如此。这说法，信不信由你，反正我信。我坚信，千百年来，人们为争取各自的精神道统的正解所付出的努力和牺牲绝不弱于他们为满足物欲和权欲上曾交付的一切。人们需要在精神道统方面有所追求和建树，因为他们毕竟还是人，他们要以这样的努力去注视和构筑自己民族和这个世界的未来。他们以为，只有拥有了这种精神注视和精神构筑，未来才会真正属于自己。任何一个弱化了精神注视和精神构筑的民族到头来收获的必然是整个民族的弱化和萎软，即便它一度会很富裕。但用不了多么长的时间，比如说二三十年吧，这种弱化的趋势就会在它肢体的各个部位渐见分晓……

方雨林呆站着，一时间居然这么漫无边际地想着。

这时，离案件的发生，离那几下惊心动魄的枪响，已不到十分钟了。

3

奥迪车起步后，交警中队的中队长马上拿起对讲机，把丁司令员已经到达的消息通报给了晚会筹备小组。这是晚会筹备工作的总负责人、市政府的秘书长周密同志交代给守候在各道口的警卫的，他需要这样一个提前通知。他知道这位前司令员特别喜欢苏联时期的一些抒情歌曲，于是他特地组织了一个小合唱队，等候在大厅的入口处，等老人家一步入大厅，就用他最喜欢的歌声，悄悄地给他制造一个惊喜。

筹备小组设在山庄大厅一侧的耳房内。接到这个通报的是筹备小组的一个普通工作人员、市政府秘书处的阎文华秘书。

按照周秘书长的安排，任何人接到通报，必须立即向他本人汇报，不得有任何迟疑和耽搁。同时，还得马上去找秘书处一个姓张的秘书。为什么呢？因为这个张秘书掌管着山庄贵宾室的钥匙。找到他，才能打开贵宾室那扇雕花楸木门，把老人家迎进贵宾室去休息。张秘书虽说才三十出一点儿头，但在市政府秘书处已然是工作的中坚，年轻的“老干家”了。他为人机巧而沉稳，处事圆熟而不失方寸，颇得上下左右各色人等的好感。特别难得的是，他对省市那些主要领导的脾气爱好、工作特点、生活习惯、出身背景和政治关系了解掌握得比较清楚，和他们的交往都比较深入。更为难得的是，他本人没有什么政治野心，非常满足于在秘书这个岗位上为领导服务，而且决不掺入他自己的一点色彩。也就是说，不管这个领导是他敬重的还是不那么敬重的，喜欢的或不那么喜欢的，只要组织上派他去服务，他都能全心全意地服务好。只要是领导交办的，他绝对能克服一切阻力，想尽一切办法，把交办的事办好——而不管自己对这件事有何种看法。大学副教授出身的周秘书长轻易不当众夸奖自己手下的这些秘书，但他不止一次地当着秘书处大伙儿的面，对着张秘书说："小张，你天生就是一块做秘书的料。难得，太难得了！"

方雨林看到奥迪车融入灰暗的风雪中后，便缩起脖子，倒背起双手，转身向不远处的一排平房走去。那里是供他们这些外围警卫人员休息的场所。按计划，丁司令员一到，警戒任务的重点就从外围转入山庄内。他们这些负责外围警戒的人，除留下少数几个在主要道口值班以外，大多数就可以去屋里暖和了。按说，省市领导聚会，一般无需实行如此森严的警卫。但近来情况特殊，省里加大了特大型国企管理体制改革的力度，数以千计的工人和干部被调整下岗待业。这里边免不了要引发一些不愉快，在具体人事的处理上，同样也会产生一点不可避免的失衡。故而常有一些下岗人员满腹怨愤地聚集起来，直接上省市政府大院来讨说法，有几次甚至把省城主要街道的交通都堵塞了。周密担心他们今晚会上这儿来找事儿，所以特别加强了对山庄的警备，还开通了好几条通信热线，以确保晚会的正常进行。

方雨林走了没两步，发觉奥迪车突然又停了下来。直觉告诉他，这回的停车，跟他有关。于是他站下，略略倒转过身子，避开那正面扑来的雪团，向车子看去。果不其然，丁洁一下车，便气呼呼地照直向他走过来。

"方雨林，你真有出息！"

"谢了！"

"你以为天天会有一辆大军区司令员坐的车来让你拦截，以满足你那种莫名其妙的虚荣心？"

"离休的司令员？"

"离休的又怎么了？"

"我打心眼里尊敬这些老首长。但我不会把我的尊敬给他们那些只会跟人胡搅蛮缠而又自以为是的女儿们。"

"自以为是？"丁洁的脸一下涨红了。"这世界上还有比你方雨林更自以为是的吗？你要不自以为是，堂堂一个法学院的高才生、市刑侦支队重案大队的副大队长会沦落到今天站大街的地步？”

“没有我们这些站大街的，你们这些奥迪来奥迪去的人，能走动得那么潇洒痛快吗？”

“那好……”丁洁无奈地冷笑了一下，“我祝愿你永远这么站下去！”

方雨林冷笑着刚想也这么回敬她一句，话都到了嘴边了，却突然不作声了。不知是什么吸引了他，转移了他的注意力，让他把一直正对着丁洁的视线突然间挪向了丁洁身后的一个地方。那里有一片杂树林，杂树林的里头，坐落着一幢破败了的小别墅。这幢早已破败了的小别墅底层的某一扇窗户里突然闪出一点光亮，让天生对这种意外现象特别敏感的方雨林心里“咯噔”了一下。“对不起，有情况。”他立即跟丁洁打了声招呼，便转身向仍坚守在值勤点上的那位中队长快步走去。走之前，也仍没忘了跟丁洁调侃一把，向她行了个美式军礼。

值勤点上还停着一辆警车。

在警车旁抽着烟的那位中队长对方雨林的报告很不以为然。那片杂树林和那个破败了的小别墅是他们外围执勤的重点区域之一，下午他还亲自派人上那儿查看过，对小别墅上下两层的每个角落都曾细细地搜索了一遍。为了保险起见，还把底层所有的门窗都用板条钉死封闭。别说是人，就是鸟也飞不过去一只，咋会有灯光出现？

“鬼哦！”他哼哼道。

“甭管是人是鬼，能不能马上再派人去瞧瞧。我的的确确看到有道儿亮光闪了一下。”方雨林坚持道。

中队长不想跟这位前重案大队的副大队长较劲，便顺水推舟地说：“行，那就派你去吧。”方雨林忙又请示道：“查明情况前，能不能通知司令员和别的首长先都别进入来凤山庄？”

这个四十开外几乎在交警中队干了一辈子的中队长有点不耐烦了：“干吗呢？你小子唯恐天下不乱？就算是真有那么一点光在它某一个窗

户里突然亮了一下，又能说明啥？啊？能说明啥？”

方雨林愣怔了一下：“我不知道它究竟能说明啥……”

“你不知道，瞎吵吵个啥？今天都谁在这儿聚会，知道不？省市两级主要的头头脑脑都要来，拿这么点压根儿就没影儿的事去瞎搅和，影响了领导的大事，这责任谁担着？方雨林呀方雨林，都说你绝顶聪明，天生是个搞刑侦的好手，可你也不能见风就是雨，玩这小聪明。让我说你啥好呢？”中队长一边数落，一边还在担心方雨林会不依不饶地跟他争辩下去。因为真要斗起嘴来，他知道自己这样的就是再加上三个也斗不过眼前这一个方雨林，那样在大庭广众之下就会搞得很没面子。却没料到方雨林居然先收了架势，无奈地说了声“是……也许是我又错了”就不再作声了。

这时，市委秦书记带着阎秘书匆匆走了过来，把中队长和方雨林叫到一旁，低声地告诉他们山庄里出了点事：“有一位秘书失踪了！”

“失踪了个秘书？什么时候？”中队长和方雨林都吃了一惊。秦书记便对身旁的阎文华说：“阎秘书，你把情况跟他们再说一遍。”阎秘书清了清嗓子，让自己平静下来，尽量放慢语速，把情况又说了一遍：“接到中队长的报告后，我立即按周秘书长的安排去找那个张秘书，让他去打开贵宾室的门，以便接待丁司令员一家人。但非常奇怪，不管怎么找，也没找到这个张秘书。有人看见他出了大厅的后门，向杂树林那个方向走了，还说是有一个背着小包的陌生人找他。但我找遍了所有能找的地方，既没找到张秘书，也没见到什么背小包的陌生人。”

方雨林忙脱掉皮大衣，一边向警车走去，一边说：“我去瞧瞧。”

就在这个时候，从那幢破败了的小别墅方向突然传出一声极闷沉的响声。当在场的所有人还都没反应过来时，方雨林就一惊，叫了声：“枪声！”我们不能责怪在场的别人反应迟钝，那一声响实在是太不像枪声了，不仅闷沉，而且还钝笨，与其说它像枪声，还不如说它更像是木锤子砸在了木墩上发出的声音更确切些。事后的现场勘查和尸检报告都证明，凶手打这第一枪时，是把枪口紧贴住张秘书的身体击发的。随后又传来两声。这两声就非常明显了，声音极清脆响亮。中队长也叫了起来："枪声！"

方雨林对中队长大叫了一声："快派人去保护丁司令员和几位主要领导。"说着，便发动着警车，向山上冲去。但他还是晚了一步，等他赶到那幢破败了的小别墅里时，一队警卫已进入了现场，周秘书长正在布置人保护现场。而在小别墅门厅中央地板上淌着一大摊鲜红的血已经冻结，在冻结的这摊血泊里躺着的，正是那个被认为是失踪了的张秘书。他已经死了。

凶手跑了，而且没留下任何痕迹。

4

于是，这一夜在这个城市里，又增加了一群"今夜无法入眠"的人。按说，二十三岁的方雨珠本不属于这个群体，虽然这段时间以来，也有一些烦心的事在不断袭扰她，事儿还不小。比如，老妈又住院了，老爸也病了，才二十出头的自己居然也被裹进了下岗大潮等，但因为生性开朗豁达，她总是愿意相信居委会大妈大伯说的那些俗话，比如："活人不能被尿憋死"啦，"船到桥头自然直"啦，"瘦死的骆驼比马大"啦，"有我一碗，总有你一勺"啦等，尤其是老爸常说的那句话："放心，再怎么着，社会主义不能叫人饿着"，让她每月拿着一百二十八元七角五分的下岗补贴，依然每晚都能倒下就着。当然，毕竟也是二十出头的人了，睁着眼在看这个世界，心里不能没一点想法。而这个世界真真切切地又不是那样一种不会让人产生任何想法的世界。所以，许多时候，她也迟疑，也恍惚，也焦虑，甚至也苦闷，也会偶尔品尝一两次那种叫“失眠”的人生滋味。比如，今晚，她就“失眠”了。她完完全全想不通，像她这样一个家庭，老爸那么正直，老妈那么本分，老哥又那么出色能干（毫不夸张地说，全世界六十多亿人，刨去女的不说，在男人里头，方雨珠真正瞧得上的，只有一个，她也就崇拜这一个人，那就是她哥方雨林），自己也挺聪明挺勤快的（长得也不难看呀！打小学六年级起，就不断有男生给她写信。讨厌！你们懂什么爱？），为什么就偏偏住不上那三室四室的新楼房，偏偏铆定了要住在这破破烂烂的大杂院里？现在谁都说，家里只要摊着一顶“大盖帽”，整啥都不用烦恼。可大盖帽摊到她家，怎么就偏偏不管用了呢？四口人，至今还住着一间半破平房，把走道和搁煤炉的地方全算上，还不够十五平方米。这大男大女的，咋整？

方雨珠胡乱地思前想后，烙大饼似的在床上翻来覆去睡不着。方雨林这一晚当然也睡不着。他俩的床挨着，中间只隔着一块单色旧布帘子。方雨林睡不着，躺在那儿琢磨白天发生在来凤山庄的那个案子。你琢磨你的，别折腾呀！他偏不，还拿根棍，过一会儿，就去拨弄一下从房梁上垂吊下来的那盏灯，让各种各样的光影，长方形的、三角形的、扁条状的、圆筒状的……在方雨珠眼前晃个不停，搅得她更加心烦意乱。方雨珠还担心他杵到电线上短路，招一场大火毁了这一大片早就该毁了的破平房倒不可惜，但因此毁了他的前程，可不得了！她这个哥是要成一番大事的，自己这个家的全部希望都寄托在他的身上了！她坚信这一点。

“哥，你什么毛病？还让不让人睡觉了？”方雨珠终于忍不住了，“腾”地一下从被窝里坐起，掀开被子，趿拉上鞋，就要去夺方雨林手里那根棍子。这时从里间小屋里传来老爸的声音：“又整啥呢？都几点了？”方雨林忙应道：“爸，没事，没事。”方雨珠赶紧折过身去关灯，接着里间的小屋里又传出一阵剧烈的咳嗽声。方雨林和方雨珠都忙着去拿暖瓶。方雨林把先拿到手的暖瓶大度地让给了妹妹。不一会儿，从里间的小屋里传出方雨珠给父亲倒水的声音，替父亲捶打后背的声音。又过了一会儿，小屋里安静了，方雨珠悄悄地走了出来。方雨林从妹妹手里接过暖瓶，感激似的拍了拍她。

方雨珠低声叮嘱道："睡吧。"

方雨林只是点了点头，却依然一动也不动地在被窝里坐着。过了一小会儿，他穿上衣服，还拿起一件棉大衣，居然踽踽地向外走去。

小巷子里黝暗，极安静。雪，早已经停了。巷子里再无他人，只有方雨林自己在慢慢地走着。偶尔才会有一辆载着蔬菜或其他什么副食品的平板车，不紧不慢地由郊外蹬来，并继续向近处一个什么菜市场蹬去。出了巷子口，方雨林点着一支烟，呆呆地站在十字路口的铁栏杆旁，慢慢地抽着，琢磨着下午来凤山庄发生的一切。不一会儿，身后便响起了脚步声，并在他身后不远的地方停下来。他没动。他能听出是谁。

静默了一会儿，方雨林没回头，只是问："你来干啥？"

"不放心咱的哥呗！"答话的自然是方雨珠。

"嗨，谁还劫我这么个大老爷们儿？"方雨林一转身，本还要"训斥"方雨珠几句，但一抬眼皮却看见方雨珠手里捧着他的一顶皮帽和一条加长的驼毛黑围巾，心里一热，口气顿时软了下来，只说了句："快回去，不冻死你！"

方雨珠调皮地一笑，走到他面前，踮起脚尖，替他戴上皮帽，围上围巾。

方雨林脸微微一红，忙后退了半步，低声笑嗔道："起开，让人瞧见了，还以为啥呢！"

方雨珠却赖兮兮地一笑，反而上前去勾住哥的胳膊说道："以为啥？谁爱咋想咋想，管哩！"

"别跟这儿耍赖！听话，快回去睡觉。我一个人走一走，琢磨点事儿。"

方雨林忙拨开方雨珠的手。他不习惯男女间这种“过分”亲昵的举动。以前跟丁洁关系顺畅时，两个人一起上哪儿走动，丁洁但凡贴他紧些，他都会觉得不自在。

“其实……我们家再有半间屋就好了……那样，你就可以在家看点书……琢磨个事儿了……”方雨珠眼睛里突然闪烁出一丝沉静的光。不等方雨林做出反应，她突然又上前抓住他的胳膊，高兴地说道：“走，我请你喝黑啤。今天我有钱了，厂子里给我们这些下岗女工发下岗补贴了……”

“多少？”

方雨珠掏出两张“老头票”得意兮兮地晃了晃：“二百来块哩！够咱俩撮一顿的了。剩下的，明天买点儿虾，包点儿三鲜馅儿饺子给妈送去。她老说医院里的饺子没味儿……对了，再给老爸买两盒好烟……”

看着区区二百来元钱就把自己的妹妹激动成那副模样，再想到平日接触的那些“大款”、“富婆”们挥金如土的情景，方雨林心里一阵难受，赶紧把那两张“老头票”塞还给妹妹，拉着她走进附近一家大排档，找了一张干净桌子，安顿她坐下，自己到柜台前买了两瓶黑啤，一罐粒粒橙，两碟小菜，一碟干煎小黄鱼。喝了两口后，方雨珠问：“哥，这些日子，我瞧你晚上老睡不踏实，是想着案子呢，还是想着受处分那……”

方雨林一口把杯子里的啤酒全闷了：“谁想处分的事？一个球副大队长，你以为我真把它当回事儿？”

“吹！这些日子，你老耷拉着个脸……”

“哗”，方雨林又把杯子给续满了，撇了撇嘴：“你也不想想，哥都快三十了，还光棍一个，能不着急上火？”

方雨珠把酒瓶往远处挪了挪，不想让哥喝得那么猛，然后不高兴地说道：“蒙我。你不是那种一时半会儿娶不上媳妇就急得抓耳挠腮、爬树上墙的男人。”

方雨林干笑一声："哈！快三十的人了，没本事给妹妹挣一间独自住的小屋。爹病，娘住院，妹妹下岗……堂堂一个男子汉居然束手无策。三十啊！我的好妹子，我能睡踏实了吗？"方雨林几乎等于叫喊的声音，引起了店堂里其他食客的注意，他们纷纷循声扭转过头来。方雨珠知道这几句话真是出自哥的心窝，也是哥心底最痛的几档子事，再往下说，他真能拍着桌子，把所有他看不惯的事儿一起抖搂出来。她赶紧不吱声了。半个小时后，他俩出了小店门，慢慢地在寒冷彻骨的大街上走着。又过了好大一会儿，方雨珠低声说道："哥，你知道前些天爸跟我说啥吗？他说他啥都不怕。妈住院，他自己害病，我下岗，都不怕。他就不能看你耷拉脑袋。他说你是咱家的顶梁柱，你要一耷拉脑袋，咱家算是彻底没戏了。"说着，方雨珠的眼圈便隐隐地红热了。

方雨林心里也一阵难受，低下了头。

过了一会儿，方雨珠问起丁洁的事。方雨林只说是没啥。

"没啥？人家可是大司令员的女儿……"

方雨林反感地瞪了妹妹一眼："你给我打住。"

方雨珠不解地说："怎么了？人家就是大军区司令员的女儿嘛！"

"你不知道我最不爱听的就是这话？你不知道从中学到大学，一直是她丁洁在追我……"

"一个男孩儿土头土脸地被一个女孩儿追了十来年，你还以为你光荣？你伟大？我知道你心里喜欢丁姐，就是不敢公开去追她……"方雨珠开始提高嗓门。

"哈哈！"方雨林又干笑两声。"我喜欢她？我不敢公开追她？啧！"

"就是。跟你说吧，今天下午，丁姐还上咱家来了。本来她不让我告诉你的……"

方雨林一怔，忙问："她上咱家来了？"

"她听说咱老爸病了，老妈住院了，我又下了岗，挺不放心的。她还……”

“还怎么了？说！”

方雨珠犹豫了一下：“我说了，你不许骂人。”

方雨林不耐烦地又瞪她一眼：“说吧说吧，你！”

方雨珠想了想说道：“她听说老妈单位一年多没给职工报医药费了，临走时还留了一笔钱给老爸……”

方雨林一下火了：“你们收了？”

方雨珠也火了：“你知道丁姐的脾气……”

方雨林一跺脚嚷道：“你们就不知道我的脾气？浑！”这时，方雨林腰间的BP机“嘀嘀”地响了起来。他取下看了一眼，却很不耐烦地把它关上了。

5

这时呼方雨林的是市公安局负责刑侦工作的副局长马凤山。傍晚得到报告，来凤山庄发生枪杀案，他第一个反应是有人在跟他开玩笑：这怎么可能呢？谁也不可能挑那么个时间、那么个地点去杀人！这不明摆着是要“自己害自己”吗？太有悖于常规常情常理了嘛。而后，他飞车赶到了现场，并且在山庄的贵宾室里见到了省市的全部主要领导。领导们虽然没有当面对他说什么特别严厉的话，让他下不来台（退一万步说，即便要追究责任，也追究不到他头上，因为当晚山庄的安全保卫工作不由他负责），但身为一个“老公安”，马凤山自然明白，此时，首要的不是追究责任，而是破案，擒拿元凶。说到破案，他知道自己肩负推卸不了的责任；说到破案，他自然要想到方雨林。

在市局范围里，谁都知道，方雨林是他马凤山的一员“爱将”。方雨林大学毕业没几年，居然就能被提到市局重案大队副大队长的位置上，跟马凤山的关系极大。可以这么说，没有马凤山在这里边使劲儿，他方雨林再天才再能干再出类拔萃，在相当讲究资历的公安系统里，警龄如此短的他也别想能到这个位置上。知情者还可能告诉你，当时在局党组会上，马凤山原意是要把方雨林直接破格提到刑侦支队副支队长的位置上去的，只是因为党组多数成员认为，这样的破格提拔与组织部门的相关规定不符，也可能不利于被提拔者本人的健康成长，而被暂且搁置。事隔不久，方雨林不争气，出了那档子事，替当时在党组内持异议的领导同志提供了反证。但即便如此，马凤山也没认为自己错了。他觉得，自己从来没说过方雨林是十全十美全知全能不会犯错误的。要他成长成熟，就得允许他出错，并鼓励他、帮助他努力纠错。要求一个干部完全不出错，唯一的可能就是让他变得猥琐，变得平庸。方雨林在“5·25”一案中出的错，并非是品质和人格上的错，他认为他这么做，是在维护法律的独立性和神圣性，是在体现刑侦工作的科学精神。这正是方雨林那一代人可贵的地方，也是马凤山特别看重他的主要原因。当然，方雨林身上有不少不讨人喜欢的东西，那得慢慢调教。但这种调教，不能以让他变得猥琐和平庸为代价。他当然不希望方雨林在受了处分以后就沉沦下去。晚上，重案大队大队长郭强向他请示，找什么人来研究来凤山庄这个案子时，他一点都没迟疑地让郭强立即把方雨林呼来。但他万万没想到，这小子居然不回他的话。

第二天，八点来钟，方雨林骑着他那辆旧自行车，悠悠然地到交警中队上班。一进门，就被中队长一把拽住。“昨晚你小子又犯啥浑了？你这个方雨林哪！”中队长一边数落，一边拉着方雨林往办公室走去，说是市局领导带着市刑侦支队的几位同志来找他了。

“我怎么了？我没怎么！”方雨林不服气地说。

“没怎么？自己拉屎闻不到臭！昨晚市局马局一个劲儿地呼你，你不回。干吗呢？你小子误大事了！赶紧吧，去认个错。”中队长躬着腰，急急忙忙地把他带到办公室，又给局里来的那几位领导面前的茶杯一一续上水，再给火炉添够了煤，便知趣地退出屋去了。

“说，到底怎么回事，呼你都不回？你方雨林现在了不得了，天老大，你老二！是不是？”马凤山一边点烟，一边冷笑着挖苦。

方雨林的脸红了红：“不是。”

“不是？那……天老二，你老大？”

方雨林的脸更红了：“不……不是这意思……”

重案大队的大队长郭强在一旁说道：“昨晚马局连呼了你三四回，让你来一起研究来凤山庄那案子。多大的一档子事，你小子不回话。跟谁憋臊气呢？”

“别跟我说呼机没电了，呼机没带在身上那种屁话。”马凤山瞟了方雨林一眼道。

“呼机有电，我也听到呼机响了。”方雨林答道。

郭强说道：“那为什么不回局领导的话？”

方雨林犹豫了一下，答道：“我想……我已经不是刑侦支队的人了……”

马凤山在手边那个用半截可口可乐罐剪成的烟灰缸里一下摁灭了烟头，指着方雨林的鼻子问道：“你还是不是个人民警察？”

方雨林不作声了。

郭强说道：“马局问你话呢！”郭强是方雨林的好朋友，岁数比他大个六七岁，但从十九岁起就干这一行，怎么算，正经也是个“老”警察了，而且还是个“咱们自己”培养的“子弟兵”——省城公安干警的来源大体分三大部分：占大头的为部队退伍转业官兵，这是历史传统。另一部分则是本省警校或中央或各地政法公安大中专学校毕业分配来的学生，这是时代风采。还有一部分就是“土八路”、“子弟兵”，可以说是“本地特色”了——市局自己派人从本市青年中招考录取、自己派人加以培训的。这部分人中间，又有相当一部分是干警们的子弟，所以人们戏称他们为“子弟兵”。郭强就是这一类“子弟兵”。“子弟兵”忠实可靠，但“子弟兵”们也好感情用事。郭强应该说是“子弟兵”中的佼佼者，实打实地从最基层派出所干起来的。

听到马凤山板起脸问他还是不是一个“人民警察”，方雨林没带半点含糊地回答道：“是。”

“受了一点处分，就这么变着法地跟领导拿糖？”马凤山问。

方雨林忙分辩：“我不是拿糖。我知道我这个人不怎么地，根本没那个资格跟领导拿糖。但我对局领导这样处分我，有意见。我对局领导处置‘5·25’大案的一些做法想不通，对你们下令把我调离专案组也有看法……”

“你小子能不能别再提‘5·25’那档子事了？”做人更练达、也更善于处理内部人际关系的郭强赶紧抢白。他知道马凤山这会儿心里火正大，这时候跟他提“5·25”一事，那不是火上浇油吗？

马凤山却瞪了郭强一眼，喝斥道：“让他说。”

自打受处分后，方雨林一直憋着没机会吐这口冤气，这会儿听马凤山这么一说，什么也不顾了，便敞开口子赶着往外倒：“‘5·25’大案的几个主犯携巨款潜逃，那会儿我们已经基本搞清了他们的去向，只要再有个十来天，我们就完全可以收网，把他们全部缉拿归案。为了这个大案，我和专案组的同志没日没夜地干了整整一年零两个月。就差这最后十来天了，突然不让干了。为什么？我想不通。我怀疑！”

郭强喝斥了一声：“方雨林！”

马凤山声色不动：“你让他说，我们还能不让人怀疑？”

“负案在逃的五个人中间，有三个人是市政府前主要领导的直系亲属！我们天天在报纸电视上跺着脚咬着牙哭着喊着说法律面前人人平等，要以法治国，要打苍蝇也敢打老虎，可……一遇到具体问题就全在那儿装傻充愣。什么法都不顶一个电话一张便条管用……”

郭强见方雨林越说越没边了，怕他再说出什么没原则的话，便赶紧上前推了他一把：“方雨林！你还有完没完？”

方雨林脸庞涨得通红，推开郭强，继续嚷道：“你们上外头听听去，现在外头连三岁的孩子都清楚，‘5·25’大案拖到今天一直结不了案的真正的根源在哪儿！”

“好嘛，既然清楚了，干吗不到上头告我们去呀！”

方雨林喘着粗气，不作声了。是啊，你有种，你告去呀！可是……可是……

马凤山冷笑了一下：“哼，一个法学院的高才生居然会被社会上三岁娃娃的某些想法左右了，还自以为高明、了不起，真有你的！你是不是觉得所有哭着喊着说以法治国的人都是混蛋？嗯？可爱的方同志方先生，我承认，在我们今天的公安队伍中，不乏这样的败类，他们跟党内的腐败分子搅和在一起，成了腐败分子的保护神。但我今天要用我三十二年的党龄和三十三年的警龄负责任地告诉你，‘5·25’大案在最后一刻突然采取这样一种让许多人都想不通的做法，绝对不是为了保护那几个市政府前主要领导的亲属，这个决定也不是某一个领导轻率作出的。至于到底为什么要作这样的决定，我现在没这个权利告诉你，你也没那个资格知道。但是，当时你作为市刑侦支队重案大队的副大队长、‘5·25’专案组的副组长，在组织上作出暂时停止专案调查，中止侦破此案的决定以后，却私自继续对有关人员进行布控侦查，差一点破坏了省反腐领导小组根据中纪委和省委常委会议指示精神所做出的重大战略部署。事后，组织上对你只实行了撤职处分，而没有进一步追究你其他方面的责任，完全是出于爱护。昨天同样出于对你的信任和爱护，通知你来参加新案的案情分析会，你小子居然置之不理，你不觉得自己已经滑到非常危险的边缘了吗？你想跟谁对抗呢？”

方雨林却淡淡地苦笑了一下道：“我明白，我是到了该回去卖红薯的时候了。”

郭强又叫了一声：“方雨林！”

“那好，既然想回去卖红薯，把这身警服给我脱了。”马凤山站起来说道。

方雨林立即开始脱警服。郭强冲上去一把揪住方雨林的领口：“你他妈的真较上劲儿了？”

方雨林此刻却一脸的悲苦，十分恳切地对郭强说：“大队长，看来我方雨林今世是当不了一个好警察了，那就让我回去当一个好百姓吧。”

郭强又用力推了他一把：“你犯浑呢？照你这么说，我们都不是什么好玩意儿？大队里那么多同志也都不是什么好玩意儿？你！你方雨林想干啥呢？”

方雨林颓然地坐倒在一个板凳上。这时，马凤山向外走去。郭强赶紧把方雨林脱下的警服塞给方雨林，示意他赶快穿上，然后赶紧跟着马凤山往外走。却没料到马凤山立即回转过身，指着那件警服，厉声对方雨林说道：“给我撂下！你以为它是啥？想脱就脱，想穿就穿？你要不给我写出一份深刻的检查，就别想再碰这套警服。”说着，便大步走出门去。走到院子里，他还特地吩咐那位交警中队的中队长：“给我看住这小子。要么给我留下一份书面检查，要么把警服给我留下。”不一会儿，那辆崭新的警车开走了。院子里陡然安静下来。又过了一会儿，中队长给方雨林送来一沓空白的公文纸和一支圆珠笔。他轻轻地叹了口气，劝说道：“别再犯傻了，快写吧！”见方雨林依然呆坐着不动弹，便上前拍了拍他的肩膀，无奈地带上门，也走了。

这时，屋里只剩下方雨林一个人。从防煤气的风斗口传来一阵阵轻微的“呼呼”声。铁制的取暖炉上，早已烧开了的水壶在“嘶嘶”地往外喷着水蒸气。心烦意乱的方雨林拿起笔又放下；放下，又拿起。他无法否定马副局长刚才那一番用他"三十二年的党龄和三十三年的警龄"垫底说出的话，但他又无法否定近几年自己在某些事情上亲眼所见亲身所经历的那种种不公正和不公平，并且由这些不公正和不公平所造成的法的"软弱"，以至于在个别事件中所出现的法的虚伪和虚假。他不知道应该由谁来写这份检讨，才能真正找回法的神圣和崇高，找回"公安"、"司法"、"审判"、"检察"这些概念本身应有的那一种庄严和公正。而这些正是他在法学院那个被针叶松遮蔽的小图书馆藏书楼窗前，和那几个研究生、博士生常常彻夜争论的命题。此时此刻，他显得那么矛盾和痛苦，那么不知所措。突然，他抓起笔用力地向桌面上戳去。"砰"的一声，笔折断了，手上也隐隐地渗出了一些血迹。

半个小时后，方雨林突然出现在中队长面前，而且还身穿警服。中队长忙上前拦阻："小子哎，检讨写了没有？马局可是留了话给我的，你不能不写检讨就走。嗨，你跟谁过不去，也别跟我过不去……"方雨林什么话也不说，板着脸推开他，径直向院内的存车处走去。中队长冲着方雨林的背影叫了一声："哎哎……你小子真吃了豹子胆了？"见方雨林没理会，骑上车已经出了大门了，中队长无奈地跺了跺脚，回转身走进办公室，赶紧去查看那一沓公文纸。只见那几页纸上密密麻麻地写满了字，标题上写着"我的检查"几个大字。

6

跟大多数城市一样，除了党政军领导机关所在地，电视台、银行和海关总部的建筑总是市内最气派、最讲究、最具有城市标志性的建筑。丁洁工作的这个电视台当然也不例外。每每走上它镜面似的大理石地面，接触镀铬的金属雕花门把，总让丁洁想起自己应该穿上百货大楼新到的那种极昂贵的"苏里"驼绒大衣似乎才更得体一些。那是一种泛着毛皮光泽、手感极好的黑色或深棕色的大衣，厚实轻暖，气质飘曳而又高贵。但有时，她又希望自己穿得随便一点。因为电视台大门前常常会有一些从县镇乡村来上访的中老年人，他们渴望能在这儿遇到一个半个好心的电视编导，能把他们的"冤情"直接在电视里曝一下光。他们大多都去过北京，在中央电视台门口千方百计地寻找过《焦点访谈》或《新闻联播》的人。他们常年在外上访，背着一个小铺盖卷，提着一个破旅行包，身上一般都比较脏，也比较臭。但他们并不愚钝，有的居然出口成章，熟记各个时期的政策条文和中央领导讲话；有的则神志不太清了，但还一个劲儿地在那儿唠叨个不停。他们中也有人一来就找丁洁，因为他们知道她是这个电视台的新闻部主任，便嚷嚷着要找她替他们做主申冤。每每遇到这种时候，在电视台大门口站岗的警卫都会提早向丁洁发信号。她便驾驶着她那辆墨绿色的欧宝车，躲过这些人，从别的门进。当然，我们在电视台大门口能看到的人中间，更多的，还应该说是这个城市里活得最神采飞扬的那部分人。他们年轻，脸上总流露着极自信的极疲劳的兴奋；他们几乎被所有的人都认作是一群正在走好运的人。

今天没有上访的人在大门口拦截丁洁。她顺顺当当地进了电视台主楼，但一走进新闻部那间大办公室时，却一下子被自己手下那些编辑记者包围了起来。新闻部的这些男女编辑记者真是一个赛一个似的年轻，穿着也一个赛一个似的现代。丁洁进门前，他们就在议论昨天发生在来凤山庄的那起谋杀案。等丁洁刚走进那间门上标有“新闻部主任”的玻璃小隔间，没等她按惯例打开电脑，调看电子邮件，甚至都没等她脱掉那件棕色的中长呢大衣，换掉沾着雪水泥水的女式彩色胶靴，冲一包袋装的雀巢咖啡，吃两块高级的曲奇饼干垫一垫饥时，他们就冲了进来。当然，最先冲进来的，是那个最年轻的女记者。然后，所有的人都一下子拥了进来，真让丁洁吓了一跳。

“丁姐，听说昨天市政府那个张秘书被枪杀时，您正在现场……”

“我离现场还有百十来米哩。”丁洁一边说，一边弯腰去取暖瓶。

一个女记者抢过暖瓶，替丁洁把咖啡冲上，并问：“您知道警方对这个案件有什么判断？凶手可能是什么人？凶手的作案动机到底是什么？据说，警方昨天在来凤山庄布置了相当多的警力保卫来自方方面面的领导。凶手为什么要选择这样一个对他作案极其不利的时间和地点下手？”

丁洁捧起咖啡杯，站起来耸了耸肩，做了个极夸张的姿势，笑道：“Ladies and gentlemen，你们这是在逼我开记者招待会呢？本人没有参与警方任何活动，更没有参与凶手的任何活动。对各位提出的问题，无可奉告。记者招待会现在结束。”

“哎呀，丁姐，您当时离枪杀现场才一百来米。那杀人的枪声，您是听得清清楚楚的……”那个最年轻的女编辑噘起嘴嚷道。

丁洁立即矢口否认：“没有，我可没听到什么枪声。那枪声据说特别闷。”

“甭管您是否听到了枪声，您反正离现场特近。跟我们透露一点内幕嘛！谁让咱们是搞新闻的呢？”那个最年轻的女编辑仍不甘心。

丁洁只有拿出台领导的口谕来抵挡了。今天凌晨两点来钟，台长给她打电话，强调指出，根据有关方面的指示，有关这起市政府秘书被杀案，不得以任何形式在本台的任何节目中作任何宣传和透露。尤其是新闸口，近期内一定要把好这个关；要对编辑记者重申宣传纪律。“违者，小心你们的饭碗！”丁洁半开玩笑、半认真地强调了一句。

大家不作声了。这时，丁洁桌上的电话铃响了起来。电话是传达室的老师傅打来的，告诉她，大门口有一位警察要见她。丁洁迟疑了一下：“警察？姓什么？”传达室的老师傅告诉她，姓方。丁洁一听就来了气：“姓方？是叫方雨林吗？麻烦你告诉这个姓方的，天底下姓什么的警察我都见，就是不见他这个姓方的警察。”说着，“啪”的一声，重重地挂断了电话。

传达室的老师傅当然不明这里的底细，只得如实把丁洁的态度转告给了方雨林。方雨林倒也不着急，给老师傅递了支烟，然后默默地站了一会儿，趁老师傅低头去找火柴的工夫，突然一转身，向大铁门里走去。老师傅忙冲出来想阻拦，方雨林回转身对他做了个致歉的手势，又扔个简易打火机给他，便照直向里走去了。

几分钟后，方雨林出现在丁洁面前。丁洁对此似乎有所预料。丁洁太了解这个方雨林了，他想做的事，是一定要想尽办法做到的。他早跟她说过，上帝造就男人，就是为了让他们不顾一切地把应该做的事情做成了。不想做事，或没有那股劲儿去千方百计做成那些应该做的事情的人，白白地多长了那么个玩意儿，就不配叫男人。也许从小就生活得特别细致和规范的缘故，每每听方雨林把话说得那么直白和粗鲁，她总是特别不习惯，特别不自在，但心里又总是特别赞成和高兴，总觉得方雨林补足了她一生精神上所缺了的又总在企盼的那点什么东西。那是一种粗粝又极顽强的东西。丁洁甚至猜到他是为了那笔“钱”而上门“兴师问罪”的。

当然，方雨林真的出现在自己面前，她还是略略地愣怔了一下。她怕他当着自己那么多部下的面，让她下不来台，所以赶紧制止他：“方雨林，你……”

方雨林却做了个噤声的手势，让丁洁别吱声，一边关上那扇玻璃隔墙的门，一边从大衣口袋里掏出一个装得鼓鼓囊囊的牛皮纸信封轻轻地放在丁洁面前。

那信封里装的果然是她送到方家去的一千五百元钱。

方雨林平静地："请点一点。一千五。"

不知为什么，丁洁的泪水一下涌了出来。她激愤地说道："方雨林，你……你别欺人太甚！"

大概因为丁洁这一声喊叫太响，外间那些年轻编辑记者纷纷回过头来，向主任室投来好奇的一瞥。

方雨林再次竖起一根手指，放在嘴唇上，做了个噤声的手势："嘘……"

丁洁拿起那个信封，头也不回地走了出去。

他俩一前一后匆匆走出电视台明亮宽敞的走廊，又一前一后穿过电视台大院内的一个绿化区，走到后院的一个副楼，走进一间闲置不用的小化妆间。这里没有旁人。丁洁狠狠地看了方雨林一眼，说道："好，钱我收回。这些年算我瞎了眼！"

方雨林却说道："我还有几句话要说。"

丁洁问："公事私事？"

方雨林答道："私事。"

丁洁说："私事免开尊口。"

方雨林却说："你必须听着。"

丁洁无奈地只得说："你说你说你说！"

方雨林说："我知道你对我好，对我们全家人好……"

丁洁更生气了，便叫了起来："你给我闭嘴！"

方雨林却说："我打心眼儿里感激你！天地可以作证，这些年除了你丁洁，我方雨林再没有如此亲近地接触过任何其他的女性。我在对待和处理你我之间的关系上是绝对认真严肃慎重的。但是……"

丁洁冷笑一声："好一个但是！"

方雨林却说："但是，有一种感觉在我心里已经折腾了一千遍一万遍。我一千次一万次地想排除它，但一千次一万次地排除不了。我曾一千次一万次地告诉自己这种感觉只是个错觉，但当它一千次一万次地反复出现时，我才悟到，它不完全是一种错觉。即便是错觉，我们也得重视它……"

丁洁打断了方雨林的话，说道："我知道你想说什么。"

方雨林说："我想，你也早就感觉出这一点来了。我们俩在生活经历、家庭教养、性格层面和内心深处都存在着太多不一样的东西……你我要长久地生活在一起，的的确确不太合适……"

丁洁却说："没有，我没有这种感觉。"

方雨林说："丁洁，你常常说你是一个理性胜于感性的女性。在这件事情上，你为什么就不能更理智、更客观、更冷静一些？你应该相信，我刚才说的这些，是一个成熟男人负责任的表白，要做出这样的结论，对于我也是极痛苦的……"

丁洁不说话了。她脸色苍白，怔怔地背对着方雨林坐着，眼眶里隐隐地闪动着湿润的光泽。过了好大一会儿，丁洁突然站了起来，眼角里虽然仍然闪动着一丝湿润，但从整个的神情上看，似乎已经恢复了平静。她说道："是的，我说过我是一个非常理性的女性。如果你不健忘，我还对你说过，我还是一个非常固执、特别自信、经常会耍一点小性子的女性。不管在什么情况下，我都不会让别人来决定我要什么，或不要什么。我不会强迫别人去爱什么，但也不会让别人来左右我，告诉我不应该去爱什么……"

方雨林说："我不是要左右你，但这件事毕竟是两个人的事。而且，丁洁，你想想……你也快三十了，不能再耽误了……"

丁洁说："耽误什么？如果你方雨林急着想另找一个女人结婚成家，别拿我说事儿！"

方雨林真是有口难辩了:“怎么又变成了我急着要结婚成家?”

丁洁指着那个牛皮纸信封:“这钱的确是我送到你家去的。但送钱的主意不完全是我一个人的。我太了解你了。我知道,给你送钱,一定会伤害你这个大男子主义的自尊,但我爸一定要我这么做。他一直挺关心你爸的身体,一直也没忘记他这个老部下,还挺关心你们家的境况。所以,这钱……你要退,直接返还给我爸。”说着,“啪”的一声把那个装钱的信封又甩给了方雨林,径直走了。

7

下午四点左右,公安部派出的专家组在省厅主要领导的陪同下,分乘三辆高档凌志车由一辆警车开道,鱼贯似的驶进来凤山庄。来凤山庄门口的空场上已经停着十几辆警车。各道口都有带着警犬的巡警把守,气氛仍显得异常紧张。马副局长代表市局向部里来的专家汇报了他们初步掌握的情况:凶手作案时使用的是国产五六式手枪,从现场所找到的弹头和弹壳来看,这支枪是一支编外的黑枪,枪的来源正在进一步追查中。凶手一共打了三枪,只有一枪击中了要害部位。这么近的距离,只有一枪打中要害,这说明凶手很可能是个新手,开枪时也非常慌张。凶手的年龄在三十二三岁到四十一二岁之间。身高在一米七至一米七五之间。右腿或者曾经受过伤,或者正有什么伤痛。脚上穿的是一双江浙一带生产的牛筋底皮鞋。他应该是张秘书的一个熟人,或者是受张秘书的一个熟人之托,来找张秘书的,否则张秘书当时绝对不会放下晚会上那么重要的事情,跟他一起到山庄后头那个旧别墅里去。现场也没有发现任何搏斗的痕迹,说明凶手是在张秘书毫无防备的情况下,突然向张秘书开的枪。现在有三个问题很难解释：第一，凶手是怎么进入现场的？当天，来凤山庄戒备森严，不持有特别通行证的人是绝对没有这个可能通过内外两道警卫线进入作案现场的。第二，凶手为什么要选择这么一个时间、这么一个地点来作案？当时，作案现场离来凤山庄不到一百米，山庄里当时正聚集着省市五大班子的主要领导和离休后决定回省城来定居的丁司令员。市局布置了一个中队的警力做安全保卫工作，张秘书是这次重要聚会的主要组织者、市政府周秘书长的主要助手。在那天晚上虽然说不上是个众目睽睽的人物，也可以说是一个相当关键的人物。只有傻瓜才会选择这个时间、这个地点作案。第三，凶手作案后，离开现场时没有留下任何痕迹。马副局长说："我们怎么也找不到他离开现场的脚印。如果他不是被直升飞机接走了，就一定溶化在那幢旧别墅的空气里了。但那天根本没有直升飞机飞临现场，溶化也是不可能的。我搞了这么多年的刑侦，还真没遇到这种情况。从找不到痕迹来看，凶手好像有比较丰富的反侦破经验，是一个有经验的作案老手。但是作为一个作案老手，却选择了一个有悖常理的时间、地点来作案。从枪击的情况看，开枪的时候他又非常慌张，也不像是个作案的老手。两方面非常矛盾。到底怎么回事？请各位专家显显神通。"

"那幢旧别墅有地道吗？"沉默了一会儿，一位专家问道。

马副局长说："那里只有个并不太大的地下室，没有地道。地下室已经坍塌。经过仔细搜查，地下室里没有发现任何可疑的脚印。"

又沉默了一会儿，另一位专家问道："周围都被大雪覆盖，凶手逃离现场时怎么可能一点痕迹都不留下呢？案发的时候，在下大雪吗？"

"正在下大雪。"郭强答道。专家们都认识郭强。那位专家便直接问郭强道："凶手逃离现场的脚印会不会让正在下着的大雪覆盖了呢？"

郭强解释道："当时我们值勤的同志离案发现场只有两百来米，听到枪声就冲了过去，也就一两分钟时间赶到了现场。这么短的时间，再大的雪，也不可能一下子就把踪迹全掩盖了。”马副局长接着解释：“我分析，有两个原因破坏了现场的脚印。一是，当时有几个杂务工不断地在周围清扫雪；二是，枪响以后，大批值勤的同志冲到现场去，一下把现场的脚印踩乱了。”

那个专家追问：“没有找到凶手的脚印，你们是怎么判断凶手的年龄和身高的，还断定他穿着一双牛筋底皮鞋？”

郭强解释道：“有一个杂务工向我们提供了这个情况。他说，案发前二十分钟，他看到这样一个人把张秘书带到后边的那个别墅去了。”

“哦？有目击者？这太重要了！”专家们兴奋起来。“那个人是内部人，还是外部人？”

郭强说道：“目击者说他没注意这一点。”

“这个目击者，就是那个杂务工，他既然注意到了陌生人穿什么鞋这样的细节，却没注意他是内部人还是外部人。这好像有点儿说不通。”一位专家质疑道。

“查一下这个杂务工。如果没有别的什么问题，让他指认一下我们内部的那些人。从你们谈的这些情况来看，我觉得凶手很有可能是你们内部的什么人。”一个专家提议道。

郭强立即答道：“好的。”

在去作案现场的路上，一个专家突然问道：“你们那个方雨林呢？他今天怎么没来？”这几个专家跟“5·25”大案的专案组曾有过接触，当时都对方雨林留下了深刻的印象。

郭强看了马副局长一眼，说道：“他……”

马副局长说道：“他调动工作了……”

一位专家忙问：“他不在刑侦支队干了？”

马副局长答道：“是的。”

一位专家问：“出什么事了？”

马副局长代答道：“没有，没出什么事。工作需要，临时做了点调整。”

专家们笑道：“是不是跟你们领导闹了什么别扭，把你们烦了？这小伙子是搞刑侦的料，你们要不用，我们可就用了。”

马副局长笑着摆了摆手：“别价，你们那儿人才济济，随便拉出一个来都是专家一号，还是给我们基层留一两个能拉套的吧。”

这时，方雨林正在那幢旧别墅里重新勘查着现场。没人让他来，但他无论如何也不相信居然找不到作案人进入和逃离现场的踪迹。不一会儿，刑侦支队的一个在外面望风的同志跑来告诉他，马副局长来了。

方雨林忙关掉手电。

刑侦支队的那个同志急切地问：“你又看了这么一遍，发现了什么没有？”

方雨林只说了一句：“回头再细说。”便匆匆地向停放在树丛背后的一辆旧吉普车走去。这时，马副局长带着部里来的那些专家已经走近了旧别墅。这一行人都注意到了这辆正慢慢向山庄外驶去的吉普车。只是天色已晚，无法看清开车的人而已。有一位专家问：“哪儿的车？”郭强忙解释：“我们重案大队的。这会儿，外头的车根本进不来，全封锁着哩。”专家们便放心了。马副局长却狠狠地瞪了郭强一眼。他似乎已经猜到，是谁开着重案大队的车，趁这空儿“溜”进来看现场，他也料定郭强是知道此事的。但郭强却装着没看懂他的眼神，掉转头去，走到队伍的前边去带路了。好在，这时候马副局长的手机响了，使他顾不上再追问此事。

马副局长接完电话，忙告诉专家们，省纪委孙书记有个跟张秘书被杀相关的重要背景情况要通报给大家。于是一行人立即上车，风驰电掣般地赶到省纪委。孙书记早在省纪委大楼那个略显陈旧的小会议室里等着了。省纪委至今还在省委大院后边那个四层的青砖旧楼里办公。一年四季楼道里的水泥地面上总是湿漉漉的。孙书记和各位专家一一握手问好，就把马凤山叫到身旁，低声地说了句什么。马凤山立即又去跟郭强低声说了句什么。只见郭强立即收拾起自己的笔记本，走了出去。而后，孙书记把自己的秘书也打发走了，小会议室里就剩下了马凤山和公安部来的那几位专家。

“考虑破案的需要，省反腐领导小组让我向各位通报一个情况。由于这个情况可能涉及目前在职的省市两级领导中的某些同志，所以，只控制在很小的一个范围内通报。请各位不要做记录，也不要扩散……”孙书记的开场白简洁明了，会议室里的气氛却一下紧张许多。马凤山和那几位专家立即放下各自手中的笔，并合上笔记本，提着一口气听着。

“查‘5·25’大案时，各位都接触过我省那个闻名全国的特大型国有企业——东方钢铁公司。二十天前，有人写信给省反腐领导小组，揭发说该公司曾拿出三十万份内部职工股向省市某些领导行贿。省委章书记非常重视此事，经省反腐领导小组研究决定，将此事交省反贪局立案侦查。专案组到达东钢的第二天，也就是十二月十六日凌晨三点来钟，东钢的三位主要领导到招待所来找专案组组长，交代了此事的原委。他们说东钢在改制过程中遭遇了巨大困难，他们想争取得到省市有关领导某种额外的支持，于是集体决定给部分省市领导‘意思意思’。他们都是当了多年领导的人，知道这件事万一败露，对他们个人、对这些省市领导都将意味着什么，所以必须做得十分保密。于是他们自作聪明地决定，此事具体交一位副总裁操作。别人不要过问，也不得过问。如果万一出事，责任由集体承担。他们还给这位负责具体操作的副总裁签下了一纸合约。所以，这些原始股后来到底送出了多少，到底送给了哪些省市领导，这些领导人中，谁收了，谁拒收，班子中的其他人一概不知。只有这位具体负责操作的副总裁知道。这位副总裁姓熊，名复平……今年五十八岁。他十七岁进厂当炉前工，十九岁入党。他是东钢领导班子中唯一从工人中一步步提拔起来的公司一级领导。专案组到达东钢的那一天，他不在东钢，因为心脏问题，在省第一人民医院住着院哩。专案组获知情况后，征得大夫的同意，立即派专车把他接回东钢，并于当天上午跟他进行了第一次接触。由于这个熊复平思想负担过重，在专案组的同志反复给他做工作时，突然心脏病发作，送医院抢救……"

"没死吧？"马凤山问道。

"差一点吧，我亲自送他去的医院。给院方下了死命令，让他们尽一切可能抢救。经过抢救，病情稍缓，熊复平提出要见我。他说了这么一个情况，他在接受送股票的任务后，心里也特别害怕。他担心，如果这三十万份内部股完全通过他一个人的手送到那些省市领导手中，日后万一出了事，那些拿了股票的领导翻脸不认账，他熊复平就是浑身上下都长满了嘴也说不清，到那时候，他真的是要死无葬身之地了。另一方面，他为人本分老实，平时跟省市领导走动得不是太多，对他们并不是太熟。给领导送股票，虽然不能说是一件特别复杂的事，但也不算简单。谁、什么脾气、家里经常有什么人在、夫人的脾气怎么样、这股票怎么个送法才能让领导安安心心地收下，这些都要摸得特别准才行，一点都含糊不得。所以他找了一个人跟他一起来做这件事，这个人就是张秘书。张秘书是东钢子弟，父亲是从鞍钢调来创建东钢的老工段长，一家人对东钢特别有感情……他觉得有这么个东钢子弟作旁证，万一出了事，也有个人替他作证，三十万份股票并非他熊某人私吞了。后来，这几十万份内部股票实际上是通过这位张秘书的手，送到那些领导手上的。"

一位专家问："你们找过这位张秘书吗？"

孙书记说："原定十八日晚上，也就是昨天来凤山庄聚会结束后的当晚，找张秘书谈。怕出什么问题，那两天我们已经对他进行了内控。那天在来凤山庄布置那么多警力，对于我们来说，其中一个原因也是或公开、或隐蔽地对这位张秘书进行严密监护。甚至安排了一些便衣，比如说那天唱小合唱的人里面就有我们纪检方面的人。我们以为已经做到了万无一失，没想到……还是出了事。"

“你们推测，张秘书被杀，跟这起股票案有关？是杀人灭口？”

“怎么下结论，当然得在调查研究之后。但我们觉得，张秘书曾经染指东钢股票一事，他又被人杀害在组织上要找他谈话前的一两个小时，这里边可能有什么重要的联系。”

“熊复平现在情况怎么样？”

“十六日中午又昏迷了过去，一直在抢救，到昨天傍晚才苏醒过来。但心肌梗死大面积出血，情况十分不稳定，仍处在病危之中，大夫严禁任何人跟他谈话。不过，我们已经采取了最严密的保卫措施，并且准备在今晚把他转移到某集团军军部医院去治疗。”

“熊复平不能再出问题了，最后的线索都在他脑子里……”

马凤山忙问：“要我们派人护送吗？”

孙书记说：“不用。这次转移请部队帮忙，由集团军军部派车专人护送。”他看了看手表，又说道：“如果不发生意外，现在车队应该出发了。”

这时，办公室里的电话突然响了起来。

所有的人都一怔。

孙书记似乎预感到了什么，神色为之一震，立刻落下脸，忙去抓电话。电话是专案组派守在医院里的同志打来的，说是军方的车半道上让郊区农民运菜进城的大车队给堵了一下，迟到了十来分钟。

孙书记忙问：“没出别的事吧？”

“没有。如果不发生意外，车队估计能在十五分钟后离开这里。”电话那头报告道。

孙书记稍稍松了一口气，又叮嘱道：“车队出发时和到达以后，给省反腐领导小组和顾副书记分别都报告一下，他们都在电话机旁等着哩。”顾副书记是省委副书记，章书记去海南治病前，便在常委会上明确，在此期间，由顾副书记代理反腐领导小组组长一职，主持反腐领导小组的日常工作。

这时，专案组的那位同志突然在电话里慌乱地惊叫了一声。原来，急救室的大夫匆匆向他报告了个情况：躺在特别隔离病房里的熊复平病情突然恶化了。

“告诉医院领导，一定要把熊复平抢救过来。并且要特别注意安全保卫，防止再出现意外事件。快去安排！”孙书记大声吩咐道。但等孙书记等人赶到，抢救已经停止了。孙书记揭开蒙在熊复平脸上的那条白床单，已经停止呼吸的熊复平还微微地睁着眼睛，脸上固定着一种惊骇中又略带些愧疚的神情，在白炽灯下看起来显得异常地僵硬。孙书记轻轻地叹了口气，替他合上眼睛。

孙书记上车前沉吟了一下，他担心熊复平有可能死于其他原因，于是让马凤山立即通知法医来尸检。但尸检的结果证明，熊复平确实死于大面积心肌梗死。

“这事责任在我，我的工作没有做细。熊复平的心脏一直不太好，去年还住了两个月的院。我应该想到，他的心脏可能经受不起这样的冲击，事先应该采取更周全的防范措施……东钢股票案的两个知情人全死了，这案子就更难整了。”在向顾副书记汇报情况时，孙书记这样做着自我检讨。

“是啊，你看这事儿闹得！”顾副书记也深深地叹了口气，“不过，有些事情的确是防不胜防的，俗话说，人算不如天算。可以有周全的追求，但难以有周全的结果呀！”说着，他转身问秘书：“章书记那边的电话要通了没有？”顾副书记正准备亲自飞到海南去向章书记汇报这些让人感到棘手的最新情况。

“您非要亲自去海南一趟么？章书记走以前已经明确，他不在家的时候，省反腐领导小组的工作由您主抓。”孙书记小心地试探着。他知道，顾副书记平时挺反感相关部门的人越过他直接去找章书记反映情况。

“让我‘主抓’也只是个代理。这么重大的事情，当然要向他汇报。”

顾副书记淡淡地说道。这时，秘书来报告，海南方面的电话已经打通，但那边医院的领导不同意章书记出来听汇报。他们说，章书记病情还没有稳定，怎么也得等这个疗程结束以后，看病情如何再定。如果基本稳定了，也许能让章书记适当地每天出来工作一两个小时。

“那我们先研究吧，等研究个结果出来，再向他汇报。”

马凤山提议道：“还有一件事恐怕得赶紧。我估计，熊复平、张秘书这两个人也许会秘密地留下一点什么备忘录之类的东西，载明他们把那些内部职工股送到了什么人手上。是不是马上派人去搜查一下他们的家和办公室？”

孙书记立即说道：“我看可以。顾副书记，您看呢？”

顾副书记却只说了一句：“这些技术性的事，你们自己决定。”

孙书记立即对马凤山说：“就这么办，马上行动。通知反贪局派人参加。”

但连夜搜查的结果仍是一无所获。

8

从海口飞来的波音747喷气客机二十点零五分准时降落在省城正西方向二十公里的桦树机场的时候，一场罕见的大雪也在无声地降落着。省委副书记顾友才亲自带人带车等候在飞机的舷梯下，迎接章恒书记。没用多长时间，那漫天飞舞的雪花便把那三辆黑色大奥迪车的车顶全部覆盖了。当章书记和海南方面派来专程护送他的两名医护人员一起出现在机舱门口时，顾副书记忙不迭地跑上舷梯，搀住章书记说道：“你看你，非要亲自赶回来听汇报。一路上还行吧？没什么异常吧？”

"有什么异常！"章恒从老顾的搀扶中，抽回自己的胳膊，说道，"这雪下多长时间了？"

"一个来小时了吧。我还担心你们再晚到一点，飞机真降落不了哩。"

"好雪，好雪。"从小就在北方长大的北方汉子章恒连连赞叹道。"海南啥都好，就是见不着雪。这冬天见不着雪，可把我腻歪坏了。"说着，他长长地吐了口气。

昨天深夜他听了老顾的电话汇报，当即便把医院的领导请到病房，告诉他们，他得马上回省里去。

"回省里？这……"院长还没回过味儿来，他就十分肯定地又追加道："我不是在跟你们商量，更不是请求。请容我毫不客气地说，我是在通知你们，我必须马上回省里去召集一个十分重要的会。请你们为我回省里去做些准备。如果你们认为有必要的话，请派两个人一路上照顾一下。"

"回省里……"院长显得万分为难。"要不要跟中央打个招呼？您来治病，是中央书记处批准的。我们私自把您放走了，万一路上出什么事，这责任……"

"书记处那边，我去请假。你们就负责医疗技术方面的事。怎么样？就这么走吧。"

"章书记，好像有点不太对头吧？到底您是大夫呢，还是我们是大夫？"院长无奈地笑道。

"当然你们是大夫。但这回我说了算。对不起呀，家里出了大事了！"

章恒第一次听到有关来凤山庄枪杀案的汇报，就极其敏锐地感觉到，这起案子非同小可，有内涵，它绝非是简简单单的一起恶性刑事案。听了昨晚老顾的汇报后，得知这个姓张的秘书跟东钢股票案有牵连，他的心一下沉落下去，甚至绞痛了好大一会儿。A省的工作这些年一直在平稳地上升，尤其在中央所定的国企改革扭亏和国民经济结构性调整等重大战略性攻关项目上，A省都取得了有目共睹的成绩。前不久，《人民日报》还以整版的篇幅专题报道了他们在这些方面的经验。中央电视台的新闻评论部派了一个摄制组来，要做这方面的系列报道，让他婉言谢绝了。快六十岁的他，非常明白，现在对A省来说，最重要的是把事情做扎实、做全面、做到深处，做出真成效，而不是忙着给自己戴各种各样的“高帽子”。他指令性地要求信访部门每个星期都向他专报一次该周信访（包括上访）情况分析报告，他要知道民情民意。他不能在群众来信来访率高居不下、甚至还在继续上升的情况下，坦然自若地面对摄像机镜头，面对中央领导和全国十二亿民众夸夸其谈A省的“成绩”。天道归一，民心为上。一时权重位高的他，总有一天是要回到人民中间去的。当然，到那时他仍可以由于政策的优渥，躲进独门独户的深宅大院，由持枪警卫护卫着，享受着依然不变的省部级待遇，而不必管他“春夏与秋冬”。假如真是这样，又何必自称“共产党人”而招摇了这一生？无非一介庸官腐吏而已嘛！啧！他不能忘记，八十年代初，他从飞机制造厂副总工程师的位置上调到省经委，离厂的前一天晚上，厂领导班子里的同志为他举行欢送会。大伙儿谈了整整一个晚上。谈身为国企领导人的苦衷，谈中国改革下一步的艰难，谈他们这一代人肩上不堪重负的担子和内心深处种种的不平衡，甚至谈到了各自家庭生活的甘苦，但就是没谈个人的“未来”。都不敢展望啊！没法谈哪！一直到天快亮时，他才走出厂部那幢白色的小楼（这楼还是当年日本人盖的）。他想悄悄回家，然后悄悄离厂。他不敢跟厂里的工人告别。不是怕别的，只怕自己见到那样的场面，会太动情，会控制不住自己的感情。这个厂从日本人手里接管过来时，是个完全瘫痪了的飞机零部件修配厂。一直到今天，成为制造我们自己的民用飞机的主要工厂之一，工人们和基层的技术干部们一步一步怎么奋斗过来的，他章恒是感同身受的。他热爱这一切，甚至爱到有些“盲目”的地步。他告诉各车间的领导，不要组织工人欢送，不要让他难受。快走到厂门口时，果然没见什么大场面，他的心稍稍放松了些，但又有一些失落。再往前走了几步，只见厂大门旁有几个人影憧憧。走近了一看，原来是每个车间派了一个老工人代表在这儿等着他。夏秋之交的A省是个多雨的季节。雨悄悄地下着，尤其是在黎明前，还伴随着零零星星的雷鸣。老工人都围了上来，都是工段里一些不善言谈的骨干分子。“走了？”“走了。”“走了好。”“有什么好的？”“再待一会儿吧。”“雨大了。”“那就走吧。”他们默默地送他到工厂大门口那条黄色的界线前。按规定，骑自行车上下班的到此线前，就得下车。大伙儿习惯地称它为“厂界”。“再站一会儿吧。”有一位老工人突然提议。当时一条腿已经迈出这条黄线了的章恒猛一下没听明白：再站一会儿？干吗？站哪儿？他疑惑地抬起头来打量着那几位工人代表。只见他们一字排开都站在那条黄线里边，极恳切地、极眷恋地望着他。他忽然间明白了，这些老工人是要他在这条黄线上再多站一会儿。他的心一下酸涩涩的，忙收回自己的脚，眼泪居然止不住地流了下来。一位老工人掏出一瓶酒，不好意思地走到章恒面前，说道：“不是好酒。”从来不喝酒的章恒居然接过酒瓶二话没说，咬开瓶盖，咕咚咕咚一口气差不多喝了有五六两。后来自己是怎么回的家，再也想不起来了……

是的，人民，对于章恒来说，绝对地百分之百地不是政治学和社会学意义上的一个虚泛概念，更不是理论上的一个幌子；对于他，这两个字眼绝对是一江春水，日月星辰，是心跳的震颤，血肉的呼喊，是一个魂牵梦萦无法解脱的终生情结……直到现在，他到大学校园和一些优秀的青年知识分子座谈，听他们慷慨激昂地谈科技、谈改革、谈自身价值、谈世界发展趋势、谈民主自由，以至于谈到祖国，却始终谈不到“人民”这两个字，他心里总有一些隐忧。他总会怀疑地问自己：难道……我真的老了……思想停滞了？过时了？

9

三辆奥迪车由机场直接去了省委大院。飞机起飞前，章恒就打回电话说："我想见一见我们的同志，跟他们吹吹风。"顾友才问："您要见哪些同志，我去替您张罗。"章恒便让秘书立即把事先准备好的一份名单传真给了顾友才。这时候，这些同志已经在省委常委会议室里等着了。顾友才原本还想请章书记先到办公室去小憩一会儿，再让大夫（第三辆奥迪车里坐的就是他特地从省人民医院请来的专家）大致地为章书记做一下常规检查。如果大夫认为章书记可以去会议室了，再去也不迟。但章恒却只在办公室里稍稍地歇了会儿，喝了一口他喜欢喝的乌龙茶，又让秘书把签到的名单拿来，看一下哪些负责同志到了，哪些负责同志请了假，问清了请假的原因，并在那个负责同志的名字上做了个特别的记号，便站起来说道："走吧，别让大伙儿等不耐烦了。"

也许，因为事先都听说了一些什么，省委常委会议室里的气氛虽然仍保持着往常那种平和从容，但只要是熟悉这种层次的政治生活的人，还是可以从这貌似的平和从容中觉出一种少有的拘谨和紧张。

章恒首先没有去找公安刑侦方面的同志，并不是对破案不重视。他已经做了安排，他要亲自去听这方面的汇报。但他认为"12·18"枪杀案的严重性在于它直接表明，省市权力机构中"可能"有人已经卷入了东钢股票案。作为省委的一把手，他必须要先从政治上掂量这个事件的分量，先把住政治这道关。

"在座各位都是我们省市两级五大班子的主要领导。这两天发生的事情，各位大概已经有所耳闻。省反腐领导小组请示了中央，决定向各位通报刚发生的这两起案子的情况。现在事情非常清楚，市政府的那位张秘书是被人谋杀的。杀张秘书的目的，极有可能是为了掩盖东钢股票案的真相。因为只有张秘书和熊复平知道东钢三十万份内部职工股流到了什么人手里。继张秘书被杀后，熊复平突发大面积心肌梗死，抢救无效，也于昨天死去。昨天晚上，公安检察部门派人去熊张两人家中搞了一次突击搜查，搜查同样一无所获。现在可以这么说，跟东钢股票案有关的线索，全部被掐断了，我们的对手非常有经验，干得也非常漂亮。但中央领导指示，不管情况多么复杂，多么艰难，一定要把这起谋杀案，连同它们背后的东钢股票案彻底搞清楚。”说到这里，章恒稍停顿了一下。他说话语音清晰，语调平缓，用词洗练准确，绝不随意发挥，更不随意表态。他要表态，一定是经过自己深思熟虑，决定付之实行的，轻易不会改口，更不会不认账。所以他说话，虽然不像有些领导那样幽默风趣，但听的人都十分认真，都挺把他说的话当一回事的。“现在外面风传，东钢的这部分内部职工股票送到了我们这两级班子的个别什么人手中。中央领导同志说，希望这只是个风传。但也希望我在今天这个会上吹吹风，打个招呼。假如确有这样个别的同志，当时没能把握住自己，做了某些违背党性原则的事，拿了这些股票，现在还来得及，只要主动向组织说清楚，党的原则仍然是惩前毖后，治病救人。我们给这些同志两天考虑时间。两天之内，可以跟省反腐领导小组的任何一位同志谈，也可以往医院打电话跟我谈。甚至直接到医院来找我。我已经跟医院打了招呼，在这两天里，只要有省市领导同志来找我，他们不得挡驾。如果觉得不方便，还可以直接去北京找中纪委谈。为了今后工作的方便，我和老顾同志先表个态。我，章恒，用党性保证，没有拿过东钢一分内部职工股。”说着，他象征性地举起了右手。

留着络腮胡子的顾友才接着也举起了右手，大声说道：“我保证，我没拿。”

全场肃静了一两秒钟。

主持会议的省纪委孙书记刚要宣布散会，市委的秦书记举起了手，大声说道："我没拿。"然后接着第四个、第五个……都举起手表态，不一会儿工夫，所有与会的领导同志都举起了右手，他们全都保证自己没有拿东钢的内部职工股，和张秘书被杀案没有任何关联。那么……那三十万份职工股究竟哪去了？张秘书的被杀和这三十万份职工股难道没有一点关系？章恒书记千里迢迢带病从海南赶回来，开这么个吹风会，完全没有必要？完全是"神经过敏"、"庸人自扰"？会场上一下安静下来，安静得似乎马上就要发生大爆炸似的。主持会议的省纪委孙书记看了一下章书记，他想知道他现在该说些什么，做些什么。章恒书记拿起自己的保温茶杯，不紧不慢地只说了两个字："散会。"

10

傍晚时分，方雨珠带着方雨林急匆匆地走进那家中低档饭店，并推开一间雅座间的门时，那里居然已经有五六个年龄和方雨林相仿的男女青年在等着他俩了。白天，方雨珠到区劳动局职业介绍所去找活儿，居然遇见方雨林中学时的一个老同学在那个介绍所里当工作人员。那个老同学兴奋地说，他已经有好些年没见到方雨林了，他们一帮老同学也都特别想念方雨林。于是约了他俩到这个小饭店来见面。据说这个小饭店也是他们的一个老同学开的。但一走进雅座间，却让方雨珠愣了一愣：因为那五六个男女都在一本正经地看报，并且全都背对着他俩，挺不是味儿的。

"不是这儿吧？"方雨珠疑惑地打量了一眼那个穿着皱巴巴旧绸子旗袍的领座小姐，问道。历来机敏的方雨林四下里踅摸了一下，也觉得哪儿有点不对劲儿，刚想撤身，从门后闪出两位壮汉，一把抓住他的两只手腕，大叫一声："方雨林，你还想溜？"随着这声吼，那几个装着在看报的男女立刻放下报纸，转过身来冲着"被擒"的方雨林笑道："哈哈，方雨林，你总算自投罗网了！"

方雨珠完全被吓傻了，只知道慌急慌乱地叫喊："你们干啥？你们干啥？"两位女青年悄悄地笑着把方雨珠拉到门外，低声地对她说："没事，你就安安生生地在一边待着。没事的。"

几位二十五中的老同学因为当年他们的"领头人"方雨林自打离开母校后，再没跟他们联络，以为他戴了大盖帽，忙着在"吃了被告吃原告"，瞧不上哥儿几个了，早就窝着一肚子火，正急着没机会收拾他哩。

"你小子牛掰了，是不？当了个狗屎副大队长，就找不着北了，是不？"

"不是不是，真不是……"

哥儿几个哪信这个，早准备了一根绳子，一会儿工夫便七手八脚地把他捆了个结结实实。

"哥们儿……哥们儿……"

"操！找你多少回，你不搭理！你这个臭警察！"

"各位……各位……请听我解释……听我解释……"

"还解释什么呀！走，扔狗日的大松江里去。"

方雨林故意挣扎着，大声叫嚷："扔不得……扔不得……兄弟还没讨老婆哩，这就打发了，实在冤得慌……这两年不是兄弟不搭理各位，实在也是有难言之隐哪……各位……各位……再说，我今天就是犯了'死罪'，你们也得允许我做最后的陈述啊！"

"行，听他说。"松了绑，哥们儿姐们儿团团把方雨林围住，一心想听他解释。方雨林沉默了好大一会儿，慢慢抬起头问道："我说的，你们信吗？"

"那得看你说什么了，是实话，当然信。"

"好，那我说。其实也简单，就一个理由：我就是当警察没当出名堂来，觉得没脸见各位。”说完后，方雨林便再不作声了。

老同学们互相打量了一下，也沉默了起来。听得出，方雨林说的是实话。当年方雨林是他们中间功课最好、脑袋瓜儿最灵的一个，拿班主任老师的话，他应该进北大清华。最不济，也得去哈军工或国防科大那样的重点。可这小子偏偏要考法学院，要搞刑侦。大伙儿实在想不通，还以为是丁洁闹的，是她暗中影响了方雨林的择校方向。几个人还正经找丁洁掰开了揉碎了、从国内外大好形势一直分析到弗洛伊德性心理，好好地谈了两三个小时。最后，丁洁只说了一句话，就把他们问傻了。丁洁说：“你们这个方雨林是受人影响的人吗？告诉你们，我考法学院，还是他影响的哩！”几位认真一想，是啊，从来没听说过丁洁喜欢法学，她怎么可能再拉着方雨林去“跳这火坑”呢？出学校门这些年，这几位老同学中，就那个在区劳动局职业介绍所工作的老同学惨点儿，还戴着个马笼头在吃皇粮，跟方雨林差不离儿，饿不死，也好不到哪去。其余的都有了自己的那一摊儿，甭管大小吧，干好干赖都是自己的，房子车子孩子基本都置齐了。

“雨林，你还是换一个行当干干吧，干吗非得在一棵树上吊死呢？”老同学们沉静下来，感慨万分地劝慰道。

“跟你实说了吧。今天约你来，哥儿几个就是想给你换换脑子，上我这儿来干吧。”其中的一位说道，“我在我的公司里给你专设个保安部经理的位置。雨珠要愿意的话，可以上我的门市部当个出纳什么的。一年我给你俩这个数。”说着伸出五个手指晃了晃。

方雨珠大着胆问：“五千？”

那位老同学撇撇嘴道：“你存心寒碜我呢？”

方雨珠迟迟疑疑地倒吸一口气，一狠心问道：“五……五……五万？”

老同学说道：“不好意思。”

他的话音刚一落地，在场所有的老同学都不由自主地拍起巴掌来。

回家的时候，已经是午夜时分，马路上空无一人。方雨林和方雨珠默默地走着。方雨珠不时地偷偷瞟一眼方雨林，总想跟他说些什么。但方雨林似乎一直沉浸在自己的思考中，完全没有觉察方雨珠的这点微妙心态。走了没多远，突然一辆扫雪车“隆隆”地拐过十字路口，向他们照直开来。方雨林好像也没觉察似的，依然照直走他的路。方雨珠忙拉了他一把，扫雪车与他擦肩而过。扫雪车司机探出头来狠狠地骂了一句：“活腻歪了？”方雨珠追着扫雪车，也骂道：“你才活腻歪了！”扫雪车没再搭理她，“隆隆”地走远了。方雨林却仍然一动不动地呆站在马路中间，眼睛直瞪瞪地注视着身后不远处的那个小饭店。

小饭店里的灯大部分都灭了，只剩下大门门楣上那几个红红绿绿的霓虹灯字还在寂寞地闪烁着。五万的年收入，也许在北京上海那样的城市里，在众多白领阶层中，只能算是个低廉得完全不能加以考虑的数目了，但对于北方一个中等城市的中低级警官来说，对一个仍有心坚守着大盖帽上那一枚国徽的圣洁的警察来说，能合法地得到五万元的年收入，依然是一件难以想象的事情。这么些年来，谁跟他说过这样的话：干吧，我给你五万。五万哪！有这样一笔年收入，不用几年，眼下所有那些解决不了的实际问题，都能解决了。真的，他没有更大的奢望了，五万元，足够了……

这一夜方雨林又失眠了。黑暗中，他“腾”地一下坐了起来。在布幔的那一边，方雨珠也“腾”地一下坐了起来。

方雨林低声地问：“你干吗？”

方雨珠也低声地问：“你干吗？”

从里间小屋里传来一阵父亲的干咳声。

方雨林赶紧悄悄地又躺了下去。方雨珠也悄悄地躺了下去。

11

假如是一个从未到过此地的人晚上独自走过团结路北口，猛然一抬头，他会觉得自己已经走出市区，走进一个幽静的疗养区了。大树连片高耸，树丛中分布着一幢幢虽说不算奢华，却十分精致的小楼。林间的柏油马路窄窄的，那么平整，悄然地延伸到各幢小楼院门前，又悄然地离去……其实，这儿仍处在市区的一个闹市口，只因稍稍地偏北了一点。几十年来不管市区如何发展变化，不管谁在主管市政建设，都没有触动过它的这份幽静和深邃。四十八年前，这儿是军管会所在地。四十八年后的今天，这个城市的老人仍然习惯地称它"军管会那疙瘩"。一般市民则习惯称它"军区大院"。实际上军区各大机关从来也没有设在这儿过，只因它森严和幽静，一度这些小楼的主人多为戴领章帽徽的军人，多年里，在它的四周又耸立着"军事禁区禁止停车"的大木牌，便造成了这样的"印象"。现如今，这儿居住的多是前任省长或前任省委书记或前任的部长、将军们。

丁洁就住在这个住宅区这样的一幢小楼里。

那天晚上，丁洁正吵吵着让老妈替她找她那盒粉底霜。那是一个英国女记者送给她的。妈妈真是拿这个老闺女一点办法也没有，快三十的人了，找什么都还喜欢叫"老妈"。"粉底霜、润肤霜、眼影膏、眉笔、睫毛夹，还有法国香水、美国口红、日本啫喱水……还要啥？看你这个乱劲儿，还当什么新闻部主任！我真替你们台长担心。"妈妈笑着叹了口气。

丁洁却赖兮兮地说道："哼，我这新闻部主任呀，干得好着哩。我们台长直夸我哩！"她一边说，一边拉开化妆台的一个抽屉，却发现抽屉里放着那个装钱的信封。她一惊，忙问："方雨林来送钱了？您没把这钱还给老爸？"

丁母一把夺下信封，将它重又塞回抽屉，并嗔怪道："你嚷嚷个啥呀！"

丁洁说："这钱是爸让我给方家送去的……"

丁母说："送过了，又退回来了，还要怎么的？别再拿这点事儿去烦你爸了！他最近血压又有点偏高，都得留点神。"

这时，丁司令员走了过来，敲了敲门框。丁母忙关上抽屉。

"女同胞，还打算往自己脸上抹多少化学原料？行了吧！人家周副市长可是已经打过电话来了，五分钟后，他的车就到了。"丁司令员温和地笑道。

丁洁一愣："周副市长？咱们市里哪来什么周副市长？"

作为新闻部主任，即便干的时间不算很长，市里那几位正副职领导，她还是非常熟悉的。

丁司令员笑道："我说你这位新闻部主任真该改行当旧闻部主任了。你那位研究生导师，周密，周秘书长，提起来当副市长了。"

丁洁一愣，忙问："什么时候的事儿，我怎么不知道？"周密有可能提副市长一事，早有舆论。但几上几下，最近一段时间不再听说了。致使丁洁这样的内幕人士都认为已经希望不大了。

"今天下午。准确点儿说，两个小时前。组织上刚跟他谈了话。"丁母笑道。

"是正式谈话？"丁洁仍有些不相信。

"当然是正式谈话，只不过还没向外界宣布。"丁司令员补充道。

"真是计划不如变化，变化不如电话。今天不是说让我们跟您去参加您一个老朋友的生日 Party？周老师他也跟我们一块儿去？"丁洁问。

丁母笑道："这个 Party 就是你这位周老师组织的，很小一个范围，三四个人，庆贺一下……"

"喂喂喂，庆贺什么？庆贺他荣任副市长？你们也真是的，像爸这样身份的人，去给一个'年轻接班人'凑这种热闹？你们也不怕人笑掉大牙？”

“一个很小的范围，也就是三四个熟人……”丁母解释道。

“哎呀，你就跟小洁直说了吧。”丁司令员笑道，“就我们一家跟小周自己，完全是家庭式的聊聊天，小聚一下……”

平时在某些事情上大大咧咧的丁洁一时间真的越听越糊涂了：“家庭式的？怎么了？你们收他当干儿子了？”

丁母有点不高兴了：“小洁！你是真糊涂，还是怎么的？你这位周老师一直对你不错。当初你进电视台，他还帮了老大不小的忙。”

丁洁这时忽然有点明白了：“你们……你们不会是想替我跟他牵线搭桥吧？”

“小周这人不错，一个平民子弟，没有任何家庭和社会背景，是靠自己的刻苦和聪明，读完研究生，又考到英国去进修。他去年写的两篇关于国企改革的调查报告，受到国务院政策研究室的重视，专程叫他去北京谈了一次话。”丁母感慨道。

“打住打住，周老师人是不错，可是……”

“我就看重这种苦出身，又能踏踏实实艰苦奋斗的年轻人。”母亲显然想趁热打铁。“今天下午，他刚得到这个任命，连自己家都没通知，第一个就想到了这儿。他说虽然挺高兴的，但不知道为什么，心里又有一种说不清的难过。特别想找几个亲近的人随便坐一坐，说一说。完全是家庭式的，知己之间的。他想到了你爸，他最敬重的人，也想到了你……”

“我也挺敬重他的，但我们之间不可能发展成那种关系……”

“为什么不可能？就因为那个方雨林？”一提起方雨林，丁母心里总有一点不舒服。

“别什么事都扯到人家方雨林头上去，你们的情报也太差劲了。周老师有妻子，还有个十二三岁的孩子，知道不？你们说你们这是在干吗呀？”

“他那个老婆几年前下海办公司就去了深圳。这些年，他实际上一直和她分居着……”

“喂喂喂，别搞错哦，分居也是老婆！而且我早跟你们说过一百遍了，我个人的事，你们别管那么多了！”

“你看你这孩子！我们不是要干预你个人生活，也不是一定要撮合你们俩。这个周密，当初是你研究生的导师，现在又是你当前工作所在地城市的第一副市长。他本人想把我们这个家的人当成他最亲近的人来对待，在我们这儿找一点家的感觉。论情论理，从哪一方面说，我们也不能把人家拒之于千里之外吧？”

丁司令员说了一句打圆场的话：“做个普通朋友怎么样？像一般朋友那样往来总还是可以的嘛。”

这时，外面的门铃响了。小保姆忙去开门。丁洁估计是周密，忙拿起自己的外衣和皮包，一边向自己的房间走，一边对母亲说：“对不起，我收拾一下，还要去电视台赶节目……”

丁母一听，真来气了，便喝斥：“丁洁！”

这时，周密走了进来。十分敏感的他，马上感觉出气氛有一点不那么融洽，可能跟他还有直接的关系，于是便微笑着说道：“我是不是来早了？对不起……”丁洁忙缓和一下神情，落落大方地走到周密面前，伸出手对他说：“祝贺您，周老师，您又高升了！”

“时代使然。完全是时代使然。”周密沉稳地笑道。

12

两天来，方雨林一直心乱如麻。吃过早饭，他收了碗筷准备拿到院子里的水龙头底下去洗。因为小妹不在家，洗锅涮碗这样的粗杂活儿，就得由他来干。小妹也不知怎么搞的，这两天天天一早围上她那个大红围脖儿就出门走了，说是去医院照顾妈了，但也不知道到底在外头瞎张罗啥。父亲见方雨林手上包着绷带，就说："你手坏了，搁着，我洗吧。"昨天下午他在交警中队又跟中队长闹了一档子不大不小的事儿，一不留神还把手弄流血了。一点小伤，当然不能让父亲洗碗。方雨林随手抄了个短木棍，把洗碗布绑在木棍的一头，三下五除二地就把碗洗了，受伤的手还一点没沾水。

父亲递了一块擦手的毛巾给儿子，并接过洗净的碗，把它们一一放进碗柜，然后又擦了擦手，望着儿子，欲言又止。方雨林虽然急着要出去打几个重要的电话，但还是忍住了，一边掏烟给父亲，一边问："雨珠说，您要找我谈谈？"

"雨珠说，你也有话要跟我说？"父亲反问。

方雨林一时没答话。两个人便默默地吸了会儿烟。

过了一会儿，父亲说："你妈那边，大夫给话了，说还得治两个疗程，起码还要往里扔个两三万才能把她的病情基本稳定住。眼前，家里是一分存款都没了。我这儿还揣着个大药罐……听雨珠说，你有个二十五中的老同学，这两年发了，想招你去给他当保安，每个月能给你开四五千，还能解决雨珠的工作问题？"

方雨林默默地点了点头，只是没吱声。这两天他正烦着这档子事。昨天他在交警中队那个小屋里瞅着墙上挂着的那面市局颁发的"优秀刑事侦查员方雨林同志"的奖状发呆，二十五中的那个老同学打电话来催问他的最后决定："嗨，咋整的，还没想妥呀？不就是让你脱个警服吗？我这儿的保安也发制服……"方雨林轻轻地叹了口气答道："操，你那什么鸟制服！"那老同学一听哈哈笑了："穿我这鸟制服，一个月拿四五千。穿你那制服，拿多少？兄弟，这年代，这岁月，你不赶紧趁年轻力壮能跑能颠挣一点儿，你还指个啥？穿你那制服是神气，大盖帽一扣，吃完被告吃原告。就算一年吃到头，又能怎么的？闹得不好，折你个跟头，还让你倒八辈子邪霉！我说你真是死脑筋，现如今最重要的就是钱！操！谁他妈的一个月净给我五万，穿裤衩我都替他干！什么制服！兄弟，你睁大了眼睛瞧瞧，那些开着大奔小奔、坐在老板台后面吆五喝六、出出进进大蜜小蜜偎着的主儿，有几个是真有本事的？论智商他们哪一个比得上你？这灯红酒绿的好日子，干吗非得全让他们过了？刚才你们单位的那个人叫你什么来着？老方。你都成了老方了，还不觉悟？非得成了方老再开始脑筋急转弯……你还犹豫什么呢？你不为自己想想，也得为你父母小妹想想，别再犹豫了。喂……喂喂……干吗不吭气？”这时，外头出了情况，院子里的警报器突然尖叫起来。中队长冲出办公室一个劲儿地嚷嚷：“紧急集合！快，铁路东货场报警！”其他警员纷纷冲出各自的办公室，跳进警车。警车上的警报器也即刻嚣响起来。方雨林却还在那间小屋里呆站着。中队长就是看不惯他这个劲儿，便直起嗓门叫了声：“方雨林！”没想到方雨林仍呆站在那儿。中队长火了，一个箭步冲到他面前，吼道：“方雨林，紧急集合！”方雨林这才缓缓地转过身，瞪大了双眼，捏紧了拳头，用力向挂在墙上的那面镜框砸去。碎玻璃扎破了手背，手背上的血染红了碎玻璃……

“你自己咋想的么？是脱警服，还是不脱？”父亲问道。

“我知道，为了这个家，我应该脱警服……”

“谁跟你说过为了这个家你就该脱警服？我说过？雨珠说过？还是你妈说过？”

方雨林苦笑笑：“这还用你们开口说吗？我又不是死人。一切都明摆着的嘛！可是……这警服，眼前我实在脱不下来。您知道，我一直想干刑事侦查这一行，也一直觉得自己一定能当一个最棒的侦查员。就为这事，二十五中的班主任气得直到今天都不愿理我，说白疼了我三年。领到警服那天，我在咱家的院子里站了整整一夜。那一夜，我真正感到了我的存在，我的强大，我的真实。全省刑事侦查员中没有一个人大学毕业不到四年就当上市局重案大队副大队长的，可我做到了。当然也没有一个人像我这样，当副大队长不到一年又被免职的。但我被免职不是因为我业务不出色，是因为我政治上太不懂事。这几个月，我自己感觉又上了一回大学，又读了一个学位。它让我学到了许多学校根本不可能给我的东西，它让我觉得从此以后，自己真正强大，真正真实，也真正有点价值了。这时候让我脱下警服，那真是要了我一辈子的命。为了这个家，我可以脱警服，也应该脱。但是……但是……”说到这里，方雨林极痛苦地涨红了脸，再也说不下去了，极恳切而又极矛盾地看着父亲。父亲手里的烟早已自燃出长长一段烟灰来了，但他却没注意到，仍呆呆地将它夹在指缝间，一动不动地听着儿子动情的自述。

沉默。

父亲本能地战栗了一下，烟灰终于掉到了裤腿上。

又过了一会儿，方雨林继续说道："我是老大，我知道我对这个家应负什么样的责任……我想过了，就是不脱警服，我也一定要负起这个责任。业余时间我还可以找一点事儿干干，赚一份活钱……"

"你见过哪个当警察的还有业余时间？特别是你们这些干刑警的，一天把二十四小时全搭进去都不够，还业余？"

"我就是干吐血，也一定挣钱回来给您和妈治病……"

父亲狠狠地瞪了他一眼："你给我胡来？穿着这身警服胡来，还不如现在就给我脱了！"

方雨林忙说："我不会胡来……"

父亲说："要穿警服，就趁早别存那挣大钱的心。要挣大钱，就趁早脱了它！"

方雨林不明白父亲到底是什么用意，直瞪瞪地看着父亲，等着他继续说下去。

“有件事你还不知道。昨天你妈把我和雨珠叫到医院，她说，你从小在家里就没过过什么好日子，从小就特别乖，从来不向家里提自己的要求，什么都自己忍着。她一直觉得挺对不起你的。她知道你喜欢当警察，特别喜欢搞刑事侦查这一行当。她当妈的，绝不让你为难。她让我们看远一点。她相信，你能干出大名堂，比那个什么来着？美国的……哦，神探亨特还神探亨特。她要全家在这个节骨眼儿上咬着牙支持你。她说，假如你为了她治病而脱警服改行，她立马就出院，她就不活了……”

方雨林哽咽起来。

父亲眼圈也隐隐地红了：“我当兵出身，文化低，在部队干了八九年，临了也没正式提上干，心里没你妈那么多想法。我就一句话，你要给我记住，路死沟埋，你要当警察，到啥时候也别跟现在社会上那些人学。千万千万！”

父亲和母亲能这么对待他这档子事，方雨林心里真是感动得没法说，只能哽咽地表态道：“您放心……”

父亲却说：“我放不下这心！你跟我来。”

方雨林一愣：“干吗？”

父亲说：“跟我去瞅瞅你小妹。”

方雨林说：“她一早不是去医院看我妈了吗？”

父亲说：“你就跟我走吧！”

父亲拄着手杖，迎着凛冽的寒风，颤巍巍地带着方雨林走近一个农贸市场。那里人头攒动。只见在市场道口两边的雪地里，成八字形站着两排人，每个人手里都捧着一个白纸牌，纸牌上都写着大大的黑字。由于距离太远，看不清纸牌上写些什么。但这时方雨林已经看到围着那条旧红头巾的小妹，也捧着一个纸牌，站在这奇怪的队伍里。

“她在这儿瞎凑合啥？”方雨林皱起眉头问。方父却不说话，闷头往前走。方雨林疑惑地看了看父亲，猜不透父亲这个“葫芦”里到底闷的是什么“药”。又走近了一点，这时看清了，那两排人都很年轻，也就二十岁左右，胸前都戴着校徽，显然是在校的大学生。每人手中捧着的白纸牌上都写着“家教”两个大字，只有小妹一个人没戴校徽，纸牌上写的是“家庭劳务”。

“她这是干啥？”方雨林愣了一下问。

方父答道：“她说她要替你减轻点经济负担。”

方雨林心里一阵酸涩，刚要张嘴叫。方父忙上前一把捂住他的嘴，低声说道：“别吵了别人，都挺不容易的。”

一刹那间，热泪便涌出方雨林的眼眶，大颗大颗地滚落下来。第二天一大早，他骑上自己那辆破自行车，飞快地向市局奔去。

13

方雨林自打挨了处分，一直不服气，也一直就再没主动进过市局的大门。所以，他一旦在市局大院里露头，就引起一阵不大不小的议论。“嘿，新鲜，今天这位天老大怎么又瞧得上咱这破庙了？”连马副局长都这么说。

“您当领导的，别跟下边人一般见识……这一段，也够他难受的了。再怎么的，他这回算是彻底服输了，认识到自己错到家了。上回他写的检查都已经上纲到自毁长城这一点了，就差没写上反革命暴乱了……真可以了……”郭强上局里来开会研究“12·18”这个案子，便为方雨林在一旁敲着“边鼓”。

“可以不可以，谁说了算？你？”马局呲儿了郭强一句。

“当然是您了，那还用说？在这个地面上，谁还敢跟您争呀？他既然都主动求上门来了，您就开个恩，见他一下，把他召回大队算了。现在不正急着用人嘛！”郭强笑道。

马副局长拧起眉毛反问：“我开恩？我召他回来？这事我马某人一个人能定吗？这得局党组讨论。别跟我油腔滑调的，让他等着。”

郭强忙说：“我也是为工作着想嘛。‘12·18’这个案子在中南海都挂了号，限期破案，压得大伙儿都喘不过气……”

马副局长瞪了郭强一眼：“喘得过气得喘，喘不过气也得喘。在中央领导限定的破案时间之前破不了这个案，我完蛋，你也甭想好过！我先撤了你！”说着拿起一摞卷宗，向门外走去。

吃晚饭时，郭强来看方雨林。方雨林问郭强：“马局到底见不见我？他是不是非要我卸一只胳膊给他？只要他开口，甭管胳膊腿还是脑袋，我马上卸给他。”郭强呲儿他：“你这会儿着急上火了？早干吗去了？你一来，领导就得见你？你方雨林是什么人？领导他爹？还是领导他妈？还是领导的领导？毛病！”说着掏出一本《邓小平文选》，“啪”的一下扔在方雨林跟前，“马局说了，你这人哪，就是欠学习！”然后转身走了。

方雨林无奈地拿起《邓小平文选》，开始背诵。后来的两个小时里，居然把谈论我国与非洲关系的那篇文章背得滚瓜烂熟：“我们非常关注非洲的发展与繁荣。我们高兴地看到第二次世界大战后，许多非洲国家都独立了……”然后，他就睡着了。

不管怎么样，方雨林已经下了决心，“痛改前非”，死克在刑侦支队，好好干。

第二天，郭强来通知他，局党组批准他回刑侦支队。而后，郭强关上门，从抽屉里拿出一个公用信封，放在方雨林面前。方雨林不明白这是一封什么信。不等方雨林开口问，郭强拿起信封往外一倒，从信封里倒出十几张百元大票。“这干吗？”“这是全大队同志的一点心意。”方雨林心里一热：“至于吗？”“你说至于不至于？”方雨林不说话了。“这里还有几位局领导的一点心意。解决不了什么大问题，给两位老人添点营养。另外，大队正式向局里打了个报告，想为你妈申请一点医疗补助。估计不会给的太多。但……多少能救一点急吧。”方雨林沉吟道：“我这都成了什么了！”郭强认真地说道：“甭管成什么，给，就拿。咱拿这钱是干干净净中规中矩的！”方雨林苦笑着摇了摇头说：“唉，干干净净，也烫手挠心啊……”郭强说道：“医疗补助是马局让办的，他还在想办法替你解决雨珠的下岗问题。别看这老头当面总是不给人个好脸，有时还挺粗暴，其实心眼细着哩，好着哩，尤其是对下面的干警，更实在。我跟他十来年了，太了解他了。他那张大专文凭还是我替他去跑来的……”

方雨林一愣：“是吗？”

郭强忙叮嘱：“是什么吗！这话哪说哪了。你可别给我上外头瞎白话。”

方雨林忙点头：“你把我当啥了？”

郭强笑道：“你？我还不知道你？一激动，谁也挡不住，全给抖搂出去了……”

方雨林沮丧地：“在你眼里，我就那么不懂事？”

郭强笑着拍了拍他：“有些方面，的确。”

“你说……”方雨林还想听听郭强对自己的看法。郭强却打断了他的话：“好了好了，现在说你工作的事。明天你上检察院报到……”

“检察院？干吗又把我支到检察院？”方雨林又多心了。聪明的人往往多心。“要觉得我这个人多余，干脆把我支到锅炉房去算了！”

“又来了是不是？有特殊任务！”

“特殊任务？你干吗不去？”

郭强故意叹了口气：“我倒是想去，可人家哭着喊着点着名要的是方雨林。人家那儿不缺行政干部，只缺破案能手。要不，你去跟人家做做工作，让他们把我要了去，怎么样？检察院食堂的包子远近闻名，个大，皮薄，馅多，我还真爱那一口哩。”

方雨林还是不相信："你们他妈的要挤对我，总有说头！"

郭强有点听不下去了："谁他妈的挤对你？你这是什么思想方法？见谁都像偷斧头的贼！好好好，方雨林，我跟你说不通。你有能耐，你自己跟局领导说去。"拿起电话，就往马副局长办公室拨号。

好不容易才折腾回刑侦支队，方雨林当然不能让他这会儿去领导那儿说什么，立即伸过手去摁断了电话，并问："到底怎么回事？"郭强已经懒得再跟他多嚼舌头，只说："你自己去问局领导。"

"现在我可以告诉你，前一段突然中止'5·25'一案的侦查，就是因为当时发觉'5·25'一案跟东钢股票案有某种牵连。为了进一步深挖此案，也为了不打草惊蛇，当即决定，对'5·25'案的主要嫌疑人严密监控，但暂时不收网，把侦查的重点暂时转向东钢。"当天下午，郭强陪着方雨林去找马副局长，马副局长这样对方雨林说道。"由于东钢案当时涉及的只是经济问题，是行贿受贿问题，省反腐领导小组决定把这件事交检察院去做。当时完全没有想到事情会发展到枪杀知情人的程度。这起杀人案可以说都是在警方的眼皮底下发生的，真是公然挑衅。有关领导决定，立即从公安检察抽调精兵强将，组成联合专案组，在省反腐领导小组的统一领导下，强攻此案。联合专案组以检察院为主，组长由他们的乔副检察长担任……"

方雨林忙问："张秘书被杀案也归这个专案组破吗？"他一心都悬在这个案子上。

"这还由咱们公安局方面负责。当然，两方面会密切配合……"马副局长答道。

"那……还是把我留在重案大队吧。"方雨林小心翼翼地请求。

"方雨林，你怎么那么多事？"非常了解方雨林的马副局长知道不能让这小子得寸进尺，必须先把他给"打"闷了才行，把"事故""消灭"在萌芽阶段，否则后患无穷。

方雨林果然不作声了。郭强在一旁幸灾乐祸似的笑道："该，该，这就叫一物降一物，卤水点豆腐。就得让马局这么来收拾你！"没想到马副局长转身也瞪了他一眼，啐他一口："呸，你有什么可高兴的？"郭强也不作声了。接着，马副局长问方雨林："听说你最近连着到来凤山庄作案现场去了好几回？"方雨林答道："也没好几回，就两回吧。""看出点啥名堂来没有？"马副局长又问。方雨林谦虚地："部里都来专家了，我能看出啥名堂。"马副局长瞪他一眼："我跟你说东，你别跟我扯西。"方雨林犹豫了一下："反正……乱乱乎乎的……也没理出什么头绪来。""真的？"马副局长斜起眼角，仔细打量了一下方雨林。方雨林忙说："跟您我还玩儿虚的？"马副局长淡淡一笑，说道："好了，没事了。有车回吗？"就把他两位打发了。

郭强是开车来的，提出让方雨林跟他车走，以便在车上还可以聊聊案子。方雨林却借口"没理出什么头绪"，拒绝了。这让郭强有点生疑。大队里所有的人都知道方雨林这小子对谈案子特别有瘾，绝对入迷，能不吃不喝不睡地把大伙儿都拖稀了。只要一谈起案子，谁都受不了他那股痴迷劲儿。今天怎么会不想谈了呢？而且连车都不想坐，只想自己骑那辆破车走。郭强就觉得这里肯定有什么"猫儿腻"，心里特别不踏实。到了院子里，打开车门，他没急于上车，先小心地查看了一下车后座，又去打开后备箱查看了一下，而后又四下里张望了一下，确认方雨林既没"躲"在他车上，准备跟他恶作剧一把（这小子常这么干），也不在大院里做别的打算，这才上车发动了马达，徐徐驶出院门。一出院门，他便开始加速。当车飞快地驶到最近那个拐弯处时，突然，一个非常熟悉的身影从拐弯处人行道上的一棵大树背后蹿出，向他做了个非常肯定的手势，让他把车拐到对面的那条小马路上去。他定睛一看，正是方雨林。等郭强把车驶过那条小马路，方雨林便飞快地钻进车里，用力关上车门，说了声："照直开，去自然博物馆。"

郭强愣住了，只是问："你小子又在搞啥名堂？"他真"怕"他。这小子鬼名堂特别多，是"防不胜防"。方雨林此时却一脸的严肃，只吩咐："快走啊！"说话时，还向后张望了一下，好像是在查看后头有没有跟踪。看来这小子是有真名堂，郭强便不再追问。

车就像离弦的箭一样，飞也似的向前驶去。十来分钟后，便驶到了自然博物馆正门前。方雨林却说："再往前开。"郭强又疑惑地看了他一眼。方雨林向一边紧挨着自然博物馆的一条小马路指了指，让车向那儿驶去。那儿有博物馆的一个边门，方雨林带着郭强匆匆从边门进了博物馆。今天也许是馆休日，高大黝暗的展厅里空空荡荡，耸立着一些巨大的古猛犸象骨架标本、恐龙复制标本、蓝鲸标本。而后两个人坐一部老式的电梯上了楼。出电梯口，有个穿工作服的老人守候在一块大木牌前。木牌上写着"参观者止步"。方雨林好像跟他挺熟，无声地打了个招呼，老人就放行了。随后是一条窄长的楼道，整个楼道被一道五合板做的门一分为二。前边那一半，似乎是行政办公部分，后边半部是工匠制作部分，分别为木工间、美工间、模型间，等等。方雨林带着郭强走到楼道的最尽头，似乎再无去处了，于是他掏出钥匙打开一旁的一扇小门。楼道里的光线极暗，这小门门板的颜色和墙壁的颜色又完全一样，不经人提示，绝对不会有人注意这里还有一扇小门，更不会想到这样的门里居然还会有那样一个"密室"。

所谓的"密室"，其实就是一个洗相片用的暗室，还堆放着一些除摄影以外的各种专业用书，主要是化学、电子、医学（法医学、药物学、解剖学）等方面的，还有一台型号比较老的电脑。最有特点的是，两侧墙上挂满了本市一万分之一的街区详图。这种地图详尽到标上了每一条小胡同里的每一棵老槐树、每一个公共厕所和每一个公用电话的位置。还有一面墙上挂的是近年来本市发生的主要凶杀案的现场勘查照片，都是大幅的，当然也都是血淋淋的。看得出这里是单身男子居住的，因为它还很“乱”。趁方雨林草草收拾房间的空儿，郭强也草草地翻了一下这些书，浏览了一下墙上的图和照片。

“你小子什么时候还搞了这么个秘密住处？”郭强忍不住问道。过去，他一直以为掌握着这个好朋友的一切秘密。看来，在这个世界上，谁也别夸这种海口。

“跟一个朋友借的。”方雨林说道。“你知道我家住房情况，完全没法工作和学习。”

“朋友？什么样的朋友？男朋友？女朋友？”

方雨林笑道：“单身汉还能跟谁借？当然是女朋友。”

郭强做出一种夸张的表情，叫道：“你小子那边跟丁司令员的闺女处着，这边又……”

“又什么又！这一个是严格意义上的朋友。”

郭强却说：“别逗了，男人跟女人在一起，甭跟我说什么‘严格意义’！”

方雨林笑道：“就你这号人邪行！”

郭强指着插在墙上一个布兜里的一张大幅女人照片问：“就是她？”

方雨林说：“没错。”

郭强一脸的羡慕：“好靓呀！”

方雨林抽去那张照片，里边又露出一张小伙子的照片：“这是她丈夫。”

郭强捶了方雨林一下，笑道：“哈哈，你小子还留着人家丈夫的照片？”

方雨林却一本正经地：“哈个屁！这两位都是我大学里的同学。加上丁洁，我们四个当时是最要好的。他俩公派出国了，去美国研究司法鉴定。女同学的父亲是这个自然博物馆的副馆长，那年博物馆保险箱被盗，保险箱里藏着好几份世界顶级的史前鱼化石标本，惊动了中科院和国家文物总局的领导，搞了多半年没弄出个名堂。我来帮了一下忙，找到了个线索，把案给破了，还把那几个标本给追回来了。博物馆的几个领导高兴得不得了，一定要给我一点什么奖励。我说，奖励么，就不必了，如果可以的话，申申——就是我那个女同学，走了以后，她在这里使用的这个暗室能不能继续借给我用？几个领导说，好啊好啊，你来，我们真还求之不得呢！以后这里再出什么事，我们就不怕了！"

郭强笑道："哈哈……你小子……人家蒙吃蒙喝，你小子是蒙住。"

方雨林深深地叹了口气道："住房啊住房，谁要给我一间独居住房，我一准给他磕仨响头。你知道我现在有多不方便，我小妹都那么大了！其实，我也难得上这儿来住……毕竟家里还有两个老人，小妹的生活还没着落……局里又那么忙……"

郭强笑道："行了行了，别解释。我不来查你在这儿私下干了哪些秘密勾当。快说，为什么把我带到这儿来？"

"对不起你呀，今天馆休，没处打开水给你沏茶，我这儿又没饮料……"

"喂，别再跟我兜圈子了。快说，你在'12·18'案子里有什么重大发现？"

方雨林犹豫了一下。郭强不耐烦地催道："婆婆妈妈个啥嘛！"

方雨林认真地看着郭强，放慢了语速。说道："也许是我不该说的……"这是他的一个习惯——每当他要说出什么重大的事情来，他总是用那种细细追究的眼神盯住对方，并把语速放得特别平和。果然，他说道："我直接怀疑，这起枪杀案跟省市领导中某个人有关。"

郭强一听，受不了了，上前一把卡住方雨林的脖子，把他顶到墙上，咬牙切齿地训斥道："你小子不长记性？活腻了！"方雨林被卡得喘不过气，忙用力推搡。郭强红涨着脸放开方雨林，拿起自己的手包、大衣和帽子，便向门外走去。方雨林一边揉着脖子，一边赶紧追上去说道："你听我说……"

郭强用力推开他，吼了他一嗓子："你给我闭嘴！"

方雨林被他推得差一点摔倒，踉踉跄跄地退到墙边，勉强站住了，又扑过去吼道："郭强，你狗日的瞅瞅你手里的大盖帽，瞅瞅那大盖帽上的国徽！"郭强冷笑了一声说道："你以为这国徽是对着所有人的？你……你真是喝苞米糊糊长大的，满脑子糨糊！"

这句话着实把方雨林激火了，他突然冲了过去，一把卡住郭强的脖子，黑起了脸，横眉竖眼地大叫道："那你说，它对着谁，又不对着谁？你说！你狗日的，说！"突然间，他却又主动松开手，颓然地坐倒在一边的旧椅子上，自己苦笑了起来。

郭强被卡得连连咳嗽着。方雨林已平静下来，便去洗手池那边的水龙头上，放了一杯自来水，递给他。郭强一把打翻那杯水嚷道："你狗日的还想害我拉肚子？"

方雨林没作声。他不想说什么了。过了一会儿，他打开门，对郭强说道："既然你不敢听我说，那你走吧。走啊！还要我用八抬大轿送你？"他吼叫起来。

郭强反倒不动了，也没生气，只是直瞪瞪地看着方雨林，就像是在看一个非常熟悉而又非常陌生的人。方雨林拾起郭强掉在地上的大盖帽，并把它用力扔给郭强，撇了撇嘴说道："拿着你这顶只对着老百姓作威作福的大盖帽，走啊！"

郭强平静地走过去关上门，反问："小子，你知道刚才你自己说了句什么话吗？你知道你说的那句话的分量吗？"

方雨林冷笑："我不是三岁小孩。现在已经查实，张秘书被杀，可以排除情杀和仇杀。我们的侦查视点只能落在他是东钢股票案的知情人这一点上。只有他和熊复平才知道这三十万份内部职工股最后落到了哪些领导的腰包里，偏偏他被杀掉了。你说是谁会下这毒手？东街卖烧饼的老头，西街站柜台的大姐？那一号的杀得着他吗？"

"那你说是谁下的手？高才生，证据，这得拿证据说话。现在谁都明白，杀张秘书的人肯定跟拿股票的人有关，但只知道这个没用。现在连凶手到底是怎么离开现场的都搞不清楚。你！你还想指控什么省市领导？你有病？”郭强抢白道。

“我现在有一点线索能说明凶手是怎么离开现场的……”

方雨林一边说，一边拿出一张现场勘查时拍的照片给郭强看。

“警犬队来了以后，我跟着进了现场。你注意到这只警犬的眼神没有？它一个劲儿地往上看，后来它还老向上蹿……”

“上边我也查过，没人。”郭强反驳道。

“但警犬不会平白无故地躁动不安的。你上去看的时候，上边的确已经没人了。”

“你的意思是说，上边曾经待过人？”

“是的。凶手非常清楚，当时警力充足的来凤山庄离他作案的那幢旧别墅非常近，枪响以后，现场一定会很快被包围起来。而且所有通往外界的通道也都会被封锁。这儿方圆多少里，人迹罕见，一片雪野，动一动都会留下痕迹，跑不出多远，他就会被追踪而至的我们逮住。按常规的想法，人们总以为凶手作案后要尽快地逃离现场。这家伙就钻了人们这个思维常规的空子，偏偏不跑，就躲在现场……听到枪声最早赶到现场的是警务中队的几个同志，他们没带警犬，大部分同志甚至都没带武器。当时现场非常混乱……”方雨林说着又拿出一张照片。拍的是一根后窗外的水管。虽然这些天里又下过雪了，在水管的旧雪痕上又覆盖上了一层新雪，但仍能辨别出那些有人爬抓过的地方。接着，方雨林又拿出两张照片，问郭强：“这是那天我刚到来凤山庄值勤时拍的一张风景照，当时光线还可以，没有用闪光灯。这是案发后，我无意间在同一个位置又拍的一张，是用了闪光灯的。你注意到这两张照片上有什么不一样吗？”

郭强仔细辨别了一下说道：“没什么不一样啊，除了一个光线亮一些，一个光线暗一些……”

方雨林又拿出两张放大成四十寸的照片：“你再看看这两张，是刚才那两张的放大。”同时还递给郭强一个放大镜。

郭强用放大镜仔仔细细地在两张照片上对比着搜索着。放大镜移近停车场，忽然间，放大镜停住了，停在了一辆汽车的影像上。因为整个停车场在画面上只占一个不大的位置，所以这辆汽车就显得很不起眼，放大后，影像都很模糊。放大镜很快地又移到另一张照片上，并在停车场上同一个位置反复搜索了几遍，却没有发现那辆汽车。“少了一辆汽车。”郭强说道：“为什么？”方雨林明知故问。“凶手是坐车走的？”郭强反问道，“可当时所有的道口都已经封锁了呀！”

方雨林问：“如果凶手穿着警服，或者凶手是我们内部的一个什么人，甚至是一个领导……情况会怎么样？”

郭强却问：“你先回答我一个另外的问题。凶手为什么要选择这样一个对他非常不利的时机来下手？”

方雨林说道：“解释只有一个，他临时得到消息，知道那天聚会结束后，有人要找张秘书谈话。情况逼得他必须在聚会结束前下手，否则，他将彻底完蛋。”

郭强反问道：“聚会结束后，领导要找张秘书谈话了解东钢股票这件事是绝对机密的，凶手怎么会在事先得到这个消息？”

方雨林也反问道：“你说为什么？”

“你的意思是说，凶手是属于能得到这个机密消息的圈子里的人？”

“也许凶手本人不一定是这个圈子里的人，但他一定跟这个圈子有十分密切的关系，这样他才会得到这个消息。”

郭强一惊：“你说……凶手甚至有可能是那天晚上参加聚会的人中间的一个？”

方雨林肯定地说道：“绝不排除这样的可能性。”他指着那几张照片又说道：“从现场的情况看，凶手绝对了解来凤山庄和那幢旧别墅的情况，也绝对了解案发后，警方可能会采取什么样的行动。”

郭强不作声了。过了好大一会儿，郭强问道："你跟马局汇报过这些想法吗？"方雨林摇了摇头。郭强说道："这你就不对了。走，找他去。"方雨林不肯去。郭强拿起衣帽就向外走去，并说："你要连咱局里的领导都信不过，那真是见了鬼了！走！"方雨林仍迟疑着说："不是……"郭强推着方雨林往外走："不是个啥？"方雨林忙说："兄弟，你先别上火……我现在真的不知道自己到底应该怎么办……让你上这儿来，就是想跟你商量商量……"郭强又用力推了他一把："还有啥可商量的？走，找马局汇报去。走啊！"

方雨林犹犹豫豫地向外走去。

郭强回过头来提醒道："带上这些照片。"

方雨林听话地拿上照片。

郭强又说："带上现场勘查记录。"

方雨林又犹豫了一下，一边找记录本，一边问："你怎么知道我还有现场勘查记录？"

郭强说道："这还用'知道'吗？快走吧。"说着，他先走出门去了。方雨林随后也跨出房门，掏出钥匙，回身准备给门上锁。就在把钥匙插进锁孔的一刹那，他的心不知道为什么极度不安地猛跳起来，浑身一颤，不由自主地抬起头来看了看郭强。郭强这时也回过头来看了看他。这一瞬间，他不知道自己从郭强的眼神里究竟觉出了些什么，但那的确是一种非常陌生的东西，令他极度不安的东西。他本能地从锁孔里抽出钥匙，赶紧回到屋里，并一下关上了门，把郭强关在了门外。

郭强立即冲了过来，用力拍着门，叫道："雨林！雨林！你又犯啥病呢？"

方雨林却怔怔地在屋里站着，怀里还紧紧地抱着那些他视为生命一般重要的照片和现场勘查记录，似乎对自己突然间做出的简猛之举有些茫然不知所措，好长一段时间对郭强的叫喊和敲门，都没有任何反应。因为下午还有会，郭强没再跟方雨林僵持，只说了一句："没跟我商量妥以前，你别跟任何人透露你对案子的这些分析。记住啊！”然后就匆匆走了。

后两天，郭强一直参加局里的年终总结评比会。在会场上，郭强一直是心不在焉。两天来主持会议的人说了些什么，他基本都没听进去。他一直在回味着方雨林对案子这个大方向的判断，并为之“胆战心惊”。

“郭强，咋整的，蔫不拉唧的？”最后一天散会时，早就发现了他这情绪的马副局长凑到他身旁，关心地问。

“没……没事……”他没说实话。在没做通方雨林的思想工作以前，他不想直接由自己去向局领导报告此事。事情还没到如此紧急的地步，不能把好朋友逼到那份儿上。所以，后来他虽然又想去找马副局长汇报，甚至都到了马副局长办公室的门口，并来回走了好几遍，有一回，手都伸到门把上了，但还是犹豫再三，没敲门。出了市局的大门，他想来想去还是放心不下方雨林这“狗脾气”，毅然决然地掉转车头，快速地向自然博物馆驶去。但等他冲上楼，那个守候在“参观者止步”牌子前的老人挡住了他。

老人告诉他方雨林两天前就已经搬走了。郭强不信，强行冲到那个楼道尽处，用力撞开小暗室的门，果不其然，里头已经搬空了。虽然桌子椅子等家具都还在，但属于方雨林的东西却一件都没有了。墙壁上的地图没有了，那些现场照片没有了，书也没有了。一切都收拾得干干净净，一尘不染，仿佛这儿从来没住过人，更没搬走过东西似的。

郭强呆住了。

14

市政府机关的门诊部一般来说工作量不大。除每周的星期一和每天八点到九点半这两个时间段里门诊量相对会大一些，大部分时间，值班大夫们还是比较清闲的。但也有例外。比如那天上午十点来钟，就发生了这样一件事。周副市长的秘书打电话来，说周副市长晕倒了，让这边赶紧派个大夫去看一看。市长和市委的秦书记也很快得到了同样的报告。“没听说过他有晕倒的毛病。”市长一边匆匆向周副市长办公室走，一边回忆。“是啊，他以前身体挺好的。”秦书记也不无担心地说道。周副市长早先在省委党校学习时，秦书记当过他的班主任，对他的一些情况还是比较了解的。

“刚才你跟周副市长唠叨了些什么？”周副市长的秘书在办公室的外间，压低了声音，在严厉地斥问着一个中年妇女。

这个中年妇女叫廖红宇，四十来岁，小个子，黑皮肤，深眼窝，深眼窝里有一副特别灵动的眼珠子，穿一件羽绒长大衣。因为旧，因而大衣面的颜色灰黑难辨。但在敞开的大衣领子里，却实实在在裹着一条自家手打的加长毛线围巾，围巾的颜色却是怯兮兮的那种翠蓝。

“没有啊，你让我在这儿等着，我就等着。等了一个来小时，周副市长才露面，我刚跟他打了声招呼，啥都还没来得及跟他说哩，他……他突然地就这么晃悠起来，吓我一大跳。”廖红宇说起话来节奏快，感情色彩鲜明。让人一看，就知道是个办事利索，目标明确，不达目的绝不罢休，而且文化程度也不会太高的那种女人。

这时，机关里的一些同志也都闻讯赶了过来。周密学历高，能力强，在机关里人缘和口碑都不错。又加上一提起来就被定为主持常务的副市长，自然成了众目睽睽的焦点人物。于是乎，外间屋里很快就挤满了人。人们纷纷向周密的秘书打听情况。“诸位，周副市长需要安静，你们是否暂时撤离一下？”市长一走进门，就开始疏散人群。他认识廖红宇。“哎，你怎么来了？”他笑着问。“怎么，小老百姓就不能进你们大机关？我来看我们桦树县老乡。”廖红宇忙答话，但所用的语调，还是她那种特有的在谁面前都满不凛的语调。

“桦树县老乡？”市长一时没领会过来。

秦书记微笑着给解释道：“周密是桦树县人。”

市长立即笑道：“你廖红宇找周密，不会只是为了看看老乡吧？”

廖红宇故意苦着脸说道：“那怎么办呢？我那点事儿，你们老也不给解决。”

一听廖红宇又要提她“那点事儿”，书记、市长就借口要进里间去看周密，赶快脱身了。

正愁着进不了里间的廖红宇趁机也想跟两位领导一起进去瞧瞧，却被周密的秘书一下挡在了门外。

廖红宇说起来也是这一方“小有名气”的人物。父亲是当年四野留在东北的一个副科级干部。她自己出生在这片广袤而又寒冷的黑土地上，这些年兢兢业业地干着，历经各种坎坷，除了没当过兵，几乎各个行当都干过了，现在正经也是个副科级干部了，跟南征北战流血流汗一生的父亲打了个平手。按说，像这样一个区区副科级干部，既没有重大发明，也不身怀绝技，更没那种调动种种媒体为自己张目的特殊能力和财力，长相和打扮也没那种必要的性感和甜蜜，中国的干部又那么多，多得让管发工资的财政部长和总理大人都受不了，也让纳税人找不着北。在这种情况下，小小的一个副科级算哪块地里的苗？还想出名？但廖红宇这个副科级就是有名。她的有名，就因为她“愣”。她敢说，敢顶，她满不凛。就凭“廖红宇”这三字，就能让某些人的脑瓤儿疼。这些人中间，平和宽容一点的，说她不懂事儿，事儿妈；苦大仇深的，简直觉得她就是个搅屎棍、丧门神、白虎星。“操，她是个女人吗？”他们恨恨道。但她不仅正经是个女人，而且还有一个十六岁的女儿。女儿长得比妈妈漂亮。因为她好说敢说，谁的事都说，单位的领导往往受不了她，所以她在一个单位总是干不长。前年她到了东钢，公司总部有人拿内部职工股给上头领导送礼的事，就是她给捅出去的。实际上她也没拿到什么证据。她也不可能拿到什么证据。公司里的人抓住这一点，找她的茬儿，使各种各样的阴招，整得她没法再在东钢待下去，她便几次三番地来市里省里找领导，请求他们帮着解决她的问题。你说，在股票案没搞清以前，她这个问题怎么解决？而东钢股票案岂是个说解决就能解决的问题！所以，那些领导也就总在躲着她。

傍晚时分，满脸病容的周密驱车回自己的家。黑色奥迪轿车缓缓地驶进一个工人住宅区，车后还跟着一辆切诺基车。这是个五六十年代修建的住宅区，规模不小，但清一色都是火柴盒似的五层楼房。楼体外墙面的红砖早已发黑，院子里不规则地布满了各家各户的菜窖、柴火堆、煤堆和各式各样的小棚子，使院子里显得特别拥挤、零乱。这里是周密父母住的地方。跟妻子分居，周密一时没处去，就回到父母身边。后来，官越做越大，他倒也没急着往外搬。他大概是所有省市一级领导者中住得最为"寒碜"的人了。下班时，秘书告诉他，晚间，机关管后勤的同志为他安排了个活动，让他休息休息，也放松放松。"这个活动……没那些……那些名堂吧？"他问秘书。"嗨！机关后勤办的，能有啥！再说，就是有点啥，您怕什么？"年轻却已经在这个圈子里干得挺老练的秘书笑道，"糖衣炮弹袭来，俺老孙把糖衣吃了，把炮弹给挡回去也！"那辆切诺基车里坐着的就是那活动场所派来专程接周密的两个工作人员。

当这个只有两辆车组成的小型车队快要开近周密家所在的那幢楼时，周密看到，楼门洞前站着一个女人。再仔细一看，又是廖红宇。她孤零零地站在那儿，手里仍拎着她那个旧人造革黑包，似乎在那儿已经等了很长时间了。周密忙吩咐司机："退回去。"司机一时没明白周密的意思。周密又有力地强调了一句："退回去！"于是黑色奥迪在离那幢楼一二十米的地方迅速掉过头，向楼群外疾驶而去。廖红宇看到奥迪车掉头走了，撒腿就追。但是，这只是一厢情愿。一会儿工夫，那两辆车便消失在楼群中了。但没等驶出楼区，周密又突然叫停车，示意秘书把对讲机拿给他。他用对讲机叫通了后边那辆车上的人，让他们上他这辆车上来。

“咋的了？”后边车上的人问。

“你们过来就是了。”周密放下对讲机，跟秘书说：“你坐他们那辆车，拐回去找到那个廖红宇，告诉她，这会儿我要去看病，让她别在我家门口守着了。她的问题，这两三天我一定给她解决。”

年轻而又老到的秘书说：“有必要给她这样的承诺吗？据说东钢不少同志对她意见大着哩。”

周密挥了挥手：“去吧去吧。”

车驶出城区，天色渐渐朦胧。这时丁洁从总编室开完碰头会，匆匆回到新闻部办公室。有人告诉她，这一个多小时里，已经有七八个电话打过来找她。光台长就打了不下两三个。“我知道，还是那块地皮的事儿。真烦人！”“你有门路，就替台里把那块地皮要下来嘛。台里要盖幼儿园……”

“我不惯他们那毛病。”丁洁说道，“这回让我去跑地皮，下回再让我去跑水泥木头萝卜大葱！我都成什么了？”

“哎呀，能者多劳嘛！”

“你们知道啥！好几家都在抢那块地皮。省外贸、市侨办、省高新技术开发区……包括市直机关，也两眼发直地瞅着这块地哩，打算在那儿替几位新提起来的年轻领导盖标准房。你说，在这种情况下，就是让你当这个土地局局长，你能把它批给我们电视台盖幼儿园？老喽！”

一位已经有了孩子的女编辑着急地问：“那咋整？”

丁洁仍说得十分坚决：“不管。谁有能耐，谁去办。反正我不管。”

那个女编辑故意叹了口气说道：“也是，反正您不发愁。将来您的孩子，不管是军队的幼儿园，还是地方的幼儿园，随您挑着进呗。”

丁洁故意气她：“对。随我挑！那也不替你们去跑这地皮。谁让你们这么急着嫁男人生孩子的！”

女编辑赶紧撒娇：“哎呀，丁姐……”

丁洁笑着推开她们：“行了行了。一会儿，我给台长回电话。”

于是女编辑女记者们大呼：“丁姐万岁！”

丁洁笑嗔：“万你个大头鬼！还有什么电话？”

那个最年轻的女记者神秘兮兮地把丁洁拉到一旁，低声说道：“有个人怪怪的，打了好几次电话来找您，只说他姓周。问他到底什么事，不说；问他到底叫什么，也不说……”

丁洁一听就知道是谁了，赶紧说道：“知道了，忙你的去吧。”

那个女记者又神秘地一笑，把声音放得更低：“是不是那位新提起来的周副市长？”

丁洁故意瞪她一眼：“你烦不烦？”

那个女记者只得走了，刚走到门口，却又折回来说道：“差一点我都忘了。那位姓周的先生还留了个话，说他这会儿出去办点事。假如今晚六点半左右您能给他回电话的话，让您打他的手机。这是他的手机号码。”

丁洁接过写着电话号码的小纸条，同时看了看墙上的石英钟。石英钟正指着五点整。

15

奥迪车急速而平稳地行驶在郊区的便道上，便道两旁的大树既高又密。从树木的间隙处不时闪现出远处农家的灯火。又走了一会儿，树木稀少了，灯火也不见了，只有巨兽似的山影黑沉沉地绵延在便道的两旁。周密没想到会走出这么远。他曾问过那两位专程来接他的人：“你们要带我去哪儿休息?”其中一位大高个儿笑着说道:“反正不会送您去集中营。”不久,车驶进一片很不起眼,但面积不小的杂树林。道路的等级却一下提高许多,虽然仍不算十分宽敞,但却变得格外平坦。不一会儿,车终于停在一个颇有些现代造型艺术味道的水泥大门楼前。司机摁了两下喇叭,门楼中央的电动镀镍铜栅栏门便“隆隆”地开启。进门之初的一段甬道,略有点坡度,而道两旁栽植着南方名贵的乔木。在车灯的照耀下,不时从夜幕中闪现出它们奇异的身姿。为了让它们适应北方的酷寒,它们高大的树干被麦草厚厚地包裹着。车继续往前行,最后,停在一幢小楼面前。从外观上看,它不能算豪华,甚至还应该算相当质朴,但因为设计者和建造者赋予了它一种与周围环境浑然天成的韵味,使它整体透着一种让人说不出来的恬静和舒适。

早有人在台阶上恭候着了,是两个穿着黑呢制服和超短裙的服务员小姐。短裙下,半透明的黑色连裤玻璃丝袜和它们蓄意要表现的某种肉感,在这严寒控制下的室外空间里显然给人的感官带来一种另类的意味和期待。她们得体而又亲切地把客人迎上小楼二楼的一个高级套间里。卫生间的浴缸里正在“哗哗”地放着热水,腾起一片片雾似的水蒸气。

这时有人敲门。

已经产生了一点疑惑的周密立即问:“谁?”

门外响起一个年轻女子的声音:“服务员。”

周密勉强地从沙发上折起身子,去开了门。门外站着两个身材娇小、颇有几分姿色的女孩儿,都穿着一身短短的藕荷色浴袍,裸露着光润的腿和脚。一位手里托着全套的高档洗浴用品,另一位手中的托盘上摆的是几样进口干鲜果点和一瓶法国葡萄酒。她们把干鲜果点和酒放在客厅的茶几上,把那套洗浴用品则送进了卫生间。

其中一位年龄稍大一些的女孩儿恬静地一笑:“首长,喜欢洗盆浴?请换浴衣。”

周密迟迟地答道："行，行。我自已来。"

女孩儿们似乎早听惯了这种"虚假"的客套，便不失风度地嫣然一笑道："首长，我们帮您换。"

周密忙站起："不用，不用麻烦。"

那个年龄稍小一些的女孩儿用一种特别平静的口气说道："这不麻烦。"

周密觉得不能再跟她们客气了，便正色道："你们可以走了。"

那个年龄稍大一些的女孩儿嫣然一笑道："首长放心。我们这里不是外头那种下三烂的招待所宾馆，我们也不对外营业，我们只接待内部首长和宾客。"

周密却严肃地："你们可以走了。东西……把这些东西统统给我拿走！拿走！"这时，两个女孩儿才真的愣住了，随即带着满脸的不解，悻悻地拿上东西走了。

也许对这方面的"骚扰"，周密天生有一种异样的反感，女孩儿走了以后的一段时间里他仍显得极不平静，仰着头，呆呆地站在客厅中央，脸上出现了一种极怪异的神情。说起来，自从离开大学讲台进入仕途，尤其到市政府当秘书长期间，也常有这样那样的朋友做东请他涉足这样或那样的场所去"放松放松"。开始他极为震惊，极为气愤，碍于朋友的面子，没有大发雷霆，但也板起脸冷冷地说一声："我不需要，别跟我来这一套。"事后，他曾婉转地提请主管这方面工作的部门作一些清理，甚至在一些公开场合还就此类问题发过言，但他觉得自己还不能说得太多管得太多。自已毕竟进机关的时间不长，根基还浅，本来就是个没有任何背景的人，底子软，也不过是个"什么都能管，但什么也管不了"的秘书长，操之过急，欲速则不达。后来见有些领导有些部门对清理此类场所内心里其实并不积极，甚至还有种种奇谈怪论，认为为了创造一种更好的投资环境，对此类现象不妨采取睁一只眼闭一只眼的态度，这样在公开场合他也就说得越来越少了。

这时，秘书把那两个女服务员端走的干鲜果点和法国葡萄酒又端了回来。他走到周密住的那个豪华套间门前，轻轻地敲了两下门，见屋里并无动静，又敲了两下门。屋里仍无动静。

他稍一凝神，却听到一种不知从何处发出的挺怪异的窸窸窣窣声，四下里寻找，大吃一惊。他发现从门板底下的缝隙里，居然有一绺水在向外流出。他忙放下托盘，用力捶打了两下门，一边叫道："周副市长！周副市长！"一边推开门冲了进去。

客厅里没人。他又冲进卧室，也没人。于是又冲进卫生间，只见周密正弯着腰，在慢慢地关着水龙头。卫生间的地上已经积着不少水了。

秘书急急地喘着气："您没事吧？这水龙头怎么搞的？我马上让他们给您再换个房间。"

"这到底是什么地方？"过了一会儿，周密让秘书把那两个陪他来这儿的人叫了过来。

"东钢的干部职工培训中心。"那个大高个儿答道。

"东钢的干部职工培训中心在南郊。东钢的招待所在它厂子的东门外，还有个职工疗养院在千佛山。我是东钢子弟，想跟我玩儿这个！"

那个个头稍矮一些的忙说："您说的那个是东钢第一培训中心，这是第二培训中心。盖起来以后一直没对外开放过。说是第二培训中心，实际上是专门接待东钢那些关系户的内部宾馆。后来东钢亏损太多，实在撑不住了，没那个能力再养这么个宾馆，就把它转让给我们九天集团了。"

周密略略一愣："你俩是九天的人？"高个儿矮个儿一齐说道："是。"周密愠怒地问秘书："你不是说今晚所有的活动都是咱机关后勤安排的吗？"秘书歉然地解释："要说是九天集团的，您还会答应上这儿来吗？"周密一甩手说："走。"秘书和那两位还想挽留，周密却执意要走。

回市区的路上，所有的人都不说话。秘书尤其忐忑不安。周密则始终板着脸，不理睬秘书。车子快要进入市区了，秘书才壮起胆子小心翼翼地问："咱们去哪儿？是送您回家，还是去机关大楼？"

周密不作声。

秘书红红脸："周副市长，今天这事儿，事先没跟您说清，是我不好。但我确实没别的意思，只是想让您放松放松。您的确太累了。大夫检查之后也说，您晕倒，并不是身体机制方面发生了什么病变，完全是心理方面的因素，主要是过度疲劳。至于那两位小姐，只是这宾馆一个常规服务项目而已，谁来都这样，并不是为您特别怎么的。她们也就做到那一步为止，只要您不主动要求，她们绝对不会再有什么过分的举动，这一点我是反复跟她们交代了的。想想您实际上总是过着单身汉的生活，从早到晚都被那种紧张和刻板包围压迫着，只是想借她们来调节一下气氛，制造一点温馨和随意……"

周密仍然板着脸不说话。

秘书说道："我知道您不喜欢九天集团的那位总经理冯祥龙，觉得他没文化，谈吐举止俗不可耐。其实这个人并不像外界传说的那么低俗，内心甚至可以说完全是另一种类型的。他当过兵打过仗，虽然没上过大学，头脑还是蛮够用的，对自己的现在和将来，对集团公司的现在和将来都挺有想法。他为人豪爽、仗义，也慷慨大方，跟那种一头攮在钱眼儿里，只顾着眼前黑吃海捞，能混到哪一天就算哪一天的暴发户和社会混子绝对不是一路人。他一直想跟您交个朋友，跟您这么说吧，今天晚上，他其实也已经来到宾馆里了，只不过在边上的三号楼里等着哩。刚才如果您不走，等您洗完澡，他就会过来看您……"

周密略略抬起眼皮，扫视了一下他的这位秘书。

"他多次跟我说过，他觉得，在这一届省市两级领导班子里，他最佩服的，就是您……"秘书刚说到这儿，周密的手机响了起来。周密看了一下手机上显示的来电号码，又看了一下驾驶座前仪表盘上的电子表。电子表上显示：六点三十分。他便立即让司机停车，拿着手机走到车后。

公路上漆黑一片，寒风呼呼地在盘旋着。电话自然是丁洁打来的。“周副市长，您找我？有何指示？”“你们台打了个报告。要校场口东边那块地盖幼儿园……”丁洁没想到周密会跟她说地皮的事。“这是台领导的事，我不管。”“我没让你管。你知道这件事吗？”丁洁想了想，说道：“知道。”周密沉吟了一下，说道：“土地使用的审批，现在也归到我这个口子上来了……”“是吗？那可得恭喜您呀，周副市长！审批土地，这可是个肥差。”“什么肥差？纯粹一个得罪人的苦差。”周密笑道，“有个信息麻烦你传递给你们台领导，这块地我打算批给你们电视台了……”“干吗让我去递这个话？”“让你去递，就去递。不会害死你的。”“周副市长是想让我们台领导觉得这块地是我给我们台争来的？”周密笑了笑道：“他们愿意怎么想，是他们的事。反正替我递这句话，对你只有好处，没有坏处。不过，你别跟你们领导说，是我让你去递这话的。你还不至于那么傻吧？”

丁洁笑道：“那可没准。喂，您现在在哪儿呢？又躲在哪个秘密住处吧？”周密苦笑笑：“一天到晚忙得要死，哪有那份心情躲进什么秘密住处？我正在路上。我今天病了。我这个手机的号码你好好留着。到目前为止，只有几个人知道它。那几位都是直接领导我，或者受我直接领导的同志。你是这个工作圈以外唯一知道这个电话号码的人……这种心情你能理解吗？我希望能经常听到你的声音，或者……经常见到你，就像当年在学校里那样……好了，不说了。再见！”周密不等丁洁有所反应，赶紧就关了手机。这是他第一次向丁洁如此明确地发出情感方面的信号。他不知道丁洁什么反应，他怕她会当场挖苦他一番。也怕自己一时冲动，会说出更没有分寸的话。收起手机，他又在漆黑一片的路上稍稍地站了一会，让自己一时间涌动起来的心境得以平复。这时，风似乎越发地凛冽了。但两分钟后，他却又给丁洁打了个电话：“对不起，还有件事要告诉你，这块地皮原来是准备给我们这些新提拔的干部盖标准住房用的。我们这批新领导现在使用的住房都不够国家规定的标准，有的同志甚至相差甚远。你知道我，当了几年秘书长，现在又提了副市长，至今还住在当教员的父母留下的房子里。但我今天还是在办公会上决定，暂时推迟给我们这批新领导盖标准住房，让你们把幼儿园盖起来……”

“您是不是要我们拿它赶做一条头条新闻，明天播出？”丁洁的语气里稍稍带上了一点嘲讽。

“我已经在办公会上通知宣传口的同志，此事不作任何报道。”

“那您为什么要告诉我？”

“本来也是不该告诉你的，但是……但是……不知道怎么搞的，最近，我总是想让你知道我做的每一件事，知道我一切的一切。只要一面对你，一听到你的声音，我总会产生那种愚蠢的冲动，一种……几乎是无法控制的冲动……”周密忽然停顿下来，不再往下说了，也许是被自己一时的大胆吓住了，也许是改变了主意，想听听丁洁的反应。

但丁洁却沉默着。

风声。树啸声。还有难堪的心跳声。

“丁洁……小洁……你在听着吗？”

手机里没有回音。丁洁这时呆站着，好像也被这突如其来的事态发展吓住了，一时间有些不知所措，过了好大一会儿，仿佛突然被烫了似的，慌慌地撂下了电话。周密听到手机里传出“咔嗒”一下电话被挂断的声音。一个本能的反应是马上又去拨号，但刚拨了几个号，便没再往下拨。他当然懂得，这时候，最明智的选择，就是别再说什么了。于是他轻轻地叹了口气，收了手机，在风雪中又稍稍地站了一会儿，这才钻进车里。不一会儿，这两辆车便快速驶进了灯火繁烁的市区。大片大片的雪花却在它们的身后沉沉地往下坠落……坠落……

车平稳地驶进市政府机关大院。这一路上，秘书心里有些忐忑不安。一进办公室，他想认真地向周密解释一下。却没容他开口，周密吩咐道：“明天，你把九天集团的那个冯祥龙给我叫来。上午十点以前，我跟市经委的几个同志有个碰头会。十点零五分，你让那个冯祥龙在这儿等我。”

第二天，冯祥龙按时赶到周密处。一见周密，乖巧的他赶紧说道：“周副市长，昨晚的事全怪我……”周密却不再问昨晚的事，只问道：“你在哪儿当的兵？”冯祥龙报了当年自己所在部队的番号。周密又问：“哪年退的伍？”“八五年冬。”“那年雪大。”“没错，那年雪大。”“雪大好种麦。”“没错，雪大好种麦。”“你今年有四十了？”“周副市长真能安慰人。我都四十四了，都过去大半辈子了。”“那咱俩同岁。”“我哪能跟您比呀！”“听说你们九天集团想搞一个全国最大规模的商城？”“有这么个打算……也说不上是最大规模的。”“不只是打算吧？你冯祥龙不是已经在国华大道上搞了个大商场？”“那只是个试点。下一步，还希望周副市长多指导多支持。”周密笑了笑：“也希望你们多支持我的工作。”两个人就这样不咸也不淡，你一句我一句地说了会儿话，而后周密就站了起来，说道：“我还有个会，今天就这样吧。认识你很高兴！”把冯祥龙打发走了。

回到商城楼上自己那个气派豪华的办公室，冯祥龙立马给周密的秘书拨了个电话，把谈话的过程一五一十地给他说了个详细。周密的秘书也觉得奇怪，问：“他就跟你谈了这些，再没说别的？”冯祥龙也挺纳闷地答道：“就谈了这些，再没有说别的。”“奇怪！昨天他让我通知你今天来谈话时，那神情，那口气，简直是要把你一口活吞了似的！他真的什么都没说？那真怪了！”

中午饭后，周密突然告诉秘书：“下午我要出去一下……”

“两点半，建委、文化局和财政局有几个同志上这儿来，研究新建大剧院的方案……”秘书提醒道。

周密问：“没通知其他市领导参加吧？”

秘书说：“您说先别通知其他领导。让把方案搞得成熟一点，再请他们来审议。”

周密高兴地点点头说道：“很好！把这个会改个日期吧，挪到明天上午，怎么样？”

秘书忙点头称是：“行，行。下午您上哪儿？要我做些什么安排？”

周密说道：“我下午的活动，你就别管了。”

秘书见周密此刻心情不错，便赶紧又提了一下昨晚的事：“昨晚……的确是我疏忽了……”

周密却说道：“你有完没完？”看样子，大度的周副市长是不屑于跟贴身下属斤斤计较的。

下午，周密让司机把车开到市中心某金融大楼前停下，并吩咐司机：“四点来接我。”

下车后，周密便向金融大楼耸立在高台阶上的那个气势非凡的铜框大转门走去。当他从台阶两侧巨大的落地橱窗玻璃的反照中看到自己那辆车已经掉头开走时，便立即站下不走了。稍稍等了一会儿，等车完全从视线中消失后，便迅即转身，又回到马路旁，招手叫了一辆出租车，直奔国华大道商城而去。冯祥龙在这个省会城市的工商界中，是个极有争议的人物。有人说他是个极具开拓性的不可多得的经营人才；有人说他是黑道白道统统来得了的龙头老大式的人物。但不管怎么样，这两三年里，他连续办了几件大事，把国华大道这一大片搞得红红火火，带动了这区域的商贸餐饮娱乐和房地产业，使这个区域每年的利税收入都以百分之二三十（期房销售则以百分之五六十）的幅度增长，骤然成了本市的风云人物，市区领导的座上常客，媒体的关注焦点。在走上主管副市长岗位前，周密当然也有不少机会可以去结识这个“潮头健儿”，冯祥龙也多次主动创造机会来结识他。但他都巧妙地加以回避了。第一，他不想让主管市领导觉得他这个秘书长把手伸得过长了；第二，在自己的脚跟没有完全站稳前，他也不想跟这种有争议的人物过多交往。这种交往深了不是，浅了也不是，不如暂且不交往。但现在自己已经到了这个位置上，冯祥龙就是自己视野中回避不了的人物。当然，他要结识他，还有另外一种深层次的原因。

出租车驶进国华大道，在商城的某一个入口处附近停了下来。商城里，人头攒动，商家摊位鳞次栉比，各式灯箱广告和霓虹招牌争奇斗艳。

周密放慢了脚步，左顾右盼地往前走去。从来不逛商店的他，今天想亲身体验一下前一阶段多家媒体狂轰滥炸般炒的“国华现象”究竟“繁荣”到何种程度。但他没注意到架设在墙角上方的摄像监视镜头对准人流，在缓慢地摇动着。他已经被监控镜头摄入。

周密先是被一个“床位”的老板娘认出来的。

老板娘无意间瞟了周密一眼。当时周密正在向她打听商品价格。她觉得这个中年人好书生气，好像从来没进过商店似的，她答得也勉强，稍稍斜了对方一眼。这一眼，不得了，不觉让她一惊，忙把老板悄悄拉到一旁，让老板也去打量周密，同时顺手去查一查。老板赶紧拉开柜台下的一个抽屉，抽屉里放着一摞放大了的黑白照片，都是省市主要领导干部的标准像。老板的手在抽屉里翻找着，最后翻出一张，就是周密的相片。这都是商城领导冯祥龙翻印了发给在这儿租“床位”做买卖的众商家的。意思是：如果有照片上这些贵客到你床位上买东西，必须立马向商城总部报告，不得有误。

于是，老板忙向老板娘点了点头。

于是，老板娘赶紧拿起电话。

于是，守在监视器前的工作人员冲进冯祥龙的办公室喊叫：“冯总，主管工交财贸金融的周副市长来了。”冯祥龙忙问：“谁发现的？”监控员忙答：“东大厅 8D36 床位的高老板。”

于是冯祥龙跟他的几位副手一起，急忙来到监视器前，他亲自调节监控程序，只见画面渐渐向那个“36 床位”推去。画面中果然出现了周密。得到指示的那位高老板已经变得十分热情。当周密转过身向对面一个卖貂皮大衣的“床位”走去时，高老板立即踮起脚尖，向对面床位的老板指指周密的背影，又竖起大拇指用力晃了晃，一面大声地对周密的背影连连说道："欢迎再来，欢迎再来！"

对面的老板接到对面发来的信号，立即会意地点了点头，赶紧迎上前，把周密迎到店堂里，更是殷勤有加，热情倍增。这时，周密对两位老板瞬间态度的变化已有所察觉。他用眼角的余光，扫视了一下整个商场，发觉灯光更明亮了，扩音器里也在反复广播着商场的安全防火注意事项，还有一队保安正匆匆赶来。很快，冯祥龙带着他几位副手便出现在这家卖貂皮大衣的店堂里，把"周领导"请到了总部贵宾室。

周密笑道："冯祥龙，你真不愧是军人出身，情报侦查搞得很厉害呀！对整个商城的控制管理也非常有效。"

冯祥龙忙解释："我这儿所有的设施全在地下。但凡出点小纰漏，都会酿成大害。尤其是担心你们这些领导来我这儿搞什么微服私访。我冯祥龙只有一个脑袋，担不起那么大的责任。所以给每个床位的老板都发了你们的照片。只要发现你们来了，必须立即报告。我得赶紧做些安排。你们都是党和人民的宝贝疙瘩，我得对党和人民负责呀。"

周密笑道："你收起那套冠冕堂皇的话吧。你防范我们，恐怕不完全是为了我们这几个人的人身安全吧？"

冯祥龙忙说："周副市长，瞧您说的！我这咋是'防范'你们呢？我盼你们各位领导来还盼不来哩。"

周密就要起身："好了好了，反正今天这商场我是逛不成了。你们忙你们的吧，我走了。"

冯祥龙立即对身旁的一个副手使了个眼色。这副手忙上前说道："周副市长，您来一趟咱商城不容易。想买点啥，我们替您去办。这儿东西挺全的。"周密笑道："我想买什么？我想买你们整个商城哩。"这个副经理忙说："那好，我们替您打包带走吧。"

这时，冯祥龙对那几个副手又使了个眼色。几个副手立即知趣地找个借口走了。办公室里只剩下周密和冯祥龙两人。冯祥龙从长沙发后头拿出一个大的印制得相当精美的纸质手拎包，放在周密面前。

周密打量了一眼这个包，又打量了一眼冯祥龙，问："干吗？"冯祥龙神色突然变得十分庄重，他沉吟道："作为一个人，周副市长，您特别够意思。咱俩又是同龄人。您要真瞧得起我，认我做个知心朋友，铁杆兄弟，我冯祥龙……"周密不等他说完，便从纸质手提包里拿出那里的东西一看，是一件油光黑亮轻软厚密的高档貂皮大衣。可以说是极其名贵的一件皮货。周密淡淡一笑，把大衣放回包里，又把包推回到冯祥龙的面前。

冯祥龙的眉毛一拧，立即显出一脸的愠色："您以为我这是要巴结您？"

周密淡淡一笑："冯祥龙，我说什么了没有？"

冯祥龙拿起一把大剪刀说道："假如您要这么想，那我就毁了它！"周密不去阻拦，只是淡淡一笑："好啊，毁了它。毁呀！"冯祥龙毫不迟疑地把剪刀伸进包里，"咔嚓咔嚓"地把大衣剪了个稀烂。而后，"当"的一声，把剪刀扔在周密的面前。周密微笑着捡起剪刀，也伸进那纸包里，"咔嚓咔嚓"地继续痛剪了一阵儿。而后，"当"的一声，也把剪刀扔在了冯祥龙的面前。冯祥龙一怔。

"很好，这才是真朋友！"周密正色道。

冯祥龙这时才惊叫一声："老天，你知道这件貂皮大衣值多少钱吗？走内部价也得三四万！"

周密不动声色地："心疼了？"

冯祥龙忙说："不不不……"

周密走了，冯祥龙的那几个副手不解地看着那件剪烂了的貂皮大衣，愤愤地说道："这当官的怎么这样？你不要，也不能这样。值好几万哩！"

冯祥龙却呆坐着不动，只是不说话。

不一会儿，电话铃突然响了起来。是周密打来的。打完电话，冯祥龙忙把那件剪烂了的貂皮大衣塞回到那个纸包锁进一旁的保险柜里，急急下楼，发动着了自己那辆崭新的宝马车向市南开去。街上倒也不堵车，十来分钟后，宝马车驶到某一个街角处，在一家装潢得十分欧化的小咖啡馆门前停了下来。周密提出要跟他单独见面，他便把周密约到这个小咖啡馆来了。

咖啡馆经理殷勤地把冯祥龙领进早已准备好的特别间里："等一会儿喝什么？洋酒？白酒？葡萄酒？"

冯祥龙一边脱大衣一边说道："不是告诉你了吗？什么都不要，只要绿茶。最好的绿茶。如果我跟客人谈到七点还没完，到时候给我们俩一人来一碗大肉面。再来两头生蒜，一碟炝山野菜，一碟酱骨头，一碗嘎牙鱼炖豆腐，再切几片驴肉。驴肉要新鲜的。"经理为难地说："冯总，您这不是赶着鸭子上架吗？我这地儿，您要吃西餐还能凑合，这大肉面、炝山野菜什么的，特别是那驴肉……"冯祥龙摆摆手："你这儿搞不了，上外头买去！"经理忙点头："行行……我买去。您看，一会儿让哪位小姐来为你们服务？您定一下吧。"冯祥龙立即瞪了他一眼："今天别跟我来这个！在我送走客人之前，别让任何人来打扰。沏茶端菜送毛巾什么的，你自己干。"

经理笑道："今天来的这位是什么客人，让您都这么谨慎？"

冯祥龙从水果盘里捏起一颗又大又黑的葡萄，扔进嘴里："我今天这个客人很重要。你也许认识，也许不认识。不管你认识还是不认识，见了，都别给我上外头乱说去。喂，我可告诉你，炝山野菜里别给我搁那么些蕨菜，我不爱吃那玩意儿，滑溜溜的。给我多搁点婆婆丁刺嫩芽就行。"一边说，一边看看手表，赶紧走到店门口，周密自己驾驶着奥迪车已经缓缓驶了过来。冯祥龙忙迎上去，为周密打开车门，笑着问："您也自己开车？"周密笑笑，不答。进了那个特别间，周密四下打量了一眼，微笑道："这儿也是你的一个秘密据点？你还有多少个秘密据点？"冯祥龙笑道："做生意嘛，必需的。""这儿没有摄像机镜头对着我吧？"周密笑着又问。“没有，没有。君子之交，我哪敢这么对待您呀！”“那可难说。”两个人哈哈一笑。

这时，经理送来两碗盖碗茶。“今天咱们清茶一杯。”冯祥龙把其中的一杯亲自端到周密面前。“这可是一千元一斤的龙井茶。”经理小声地补充道。周密端起盖碗，稍稍虚开一点碗盖，凑近鼻尖，嗅了嗅说道：“今年开春时，杭嘉湖一带下了一场挺大的春雪，当时最好的龙井炒到三千多元一斤。”经理不无尴尬：“那是……那是……”说着，便退了出去。冯祥龙指着经理的背影笑道：“这老帽儿！”

周密却放下盖碗，略略皱了下眉头说道：“干吗上这么昂贵的茶水？”

冯祥龙忙说：“这，您就别再跟我计较了。我要给您上三毛五一两的高末，您高兴？领导同志，快说吧，突然又约我出来，有何吩咐？”

周密正色道：“刚才我在电话里说了，这一回不谈什么领导被领导。”

冯祥龙忙说：“既然不谈什么领导被领导，那我们换个地方，去轻松轻松？”

周密皱了皱眉头道：“你瞧你，又来了。怪不得人家要说你冯祥龙不像个总经理，倒像个杀猪打铁的。”

冯祥龙笑道：“那又怎么的？我这个人就是实在嘛。甭管别人怎么说，我冯祥龙至少还管着一个六七千人的大集团公司哩！他们行吗？”

周密做了个手势，打断冯祥龙的话头：“祥龙，我俩互相之间都早有耳闻，今天算是头一次见面。说实话，这头一面，你给我留下相当深刻的印象。尤其是你办事的气概、效率，你对朋友的耿耿忠诚，都非同一般……”

冯祥龙谦逊地一笑，却说：“我这个人就信这句话，什么东西都生不带来死不带去。你身边的人口袋满了，你自己口袋里的那点东西才能真正待得住。”

“可以跟你这么说，这些年，很少有这样的人，在让我见了头一面后，还能让我觉得必须马上再见他一面的。”“那我真的是特别荣幸了。”“别插嘴，我们得有一帮子人抱成团儿，铆上劲儿，把咱们这个市的工作搞出花来。”“从今天开始，您放心大胆地把我算做您这一帮子人中的一个，九天集团和冯祥龙绝对死了心地跟着您干。”“这是我今天要跟你说的第一句话。第二，跟我做事，你当面跟我吵嘴骂娘都无所谓，但有一条，绝对不能跟我玩儿虚的，更不能有什么事瞒着我，这我特别受不了。包括什么偷偷地拿出一件貂皮大衣往面前一搁……这一类小儿科的游戏……”“貂皮大衣的事，您完全误会了……”“第三，能在你这儿替我安排个人吗？”“安排个人？几个？一个？您说吧。谁？”“一个四十来岁的女同志……”

冯祥龙哈哈一笑：“老娘们儿呀？”

“怎么，不要老娘们儿？”

冯祥龙忙说：“不不不……只要是您要我安排的，八十岁的老太太都行。”

“这女同志挺有能力，就是脾气有点倔，还挺爱逞能，老是看不惯这，看不惯那，咋咋呼呼。她原单位的领导对她挺头疼。她自个儿呢，跟周围一些同志的关系闹得挺僵，在那儿待着，也挺不自在，找我好多回……”

“您又不管人事，管那闲事？这样的人，该她遭罪。”

“她也是东钢的，又是桦树县老乡。”

冯祥龙挺了挺胸脯：“好了好了，这事您就甭管了。让我来收拾她，管保她老实。”

“别收拾人家，人家正经是个副科级干部哩。”

冯祥龙笑了：“我的妈耶！副科级！行行行，我也给她一个副科级拐棍耍耍，不就得了！”话刚说到这儿，特别间里的灯突然灭了。冯祥龙冲到门口，大声嚷道：“怎么回事？”

经理慌慌地送来一支点着的蜡烛，解释道："整个街区都停电了。八百年摊不到一回，偏偏今天让你们给摊着了。"

冯祥龙拿着蜡烛回到特别间，却见周密仰靠在沙发圈椅上，咬着牙关极痛苦地呻吟着，吓了他一大跳。他忙上前搀扶周密："周副市长，您这是怎么了？""没……没事……"周密捧着自己的脑袋，强忍着。冯祥龙忙叫喊："来人！"周密忙挣扎坐起拉住他，制止道："别嚷！别嚷……别……别嚷……"这一段以来，周密经常这样，外界环境突然有什么变化，一点儿不太强的刺激，只要让他觉得特别意外，就会引发这样难以忍受的头疼和心悸。但不用药，也不用什么中医手法和理疗措施，只要稍稍躺一会儿，心境稍稍平和下来，疼痛也就会慢慢消退。

16

傍晚时分。郭强下了班，骑上自行车，出了重案大队大门不远，就发现方雨林站在马路对面一辆很旧的桑塔纳车旁边，优游自得地吸着烟，好像在等着什么人。两天来，郭强一直找这小子，却不知他去哪儿了。他知道他的突然消失肯定是有什么名堂，但却想不到，这会儿会在这地方出现。郭强忙掉头向桑塔纳车骑去。方雨林似乎也发觉了郭强，立即发动着了车，向前驶去。郭强加快蹬车的频率。桑塔纳车也在加速。看起来，桑塔纳车好像是在逃避自行车的追踪。但奇怪的是，只要郭强一旦被别的车挡住，放慢速度后，桑塔纳车居然也放慢速度，似乎是有意在等着郭强。就这样，桑塔纳车总是不远不近地在自行车前面一二十米的地方行驶着。

就这样，桑塔纳车拐进了一条幽静的小马路。很显然，这就是自然博物馆所在的那条小马路。郭强追过来，叫了一声："方雨林！你小子，搞啥名堂？我找你多少回了！"方雨林却很平静地说道："跟我来。"于是，他又把郭强带到自然博物馆二楼那个小屋里。郭强迟疑地问："你不是从这儿搬走了吗？"方雨林淡淡一笑道："不能再搬回来？""你跟我搞反侦查呢！"郭强捶了他一拳。"老哥，我这儿只有自来水。"郭强笑道："进这个门，我就没打算喝开水。"他一边说，心里一边有点犯嘀咕：今天这个方雨林神色显然有点不对，特别地沉静，好像已经决定了什么天大的事，要跟他摊牌似的。

过了一小会儿，方雨林果然说道："郭强，咱俩在一块儿时间不短了，是吧？"

郭强反问："你说呢？"

方雨林低下头默坐了一会儿，说道："我是一个有缺点的人，你也不高大完美，是吗？"

郭强耸了耸眉毛："你今天有病？"

方雨林只当没听见郭强说什么似的，只管往下说道："但我们起码都还算是个人，对不对？"

方雨林突然深沉起来，使郭强心里一激灵。他熟悉方雨林，知道他轻易不会这么认真。一旦认真了，就一定有值得他这么认真的事发生了。他认真打量了一下方雨林，问："方雨林，你……"

方雨林却很不客气地打断了他的话，催促道："回答我的问题！"

郭强装出一副满不在意的样子说道："操，不算人，算啥？"

方雨林逼问："真正的人？"

郭强有点反感了："你小子想干吗？装什么大尾巴狼啊！"

方雨林却说："回答。"

郭强犹豫了一下，勉勉强强地从牙缝里挤出点声音，答道："当然是真正的人。"

方雨林立即说："好。我本来不想再麻烦你，可我实在没辙了，我不知道怎么办好……"

郭强冷冷一笑："您老人家都没辙了？又出什么事了，那么严重？"

方雨林叹了口气，慢慢说道："最近我发现……发现……那位刚提起来的周副市长，可能跟这起谋杀案有关联……"

郭强一愣："谁？谁是杀人凶手？那位刚提拔的周副市长？方雨林，你真有病了！你拿到什么证据了，认定是周副市长杀了那位张秘书？"

方雨林说："这样的证据现在还没有……"

郭强吼道："那你跟我扯什么淡！"

"但是有迹象告诉我，他非常值得注意，我们甚至应该把他列入我们的侦查范围。这，允许不允许？""具有这样的迹象，也得报上一级党委批准。他是市委常委、常务副市长！""可由谁来向上一级党委提供这些情况，让他们下决心批准这样的行动？应不应该是我们？我们考虑问题时，是不是应该只考虑他跟案子到底有没有关系、有什么样的关系，而不应该首先去考虑他是多大的官？"两个人激烈地争执起来。

"得得得，快说，你到底发现了哪些迹象？"

"真有耐心听我说？"

"管饭不管饭哪？"

"啧！"方雨林说着，从壁柜里掏出三四个啤酒罐和一个装满了各种方便食品的塑料袋，往郭强面前一放。

郭强说："那成，说吧。"

"现在有一点是可以肯定的，凶手即便不是我们内部的人，他也一定跟我们内部的人有关系。否则那天他根本进不了山庄，也不可能把张秘书叫走。"

"他为什么不可能在实行警戒之前，就潜入了呢？"

"这种可能性几乎等于零。你看这个（方雨林拿出一盘录像带插进录像机里。录像机连在一台电脑上。他熟练地敲击了几下键盘。录像机走动起来，电视屏幕上出现画面）。警戒前，我们带人反复对山庄每个角落和周围一切地形地物，包括那幢残破的小别墅，都进行了彻底的搜查，没有发现任何可疑的人，然后才布置了警戒。案发后，我们立即对每一个警卫战士过筛。询问结果，整个警戒过程中，没有一个外人进入过山庄。凡是进入山庄的，都是持有通行证和特别证件的。你再看这儿，围墙外头的雪地上也没有任何脚印。这说明当时没有人翻墙而入……”

“但是，那个杂务工明明说张秘书是让一个他不认识的陌生人叫走的。如果这个陌生人就是周副市长，他应该认识。但是，我们让那个杂务工认了当天所有在场的人的照片，甚至还让他看了当天到场的所有贵宾们的照片，他说这些人里没有他看到的那个陌生人。你觉得是那个杂务工在撒谎？”

“你先别跟我急。首先，我们没有任何理由怀疑这些警卫战士的忠诚，况且那天他们值勤时都是双岗，他们每一个人说的话，都有另一个人作旁证。其次，我也没说那个杂务工在撒谎。但是，我们必须搞清那个杂务工提供的证词，到底有多少真实性。我想到了照片……”

“照片？”

“那天有不少摄影记者到了现场，省市领导的家属里也有带照相机的。我自己那天就照了不少胶卷。如果真有这么个‘陌生人’，我想有没有这种可能，也许他会在某一时刻、在某一架照相机镜头前晃过时，让谁拍到了胶卷里……于是我把我自己那天在来凤山庄拍的所有的照片重新放大检查了一遍，又去几家报社，找到了当天也在来凤山庄进行采访的那些摄影记者，把他们拍的全部底片都调了来，一张一张地放大检查。我还到军区文化部找到那天在现场搞录像的同志，把他当天拍摄的全部录像带翻了一套过来……”

郭强忙问：“发现什么情况了？”方雨林立即拿出一张放大了的黑白

照片，大约有二十寸。“这是其中的一张。为了找到这一张，我真是费了牛劲。”郭强拿过照片仔细地看了看，觉得没什么，完全是一幅室外的风景照。方雨林递了一柄放大镜给郭强，指着照片上的一处，让他细看。郭强看出了一个很模糊的人影。“你觉得他像谁？”方雨林问。郭强笑道：“像谁？像个黏豆包。”方雨林又拿出一张放大照片，跟上一张是同一张照片，只不过放得更大了，几乎跟一张吃饭桌子差不多大，让郭强再看。这一回郭强看出一点轮廓了。“他……他好像……”“像谁？”郭强迟疑了一会儿，仍有点拿不准似的：“是不是有点像那个张秘书？”方雨林又拿出另一张照片让郭强看。那是一张集体照，照片上有好几个人。其中一个人侧着身子站着。他让郭强比比这张集体照中的人，有谁像那张照片里的人。

郭强比照了一下，指着那个侧着身子站着的人说：“像他，很像。”

方雨林告诉郭强：“这就是张秘书。”接着又说：“你看照片上记录的时间，是当天下午四点三十分。枪响前二十分钟。”郭强问：“如果是张秘书，又是在枪响前的二十分钟。他站在那儿干什么？”方雨林又指着照片上的另一处地方让郭强细看。郭强用放大镜仔细看了一下，现在能认出也是个人，不过更模糊，一点也看不清模样。方雨林说：“从经验判断，这个人像之所以这么模糊，是因为他在走动中。但有一点还是可以判定的，那就是他的脸是向着张秘书的。也就是说，这个人此刻正向张秘书走去。我到现场实测过，从这个人所在的位置，到张秘书所在的位置，大约只有两三米。也就是说，在枪响前二十分钟，此人正在去找张秘书。”

郭强说：“你认为这个人是周副市长？为什么？从照片上根本看不出他像周副市长。”方雨林把另一盒录像带插进录像机，又敲击了一下电脑键盘。电脑屏幕上开始出现当天来凤山庄里发生的一些场面：在大厅里，合唱组的成员在练习。周密走了过来，跟他们中的一些人说笑着。有人在布置大厅，挪动灯光架，一条横幅掉了下来，等等。然后，在画面的后景上，我们看到周密做了一个动作，迟疑了一下，转身向大厅的后门走去。

方雨林马上敲击了一下键盘，画面停住了。

方雨林指着画面中的周密（因为在后景上，周围的光线又不是很充足，前景的人又比较多，所以看起来也不是太清楚）问郭强："你能看清这个人是谁？"

郭强犹豫道："这个人有点像周密。但……也难说……"

方雨林用鼠标点击了一下画面中的"周密"。"周密"便顿时放大。

方雨林再问："现在呢？"

郭强仍有些犹豫："好像……是周密……"

"好像？"方雨林一边说，一边再点击了一下画面。"周密"的头像变得更大，几乎占满了整个屏幕。现在能看得非常清楚了，确实是周密。

"是周密，又怎么样？他这会儿在大厅里。"郭强说道。

方雨林点击了一下画面，画面恢复到正常大小。又点击了一下，画面用慢放的形式走动起来。这时，可以看得比较清楚，周密看了一下手表，然后向大厅的后门处走去。这时，方雨林再次点击了一下，让画面停了下来。方雨林让郭强看画面上标明的时间：一九九八年十二月十八日十六时三十六分二十八秒。"他在四点三十六分二十八秒时看了一下手表，然后突然转身向大厅的后门走去。我在现场实测了一下，从这儿走到那张照片上出现的位置，大约需要一分半钟，正好是四点三十八分左右。也就是说，当天下午四点三十八分出现在大厅后门外，跟张秘书接触的人，极有可能就是这位周副市长——当时的周秘书长。"

郭强反驳道："他向后走，有可能是去别处，不一定是出后门。在这一分半钟的路途上，还有没有别的出口？"

方雨林说："有。在这条通道上，有一个男卫生间，还有一个女卫生间……还有一个储藏室……"

"那你怎么证明他不是去了卫生间，不是去了储藏室，一定是去了后门外找张秘书去了？"郭强说道，"那时大厅里还有许多人在走动，也有可能是另外一个什么人去后门外跟张秘书进行接触，为什么只能是这位周副市长呢？这时离枪响只有二十分钟了。退一万步说，这起谋杀案的幕后策划者就是你说的这位周副市长，他为什么要冒那么大的风险在开枪前二十分钟跟张秘书去接触？为了暴露自己？他会那么傻？他这么做的必要性在哪里？如果你是周密，你会这么干吗？要知道他是一个高学历、高智商、有相当丰富的行政经验的人。他为什么要干出这样的傻事？在案发前的二十分钟还要跟被害人进行这么一次莫名其妙的接触？再说了，他要杀张秘书，也不能挑这个时间这个地点杀呀！他这么干，不等于在杀自己吗？”

方雨林沉默了好大一会儿说道：“但是从刚才这段录像上看，四点三十六分时，他的的确确离开了大厅，向后门走去了……”

郭强说：“我刚才说过了，他向后门走去，有各种可能……”

方雨林说：“是的，有各种可能性。但也不排除他去了后门外。对不？当时他是秘书长，是那位张秘书的直接领导。他是少数几个知道聚会结束后，省反腐领导小组的人要找张秘书谈话的领导人中的一个。更重要的是，由于他和张秘书的特殊关系，他极有可能也染指了那三十万份内部股。”

郭强说：“现在没有一点证据可以证实他染指了那几十万份股票。”

方雨林说：“是的，现在还没有这样的证据。但是他为什么要在当天下午四点三十六分二十八秒的时候向后门走去？你真的认为这只是一个偶然的巧合？如果他不是刚提起来的第一副市长，不是市委常委，不是升起在我省天空上一颗最亮的政治新星，如果他头上没有所有这些五颜六色的光环，你对于他在那天下午四点三十六分二十八秒时的举动，也一点儿都不会产生任何怀疑？特别是他当时看了一下手表，这个动作非常能说明问题。这表明，他是约定了某个时间，要向后走去做某件事的……如果仅仅是为了上厕所，他看什么表？谁上厕所前，还看一下表？我的郭大队长，我再说一遍，他是少数几个知道聚会结束后上边要找张秘书谈话的人中的一个。作为秘书长，内定他要参加这次谈话。作为秘书长，他跟张秘书有一种别人不可能有的特殊关系，他很有可能染指了那些内部股。因此，他有可能具备作案动机。而当天下午四点三十六分二十八秒他又匆匆地离开了大厅向后门口走去！一分半钟后有一个人就在这后门外的小林子边上，跟那个被害人接头联络。然后，这个被害人就失踪了，又过了二十分钟，枪声就响了。我的大队长同志，大队长大人，大队长阁下，所有这一切的一切……”

郭强说：“不管你怎么说，那个杂务工已经证实那个跟张秘书一起向杂树林走去的人，不是周副市长，是另外一个陌生人。我们应该重视这个人证的话。”

方雨林说：“但是，下午四点三十六分，周密的确离开了大厅，向后门走去了。”

郭强不高兴地说：“方雨林，你这人怎么这么拗？在法律上，那个杂务工亲眼所见的证言，要比你这些模糊不清、模棱两可的照片录像带可信程度高得多！”这时，方雨林腰间的BP机响了起来。方雨林匆匆看了一下，到外头去回电话。不一会儿，他回到小房间里，显得十分沮丧。郭强忙问：“咋了？”方雨林长叹了一口气道：“那个杂务工不见了……”郭强一愣：“杂务工不见了？哪个杂务工？”方雨林说：“就是那个声称亲眼看到是一个陌生人把张秘书找到后边杂树林里去的那个杂务工。”郭强一惊：“他不见了？这里有名堂呀！你怎么知道他不见了？”方雨林说：“我一直对这个杂务工有怀疑。今天一早，我让大队的两个同志去找他，再核实一下他的证言。那两个同志刚打来电话说，那个杂务工不见了，怎么找都找不着了。”

“那怎么办？这个证人可是太重要了。”郭强说道。

方雨林颓然坐下，长叹道：“不知道……我也不知道该怎么办……”

17

第二天一大早，方雨林匆匆喝完最后一口面汤，把最后一块发面饼填进嘴里，把碗往水池子里一扔，随手抹去小桌子上的饼屑和汤水痕迹，细心地检查过窗子上的插销，拉上窗帘，收拾起那些放大的照片和那盘录像带，架起一个小梯子，把它们放进墙上一个几乎不可能被人发现的壁柜里（壁柜被一张复制的敦煌飞天古画遮盖着），然后撤去小梯子，把小梯子塞进床底，这才关上门，锁上那把大铁锁，还用力摇晃了一下门，确证已经锁死，这才匆匆离去。

方雨林的自行车放在自然博物馆楼下低矮潮湿的自行车车棚的尽里头，再往里去是只有六七辆早已报废了的破旧公车。

方雨林掏出车钥匙刚要开车锁，十分敏感的他发现在他的车周围有一些刚留下的脚印。有人来踅摸过他的这辆车？他疑惑了，四下里打量了一下。

四下里静悄悄的。

他又仔细观察了一下自己的车，没发现什么异常，便开了车锁，向外骑去。但一上马路，他总觉得有人在监视着他。为了证实这一点，他停了下来，往后看了看，后面并没有人。他便骑到附近一个小卖店买了包烟，索性掉头向回骑，骑了大约百十来米，确证了没人监视自己，这才又掉回头，向前骑去。

专案组所在地是个挺旧的平房大宅院，两三位先到的同志悠闲地在青砖影壁前那棵大槐树下擦洗着各自的自行车。他们大都是检察系统的同志。“方公安，今天怎么迟到了？昨晚又跟谁去OK了？”其中的一位跟他招呼道。“跟谁？跟自己。”方雨林笑笑。“来擦擦车吧，给你留了个空儿。”另一位“检察”指指自己身旁说道。大家都知道方雨林是市刑侦支队中的破案高手，都愿意接近他，听他说点啥。

方雨林笑着答应了声："哎。"但锁上车后，却照直向后院的厢房走去。他的办公室在那儿。脚印的"疑惑"还在困扰着他。后院厢房里没人。方雨林走到自己的办公桌前，觉得有点不大对头，好像有人翻检了自己桌上的东西。他忙打开抽屉，抽屉里也被翻动过了。

"你们谁动我东西了？"他探出头去大声问前院那几位仍在擦车的伙伴儿。

"怎么了？哥儿几个来了后，还没上屋里去呢。"其中的一位答道。

方雨林再次检查了一下自己的抽屉，然后去问传达室的老王："老王，一早谁上我那屋去了？"老王神情有点怪异，只说："没瞅见。"方雨林又问："昨晚呢？"老王好像在回避什么："也没瞅见。"方雨林不信："就这几步路的事，您怎么会没瞅见？""您丢东西了？"这回老王抢了个主动，反问了一句。方雨林说："东西倒没丢。"老王便说："没丢，你嚷嚷个啥嘛！"方雨林不乐意了："您这是什么意思？"老王忙说："没啥意思……没啥意思……我一个看大门的还能有啥意思？"

回到后院厢房，方雨林闷闷地坐了一会儿，刚想拿起个卷宗来看，传达室的老王来告诉他："刚才忘了跟您说了，一早乔检吩咐，您上班来了，先上他那儿去一下，说有急事要找您。"

专案组组长乔检察长的办公室单独设在一边的小跨院里。

"乔检，您找我？"方雨林问。

乔检察长指着一把椅子，让他坐，并笑道："怎么了，一早起就整出个驴脸，谁欠你钱了？"说着，拿出一盒烟递了过去。

方雨林摇了摇头，谢绝了。

乔检察长晃了晃那盒烟："大中华，绝对是真货。不抽白不抽。"

方雨林一本正经地："乔检，上边让我上您这儿来，是作为被审查对象，还是作为您这个专案组的工作力量？"

乔检察长淡淡一笑："怎么，觉出些什么来了？"

方雨林激动地一下站了起来："刚才……"

乔检察长却仍保持着他那种不紧不慢的神情，对方雨林做了个手势，让他别激动，坐下慢慢说。"如果组织上要审查我，请正大光明地干。"方雨林坐了下来。"如果你有什么问题要我们审查……"乔检察长也不示弱。"我要你们审查我？我有病？是你们……"方雨林又激动起来。"坐下，坐下。没人跟你吵架。"乔检察长又提醒方雨林道。

方雨林气呼呼地坐了下来，一时间却不说话了。

"好吧。情况是这样的，昨天晚上，你们市局来了两个同志……"乔检察长说道。

方雨林一下急了："他们搜查了我的办公室？"

乔检察长拧起眉毛："方雨林同志，你能不能冷静一点？他们究竟做了些什么，你别问，我也不会告诉你。但一切都是符合组织手续的。"

方雨林一下站了起来："符合组织手续就可以乱来吗？"

乔检察长用力拍了一下桌子："方雨林！"

方雨林不作声了。

乔检察长恢复了他那不紧不慢的语调，说道："他们要调你回市局。"

方雨林一怔："调我回刑侦支队？"

乔检察长说："恐怕还不是刑侦支队。他们开始不肯说，后来随便聊了一会儿，他们告诉我，可能要调你去桦树县双沟林场派出所当副所长……"

方雨林一愣："双沟林场派出所？"

乔检察长眼神中掠过一丝一般人难以觉察的忧郁，但语调仍是那样的平和，又略带一点调侃："是。以后你娶媳妇，弄点好的硬杂木料打个大衣柜什么的，可就方便了。"

方雨林紧接着问："为什么要调我去那儿？"

不想正面回答，也不能正面回答这个问题的乔检察长只说道："明年，我儿子娶媳妇，你也帮我弄点好木料……”

方雨林真急了：“乔检，您别跟我打哈哈了！到底咋回事？”

“咋回事，”乔检察长故意停顿了一下，“嚓”的一声，又划着一根火柴，点着一支烟，默默地吸了两口，才反问，“你自己不清楚？”

方雨林愣愣地想了想，问：“他们……他们昨晚几点来的？”

乔检察长反问：“几点来的，有什么关系？”

方雨林认真地：“如果能告诉我的话……”

乔检察长说道：“十点来钟吧？挺晚的了。”

方雨林念叨着：“十点来钟……十点来钟……”

“十点来钟怎么了？在这之前出过什么事？”乔检察长敏感地问。

“十点来钟……我知道了。谢谢乔检！”方雨林说着就要往外走。

“雨林，”乔检察长把他叫住，“到底怎么回事？”

方雨林只答道：“这是我和他们之间的事。”

乔检察长神情忽然变得严肃起来，这在他还是不多见的：“雨林，话说到这儿，我真不该再说什么了。你原是市公安局的人，现在市公安局要你回去，经请示有关方面，有关方面也同意让你回去。你回去就是了……说老实话……我真不该再说什么了……但是，我们共事这一段……”方雨林忙说：“乔检，我明白您的意思了。谢谢您！”乔检察长却好像没听到方雨林说什么似的，只管说他这时特别想说的：“雨林，年轻是个本钱，但它又不算个本钱。你不能只凭着自己年轻，就啥都不顾了。你一定要想到，这年轻是会过去的。”

乔检察长说完后，方雨林再没吱声。他掂出乔检察长话里的分量来了。话虽然只有几句，但它肯定是乔检察长这个老政法一生酸甜苦辣的总结。不管这些话是否符合自己的口味，也不管这些话说得是否深刻，方雨林知道对这种“教诲”，自己只能默默地领受，细细地回味才是。然后他告辞，飞快地骑上车，回到自然博物馆，把车往车棚里一扔，随手从地上捡起一块砖头，就向楼里跑去。跑到电梯口时，已经有几位博物馆的工作人员在那儿等电梯了。那几位文质彬彬学者模样的人，一看满头是汗的方雨林拿着一块砖头冲了过来，都不免有点惊讶，但又都不敢吱声。电梯到了二楼。方雨林冲出电梯，问那个守候在“参观者止步”牌子前的老人：“今天我走了以后，有没有人来过我那小屋？”

说话从来干脆利落的老人今天却吞吞吐吐了：“这……那……”

方雨林追问：“到底有没有吗？”

老人为难地说：“他们……他们……不让我瞎说……”

方雨林没再问下去，赶紧冲到自己小屋前，一看，肯定是有人来过了，门鼻儿和锁头都已经换过了。他抄起砖头就向门锁砸去。冲进屋后，方雨林直奔床前，从床底下拖出小梯子，爬上去赶紧打开壁柜。但壁柜里所有的东西都已经被拿走了。

“他们这是干什么呢？”他愤愤不平。他冲到街边的公用电话亭里，稍稍平静一下自己几乎是无法平静的心绪，然后拿起电话，给郭强拨了个号。等那边电话响了，郭强都拿起电话说话了，方雨林却犹豫了一下，一时间又不知道说什么才好。

“喂，哪路神仙？干吗不吭气？”郭强一边问，一边还在处理几份文字材料，比如队员的探家报告，食堂添置压面机的请示报告，关于购置两台 586 电脑的申请报告，等等。方雨林仍在犹豫。郭强似乎敏感到了一点什么，忙示意一个刑警去启动那部来电自动追踪定位仪。“朋友，您别着急，有什么事，慢慢说，就算出了天大的事，人民警察都能替您……”郭强开始实施拖延战术，争取时间。不想让郭强知道他是谁和在哪儿打电话的方雨林当然知道怎么避开这后果的产生，于是赶紧把电话挂断了。

还有什么可说的呢？

雪又重新下了起来。只是不那么大。只是绵软依旧。灰暗得仿佛熄了火的灶眼儿。既然要走，还是得慢些准备。方雨林买了一车蜂窝煤，一袋大米，一大块包在塑料纸里的冻肉，运回家。卸下煤，一个个码放在房檐下，去隔壁邻居家还了车，又把大米和肉拿进自己家，然后上院里的公用水龙头下洗手。一个邻居二大妈求他帮着修理一下她家大屋里的炉子，“也不知道咋整的，这两天它老不吸火。你大年兄弟去深圳出差还得个把礼拜才回来……”“哎，我一会儿就替您瞅瞅去，没准儿又是哪一节烟道堵了。”方雨林极痛快地答应了。过了一会儿，他回到家。父亲问：“把二大妈家的炉子整好了？”方雨林应了一声，拿菜刀和案板，准备切肉。

“今天咋这么清闲？专案组里没活儿？”

“没活儿。”

“专案组怎么会没活儿？没活儿整个专案组干啥？一天开销怪大的。”

“没活儿就是没活儿嘛。我又不是头儿，我知道它咋整的？”

“强子来找过你两回了。”

“哪个强子？”

“还有哪个强子？你们那个郭强呗。”

“是吗？”

“你干吗不搭理人家？”

“我没不搭理他。”

方父的说话声一下拔高了：“那你起码也得给人家回个电话吧？”

方雨林低下头去切肉，不再跟父亲拌嘴。

方父仍然愤愤不平地说：“大队里的同志，不管谁，对你对咱们这个家真是没得说的！”方雨林不想跟父亲吵嘴，仍保持着沉默。“你被省反贪局借调到东钢专案组以后，人家也没把你当外人。每回发什么困难补助，都把咱们家放在头一个……”父亲仍在絮叨。“听强子说，大队里正想法子解决雨珠下岗的事儿。”

这档子事方雨林还不知道。听父亲这么一说，他的心一颤，一刀切在了自己手上。他撂下刀就向农贸市场入口处跑去。雪还在下着，小风也嗖嗖的。方雨珠仍围着那条红头巾，和一帮大学生、一帮下岗女工一起，捧着各自的求职硬纸牌，在刺骨的风雪里苦苦地等待着。一辆高级轿车开了过来，从车上下来一位四十多岁的“富婆”。下岗女工们一拥而上。

“富婆”操着一口土得掉渣的东北话：“干哈（啥）呢？你们干哈（啥）呢？”女工们只得收住脚，不再往她跟前围了。“富婆”款款地向大学生那边走去。轿车里，一只长得极丑的沙皮狗把头探出车窗，冲着女工们狺狺狂吠地叫了两声。女工们自嘲般地哄笑了一下散去，又退回到各自的位置上。所有这一切，都被在不远处站着的方雨林看在眼里。他走过去，叫住方雨珠：“走，我有点事儿要跟你说。”“你手又怎么了？”方雨珠问。方雨林夺下方雨珠手里的硬纸牌，推着她向一边的小吃店走去。这时，又开来一辆旧的伏尔加车。已经有了一点等待经验的方雨珠忙对方雨林说：“这是公家的人。你先去那边小吃店里等着，我一会儿就去。”说着，便从方雨林手里把硬纸牌夺了去，迎着那辆旧伏尔加车跑去了。不一会儿，方雨珠极兴奋地跑进小吃店，告诉方雨林：“有了！有了！我有活儿干了！有活儿干了！是九天集团。赫赫有名的九天集团！还就愿意要女工，就要二十三岁至三十岁的下岗女工。大了不要，小了也不要。还就要纺织厂下岗的女工。真神了！ 他们这回招工，简直就是冲着我来的。请客，我请客！哥，你想吃什么？大楂子粥？豆腐脑儿？杏仁茶汤？黏豆包？快说呀！”方雨林说：“我已经吃过早饭了。给你要了一份你爱吃的炒疙瘩。”方雨珠忙说：“一份怎么够？老板，再来一份炒疙瘩。多放辣椒，多放蒜泥。”

不一会儿，两大盘拌得油红油红的炒疙瘩，冒着腾腾热气端了上来。方雨珠拿起一把醋壶，“哗”地往炒疙瘩里又倒了不少的醋，接着便搅动起两根又粗又长的竹筷，大口大口地吃了起来。方雨林没动筷子。“哥！”方雨珠催促。方雨林端起自己的那盘，往方雨珠的盘里拨去一多半。

“你要撑死我？”方雨珠笑嗔。

方雨林勉强地笑了笑，这才慢慢地往自己嘴里挑了一筷子，细细地嚼了起来。而方雨珠却仍显得十分兴奋："明天就让去面试哩。要行的话，下个礼拜就能去九天集团上班了。哥，你使使劲嘛，你熟人多，能拐着弯儿帮我给九天集团的老板递个话吗？"

"我想想办法……"

"能去九天集团上班，太棒了。你不知道？这半年多，省市的电视台报纸老在宣传他们的那个老总冯……冯什么来着？"

"冯祥龙。"

"对对对，就是冯祥龙。说他特别能干，特别有点子，优秀企业家。"

"行，我在走之前，一定替你把这件事办妥了。"

方雨珠一愣："走？你又要上哪？他们怎么老要支开你？"

方雨林沉吟了一会儿："这件事，我还没跟爸实说。怕跟他说不清，又让他费心。我只告诉他我可能要出一趟长差，去外地办一件大案。一时半晌儿不能回家照顾他们……"

"你到底要去哪儿？"方雨珠急了。"桦树县双沟林场派出所。去那儿当副所长……""让你去桦树县双沟林场？他们可真行！干吗不一竿子把你支到喜马拉雅山那边，把你的国籍也开除了算了！""可惜他们管不了开除国籍的事。""你就这么应下了？""我是警察……"方雨珠的声音一下子提高了两个八度："警察就该随便让人支来支去？我找你们局领导去！他们凭什么呀！"方雨林忙拉住她说道："雨珠，这次调动，原因相当复杂……它牵涉到……牵涉到一些我不能跟你说的事情。我不知道这些事情今后会怎么发展……但我想不管怎么样，你一定能把爸妈照顾好……"方雨珠撇撇嘴，说道："干吗？留遗嘱呢？告诉你，我可经不住吓唬。"方雨林苦笑笑："谁给你留遗嘱？"

到下午，方雨林去市局政治部拿调动手续。手续该组织科办。拿上行政介绍信、组织介绍信、工资转移证明等一摞盖着鲜红鲜红的大印章的纸片，方雨林对组织科的几个办事员客气了一句："走了，以后欢迎各位上咱林场派出所去检查指导工作！”办事员们也叹惜：“唉，真不知道咱那些头头是咋想的，怎么就舍得把你这么个破案高手随随便便地外放了……”

方雨林走出组织科的门，遇见组织科的宋科长。宋科长在法学院上过一期三个月的短训班，见了方雨林总喜欢叫他“老校友”或“小师弟”。如果组织科的人当着他的面向外单位来的同志介绍他是法学院“毕业”的，他一般也不否认。

“老校友，干吗呢？”

“宋要害，您哪！没干吗，在您这儿办事哩。”因为这位科长老爱说“政治部是要害部门，而我们组织科呢，又是要害中的要害”，所以方雨林爱叫他“宋要害”。

“不上科里坐一会儿？”

“不了不了。”方雨林说着便向楼梯口走去。“老校友”也没再挽留方雨林，只是走到办公室门口，却好像想起了什么，忙转身大声地问方雨林：“调动手续你都办了没有？”

“办了。”方雨林答道。宋科长忙又回头问那个办事员：“你跟方雨林说了没有？马局找他。”那个办事员一拍脑袋，叫了声：“哎哟，我怎么给忘了。”“你真是个黄鱼脑袋！”宋科长训斥了一声，忙跑出去追方雨林，告诉他：马局找他好几天了，有重要的事跟他说。还特地吩咐，来办调动手续时，一定让他到他办公室去一趟。

方雨林淡淡一笑道：“请你转告马局，该明白的，我全明白了。我方雨林会好好在基层接受锻炼的。”

宋科长忙说：“那你也得去见见马局，要不我怎么跟他交代呀？”

方雨林说：“不用了。”

宋科长说：“那可不行，你小子……”

方雨林却一扭头，快步走出楼门，骑上车走了。傍晚四五点钟，他已经上了去桦树县的火车了。那是一趟慢车，柴油机头拉着十来节挺脏的老式车厢，“呼哧呼哧”地行驶在北方辽阔的大平原上。缓缓起伏的岗地酷似壮汉的胸脯，厚实而宽阔，在大雪的覆盖下，白茫茫一片真干净。不算拥挤的硬座车厢里，方雨林仰靠在座位上，似乎在打盹儿，但他并没有睡着。从略微虚眯着的眼缝里，他警觉地注视着坐在自己对座的那两个彪形大汉。上车不久，他就注意上这两位了。他俩的座位分明不在这儿，却偏偏要守在他跟前，而且总是轮班守着，不知道惦记着他身上的什么玩意儿。方雨林当然不敢大意。不一会儿，他起身走到两个车厢的接头处吸烟。那两个大汉立即跟了过来，一个进了厕所，一个就在厕所对面的盥洗室边上站着，公然地监视起方雨林来。几分钟后，列车咣咣当当地进了一个小站。方雨林忙揿灭了烟，下了车。两个大汉也跟着下了车。方雨林走到站台前的一个布告栏前站住，装着在看布告。那两个大汉就在他后面大约六七米的地方站着。

站台边上有一个老大不小的旧枕木堆。方雨林突然蹿到枕木堆后面，侧身隐蔽。这两个大汉显然是受过某种跟踪训练的，一个殿后掩护，另一个一个箭步蹿将过来，但没等他站稳脚，方雨林便从暗处猛一个抢背把他摔倒，并将他死死地摁在了地上，迅即从他身上抄出一支手枪。殿后的那个听到枕木堆后有人惊叫了一声，忙蹿过去，也被方雨林一个剪腿摔倒，刚翻身站起，一个黑洞洞的枪口已对准了他。

“别误会……自己人……自……自己……”这个大汉慌忙叫嚷。方雨林没听他解释，只是一猫腰把他身上带着的那支手枪也抄了下来。

头一个大汉忙说：“是局领导让我们来护送您的。不信，您看我们的警员证。”说着伸手去掏警员证。

方雨林怕他又去掏别的暗器，厉喝一声：“别动！”

那大汉忙说：“不动，我们不动。您自己掏。我们是新成立的治安二科的。去年在省警校受训，您还给我们讲过擒拿格斗课。说实话，刚才您这两招，哎哟，比您在讲课时给我们演示的厉害多了！”

火车终于停靠在了桦树县站台上。几个穿着公安制服的人早就在那儿等候着了，不等列车停稳，便迎了上去。他们是县局的同志，是市局马副局长安排他们来接站的。而后他们乘坐一辆挂着民用车牌的小面包车向林场驶去。小面包车在林区的便道上疾速地行驶。不远处还平行地行驶着一辆由老式蒸汽机头牵引的林区窄轨小火车。小面包车里，方雨林和前来护送他的那几个警员保持着沉默，迎面扑来的是一片茫茫的林海雪原。

小面包车终于和那窄轨小火车分手。小火车喷吐着大团大团的浓烟继续向林海深处驶去。小面包车却拐了个弯儿，向一片面积不小的"洼地"驶去。而后，洼地里出现了连片的木屋、连片的木架，有经验的人便能知晓，快到林场了。果不其然，很快，小面包车在一个独立的小砖房前停了下来。小砖房前挂着一个"双沟林场检查站"的大木牌，木牌前有一辆警车和两个警员在那儿等候着。警车的车身上印有"双沟派出所"字样。

小面包车和车上的那些警员不再往前走了，他们把方雨林"移交"给双沟派出所的同志，就算完成了任务。方雨林转过身向小面包车上那些仍在目送着他的同志认认真真地敬了个礼，那些同志也向他认认真真地还了个礼。

方雨林心里一热，眼眶立刻湿润了。他忙一弯身一抬腿，上了那辆双沟的警车。

警车驶进暮色，一直到它慢慢地从视线中消失，奉命护送他的那几位同志，才把手从帽檐儿上慢慢地拿了下来。他们和市局大多数同志一样，在一知半解的情况下，都特别同情方雨林，也特别敬佩方雨林。

警车慢慢地行驶在通往林场场部那略有点颠簸的土路上。路旁堆着的雪几乎有一人多高，小家小户的围墙都是用树木的板皮夹成。

警车从派出所门前开过，却没停，这让方雨林有些疑惑。后来它开进林场场部背后的一条小巷。这里的路况非常不好，能把人颠晕了。好在这段路并不太长，要不，方雨林宁可步行。不一会儿，车子开进一个非常陈旧的院子。院子里有一幢非常陈旧的两层楼的砖房，但院子里却停着一辆崭新的进口本田越野车改装成的高级警车，这着实地让方雨林吃了一大惊。因为这样的警车只有市局一级的领导才配得上坐。难道说，天下事真有那么寸的，市局的某位领导居然也上这儿来“检查工作”了？

方雨林暗自琢磨着，那两位警员把他引进了那幢小砖楼，引到一个房间门前。其中的一位敲了敲门，低声对门里头的人说了声：“方所长到了。”然后恭敬地向方雨林点了一下头，示意他过去。方雨林犹豫了一下，慢慢推开门。他万万没想到，房间里居然坐着马副局长。

方雨林一愣：“马……马局？”这时，方雨林才明白过来，他这一回的调动，是马副局长特意安排的一出“双连环好戏”！马副局长从郭强那儿得到报告，知道方雨林通过现场照片的分析排队，居然把侦查的方向对准了刚提起来的副市长周密，他着实地吃了一大惊。从理论上说，方雨林的确可以怀疑任何人。但这样单枪匹马，不经任何组织批准，就把侦查的矛头直指一个市委常委、市政府的常务副市长，多年的党性修养、纪律规范和经验教训都告诉他，在我们的体制下，这是绝对不允许的，也是绝对行不通的。虽然他认为，方雨林做的工作并非没有价值。

“你觉得你一个人就能把这个案子搞个底儿穿？有人能在来凤山庄那样的地方，在咱们的鼻子底下把人杀了，你这么蛮干，是不是想做第二个送命鬼？”

方雨林说：“我觉得策划这起凶杀案的人主要目的还在于掩盖他自己在东钢股票案中的涉案真相。现在目的已经达到，他会把自己深深地隐藏起来，不到万不得已，他绝不会再作案，更不会轻易杀人……”

“如果他发现有人在跟他过不去，死活要把他推到法庭上去受审，他还会稳坐泰山，不闻不问？”马副局长反驳道。

方雨林哼了一声：“怕喇喇蛄叫唤，还不种麦了？”

“像你这么个种法，还想收麦子？老本都得赔个精光！”

马副局长狠狠地瞪了他一眼。

方雨林不再作声。方雨林打心眼儿里佩服马副局长。就因为两点。第一，马局是实干出来的。这个领导真有两下子。嘴皮子上虽然翻不出太大的花儿，但在实际操作上，每每到关键时刻，他真能给你点到痛处。搞侦破其实没那么神秘，有时也就是一层窗户纸的事，谁能把这层窗户纸捅破了，什么事都解决了。但这一层关键的窗户纸到底在哪儿？学问可大了。你找不到，马局来给你说上一句两句的，嗨，还真豁然开朗，能给你点拨清楚。第二，马局宽容、正直。要求一个领导没一点毛病，没一点个人爱好，不可能。现如今最时髦的一句话就是：谁都是人嘛。是人都吃五谷杂粮，都拉臭屎，都有七情六欲。当领导的能例外？不能。但你在那个位置上就得能容人。能容人者人方肯跟着你干。你的心眼儿就耳挖儿那么点儿大，能从人群中悟出多大一勺芝麻油？你心术不正，老在算计别人，别人能死心塌地跟着你干吗？但马局真容人。他最大的一个特点就是不记恨自己的同志。只要都是为了做好工作，你完全可以戳着鼻子跟他吵，吵过不算数。你要真能出一点他想不到的高招，他不仅不忌妒你，还真喜欢你维护你。当然，你要是拿工作不当工作，给你布置了任务，你不好好干，他可绝对轻饶不了你。这也是方雨林敬重他的一点。当领导嘛，该要权威的时候，要不了权威，这样的人肯定连红薯也卖不好。

过了一会儿，方雨林问："那我现在还能做些什么？"

马副局长回答得特别干脆："现在要你什么也别做。"

方雨林一愣："又像'5·25'大案结案前那样？"

马副局长说："但不希望你重犯那时犯过的错误。"

方雨林想了想："难道真的必须把一切都停下来，什么都不做，才能把事情搞清楚？"

马副局长说："你不做什么，我不做什么，不等于组织上也什么都不做。局部停下来，是因为整体操作的需要。你应该看清，'5·25'、东钢股票和来凤山庄谋杀案，绝对不是一般意义上的经济犯罪和一般意义上的刑事犯罪。我们的对手更不是一般意义上的刑事犯罪分子。”

方雨林一时无语。

“还想不通？”马副局长又点着一支烟。这支“老枪”一天有时得烧三盒烟。“好吧，跟你通报一点情况，你就可以知道，除你以外，还有很多人在为破这个案子工作着。现已查实，那天下午四点三十六分左右一直到枪响前那一刻，已经到达来凤山庄的那些客人和工作人员中，没有一个人到大厅的后门外去过。”

方雨林眼睛一亮：“那……去后门外的只能是那个姓周的人了？”

“有关方面也查实，周副市长，当时的周秘书长，在下午四点三十六分左右的确离开过大厅向后门走去。但有人证实，他去的是男厕所，而不是后门外。”

方雨林一愣：“那么，在枪响前二十分钟，在后门外的小杂树林边上跟张秘书在一起的那个人到底是谁？”

“不知道。你放大的那几张照片，连同它们的底片，我们已经拿到北京，请公安部技术鉴定中心去做鉴定了。”

“你们怀疑照片的真实性？那张照片是省报记者照的，他是个老资格的时政记者。”

“最后鉴定出来以前，我们谁也别下结论。凶手是否就一定是我们内部的人？那天下午，在来凤山庄是否真的就不可能再混进来外边的人？等等。所有这一切，都还不能说板上钉钉了。还有个情况，你可能还不知道。当天下午，案发前一刻，市政府秘书处的阎秘书奉命到后门外去找张秘书，有人听到那个杂务工对阎秘书说，他没看到张秘书上哪去了……”

方雨林忙问：“是同一个杂务工吗？”

马副局长答道：“是同一个杂务工。就是那个失踪了的杂务工。”

方雨林忙站了起来："那太不可思议了。我们在向他调查时，他一口咬定，他看到张秘书出去了，而且是和一个背包的陌生人一起出去的。而且……而且照片……照片上也照得非常清楚，枪响前二十分钟，这个张秘书的的确确在小杂树林边上跟一个什么人在接头。而后，他就失踪了。而后，枪声就响了！"

"枪响前二十分钟，在山庄的各个角落，相互在接触、在谈话的，大有人在。就说你吧，当时也在山庄值勤。枪响前二十分钟，你很有可能也在跟谁在说什么悄悄话。如果有人拍下照来，一口咬定说你们俩在合谋枪杀张秘书，这不滑天下之大稽？"

方雨林愣怔了一下，说："可是……可是……你们已经派人查实，那天下午在来凤山庄里的人，从四点三十六分开始一直到枪响前那一刻，没有一个人走出过山庄的后门。但是照片上明明拍到了有这样的两个人出现在山庄后门外的小杂树林边上。这两个神秘的人到底是谁？您刚才说，下午四点三十六分左右，在山庄内外，相互在接触谈话的大有人在。这没错。但是，处在其他位置上，根本不可能在二十分钟之内，既要谈完话，又要去找到那个张秘书，带着他一起穿过那片小树林，再走进门窗都已经封死的那个旧别墅里，再开枪把他打死。只要做一个简单的测试，就能证明这一点。"

"你总是叨叨你那些照片、照片……你有什么充分的理由认定照片拍到的那两个人里，有一个人一定是凶手？凶手到山庄后为什么一定要先跟张秘书接头？他为什么不可能早就和张秘书约好在旧别墅里见面，等张秘书一走进别墅的门，就开枪……"

方雨林想了想又说道："如果根本就没有人在后门外的小杂树林边上接头，那照片上的两个人到底是谁？"

马副局长终于有些受不了了："照片！照片！方雨林，在北京的专家对你那几张照片做出最后的鉴定以前，你能不能别再跟我提你那照片了？"

方雨林愣了愣，不作声了。

18

丁洁悻悻地走出方家，方雨珠赶紧跟了出来。两个人默默地走了一会儿。上午，丁洁很偶然地从新闻部一个专门跑政法口的记者那里得知方雨林"受了处分"被"下放"到某个林场去了，下班后便急急忙忙地赶到方家来核实消息。她真正气愤的是，方雨林临走居然连个电话都不给她打。对这一点，方雨林的老爸也觉得"方雨林这小子特浑，真对不住人家丁洁"。方雨珠跟出来，就是想安慰一下丁洁。方雨珠特别佩服丁洁。每次看本省和本市的电视新闻，她都会忍不住地跟人家说："这些报新闻的播音员都归我哥的女朋友管。她特能耐，真的！人长得也漂亮，比我哥强多了。"

"有时，我……我们全家，包括我爸、我妈，都非常非常想不通。我哥这么对待您，真的太不公平了。您对他那么好……"方雨珠说着，眼圈竟红了起来。

丁洁轻轻地搂住方雨珠说道："有时候……我也觉得自己真的……是不是有点太贱了。干吗呢？这世界就剩他方雨林一个男人了？到底是我丁洁太幼稚，还是他方雨林太幼稚？"

"丁姐，别呀。您千万别这么想，也别这么说。我知道我哥，他心里还是喜欢您的。不知道他拧了哪根筋，这么浑蛋……他有时候的确挺幼稚，但是……但是……他绝对没有坏心眼儿。他对自己所做的一切，绝对能负起他应该负起的那份责任。您应该比我更清楚，现在好男人真太少了，特别是那种能够对自己所做的一切都敢负起那份应负的责任来的男人，的的确确不是太多……我……我说错了吗？也许……也许……他真的只是觉得自己配不上您……才这么故意冷落您的……真的……我从来没听他说过您一句不好……”

丁洁觉得自己的心在一阵阵缩紧，便无言地紧紧搂了一下方雨珠，快步走到胡同口，赶紧上了她那辆欧宝车，刚关上车门，眼泪便再也止不住地流了下来。她闭着眼睛，一动不动地坐着，紧紧地咬住嘴唇，由着眼泪自己去流淌。这时，她的手机突然响了起来。她不想接，但手机却顽固地响个不停。她一下摁停了它。但过了一会儿，它又响了起来。她再次摁停了它。然而它却第三次响了起来。她无奈地看了看显示屏上显示的来电号码，赶紧拿起来接听了。是周密打来的。

“丁洁，没出什么事吧？”“我有什么事可出？”“一个小时内，我给你打了四次电话。”“对不起，我正在处理一起紧急事情。”“你不在电视台吧？我打到你办公室去了，那里没人。”“对，我现在在外头。”“后天是星期六，能见个面吗？晚上不行，白天也行。”“周副市长，我现在完全没有那个心情度周末……”“我也没有那个心情度什么周末，我只是想跟你谈一谈。”“谈什么？私事？公事？”“丁洁，你为什么要用这样的口气跟我说话？”丁洁苦笑了一下，应道：“我现在跟任何人都用这种口气说话。”周密换了一个坐姿，让自己坐得更舒服一些：“你到底怎么了？丁洁……”

丁洁不作声了，但眼泪却无声地流了下来。

19

第二天一早，天色还不是太明。习惯早起的马凤山刚起床不久，正在屋里练那套他自己编的徒手操，忽听门外响起一阵窸窸窣窣的异响。他厉声问："谁？""方雨林。"

马凤山去开门。方雨林拎来一桶热水。他趁着马凤山下楼上院子里洗脸刷牙的工夫，指挥两名年轻的警员赶紧地把屋子收拾了。等马凤山刷完牙洗完脸回到楼上时，房间已收拾干净，早饭也摆放在那张虽然挺旧，但擦得十分干净的办公桌上了。马凤山掩饰不住那份高兴，夸道："方雨林，你进入角色挺快！"方雨林向那两个警员使了个眼色，那两个人立即退出屋去。马凤山端起那碗滚烫的豆浆，小小地啜了一口，故意问："你们双沟林场喝豆浆不搁糖？"方雨林忙把早准备好的糖罐拿过来放在马凤山面前。马凤山搲了一勺子糖放到豆浆碗里，一边慢慢地搅和着，一边通报道："吃了早饭，我就打道回府了。"方雨林闷闷地说道："知道。我已经让人给车加了油。""怎么了，你好像还有什么话要跟我说似的？"方雨林笑了："局座明鉴。"马凤山推开豆浆碗说道："甭跟我油腔滑调的，有话就快说。"

"我知道这回市局党组把我下放到双沟来是对我极大的爱护、关怀……"方雨林字斟句酌地慢慢说道，"也是我自己活该！"

"你瞧你，不出三句，牢骚怪话就上来了！"

"双沟所没正所长，我这个副所长在这儿就算是党政一把手了。天大的担子压在我一个人肩上，我一定不辜负组织的信任和栽培，在有限的时间里，把双沟所建设成为领导放心、人民拥戴、警务公开、没病没灾的派出所。有些事情本不该我这号小人物操心，但在老领导面前，我想还是可以实行知无不言，言者无罪的原则的，所以我就放肆地说了。第一，送照片到北京让专家鉴定，绝对是无可厚非的。但不知这一路上对照片和送照片的同志是否采取了绝对安全的保护措施……"

"一早，我跟去北京的同志取得了联系。他们已经安全到达北京了。"

"那好，那好。第二，有人证实那天下午四点三十六分左右周副市长离开来凤山庄大厅向后门口走去，只是去了厕所，并没有出后门，更没有去什么小杂树林边上会见张秘书。这个唯一的证人，突然失踪了，我觉得这很说明问题，必须查个水落石出。”

“这两件事情都在进行之中。”

“那更好了，更好了。我知道我都是在瞎操心，领导肯定比我想得周到。第三……第三……那我就更在胡说八道了……昨天晚上我才知道，双沟林场原先有一个老所长，在这儿干得挺好。就在通知我来双沟的前两天，他突然被调走了。给我的感觉，调他走，纯粹是为了给我腾位置……”

“胡说八道！”

“后来我又想了，如果一定要找个比较偏僻的地方来让这个不太听话的方雨林去吃点苦、受点罪、好好地接受一番教育和锻炼，这样的地方多的是，干吗非要把他放到双沟来呢？还得折腾人家老所长从睡舒服的热被窝里挪动出来。那么是不是还有什么别的更重要的原因？我仔细一想，真的吃了一惊，这个桦树县双沟林场居然是这位周副市长的老家。他爹妈带着他离开林场去东钢时，他已经快十五岁了。现在这个林场里还住着他的亲大伯和几个姨哩。市局领导在这个节骨眼儿上把我放到这儿来，除了要我管好这个派出所以外，是不是还有点别的意图？如果可以的话，请局座在喝豆浆吃油条的同时，给卑职一点明示。”

这时，一直保持在马凤山脸上的那种微笑，突然凝固了。他慢慢放下手里的豆浆碗，细细地打量了一下方雨林，然后又恢复了那种若有若无、含意不明的微笑，不着边际地说了一句：“你倒挺会联想的！嗯，说下去，继续说。别傻站着，再给我添碗豆浆。”

20

按约定的时间，丁洁开着她那辆欧宝车，慢慢驶进周密住着的那个“工人住宅区”。中午时分，虽然绝对温度仍在零下六七度左右，但由于那些脏雪极容易融化，路面和院子的坑洼处都已相当的泥泞。也许因为经常有人开着各种各样高级或不那么高级的轿车来看望周密，所以这儿的居民对丁洁这辆绿色欧宝车并没显出多大的好奇，倒是一些孩子，尤其是一些半大不小的男孩儿仍饶有兴趣地跟在车后一直往里跑去，嘴里还在模仿汽车喇叭的声音，争先恐后地叫喊着：嘀嘀——嘀嘀嘀——车开到楼下，丁洁真的摁了两下喇叭。

周密打开窗户，向她做了个手势，请她上楼去。

上楼？还是不上楼？这可是个“原则”问题。丁洁犹豫了一下，决定还是上楼。

走到房门口，周密已经开着门，微笑地迎候她了。“换鞋吗？”丁洁微微红起脸问。“换什么鞋噢，我这儿乱七八糟的，别把你的鞋弄脏了就行了。喝什么？绿茶？花茶？还是咖啡？热露露？”

丁洁笑道：“到底是市领导家，光喝的就够开个酒吧了。”

周密还挺认真地继续询问：“喝咖啡？”

丁洁说：“我在家里可从来不喝速溶的那种。”

周密微微一笑：“到我这儿，还能让你喝速溶咖啡吗？”说着便拿出一整套磨咖啡煮咖啡的器具，都是银光闪闪十分精致典雅的欧式用具。正经从国外带回来的。

丁洁打量了一下环境，问道：“怎么看不到女主人的照片？是不是为了接待女同事、女朋友方便，故意把它从墙上取下来了？”

周密脸微微一红：“不是我要把它取下来，是她自己不愿意再挂在我这儿，把它们取走了……我和妻子分居已经很多年了……”

丁洁装作不知道似的，故意地惊叹道：“是吗？能让我参观一下吗？”一边说，一边向里间屋走去。“这间是您的卧室？”说着，便伸手去推那间屋的门。没想到周密忙跑过来，一下把那间屋的门锁上了，动作非常生硬，神情也有些慌张。丁洁忙道歉：“对不起……Excuse me……”“对不起……那屋……太乱……”“对不起，Excuse me……”

两个人都略有一点尴尬，闷闷地坐了一会儿。还是周密先打破了这个僵局。他问：“刚才你问什么来着？我妻子的事？你不知道？你应该知道。”“我为什么应该知道？”“你是新闻部主任啊。”“对不起，我是新闻部主任，不是男女隐私部主任……”“对对对，说得对。”周密又红了红脸（这一点给丁洁留下极深的印象。她真想不到这么一个“日理万机”的常务副市长，居然动不动还会脸红）。“听说这两年社会上有些作家，就靠出卖自己和别人的隐私赚大笔的稿费。唉，我们的作家呀……”“您觉得我也是那种不要脸的人？您，周副市长希望我们电视台新闻部也向那个方向靠拢？”“开个玩笑，我怎么会希望我们党领导下的电视台新闻部向那个方向靠拢？我妻子在我从政前，就跟我分居了。那时她和我都在省经济学院教书，都是年轻讲师。后来教研室的一个副教授动员她跟他一起到南方下海，当时动员我也一起去。我那时没那个勇气，也丢不开我这边的事业。她就走了，后来她跟那个副教授又去了香港。两年后，又把女儿接走了。”

“您倒是真舍得！”

“舍得谁？她？还是女儿？”

“她，也包括女儿呗。”

“她嘛……是没办法了，女儿是真舍不得。心头肉啊！”

周密拿出自己的钱包，钱包里夹着一张女儿的照片。

丁洁仔细看了看照片，笑道：“不像您。”

周密又红了红脸："是的，她像她妈妈。"

"您妻子很漂亮嘛！"

周密轻轻地叹了口气说道："可以这么说吧。"

丁洁试探道："有她的照片吗？让我看看。"

周密忙说："不必了吧……"

丁洁没再坚持。过了一会儿，她问："您觉得，作为一个副市长，住在这样的住宅区里，于己于人都方便吗？您当副市长以后，您那些普通百姓的老邻居是不是也觉得有点别扭，挺不自然的？"

周密说了句实话："不管他们别扭不别扭，我想我总是坚持不了多久了……"

"为什么？机关里一直在催您搬家吧？"

周密苦笑道："不尽然……"

丁洁一本正经说道："我想也是，做人民公仆，不在这形式。心不好，住狗洞也会变成狼。"

周密脸一红："那倒也是。"

这时，丁洁突然站起来说道："我是不是该走了，副市长同志？您说让我来看看您的家，像一个普通朋友一样随便坐一坐聊一聊。现在，我奉命来了。家，也看了，也坐了，也聊了，还喝了您亲手煮的高档咖啡……唯一的遗憾，是没看到您全部的房间……那间屋里一定还藏着什么秘密……"

也许因为那间屋子的门已经锁上了，所以周密很平静地笑道："别用激将法了。激我，我也不会让你看的。跟你说实话吧，那间屋子里是有一些我个人的秘密。其实也没什么大秘密，但我就是还不习惯让别人进入这个领地。也许有一天，我会让你进去；也许……"

丁洁挺感兴趣地问："也许什么？"

周密的神色忽然变得十分游移不定："也许……也许……咱们还是

不说将来的事吧。”

丁洁笑了笑：“看你们这些当领导的，说话总是吞吞吐吐，三分真，七分假。走了。”

“别急，别急。我还想请你看样东西哩。”说着拿出一本挺厚的日记本。丁洁一愣：“让我看您的日记？您连那么大一间房都不让我看，竟然会让我看您的日记？”“房间归房间……日记归日记……两码事……”周密解释道。“我有天天记日记的怪癖。这里当然不是我全部的日记，只是我大学和中学时期的一部分日记。但保证没有做过任何修饰改动，是原汁原味的。字里行间有点圈圈改改，也完全是原始的痕迹。”“为什么要让我看您的日记？”丁洁更不好理解了。“我也说不出更多的理由。我知道我这样做，也许会让你感到十分可笑……”“这不是可笑的问题，而……而是特别另类……特别异样……我怎么能随便看您的日记？”“是我请求你看的。”“不不不……那也不行。”“我说过，我们今天只是朋友……完全平等的朋友……”“不，我没有这样的权利。这是您的日记。”丁洁把“日记”二字说得特别重。“我请求你看一看！这里有我青少年时期最原始的内心活动。你看一看，一个生在林场，长在钢厂，十五岁以前从来没穿过一双完整布鞋的男孩儿的心灵。他眼中的世界。他心中的未来。如果有可能，如果你愿意，等某一天，我再把我走出大学校门，直到今天的日记交给你看。再到某一天，我也许会打开这个房间的门，让你进去看一个更加真实的我。”丁洁忙说：“请别这样，我根本没法承受您这么沉重的请求。”“很多年来，我觉得这个世界没有人了解我。他们要求我埋头读书，我做到了。要求我埋头工作，我也做到了。要求我遵守一切社会规范，我同样做到了。但从来没有谁真正走进我心里来问一问，周密，你到底要什么？你痛苦吗？你睡不着了吗？半夜三更的，你不回家，一个人老待在办公室里干什么？你从一个会议室走向另一个会议室，从一张豪华的宴会桌走向另一张更豪华的宴会桌，你画了这个圈，又签了那个字，就是在星期天来找你递报告谈要求诉说内心矛盾的人也陆续不断……你周围的人对你再也不说‘不’字，对你发出的每一个指令他们都用迎合的微笑来回答，你真的感到自己人生的价值已经得到最充分的体现了？对不起，我是不是把你吓坏了？”

虽然嘴上说着“不”，但从来没有看到周密如此滔滔不绝地诉说自己内心活动的丁洁，真的有一点被“吓”住了。两个人的场面骤然地冷寂下来。

“对不起……”周密不好意思地笑笑。丁洁忙说：“没什么，我能理解。我爸也常常发一些莫名其妙的火。你们这些领导者，久居人上，平时，总得作出一副高人一头而又平和中庸的样子，自己内心真正的情感又长时间地得不到表露和发泄，就难免……”周密笑着摇了摇头：“请不要把我归到你爸那样的老同志行列中去，我没那个资格……”“难得你这么清醒。”丁洁真诚地说道。周密苦笑着沉吟道：“也难得有人在离我这么近的地方，能用这样一种平和平等的姿态对我作出如此冷寂的评价。”丁洁淡然一笑：“嗨，我的评价？那管什么用！”

周密沉默了一会儿，神色忽然变得局促起来，甚至呼吸也显得有些粗重了，很艰难地叫了一声：“小洁……”

经常和男人打交道的丁洁自然明白，此刻自己应该怎么做才能使局势得到应有的控制。因为她并不想使局势失控。于是她微笑着站了起来，说道：“我真该走了。谢谢您的咖啡！一点不夸张，您煮咖啡的技术完全顶得上希尔顿大酒家的那个巴西大师傅了。”“你真要走？”周密却迟迟没站起来。丁洁很大方地一笑：“该走了。不过，我想我还会来看您的……”周密喜出望外地问：“真的？”“等您搬了新家吧。您总要搬新家的吧？”

“好吧，那我就尽快地搬新家。”说着，拿起日记本交给丁洁。

丁洁没接，说：“周副市长，这……这我的确承受不起……”

周密诚恳地看着丁洁：“我只是请你读一读，了解一个极其贫困的少年，在那样纯真的岁月里所做的种种努力……和挣扎……”周密见丁洁执意不肯接受他的日记本，便自嘲地说道：“这个少年对你来说，有那么可怕？”丁洁只得说道：“好了……您别说了……我带走……”但第二天上午，周密去上班，刚走进办公室，秘书就告诉他，刚才电视台新闻部的一个同志送来一个纸包，还有一封您亲启的信。周密拿起那个“纸包”，便猜到这里包的是什么了。他匆匆走进里间，关上门，把纸包和信“啪”的一下扔在自己的办公桌上，在大沙发上闷闷地坐着。

秘书敲了一下门，走进来告诉他：“九天集团的冯总来电话问，今天您有没有时间……”周密恼火地打断了他的话：“让他等一会儿！”等秘书走后，他立即用一把精致的裁纸刀挑开信封。信果然是丁洁写的。“尊敬的周副市长，真的要一千遍一万遍地请您原谅我。昨晚我带着您如此珍贵的嘱托回到家以后，的的确确是准备认真拜读它的。不要说是您的日记，就是任何一个成年人的日记对于任何一个他者，都会有巨大的吸引力。这毕竟是另一番人生另一个心灵。俗话说，任何一扇窗户的灯光下正在展现的都是一部精彩纷呈的长篇小说。又何况是您的日记呢？但我犹豫了再犹豫，斗争了再斗争，还是没有那个勇气翻开您的日记。我觉得我没有那个资格，也没有那个义务（请您别生气）。我觉得，一个成年人请另一个成年人阅读他的日记，是一种心灵的托付。而接受这样的托付是要对别人真正负起责任来的。我真的觉得自己完全承受不起这样的托付。请允许我实话实说，我还没有这样的心理准备。没有这样的……怎么对您说才更准确呢，这么说吧，我还没有这样的感情积累。即便是这样，我仍然非常感谢您对我的信任……”

周密丢下信，马上给丁洁打了个电话。

电话铃响起时，丁洁瞟了一眼作为一件装饰品摆放在电话机边上的那个奇形小钟，从时间判断，她猜得出这个电话是谁打来的。稍稍犹豫了一下后，还是拿起了电话。

“听我说……”“您先听我说……”丁洁忙打断周密的话。“听着，”周密果决地说道，“我没有要求你做任何承诺，更没有期望你为此负什么样的责任。没有……我不奢望这些……”“周老师……”“没有……我只是希望有一个我所希望的人能读一读它……知道这个世界上有过这样一些人，曾经这样生活过……如此而已……”“周老师，您听我说……”

但周密已经把电话放下了。忽然间，他不想再说下去了，也不想听任何人的任何辩解。一时间，他真的显得十分的沮丧，只是在那儿怔怔地坐着。这时，秘书推门走了进来，告诉他，冯祥龙已经到了。周密极其不悦地站了起来，一边埋怨道：“我告诉你让他等一会儿！”一边往外走去。等走到冯祥龙跟前时，前后也就相差一两分钟的时间，但他的神态已平静如常了。这也是他从政这些年锻炼所得的一个本事，或者称为“技能”也未尝不可。在人群中生活，任何人都应该有一点自控能力。但当政为官者，这方面的能力必须十分强大才行。从一方面的意义来说，你当政后，你不再仅仅属于你个人。你必须以选民和纳税人的利益为重。而在我们这个体制下，你还必须以任用你的那些长官的意志为重。否则，你肯定干不长久。从另一方面的意义上说，你也得严格控制住自己。因为当官必须协调方方面面的关系，维持必要的平衡。你必须学会妥协、平和，学会“曲线救国”和“曲线救自己”，你必须得像个卵石似的，不能再有、也不会再有棱角，但你又必须是“坚硬”的、能负重的……

周密曾经告诫自己——离开大学校园去市经委报到的前一天晚上，他站在没有灯光的窗户前，默祷了好长一会儿——一定要做一个能保持自己棱角的卵石。岂不知，他当时就犯了一个低级的逻辑错误、定位的错误：既要做卵石，就一定不能有棱角；保持了棱角的，就一定不是卵石。亿万年沧海桑田，历来如此，你还想咋的？

但是……这种局面就真的不能改变了？

……

但到晚上，丁洁一回家，老妈就告诉她："市里的周副市长亲自开车给你送了一个纸包过来。""什么重要玩意儿，还得他亲自开车送一趟？"老妈挺希望她当着她的面拆包看看。但丁洁脸微微一红，没顾得上答话，就拿着纸包匆匆进了自己的房间。拆开纸包，里边也有一封信，还有一个小一点的纸包，用麻绳捆扎得十分工整。麻绳的绳结居然古色古香地用蜡封着。那小纸包里包着的一定是他那几本日记。

信写得简单，只有这么几句："小洁：请允许我将它暂时存放在你那儿。你不愿意看的话，我也不要求你马上看。我已经将它密封起来了，因此，它不会对你产生任何心理压力……"翻来覆去地把信看了两三遍，最后，丁洁还是原封不动地把那一小包日记本锁进了自己的抽屉里。

21

九天集团招工考试的面试是在集团公司设在郊区的某库房里进行的。"主考官"是刚调到集团公司来当办公室副主任的廖红宇。方雨珠一早就到了面试现场。

"姓名？""方雨珠。"主考官廖红宇微微一笑道："雨珠有方的吗？"方雨珠反问："雨有红的吗？"廖红宇说道："我这个'宇'不是你那个'雨'。"方雨珠说道："那我这个'雨'也不是天上的'雨'呀。"廖红宇高兴地看看身边那几个随她一起来主持这次面试的工作人员大笑道："哈哈，小丫头挺厉害！"说着拿起申请表仔细地看了看。"这招工申请表上的字是你自己写的？"而后又让方雨珠当场写了几个字让她看看。她看她填的表上，那一手钢笔字写得不错，有些不相信是她自己写的。方雨珠拿起笔很快在一张纸上写了"廖红宇"三个字。廖红宇故意板起脸啐道：

"谁让你写我的名字?"方雨珠赶紧又写了"方雨珠"三个字。廖红宇拿起字样端详了一番,问:"你觉得你的字好吗?"方雨珠谦虚道:"我没练过书法。"廖红宇说:"没练过书法就应该写不好字?"方雨珠说:"我并没有说我应该写不好字。"廖红宇说:"你还挺有理由?今天到底是我考你,还是你考我?"方雨珠忙说:"您考我。"廖红宇说:"那你还一句一顶嘴?"

方雨珠不作声了。临时当作考场的库房里,气氛顿时紧张起来。廖红宇把方雨珠的申请表往一边一扔,吩咐道:"下一个。"方雨珠这下急了,忙叫道:"廖主任……"廖红宇却没再看她一眼,只是吩咐:"下一个。"

应考的女工陆陆续续地都走了。院子里渐渐变得空空荡荡。只有方雨珠一个人站在生了锈的龙门吊车的巨大钢铁底座旁默默地流着泪。最后,廖红宇和几个工作人员也从考场里走了,上了那辆很旧的伏尔加车。车快开到大铁门前时,廖红宇看到了仍在院子里呆站着的方雨珠,便叫停了车。廖红宇问:"咋整的,还有人没走?"坐在后座上的一个工作人员忙下车,向方雨珠走去。"嗨,你该走了。你还想咋的?"那个工作人员吆喝道。方雨珠委屈道:"我啥都没考哩!"工作人员冷笑道:"你把我们新来的办公室副主任顶撞得一愣一愣的,还考啥考?"

这时,廖红宇走了过来。

"咋的了,还正经赖上了?"廖红宇问。方雨珠忙说:"我不是赖,只希望能正式考一考。""考?好嘛!"廖红宇想了想,便指着一旁正在卸车的一个大卡车说,"你把车上剩下的麻包都给我扛到库房里去。"方雨珠立即问道:"我要是扛过去了,您能给我这个工作吗?"廖红宇笑笑:"你扛呀!"

方雨珠脱掉棉袄,便向大卡车走去。那个工作人员好意地想拦住方雨珠。廖红宇却立即给他使了个严厉的眼色,制止了他。这麻袋里装的都是生产皮革制品剩下的下脚料,硌硌棱棱地,一包总有百八十斤。搬运工看着方雨珠那娇弱的身板,都不忍心搭起麻袋往她肩上搁。方雨珠催促道："两位大哥，给呀！"搬运工们弯下腰，小心翼翼地把麻袋往方雨珠肩上放去。但这个麻袋对于方雨珠来说毕竟还是过于沉重了。当他们一松手，麻袋的一头刚换到方雨珠的肩头时，方雨珠就已经踉跄起来，腿弯一软，人便栽倒在地了。

廖红宇轻轻地叹了口气，转身就要上车。搬运工们忙跳下车，伸手去扶方雨珠。方雨珠从地上跳起，用力推开他们，并说："拜托，再替我上个肩。""别开这玩笑了……"一个搬运工说。方雨珠恳求道："拜托！"另一个搬运工说："小妹妹，你咋能扛得动这个？"

方雨珠快要哭了："求你们了！"搬运工们说："行了，甭跟她玩儿了。那个当头儿的已经走了。"方雨珠忙回头看时，廖红宇果然已经上车，正在关车门。她便冲过去尖叫了一声："有种的，别走啊！"

这一声叫，果然起了作用。廖红宇真的又下了车，照直地走到方雨珠面前。

"扛？"她问。

"扛！"方雨珠答。

廖红宇对那两个搬运工使了个眼色。他们便搭起麻袋，再次向方雨珠肩上放去。大约只战栗着支撑了一两秒钟，方雨珠还是倒下了，麻袋先掉下来，接着人也倒在了地上。脸上手上身上都沾上了泥水。但她马上又从地上跳起，哀求道："麻烦两位大哥再给帮个忙。"那两个搬运工犹豫着看看廖红宇，见廖红宇并没有反对的意思，便等方雨珠摆好姿势，脚下也站稳了，再次搭起麻袋往方雨珠肩头上轻轻搁去。一秒……两秒……战栗……继续战栗……但终于挺住了……方雨珠开始迈步……一步……两步……战抖得越来越厉害……她还是扛不住……麻袋慢慢地从她瘦弱的脊背上往下滑落……她踉跄了一下，赶紧站住，两只手死死抓住麻袋的两只角，想制止麻袋的滑落……但麻袋还是在慢慢地顽强地往下滑落……她涨红了脸，咬紧牙关，手背上脖子上都绷起了老粗的青筋。大滴大滴的汗珠从她黝黑的头发发际里渗出，顺着她清秀的脸庞不断地流淌下来……终于……她沉重地……倒在了到处都流淌着泥水的地面上。

方雨珠坐在泥水中，趴在极肮脏的麻袋上低声地哭起来。惭愧，绝望。廖红宇一动不动地站在她身旁，只是看着她哭，等着她把自己心中全部的委屈和绝望都发泄出来。过了一会儿，也许是哭够了，方雨珠突然从地上跳起来，从一旁的地秤上抓过自己的棉衣，头也不回地向大铁门外跑去。这一刻，廖红宇决定录取她。

“小汪，你过来一下。”回到办公室以后，廖红宇就着手办理这件事。小汪是集团公司办公室的一个工作人员。谁都知道，他是冯总跟前的“红人”。小汪听到廖主任叫他，便放下手里的事，走了过来。当时，方雨珠也在场。廖红宇从暖瓶里倒了半脸盆热水，让她洗去手上脸上所沾的泥水。“这个女孩儿录取了。”廖红宇对小汪说道。“谢谢廖主任！谢谢！”方雨珠喜出望外地，差一点把脸盆都碰翻在地。小汪却为难地看了看廖红宇，说：“这……”快人快语的廖红宇说道：“别这那的了，把她补到录取名单上去。”小汪说：“名单上已经够数了。”廖红宇问：“名单呢？不是还没报冯总吗？”小汪去外间取来名单。廖红宇翻了翻名单，吩咐道：“再加一个，马上给冯总报去。”小汪迟疑了一下道：“廖主任，这回的招工名额是冯总亲自定的，他说过只招二十二个，一个也不增加。您要再加一个……是不是请示一下冯总？”廖红宇说：“你先给我把她加上，冯总那边我去解释。”小汪仍在坚持：“可冯总……”廖红宇知道要不收拾他一下，他是不会软化下来的，便说道：“加不加？不加也行，把你推荐的那个小表妹去掉，腾出个名额给她……”这一招果然灵验，小汪的态度立马就改变了，忙说道：“行了行了，二十三就二十三吧。”说着，拿上名单匆匆走了。

22

几天后，案情有了重大发展。送北京鉴定的那几张照片有结论了：照片是真实的。

市局的金局长看完鉴定书，沉吟了一会儿，又仔细查看了一下照片，对马凤山说："现在认定这照片是真实的，是在现场拍下来的，那么，方雨林的思路就值得我们重视，就应该下功夫去搞清照片上的这两个人到底是谁。"

"其中的一位可以肯定就是张秘书。现在，关键是搞清另外一个人……"

"这另外一个人……"金局长沉吟道。

"有个情况……"郭强小心翼翼地看了看马凤山。

"嗨，说吧说吧。"马凤山笑着对他做了个手势，让他消除一切顾虑，竹筒里面倒豆子，有啥就全往外倒。

虽然马副局长表了态，但郭强还是稍稍整理了一下自己的思路，力求把话说得更简洁明了："方雨林曾经根据一盘录像带的影像和影像上记录的时间，有过一个非常大胆的推测，他认为，下午四点三十八分在大厅后门外跟那个陌生人接触的人，有可能是周副市长……"

金局长立即反驳道："这一点不是已经排除了吗？有人证明，下午四点三十六分周副市长离开大厅向后门走去，是去上厕所，根本没有出后门，更没上杂树林里跟谁会面。"

郭强迟疑地说道："我们派人核实了这个证人的证言。大厅后头的确有个厕所，但那天为了安全起见，除了贵宾室的那一个卫生间以外，整个来凤山庄楼下的卫生间全都关闭了，还贴了封条。这个命令是当时任秘书长的周密亲自下的，他非常了解这个情况。如果他要去卫生间方便，他应该去贵宾室，或者去楼上，而不会向大厅的后门走。”

“你们去看了那个厕所吗？”金局长问。

“我亲自去看过。一直到案发后，那厕所门上还贴着封条。门绝对是锁着的，除了它自身的门锁外，还用自行车的环形锁把门把锁死了。”“不是有人说他亲眼看见周副市长是去了卫生间的吗？提供这个证言的证人，你们重新找他谈过没有？”“谈过，跟他谈过不止一次。但他一口咬定亲眼看到周密去了那个卫生间。”“封条的问题、门锁的问题，他是怎么解释的？”“他说，周密走到卫生间门口，看到门上了锁，原想上楼去的，正巧这位证人走了过来，他帮周密揭开了卫生间门上的封条，又开了锁，让他上完厕所。等他走后，再重新贴上封条上好环形锁……”“这个证人是谁？”“也是市政府秘书处的一个秘书，姓阎。我们了解了一下，那天晚上，分工负责给各卫生间贴封条上锁的，的确就是这个阎秘书。”“那就是说，他身上的确带着开锁的钥匙，并且也有把那个卫生间门上的封条揭开后重贴的可能性？”“是的。”郭强答道。

金局长立即提高了嗓门：“那我们为什么还要怀疑周副市长呢？应该把他排除在我们的视线之外了嘛！郭强，你说呢？”郭强好像还有什么话要说。他又看了看马副局长。马凤山开玩笑似的推了他一把，说道：“你小子老看我干吗？好像我在操纵你汇报似的。让金局怀疑我俩在玩儿什么猫儿腻。去去去，把你那臭虫脸背过去！”金局长笑道：“刑侦这一块儿，一直你在管着。你让人家郭强把脸背过去又怎么的？就是让他把屁股都转过去，要有什么操纵，那还是你！”马凤山赶紧笑道：“郭强，你听清了没有？你可得给我好好说，要不这一板子就不明不白地打在我屁股上了！”

郭强也笑道：“反正，我们也就是谈谈我们的看法，最后的结论还是你们当领导的下。就目前的情况来看，我认为，还不能排除周副市长当天下午在枪响前去过大厅后门外的可能性……”

金局长极关切地、并且还特地加重了语气问：“此话怎讲？”

郭强说："有一点，我没法说服自己。周副市长精力充沛，记忆力非常强。工作十分严谨，对自己要求也极严格。当天下午，他下了命令，关闭山庄楼下的各个卫生间。事隔不久，他自己要方便，却违反自己的规定，不去贵宾室，不去楼上，偏偏要去那个已经关闭了的卫生间。这不符合他的性格特点。"

金局长不以为然地反驳道："搞刑侦我是外行。搞刑侦也可以搞心理性格分析。但我想还是要重在证据吧？你得拿出过硬的证据去否定那个证人的证词才行。老马，是不是这个样子？光靠性格分析是不行的。人有时会在特定的情况下做出一些不符合自己常性的事情。偶尔一次的疏忽啊，偶尔一次的放松自己啊……你我都有过这种'偶尔'嘛。这是有可能的。"

"请看看当时的情况（郭强说着，把一盘录像带插进录像机，按了一下遥控器。录像机走动起来。电视荧屏上再度出现那天下午四点三十六分左右大厅里的情形。周密看了一下手表，迟疑了一下，向大厅的后门处走去）。请各位领导注意这时周副市长的神情（他把录像带又倒了回去，把这一段又放了一遍。这一遍用的速度是慢放）。他看了一下手表，然后向四周观察了一下。然后，请注意，他还稍稍地迟疑了一下……然后才向后走去。请再看一遍（他又把这一段放了一遍）。他不是非常匆忙地向后走去的。他更像是有什么约定。说得准确一点，是有什么约会。而且给我们的感觉是，他不想让当时在场的任何人知道他这时要去哪儿。按常理，他是那天晚上活动的现场总指挥。他离开现场，是应该跟什么人交代一下。比如，我要去一下卫生间什么的。但他没有。他看了一下表，打量了一下周围，又稍稍停顿了一下，向后面走去。当然，我们还没有掌握这样的证据，完完全全排除他向后走绝对不是去卫生间。但也的的确确没有那样过硬的证据证实他肯定去了卫生间，肯定没去后门外。"郭强仍然把话说得清晰平和。在领导面前他绝对能控制住自己的情绪，能把握住必须把握的分寸，这正是他比方雨林强百倍的地方。"方雨林一直坚持认为要把侦查的重点放在这位周副市长身上，也是有他一定的道理的。因为策划实施这次谋杀的人，最起码得具备这几个条件。第一，他可能跟张秘书熟识，有可能被张秘书拖进东钢股票案之中。第二，他应该知道当天来凤山庄活动结束以后，有关方面要对张秘书采取某种措施，让他交代东钢股票的问题。他特别害怕张秘书把他交代出来。有杀人灭口的动机。第三，他有条件获知来凤山庄的保安措施，有可能钻我们的空子，部署这次杀人行动。第四，他应该是一个高智商的人，并且有那个实力或权势，雇请到杀手，为他做这件事。这四条，周密都具备。”郭强继续说道。

马凤山补充道：“当然，那天下午四点三十六分，他在大厅里的可疑行迹，是引起方雨林他们注意他的一个重要原因。”

金局长想了想：“周密要作案，他的枪从哪儿来？”

郭强说：“这一点，在十几年前，的确很难。那会儿，谁听说有黑枪和走私枪的？你黑得起来吗？可这会儿，那就不一样了。社会上流散着一些走私进来的黑枪。虽然三令五申查禁，可以说是禁而不尽。”

“方雨林现在在哪儿？”金局长突然问道。“上一回我不是给您汇报过了吗？怕他再捅娄子，暂时让他去桦树县的一个基层派出所锻炼锻炼……”“桦树县？桦树县哪儿？”“桦树县的双沟林场……”金局长一怔：“双沟林场？周副市长的老家？你把方雨林派到那儿，想干什么？”“没想干什么……”金局长正色道：“没干什么？不经省市委批准，不给中纪委备案，你们怎么可以私自对一个市政府主要领导侦查？老马，你真昏了头了！”

马凤山忙说：“我们没对他侦查……”“那你把方雨林派到双沟去干啥？”“待命。等待省市委和局党组的行动命令。”

这时，电话铃突然响了起来。打电话的正是方雨林，他说他有紧急情况要报告。人已经进了市区了，很快就能到达这儿。十来分钟后，他打了个电话过来。接电话的是金局长。但他要马副局长接电话。

马凤山笑道："来就来呗，怎么那么多事？你到哪儿了？"接过电话，他大声问道。

这时，方雨林就在市局街对面的公用电话亭里。"马局，有些情况，我一时拿不准……是不是先跟您汇报一下，您把老郭叫上，咱们一起琢磨琢磨……等咱们琢磨出个头绪来了，再给局领导汇报，行不？"

马凤山问："怎么了，我就不算局领导了？"

方雨林忙解释："我没那意思。我这不是拿不准，想先跟您请示请示嘛。"

马凤山笑着放下电话，对金局长说："那我和郭强先去听他说说。然后再来跟您汇报？"

金局长笑着点了点头："这个方雨林！"

马凤山和郭强赶紧回重案大队队部。方雨林正在后院的一间厢房里闷头吃饭。他显然饿坏了，吃得狼吞虎咽。一见马凤山、郭强两个人推门走进，忙不迭放下碗筷站起。"吃，你吃你的。"马凤山摆了摆手。"你小子，这时候吃的是午饭呢，还是晚饭？"郭强在他头上拍了一巴掌笑道。"午饭晚饭？我这是早饭！"方雨林一口喝完碗里所剩的稀粥，撂下碗筷和半块还没吃完的馒头，抹抹嘴就说："两位领导，我说说？"马凤山忙说："别慌，别慌。吃完再说。"方雨林笑道："不吃了，留着点肚子，一会儿跟你们去撮大盘子。"郭强笑道："嗨，撮大盘子？谁掏钱？你掏？"方雨林作出一副瞧不起人的样子，叫道："哎哟，你们这些坐机关的大爷噢！"

"好了好了，快说吧。一会儿我请你们去西口的小饭馆吃酸菜鱼。"马凤山挥了挥手。方雨林笑道："郭强，瞧见没有？这才是当领导的料儿！瞧你那劲儿，永远当不了局头。"马凤山笑嗔道："方雨林，你没完了！"

方雨林拿块抹布，擦了擦桌子，然后从随身带着的那个公文皮包里拿出几张放大了的照片，放在马凤山面前。

"又是什么照片？"马凤山问。

方雨林指着照片上的一个男人："您瞧瞧，认识这个人吗？"

郭强凑过来仔细看了看："好像在哪儿见过！"

"哪儿见过？来凤山庄啊！"方雨林说道。

郭强大悟："喔！那个杂务工。"

方雨林眼睛一亮："对，就是他。就是那个先说自己没瞧见张秘书上哪儿去了，后来又一口咬定亲眼看见一个背小包的陌生人叫走了张秘书的杂务工。"

马凤山的情绪也一下高涨起来："你找到他了？快说说，咋回事。"

方雨林说，他到双沟这些天，完全遵照马局的指示精神一直严格控制着自己，在省市有关领导没有对周密作出正式立案侦查的决定前，不去开展任何针对周密的刑事侦查行动，所以，但凡跟"12·18"大案有关的事他老老实实地一点都没干，整天只是四处走走，看看材料，熟悉熟悉林场情况，静观事态发展……这些年，双沟派出所一直还在使分机电话，挺不方便。昨天，他带派出所一个搞内勤的女同志去林场场部邮局申请一部直线电话。刚到场部，就看到侧后方有个人正踽踽地向不远处的大合作社走去。他觉得眼熟，心里"咯噔"一下，但又不敢正面去确认，便低声对那个女民警说了声："别动！"那位女民警不明白他要她干什么，但又不敢多问，便有点僵硬地在门帘前站住了。方雨林迅即从女民警的肩上再向那个人瞟了一眼，确认，这个人就是据称已失踪多日的那位"杂务工"。这可真是"踏破铁鞋无觅处，得来全不费工夫"。特别爱好摄影的方雨林，走哪儿都带着照相机，这时立即从背包里取出相机，让女民警去缠住那个"杂务工"，自己便找了个隐蔽的好角度，拍下了这几张照片。"后来我又查了一下，这家伙的家就在双沟。他也是双沟林场的人，而且就那么巧，他的家就在三队。"方雨林说。

郭强问："他家就在三队，又怎么了？"

方雨林说："什么叫又怎么了？周密的家在搬到东钢去以前，就在这个三队。”

郭强又问：“那又怎么样呢？”

方雨林说：“你故意跟我抬杠怎么的？这个杂务工先是说什么也没看见，后来又翻供，一口咬定是一个从来也没看见过的陌生人把张秘书带到杂树林里去了……”

郭强说：“你怀疑周密利用他跟他的老乡关系，对这个杂务工做了工作，让他翻供，又编出个‘陌生人’来为周密打掩护？有这个可能吗？案发以后，来凤山庄所有的工作人员都接受了审查，而且对每一个人都进行了严密的监控，没有发现其中任何一个人跟周密有过来往。”

方雨林说：“请你注意，这个杂务工也是双沟人。这一点难道是偶然的？”

郭强说：“你说，这里边的内在联系在哪？”

“我现在说不清，但我总觉得这是个裉劲儿。我们应该从这儿下手去打个深洞。昨天，我突然想到，还有一个人，也应该列入我们的侦查范围里来……”

马凤山问：“哪个人？”

方雨林说：“就是一口咬定那天下午四点三十六分周密离开大厅向后走，是上厕所，不是去后门外的那个阎秘书。”“你查了？”“我……”“你什么？我告诉过你，在省市有关领导没作决定前，我们不能把一个市委常委、副市长确定为我们的侦查对象！”马凤山生气地批评道。这时，金局长打电话来找他。他便气呼呼地走了。

马凤山走后，方雨林和郭强闷闷地对坐了一会儿。郭强关心地问方雨林：“最近回家去过没有？”方雨林却问：“郭强，你真的觉得，搞明白那个杂务工也是双沟三队的人，对整个案子毫无意义？”“回家看看吧……”郭强还这么说。方雨林有些生气了：“这会儿，你跟我扯什么回家的事？”郭强犹豫了一下，说道：“有个情况，你大概还不知道……前天，马局挨批了……”方雨林忙问：“谁批他？”郭强苦笑道：“上头呗！”“为什么？”郭强犹豫着不说。方雨林斜他一眼：“瞧你这个黏糊劲儿！”郭强刚想说什么，马凤山急匆匆地走了回来，一脸恼怒的样子：“方雨林，谁让你又上市政府秘书处去搞情况了？”

“我……”

“你！我怎么跟你交代的？在上边没作决定前，不要动，不要动！”

“我没动啊！”

“你让人去调查那个阎秘书的情况了？”

“我只是让一个熟人打听一下，他老家在什么地方，他是怎么进的秘书处……”

“你这不是调查是什么？”

“可我……”

“你马上给我回来，别给我在双沟添乱了。”

“马局……”

“你再犟嘴，我立马让你脱警服，给我离开公安！背着组织，单枪匹马调查一个市委常委副市长，你真以为自己在好莱坞演美国大片儿呢？”

方雨林没再吱声，连呼呼的出气声也压住了。这时电话铃突然响了起来。

郭强拿起电话问了一声，便把电话递给方雨林：“找你的。”方雨林看了马凤山一眼，见他虽然气得不行，但也还没反对他接电话的意思，便接过电话，压低了声音说道：“方雨林。快说。知道了。就这样吧。其他情况就先别打听了。先这样吧。我这儿还有事。”放下电话后，急急地告诉马凤山：“那个阎秘书原先也是双沟林场的人，调到市政府秘书处还不到三个月……马局，两个重要证人相继提供了对周密绝对有利的证词。这两个人偏偏又都是双沟林场的人，不能认为这是个偶然现象……”

马凤山见这个方雨林不好好反省自己“违纪”的问题，还在念叨他刚得到的重要“情报”，便瞪起眼睛喝斥道：“方雨林！”

方雨林不作声了。

马凤山坐下来，沉默了好大一会儿，才说道："市政法委书记让我和金局长马上赶到市委去。有人从上边追查下来了，说我们背着省市委在搞一个市委常委的专案！"

方雨林忙站起来："我去跟他们说。有什么事，我担着。"

"你？"马凤山又瞪他一眼。"你给我老老实实在这儿待着。在我回来以前，哪儿也不许去！"

方雨林再一次恳切地说："马局，两个提供反证的人都是双沟林场的人，难道这个情况一点都不能说明什么？"

郭强真忍不住了，上前拉了方雨林一把："方雨林，你他妈的真是没脑袋！还紧着叨咕个屁？到底是听你的，还是听局领导的？"

方雨林只好不作声了。马凤山急急地开车走了。方雨林拿起碗筷也想往外去。郭强忙问："干吗？"方雨林冷冷地说："洗碗去。"郭强指着一旁的椅子："你给我在这儿待着。"

方雨林把眼一瞪："我洗碗去……"郭强拔高声调："待着！你呀……前天，马局就是为了把你放到双沟林场去这档子事，挨的批。""这可真怪了，让我去双沟林场，局里所有的头头都知道嘛。""所以呀，他们全部挨了批评。你还'喳喳喳'地吵吵着查这个查那个！火上浇油！""张秘书被杀案是全省全市第一大案。限期破案，这是省市两级领导下的命令！""可谁也没批准我们去查一个市委常委副市长。""作为一个军人，枪声就是命令。作为一个消防队员，火光就是命令。作为一个刑警，案子就是命令！""那你就不要组织纪律和有关规定了？哪一级干部的问题怎么查，由谁去查，这是有严格规定的，需要事先得到批准的！你不知道？兄弟，刚才马局说得够严厉的了，咱们这不是在演美国警匪片儿，不能玩儿那种个人英雄主义。咱们的公安工作，是在党绝对领导下开展的。这一点，法学院的教授们没教过你？"方雨林摇着头苦笑笑："哼，得上边批准。哼哼……批准……要是有权批准的人自己也不干净，那怎么办？”郭强一步抢上前：“方雨林，你小子今天怎么了？吃错药了，还是踩着电门了？你知道你在说什么吗？”

方雨林冷笑着：“我当然知道。”说着，拿起碗筷又向外走去。

郭强忙去拉他：“你给我站住。”方雨林一甩胳膊：“马局没说不让我去洗碗。”

郭强喊道：“他让你在屋里待着！”

方雨林也大声喊叫起来：“那你拿铐子来把我铐上啊！铐啊！铐啊！”

23

招工名单报到公司总部，果然不出小汪所料，冯祥龙一看招工数突破了他原定的定额，便来了火：“谁让你超额招工的？”廖红宇说：“没人让我超额招。我自己觉得这女孩儿挺不错……”“你自己觉得？”“你见一下就知道了，这女孩儿的个性里有一股特别的韧劲，我觉得是个好苗苗……”“退掉。”冯祥龙生硬地命令道。他正发愁自己曾在周副市长跟前夸下海口，可这一段却一直也逮不着机会来收拾这个自以为是的女人。

“冯总……”廖红宇还想解释。

“我让你退掉！”

廖红宇急切地说：“这孩子家庭挺困难。”

冯祥龙更不想听了：“我九天集团不是慈善机构。”

廖红宇又退一步说：“事先没跟您打招呼，是我的错。但当时确实来不及。一开始我也不想要她……”她真的很喜欢这个叫方雨珠的女孩儿，她觉得这女孩儿的气质中有一些东西挺像她自己。

冯祥龙已经很不耐烦了："别跟我多说了。这事就这样，你自己去善后。"

廖红宇却坚持着（这正是她让许多人感到"讨厌"，以致无法忍受的东西）："昨天我看了一下这孩子的档案，才知道，她哥是市公安局的刑警……"

"刑警又咋了？想拿这来吓唬我？你知道市公检法圈子里有我多少战友和铁哥们儿吗？你以为我是谁呢？"不等廖红宇再说什么，冯祥龙转身回自己办公室去了。廖红宇只得走了。等廖红宇一走，冯祥龙立即走进隔壁办公室，对小汪做了个手势。小汪赶紧跑了过来。冯祥龙低声问他："你们那天多招的那个女孩儿叫什么来着？方……方雨珠？"小汪说："是。"冯祥龙又问："她哥真是市局刑侦支队的？"小汪想了想："这我不太清楚……这些人的档案材料都是廖红宇审查的……"冯祥龙忙吩咐："立马去给我搞确实了。"小汪说："是市局的又怎么了？只要不是市局领导的闺女……"冯祥龙啐他一口："你懂个屁？当年我一大批战友都转业去了市公安系统。"小汪说："你怕这女孩儿的哥是你的战友，伤了感情？不会。这女孩儿才多大？她哥肯定也不会大到哪儿去。就是部队下来的，也肯定不会是你那一拨的。"冯祥龙说："不管是哪一拨的，是市局的家属，咱们都得谨慎对待。特别不能招上了，又把人家退了，这要让市局的那帮人知道了，还以为我在故意跟他们过不去哩！咱们得罪谁，也不能得罪了那一帮人。"小汪便说："那您说咋办？让廖红宇别退了她？"

冯祥龙想了想："不，让廖红宇去通知她落选。然后你再把这个方雨珠找到，跟她说，冯总特批，决定破例照顾你。"

小汪笑道："这高，这高。还是冯总高啊！"

冯祥龙又吩咐："另外，把这个廖红宇放在跟前当这个办公室副主任挺不是个事儿。告诉吕部长，想个招儿，让她挪动挪动。"小汪问："挪哪儿才是个事儿？"冯祥龙说："这，老吕明白。"说着他从抽屉里拿出十几张百元大钞，对小汪说："这个你拿着。"小汪一愣，不明白冯总的真意：

"这……"

那天听说了方雨珠的事，冯祥龙先狠狠地把小汪剋了一顿，责备他没在现场坚持他给定的准则，并当着许多人的面，给财务部下了个命令，扣他三个月的浮动工资。这会儿，冯祥龙却对他这么说："扣你三个月的浮动工资，是照章办事。这是我个人给你的一点补偿，别上外头去给我张扬。"

这时，有人敲门。冯祥龙向小汪示意了一下。小汪忙收起钱。敲门的是公司总部的一个员工。他报告道："冯总，力昌房地产开发公司的顾总来了。"冯祥龙一愣："力昌的顾总？"小汪提醒道："省里顾副书记的大公子，顾三军。"冯祥龙想起来了，苦笑笑："唉，大公子，小公子，见了公子就没脾气！有请呀！快去请他进来。"

顾三军三十岁左右，面善。初次跟生人打交道，甚至还会有点木讷、口吃。联合大学文秘专业毕业，现在从商。交际很广，就是不结婚，至今还是一个"单身贵族"。他今天来是想从冯大总经理处拆一点"头寸"。但刚到贵宾室坐下，还没寒暄几句，那边却发生了一点急事，又把冯祥龙叫走了。

冯祥龙救火似的冲进总部监控室。监控员向他报告："西大厅 6B25 床的老板刚打来电话说，他们发现科委的一位退休副主任带着夫人和小保姆来买东西，问，要不要给优惠？"冯祥龙不耐烦地说道："这不跟你们说过多少遍了吗？一般部门的领导干部退休了不再给免费，但给最低价。这个差价，公司不负责报，由他们床位自己消化。"另一个监控员请示道："东大厅 4C19 床老板报告，有几个穿检察院制服的人在他们床位前转悠着哩，好像是想买东西。问，咋办？"冯祥龙答道："真是榆木疙瘩脑袋！买，就卖呗。咋办？早说过了，公检法的一般干部，统统给最低价，享受其他部门退休领导干部的待遇。但有一点不同，这个差价，公司负责报。""西大厅 6A66 床的老板说，有两位顾客好像是市政府什么部门的干部。他们认不准……”冯祥龙问：“发给他们的照片呢，擦屁股了？”监控员说：“这两位是照片上没有的。”冯祥龙立即来到监视器前，熟练地操作着相关按钮儿，把监视器上的画面调整到相关床位处，对准画面上出现的人仔细看了看：“好像是省财政厅的哪位领导……快让财务部的龚部长来认一认。”老龚头一眼就认出来了：“这是省财政厅的曾副厅长。他正带着他手下一帮子高参住在街那边的大东宾馆搞明年全省的预算哩。可能是中间休息，出来走走，顺便来逛逛咱们商城。”

既然是财政厅的领导，那当然得认真对待。冯祥龙忙吩咐：“赶快安排人，把他们接到贵宾室，并且通知66床的老板，把曾副厅长他们想买的那些东西，全都送到贵宾室来。货款由公司负责去结。”安排完了这些事，冯祥龙又精力充沛地赶回贵宾室，把顾大公子请到另一个小间里去，以便腾出这贵宾室，接待财政厅的几位领导。冯祥龙虽然是个文化不高的“粗人”，但在处理这些人际关系方面的事情时，却十分的精细到位，不仅不含糊，还颇有一些高招，实施起来也特别地彻底干脆，绝对是“该出手时就出手”。而这正是他的过人之处，也可以说是他的“成功”之处。

24

市局的金局长和马副局长完全没有想到，省委顾副书记召见他俩的地方竟然如此难找。他们完全不相信在近郊还会有这样一所供首长歇憩的地方居然是他俩不熟悉的。当两辆用本田越野改装的高级警车终于慢慢驶进这幢郊区别墅的大门时，他俩感慨了：它太典雅了，太别致了，也……太陌生了，真是他俩不知道的。他俩并没有马上下车，面对着这幢山间别墅叹羡了好大一会儿。一心扑在破案上的马凤山，对外界的情况不如金局长熟悉。这时他问道："这是哪个单位的房子？胆子不小啊，中央三令五申，居然还敢在这山洼洼里整这么个档次的楼堂馆所。"金局长忽然想起一点什么来了，说道："好像不是单位的，是私房。是顾副书记的大儿子顾三军自己掏钱盖的休闲别墅。有人跟我叨咕过这档子事。"马凤山又打量了一下别墅，壮着胆子说道："整这么个院子得好几十万吧？"金局长笑了："好几十万？你瞧瞧这档次，光装修，几十万都拿不下来。你没瞧见这些灯具、青铜护栏、墙面砖都是意大利进口的？"马凤山瞪大了眼睛："是吗？那整个算下来，得花好几百万？"金局长善意地挖苦道："是妈，还是爹哩！"

这时，顾副书记的秘书把他俩迎进一间布置颇为幽雅小巧的休息室里，告诉他俩市委秦书记在顾副书记那儿说事儿，"请两位局长稍等一会儿。"

待这位年龄老大不小，却偏偏长着一张娃娃脸的秘书走后，金局长告诉马凤山："一会儿，见了顾副书记，我主谈，你别吭气。"马凤山却说："还是我主谈。是我提议把方雨林放到双沟去的，这个责任当然由我承担。"金局长说："嗨，只要是局里的事，不管谁承担，这棍子最后还不是要打在我屁股上？干吗非得再把你绕进去？"马凤山说："你就认一个领导责任算了，别为了这档子事，把我们全体都折里头了。"金局长说："我想还不至于那么严重吧？"马凤山却叹道："也难说……"两个人正悄悄地说着话，不料市委秦书记走了进来。

顾副书记把秦书记找到这儿，说的也是这档子事。虽然章恒书记回海南继续治病时一再强调："12·18"大案非同小可，要下大力气限期破案。不管查到谁头上，查出什么样的问题，都要一查到底，对上对下都要有个清清楚楚的交代。但听说市局把一个破案能手派到双沟去当什么派出所的"副所长"，而且正在对市政府秘书处的人进行调查，顾副书记还是非常生气。"不是不能查，但你们总得打个招呼吧。"他直接给市局的金局长打了个电话。顾副书记多年前，曾经在这个市里当过政法书记，当时金局长是他的秘书。“你也不是头一天坐机关了，到底怎么回事，啊？”顾副书记一般不熊人，他批评人最厉害的话就是“你呀，你也不是头一天坐机关了嘛……”言下之意就是，你已经是个有经验的老同志了，再犯这样的错误是不可原谅的。这话初听起来，好像没什么锋芒，但实际上掂一掂，分量还是挺重的。顾副书记身边的人都知道，他要是跟你说了这句话，你再没什么重大的改过表现，那就等着走人吧。所以，接到顾副书记的电话后，非常了解顾副书记这个特点的金局长心里还真有点发毛。

秦书记告诉金、马两位：“顾副书记临时有个外事活动，今天不能跟你们谈了。走吧，我们回去再说。”马凤山一愣：大老远地把我俩叫到这儿，连个面都不见一下，就这么打发了？他刚想张嘴问，金局长忙拽了他一把，制止了他。这一点，马凤山不懂，但金局长懂：把你们叫来，但又不跟你们谈，让你们的领导回去以后再狠狠地批你们一通。这是顾副书记特别生气时，常用的一种做法。这时候，真得小心了。

“一会儿我和两位局长谈情况，你就不用参加了。”回到市委，一进办公室，秦书记就对秘书这样说道。秘书问：“那谁做记录？”

“今天我和两位局长的谈话，不做记录。”又对金、马两位说：“你们也不必做什么记录。”

金局长和马凤山立即把刚拿出来的笔记本收了起来。秦书记还吩咐秘书：“我们谈话结束前，不管什么客人什么电话，一概挡驾。”秘书答应了一声带上门，走了。

秦书记先让两位局长汇报了一下案件最近的进展情况。因为是谈案件，主谈的还是马凤山。待马凤山汇报完了，秦书记又礼节性地问金局长：“你还有什么要补充的？”金局长明白，秦书记这时候并不是真的要听案情汇报，只不过走个过场，是一个常规必需的“序幕”、“开场白”，正戏在后头。所以他赶紧说：“没了，老马说得挺细、挺全面。到目前为止我们掌握的情况就这些。现在就等领导下决心，给我们下一步工作指个方向。”

秦书记点了点头，说道：“那好，我说几点个人意见。”金、马两位本能地又把记事本拿了出来。秦书记笑着指了指记事本。他俩不好意思地忙又收起了记事本。

秦书记说：“我说三点意见。第一，省委市委领导对这件事非常重视。章书记回到海南后，已经给顾副书记打过几次电话，也给我打过几次电话，来催问案子的情况。今天顾副书记找我也是谈这件事。总的原则，还是中央定的，一定要把反腐败斗争进行到底。这是我们市委的态度和决心，也是省委省政府主要领导的态度和决心。对这一点，你们这些做具体工作的同志，到什么时候也不要怀疑。也就是说在任何时候，都要坚定不移地根据中央的这个总的精神去办事。第二，事情涉及一个市委常委常务副市长，能不能去查？完全可以。别说一个副市长，就是涉及我这个市委书记，能不能查？也是可以查的嘛！陈希同还是政治局委员哩，不照样查办了？中央已经给我们做了榜样，我们要有决心有信心去打好这个攻坚战。涉案人的级别职务越高，他可能给党和人民带来的危害就越大，所以我们越是要重视这样的案子。第三，在具体工作中，对这样的案子要特别慎重。用顾副书记的话来说，就是要慎重慎重再慎重。什么叫慎重？就是轻易不能把一个市政府的主要领导同志当主要嫌疑人来查。如果要查，也一定要按中央有关规定的组织程序，报请相关党委和部门批准。一经立案，那就必须搞个水落石出，一定要向党和人民有个清清楚楚的交代，绝对不能搞不了了之。同时，还要注意保密问题，一定要内外有别。对这三点意见，你们有什么看法？”

金局长立即表态：“我们完全赞成，坚决照办。”马凤山似乎还有一点问题，想当面请示一下，刚说了一声：“秦书记，我……”金局长立即扫了他一眼。马凤山立刻把要说的话咽了回去。

秦书记笑了笑：“说呀，有什么想法，说呀！”

马凤山却不再作声了。

秦书记笑道："怎么了，又不说了？是不是有一种畏难情绪？是啊，这一两年，我们市里连续发生经济刑事大案，涉案人数越来越多，涉案人的级别也越来越高，这的确是个非常值得注意的问题。但是在这种形势下，我们尤其要保持清醒，要特别注意把握政策，把握分寸，千万不能搞草木皆兵，不能搞洪洞县里没好人，更不能自乱阵脚，怀疑一切，打倒一切，把各级领导班子都搞得灰溜溜的，我看这也不是中央的方针，也不是小平同志提倡的那个中国特色吧？在这个问题上，我看还是要像小平同志讲的那样，要讲两句话，不能只讲一句话。第一，案子发生了，不管涉及什么人，一定要一查到底，决不手软。第二，一定要重证据，把工作做细做扎实。要对活人负责，要对历史负责，更要对当前的大好局面负责。反腐败工作要促进当前的经济建设，而不是反过来拉经济建设的后腿。枪杀案发生后，你们市局的同志做了大量的工作。但是，就凭着几张模糊不清的照片和一盘似是而非的录像带，就要把刚提起来的周密同志定为主要犯罪嫌疑人侦查，我看这决心不好下。东钢的这三十万份内部股到底哪儿去了？是不是一定就像东钢的那几个领导说的那样，由熊复平托张秘书交给我们这些省市领导中的某些人了？有没有可能转到别的什么人手里去了呢？还有一点，也很关键，如果说周密是这起枪杀案的主凶，他不但要找一个杀手，替他去杀人，他还得安排另外一些人把这个杀手弄进警戒森严的来凤山庄。也就是说，得有那么一帮子人，而且大部分还得是我们内部的人，自觉自愿地帮着周密去杀人。这可能吗？这和我们干部队伍的现状符合吗？这和周密一贯的表现、一贯的为人符合吗？党内个别腐败分子到了狗急跳墙的地步，要杀人要放火，这我相信。但是要说我们内部有一帮人会心甘情愿地去帮着腐败分子杀人放火，我无论如何也不相信。"

静场。

这时，郭强和方雨林还在重案大队队部后院那个厢房里等着。天色黑下多时了，见两位领导还没回来，方雨林有点急了，看看墙上的石英钟："已经四个小时了。怎么了？"

郭强自己一个人在玩着牌，说道："四个小时又怎么了？让你去蹲坑，四天四个礼拜，不也得老老实实地在那儿猫着。"见方雨林有些耐不住了，便从腰间取出自己那把手枪，扔给方雨林说道："嗨，干点活吧，替我擦擦枪。"拿起枪，方雨林忽然想起"12·18"案中"枪"的问题："这两天，我一直在琢磨这么个问题，就是行凶用的那把手枪是怎么带进去的？"

郭强说："怎么带？这大冬天的，大棉袄里一裹，谁瞧得见？"方雨林摇摇头："如果你是凶手，你敢冒这个险吗？那天晚上山庄警戒森严，一个身份不明的陌生人敢带着手枪去闯山庄？最保险的办法是什么？找一个在当天晚上有公开合法身份、绝对不受怀疑的人把手枪先带进山庄。然后凶手进入山庄，去跟那个人接头，把手枪取到手，去执行谋杀计划。"

郭强笑道："你在写侦探小说？"方雨林好像是被自己的这个想法打动了，一下兴奋起来："别着急……别着急……手枪……合法身份……如果有那个背包的陌生人，四点三十六分左右周密离开大厅去山庄后边，就是为了把手枪交给那个陌生人？周密那天晚上作为聚会的主要组织者，他是绝对不会受到怀疑和盘查的。他把手枪带进山庄，然后交给那个陌生人。这就是他为什么要在四点三十六分左右急匆匆离开大厅的理由！"郭强反问："如果不存在那么一个陌生人呢？"方雨林肯定地答道："那么四点三十八分，在小树林边上跟张秘书说话的人就是周密了。"

这时，外头响起"本田"警车的马达声。两个人忙跑出去迎。金局长回局里去了，回这儿来的只有马副局长一个人。方雨林迫不及待地问道："最后什么意见？同不同意我们对周密立案侦查？"马副局长淡淡地答道："没有明确地表示不同意，但也没有明确地表示同意。"方雨林不解地说："这算什么意思吗？"郭强说道："这不是很清楚吗？没有明确表示同意，就是不同意。”方雨林强调说：“但他也没说不同意呀！”郭强坚持说：“但他也没说同意呀！”

方雨林茫然了：“那下一步，我们到底是查还是不查周密？”

没人回答他。

这时，管内勤的一个女刑警过来催他们：“头儿，今晚伙房里给做的夜宵是片儿汤，你们再不去喝，可都成了糊糊汤了。咱就这么点儿福利，你们还放弃了？”方雨林突然起身向那辆212吉普车走去。郭强忙上前去拦：“哎，干吗呢？吃了夜宵再走。”却没拦住，方雨林启动了车，照直向大门外驶去。

这时，差不多已接近午夜时分了，商店大都已经关闭。偶尔有一两家饮食店里还亮着灯光，店堂里也显得特别冷清。街面上空空荡荡的，只有方雨林驾驶的那辆吉普车跑得飞快。车从最繁华的市中心驶过。灯光闪烁，楼影幢幢，却依然空阔寂静。车驶上江堤，最后停在了一个老旧的江堤码头上。江面上早已封冻。冷清的栈桥仿佛一条死蛇似的躺在冰面上。江对面黑黢黢的丛林中，偶尔有三两点灯光闪出，才给人一点活泛儿的感觉。

方雨林怔怔地呆坐在车里。这时，突然有两道雪白的灯光从吉普车的侧后方射来，并不断地向这边移动。不一会儿，一辆旧的伏尔加车驶了过来，并停在了方雨林的吉普车旁。驾驶伏尔加车的正是郭强。

方雨林似乎不想理会郭强，立即启动吉普车，慢慢向后退去。郭强也立即启动伏尔加车，慢慢向后退去。方雨林马上又换成前进挡，猛地向前冲去。郭强也换成了前进挡，向前冲去。两辆车并排向前驶了一会儿。行驶中，郭强不时地看着方雨林。方雨林却一直板着脸，不理会郭强。这时，郭强突然加速，往前开了一二十米，然后打了一把方向盘，把车横过来，挡在了吉普车前行的车道上。方雨林猛地刹住车，索性弃车深一脚浅一脚地向到处是积雪的江面上大步走去。郭强也跳下车，深一脚浅一脚地大步向江面上走去。

快走到一个大雪堆前了，方雨林突然站下。郭强也站下。这时，郭强离方雨林只有半步的距离。从不远处发出的车灯光把两个人的身影拉长了投在冰面上。两个人一动不动地站着，凛冽的寒风在他们周围呼啸。

郭强："回去吧！"

方雨林没有答话。

郭强："你还想跟谁较劲儿呢？"

方雨林还是沉默。

郭强一把拽住方雨林就往回走："走吧，你这傻老弟！"

方雨林却用力推开郭强，顶着狂风，踉跄着向前走去。郭强没再去追方雨林，一丝无奈的阴影从他脸上掠过，他淡淡地苦笑了笑，便怔怔地站着，看着方雨林在狂风中挣扎着，一步一步艰难地向江对岸走去……

风，还在呼啸……

方雨林越走越远了。

郭强仍在江面上站着，怔怔地望着方雨林的背影，一动不动地发着愣……

25

凌晨，天色还灰暗得很。早已起床的方雨珠收拾好自己的房间，抱起一大盆昨晚换下的脏衣服，准备拿到院子里去洗。刚走出门，却看到廊檐下蹲着个黑黢黢的壮汉。她吓了一大跳，忙向后倒退了一大步。

"谁呀？"她喊叫起来。

壮汉慢慢地站了起来，他身边放着一大一小两个行李袋。

原来是方雨林。方雨珠又喜又恨地："哥！你回来了？干吗不进屋？"方雨林忙指指父亲那个小房间的窗户："嘘……"

吃早饭时，父亲夹起一个炸鸡蛋放到方雨林的碗里问："还去不去双沟了？"方雨林说："就算是不去了吧。"老人说："什么叫就算是不去了？"方雨林说："通知上只说是让我回市里重新安排工作，没说还去不去双沟。""会让你回刑侦支队吗？""可能吧……""怎么老说些没准儿的话？什么叫可能？领导到底是怎么跟你谈的吗？""领导的意思是想让我回重案大队。""你不想回？""我还没想好。""这还要想什么？"方雨珠听不下去了，忙叫道："爸……"老人瞪她一眼："你别插嘴。"而后回过头来又问方雨林："市局那边的领导到底是怎么你了？"方雨林说道："不完全是市局领导的事……"非常了解自己儿子脾气的老人便训斥道："那你跟市局领导较什么劲儿？"方雨林有点耐不住了："爸，这件事，一时半会儿说不清，您就别管了。"老人把碗筷一放："我问问都不行？"方雨林不作声了。"大学毕业那会儿，你哭着喊着要进刑侦支队……这么多年，我一直告诉你们，干什么事都得讲个韧劲儿，别像个缩头乌龟似的，碰到一点什么难处，就赶紧地把头往回缩。只要是应该干的事，自己又认准了特别想干，不管咋样，都得咬着牙撑下去！"方雨林心烦意乱地站了起来："爸……"老人却板起脸说："你给我听着！"方雨林强忍着："爸，我已经是小三十的人了，您让我自己去活着，行不行？"老人吼道："那你去活呀！"方雨林说道："我当然要活，但我得想一想。我得好好地想一想，我到底该怎么个活法！"最见不得这父子俩吵架的方雨珠一边跺着脚，一边嘟囔着："你们俩干吗呢？不想过了？"

方雨林不作声了，一屁股闷闷地坐了下来。老人大口大口地喘了起来。方雨珠忙上前扶住老爸。老人越喘越凶："我……我……我……"方雨林忙去找来治哮喘的喷雾剂。

老人用力推开方雨林的手说道："你……你别管……别管……"方

雨林急得直跺脚，大叫：“我错了，还不行嘛！”到傍晚时分，老人的病情才渐趋稳定。这期间，方雨林和方雨珠曾借来一辆平板车，要送父亲去医院看急诊。但老人怎么也不肯去医院，只说“没事儿”。实际上是舍不得那点急诊费。过了一会儿，老人的神情平静了许多，又问儿子：“你那儿……到底出什么事了？”方雨林默默地在父亲的床前坐下，为难地答道：“对不起……爸，这事儿，我不能说。对不起，爸……”等父亲躺下，方雨林悄悄地对方雨珠说：“我上外边去走一走。”

方雨珠忙说：“我陪你去。”方雨林说：“你还是陪着爸吧。”便独自向外走去。

云层像棉絮似的铺满头顶，天空上正缓缓地飘洒着颗颗粒粒的小雪，新建的街心花园因此也灰暗得很。偌大个街心花园里空无一人。方雨林独自坐在一张长条的靠背椅上，默默地点着一支烟（其实他平时并不吸烟），但却又不去吸它。烟头上袅袅飘摇起一股清淡的烟气。烟头的热力在缓慢的自燃中渐渐逼近他修长的手指。

这段时间以来，方雨林无数次地跟自己说，算了吧，要死要活鸟朝上，跟谁较这个劲儿呢？这世界是你一个人较得了的吗？干吗不跟别人似的，守住自己眼前这一亩三分地得了，谁爱干啥干啥，管他呢！泄了这口气吧——他无数次地这样劝解自己——泄了这口气，弯下腰、眯起眼、耷着脸做人吧。光着膀子在人前喊一声“我是无赖我怕谁”，准活得有滋有味，兴许还会招来一大群（文）人为你“吧唧吧唧”鼓掌。方雨林自从出了大学校门，就再也没读过小说。一拿起它们，他就心烦。全他妈的哼哼唧唧在那儿装大瓣蒜！“后现代”？中国离“现代”还有十万八千里哩，整个社会都在转轨重建，死乞白赖地奔自己一个新饭碗，你扯着脖子找“后现代”，跟谁捡洋落儿呢？纯粹是吃饱了撑的！啧！拿着纳税人的钱（方雨林知道中国的作家百分之九十九点九九都拿工资），住着用纳税人的钱盖的房子（他们中大部分人的住房都是由机关分配的），却袅袅地唱着“我写作只顺从我个人的心情”的滥调。再看看某些单位出台的那些所谓的“改革方案”，卡来卡去，只卡平头百姓，而旧体制中所有有利于那些掌权者们既得利益的部分几乎无一例外地都给保留了下来。统观中国几千年的沉重教训，“庙”穷的最根本的原因不在于对小和尚们管制不严，而是从来就缺乏一个有效的体制去管束那些管不住自己，也不想管自己的“方丈”。灯红酒绿桑拿按摩歌厅包间小姐相公女秘美钞灯下交易后院呻吟……泄气、弯腰、随大流都容易，但一旦泄了这口气弯下这个腰，要再撑起这口气直起这个腰，就难上加难了，方雨林想来想去还是不愿意让自己就这么着了。包括他跟丁洁之间的关系。丁洁总是不理解他的这种故意的冷漠和疏远。其实这里的原因他是能跟她说得清的，只是他不愿意说。也许今后也不会去点破它。方雨林就是要做一个“方雨林”，虽然有人笑他“呆”……

我呆吗？哈哈！哈哈！

方雨林闷头向街心花园外走去，雪却越发地下大了。刚走到街角的一个暗处，停在售报亭后边的一辆小型的面包车突然缓缓启动，悄悄地跟在方雨林的身后。待方雨林拐进一条小马路，小面包车开始加速，并逼近方雨林。方雨林闻声，惊骇地转过身来，小面包车疯狂地向方雨林冲了过来。方雨林就地打了个滚。小面包车从他身旁擦过，把路边一个铁制的垃圾桶高高地撞起，飞出好远，重重地掉在地上，然后又在路面上弹跳着、滚动着，发出一阵“隆隆”的响声。方雨林身上多处擦破了皮，磕青了好大一块，好在他躲避得法，没伤着筋骨，只是行走稍嫌不便。

马副局长闻讯立即赶到医院，问正在接受包扎的方雨林：“你看清那辆车的车牌号没有？”方雨林闷闷地答道：“没有。”马副局长不信。方雨林天生对数字敏感，进了刑侦支队后，又练就一种看车牌号瞬间过目不忘的本领，这一回怎么会没看清？“真的没看清。”方雨林又说道。“你瞧你，还是个训练有素的刑警！”马副局长随口批评道。见方雨林不再作声，便无奈地说："那就先养伤吧。工作的问题、别的什么什么，都别考虑了。"当时病房里还围着好些刑警，都是来看望"方哥"的。马副局长把他们都"遣散"了，以便让方雨林好好休息。

所有的人都走了，偏偏郭强不走。等病房里只剩下他和方雨林两个人时，郭强忙去关上房门，放低了声音问："你真的没看清车牌号？"

方雨林不作声，脸色却难看起来。

郭强用力追问："跟我说实话！你到底看到了什么？"

方雨林仍然不作声，脸色却越发地难看了，情绪也渐渐地有些激动起来。

"记车牌号是你方雨林的一绝！说呀，你到底看到了什么？"

方雨林突然跳了起来："我看到了什么？我看到了一辆警车……"

郭强一愣："警车？"

方雨林大叫道："对，一辆挂着警牌的小面包车。你没想到吧？要杀我的是我们自己人！"随即从内衣口袋里掏出一张小纸条，小纸条上写着他看到的那辆"警车"的车牌号——05876。

"胡说！"得到郭强的报告，马凤山第一个反应就是这两个字。他了解自己手下这些同志的情况。他们的素质的确参差不齐，个人状态也很不一样，可能会出各种各样的问题，但绝对不会去"谋杀"自己的同志。不会！"这是他记下的车牌号。"郭强把那张小纸条放在马凤山面前。这时，值班室的一个秘书匆匆走了进来报告："元田分局刚才接到大和岭派出所的报告，在大和岭隧道南口七百米处，发现一辆挂着警牌的小型面包车，被遗弃在路沟里。整车的各种特点跟方雨林说的那辆车非常相像，车头左侧有明显的擦刮伤痕……"

马凤山忙问："那辆车的车牌号是多少？"

秘书报出的和方雨林写下的恰恰一个数字都不差：05876。

马凤山马上吩咐秘书派人查一查这个牌号，并带上郭强直奔大和岭而去。不到二十分钟，查询结果就报来了：警车中，压根就没有用这个牌号的。所谓的警牌是伪造的。“你马上告诉方雨林，那辆车的警牌是伪造的，让他别听风就是雨，得相信我们自己的同志！”他把手机递给郭强，让他马上给方雨林打电话。

郭强拨通了医院住院部值班护士桌上的电话，让值班护士去叫方雨林来接电话。护士告诉他，那位方同志四十分钟前就已经走了，而且没有留下任何话。“这小子！”马凤山无奈地摇了摇头。

这时，方雨林已经到大和岭隧道南口了。他先他们得知了这个消息，便赶来查看这辆车。他深信，假如能查清这辆要置他于死地的小面包车的来历，必定对搞清来凤山庄谋杀案有帮助。小面包车歪倒在不算深的路沟里。方雨林一会儿车里，一会儿车外地在细细查看着这辆车。一个小警察急急地跑来告诉他：“马局他们来了。”方雨林忙跳下车，对守护现场的刑警们做了个噤声的手势，便匆匆钻进一边的小林子里跑了。

马凤山下车后，先四下里张望了一下。他估计方雨林这小子是得到了什么消息，也来这儿查看这辆肇事车了。“这儿就你们自己？没别人来过？”他疑惑地打量着迎上前来的那几位保护现场的民警。那几位民警一口咬定：“就我们自己，再没人来过。”马凤山将信将疑地扫了他们一眼，再没说什么，便大步向那辆小面包车走去。

26

那天上班不久，九天集团公司总部人事部部长就把廖红宇“请”到他的办公室，告诉她，“为适应新形势的需要”，由经理碰头会研究决定，她的工作要“动一动”。“本来冯总要亲自来跟您谈的，没料到，咱们九天集团的外方经理伯季明先生今天突然从香港飞过来了，好像是有一笔大买卖要跟冯总谈。冯总要去机场接他，所以非常遗憾，只能由我来跟您谈了……”人事部长是个文质彬彬的人，除了承办冯祥龙交办的事，他要求自己手下的人不要去做任何额外的事。而除了冯总交办的事以外，他认为对于人事部这个要害部门来说，其他一切的事都应该算是“额外的事”。

“我们九天集团公司有个橡树湾基地，不知道您听说过没有。总部通过近期的考察，觉得您比较有开拓性，也有独立开展工作的能力和经验，所以决定让您到那儿去当基地主任，加强那边的领导。从目前的情况看，那里工作生活的条件还比较艰苦，但它是我们九天集团公司今后拓展新局面的一个主要经济支撑点，是下一个十年发展计划中的核心项目。”他这样向廖红宇介绍着，并希望她能在两天之内就去基地报到。

关于这个“橡树湾基地”，廖红宇早有所闻。她有所闻的只是它的“艰苦”和“复杂”，并没有听说什么“经济支撑点”和“核心项目”之类的说法。但廖红宇这个人生性喜欢“独当一面”，而且还特别自信能“独当一面”。她就是那种“宁为鸡头，不为牛后”的人。也许她一生的不平坦有相当大的因素就是因为她的这个“禀性”。这一段时间，她隐隐约约觉出，冯祥龙不容她。她不明白他为什么要不容她？她没法去问。因为从表面上看起来，冯祥龙对她还是客客气气的。与其如此，还不如找个地方过自己的日子去。第二天一早，她就坐着那辆旧伏尔加车去橡树湾报到了。

伏尔加车缓缓驶进基地大门。等了好一会儿，偌大的院子里，空空荡荡的，既不见有人来迎接，也不见有人走动。廖红宇便下了车，迟迟疑疑地正要去找人。这时从一排旧平房里走出两个中年人（这排旧平房的各个房门上都挂着不同科室的小木牌）。他俩穿着一式的蓝棉大衣，在一个年轻人的带领下，匆匆来到车子跟前。两个中年人是基地的副主任。“欢迎，欢迎！请廖主任先到办公室里暖和暖和。”一位副主任说道。“还是直接去大食堂吧，大伙儿都等半天了。”另一位副主任却这么说。廖红宇说：“那就直接去大食堂吧。”

大食堂里挤满了人。男男女女，老老少少，三五扎堆，在低声地议论着。方雨珠和她的几个女伴儿（大都是跟方雨珠同期被招进来的下岗女工），则坐在一个不被人注意的角落里。她们神情忐忑，而且还有些凄惶。这时，有人从外头跑了进来，大叫了一声：“新来的主任到了，是个女的！”大食堂里顿时安静了下来。但不知为什么，一个婴儿却哭了起来。所有的人都向着发出哭声的地方投去不安和关注的一瞥。一个三十多岁的男子向坐在后排的两个男子示意了一下，那两个男子会意似的向他点了点头。那两个男子手里拿着一面早已准备好的大横幅。然后，那个三十多岁的男子又向另外几个男子示意了一下。那几个男子差不多也有三四十岁（所有这些男子都穿着蓝色的棉大衣），他们也会意似的向他点了点头，然后除了留下一个人仍坐在原处，其他几位立即分散到人群中。

这时，那个年轻人已抢先一步进了大门。他用目光先找到那个三十多岁的男子，两个人会意地交换了一下目光。那个年轻人才转身把廖红宇和两位副主任请进门来。

食堂里顿时又安静下来。

待廖红宇进了大食堂，陪同的一位副主任便向大伙儿说：“我给大家介绍一下，这位就是集团公司派来的新主任——廖红宇同志……”没等他的话音落地，那个三十多岁的男子站了起来说道：“廖主任，我有几个问题要请您给解答一下。”随即有不少人也站起来附和道：“请您解答一下。”坐在后排的那两个男子也站了起来，高高地举起手中的横幅。只见横幅上贴着一行大字：决不允许任何人出卖我橡树湾基地！这时，另外那几个三十多岁的男子便从不同的角落里站了起来，都大声吼叫着：

——强烈要求市委市政府派人来解决我橡树湾问题！

——橡树湾基地是橡树湾全体干部职工的！

——不彻底解决橡树湾问题，决不罢休！

——同在一个党中央领导下，为什么中国一天天富起来，橡树湾一天天穷下去？

这时，整个会场大乱。人们纷纷拥上去包围目瞪口呆的廖红宇。只有方雨珠和她那几个女伴儿一动也不动，仍呆坐在原地。看起来，这一切都是有“预谋”的。只是不清楚这幕后策划人是谁，不清楚问题的实质是什么。大约有十几分钟的时间，廖红宇一直呆站着不作声。等一阵声浪稍稍平静了一点，她才朗声喊道：“我现在不能回答你们任何问题。”

她的回答引发一阵更强烈的抗议声：“你是集团公司派来的，为什么不能回答我们的问题？”“回避是不行的，认错是可以的！”等。

廖红宇平静地答道：“没有任何人跟我说集团公司要卖掉咱们橡树湾。你们不想想，如果要卖掉这个基地，冯总还派我来干什么？怎么，想连我也一起卖掉？”（她万万没想到，这正是冯祥龙的一个“高招”。）一个男子站起来：“消息是确切的。”廖红宇坚持：“不可能！”另一个男子大声说：“他们价钱都谈妥了，听说只跟人家要了五百万。而我们基地光这点固定资产就值四五千万。”

廖红宇心里暗自一惊。她觉得如果真有这事，自己真得重视它了。

这时，冯祥龙在九天集团公司总部正和顾三军周旋着。他实在不愿意再借给这位顾大公子一百万，但又不能生硬地得罪他。“我的好兄弟哎，我手头上也正紧着哩。”冯祥龙愁眉苦脸地说。“你刚把橡树湾卖给香港的伯季明，从他手里得了一大笔钱……”顾三军的情报很灵。“这事没谈定哩。”冯祥龙忙解释。顾三军笑着拍了拍冯总的肩头，略带点口吃地说道：“别……别……别跟我打这马虎眼。告……告诉你，许多事情我爸还没我清楚哩。他只……只听正道来的消息，也只希……希望别人给他讲好听的。我这儿白……白道黑……黑道来的消息都有，好听不好听的都听。听说那么一个橡……橡树湾，您老兄只卖了五……五……

五百万？伯季明一定给了您大大的……大大的好处。”冯祥龙马上站了起来，用力挥一下手说道：“伯季明这个王八蛋能给我什么好处？操！”顾三军忙问：“怎么了？”冯祥龙却一脸正经：“不说了，不说了……”

这时，秘书小汪走进来报告，廖红宇又找来了，在那边等了好一会儿了。冯祥龙没好气地说道：“跟她说，我不在！”小汪似乎有什么为难之处似的。冯祥龙啐他：“咋的了，还非逼我去见她？”毕竟是心腹之人，小汪硬着头皮劝道：“您怎么也得给她一两句话，让她回去跟橡树湾的干部职工有个交代。否则，您让她怎么做工作？”冯祥龙瞪起眼：“做工作？她还真把自己当什么基地主任了？（回过头去又对顾三军说）真没法子……上上下下，整个儿都在抽风！你坐会儿，我先去把那位打发了。”一出门，冯祥龙便低声地让小汪赶紧把财务部的老龚头找来。冯祥龙让老龚头把“家里”的“现金底子”归拢归拢，看看能不能凑出个百八十万来打发这个顾三军。“给谁？力昌房地产的顾三军？你没听说，全市所有银行信贷部的头儿都怕他了，都躲着他。”老龚头咬牙切齿地说道。冯祥龙苦笑道：“银行什么身价？我什么身价？他们可以躲，也敢躲。我怎么敢？这是一位顾大公子！”“顾大公子又咋的了？顾副书记早都放出话来了，今后谁借钱给顾三军，谁自己负责。他不给承担任何责任。”老龚头提醒道。“嗨，话，当然要这么说。可谁的儿子谁不心疼？你要真不借，得罪了这位大公子，以后他天天在他老子跟前说你坏话，谁顶得住这个？”冯祥龙说的全是心里话。老龚头叹道：“公司账上那点老底，您不是不清楚……下个月，省里不是还让您跟着周副市长带团去欧洲考察商业？我还得替您把这笔花销留足了。”冯祥龙立即打断了他的话：“不说账上的。”老龚头没有马上回答，只是斜眼瞟了小汪一下。小汪知趣地赶紧回避了。老龚头这才说道：“那也不多了。去年您送给南方工贸集团几位老总每人一套三居室的房子，那笔账还没结完哩。那会儿我就说，咱们先不送房子……”冯祥龙不耐烦地道：“我说你这个人就成不了大事！不就是几套房子？想跟人诚心诚意交朋友，就不能这么抠抠搜搜的。”老龚头轻轻叹了口气：“我是成不了大事，我只是替您着急。”冯祥龙挥挥手说道：“怎么也得想个法子，把顾三军给打发了。人家也是看得起咱们，才一趟一趟地往咱这儿跑。”老龚头只得说道：“你可想好了，这一百万给了他，可就是肉包子打狗，有去无回呀！”冯祥龙无奈地：“就算花一百万在顾副书记跟前买个好吧！你就别心疼了，想想办法吧！”“办法？还是老办法，让商城的那些个体业户们做一次奉献……”“上个月刚让他们奉献了一把……”老龚头说道：“嗨，这些个体业户干得顺手的，一个摊位一个月就能从咱这商城赚走好几万。一个月让他们奉献个三千五千的，算个啥嘛！这么着，最近，大约有五百来个业主因为种种原因把他们在商城里的摊位转让给了别人。我让这五百来个新业主来公司办更名手续。每一户交一千元更名费，就是五十万。”“顾三军还办了个‘太白洗澡娱乐中心’。通知商城的每个业户买他一年的澡票，一张澡票二十元。”冯祥龙也出着主意，“每个月让他们去那儿洗一次澡，再 OKOK。两千个业户，每个业户买他十二张澡票。这一笔又是多少？”“二二得四，二四得八……四十八万……还差一点儿。”“那就在更名费上再涨一点。一个更名费一千五百元。够了吧？”老龚头连连点头：“够了够了。除了给顾大公子的，还能节余二十来万。”冯祥龙立即指示：“这二十来万你一定替我留着，我瞅着那几位新提到市级领导位置上的副市长总要换新住房。到那时候，这二十来万还不一定够花呢。你说呢？”老龚头笑道：“放心，到时候不够花，咱们再想招呗，反正有那两千个业户给撑着哩。”“对，谁要不给钱，就摘他的营业执照，收他的床位。”

等冯祥龙悉心地安排好这档子事，再去见廖红宇，她已经走了。“这女人！”冯祥龙愤愤地道。小汪说：“她留了一封信……”“什么意思？”冯祥龙拧起眉毛问。小汪忙把信递了过去。冯祥龙大略地瞟了一眼。信的大意是，既然橡树湾已经决定要出让给港商了，她觉得再到橡树湾去当这个主任已经毫无意义了。所以，她想请公司再给她调换个工作。冯祥龙在心里暗笑：我就是想把你交给港方处理哩，你还想回来？哼！

27

廖红宇回到家里，已经觉得很累了。这种状态近来经常出现。而在几年前，几乎是难以想象的。她从来不知道什么叫累，从早到晚，中气总是那么足。四十岁的人在她身旁一站，比比她，都会觉得自己“真的老了”。但最近确实不行了，常常想坐下来，在腰后衬个软垫，再喝一口热茶，闭一会儿眼睛……也懒得进厨房了，就是点起了油锅，也是随便糊弄两口就行。女儿总问，妈，您怎么了？她总是不回答。这两天，她更觉得累。她有所觉察到冯祥龙让她去橡树湾其实是一种变相的“排斥”。她又为橡树湾基地的前途着急。五千万元的东西，冯祥龙只卖了五百万元。如果属实，这里一定有什么名堂！名堂在哪里？这事，自己是管，还是不管？基地的工人都说过这样的话：“廖主任，听说您在东钢时，是最能替工人说话的。您现在可不能不管我们呀！”自己能不管吗？可是，要管的话，又怎么管呢？……真累！完全是心累……在厨房里，系着围裙的廖红宇切着菜，思前想后，刀就慢慢地停了下来，站在那儿发起呆来了，还是女儿的一声尖叫惊醒了她：“妈，饭什么时候才能做好呀？人家都快饿死了！”

吃晚饭时，女儿廖莉莉问：“那个冯祥龙有病啊？已经把橡树湾卖给港商了，还要把您往那儿塞！这不是明摆着臭您嘛！”廖红宇用筷子指指女儿的饭碗：“吃你的饭。”她不愿再想这事。

但这时偏偏传来敲门声。廖红宇忙对廖莉莉说：“你去开门，要还是下午那一拨人，就跟他们说，我出去了。”下午，已经来过一拨基地的工人了，是来求她替他们向上级做申诉的。她没表态。他们说：“早知道只卖五百万元，我们职工想想办法就把它买下来了。肥水不流外人田，这便宜干吗非要让香港人占了？”他们还告诉廖红宇，那个所谓的港商伯季明，根本就是个“假港商”，前些年才从大陆去的，这家伙根本就没什么钱，听说在香港住的也不过是两居室的公寓房。

廖莉莉见母亲不想再见基地的工人，便说：“您不想借着这伙人的力量，也跟姓冯的玩儿两把？”廖红宇问：“啥叫玩儿两把？”廖莉莉笑道：“他让您难受，您也让他难受难受呗！”廖红宇摇了摇头：“不跟他怄这个气……我算是明白了，怄了也白怄……”廖莉莉使着激将法：“您过去老说，您长这么大，从来受不了谁的气。现在是咋的了？”廖红宇挥挥手：“别说了，快去门外瞧瞧吧。”

敲门的是方雨珠和她的几个年轻女伴儿。廖莉莉歉然地说：“对不起，我妈不在……”方雨珠笑道：“你妈在，我们知道。”廖莉莉坚持说：“她不在。”方雨珠笑道：“她要是真不在，你就让我们进屋去了。我们知道她不愿意见我们。”廖莉莉的脸微微红起：“她不是不愿意见你们，她自己的麻烦就已经够多的了，求你们别再来麻烦她了！”

这时，廖红宇在屋里呆呆地坐着，静听着门外的对话。“我们没有别的人可找了……”女工们说得心酸。廖莉莉说：“中国那么大，当官的那么多，怎么没人可找？”女工们说：“可你妈是我们橡树湾的领导啊！”廖莉莉说：“她不想当这个领导了，你们也别再跟她提这档子事了！”女工们说：“人家都说你妈为人特别正直，那会儿在东钢特别能主持公道，特别能替工人说话，有人拿东钢内部职工股到上头去行贿，就是你妈第一个往上写信揭发的……现在这个假港商倒卖我们基地这块地皮，他根本没心来经营。他已经放出话来了，他要解雇我们现有的所有职工……我们大伙儿都希望你妈能再一次站出来……”廖莉莉一下急了：“再一次站出来？姐妹们哪，她已经站了一次了，已经落了这么个下场，你们还要她往起站？你们还让她过不过日子了？她也是个女人，她也是个做妈妈的，她也希望平平和和地过下去。求求各位了……”说着，忍不住呜咽起来，忙转过身，踅进屋，并且一下把门关上了。

方雨珠等人呆住了。楼道里变得十分安静，隔着门板依然能听到廖莉莉低微的啜泣声。呆坐在客厅里的廖红宇此时也满脸流淌着泪水。方雨珠等人又站了一会儿，见屋里没有动静，便只得怏怏地走了。

许久许久，廖红宇一直呆呆地坐在沙发里，反复地想着基地工人和干部们对她说过的那些话："他打着港商的头衔，骗取一些领导的信任，从我们的银行搞贷款，来廉价买我们的地。地买到手，再转手高价卖给我们的一些单位。这几年他一直在玩儿着这种空手套白狼的把戏，完全是在用大陆的肉喂他自己的狗，喂大了他自己的狗，再来咬大陆的肉，再去喂更多的狗咬更多的肉……他一分钱没从香港往大陆拿，不到几年时间，却成了拥有几亿元资产的巨富。这全是我们的血汗钱哪！"廖红宇的心又一次剧烈地跳动起来。她觉得自己喘不过气来了，一下子站了起来，颤抖着去穿大衣。"您这会儿还要去哪儿？太晚了！"廖莉莉立即从自己的房间里冲出来阻拦。廖红宇只说了句："我出去走走，透透气……"廖莉莉忙去拿大衣，说："我陪您去。"

"咱们再也不管闲事了。天塌地陷，咱们也不管了。好吗？"廖莉莉紧紧地挽着妈妈说道。廖红宇在黑暗中默默地点点头。

"在这个世界上，只要有你和我，就足够了……"廖莉莉一边说，一边把母亲挽得更紧了些。

廖红宇十分感动地搂住女儿，并轻轻地抚摩着女儿的肩背，母女俩相拥着走下楼梯。刚走到底层，从那一片黢黑的门洞里突然"冒"出一群黑黑的人影。廖莉莉听人说过被揭发的人雇"杀手"来谋害举报揭发者的事，所以忙把母亲护在自己身后，大声喝斥："你们想干什么？"说着，伸手到墙上"啪"的一下开亮了门洞里的灯。灯光虽然昏黄，但足以让人看清这群人正是方雨珠和她的女伴儿。“你们还没走呢？”廖红宇大为惊异。零下二十多摄氏度的气温，在这有穿堂风的楼门洞里，冰冷地站了两三小时，还不冻坏了？方雨珠和她的女伴儿们，显然都快冻僵了。廖红宇心疼地拉住方雨珠就往楼上走：“你们咋能这样？傻孩子，冻死你们！快上楼去！上楼！”回到廖家，不一会儿，廖红宇和廖莉莉端来一大盆热气腾腾的西红柿菜汤面条，拿了一摞碗筷和一大盘油煎馒头片。“廖主任，您能听我说几句吗？”方雨珠犹豫地问道。“不用再说了，不说了，快喝两口热面汤。”廖红宇立即打断了方雨珠的话。是的，就在几分钟前，她已经作了决定：她，廖红宇，一定要管这档子事。不管这档子事的就不是廖红宇！

深夜。廖红宇母女俩送走这群女工，回到屋里，廖红宇对女儿说，她要出去办点事儿。廖莉莉一惊：“您还要干啥去？”廖红宇说：“我不干啥。”廖莉莉说：“妈，我们说好不再管闲事了。”廖红宇说：“我只是去跟他们说说……”廖莉莉说：“您去说说，不是还在管吗？您怎么还没醒悟？关您什么事？有谁听您的？谁会领您一份情、说您一个好？”廖红宇说：“我真的不想再管了。可是……你看到那群可怜的女孩子没有？整整在门洞里冻了好几个小时。她们愿意挨这个冻吗？为什么？她们没办法呀！谁都不来管这闲事，她们怎么办？”

“她们……”

“是的，她们有她们的父母，有她们的丈夫，有她们的家庭，有她们自己的一个世界。刚才你说，在这个世界上，只要有你有我，就足够了。我也非常想这样，躲在自己一个小小的世界里，太太平平安安乐乐地过下去……但是……这个世界永远不会只有你和我……这是永远不可能、永远办不到的事……明白吗？我的傻闺女！”

待廖红宇赶到九天集团公司总部，所有的头头早已下班走了。“都几点了，您还上这儿来找冯总？”夜班值班员拿着一本花花绿绿的地摊儿杂志，懒洋洋地说道。“上哪儿能找到他？”廖红宇仍不甘心。值班员放下杂志，揉了揉眼睛，打着哈欠说道：“这可说不好。哪儿都可能有他，哪儿又都不一定。”廖红宇茫然地走出九天集团公司总部大门，无目的地在大街上慢慢地走着。静下心来想一想，兴许今天没见着冯祥龙还是一件好事。真要是见着了，说什么？她手里没有一点证据能证明他的的确确通过黑箱操作，把作为国有资产的基地贱卖给了那个假港商，而自己从中得了油水。但从哪儿去整这样的证据呢？她问自己。这时，一辆蓝白相间的检察院公车急速地从廖红宇身旁驶过。车里坐着的恰好是廖红宇的前夫、该市一个区检察院的副检察长蒋兴丰。蒋兴丰没瞧见廖红宇，倒是开车的一个书记员一眼就看到了，忙对蒋兴丰说：“蒋检，那不是您的夫人吗？”说话间，车速便骤然慢了下来。车上的人，包括蒋兴丰自己都不约而同地向车窗外看去。廖红宇也发现有一辆检察院的车从自己身旁开过后，突然减速，最后还停在前边不远处。她看了一下车上的标志，知道是前夫所在的那个检察院的车，便赶忙地向一旁的小胡同走去。

开车的那个书记员提议把廖红宇接上车来。蒋兴丰看到廖红宇向小胡同里走了，知道她是在回避他，便对书记员说：“算了，算了……”已经向小胡同口退去的车，走了两三米，又停了下来。

廖红宇在小胡同的暗处，紧贴着旧砖墙，等着那辆车开走。不一会儿，汽车的马达声越来越远。她松了一口气，但依然没动，仍在屋檐下的暗处站着。这时，从胡同深处传来一阵杂沓的脚步声。廖红宇抬头看去，只见两个民工打扮的年轻人手里各自提着一个旧旅行包，快速地向这边走来。这两个形迹可疑的年轻人也没想到这时候还会遇见人，猛地愣怔了一下。但立即发现，他们遇见的只是个弱女子，而且孤身一人，于是神情马上放松了。其中的一个把自己手中的包交给同伙儿，慢慢地向廖红宇走来。廖红宇的心一下子跳到了嗓子眼儿。但她很快强制自己镇静下来，大胆地抬起头，竖起眉毛，瞪大了眼睛，看着那个家伙。那家伙一怔，停下脚步，狐疑地打量着面前这个女人。廖红宇继续瞪着他。

僵持了一会儿，那家伙转过身，跟同伙儿一起，慌忙地向胡同口跑去了。廖红宇屏住呼吸，仍然瞪大着眼睛，目送他们跑远，半天都不敢动一动，等脚步声完全消失了，这才长长地嘘出一口气来，赶紧跑出胡同，拦住一辆出租车，向家奔去。出租车急速开到廖家所在的那个大院门口。廖红宇付了车钱，赶快向楼上跑，好像身后还有人在追赶她似的。进了自家客厅，廖红宇还在大口大口地喘着气。歇了好一会儿，才稍稍平静了点儿，然后走进女儿房间。

廖莉莉和衣躺在床上，闭着眼睛，却不理睬妈妈。“嗨，要睡就脱了衣服睡，别着凉了。”她轻轻推了推女儿。廖莉莉转过身去，把脸对着墙，仍然不理睬她。

廖红宇扔去一罐可乐：“喝口凉的，消消火。”

廖莉莉一下翻身坐起，叫了起来：“十冬腊月，深更半夜，让人家喝这么凉的饮料，怕我不胃疼怎么的？胃疼了，我找谁去？又不让人早恋，亲爸爸又让您给赶走了。”

廖红宇一愣。她最不愿意女儿揭这个伤口：“谁赶你爸了？你怎么老护着他？”

廖莉莉觉察到自己把话说过头了，忙说：“打住打住……”

廖红宇赌气似的转过身去上客厅了。过了一会儿，廖莉莉赖兮兮地走到她身旁，叫了声：“妈！”廖红宇生气地推开她：“别理我，找你爸去！”廖莉莉赖笑道：“哎哟，爸一端起饭碗就吧唧嘴，三天不洗脚还老在人跟前晃来晃去，怎么让人受得了嘛！”廖红宇仍板着脸：“甭跟我说好听的，我看你呀，还就喜欢他吧唧嘴哩！”廖莉莉偎近身，娇嗔地：“好了好了，不说他老人家了，咱们说咱们的事。妈……”廖红宇却坚决要把话说透：“你跟我说实话，那会儿我跟你爸，到底是谁赶谁了？”廖莉莉无奈地：“他赶您了，您也赶他了。”廖红宇更生气了：“没原则！小滑头！”廖莉莉一下跳了起来："还跟我说原则？你们俩就吃这原则的亏了。你们俩要少讲一点原则，我也不会没爸了，您也不会没丈夫了，我爸也不会没我和您了……""当时我对你爸并没有提出更多的要求……"廖莉莉叫道："行了，行了。能不再提那八百年前的伤心事了吗？他现在已经把原则当了妻子，您也把原则当了丈夫。你们俩还不够？还要怎么样？要不，把我也踹了，换个原则回来做你们的女儿，彻底革命？"说着，眼圈红了，声音也呜咽起来。

廖红宇不作声了。廖莉莉一扭头跑进了自己的房间，一甩手，门"砰"的一声用力关上了。廖红宇苦笑了笑，默默地坐了一会儿，走到女儿的房门前，犹豫了一下，还是轻轻地敲了敲门。

里面不搭理。廖红宇轻轻推门进去。廖莉莉正趴在床上低声抽泣着。廖红宇默默地在床沿上坐了一会儿，这才去搂过女儿，两行热泪忍不住地从眼眶里涌了出来。过了好大一会儿，廖红宇不哭了，廖莉莉也不哭了。"别生我气……"女儿轻轻地说道。廖红宇苦涩地笑了笑，拿来一块毛巾，替女儿擦去泪痕。"咱们再也不说那档子事了，行吗？"廖红宇说道。

廖莉莉默默地点了点头。

过了一会儿，廖莉莉忽然想起一件事来："您瞧，我差一点把这么一件大事给闹忘了。刚才有人从橡树湾打电话来找您。他们说，全基地的人明天准备去市政府请愿……"

廖红宇一惊："去市政府请愿？几点？"

"他们说，家在橡树湾的人，八点在基地院里集合。家住市里的，九点半直接到五四广场中苏友好纪念碑前集合。他们本来想等您回来再跟您商量一下的。他们也希望您明天能跟他们一块儿去。我让他们别等了，我说您明天肯定不会去的，也不用跟您商量了。因为您不打算再在橡树湾干下去……"

"你怎么能跟他们这么说？"

廖莉莉一愣："您还真打算在那儿干下去？还准备跟他们一起上市政府请愿？"廖红宇狠狠地瞪了廖莉莉一眼，忙从皮包里掏出一本通信录，翻找到要找的电话号码后，立即拿起电话，开始拨号。廖莉莉一下摁住电话，说道："妈，我求您了！您真的把自己当什么基地主任了？您真的没看出来，那些人把您从东钢调到九天集团，九天集团又把您搁到橡树湾，一层一层地，完全都是在卸包袱。他们讨厌您，不喜欢您，都在排挤您。他们都受不了您这过于较真、一碰就炸的火药脾气。爸前几天还在说，您这脾气不改，总有一天，我们全家的前途都会毁在您手上……"

廖红宇忙追问："你又背着我去找你爸了？"

廖莉莉干脆地答道："是的。"

廖红宇心如刀绞："莉莉，你……"

廖莉莉说："他是我爸！我为什么不能去跟他说说心里话？"

廖红宇气得一时不知说什么才好："好吧……好吧……你去找……你……你去找……"

廖莉莉说："我去找他，是因为我实在没辙了。我不愿意看着您再这么折腾下去。我毕竟是要跟您过的，但我不知道该怎么办才好。说心里话，我……我……我也挺怕您的……有时候，我也挺受不了您这个脾气的……您为什么要管那么多的事？您为什么要跟那么多人过不去，搞得那么多人都容不下您？您为什么不能把心气放在自己好好过日子上？您看看我们这个家，可以说要什么没什么，这个十八英寸的彩电还是去年才买上的。可说起来，您还是个科级干部！您知道爸前天还在跟我说什么吗？他说，他真的不愿意离开您，但凡您能听他一回……"

廖红宇的眼泪快要忍不住了："不要说了！""妈！"廖红宇厉声道："出去！""妈……"廖红宇板着脸，把女儿推出房间，然后用力关上门。不管女儿在门外怎么敲，她都不理睬，只是一动不动地站着，背靠着门框，闭着眼睛，无声地抽泣着……抽泣着……

28

深夜，机场上波音飞机降落时刮起的强大的气流漩涡卷起跑道边上的雪，在庞大的机身后边形成一道巨大的白色帷幕，像雾似的模糊了机场航站大楼里闪出的那些多彩而又晶莹剔透的灯光。丁洁提着她那只小巧而又精致的手提箱，随着同机到港的人流向外走去。刚走近航站出站口，就看到周密站在出站口外那排铁栅栏后头，似乎也是在接人。她有些意外。“周……”“副市长”三个字还没叫出口，只见周密忙做了个噤声的手势，让她别在这个场合叫他的职务。

“您……您也来接人？接谁？省长？部长？副总理？”丁洁跟周密开着玩笑。近期来，她自己也说不清是为了什么，见到周密已不像前一阶段那样“不自在”了。等周密告诉她，他今天到机场就是为了来接她时，在巨大的意外之后，心里又着着实实地温暖了一下。“下午你妈给我打了个电话，说是你爸感冒了，还有点低烧，家里离不开人。让警卫员来接你吧，她又不太放心，问我能不能代劳一下……”周密解释道。丁洁脸红了红，笑道：“她真好大的胆！”

两个人走到航站大楼门前的停车场上，周密刚要替丁洁把手提箱放到打开的车的后备箱里，冯祥龙打了个电话过来，说他必须马上见到周密。周密这时真的不想见任何人。“我这会儿在机场哩，有什么事，咱们明天找个时间，行吗？”“我刚得到消息，那个廖红宇明天一早带着橡树湾基地的全体干部职工，要上市政府去请愿。”“请愿？她想干吗？”周密认真了。听说有人要请愿，丁洁也一怔。“对，她要带着橡树湾基地的全体干部职工，上市政府请愿。”冯祥龙在电话里说道。

丁洁虽然听不到对方在电话里说了些什么，但是从周密的答话里，她已然感觉到一定出了什么大事。于是她说：“周副市长，您忙您的吧，我打车走。”

周密忙说：“别……我送你进城。”

丁洁说：“您就别为我再耽误时间了，赶紧去处理您的公务吧。”一边说，一边从周密那个大奥迪车的后备箱里拿出自己的手提箱，匆匆向停车场外走去。

冯祥龙大概从手机里听到了女人的声音，便跟周密开玩笑道：“周副市长，您那儿有女客人？对不起……对不起……打扰您度周末了……”

周密望着丁洁渐渐走远的背影，无可奈何而又有些愤愤然：“谁在度周末？我在机场接重要客人哩（说到这里，他把一时间往上涌起的那种厌恶使劲儿地往下压了压）！过来吧，三十分钟后，在我办公室见。”

第二天一大早，五四广场中苏友好纪念碑前已经三三两两地集合起一二十个橡树湾的干部群众。这时，廖红宇在家里匆匆吃完最后一口饭，说了句：“碗筷我就不收拾了。”然后在湿毛巾上擦擦嘴，拿起皮包大衣，就向外走去。但女儿没搭理她。“你要不愿意收拾，就搁那儿吧。”她又补了一句。女儿还是没搭理她。她在门前收住脚，回过头来对廖莉莉说道：“好了，该说的昨晚都说了，现在没有时间再重复了。我只说一句，你十六岁生日那天，跟我说过一句名言。你说：‘妈，我已经长大了，您能让我自己来管理我自己吗？’听了你这句话，我心里真是酸甜苦辣。思前想后，整整一夜没睡着觉。为你这句话，我哭过多少回。但后来还是想通了。女儿总是要离开娘去过她自己的日子的，这是早晚的事。做爹妈的，该撒手时就得撒手。我现在也要对你说这么一句话，女儿，从你过完十六岁生日那一天，我就再不强迫你做你不想做的事了。请你也不要拦着我，不让我去做我想做的事。妈跟你是两个时代的人，各有各的想头，各有各的活法。妈已经是四十多岁快奔五十岁的人了，妈现在赶的就是一趟末班车。你就让妈痛痛快快地坐完这最后一班车吧！”说着，眼泪便亮亮地从眼眶中涌了出来。一直背对着母亲的廖莉莉也忍不住地哽咽起来。廖红宇上前紧紧地抱了一下女儿，转身向门外走去。待她赶到五四广场，在中苏友好纪念碑下已经聚集了好几十个橡树湾的人了。而在九天集团公司总部，冯祥龙也在做布置。公司大门前，几辆车已经发动着了，就等着出发。冯祥龙在楼上的小会议室里对他的两个副手说："我带一个车去五四广场找廖红宇，你们带两个车去橡树湾截另外那些人。你们听明白了，只要在城外，硬的软的怎么来都行。万一没挡住，人进了城，你们可得给我讲点政策。不管他们提什么要求，先用活话给我答应下来。省里正在北方大厦召开全国性的经济洽谈会，来宾中还有不少老外，事儿真闹大了，谁脸上都挂不住。所以，我再强调一句，一定要把他们的人挡在城外。万一进了城，得及时报告，做法上就得讲点政策。谁捅了大娄子，谁到市委市政府跟前去交代！"

廖红宇在广场上也忙着做工作。她把橡树湾的人拢集到一块儿，急切地说道："请你们再听我说一句，昨晚我知道这件事已经很晚了，没法找到你们。我想，几百人到市政府大楼前去静坐请愿，这个影响……实在太大了……也太坏了……省里正在召开全国性的经济洽谈会，还邀请了不少外宾……""静坐请愿是我们小老百姓表达心愿的一种方式，也是我们合法的权利，有什么坏不坏的？您的观念太陈旧了！"有人嘀咕了一句。"廖主任，你以为人家老外会稀罕这事？人家那儿老百姓静坐请愿是家常便饭，还专门派警察保护静坐示威的老百姓哩。"还有人这么劝解道。廖红宇忙说："那也得事先报公安局批准。""嗨，人家那儿有公安局吗？廖主任，又露怯了吧？"廖红宇脸微微一红辩解道："没公安局，那也得有……有警察局警事厅什么的吧？再说，我也不是说咱们不要去向上面表达咱们的心愿，更不是说不要去提意见。但……直接就采取这种到市政府大楼跟前去静坐的方法，是不是太急了一点？""我的廖主任啊，再不急，黄花菜就全凉了！"好几个人同时喊叫了起来。

这时，冯祥龙和他的人也赶到了。一下车，他就直奔廖红宇而来。"这些人是你带来的？”“这事跟廖主任无关。”从基地来的人喊道。冯祥龙冷冷一笑道：“甭替她打马虎眼！”而后又转身对着廖红宇说道：“廖主任，咱们是自己人，有什么话，咱们关起门来说，说什么、怎么说都行，别在这儿丢人现眼！”立即有人喊道：“不行，今天我们要找市委市政府的领导！”冯祥龙没搭理群众的喊声，只是对着廖红宇使劲：“廖主任，你学过法，带头聚众闹事，这跟你的身份，跟党章国法可有点太离谱……”一直没怎么吱声的廖红宇这一下可真火了：“党章国法？冯总，橡树湾基地的干部群众没跟有关部门申请就上这儿来公开聚会，的确是违反了有关规定。但你作为集团公司的主要负责人，你想过没有，是什么原因逼得这些人走出这一步来的？党章国法里，每一条都要求我们的干部为社会主义着想，为人民大众谋取利益，你们这么去做了吗？”冯祥龙说：“集团公司卖掉橡树湾基地也是改革的一步！”廖红宇更来气了：“你甭跟我拿改革说事儿！改革的目的最终是要国富民强。你把五千万元的一份国有家当，五百万元就贱卖给了一个假港商……”冯祥龙一步逼到廖红宇跟前，直着嗓门喊道：“谁跟你说他是假港商？”廖红宇也斩钉截铁地说道：“我现在不跟你讨论这家伙的身份问题。我只问你，基地的干部职工愿意掏五百万元留下这个基地，你为什么不同意？”

冯祥龙哈哈一笑：“我的廖女士，您真是高看了橡树湾这些人了。他们要真有那个本事凑出五百万元，橡树湾这些年也不会亏损一个多亿，不会逼得我非把它卖掉不可。”他这话的话音还没落，橡树湾那些在场的干部群众一下全都叫喊起来：

——橡树湾亏损一个多亿，能怪我们吗？

——你们集团公司领导就不负责任了吗？

——这些年，你们做哪件事跟我们橡树湾的干部职工商量过？

——我们要真的凑齐了五百万元，你能把基地给我们留下来吗？

——那个假港商到底给了你什么好处？

叫喊声越来越响，围观的群众也越来越多。

这时，两辆警车闪着警灯，呼啸而来。从车上冲下来十几名警察，迅速驱散围观者。警队队长带着两名警员准备带走橡树湾的干部职工："对不起，请你们跟我到分局去一趟。"廖红宇上前对那位警队队长说道："我是他们的领导，有什么事，找我，我跟你们上分局去说。""不许抓我们廖主任，这事跟她无关！"橡树湾的干部群众急切地叫喊着。廖红宇却瞪大了眼睛，喝斥他们："回去！快给我回橡树湾去！"

29

周密向省里几位主要领导汇报了白天在五四广场发生的这起"橡树湾事件"的始末及处理结果，回到自己的办公室，见冯祥龙还在办公室的外间等着。冯祥龙告诉他，刚才他办公室里间的电话铃响个不停。秘书没在，他没敢进里间去接。周密应了句："别管它，真有急事，一会儿还会打来的。说咱们的事吧。省市主要领导非常重视今天这事儿，要我们认真调查处理好'橡树湾事件'。""我的天啊！怎么一下子又变成'橡树湾事件'了？"冯祥龙叫道。

周密喝了一口凉茶（这一晚上，他向三位领导分别汇报了三四个小时，现在才喝了一口茶）说道："你还以为它没构成事件？差一点点，几百号人就进了省委大院了！差一点儿让全国各兄弟省市的主管领导看了我们的笑话！""嗨，这两年，哪个省市没有上政府大楼前请愿游行的？谁笑话谁呀！"冯祥龙不以为然地说道。周密正色道："就你这种思想危险！告诉你，刚才的市委常委会上作出两条决定。第一，明天上午，向市委市政府直属机关以及各区县局处以上干部通报今天这个'橡树湾事件'，要求各单位各部门彻底清查一下这样的不安定因素，一定要把事故认真彻底地解决在萌芽阶段。第二，马上派工作组去橡树湾解决问题。”

听说要派工作组，冯祥龙一下傻眼了。

周密见这个冯祥龙总算感觉到问题的严重性了，心里不觉暗自高兴：“怎么？不欢迎工作组？”冯祥龙忙说：“欢迎，当然欢迎。可这橡树湾问题，怎么……怎么个解决法？”周密往茶杯里又续了点开水，瞟了对方一眼，问道：“你老老实实告诉我，你把五千万元的国有资产，五百万元就贱卖给了那个什么伯季明。这里到底有什么文章？”

冯祥龙闪烁其词地说道：“这……您可以去查嘛。”

周密端起茶杯，淡淡地笑了笑：“冯总，市委常委会责成我代表组织先来跟你谈一谈。真有什么情况，希望你争取主动。在工作组进驻前，凡是主动谈清情况的，都算是工作失误。等工作组进驻后再查出什么来，那性质就变了！”见冯祥龙呆在那儿，只是不作回答，他又问道：“怎么，还需要时间考虑？”

冯祥龙想了想，问道：“你们……你们……跟省里有关领导报告过这两条决定了吗？”

周密反问：“什么意思？你还想过问市委怎么工作？”

冯祥龙忙说：“不，不是这个意思……不是……”

“把五千万元的东西只卖了五百万元到底是怎么回事？”周密又逼问了一句。

冯祥龙迟疑了好大一会儿，说道：“我现在只能对您这么说，我冯祥龙在这档子事情上，完完全全是清白的。包括我九天集团，在这档子事情上只有蒙受重大损失的份儿，没有得过一分一厘的好处。”

“那个伯季明是你什么人，你这么便宜了他？”

冯祥龙又不作声了。

周密估计到，自己触到了冯祥龙的要害，便换了一种口气说道：“祥龙同志，比起我，你应该算是个老党员了……”

冯祥龙不高兴地：“别跟我说这个。”

周密淡然一笑：“那么，你要我跟你说什么？怎么不说话？”

冯祥龙苦笑道：“您要我说啥？我已经说过了嘛，我冯祥龙在这件事情上没有得到过伯季明一分好处。我说这句话是负责任的，是可以记录在案的。”“那么到底是什么原因促使你只跟这个伯季明要了五百万元？别不吭气嘛。我可告诉你，你要不想对我说，下一回就只能对纪检委和检察院反贪局的同志去说了。”冯祥龙本能地挺起上身，正色道：“别吓唬我……”周密笑笑：“吓唬你？我告诉你，市委这一回下定了决心，要把这件事搞个水落石出。这股风要不刹，许多国有资产都会这样流失！所以，你不要存有什么幻想……有什么情况赶快跟组织上说清楚。怎么样？实在有心理障碍，你今天回去先考虑考虑，明天上班的时候，我和纪委的同志一起来跟你谈。”见冯祥龙仍然闷坐不动，不肯说什么，周密便站起来，走到冯祥龙跟前，弯下腰冲着他劝道：“你是个聪明人，今天怎么变得这么不开窍？市委主要领导让我先跟你谈，就是想在内部解决这个问题……国企改革是个新难题，难免会有些失误，甚至有一些失足……”冯祥龙忙抬起头说：“在这件事情上我没有任何失足的问题可谈。”“那好，你给市委写个保证书，将来一旦发现你在这件事情上有一丝半点儿的经济问题，就三开。开除党籍、开除干部队伍、开除公职，移交司法机关从严从重处理。”周密回到自己的位置上说道。没料到冯祥龙毫不犹豫地从桌子上拿起一支笔，找了一张纸，写了一份保证书，交给了周密。

周密收起冯祥龙的保证书：“那我们就没什么可谈的了，你就等着工作组进点吧。”

冯祥龙默默地坐了好大一会儿，突然说：“您能代表组织听我说一句话吗？”

周密点点头："说。"

"周副市长，我诚恳地请求您，也请求市里的领导，在你们这么大张旗鼓地清查橡树湾问题前，把你们的想法和计划和省里的有关领导通一下气……请您放心，我完全没有要指挥你们市领导的意思。冯祥龙再蠢、再狂，也还蠢不到、狂不到这个地步。但我的的确确希望你们跟省里的有关领导通一下气……"说最后这句话时，他眼睛一眨都不眨地直瞪瞪地盯着周密。周密突然敏感到了什么："你这是什么意思？""什么意思……以后也许都会清楚的。但现在最好还是跟省里的有关领导通一下气。"冯祥龙显得十分平静。

周密犹豫了一下："你是不是想说，你跟那个伯季明做这样的交易，事先得到过省里的某位领导首肯？"

冯祥龙狡猾地忙否定："我没这么说，没有。"

周密追问："那你到底想说什么？"

冯祥龙声色不动地："我想我已经说得非常清楚了，在你们大张旗鼓地折腾这件事情前，请你们跟省里的相关领导通一下气，别闹到后来，不好收场。"

周密试探道："你能明确地告诉我，这位'相关'领导，到底是谁？他又为什么要你把这橡树湾贱卖给那个伯季明呢？"

关键时刻显得十分老练的冯祥龙又一次闭上了嘴，多一句也不肯再说了。送走了冯祥龙，周密独自在办公室里又闷闷地坐了好大一会儿。关着门，闭着灯，在黑暗中默默地坐着，甚至把电话插头都拔了。"难道真有哪位省里的领导插手了橡树湾这档子事？"第二天一早，他又破天荒地赶到冯祥龙家去找这家伙敲实这件事。

冯祥龙家里挂满了大大小小的鸟笼。冯祥龙的妻子虽说只有四十多岁，长得也不能说不端正，但终因体态已经发福、家务牵累和夫妻关系中出现的裂痕，已多少显得有些憔悴。她一边紧着催两个宝贝儿子大宝、二宝起床，一边忙全家的早饭。待门铃响起，原先死活赖在床上不肯起的两个儿子却一下蹦了起来："爸！爸回来了！"两个人争先恐后地跑去开门。这一年多，他们的爸爸冯祥龙，一个星期里，总有三四天是不回来住的。开始为了这件事，他们的妈妈还声嘶力竭两眼放光地跟爸爸争执。这半年，她已经不争执了。还在读小学的两个儿子特别崇拜他们的爸爸，他们闹不清妈妈为什么不再跟爸爸争执了。

打开门，他们看到的却是一个陌生的叔叔。他俩不认识周密。冯祥龙的妻子也不认识周密。她赶紧把光着大半个身子的两个儿子赶回房，迟疑地问周密："您……您找哪一家？"自从冯祥龙不常归家后，一早一晚来这儿找他们的人也少多了。周密带着一丝歉意地问："这儿是九天集团冯总冯祥龙的家吗？""您……""我是他的一个朋友。对不起，这么早就来堵门。他在家吗？"冯祥龙的妻子疑惑地又打量了一下周密，既然自称是冯的"朋友"，怎么会不知道冯早已在外头"另有一个家"了呢？她满脸不痛快地说道："谁知道他在哪个家！"周密笑道："哪个家？他还能有几个家？"冯妻瞟了他一眼："您到底是他什么朋友？"周密忙说："好朋友，当然是好朋友。"冯妻疑惑地又打量了周密一眼，断然回绝道："他不在这个家。"说着便毫不客气地关上了门。关上门后，回身一想，又觉得什么地方有些不对头。再想一想，觉得门外的那个人有点眼熟。这时，大宝、二宝从房间里冲出来，对她喊道："妈，那位叔叔好像在电视上见过……"她这才想起来了："周副市长？我的天老爷！"赶紧冲出门，周密还在门外等着哩。

"叫叔叔，快叫啊！这叔叔可是个大官哦……大宝，你把茶叶罐又给我弄哪去了？"不一会儿，那个叫"大宝"的儿子，把一个脏兮兮的茶叶罐送了过来。"不好意思……您坐……坐……"周密环顾四周："这么多鸟，谁养的？你？"他问两个儿子中的一个。"这么多！"

"什么呀，全是他爸的。"冯妻纠正道。

“冯总平时不住在家里?”周密“憨憨地”问。

冯妻不说话了。也许是因为面对能管束冯祥龙的一位领导人，她平日积攒下的委屈一下高涨澎湃起来，眼圈顿时红了，眼泪不由自主地就往下掉。而在近郊新开发的一个住宅小区里的冯祥龙此刻还没醒哩。四室两厅的跃层建筑，虽然新装修过，但因为还没来得及买更多的新家具，房间里显得有点空。因为拉着窗帘，房间里也显得特别地暗。床上，免不了还躺着另一个女子。这女子此刻已经醒了，她轻轻地推了一下冯祥龙，冯祥龙没动弹，于是便蹑手蹑脚地下床，光着脚向外走去。来到客厅，她从茶几上拿起一只鸟笼，走到大阳台上，打开窗，刚要把鸟笼连同养在笼子里的那只白头翁一起扔出去，这时有人冲了过来，一把抓住了她的手。她惊骇地回过头来。那人正是冯祥龙。惊骇之余，她气愤地推开冯祥龙：“你怎么又醒了?”冯祥龙从她手里夺过鸟笼：“我再不醒，这鸟就没命了!这儿我就养了这一只鸟，你还容不得它?我家里养了二三十只哩!”

这女子叫杜海霞，是九天集团公司财务部的一个出纳员，再早是近郊一家内部招待所的服务员。因为长得浓眉大眼，是冯祥龙特别喜欢的憨厚又内秀的那种，一来二去地就让冯祥龙给“收”到了自己身边。听冯祥龙又提他“那个家”，这个杜海霞便尖声说道：“那你回你那个黄脸婆那儿去呀!”冯祥龙冲过去一把卡住杜海霞的脖子：“不许叫她黄脸婆!”

杜海霞拼命挣扎，叫骂：“松手……你给我松开你这臭手……你这土匪……兵痞……”冯祥龙得意兮兮地笑了笑道：“对，我就是土匪，就是兵痞，怎么的?”一边松开手，一边提着鸟笼回那个大房间里去了。杜海霞哭着抓起一个玻璃杯就往地上摔去。冯祥龙笑嘻嘻地探回头来：“摔，摔得好!再摔出个响来我听听，我喜欢听这响。”杜海霞又抓起个杯子，咬着牙向冯祥龙摔去。冯祥龙一偏身，杯子从他耳边擦过，“哐”的一声，在他身后的墙上摔了个粉碎。冯祥龙漫不经心地看着散落在地上的玻璃碴，笑道：“摔，那儿还有一套新买的捷克水晶杯哩。”杜海霞哭笑不得地冲到他怀里，扑打着骂："流氓！你个臭流氓！"冯祥龙趁势一把紧紧搂过杜海霞，让她一点动弹不得，而后轻轻地吻了吻她带着泪痕的脸颊，说道："好了，别闹了。去把热水器给我打开，我要洗澡了。"那边水刚放上，这边音乐门铃突然响了起来。

两个人狐疑地对视了一下。很少有人知道他俩住在这儿。知道的人又多是知己，都懂事，一般大早晨的不会来搅他们的幽梦。冯祥龙犹豫了一下，走过去，警觉地从猫眼儿里向外张望。杜海霞见他的神情一下变得紧张了，并立即做了个很激烈的手势，让她赶紧回房去。杜海霞一时不明白对什么都不在意的冯祥龙这时为什么突然变得这么紧张，还在那儿发着呆哩，冯祥龙却已经冲了过来，压低了声音，严厉地喝斥道："周副市长来了，快进屋去！"安置了杜海霞，他才去开门。虽然已镇静了许多，但仍有些尴尬："周副市长，您真是大智大贤，怎么找到这儿来了？进屋，快进屋。"

周密不是来当这个"风化警察"的，当然不便进屋，只是淡淡地一笑道："我就不进屋了。有点急事，你快收拾收拾，我在楼下的车里等你。"冯祥龙的心猛地一收缩，脸色顿时就青白了。你想啊，市领导一早亲自上门，一见面就让自己"赶快收拾收拾"，"楼下的车在等着"。犯案了？他愣那儿了。周密笑道："不是来抓你的，快收拾去吧！"说着便先下楼去了。冯祥龙这才回到屋里，赶紧穿戴整齐，匆匆跑下楼去，正向自己那辆凌志车走去，就听到杜海霞在阳台上向他叫道："办完事，打个电话回来！"冯祥龙脸大红，心里恨得什么似的，只朝她白眼，没搭理一句。倒是周密做出一副通情达理的样子，笑道："给人回个话呀！"冯祥龙恨恨地说道："甭理她！"赶快发动着了车。

奥迪车在前，凌志车在后，两辆车相随着开到郊外水库旁一个旧工棚区前才停了下来。这个工棚区显然已废置好长时间了。等周密开了口，冯祥龙反倒放心了，原来还是为了橡树湾的那档子事。"我要你给我一个明确的话，伯季明到底走了省里的哪个关系，逼你把橡树湾贱卖给他了？”到这时，冯祥龙从容得多了：“周副市长，这话，你让我怎么跟您明确？”“现在只有我们两个人。”“我已经把话说到这个份儿上了……”“你说什么了？你什么也没说。”“我还没说？您还要我说到什么份儿上？我还能说到什么份儿上？周副市长，您也算是这个道上顶级的聪明人。您说，我还能怎么说？”周密迟疑了一下，然后放低了声音，问：“是顾副书记？是他给你发了话，让你在橡树湾的问题上，照顾一下这个伯季明。是吗？”

冯祥龙狡猾地看着周密，不否定，也不肯定，就是不作声。又过了一会儿，周密说：“省里的领导只是让你照顾一下这个港商，他没让你只收五百万元……但是，最后你用这么大的差价把这份国有资产给贱卖了，你说你能不负一点儿责任？”冯祥龙说：“谁说他没让我只收五百万元？”周密抓住他这句话，立即发起“追击”：“他明确给了这个数字？”冯祥龙长叹了一声：“市长先生，不要再套我的话了，我已经说得够多的了，我还得在这块地面上活下去，我还得养活几千口子人。因为看着是您，我才硬着头皮给您透了这么一点儿风，差不多就行了。您以为真还能怎么样？”应该说，冯祥龙这几句话，说的是“掏心窝的话”。而后他又接着说道：“伯季明这小子过去我没接触过。最近接触了一下，这家伙还行，还能办点人事儿。他非常想认识您，跟您交个朋友……听说他在北京、上海、广州、深圳那些地方也挺玩儿得转的……什么时候，我做东，约你们两位见一面，喝一盅？”

周密却问：“伯季明给那位省领导什么好处了？”

冯祥龙叫了起来：“行了，我的市长大人！什么省领导？我说过是省领导吗？干吗呢？周副市长，您还想干吗？您这是……真的还是假的？”

看来，这家伙是绝对不会再往深里多说一句了。周密不作声了。冯祥龙见周密突然沉闷起来，心里倒有点发毛。他当然也不想得罪了这位正在走红的“新星”，便试探着想去套个近乎，叫了声：“周副市长……”

周密突然站了起来，涨红了脸，大叫一声："走！给我走！"冯祥龙愣住了，知趣地呆站了一会儿，见周密神情依然没转过来，便赶紧钻进自己那辆凌志车，走了。周密呆呆地站着……站着……眼睛里有许多的茫然和激愤……过了一会儿，他颓然地坐倒在一个废机油桶上。

凌志车颠簸着开出二三百米，突然又停下了。十分不安的冯祥龙当然不敢真的就这么走了，但也不敢再去找周密解释（还有什么可解释的呢）。正在左右为难、万般不知所措的时候，手机却响了起来。他看了一下显示屏上显示的来电号码，知道是周密打来的，赶紧拿起手机答话。"祥龙，你在哪儿呢？"周密问。冯祥龙忙答道："嗨，我还没出这工地哩。您不走，我哪敢走远啊！""刚才我有点儿不冷静，你别在意……今天的谈话，你别跟任何人说。咱们……哪说哪了。""那当然……那当然……""今天，你什么也没跟我说……我……什么也没听见……咱俩什么也没说……""我明白。那个……那个伯季明……您还想见一见吗？"周密突然站了起来，大声吼叫道："别跟我再提那个伯季明！"把冯祥龙吓了一大跳，赶紧开着凌志车走了。

周密又稍稍地坐了一会儿。他知道自己刚才又失态了。最近自己常常失态。"这样不好……很不好……"他缓缓地摇摇头，重重地告诫自己。

回到市政府办公室，秘书告诉他，俄罗斯的哈巴罗夫斯克市来了一个经贸代表团。顾副书记让他去接触一下，了解一下对方此行的意图。不知道他下午能安排开不？周密说："回顾副书记，下午我一定腾出时间去见这个俄罗斯的经贸团。"秘书提醒道："下午，您原定要到省财经学院给研究生讲课……"周密拍着脑门儿说道："真忘了，最近不知道怎么搞的……总爱忘事……你跟学院领导商量一下，看看能不能把上课时间改到晚上？""晚上原定出席亚东娱乐中心的开幕晚宴。"周密说："我没说我一定去参加这个开幕晚宴。"秘书说："这个娱乐中心是亚东集团在我市搞的第一个项目。亚东集团的总裁是……"周密不耐烦地打断他的话："我知道他是某某人的女婿！但我得给研究生讲课！"秘书却说："周副市长，讲课可以再推一天，这开幕晚宴是没法推的。"周密又有点火了："你怎么这么啰唆？那边少我一个，开幕晚宴还会照常进行。可这边，我不去，这课就得停下。喂喂喂，子壮同志，我调你到我身边来当秘书，不是要你来当我的家的！"一向不喜欢对自己身边的人说太重分量的话的他，这一下把话说得很重了。那个叫子壮的秘书十分诚恳地说道："我已经当了二十年的秘书了，这个道理我当然是懂的。如果连这个道理都不懂，这种关系都不能处理，我也不可能在这样的机关里待二十年。二十年来，我伺候过大大小小各种各样的领导。您……跟他们都不太一样……我从心眼儿里希望像您这样的年轻领导能一步步高升……"周密反驳道："不参加这样的晚宴，就不能高升？"秘书说道："其实，这种话，不应该由我来对您说。如果您经常不去参加这样的应酬，不经常在这样的场面上露脸，不去经常润滑上上下下各种关系，您的仕途究竟会怎么样，还很难说……"周密冷笑一声："学习过中纪委制定的干部八条吗？"秘书平静地答道："市委市政府机关干部学习这八条精神的总结报告，是我起草的。"周密说："那你还跟我叨叨这些废话？"秘书说："现在的问题是有人并没有在执行这八条……"周密说："有人不执行，我们也就应该不去执行？"秘书说："在有人不执行的情况下，甚至可以说有一定数量的人是在假心假意、半心半意地执行的情况下，如果你一心一意地去执行，你就会吃大亏！"周密冷笑道："荒谬至极！整个事情就是让你们这样的人搞糟的！"秘书沉默了一会儿："周副市长，我大学毕业二十多年……"周密挥挥手："别再跟我叨叨你那个资历了。"秘书苦笑笑："是的，我只不过是个工农兵大学生。但我可以跟您这么说，这些年，我是绝对忠诚地执行了中央和省市委发布的所有规章制度。我这个人能力有限，更谈不上什么才华和勇气，但有一点，我是做到了的，那就是在领导身边工作，一定要谨慎谨慎再谨慎，老实老实再老实。现在有的秘书比领导还要贪心还要大胆，没有几千元几万元的送，你就不可能通过这样的秘书，得到首长的接见，更不可能拿到首长的批示题词签名。但我从来没这么干过。”周密说：“你跟我白话这些干吗？”秘书说：“我想让您了解我的心情。”周密说：“行了，子壮，我知道你年年都是机关的模范党员先进工作者……”秘书说：“您挖苦我？”周密说：“喂喂喂，你今天怎么了？跟我干上了？还有别的事吗？”秘书说：“没了……”周密站了起来：“那就忙你的去吧。”秘书不作声，但也不走。周密板起脸向门那个方向做了个手势。秘书悻悻地转身走去。

门关上了，办公室里只剩下周密一个人。周密神情十分复杂地呆站了一会儿，摁了一下呼叫电铃。可以听到，外间响起了电铃声，但外间却没有动静。周密又摁了几下电铃，外间还是没有动静。

周密大步走到外间。秘书正伏案写着什么。

周密高声问道：“你没听见我叫你？”

秘书忙站了起来：“听到了。”

周密问：“听到了，你不回我？”

秘书红红脸：“我……我想……”

周密一下打断他的话：“还有什么想不通的回家去想！”

秘书犹豫了一下，终于还是把一份刚写完的东西交给了周密。周密拿过来一看，是一份请调报告。便问：“不想在我这儿干了？”秘书说：“不是。我想……我大概是没有这个资格再在您这儿干了……”周密厉声说道：“通知省财经学院，研究生课，改明天晚上。今天晚上我去参加亚东的那个开幕式。但下不为例……”秘书忙说：“那当然，那当然……不能什么开幕式都去参加。但亚东集团这个面子还是一定要给的。您给他面子，他就会给您方便。”

周密沉吟了一下，轻轻地叹了口气道：“子壮，谢谢你那么为我操心！”说着，把那份请调报告撕了。秘书赶紧说：“不管您是信，还是不信，像刚才这些话，我不会当着任何领导的面都说。我的确是真心诚意地希望像您这样的领导能在这个位置上干好、干长，的确也是冒天下之大不韪……”

周密点了点头：“谢谢！有谁给我来过电话吗？”

秘书忙说：“有。九天的冯总打了好几个电话，好像有什么急事……”

在水库旁边，冯祥龙跟周密说了半天话，却偏偏把他自己想要问的两件事给忘了。他想问周密市里还派不派工作组了？他还想请求周密把廖红宇给他弄走。“她在橡树湾，整个一个火上浇油。”

周密说：“你不要，我往哪搁？”

冯祥龙想了想说道：“让她回东钢。”

周密断然回答：“那不可能。”

冯祥龙无奈地叹道：“那……好吧……我就不为难你们当领导的了，我自己来消化她。”

周密忙叮嘱：“别太为难她了，这个女人吃软不吃硬。”

冯祥龙没好气儿地说道：“这您就别管了，瞧我的吧。我肯定把她身上那点儿火药味儿全灭了，让她真正老实了。”

30

那天晚上，丁洁从机场自己打的回到家，她老妈听说她把人家周副市长一个人撂在机场，就她自己回来了，气得跟什么似的，非逼着丁洁立马给周密打电话“道歉”不可。但丁洁回到自己的房间，还是没打。她觉得没法跟周密张这个嘴。多大一回事儿？有什么歉可道的！再说，还不知道谁欠谁的呢？啧！

在卫生间里，由着热水肆意地浇淋自己，酥软了疲乏的身躯，让自己充分松弛。回到房间里，一边拿吹风机吹着湿漉漉的头发，一边随手打开电脑，调看出差这几天朋友们发来的电子邮件。上床后，靠在那个米黄色的松软的碎花图案大靠枕上，又浏览了一下这几天寄到家里来的那些普通邮件，这才关了灯，钻进被窝，准备睡觉。但她却怎么也睡不着。淡淡的半个月亮在高大漆黑的树梢间慢慢游弋。周密那诚恳的脸庞也总在她眼前晃动。而后，丁洁的视线慢慢地落到了桌上那个精美的木相框上，相框里的那张大照片上有四五个笑得特别甜美的年轻人。其中有丁洁，也有方雨林。仿佛在大雨中的旷野上，他和她在争论着什么。（他俩总在争论，为什么？）方雨林在激烈地诉说。（他总在激烈地诉说，为什么？）她也在激烈地诉说。（她太不愿意诉说了，可也总是在诉说。为什么？）方雨林在做着激动的手势，大雨完全把他的衣服和头发浇湿了。她也在做着激动的手势，大雨也把她的衣服和头发浇湿了。而后，方雨林板着脸大步向前走去。丁洁忙跟了上去，并仍在对他激烈地说着什么。方雨林越走越快，丁洁显得有点力不从心了。（为什么？）丁洁孤零零地在大雨中拼命地叫喊着。方雨林渐渐消失在雨雾迷蒙的远方……旷野……一望无际的旷野……层层乌云堆砌在蜿蜒起伏的地平线上。云缝里不时闪出一道道晶蓝的闪电。接着一声巨响从云堆的背后迸出。

而窗外，月亮仍然是那么明亮。

丁洁一下从床上坐起。她略略地坐了一会儿，让自己平静下来，而后开亮了灯，下了床，给自己倒了一杯饮料，走到电话机旁，犹豫了一会儿，终于拿起电话，一时间她认真地想了想，这个电话到底应该拨给谁。是方雨林？还是周密？是周密？还是方雨林？是周密还是方雨林是方雨林还是周密……是方……还是周……是周……还是方……方……周……周……方……后来，她终于睡着了……

31

跟周密谈过话的第二天，冯祥龙把廖红宇找到集团公司总部，对她说："我们几个当家的碰了一下头，决定给你变动一下工作。你到公司总部来，协助我工作。具体的职务嘛，总经理助理，正科级……"廖红宇笑道："真高抬我了。那橡树湾那边……"冯祥龙说："从现在起，橡树湾跟你没关系了。"廖红宇说："听说马上要进工作组了？"冯祥龙说了句："进防暴队你也甭管。"既然是组织调动，廖红宇还能说什么呢？况且还提了半格哩！

打发走廖红宇，冯祥龙又把人事部长找到自己的办公室，跟他布置："你去跟大伙儿交代一下，廖红宇这个总经理助理，只承办我交办的事，跟别人不发生任何横向工作关系。他们也不从她那儿接受任何工作指令，也没有那个义务向她报告任何情况。"小汪在一旁笑道："那您要不给她安排个活儿，她在这儿不就等于是聋子的耳朵瞎子的眼睛了？"冯祥龙瞪了他一眼："什么聋子瞎子的，我让你们这么说了吗？"

冯祥龙使的这一招，是官场上常用的"拙招"。也就是人们常说的"明升暗降"，打入"冷宫"。让你陷入这么一个境地：老牛落井，有劲儿没法使。别看它拙，有时还挺管用的。没几天，廖红宇便觉察出这里面的名堂来了：在集团公司总部，所有的工作人员都忙得脚后跟不沾地，只有她却闲得发慌。没有一个电话是打给她的，没有一次会议是请她去参加的，没有一个材料是交她看的，没有一个人告诉她办公室那么多台电脑该怎么使……常常是，办公室里只剩下她一个人，还有一只冬天里极罕见的大头苍蝇在屋里"嗡嗡"地叫，得意扬扬地飞来又飞去。她收拾办公室，整理报纸架，清洗烟缸，擦抹桌椅板凳。她自嘲道，这下可好了，我成了正科级清洁卫生员了。倒是有无穷多的时间来熟读《人民日报》和《求是》杂志了。有一天，楼下传达室的收发员上楼来给冯祥龙送当天的报纸邮件，恰好冯祥龙不在（他经常不在办公室待着）。廖红宇对那收发员说："我是刚来的总经理助理。把冯总的报纸邮件搁我这儿，我替你转交。"廖红宇想，我是总经理助理，别说这些普通报纸邮件，就是机要专递，我也有这个资格为之保管转交。但却没料想那收发员犹豫了好大一会儿，问了句："您……您……就是那个廖……廖红宇？""是啊，怎么了？"廖红宇答道。"没……没啥……没啥……"那收发员又深深地打量了她一眼，竟飞快地转身走了，连个纸片都没给她留下。

廖红宇这时才充分意识到这回调动工作的真正"意义"了，才越发体会到那只大头苍蝇的"嗡嗡"叫声居然是那么烦人和不可容忍。她拿起一本旧杂志，就像当年西班牙的那位英勇的骑士堂吉诃德跃马持枪向风车冲去似的，狠劲儿地冲上去向它拍击。一下……两下……三下……苍蝇笨拙地逃避着（冬天的苍蝇行动起来是比较艰难的）。廖红宇气愤地追打，终于打着了这只该死的苍蝇。于是，她把一上午憋在肚子里的委屈一下子都发泄了出来。她照准苍蝇，咬着牙接连打了一二十下。这时，一个十分年轻的女秘书走了进来。她不知发生了什么事，愣住了。廖红宇不等她发问，便涨红了脸，扔下那本早已打皱了打折了打散了页的旧杂志，大步走了出去。她走进卫生间，打开水龙头，让冰冷刺骨的水来冲涮自己心里的全部委屈和沮丧，流淌去那无意间高涨起来的失望、愤懑和不平……

第二天早晨，廖莉莉发现从来起床都比她早的妈妈，今天却"赖"床了，她都忙完早饭了，妈妈居然还在床上赖着。"妈，妈！您还不起来？我可要来不及了。"她大叫。那边却还没有动静。她怕出什么事了，忙冲过去，伸手去摸妈妈的额头："怎么了？别吓唬人！"

廖红宇猛地翻了个身，把脸转过去，闷闷地说了声："别烦我，你晚你走。""我这是烦您了？我这是关心您！好坏不分！"女儿嗔怪道。廖红宇索性撩起被子把头蒙上，说了声："谢了！"

女儿却说："我看您呀，真得找个男人了。要不，脾气越来越古怪，谁也受不了您了！"廖红宇一下坐起来，抓起一个枕头，做出一副要向廖莉莉砸去的样子，训斥道："死丫头，怎么跟你妈说话呢？你给我站住！"女儿疯笑着逃到外间屋，再不说别的，只是从桌上抓起一块炸糕，拿起书包便开门跑出去了。

廖红宇扔掉枕头，无奈地叹了口气，忽然感觉今天在床上待的时间真的有点太多了，再去看看床头上那个做成尖顶小木屋状的异形闹钟，果不其然，真的要来不及了。虽然冯祥龙明摆着跟她过不去，让四十来岁的她就此"赋闲"，她却不能有半点懈怠，让他进一步抓着什么把柄，做进一步收拾她的借口。她绝不能就这样轻易地让这家伙给整倒了。十八亩地开第一道垄，一切还仅仅是个开始哩！想到这里，她忙从床上跳起，飞快地穿衣，飞快地刷牙，飞快地洗了一把脸，也从桌上抓了一块炸糕，拿起大衣和皮包，便冲下楼去了。

32

这天深夜，马副局长给方雨林打电话，让他明天一早带几个人到火车站去接郭强。"一个星期前，我们从内部通报上得到消息，上海一个大学的光学研究所研制出了一种新的电脑软件，可以在电脑上对照相底片作精加工，让模糊不清的东西清晰起来……"方雨林一听高兴得叫了起来："这些科学家太了不起了！那郭强他们还到上海溜达了一圈？""那是。""底片精加工后，有什么新发现？"方雨林忙问。马副局长说："这电脑处理也只能是把模糊的变得清晰一点，这变化的程度也是有一定限度的。据说没得到什么更多的新东西……详细情况等见了郭强就知道了。"

一早，方雨林带着人和车就直接进了站台。等列车缓缓地驶来，停稳，郭强提着那个保险箱，在三名同伴的护送下，刚走下车厢，意外的事发生了。只见两辆挂着警牌的本田越野警车赶在他们前面，把郭强接走了。方雨林看得非常清楚，那辆本田警车里坐着市局的第一把手金局长。方雨林完全呆住了。金局长亲自来接站，虽说有点过分，但也可以理解，领导重视嘛。但既然他亲自要来接站，又何必让我白跑这一趟呢？是事先金马两位领导之间没沟通？还是别的什么原因？带着好大的一个疑团他回到局里，见到马副局长，一问才知道，马副局长事先也不知道金局长要亲自去接站。不一会儿，郭强走进门来。他说："金局长让马副局长赶紧上他办公室去。"马副局长稍稍迟疑了一下，对方、郭说道："你们俩谁都别走，在这儿等着我。"待马副局长一走，方雨林赶紧问郭强："怎么回事，金局亲自出动去接你们？"郭强也一脸茫然地说道："谁知道啊！"方雨林又问："照相底片和鉴定报告呢？"郭强说："金局锁起来了。"

马副局长听说金局长今天居然亲自去车站"接"郭强一行人，马上意识到自己"做错"了一件事：派郭强他们去北京、上海之前，没跟金局长报告。虽然金局长在局里中层干部会上明确过，"12·18"案由老马全面负责。甚至还说过这样的话：只要破案需要，有利于抓住时机，做什么不做什么，都由老马决定。特殊情况下，完全可以"先斩后奏"。但看来，自己还是把问题想简单了。金局长是个老政法，但一直都是在省一级的机关里搞行政和后勤方面的工作，不是搞业务的，特别没有做公安业务的经历，也没有在一个单位主持工作、独立支撑一个局面的经验。到局里来当一把手后，班子里的同志都非常支持他的工作，也非常尊重他。而他也的确能团结同志，放手让副手们开展工作。但大家还是隐隐约约地感觉出他内心深处存留着某种"自卑"——怕别的同志嫌他"不懂业务"，因而有时也特别计较同志们对他的态度，特别需要一种"尊重"。

"很抱歉，没跟你商量，就把人和东西给你'截留'了。"马副局长一进门，金局长就起身打招呼。“要去接人，你吭个气儿，我去就行了。何必你亲自出马呢？”马副局长赶紧笑道。金局长扔了一支烟给他，沉吟了一下说道：“老马，你是个老同志了，跟方方面面的领导也打了这么些年的交道，你应该清楚这里的规矩。如果市里真的要让我们追查谁，早就下令查了。拖到今天死活不说一个查字，其中的实际用意就很清楚了嘛。就是不要我们查嘛。你还非得让领导自己来给你捅破这层窗户纸？你想想，哪个领导会说这样的话，你们公安局别查谁谁谁的问题？谁会这么不给自己留后路呢？万一这人真有问题，这责任他负得了吗？让你来当市里的领导，你会那么傻？如果我们不能主动为领导做这些考虑，领导把我们放在这个位置上干什么？他们为什么要继续把我们放在这个位置上？你派这么些人，北京、上海转了一大圈，弄得满城风雨，结果也没搞出啥名堂。值得吗？”

不能说金局长的这一番话完全没有道理，但是……但是，这案子怎么办呢？“放弃周密这个线索？”马副局长问道。金局长一本正经地回答道：“我没说过要放弃，谁也没这么说过。”马副局长真是不知所措了。谁也没说过要放弃，谁也没说过要坚持，那么到底是放弃，还是坚持呢？为了不犯错误，为了能维护好跟上边的关系，关键时候该决断时不做决断，只充老好人，致使下边做具体工作的人手足无措，以至于一次又一次丧失了极好的工作时机和工作局面，这正是我们少数为官者的“为官之道”。这种时候，你还说他不得，越说，他们越恼火。因为对于他们来说，维护好跟上边的关系，要比做好某件具体工作不知要重要多少倍。无数次经验教训告诉他们，即使做成一百件具体工作，但只要有一两次伤了关系，被上边的某人认为你不听话，不是他的人，你的前程就有可能到此就算是结束了，再也不可能有所“进步”了。尤其是当前任职年龄限制越来越严格，如果四十岁以前跨不到司局级，五十岁以前跨不到副省级，那么你以前以后的一切努力，就都算是“白搭”了。这对于已然把自己的大半生贡献给了“行政领导工作”，而放弃了“业务技能”的他们来说，显然是极不愿意看到的结局——如果他们都还是有相当进取心的同志。

看到马副局长从金局长那儿回来，带着一脸的无奈，方雨林和郭强知道事情越发复杂化了，两个人就没敢吱声。马副局长闷闷地坐了好大一会儿，只说了句：“你们回吧。”

方雨林犹豫了一下，壮起胆子问道：“能让我们看看这个鉴定报告吗？”

马副局长挥挥手：“先回去。”

方雨林还问：“鉴定报告到底怎么说的嘛……”

马副局长有点不耐烦了：“你这人怎么这么不开窍？还要我说几遍？让你们先回去！”两个人无奈，到食堂里找到正在那儿吃早饭的伙伴儿，回重案大队去了。回到大队部，郭强通知各组，今天哪都不去了，都留在家里学习。侦查员们都奇怪，那么多案子还没破，怎么想起来让大伙儿关门学习？一时间便七嘴八舌地议论起来。方雨林吼了一声：“让你学就学呗！吵吵什么？”大伙儿这才撅着嘴，回各自的屋，从抽屉深处和枕头底下翻出学习材料，端着各自的茶缸，揣着廉价的“黑烟”，蔫不唧地上会议室里找个位置，听郭强读《人民日报》社论。念完一篇，郭强放下报纸，抿了一口酽茶，清清有点发干的嗓子说：“社论代表中央精神，都谈谈感想吧。谁先说，谁来打头炮？”底下立刻响起一片低低的笑声。郭强喝斥道：“笑啥笑？”一个侦查员说道：“大队长，大伙儿笑您学习会上用词不太文明。”郭强一愣：“我怎么不文明了？”方雨林笑道：“你说‘打炮’了。”郭强立刻醒悟过来，自己也不好意思地笑道：“你们这些操蛋东西，学社论哩，都想哪旮旯儿去了！”于是所有在场的侦查员索性哈哈大笑起来，气氛开始活跃了。

到下班时分，马凤山收拾了办公桌上的东西，拿起公文包和大衣，刚准备走，金局长打电话来，让他去一趟。“能晚走一会儿吗？”他非常客气地问道。“有事？”“随便聊聊。”“行，我马上过去。”“不不不，我上你那儿去。”“不不不，我上你那儿去。”“不不不，我去，我去。”

马凤山推门走进金局长办公室时，金局长已经替他把茶都沏好了。金局长这人就是这样，也许多年当秘书出身，为人谨慎周到是他一大特点。

“我来咱们局也快两年了吧？”待马凤山坐下，他微笑道。“这两年，不能说咱局的工作有多大的起色，但大体上应该说还算过得去。市委、市政法委和省厅的领导对咱们基本上还是满意的。我心里明白，这跟你老马方方面面对我的支持是分不开的。”

马凤山笑道：“老金，你骂我？”

金局长笑着摇了摇头：“我们俩谁骂谁呀？我这是真心话。今后，还希望老哥多支持我！”

马凤山默默地坐了一会儿，突然说道：“老金，你想说啥，痛痛快快说，甭跟我绕这么大的弯子。我这人刑警出身，这么多年，没别的长处，就是能服从领导，经得住批评。”

金局长忙说：“别别别，别说服从领导这话。咱们都是同级干部……”

马凤山淡淡一笑道：“金局，咱俩怎么是同级干部呢？您是正的，我是副的。这一正一副，差多去了！”

金局长说：“不说那话了，不说了。老马呀，这段时间以来，我一直想跟你好好唠唠。刚才我说，感谢你在工作上对我的支持，的确是真心话。你说你是干刑警出身的，我说起来也算是个老公安了，跟你有点差别就是，你一直在破案第一线，我呢，这么多年一直在机关里待着，头一回主持这么个市局的全面工作，的确不是很有把握。眼前这个‘12·18’大案，牵涉面广，上下震动大，可以说十分棘手。闹好了，当然能让咱们上上下下露一把脸；但闹不好，你我就此可能就栽这儿了。所以，我琢磨来琢磨去，这档子事，咱们一定要‘稳’字当头……”说到这儿，金局长才总算把他要跟马风山郑重交代的那层意思说了出来，其实就是那一个“稳”字。“千万不能因为这个案子，把各方面的关系都闹崩了……马老哥，你好歹也算是我们省刑侦方面的一个权威，现在又主管我们局的刑侦业务。你一定要替我把这根缰绳拕住了，千万不能让局面失控，更不可急于求成，捅出什么大娄子……”

33

清早起，方雨林习惯上院子里洗漱，大冬天的也这样。滴水成冰的日子里，把上身脱得精赤光溜，蹲到院子当间儿的自来水龙头下，“哗哗”地让冰冷的水美美地冲击一下，听任刺骨的凉水接触皮肤时发出那一阵阵细微的哧哧声，然后化作缕缕雾似的热气，袅袅地蒸腾。他觉得过瘾，这一整天都神清气爽。当然也让跟他做邻居的那些大爷大妈大叔大婶隔着窗玻璃看得“心惊胆战”，“嘘嘘”地直感慨。由他带动，同院的好几个小伙子都来用冷水擦洗，把同院那些大大小小的丫头片子们实实地搅和得十分“心神不宁”，常觉耳根辣热。这一天早晨，就他一人擦洗。肩上搭着一块干毛巾，双手沾满了肥皂，使劲地搓着脸。搓着搓着，居然发起呆来了，手也停下了，两眼直瞪瞪地看着前边，心里不知在想着什么。水依然在“哗哗”地流着。

有人用脚碰了碰他：“嗨，水也是钱哪！”这一打搅，让他一愣怔，乱了思路，恨得他直想踹这家伙一脚。抬头看时，才知是方雨珠。方雨珠手里也拿着洗漱用具。方雨林忙把脸伸到水龙头底下冲了冲，拿毛巾胡乱地擦了擦，回屋穿罢衣服，便大步向院门外走去。方雨珠冲着他的背影又叫了一声：“不吃早饭了？”方雨林没答腔，人已经出院门了。刚踏出院门，没料想看到郭强匆匆地正向这边走来。郭强一把将他拖住，问："你在自然博物馆二楼的那个小房间还能用吗？"方雨林答道："能用。怎么了？"郭强只说了一句："走。"再没做别的解释。

到了自然博物馆二楼那个小房间里，郭强才说："昨晚，我一宿没睡踏实。心里老惦记着那个鉴定报告。"方雨林挖苦道："难得。"郭强用力捶他一下："废话！"方雨林拿起一张路上买的油饼大口咬去："是难得嘛，谁见你为啥事着过急？真他妈的有大将风度！"郭强也拿起一张油饼大口咬去："你睡好了？"方雨林说："我睡不好，是正常的。昨天从局里回来，一路上我就憋屈得慌，越想越窝囊。你小子操，还挺沉得住气，还组织大伙儿学中央社论！你想么，再怎么着，也该让我们这些做具体工作的人看看那个鉴定报告啊！外头的人从照片上发现不了新东西，这也正常。人家不熟悉案情，不知道哪儿跟哪儿是关键，哪儿跟哪儿是要害。他们是技术专家，只能提供一个经电脑复原加工过的底版。至于从这底版上去发现什么，那是咱们自己的事。好嘛，往保险柜里一锁，万事大吉。这算哪棵树上结的歪把子梨嘛！哎，能不能再去找金头儿说说，让他把那个鉴定报告和电脑处理过的照片底版拿出来让我们细细地推敲推敲？"

郭强却说："金头儿的脾气你还不了解？坐机关出身，原则性强，下边的人说啥都不管用！不怕你有千条计，他总有他的老主意。"

方雨林叹道："那就没戏唱了？"

郭强不紧不慢地问道："要是我手头有这么个底版……"

方雨林瞪他一眼道："这时候，你说这空话管啥用嘛！"

郭强微微一笑，慢腾腾地从大衣口袋里掏出一张光盘，往方雨林面前一放。

方雨林看了一下这玩意儿："这是电脑用的光盘，不是照相底版。"

郭强笑道："老帽儿，不懂了吧？这就是我们原先的照相底版。科研所的人用电脑把它处理以后，把它刻在这光盘上了。"

方雨林一愣："你没把它交给金头儿？"

郭强得意地一笑："交了，但交的是另一张。离开上海前，我怕路上出问题，让科研所的同志又复制了一张。金头儿在车站上截走的是那一张……当时太意外，也太匆忙，我忘了把这一张也交给他了。按说，是都应该交给他的。"

方雨林激动地叫道："忘了好，忘了好……快走！"

郭强说："上哪儿？"

方雨林说："上局里的电脑室，看这张光盘去呀！"

郭强说："你自投罗网？"

方雨林重重地打了自己头一下，说道："你瞧我这人！咱们上哪儿去找一台能用的电脑呢？"说着，抬起头，盯着天花板认真地想着。

郭强特别提醒道："这事儿还得保密，不是谁的电脑都可以使的。咱们还得考虑这个人政治上可靠不可靠……"

方雨林这时心里已经想定了，便向郭强要来手机，拨通了丁洁家的电话。但接电话的却是刚起床不久，正在客厅里做健身运动的丁司令员。方雨林一听是丁司令员的声音忙吐了一下舌头，挂掉了手机。郭强忙问："咋了？串线了？"方雨林点点头，稍稍等了一会儿，又拨了个号。这回拨到丁洁房间里去了。

他先小心地问了一声："是丁洁吗？"（他怕又是丁洁妈接的电话。这母女俩的声音还真有点像。）丁洁故意地逗他，答道："不是。"方雨林忙说："丁洁，别开玩笑……"丁洁生气地："谁跟你开玩笑？谁允许你一早就往我房间里打电话的？这不是你们的警局，也不是公共场所！"方雨林好声好气地说道："丁洁，我有重要公事请你帮忙。"丁洁更气了："你找我就是公事。公事你找你的同志们去，我没时间。"说着，"啪"的一下便把电话挂了。

方雨林连连叫了两声"丁洁……丁洁……"赶紧又拨了过去，并急促地威胁道："丁洁……丁洁……你要再挂电话，我就往你老爸房里打了。"丁洁今天特别生气是有她的道理的。那天她曾主动给方雨林打了个电话，想约他出来认真谈谈他俩的关系。他直推托，只说这一阵儿太忙；后来勉强约出来了，又半天不说话；后来总算说了几句，说的又"都不是人话"。说什么"有许多话不好说"，"想来想去，我总觉得咱俩不是一路人"等等等等。都是些什么话嘛！

"方雨林，你说我俩不是一路人，你还跟我烦什么烦？"

丁洁拿起电话就呲儿了他一句。

方雨林耐住性子说道："丁洁，我这会儿给你打电话不是向你求婚。完全是工作上的急事……我需要一台电脑……586 奔腾三有高级图像处理功能的……"

丁洁反问："你们警局没这样的电脑？"

方雨林继续解释道（近期以来，他跟她对话，还真没这么耐心过）："我要能回局里去使我们的电脑，还这么死皮赖脸地求你大小姐吗？其他地方我当然也能找到这样高性能的电脑，但问题是，还必须保证这台电脑的主人政治上十分可靠……"

丁洁冷笑笑："对你来说，我这个人就是政治上还可以被利用一下。是吗？"

方雨林说："丁洁同志，我们现在不讨论你整个人的价值问题。"

丁洁又冷笑笑："是吗？方雨林同志，我丁洁算个啥呀！不讨论就算了。"说着又要挂电话。

方雨林忙叫了声："别挂电话！丁洁，你现在怎么连我的话都听不懂了？我不是说你这人不值得讨论，只是说现在不是讨论那个问题的时候（郭强在一旁着急地做着手势，让他别再跟丁洁谈那些不着边际的问题了）。丁洁，请帮个忙。如果你已经非常讨厌我了，就算我最后一次求你！看在正义和法律的份儿上。"也许是最后这句话起作用了，也应该说，丁洁这个人还是容易被这样的“大话”打动的(如果换一种女性你试试,别说“正义和法律”,你就是看在“她爹妈的份儿上”,她也不一定当回事儿。她们就只认自己)。丁洁沉默了一会儿,口气果然软下来了:“你想用我哪一台电脑?单位里的那台?还是家里的这台?”方雨林忙说:“谢谢!谢谢!随便哪一台都行。当然最好是你家里的这台。”不一会儿工夫,方雨林和郭强开着那辆挂警牌的北京212吉普车,去丁洁家取电脑。待他俩走后,丁洁的母亲不解地问丁洁:“电脑又咋的了?”丁洁随口应付道:“出毛病了,我让方雨林拿去帮我修修。”丁母狐疑地问:“让他拿去修?他还懂电脑?”丁洁说了句:“你以为呢?”就上楼去收拾自己的房间去了。

两个小时后,正在局里开党组会的马凤山接到郭强、方雨林打来的电话,说“十万火急”,希望“领导马上召见”。“啥事?”马凤山问。“现在没法说。”“你们在哪儿?”“就在您跟前,已经在楼下的院子里等着了。”快到中午饭口,党组会终于结束。马凤山跟金局长打了声招呼,匆匆走到院子里,见两个人正在那辆吉普车里等着哩。

“两个鬼东西又想跟我搞啥名堂?”上车后,他问。方雨林笑着看看郭强,郭强也笑着看看方雨林。两个人都不说话,只是启动了车,快速向大街驶去。

马凤山拍拍肚子道:“告诉你们,我还没吃中午饭哩。”

方雨林立即应道:“好啊,我俩也没吃哩。赶紧找个地方吃去吧。”

马凤山忙说:“两个鬼东西骗我出来,是想敲我竹杠?停车,快给我停车!”

郭强解释道:“方雨林的意思是说,待会儿,您一定会主动请我俩吃饭的,而且还拍着手跺着脚,哭着喊着要请我俩吃这顿中午饭。”

马凤山斜他俩一眼,说道:“我有病!”

开车的方雨林笑道:“您会的,您一定会的!”

不一会儿,车飞快地开到自然博物馆边门跟前停了下来。两个人领着马凤山匆匆进了二楼的那个小房间，方雨林忙打开电脑，放入那张光盘，点击鼠标，显示器上立即出现那幅黑白照片的图像。马凤山细细地端详了一会儿，问："这是什么？"郭强解释道："十二月十八日下午案发前二十分钟，那个神秘的人和张秘书在来凤山庄杂树林边上接头的照片。""这是经那个科研所处理过的图像？"毕竟是经验十分丰富的老侦查员，马凤山一下就点到事情的要害上了。方雨林点点头道："是的。"一边说，一边从椅子上站了起来，以便让马凤山坐下细看。

马凤山坐下后，仔细地看了一会儿，迟疑地说道："比原先确实是清楚些了。但……也没太大的变化……""您再往下看。"方雨林说着，又用鼠标点击了一下。

原先画面上两个人物的部分被骤然放大。

马凤山打量了一下画面，又抬起头狐疑地打量了一下郭强和方雨林。郭强问："还没瞧出名堂来？"方雨林笑道："领导同志，您也够木讷的了。"郭强用肩膀碰碰方雨林道："行了行了，别难为我们领导同志了。"马凤山不服气地说道："别别别，让我自己再琢磨琢磨。""行，那就请您再往下看。"方雨林又点了一下鼠标。画面上那个神秘人物的一部分一下被放大许多。马凤山凑近去仔细再看，然后又走到墙根前，用放大镜在原先那张照片的同一部位上来回来去地细看了一下，回到电脑跟前，指着那个"神秘人"的颈部，犹豫地问方雨林和郭强："这儿……好像有点名堂。对不对？"方雨林还在卖关子："什么名堂？"马凤山说："这个人颈部出现了原照片上没显示出来的黑白花斑。"方雨林的神情渐渐严肃起来："那可能是什么？冬天……在脖子里……"马凤山一下子叫了起来："围巾！黑白花围巾！"方雨林高兴地大叫道："对呀，我的马副局长！就是它，黑白花围巾。也就是说在案发前二十分钟在杂树林边上跟张秘书接触的神秘人物，肯定是个戴着黑白花围巾的人。您仔细回想一下，那天在来凤山庄，以至平时在市政府机关，谁经常戴着一条黑白花围巾？"

马凤山愣怔住了。可以这么说，他几乎都不敢再往下想了，更不敢把已经到嘴边的答案往外说。一瞬间，他就那么呆傻住了，由着自己的心脏无节制地在那儿剧烈蹦跳，仿佛要撞破他那厚实的胸壁，才能得以释放某种惊疑和震动。那一瞬间，他眼前掠过无数个周密在不同场合，以不同姿态出现时的头像和身影。虽然在这些不同场合，周密的穿着、打扮、神情都各异，但有一点却极为惊奇地一致：他都围着一条黑白花围巾。这是马凤山极为熟知的。周密在许多场合喜欢围他那条黑白花围巾，这也是在一定的圈子里为许多人熟知的。十二月十八日出事的那天，他也确实是围着这么一条黑白花围巾去来凤山庄的。这也是不争的事实。那天下午四点三十六分左右，他向大厅后门口走去，真的是出了后门了？真的去杂树林边跟张秘书见面了？这样推下去，难道说，张秘书真的是他杀的？一个如此勤奋正直，如此聪明能干，前程又如此看好的“政治新星”居然会杀人？杀自己手下的一个秘书？

马凤山不信。他完全愣住了。他什么话也没说，吩咐他们两个，立即收拾起光盘，跟他去找金局长。金局长听了马凤山简要的汇报后，又立即吩咐把局里的几个主要领导都找来，就让方雨林在他办公室的那台586电脑上，给各位领导重又演示了一遍。当电脑屏幕上再次显现并最后定格在那个神秘人物颈部的黑白花斑纹上时，办公室里一下子静默了。这种静默保持了两三秒钟，或四五秒钟，大家一下把目光都集中到金局长身上。大概是希望他能说点什么结论性的话。但金局长却仍然沉默着。马凤山低声建议道：“是不是马上通知局党组成员来开会研究一下这个情况？”金局长沉吟了一会儿，最后慢慢地摇了摇头，否定了他的这个建议，却对马、方、郭三人说：“你们跟我马上去秦书记那儿走一趟。”

几分钟后，金局长却接到秦书记亲自打来的电话：“你们直接去省委顾副书记处，在那儿等我，我马上就到。”这就是说，秦书记也感到问题严重了。他向顾副书记汇报了。现在要金、马等人直接向顾副书记汇报此情况，让省反腐领导小组的现任负责人顾副书记来定夺此事。等秦、金、马等人赶到省委大楼，那边早已做好了准备。

电脑室主任和其他工作人员早已在门口恭候着了。秘书指着一台已经打开了的电脑，问电脑室主任：“就这台？”电脑室主任忙点点头：“对，就这台。”顾副书记伸出一根手指在那个键盘上轻轻敲击了两下，说道：“我看这台电脑跟我办公室的那台没啥两样嘛。”电脑室主任说：“机器的型号是一样的。有一点不同，就是我们这台装了一个最新的图像处理软件。”

秘书问顾副书记：“开始吧？”

顾副书记说了声：“开始吧。”就坐进刚准备好的那个宽大的皮沙发里。其他几人也相继坐了下来。秘书向电脑室主任示意了一下。电脑室主任马上对他手下的那几个工作人员做了个手势，他们便一起走了出去。秘书去把门锁上，又去把窗帘都放了下来。

等一切都就绪，马副局长向郭强示意了一下（方雨林因为级别不够，没跟着到电脑室来向顾副书记汇报，留在下面大院里等着了）。郭强便坐到那台电脑操作员的位置上，从随身带来的包里拿出光盘，放进电脑的光驱里。光驱上的标志灯立即亮了起来。主机箱上的两个标志灯也开始闪烁起来。整个电脑发出匀和的蜂鸣声。一直显得非常老到深沉的顾副书记这一刻居然也显得有些紧张了。一直到电脑屏幕上出现那个有关“黑白花”的图像，并在解说中点明这是一条黑白花围巾后，所有的人都回过头来看着顾副书记，等他表态。

沉默了一会儿。又沉默了一会儿。突然间，顾副书记站起来，什么话也没说就走了。所有的人都一愣，忙跟了出去。方雨林在吉普车里玩着他自己创造的记车号游戏，以为怎么也得等上几个小时，那一帮人才可能下楼来。却没料想，只等了不到半个小时，就见郭强下楼来了。方雨林忙迎上去问：“怎么样？”郭强说：“他们都上顾副书记办公室研究去了。”“你怎么没跟着一起去？”方雨林明知故问。郭强笑笑：“我？头小点。”方雨林着急地又问：“你看顾副书记表情……”郭强说：“那怎么看得出来？干了几十年的领导工作，能让你从他脸上看出内心想法？”方雨林忙点头称是：“那倒也是……”

又过了一会儿，金局长和马副局长从楼里走了出来。

郭强和方雨林忙迎了上去：“怎么样？”

金局长只说了一句话：“回去再说！”也是的，这样的事情怎么可能在这种场合说呢？就是急，也不能急成这样啊！于是，郭强、方雨林不作声了。

34

周密围上他那条半新不旧的黑白花围巾，然后穿上那件羊绒的黑大衣，拿上皮手套，关上灯，锁上门，慢慢地向电梯口走去时，大约离他跟丁洁约好的见面时间还有四十分钟。开车去那儿，最多大约只需要三十分钟——把这会儿因下班交通高峰路上塞车可能花去的时间也都计算进去了——他完全可以再晚走一会儿。但他不。他喜欢准时，喜欢从容，喜欢看到别人匆匆忙忙慌里慌张地赶着来看他，而他自己却万事俱备地从容不迫地在那儿洒脱地等着。另外他也不爱开快车，他也需要给自己多留几分钟的时间在路上用。他喜欢让车平稳地匀速地在“各种空间”里穿行，车里那套很高档的音响设备播放着格里格那首非常著名的《a小调钢琴协奏曲》（就像那些跟他差不多的一代人一样，在他众多的不能算是十分宽泛的文化习俗和爱好方面，总是会有一个或大或小的空间，是涂抹着俄国情调和俄罗斯色彩的）。随着乐曲的起伏变化，他还喜欢稍稍地绕一点远路，走一走平时不常走到的一些路段，看看那边的市容，关心一下新近出现的不锈钢城市雕塑、新落成的美术馆门前大幅张贴画、高耸夜空的国贸大厦、证券交易所墙上那个令人眼花缭乱的大屏幕显示和冰场上少男少女们流动的青春身影……

车开到一家新开张的西餐馆门前停下时，丁洁驾驶的那辆墨绿色的欧宝车也轻盈地驶了过来。先下车一步的周密忙上前去替她拉开车门。他俩已不是第一次在这儿见面了，当然也不会是很多次。不是第二次，就是第三次。不会更多，也不会更少。整个餐馆的装潢极富欧陆风情。墙上挂着一些十六七世纪欧洲古城堡里的饰物的仿造品，比如铸铁的壁灯、木板画、金属头盔和生了锈的带有铜护腕的重剑、马刺等。他们在一棵桶栽的硕大的橡皮树背后，找了个极清静的座位坐了下来。丁洁落座时，周密还特地按外国绅士的习惯，去为她挪动了一下椅子。

丁洁脸微微一红说了声："Thank you!"周密微笑着替丁洁、也替自己去挂好大衣，这才回到桌前坐下，翻看了一下烫金封面的菜谱，低声问道："吃什么？"

丁洁却只是笑着不语。

周密让她笑得有一点窘迫了，先上下打量了一下自己，没发现有什么太可笑的地方，便问："笑什么？"丁洁说道："您为什么不把围巾取下来呢？这条围巾是租来的，还是借来的？"周密低头一看，果不其然，自己还围着那条黑白花围巾哩，便也笑了，忙着取下，一边解释道："习惯了……完全习惯了……"丁洁伸手要替他把围巾挂起来。

周密笑道："不用不用，就搁在这椅背上。"但丁洁还是替他把围巾送到存衣处和大衣挂在了一起。待回座位上，丁洁笑道："在很多场合我都见您这么围着它，是有意的，还是无意的？"周密笑着摇了摇头："完全是无意的，下意识的。我上小学前，我们家特别困难。对不起，说一点穷人家的事儿，你不会反感吧？那会儿，我和我哥只有一件正经八百的棉袄。吃罢早饭，棉袄就归他，因为他要穿着它去上学。我就穿一件我姨给我的旧线衣，整天围着我爸的一条特别破的围巾，还光着脚。大雪天也是这样。围巾成了我童年时期最重要的东西。谁要动了我这条围巾，我能跟他拼命。上学以后，也是这样。我曾经为了这条破围巾，跟比我大得多的同学打得鼻子流血……”丁洁听得特别认真，听到这里，便轻轻叹了一口气道：“真难以想象，您这样气质的人，小时候也跟人打架！”周密说：“可你怎么知道我小时候又是一种什么气质？穷人的孩子早当家。这话，千真万确。再往后就养成了这么个习惯，从冬天一直到春天，以致一入秋，我就把它从木箱子里找出来围上。无意中甚至还养成了这么个毛病，只要脖子上没东西围着，我就整天觉得不舒服，总觉得少了个什么东西，甚至就可能感冒生病……”

丁洁笑了起来：“真的？”她真的不能理解，一个人居然会“依赖”上一条根本不起眼儿的围巾。这种围巾可以说是仨钱不值俩钱。

“在学校的时候，你没觉出我有这怪毛病？”周密问。丁洁笑道：“早觉出了。我们几个女生都觉得您怪怪的，怎么就离不开这条围巾呢？我们还议论过，哪天，去把您这条围巾偷了哩。”周密说：“我妻子也总是笑我，说我对围巾的感情，比对她还重。这条黑白花围巾是她去深圳前给我买的，她说留个纪念吧……”丁洁问：“她这是什么意思？”周密轻轻叹道：“也许……那时候，她就已经想好了，不准备再回到我身边来了……”“甚至在你当了副市长以后？”丁洁又问。“大概吧。”周密脸上掠过一丝淡淡的阴影。“她一直就是这么个理论。她说她当时离开我，不是因为地位和财富的问题，完完全全是觉得我们两个人合不来。她说我太内向，内向得有点让她受不了。所以，即便是现在我的地位和财富状况发生了变化，她也并不认为我们两个人应该重新走到一起。”

丁洁感叹道：“一个非常有头脑、有主见的女人。了不起……”

周密稍稍沉默了一会儿，突然说道：“在这一点上，你们两个人可以说非常非常相似。”丁洁的脸马上微微红了起来，说道：“是吗？”周密却淡淡一笑地叹道：“说句开玩笑的话，这个世界上最可怕的事情之一，也许就是女人拥有智慧了……”虽然周密已经声明了是在开玩笑，但丁洁听了这句话，还是愣怔了一下，立即说道：“周老师，这可不像是您说的话。”周密忙笑道：“开玩笑，纯粹是开个玩笑。”但丁洁的心态和谈话的气氛似乎还是受到了影响，有几分钟时间，她只是低头坐着，不再说话。

周密关切地问：“怎么不说话了？”

丁洁略有一点尴尬地：“不是在听您说吗？”

周密沉吟了一下，说道：“以后，别再跟我‘您’啊‘您’的了，行吗？”

丁洁忙说：“那怎么可以？您是老师……”

周密缓缓地摇了摇头，说道：“我就是不希望你对我言必称老师。”

丁洁笑道：“那我叫您什么……”

周密忙说：“周密，或者，就叫老周。”

丁洁把头摇得跟个拨浪鼓似的，连连说道：“不行不行，那不天打五雷轰？”

周密挺严肃地嗔怪道：“又胡说了不是？”

丁洁即刻也把脸上的笑容收了，正色地说道：“不行，老师就是老师，老周就是老周，周副市长就是周副市长，这可不能混了。”

“你能不能在那么一个特定的时间段里，只把我当成老周，当成周密，当成一个能跟你说说心里话的男人？行吗？”周密突然显得有点激动，把整个上半身向丁洁的方向倾俯过来，眼睛里闪出那么一种她从来也没见过的光泽，这光泽里包含的不只是急切和恳切，还有一种她完全不能解释的东西（不是灼热，而是一种……一种……她也说不清的东西），电光石火般地稍纵即逝，却让她打了个寒战。她愣怔了一下，刚想抓住那一瞬间的感受，细细地回想一下那种让自己非常陌生而心悸的东西，以给它一个准确的定位时，周密已经主动地从刚才的“要求”里撤退了。

他也许已经意识到自己有失分寸了，便忙说："一切都由你，都由你。把我当老周，当周密，当周副市长，还是当周老师，都由你，都由你……"

35

市公安局小会议室里坐满了来开会的中层干部。由于"12·18"谋杀案发案一个多月，破案工作仍没有取得任何重大突破，经省反腐领导小组和省市纪委、省市政法委研究，并报经省委常委会批准，由省公安厅和市公安局抽调精干刑侦人员，会同省市两级检察院反贪局大案室的同志，联合组成破案组，限期破案。金局长在会上宣布：市局党组研究决定，抽调以下同志，参加这个破案组。他们是：张成、黄松年、陈中元……念了一长串名字，却没有方雨林。散会后，方雨林熬不住了，便上楼去找马副局长。

"说话呀？啥事？"马凤山明知故问道。方雨林犹豫了一会儿，说道："您知道我要说什么。"马凤山故意耸起眉毛逼他："真奇怪了！我又不是你肚子里的虫子，怎么知道你想说啥？"方雨林蔫蔫地说道："那名单里没我……"马凤山弯腰去拿暖瓶，想往自己茶杯里续水，方雨林忙抢先一步拿起暖瓶给他把茶杯续满了。马凤山便坐下来笑道："那名单里还没我哩！总不能把所有的人都派了去破那个'12·18'案，留我和金局在这儿唱空城计吧。"方雨林问："那……给我的任务是什么？"马凤山笑道："你的任务？你什么任务？刚才金局已经说得很清楚了嘛，快到年关了，全市还有十来起重大恶性刑事案没破。你作为市局重案大队的一员，肩上没压力？"方雨林无奈地："好了好了，马大局长，快给我布置任务吧，别逗我玩儿了！"马凤山叫了起来："哎，什么叫逗你玩儿？谁在逗你玩儿？"

这时，金局长推门走了进来。方雨林忙站起来叫了声："局长。"

金局长笑道："又在跟马局搅和啥呢？没大没小的！"

马凤山也跟着哈哈一笑道："你瞧瞧这个方雨林，就那么自信，一口咬定，没派他去联合破案组，一定是因为有一项特殊任务在等着他。"

金局长指着方雨林的鼻子笑嗔道："你这个方雨林呀！自信，是需要的。但过于自信，也是要坏大事的。好了，你们谈吧。"然后又对马凤山说："一会儿，你上我那儿去一下。"待金局长走后，马凤山终于收起刚才那一副"没大没小"的模样（他这个人平时就爱跟自己的部下这样"没大没小"地逗乐），突然感慨道："你这小子，鬼聪明！"

方雨林一愣："我又怎么了？"

马凤山说道："跟你说正经的。局党组没把你派到联合破案组去，的确是另有重要任务要交给你。"

这一下，方雨林疑惑了，说："您又逗我玩儿？"

马凤山挥挥手："不信就算了！"

方雨林忙说："我信，我信。"

马凤山打量了他一眼，问："不管交给你什么任务，都能完成？"

方雨林打了个立正，雄赳赳气昂昂地说道："能完成！"

"保证完成？""保证完成！""坚决照办？""坚决照办！""好。方雨林同志，你仔细听着，局党组给你的任务就是继续别插手'12·18'大案……"方雨林一下把眼睛瞪圆了："什么？"马凤山解释道："因为只要你一掺和，有人就会想到我们在查周密的问题。我们不想打草惊蛇。"方雨林不服气地："我怎么那么惨，都成了'害群之马'了？""没人给你下这样的结论，你也别这么糟践自己。"方雨林苦笑着长叹了一声："还用结什么论呀！在你们眼里我就是一匹'害群之马'嘛。"

这时，郭强走了进来，恰好听到了方雨林自嘲的这句话，便笑着问："谁是'害群之马'？"方雨林答道："还能有谁？我呗！"郭强却笑道："不对吧？你咋会是‘害群之马’？你应该是‘害群之骆驼’！”方雨林于是笑着冲过去扭打，并喊道：“郭强，你狗日的！”

郭强是来汇报“黑白花围巾”的事的：已经查实，案发当天，整个山庄只有周密一个人围了那样的黑白花围巾。方雨林接着分析道：“现在应该能确认，案发前二十分钟，在杂树林边上跟张秘书接触的那个陌生人，就是周密。接触的理由很简单，就是要把他带到后边那个小别墅里去跟他谈话。谈话的主要内容，就是劝说他，不要向省里有关部门说出股票的事。张秘书可能没有听他的，或者又发生了一些别的什么事，周密就掏出了枪……”

“如果事情真的是这样，那……就太沉重了……一个工人的孩子，一个公派送出国深造过的大学教师，一个党和人民都寄予了很大希望的青年知识分子，一个刚得到提拔的市一级年轻领导干部……”马凤山感慨万分。

“这有什么呀！人嘛，就是会变的。”方雨林却漫不经心地说道。

“你怎么能说得这么轻松？”马凤山严厉地驳斥道。

方雨林一愣，但仍坚持道：“这……这又怎么了？这就是我们社会的现状和事实！”

马凤山却严正地说道：“方雨林，那天，局党组开会讨论这件事的时候，所有与会的同志足足有十来分钟都没吭气，说不出话来呀！心情沉重啊！毕竟事关一个年轻的副市长！”

方雨林不作声了。

马凤山追问：“你不同意我这种说法？”

方雨林苦笑笑，依然不作声。

郭强捅了他一拳：“嗨，马局问你哩！”

方雨林瞥了他一眼，说道：“我说啥？我说了，你们又不爱听……”

“你那些让人不爱听的话，我们还听少了？”马凤山冷笑笑。

方雨林说道："既然这样，那我就说了？我就不同意您这种说法。什么叫对待这起案子就得更加慎重？好像对待普通老百姓的案子我们就可以不更加慎重似的。"马凤山立刻反驳道："我是这个意思吗？""反正给我的感觉，因为此案涉及一个市级领导干部，你们就顾虑重重，举步维艰……而且……"方雨林说道。这时，郭强狠狠地瞪了方雨林一眼，因为他已经注意到马凤山的神情一下子变得阴沉了，脸色也难看起来，他要提醒方雨林不要再说下去了。方雨林显然比前一阶段要老成多了，得到郭强的提醒，便忙收住了话头。马凤山等了一会儿，见方雨林突然不往下说了，便回过头来问："而且什么？"方雨林看看郭强，蔫蔫地说道："没什么了。"马凤山索性转过身来正对着方雨林大声说道："说呀！我什么时候说过，对待普通老百姓的案子可以马虎一点可以不慎重？没有。但我必须强调，对待周密这样的案子，我们一定要更加慎重，更加强调公安工作的纪律和请示汇报。这就是我们的现实！我们的公安工作，是在党绝对领导下的，这一点任何时候都不能动摇。而且这案子里还有许多关键问题有待查清。比如，枪的问题。周密怎么能搞得到枪？你说说。"

静场。这一回，方雨林真的不说话了。

马凤山把方雨林训闭了嘴，心里也痛快了些，便开始给他正式布置任务："为了慎重，局党组决定专门成立一个'12·18'大案的破案领导小组。为了保密，决定把它放在远离市中心的地方。在那儿找两间房子。这处所不能太招人显眼，但又不能太偏僻背静。太偏僻背静了，交通联络通信都不方便，我们的人进进出出，日子一长，也会引起周围的人注意。"方雨林说："这样的房子好找。"马凤山说："那你给找一处？"方雨林说："您不是不让我掺和吗？"马凤山说："找两间房子，算什么掺和？"方雨林说："那行，我给你们找房。这房子什么时候要？"马凤山说："明天。"方雨林叫了起来："您还真宽宏大量，没说十分钟后就要。"郭强提醒道："别跟房主说是干什么用的。"方雨林苦笑笑："我的郭大队长，方雨林还不至于简单、幼稚、可笑到这个地步吧？”郭强说：“谁说你简单、幼稚、可笑了？不就是提醒一下吗？方雨林不能提醒？”方雨林无奈地：“能，能。还有什么要提醒的？快说。”

马凤山说：“还需要一个同志，一天二十四小时留守在那房子里，看个电话，接待个来客，烧个开水，上外头订个盒饭什么的，但这个同志必须十分能吃苦、肯吃苦，又不计较个人名利，任劳任怨，有时还能帮着领导小组出个主意，整个材料，收集汇总个情况什么的……”方雨林忙叫道：“这样的好同志，您上哪儿去找啊？他不就是方雨林吗？”郭强哈哈一笑道：“你？一边歇着去吧！你能二十四小时连轴转地守在一个小屋子里给人打杂？”方雨林坚定地说：“只要让我参加这个破案组，让我干啥都行。”郭强笑道：“让你干啥都行，就是让你当哑巴不行！”方雨林一下把眼睛瞪大了：“老郭呀老郭，你今天怎么了？干吗老在马局跟前跟我过不去？人前人后，我可没做过一档子对不起你的事。你说吧，你到底要我身上哪块肉，一会儿我一准割给你。求你这会儿别再给我使绊儿了。行不行？”

马凤山认真地问：“真能做到你刚才保证的那一切？”

方雨林又打了个立正：“我是您一手培养起来的优秀干部……”

马凤山一脸正色地说道：“别跟我油嘴滑舌！我再问你一遍，你真的能做到刚才你自己说的那一切？”

方雨林大声地：“能！”

马凤山再问：“绝对能管住你自己？”

方雨林大声地：“绝对！”

马凤山看看墙上的石英钟，然后对郭强说道：“哟，都三点了。具体的，你跟他谈吧。我得上金局长那儿去了。”

方雨林忙说：“哎，马局……到底让我参不参加这破案组？您留个话呀！”

马凤山匆匆说了句："郭强会跟你细谈的。"便锁上抽屉，拿起记事本和保温杯，走了出去。走到门口，又回过头来叮嘱了一声："你们俩谁最后走，别忘了给我关门。"等马凤山一出门，方雨林就逼到郭强跟前追问："快说呀，到底怎么回事？"郭强打量了方雨林一眼，不紧不慢地宣布道："马局让我通知你，局党组决定让你参加这个破案小组……"方雨林忙问："怎么个参加法？让我找个房、打个水？还是具体参与破案工作？"郭强推了他一把："你跟我嚷什么？局党组决定让你作为这个破案小组的领导成员，进行工作。但是……"

方雨林一愣，甚至都倒退了一步，呆了一会儿，说："打住打住。我？作为领导成员参加这个破案组的工作？郭强，我跟你无冤无仇，你可别再拿我开涮。再说，这一阵子我神经特别脆弱，也经不住这么瞎逗。"

郭强白了他一眼，说道："少跟我装得像个纯情少女似的。听着，局党组决定，让你作为领导成员参加这个破案小组。但是，表面上还得装着不掺和这档子事。目的还是一个，不让人觉着，组织这个破案组就是为了查周密的问题。还有一件事，我也得跟你挑明了。这回让你以领导成员的身份参加这个破案组，有关方面不是没有不同意见，是马局亲自在党组会上力排众议，主张重新起用你。他让你珍惜这次机会，在政治上更快地成熟起来。"方雨林还是迟疑了一会儿，问："你呢？你不参加这个领导小组？"郭强真诚地叹了口气道："你们这些精英分子干大事破大案，大队的日常工作还得有人干哪，那就由我们这些非精英分子干呗。"方雨林极诚恳地带着巨大的歉意说道："真对不住老哥了……"郭强故意板着脸说道："你小子别跟我这儿猫哭老鼠。告诉你，这一回，我也没少在领导跟前替你出力！你得好好请我一顿！快掏钱！"方雨林爽快地叫了声："Yes Sir！保证一定请老郭大哥好好地'撮'一顿。"

两天后，破案组便进驻新办公地点。在第一次全体会议上，马凤山副局长特别强调，这个案子事关重大，为了保证破案工作顺利进行，一定要绝对遵守工作纪律，保守工作秘密。“我们这个工作小组直接受局党组领导，不和任何部门发生横向联系。在局党组发出开禁令之前，绝对不能向任何人透露我们这个工作小组的活动内容。不光是对自己的父母、老婆、亲属，就是对局里的同志，原先的上级，也要守口如瓶。谁违反这一条，出了事，谁负刑事责任！听明白了没有？”

沉默了一两秒钟后，在座的各位齐声回答：“听明白了！”

然后，马凤山介绍道：“小李是我们这个工作组的专职保密员。发给各位的记事本，各位在每天下班前，都要交到小李同志处保管，不得带出这个门。这也要成为我们一条铁的工作纪律。小李，是这样吗？”说是“小李”，其实年龄也不算小了。她忙应道：“是这样。”一个老侦查员便笑着说：“那，下班前，我把我脑袋也交给你保管算了。”“小李”也笑道：“行啊，只要你老婆愿意，把你整个人留我这儿都行。”大伙儿也都笑了。

散会后，马凤山又把方雨林叫到他屋里，从抽屉里拿出一个BP机和一个手机放在方雨林面前。“这个呼机和手机，只供你我之间联络时使用。呼机号和手机号不对任何人公开。”方雨林立即收起呼机和手机，应了声：“是！”“另外，从今天起，我不通知你，你就别上这儿来了。”马凤山又叮嘱道。方雨林迟疑地问：“那……那我上哪儿去？”马凤山笑道：“爱上哪儿上哪儿呗，就是别上这儿来，也别上局里去。当然也别给我瞎乱窜，别让人从三陪小姐身边把你给逮住了。你要有个心理准备，在以后的一段日子里，你可能要单独执行任务。”方雨林问：“我能到重案大队去吗？”马凤山回答得非常干脆：“不能。”方雨林想了想，问：“那样……是不是更会引起同志们和一些熟人的怀疑？”马凤山胸有成竹地说道：“我会在适当场合宣布，这一段时间，组织上让你停职反省……”方雨林笑道：“是要演一场好戏。”马凤山瞪了方雨林一眼，然后十分沉重地说：“别想着只是一场‘好戏’。雨林，这案子会搞成什么样，还很难说。它的的确确和一般老百姓的刑事犯罪不一样。搞好搞不好，对我们来说，都有很大的风险，天大的压力，你一定不能掉以轻心。我知道你很想做一个出色的刑侦专家。别的方面我都不替你担心，但有一点，我必须提醒你。综观古今中外，一个出色的刑侦专家，首先他得是个正直的人，他得嫉恶如仇，他得有天大的决心，维护法律的尊严，维护国家和人民的利益。当然，他还得是一个出色的刑侦技术专家，具有广博的知识。但只有这几点，还是不够的。一般来说，他最起码也得是半个称职的政治家。他应该有极敏锐的政治嗅觉和极强的政治意识。你要知道，有一类刑事案件，它会牵扯到一些非常复杂的政治关系，为了顺利地侦破这些案子，你就得学会恰当地去处理好那些政治关系，利用好这些关系，去为我们的侦查工作服务。这些素质，在我们这个体制里，在这起案子里，显得尤为重要。”方雨林好像还没有十分深刻地体会到马凤山这一番话里的分量，便嘿嘿笑道：“政治方面，您掌舵，我就跟您干点具体活儿……”马凤山却突然变色，一下站了起来，狠狠地瞪着方雨林，好一会儿没说话。

知道自己又说错话了，笑容一下在方雨林的脸上凝固住了，并慢慢地消退去。马凤山此刻真是气不打一处来，心里在暗自哭笑不得，只是瞪着方雨林，十分恼怒地说了句：“没出息！”便走了出去。

36

方雨林就这样“突然”闲了下来。他在家里争着洗碗，争着上医院去伺候妈，以为老爸会说他一个好。岂不知，老爸对他的这些“变化”，早怀有疑心了。他跟老爸解释，单位补他假哩。老爸狐疑地瞟他一眼道：“别跟我闹了，什么时候见你们局里给你们补过假？”方雨珠在一旁忙帮腔：“爸，您也是的，哥忙了，几天不着家，您叨叨他；这闲了，在家陪您

一代更比一代强。总会有办法的。”方雨林劝解道。

“一代真比一代强吗？”老爸竖起长长的眉毛，骤然问。

“当然。”方雨林说，“不说别的，就论这个头。您瞧，现在谁家的儿女不比他们的爹妈长得高？就说我跟您……”“哼，”方父冷笑了一下道，“竹竿儿邪高，但赶得上石墩子瓷实？那都是样子货。空心的，管啥用！”方雨林反驳道：“不能说都是空心的吧？”方父长叹一声：“唉，中国……”方雨林忙截住老爸的话头：“行了行了，别开口闭口就是中国怎么怎么的了。政治局、书记处又没给您开工资，您操那份儿心干吗？来，把药吃了，床上歇着去，我上医院瞧瞧我妈去。”

方雨林说着走进他和方雨珠住的那个小房间里，换了装，拿出两张五十元的钞票放进皮夹子里，而后就上自己床头的褥子底下去取局里刚配备给他的呼机和手机。摸索了一阵，显然是没摸到。他有点儿急了，一下子把被子褥子都掀开，但仍没找见。他冲到老爸的房里，急赤白脸地问：“爸，您拿过我的东西没有？”方父故意反问：“啥玩意儿，着恁大急？”方雨林赶紧说：“您要动了，赶紧还给我！”方父不紧不慢地再问：“到底是啥玩意儿，还得‘赶紧’？”方雨林跺着脚道：“爸，您快给我吧，这可不是闹着玩儿的！这是局里配发给我们，让我们执行特殊任务使的。”从老爸的神情上看，方雨林肯定，那东西是让老爸给收起来了。老爸历来有这做法，不管是儿子，还是女儿，只要往家带一点他认为不该是他们拥有的东西，他都会“审问”个一清二楚。所以，方雨林、方雨珠从小都不敢在外头胡来，偶尔有一点小小不言的“胡来”，也不敢把东西往家里带。

看着儿子真急了，方父才从自己的枕头底下取出一个崭新的BP机和一个崭新的手机，问：“它们？”方雨林一跺脚叫道：“哎呀，爸，您拿它干吗使？”说着，伸过手去就要拿走。方父却一把摁住这两件东西，皱起浓浓的眉毛问：“跟谁要的？”“什么叫跟谁要的？是局里发的！”方雨林说得挺轻描淡写。方父一听，勃然大怒，吼道："你把你爸当什么了？你爸害的是腰腿疼，不是老年痴呆症！你腰带上别的是啥？"方雨林撩起外衣，他皮带上还别着一个 BP 机。方父冲过去吼道："公安局钱多得没处花了，烧得慌，给你们一人配俩呼机，再加个袖珍大哥大？""特殊需要。说了，任务结束了，还得上交……"

方父却说："方雨林，我告诉过你，有人仗着自个儿头上戴着大盖帽，成天的在外头黑吃黑，变着法的逼那些大小款爷儿给自己买这买那……"方雨林也叫了起来："爸，别人不了解，您还不了解自己的儿子？我是这种人吗？"方父说："就是因为了解你，我心里才窝得慌！你跟我照实说，这玩意儿到底是从哪儿弄来的？"方雨林恨不能把自己的心掏给老爸看："的的确确是局里配发的。"方父用力拍了一下桌子："撒谎！昨天我还给你们刑侦支队的同志打过电话。他们都说不知道这么回事……"方雨林难堪地："我的天啊！您还给他们打电话来着？他们没执行这特别任务，当然不知道这档子事。""跟我说实话，这玩意儿到底哪来的？"方父不依不饶地追问着。"我可以跟您说一千遍一万遍。对着伟大领袖发誓，第一，这的的确确是局里发的；第二，局里为什么要给我们少数几个人配发这双份的通信工具，我不能说……这是我们的工作纪律……"方父一下气得哆嗦起来："好……我叫你不能说……我叫你拿狗屁纪律来吓唬我……还跟我伟大领袖！"说着，拿起呼机和手机就要往地上砸。方雨林一个箭步冲过去，紧紧抓住父亲的手腕叫道："爸，您可别犯糊涂！"方父用力挣扎，喘着粗气："我犯糊涂？我犯糊涂？你个混账东西！"

方雨林叫道："爸，您要不松手，我可要动真格的了！"

方父也叫道："你还要打我？你打！你打！我叫你打！"

方雨林叫道："爸，您砸了这么昂贵的东西，一是我们家赔不起；二是那您就真的是在逼我犯错误了。您让我没法跟组织交代……"

方父叫道："还拿组织来跟我蒙事儿？"

方雨林逼得没法子了，便大吼一声道：“爸！您到底还相不相信您儿子是个真正的人民警察？是个真正的共产党员？爸！”

方父这一下被镇住了。已经有多少年了，人们已经不用“我是个共产党员”来说事儿了。就算是这么说了，一般情况下也顶不了大事儿。人们不再像多少年前那样，坚信拥有“共产党员”这个称号的人，一定是个正直而愿意为大家办事的人。所以，不少共产党员平时也不爱亮自己的身份招牌；极少数的，可能只在被催着交纳党费时才能想起自己还有这么一个“身份”。对这种种现象，方父是久有感慨的，常在叹惜，深夜为此唉声叹气，久久难以入眠。所以，今天猛然间听到儿子居然会拿出这样一个身份来说事儿，他先是心头一热、一震，甚至都有些一懵，而后便被镇住了，被打动了。

“你……你再给我正正经经说一遍……说一遍……”他愣怔着说。他很愿意再听儿子说一遍，以证实儿子不是随口乱说的。

方雨林义正词严地说道：“您儿子是个真正的人民警察，真正的共产党员，是个一心保护百姓，为民除害的刑警。就是饿死穷死，我也不会仗着自己是个戴大盖帽的，去社会上干那种黑吃黑的混账事。您要信这一点，就把这机子还给我。您要不信，您砸！砸他个稀巴烂！”方雨林说着，便猛地松开了手。

方父手里高举着那两个机子，直瞪瞪地打量着儿子，战栗着……战栗着……方雨林的眼眶湿润了。他委屈、恼恨，却又无奈。过了一会儿，只见方父举着机子的手突然耷拉下来，人也一下跌坐在床沿儿上，老泪纵横地呜咽道：“儿子呀，你可不能干那种伤天害理的事啊，你可要给老百姓留一点希望啊……”

37

昨天居委会贴出公告，接到煤气公司通知，因维修管道需要，中断供气两天。所以今天一大早，廖红宇就找出一把破扇子，上楼道里去生炉子了。刚出家门，却见黑黢黢的楼道里游动着几个人影。她忙收回跨出门去的那只脚，大叫了一声："谁？"正在屋里忙着收拾自己的廖莉莉此时也闻声急忙跑出来，喝问："怎么了？怎么了？"

黑影中有声音忙应答："廖主任，是我们呀！"

廖红宇赶紧去开亮了过道灯，再一看，那"黑影们"却是橡树湾的一些干部群众。廖红宇这才松了一口气，嗔责："我的天！这鸡不鸣狗不叫的，鬼头鬼脑做小偷呢！"然后把这群人让进屋，赶紧打发廖莉莉去买早点。"不用不用，我们吃过了……"橡树湾来的那一帮人紧着客气。廖红宇却不买他们的账，说道："我告诉你们，你们可别害我。给你们买早点，你们不吃，待会儿又上外头去乱说：瞧这廖红宇，单位里的人一早去看她，她连个早点也不管，真他妈的大衣柜上没安把，死抠门儿。"大伙儿听了直乐，笑道："嗨，我们是这种人吗？"廖红宇也笑道："是不是？啧！这号人，我这辈子遇到得还不少哩！"有人环顾左右，叹惜道："廖主任，您大小也是领导，咋也没雇个保姆？"廖红宇笑道："别访贫问苦了。说正事儿，一大早的又想干吗？"

来人中有基地的干部。他说："想跟您汇报汇报工作组的事……"廖红宇忙站起，竖起眉毛问："谈啥？"那干部忙解释："廖主任……"廖红宇坚决不听他解释："请你们别害我！天哪，还上我这儿来汇报工作组的事。你以为我这个廖主任是啥玩意儿？中办主任？省市委办公厅主任？想汇报工作组的事，得找纪委、政法委，找检察院反贪局。懂吗？那儿才是正管！""我们不是要您去管那个工作组……""那你们来干吗？正经来蹭我这顿早点？不至于吧？”“就想让您给工作组组长递个话。”“八竿子打不着的事，我给他递什么话？”“不用八竿子，您一竿子就够着了，还富富有余。”一个干部说道。“橡树湾工作组的这个组长跟您有特别的关系……”另一个干部接着说道。“栽赃也不上税！”廖红宇瞪他们一眼。她不想跟他们说下去了。但那些干部却坚持说道：“我们没瞎说。他是路南区检察院的副检察长，姓蒋……”

廖红宇一愣：“蒋兴丰？他在那儿当工作组组长？那我更不能管这事儿了。”

干部们说：“不是要您去管什么，只请您替我们给他递个话……”

廖红宇说：“亏你还是个干部。蒋兴丰是我的前夫，是我女儿的亲爸爸。我给他递话，就是利用非组织手段去影响工作组的工作，出了问题，我也得吃不了兜着走。”

干部们说：“我们不是要您通过蒋组长这个关系去指挥人家工作组这么干那么干，我们就一句话，想请您跟蒋组长说一声，请他别跟冯总来往得太密切。按说，工作组查的就是橡树湾的问题。橡树湾的问题，怎么说也就是冯总的问题，起码也是跟冯总沾着点儿边的吧？他跟冯总的关系走得那么近，橡树湾的群众心里会怎么想？谁还敢找工作组反映问题？他还怎么可能保持客观的立场，去判断橡树湾的问题？”

廖红宇问：“他跟冯祥龙怎么了？”

干部们说：“蒋组长这个人其实挺老实本分的……”

廖红宇一下提高了音调：“蒋兴丰到底跟冯祥龙怎么了？”

干部们犹豫了一下说道：“工作组到橡树湾，除了头两天还在橡树湾住，后来就每天上下班似的，天天回城里……”

廖红宇说：“现在交通方便，也不提倡同吃同住同劳动。他们回城来住，又怎么了？”

干部们说：“冯总给他们提供了一辆专车。一开始是国产的大发车，前天还换了一辆三菱车……”

廖红宇说：“三菱车也有跟国内合资的。”

群众说：“他还给工作组每人发了一辆自行车。听说，他还给工作组每人每天补助十五元的伙食补贴和二十元的野外工作津贴。”

听到这儿，廖红宇心里才有些发紧，但大面上仍保持着平静：“还有什么？你们是不是有人专门在监视工作组？”

干部们说：“没人在专门监视。但群众的眼睛雪亮。再说，无风不起浪，也没有不透风的墙啊！”

干部们又说：“还有个消息，听说伯季明已经在跟人接洽，要以两千五百万元的价码把橡树湾转手卖给国内的一家大企业。这样他又可以从那家国有大企业手里赚走两千万元。”

群众说：“我们还听说，伯季明拿来买橡树湾的那五百万元，也是冯总借给他的。这个假港商，拿着九天集团给的刀子割下九天集团的肉，然后拿出去倒卖，九天集团的人还帮着他数钱哩！这是为什么呀？”

群众还说：“在卖掉橡树湾前，他要解雇基地所有的人员。”

廖红宇说：“转让合同上不是写明，伯季明有责任妥善安置基地所有的员工吗？”

干部们说：“他说他给基地员工每人发两个月工资做遣散金，这就是他的‘妥善安置’。”

干部们咬着牙齿又说：“无赖！活脱脱一个泼皮无赖！”

廖红宇问：“工作组什么态度？”

群众说：“没态度。一直到现在为止，都没态度。”

这时，里屋的电视机“哇啦哇啦”地响起来，正在播报有关“我省优秀企业家、九天集团公司的总经理冯祥龙先生”的消息。那些从橡树湾来的人一起拥到电视机跟前。电视屏幕上出现的是一个隆重的大会场面。大会的横幅上写着：热烈庆祝九天集团公司橡树湾基地改制成功。橡树湾的干部们指着电视屏幕告诉廖红宇："为了给自己造舆论，昨天冯总请了不少电视台和报社记者。他给每个记者都发了一辆自行车、一块手表和一个装着钱的信封。"

廖红宇不想听他们说下去了，也不想再看冯祥龙用钱买来的电视上那虚假的场面，便板起脸，拿起遥控器，一下关掉了电视机。送走干部和群众，她独自呆坐了一会儿，便对女儿说："走，找你爸去。"

蒋兴丰住在区检察院的家属宿舍。好几幢一式的六层红砖旧楼，火柴盒似的排列着。廖红宇和廖莉莉每人骑着一辆女车来到蒋兴丰住的那幢楼前。下了车，都已经走进暗暗的楼门洞里了，廖红宇却突然不往前走了。"你还是去把你爸叫下来谈吧。"她对廖莉莉说道。廖莉莉不解地问："干吗呀，大冷天的！"廖红宇说："我不想进他那屋。""至于吗？"廖莉莉瞪了她妈一眼，不由分说地拉着她"噔噔噔"上楼去了。

蒋兴丰目前住的也是一套两居室，跟廖红宇住的那套两居室差不多大小，只是收拾布置方面稍稍下了点儿工夫，多了点儿书卷气。跟廖红宇离婚前，他还没当上区检察院的副检察长。离婚时，把房子给了她，自己一个人在集体宿舍里住了不短的时间。离婚后，廖红宇很少再跟蒋兴丰来往，倒是廖莉莉还经常地偷着来看看他。他至今还是一个人生活。

待两个人相对坐下，屋里的气氛便派生出许多的对峙和僵硬。看起来，蒋兴丰的确是个比较本分、倔强，并内向得有点木讷的人。过了好大一会儿，蒋兴丰才硬着头皮试探着问："莉莉这个月的生活费……我已经寄出了，没收到？"廖红宇斜了他一眼："收到生活费，我就不能来了？"蒋兴丰忙说："能来，当然能来。"廖红宇说："那你还说这种废话干什么？"蒋兴丰脸微微一红。廖莉莉不高兴了："妈，您干吗呀？一来就想吵架？"廖红宇白了她一眼："我说我不上来，你非要我上来。我一上来就有气！"蒋兴丰无奈地笑道："你要不愿意上我这儿来，你随时都可以走，我不勉强你。不会的！"廖莉莉叫道："喂喂喂，给我一点面子好不好？现在跟台湾都讲统战统一哩，你们两个共产党员斗什么斗？”

总算安静下来了。又过了一小会儿，廖红宇突然站起来走进一间卧室，在那里转了一圈，又走进另一间卧室去看了看，然后又到卫生间过道里转了一圈。回到客厅，她故意地问蒋兴丰：“那辆新自行车呢？”蒋兴丰不懂她说的是什么意思，反问道：“什么新自行车？”廖红宇哼了哼：“别跟我装蒜。冯祥龙给你们工作组每人发了一辆新自行车，还给你们每人每天三十五元的补助。你们到底是谁的工作组？”蒋兴丰也冷笑了笑：“谣言！”

廖红宇一下站了起来：“橡树湾那些工人干部的眼睛都是瞎的？”

蒋兴丰举起手，用力挥动了一下：“那你找啊！你今天不是来抄我的赃物赃款的吗？抄啊！”

廖莉莉大叫：“别吵了，别吵了！”

廖红宇涨红了脸：“莉莉，你上外头给我待着去！”

蒋兴丰也涨红了脸：“莉莉，你哪儿也别去！”

“蒋兴丰，过去我气你，只是因为你太能忍受别人的欺负，你太软蛋，没料想你还这么没立场、没原则，见钱就眼开，见财就心动，根本不考虑老百姓的死活！”廖红宇指着蒋兴丰的鼻子，训斥道。

“是，别人都是见钱眼开见财心动的软蛋、坏蛋，都不是个东西，就你一个最革命最干净最硬气最是个东西……”蒋兴丰冷嘲热讽道。离婚后的这一段时日中，在保护自己这一方面，他似乎有了相当的进步。

廖莉莉见好言相劝对这一对“老仇人”不起作用，便冲进厨房，拿出一小桶食油，往那个旧沙发上一倒，划着火柴，叫道：“吵吵吵！再吵，我就放火了！”恰巧这时外面传来敲门声。蒋兴丰趁机向门口走去。敲门的是隔壁邻居。听到这边有动静，知道蒋兴丰家来了客人，热情地给他送来几根南方出产的冬笋。“不麻烦，不麻烦。她们一会儿就走。”蒋兴丰忙推托。楼里住的都是检察院的同事。在同事们面前，蒋兴丰永远是那么谦让谨慎。女邻居笑道：“什么麻烦不麻烦的？你闺女和前妻难得来一次，怎么可以不留她们吃饭？你怕什么呀？几根冬笋又打不倒你的喽。”说着，她把几根又粗又壮的冬笋硬塞到蒋兴丰手里，便转身进了对面自家的门。

回到屋里，蒋兴丰把冬笋扔在厨房里，洗了洗手，回到客厅，只见母女俩已经把泼洒了食油的旧沙发收拾过了。三个人都有些尴尬地又闷坐了一会儿。还是廖红宇先开了口，但多少有一点酸溜溜的意味：“哼，群众关系还不错嘛！”蒋兴丰脸微微一红：“检察院一个同事的爱人，就住对门。听说你们来了，送几根冬笋过来……”廖莉莉立马高兴起来：“冬笋？好吃！”廖红宇狠狠地瞪了女儿一眼：“馋死你！那冬笋是送给你和我的？”蒋兴丰哭笑不得地：“你瞧你！人家说得清清楚楚，就是给你和莉莉的嘛……”廖莉莉说：“妈，您也是的，管她送给谁哩！不吃白不吃。”

这时，蒋兴丰想支走廖莉莉单独跟廖红宇谈一谈，就让廖莉莉上屋里待着去。廖红宇偏不，她说：“有什么事不能当着闺女说的？莉莉，别走。”蒋兴丰无奈地喊道：“你今天就是来找我怄气的还是怎么的？”廖红宇说：“跟你怄气？我还没那工夫！”蒋兴丰说：“你不是要跟我说工作组的事、橡树湾的事吗？那些事能当着女儿说？你干到这个份儿上，怎么一点政治头脑都没有了？”廖红宇讽刺道：“你有政治头脑，吃着审查对象的伙食补贴，骑着人家的自行车，净给人家当跑腿！”蒋兴丰的脸一下又涨红了：“你瞧见谁拿了审查对象的自行车？拿了审查对象的伙食补贴？道听途说就来兴师问罪，你还有理了？”

廖莉莉这时实在听不下去了，便极不耐烦地说道：“得得得，我走，我上屋里去。等我走了，你们再吵。我还懒得看你们俩跟个斗鸡似的，一见面就脸红脖子粗！”说着，真的一甩手起身进了另一个房间，还“砰”的一声把那房间的门用力关上了。等屋里只剩下他们两个人时，这两个人却又沉默地僵持起来。

过了一会儿，廖红宇问：“说话呀，干吗不说话？”毕竟是男人，蒋兴丰先改了口气，做出和解的模样："廖红宇，你今天上我这儿来到底有没有正事？要有正事，我建议咱们双方都不要再用这种口气说话了行不行？自行车的事，有过；伙食补贴、外勤补贴，也有过……"廖红宇马上说道："那你还赖什么赖？"蒋兴丰说："你能耐着性子听我把话说完不？自行车，我下令退还了。补贴，全冻结在那儿了……"廖红宇问："冻结是什么意思？冻结在哪儿了？"

蒋兴丰说："冯祥龙把钱是拨过来了，可我没让工作组的人去领啊，钱还在他账上放着哩。我蒋兴丰在检察系统干了这么些年，连这点警惕性和原则性都没有？你把我当啥了？"廖红宇说："但工作组进点这么些日子了，你们基本上按兵不动，就是不去查冯祥龙和伯季明的问题，这不是捏造，不是道听途说吧？"蒋兴丰叹了口气道："你应该明白，工作组不是独立王国……"廖红宇厉声反驳："但你是组长！是你在指挥这个工作组！"蒋兴丰却说："可还有人在指挥我哩！"廖红宇一惊："是上边有人让你按兵不动？"蒋兴丰马上含糊了："我可没这么说。"廖红宇逼近："那你是什么意思？"蒋兴丰机警地沉默下来。廖红宇耐不住了："说呀！"蒋兴丰以少见的坚决说道："好了，该说的能说的，我都说了。剩下我没说的，就是不能说的不该说的。你也别再追问了……"廖红宇再次发动"进攻"："合着……你把莉莉赶到那个房间去，要告诉我的就是，你蒋兴丰对工作组的现状、对橡树湾的今天完全没有一点责任？合着……你堂堂一个工作组组长，对正在橡树湾发生的这一切，就只有逆来顺受？"蒋兴丰说："你说我还能怎么样？"廖红宇说："伯季明向冯祥龙借了五百万，买走了价值五千万的橡树湾。然后他一倒手，又以两千五百万的价格卖给了我们另一个国营大企业。我们那个大企业还觉得得了个便宜。你说我们这些国营企业的当家人在干啥吗？"毕竟是搞检察的，蒋兴丰问："说这些……你有证据吗？"廖红宇一下拔高了声音："证据？你来跟我要证据？哈哈，真逗！我要有证据，还找你这个工作组长干吗？挂墙上当画看？

你有那么好看吗？”蒋兴丰叹了口气说道：“你就知道要我查、查，你不想想，伯季明不是冯祥龙他孩子的舅，也不是他小姨子的爹，冯祥龙为什么愿意出五百万来让伯季明把自己一个值五千万元的仓储基地买了去？冯祥龙他傻吗？”廖红宇反问：“你说冯祥龙得了伯季明的好处？”蒋兴丰又往回退去：“这话我没说。”廖红宇再问：“那……伯季明走了上层关系，上头有人发了话，让冯祥龙这么干的？”蒋兴丰忙说：“这可是你说的。”廖红宇火了：“你到底要跟我说什么？”蒋兴丰却更平静了：“你先别跟我急，我就怕你急。红宇，你我都四十啷当奔五十去的人了。这档子事的复杂性，不用我说，你也应该能明白。橡树湾这件事牵扯上层很深的关系，你说我能跟你说什么？我能跟你说的就是，在这盘根错节的种种漩涡里，我蒋兴丰能做到的就是，他发我自行车，我坚决退；他补我伙食费，我坚决不会领。我只能保证我蒋兴丰这双手、这个人干干净净地进橡树湾，然后再干干净净地出橡树湾……”廖红宇大惑而不解：“你作为一个工作组组长看着一大堆问题不去尽心尽力地查，你能说你是干净的？”蒋兴丰说：“我愿意查，但是……”廖红宇说：“但是有人告诉你别去查，你就不去查了。对吗？”蒋兴丰说：“我没说有人要我别去查。”廖红宇说：“蒋兴丰，别跟我玩儿这套官场的外交辞令。站在你面前的是你女儿的亲生母亲！如果你只能保证你自己干干净净地过一生，你就痛痛快快地把乌纱帽摘了，回家卖你的红薯去！”蒋兴丰说：“你以为在今天的中国，要保证自己干干净净地过一生容易？我一个地级市的区检察院的副检察长，你还能让我为省里市里发生的一切负责？为这个中国发生的一切负责？你站在这儿跟我吼什么吼？你能耐，你为什么不去查证落实、检举揭发？你为什么不挺身而出去堵枪眼？”

突然被向来木讷的蒋兴丰这么慷慨激昂地数落了一番，廖红宇反倒一下愣住了。这时，廖莉莉围了个围裙，拿着一个大个儿的冬笋，走了过来，问：“妈，这玩意儿怎么收拾？外面一层一层的这么多的硬皮儿……”

刚才还呆站着愣愣地不知怎么回答蒋兴丰的廖红宇，这时一下冲到廖莉莉面前，夺下冬笋，拉着廖莉莉就往楼下跑去。跑到楼梯口，廖莉莉一边解围裙，一边叫道："这还没还给我爸哩……"廖红宇一把夺过围裙，扔在楼梯口，拉着女儿冲出了楼门洞。

回家的路上，廖红宇突然一阵头晕，把着车把摇晃起来。廖莉莉忙下车来扶廖红宇下车，心疼地嗔责道："至于吗？把自己气成这样！"廖红宇在马路沿儿上喘喘地坐了一会儿，这才推着车，又慢慢地走了起来。走了一会儿，她突然站住，看看廖莉莉，问："莉莉，你说，我怎么会跟你爸这么个男人过了那么些年？"

廖莉莉心里突然一阵难过，赶紧说："妈，您别这么说我爸……爸是个好人……"

廖红宇怔怔地又问："那……我是坏人？"

廖莉莉赶紧说："您也是好人。"

廖红宇愣愣地又站了一会儿，心里突然也难过起来，迟迟疑疑地再问："好人……那为什么两个好人还过不到一块儿呢？"

廖莉莉的眼圈立即红了，腾出一只手来紧紧搂住妈妈，恳求道："别说了……求求您，别说了……"

38

方雨珠和两个女伴儿好不容易把满满一车冻鱼蹬回家，卸完鱼，直兴奋——她估计，整好了，这一趟就能挣一千来块。这时，方父踱过来，瞅那鱼，踅摸着问："这鱼新鲜不？"方雨珠伸出老头鞋踢踢那一块块冻鱼，不屑地说道："全冻在冰块里，一疙瘩一疙瘩的，能不新鲜吗？路过新新超市，我瞧这电手炉挺适合老年人用的，给您和我妈一人买了一个。听售货员说，充一回电，能使三四个小时哩。”方父笑嗔道：“钱还没到手，就开始烧包了！”方雨珠得意地说：“您不知道这鱼最近在菜市场卖得有多火！做水产生意的都知道，这鱼到手，就等于钱到手。没跑！我还给我哥买了一件夹克。您猜才多少钱？一百七十六块，南韩重磅绸。两个月前还卖四百一十块哩。就我哥那条儿、那块儿，穿着准帅呆了。您不知道，最近所有的商场都疯了，啥都在甩卖。五折六折，还有的都卖到三折二折！嗨，跟您说这没意思。我哥呢？又滑冰去了？”方父叹道：“大概吧！”方雨珠有点不高兴了：“爸，您一点也不关心我哥。您没觉得他这一段情绪特别不对头，心理压力特别大……”方父忙问：“你听说啥了？”方雨珠犹豫了一下说道：“那倒没有……”方父说：“那压什么力？”方雨珠又犹豫了一下：“他不上班……可最近又置了个新呼机，还置了个手机……您没发现？”方父一听，原来还是这一档子事，就放了心。方雨珠却说：“您不信？”说着，就要去屋里取那两件东西。方父忙说：“别去翻你哥的东西。”方雨珠却说：“他现在没啥可保密的了。”

方雨珠去方雨林床上翻找了一阵，没翻到手机，只翻出一块手机电池和一个充电器。方父说：“快给我放回去！”方雨珠说：“爸，您不想想，哥好些日子不上班了……再说……再说这一段他在单位里，日子也并不好过……您说他哪儿来这个钱？哪来这个心情去露富置手机？这两天更怪了，从来就最讨厌滑雪滑冰的他，居然也跟个闲人似的，背着冰鞋老在河边上晃来晃去……”两个人正说着，方雨林拿着冰鞋和别的一些滑雪用具踽踽地走进屋来。方雨珠忙拿起桌上一个塑料菜罩，把那块电池和充电器罩住。但方雨林已经看到了。

方雨林倒也没跟方雨珠急，放下东西，只是去菜罩下取出电池和充电器，问方雨珠：“一早去哪了？”方雨珠脸红了红，忙说：“干活呗。哥，你试试这件夹克……”“我问你去哪儿了？”方雨林又问。“干活……”方雨珠支吾道。"去哪儿干活了?"方雨林非得问个水落石出。方雨珠急了:"你干吗呢?审犯人?"方雨林板起脸:"你怎么又想起要做买卖了?"方雨珠不服气地:"我做买卖又怎么了?丢你当哥的人了?"方雨林说:"跟你一起去拉鱼的那老娘们儿……"方雨珠脸大红:"什么'老娘们儿'?别说得那么难听。她是我最要好的姐妹,才比我大两岁!"方雨林说:"才大两岁,就老成那样?"方雨珠说:"她又不嫁给你,你管人家老不老哩!"方雨林问:"你知道她家里的情况吗?"方雨珠说:"她男人进过戒毒所,也不是她进过戒毒所。就算是她进过,我就不能跟她来往、不该跟她来往了?你们当警察的不是经常教育大伙儿,不要歧视那些失足的人,要给他们足够的关爱,让他们产生足够的信心和力量去拒绝诱惑……"方雨林说:"别跟我贫嘴。你知道她那些鱼来路正不正?"方雨珠说:"鱼是我跟她一起去趸批来的。一手交钱,一手交货,有啥不正的?现在满大街都是卖这鱼的人,就我跟她不能卖?"方雨林说:"我就是担心,这鱼不是本地产的,前些年也没见过,怎么一下子满大街地卖起来了……来路是不是有问题?"方雨珠反驳道:"从前没有卡拉OK迪厅和保龄球,没有可口可乐、雪碧和XO,没有个体餐馆,更没有男孩子留长发、女孩子露肚脐眼儿的。可这些,现在满大街都是了。你能说它们都来路不正?"

这时,方雨林腰间的呼机"嘀嘀"地响了起来。方雨林匆匆看了一下呼机:"我去回个电话。"方雨珠冷笑道:"你不是有手机了吗?拿出来使吧。"方雨林支吾道:"手机是借人的……""借了,不就是用的吗?"方雨珠说道。"是用的,但屋里信号太弱,我上外头去打。"方雨珠又冷笑笑:"行了,我伟大的哥哥,你刚才审问了我半天,现在你是不是也该向老爸和我坦白坦白了?你最近偷偷摸摸到底在干什么?突然就这么阔了起来,置上了手机,还置了第二个呼机。回电话还非得避着我和老爸,说什么屋里信号太弱。你真把我当老帽儿了?我没置过手机,还有点手机的常识。咱家这破平房能挡住手机信号吗?你蒙谁呢?你到底在干啥?"方雨林急着要上外头去回电话，便说："干啥不干啥，等我回了电话再跟你说。"

方雨珠却要起横的来了，说了句："不行。"

方雨林一跺脚："那边等我回话哩！"

方雨珠逼问："那边是谁？"

方雨林说："那边是我的领导，是我的组织。"

方雨珠大声反驳："瞎说。你现在已经被公安局停职反省了，还什么领导组织？"

方父一直还不知道这"消息"，听说方雨林被"停职反省"，着实吃了一大惊，忙问："你……你咋了？停职反省了？"

方雨林狠狠地瞪了方雨珠一眼，搪塞道："您别听雨珠的。"

方雨珠跺着脚："爸……"

方雨林急叫："雨珠！"

方父推开方雨林，逼到方雨珠面前说道："说！跟爸说实话！你哥到底怎么了？"见方雨珠那一副万分矛盾的模样，便声嘶力竭地催促道："快说！"

方雨珠看看哥哥，又看看父亲，犹豫了好大一会儿，终于说道："爸……我哥停职反省的事，是我胡乱编造的……"

方父一愣。方雨林长长地松了一口气。方雨珠却难过地跑进了小房间，"砰"的一声用力关上了房门。这时，方雨林腰间的呼机再次又"嘀嘀"地响了起来。显然，马副局长那边已经急得不行了。方雨林一边向外走去，一边掏出手机赶紧拨号。方雨珠想看个究竟，便悄悄地跟了出去，猫着腰，在方雨林身后二三十米的地方跟着。

马副局长通知方雨林去参加一个案情分析会。"家里怎么样？没事吧？"他还挺关心方雨林家里的情况。"哎哟，怎么会没事？一个老爸，一个小妹，见我这么干耗着，都跟我急了……"方雨林答道。他巴不得马副局长即刻解除禁令，让他名正言顺地干一番。"再坚持几天吧，外围组的同志搞得相当有眉目了。详细的电话里不便说，见面再谈。"马副局长安慰他道。这时，他已走到河边一堆砂石料旁。这里空旷无人。不远处只有几个硕大的下水道水泥管子堆放在那儿。方雨林收了手机，继续向前走去。但走着，走着，突然一个转身，往回走了。方雨珠忙一纵身，躲进路旁那硕大的水泥管子里。她以为方雨林还没觉察到什么。方雨林的确也目不斜视，快步地只顾自己走着。但走到水泥管子的另一端出口时，他突然一个转身，冲到管子口前，把方雨珠堵在了里头。

方雨林严厉地："谁让你跟踪我的？"方雨珠羞愧地低垂着头："我没在跟踪……"方雨林斥责："还嘴硬？"方雨珠说："我就是想知道你最近到底在干什么？"方雨林说："管好你自己！"

这时，方雨林腰间的BP机又"嘀嘀"地响了起来。方雨林看了看BP机，拿出手机，对方雨珠说了声："你待在这儿别动！"而后，向远处走了十来米，用手机跟谁通了话，然后又跑了回来，对方雨珠说道："我得赶紧走了。"

方雨珠委屈地："谁不让你走了！"

方雨林诚恳地："你要相信我……"

方雨珠说："谁不相信你了！"

方雨林说："你也不想想，我有这么好的一个小妹，有这么好的一个老爸，有这么好的一个家，你说我还能干啥对不起人的事？"

方雨珠心里一热，眼圈一红，低下头去，不作声了。

告别了方雨珠，方雨林快速地骑着自行车来到一家电影院门前。刚才的电话是郭强打来的，让他赶紧到这儿来跟他见面。电影院休息厅墙上挂着一些过时的电影海报，一些新秀老星们的大幅彩照。也许因为是白天，休息厅里没多少人，显得格外冷清。郭强见方雨林走了过来，忙迎上去，把他带到电影院休息厅的一角。

"昨天我上丁洁家去还电脑，遇见周密了。"郭强匆匆说道。

方雨林暗自一惊，忙问："他去那儿干啥？"

郭强说："看那样子，他跟丁洁一家人挺热乎的。会不会……他跟丁洁处上对象了？"方雨林说："不会吧，他俩差十来岁哩。"郭强说："你这才叫不知行情哩。眼下女孩子们兴的就是这股风，追事业有成的大男人。相差十来岁怕啥？那才有成就感哩。反正我把这信息告诉你了，你还是得注点儿意。"方雨林还是不信："不会不会，丁洁不是那种找棵大树好乘凉的女人，这我了解。"郭强却说道："反正情况我都告诉你了，该怎么处理，你自己拿主意。总而言之，这件事，于公于私，站在你的立场上，你都大意不得。你说呢？"

39

那天上班没多大一会儿，廖红宇像往常一样，独自一人在办公室里闲得百无聊赖地翻看着当天的报纸。一个女办事员匆匆走进隔壁屋里，低声跟其他办事人员说道："嗨，橡树湾工作组那帮人来了，说是要找大伙儿个别谈话，了解情况哩。"一个男办事员冷笑了笑道："管什么用啊？画猫吓老鼠！"

廖红宇听说蒋兴丰来了，便起身收拾了自己的东西，向外走去。她不想在这儿跟蒋兴丰照面。她觉得都有所不便，尤其是在得知橡树湾的群众对他这个工作组有那么多的意见，并且又跟蒋兴丰吵过那么一架以后，她更不想在九天集团公司总部正面跟他接触。不巧的是，她急匆匆走到电梯口时，正遇上蒋兴丰等人出电梯。而陪同工作组这一帮人的正是冯祥龙。

蒋兴丰一抬头看到了廖红宇，廖红宇也看到了蒋兴丰。他俩都愣了一下。没等蒋兴丰反应过来，廖红宇忙把头一低，转身向楼梯口走去了。等她走到大门口时，楼上的电话已经追到楼下的门卫值班室了。年轻的值班员接过电话，忙叫住廖红宇，告诉她，工作组的同志请她上楼去，他们想找她了解点事儿。廖红宇匆匆地说了句："告诉他们，我没啥可说的。你就这么答复他们。"便推开大门，跑了出去。廖红宇在外头整整"游逛"了一天。说她漫无目的也可，说她惆怅蹀躞也可。一生好强的她，偏偏干什么什么不如意，即便是婚姻家庭居然也如此地坎坷不顺，实在让她开始怀疑起自己，到底还应不应该这么自信和好强……直至傍晚时分，廖红宇累了。不远处一座砖砌古塔在冬日夕照的辉映下，显得格外沧桑雄奇。寒风飕飕，她忽然想起白娘子和雷峰塔的故事，心里又一阵酸涩。

有人走了过来，而且离她很近。廖红宇打了个哆嗦，忙警觉地转身抬头去看，却是蒋兴丰。廖红宇扭头就走，蒋兴丰忙拦住她说道："我找了你一整天。"廖红宇说："你们没有解决问题的真正愿望和决心，我也没这个时间和兴趣陪你们演双簧。"蒋兴丰说："我今天找你，不是要跟你谈橡树湾的问题。"廖红宇说："别的，我们就更没啥可谈的了。"蒋兴丰却说："我想对你提一点忠告。"廖红宇一笑："对我提忠告？哈哈，蒋组长，你是不是过于操心了？"蒋兴丰却不为她的讽刺挖苦所动，依然十分认真地说道："希望你能吸取在东钢那会儿的教训……"廖红宇忙警觉地反问："我在东钢怎么了？"蒋兴丰说："当时你没拿到任何证据，就到处去告状……"廖红宇说："你要求举报人非得拿到证据了才能去写举报信，这要求是不是有点太高太苛刻了？"蒋兴丰说："我不是在跟你谈别的举报者，我只是在说你，只是在为你着想。你这个人太好冲动，往往听风就是雨。你手里没有足够的证据，一下子把事情捅了出来，最后的结果咋样？没伤了别人，却狠狠地捅了自己一刀，搞得自己没有立身之地，让人从东钢赶了出来。我怕你不吸取教训，到了九天集团还这么傻干，又耐不住性子上蹿下跳，结果又要从九天集团被赶走！"廖红宇冷笑笑："谢谢！"蒋兴丰说："我已经听到不少对你不利的说法了。"廖红宇大声地又说了一句："谢谢！"便转身走去。

晚上，饭菜已经端上桌子了，廖红宇却仍一动也不动地闷坐在客厅的沙发里。廖莉莉催了一遍又一遍，廖红宇这才一声不响地走到桌旁坐下。

廖莉莉一边盛饭，一边嗔责道："我爸这人，也真是的，吃饱了撑的！"廖红宇略略一愣："你怎么知道我在跟你爸怄气？"廖莉莉说："他下午给我打了个电话，还让我继续做您的工作。"廖红宇拿起筷子夹了点菜搁在饭上，叹了口气道："但你爸今天那许多废话里，有一句是说到点儿上了……他说，得拿到证据……"廖莉莉忙问："啥证据？您又想告谁？"廖红宇摇了摇头，却不说话了。

第二天廖红宇照常去上班，一切情况依然跟往常一样，别人都在忙着，她还是闲着。但她今天的神色跟往常却不一样，一边看报，一边却不时偷眼打量着办公室的各位成员。过了一会儿，跟在场的几位男女同人打了声招呼，便走了出去。走到财务部的门前，刚想敲门，驻足想了想，并抬头看了看墙上的石英钟。石英钟上才指向两点二十五分。她便没敲门，按捺住自己，又回到办公室，继续看她的报。一直等到四点二十五分，其他办公室的办事员开始下班了，门外过道里响起杂沓的脚步声和喧嚷声。有人推门探进脑袋来嚷嚷："还不走啊，等着塞红包呢？"那个电脑女操作员忙对廖红宇说："廖助理，回家喂脑袋吧。"廖红宇说："你们先走，我还有点事……"一个男办事员笑道："您研究了一天的《人民日报》，还没够？"办公室里顿时响起一片淡淡的取笑声。廖红宇的脸微微一红，强忍住道："你们先走……"等大部分人都走得差不多了，廖红宇推开财务部的门，走了进去。

廖红宇寒暄道："还忙着呢？"

财务部的老龚头一副爱理不理的样子："啊。"

廖红宇谦逊地说道："麻烦您一下，冯总让我搞一份最近两年经营情况的分析报告。我想看看这两年有关的财务账册和报表。"

老龚头从老花镜片上方抬起眼皮反问："让你搞经营情况分析报

告？”他显然不信。

廖红宇故作镇静地解释道：“我手头一直没什么活儿。大概冯总看我闲得慌，挺可怜我的吧，给点活儿让我活动活动腿脚。牛拴在桩子上不也是老吗？怎么？您是不是觉得我这个正科级的总经理助理都不够这个资格来搞这样的分析报告？您不信，可以打个电话问问冯总。”说着，拿起电话机递到老龚头面前。她如此坦诚，倒使老龚头收敛起那点冷漠，说道：“嗨，跟我说那干吗！”于是掏出一大串钥匙，去开身后那个大铁皮保险柜的门，准备给她取那些账本了。但刚把门打开，突然又“哐”的一声把门关上了，转过身来，对廖红宇说：“你们总经理办公室有一份备份的账册，报表也挺全的，都在小汪那里保管着。你们那台电脑里还存着最新的情况。”廖红宇说：“我要的是内部存档的真账，不是对付审计局的那一套假账。”老龚头警觉地打量了廖红宇一眼，忙说道：“我们没假账。”廖红宇笑道：“行了行了，跟我玩儿这个！现在哪家公司没两套账？这是冯总交的任务，你说我该看哪套账本？”老龚头犹豫了一下说道：“小程电脑里存的和小汪保管的那一套，都是正本。”

廖红宇怕小汪或小程下班走了，赶紧回来，办公室里只剩下小汪一个人了。小程已经走了。她忙问：“小程走多大会儿了？”小汪说：“哎哟，那可说不好，怎么也有三五分钟了吧？”廖红宇忙推开窗户去看。果不其然，从楼上看下去，电脑操作员小程已经走出总部大楼，正向一辆出租车走去。廖红宇忙探出身去大声叫喊：“小程！小程！”但此刻马路上正值下班的交通高峰。人潮汹涌，车水马龙，廖红宇的那点叫声，早就淹没在那一片腾起的嘈杂声中。小程全然不觉地上了出租车。廖红宇有些沮丧地关上窗子。小汪问：“怎么了？”廖红宇试探着：“你手上存着一套财务账本？”小汪不置可否地说了声：“啊……”廖红宇便把刚才对老龚头说的那番话，又对小汪说了一遍，动员小汪拿出那套账本来给她看。小汪说：“调看那套账本，得经冯总批准。”廖红宇说：“我这个总经理助理要看一下账本都不行？”小汪为难地说：“这是规定，概莫能外。”廖红宇看了看墙上的石英钟，知道这时候冯祥龙肯定已经离开办公室了，便向他办公室打了个电话，而后对小汪说：“冯总屋里没人，你听听，我上哪儿找他？我这个总经理助理要看一下账本都不能通融一下？你，是不是也有点太不把我这个总经理助理放在眼里了？”这话分量不轻，说得小汪犹豫起来。廖红宇趁势又“逼”了他一下：“那这样，你不是有冯总的手机号吗？你向冯总请示一下，就说你对我这个助理挺不放心的……”小汪只得说道：“廖助理，您要这么说，我们就没法活了。我们也是听喝儿的，干吗要跟您过不去？可冯总丢下这话了，就不能不照着办。”廖红宇说：“我不是让你们不照着冯总的意思办，我只不过也想跟你们一样，为咱们集团公司做一点事情，出一点力。我不能白白拿公司这份工资。”小汪说：“这一套账本绝对不能拿回家……不管是谁都不行。这是规定……”廖红宇说：“那当然，我就在这儿翻翻，绝对不拿回家。”小汪说：“明细账是绝对不能看的。您要搞情况分析，看看年度汇总报告也就可以了。”廖红宇忙说：“行，行。年度汇总报告也行啊！”小汪又迟疑了一会儿，终于掏出钥匙，打开了那个装备了密码锁的保险柜柜门，把那些年度汇总报告交给了廖红宇，自己便上隔壁文印室去复印东西去了。也许是大意，也许是怕麻烦，也许以为自己就在隔壁，小汪取出那些年度报告后，居然没把保险柜的门锁上。这样，廖红宇透过虚开着的柜门，便看到那一本本厚厚的装订好的明细账本在里头整整齐齐地码放着。每一本的脊背上都贴着统一的年月标签：“一九九五年十月”、“一九九六年一月”、“一九九七年二月”、“一九九八年五月”……这，正是她需要的东西。

不一会儿，小汪关掉复印机，拿着一摞复印好的文件走了过来。见廖红宇挺“老实”地在翻看年度报告，也没动柜子里的任何东西，便说：“看不完，明天接着看。”廖红宇便“请求”道：“再看半小时，怎么样？”小汪大度地答应了：“行，过半小时我再来。”说着，他拿起那些复印好的文件便向外走去，居然又没锁那柜门。于是，廖红宇的心一下狂跳起来，等了一两秒钟，又等了三五秒钟，听着小汪的脚步声在过道里远去，她立即把办公室门锁死，扑到保险柜前，紧张地在账册中翻找到她想要的那几本明细账本，冲到文印室去复印起来。

小汪到楼下传达室把刚才复印好的文件一份一份地分开，分别放进标着本集团各部室名签的木格子里，这都是一些要下发的文件。不一会儿，他心神不定起来，总牵挂着楼上的情况。又过了一会儿，他想想还是怕出什么意外，便一个电话打到了冯祥龙的手机上。冯祥龙正在行驶的凌志车里。听说廖红宇要看账本，不觉吃了一惊，忙大声喝斥道："她搞什么营销状况报告？"小汪说："不过……我没让她看明细账本……"冯祥龙斩钉截铁地说："年度汇总报告也不能让她看！"小汪忙撂下手里的活儿，向楼上冲去。廖红宇听到小汪急促的脚步声向这儿跑来，已经意识到小汪可能跟冯祥龙通过电话了，她略有些慌神，赶紧整理已经复印出来的账页。有些账页却从桌子上掉到地上。她手忙脚乱，额头上渗出一片细细的汗珠。她竭力控制住自己的情绪，让战栗的手保持平静。待小汪冲进办公室的门时，她已经回到刚才的座位上，账本也已经被放回保险柜。复印好的账页不知被藏到什么地方去了，反正从表面上已看不到它们了。廖红宇装得十分镇静，故意抬头去看着墙上的石英钟，问："到时间了？"小汪急喘："对不起，刚才冯总来电话，这年度报告也……也……"廖红宇忙说："也不让看是不？没关系，不让看就不看。"说着，泰然自若地把那两份年度报告交还给小汪，拿起自己的背包，便走了。

小汪收拾起年度报告，放回到保险柜里，又检查了一下保险柜里的账本，见一本也没少，松了一口气，锁上保险柜的门，想下楼去把刚才没做完的活儿继续做完，冯祥龙却急急忙忙地赶了回来。

冯祥龙忙问："廖红宇呢？"小汪说："走了。"冯祥龙问："那年度报告呢？"小汪说："在哩，我没让她拿走。"

冯祥龙忙打开保险柜细细地检查了一下，确实没少。他呆站着想了想，脸上忽然闪出一丝惊恐的阴影，大步走进文印室，伸手去摸复印机。复印机是热的。他一惊。"这机器怎么是热的？"他问。"我……我刚用过。"小汪忙答。"你啥时候用的？""四十多分钟前吧。""你复印完了，关没关机器？""关了。""关机四十多分钟了，这大冬天的，它为什么还会是热的？"小汪一愣："那……也许是我没关吧……"冯祥龙厉声喝问："你到底是关了，还是没关？"小汪想了想："关了，我……肯定是关了。"冯祥龙再问："当时办公室里还有别人没有？"小汪十分肯定地："没有，就廖助理自己。"冯祥龙断定："她肯定复印东西了……她肯定把账本复印走了。"小汪问："她干吗要复印账本？"冯祥龙大声喝斥："别问了，快去截住她。"

但奇怪的是，他们火速派车派人分头去寻找，几乎找遍了所有能找的地方，却都没能找到廖红宇。他们甚至赶到她前夫蒋兴丰的住处去找了，也没有。冯祥龙赶到公司时，廖红宇离开还不到十分钟。在这么短的一个时间里，她怎么可能消失得无影无踪？这实在让冯祥龙恼怒得不知所措。天色渐渐地暗了下来，冯祥龙还守候在九天集团公司总部大楼他自己的办公室里，等待最后的消息。当最后一批人马打回电话告诉他，仍没有找到廖红宇时，他真火了："这臭娘们儿！留一辆车守在她家门前，再派一辆车去东钢她过去的熟人家找找。一定要给我找到她！"他真急了。假如她真的把那几本账本复印走了，可真要坏大事了。

40

廖红宇走进市中心一个平民区的一条老街。老街窄窄，老街弯弯，老街暗旧。出租车无声地行驶。这样的老街在我们这个古老国家的许多大中城市里比比皆是。它们往往阴差阳错地坐落在繁华商业区的夹缝中，又被一些新兴大厦投射的阴影掩蔽。它们表示着许多的无奈、琐小、繁杂和叹惜，记录世纪变迁的艰难和历史的深重，但又以此保存起人们一丝怀旧的温馨。昏暗的街灯在稀疏的树枝背后闪烁，一方面竭力凸显私营诊所那窄小的门脸，另一方面反衬众多发廊、“洗浴中心”的俗艳斑斓，还有一些兜售 VCD 光碟的中青年女人，她们怀里揣着的是那种所谓的“毛片”。你可以常常看到一些穿着旧棉大衣的中年男人在街边的暗处，跟她们悄悄地讨价还价着，那这些人一定是些低级的公务员。一冬扫起的雪，锥形地堆在街边。雪堆外早已结了一层冰壳，实在是脏得可以。

出租车走得很慢，慢的原因并非是老街里行人太多。恰恰相反，这一时刻是晚饭当口，可以说是一天里街面上行人最少的时刻。车行慢，是因为廖红宇记不清她要找的那户人家的确切位置了。多年没光顾此地，记不清了。她得伴随着追忆，来给司机指路。她要找的那户人家是整个街区里一户普通到不能再普通的居民。此刻，全家人正围在唯一的一张小圆桌旁吃晚饭。这里的居民当然没那个条件在自己的住房里再划分出一个叫“餐厅”的空间。吃罢饭，把暂且放到床上的那台电视机抱回到桌上来，这里便成了“客厅”。如果儿女们还要做功课，那么这个小圆桌自然还得归他们使用。想看“通俗”电视剧的老人或男女主人只能悄悄地围在大床跟前，把音量放到最小的限度，再跟剧中的主人公们一起嬉笑抹泪。男主人面前照例比旁人多一小盅酒。平时喝当地出的烧酒，今天喝的是北京二锅头—— 一位老朋友上北京去开订货会回来时带给他的。北京二锅头在这样的餐桌上，自然要算是“名酒”了。喝到第二盅时，有人敲门。女主人放下碗筷，出去开门。过了一会儿，女主人回到饭桌旁，耷拉着难看的脸，冷冷地对男主人说道：“老情人找！”

男主人一愣。

女主人撇撇嘴道：“快去吧！”

因为儿子也在场，男主人特别难堪，便说："你说话别那么难听！谁的老情人？"

女主人撇撇嘴又说道："廖红宇来看您了，大官人！"

男主人一下就火了："我说你吃饱了撑的，还是怎么的？八百年前一个伤口，你就老拿刀拨弄，老往里撒盐！"女主人戗戗道："是我老往你这伤口里撒盐，还是她老往我这伤口里撒盐？"男主人说道："你什么伤口？我都跟你叨叨过一千遍一万遍了。当年我跟她还是小青年，就处了一年多的对象，要死要活地也就这么点事儿……"女主人哼哼道："你听听，就一年多，还要死要活！我看你是刻骨铭心，永世不忘哩！"男主人说道："那你要我怎么着？拿枪去崩了她？拿刀去砍了她？"十六七岁的儿子不耐烦了："哎呀呀，你们真无聊！"

这时，廖红宇突然走了进来。全家人——主要是男主人，当真吃了一大惊。廖红宇歉疚地对女主人说道："真对不起，外头风太大了，我都快要冻僵了……"儿子迟疑了一下后，还是给她拿了个板凳。廖红宇没坐，但还是说了声："谢谢！"然后又说："儿子都这么大了？有一件急事，我不得不来求你们全家……一件非常紧急的事，请你们帮我一个忙！"

沉默。谁也没答腔。不好答腔。过了一会儿，儿子说："阿姨，您坐着说嘛。"廖红宇还是没坐，只说："你们先吃饭吧。"而后她就上过道里待着去了，等全家人吃完饭，收拾了碗筷，她便把这些日子里发生在九天集团公司和橡树湾的那些事情，一五一十挑主要的说了一遍。

"五千万元的国家财产，他五百万元就卖了？妈的，这里一定有猫儿腻！"男主人果然被震动了。"好多国营企业为什么垮？为什么总也搞不起来？就是这些败家子儿厂长经理给闹的！一个是懒，一个是贪，再一个是没能耐，净靠着吹牛拍马讨好上级爬上来的，没一点儿真本事。最可怕的就是变着法地捞啊，把国家的工人的都变成自己的！"儿子也跟着说："报上不早说了，穷庙富和尚。这就是中国特色！""和尚也穷得丁当乱响，就富了那些当家方丈，一个个捞得肥头大耳、滚瓜流油、三妻四妾的。不把这些偷嘴的花方丈抓净了，这庙没法好！”男主人继续愤愤不平。“抓净了？哼，你说得轻巧！”还是女主人比较理智，她不相信所谓“抓净了”这种说法。她的理论是，反腐败这种事，光靠单位自己来做，希望渺茫。“这道理就跟人是绝对不可能用自己的双手来掐死自己一样。”她有根有据地说着。廖红宇担心他们一家人会就此没完没了地讨论下去，便忙说：“我想办法把九天集团这两年的明细账搞到手了。”

男主人一惊，忙问：“是吗？明细账？这可有看头了！”

廖红宇说：“我在财务方面不是太懂，你不是多年的老会计嘛，我想请你帮忙瞧瞧……”

男主人在答复廖红宇的请求前，似乎“心有余悸”，特地察看了一下女主人的脸色。岂不知，女主人偏偏绷着个劲儿，就是不表态。于是乎，屋子里的气氛顿时微妙起来，并且再一次变得十分安静。

廖红宇恳切地说：“我现在不能回家，冯祥龙肯定疯了似的在四处找我，要追回这套账本（她一点没说错，就在这同一时刻，冯祥龙正给东钢所在地的派出所指导员、他的一个好朋友打电话，让这位哥们儿动用他的警力和关系网，设法在东钢地区“就是翻个底儿朝天，也一定得找到这个丫挺的”）。我本来想找个旅店住下，然后再请你上那儿去帮我一下忙。坦白地说吧，我觉得把你找到旅店去，嫂子会更不高兴。再说，冯祥龙神通广大，公安上有他不少哥们儿，他一定会动用他那些铁哥们儿上全市的宾馆旅店找我……”（廖红宇算是个精明的人。她要真去了宾馆旅店，不出一两个小时，冯祥龙的那些哥们儿就能把她找到。）

女主人静静地问：“这事儿，非他不可？你不可能只有这么一个会计朋友吧？”

廖红宇忙答：“是，我还有别的当会计的朋友。但是这件事太重要了，也太机密了。我合计来合计去，能跟我一起承担这个风险的，也许只有你们这一家人。而且我只有今天晚上这一夜的时间。因为我不可能到了明天白天，仍不出现在他们跟前。如果找不到告倒他们的证据，我就要向他们认错……因为我毕竟是偷偷地复印了这些账本。对于任何一个企业来说，这属于自己的企业机密，是受法律保护的，不允许任何人窃取，除非持有正式的法律手续来索取。冯祥龙可以凭这一点，把我告到法院去。”

男主人犹豫了一下，问：“你跟那个冯祥龙有什么私怨？”

廖红宇立即答道：“你把我看得太坏了！”

男主人嗒然一笑道：“你啊，还是那个老脾气。你说这二十年，中国什么没变？全变了。你为啥就不能变一变？你干吗非要冒那么大的风险，跟人较这个劲儿……”

女主人不爱听了，啐他：“多余问的！今晚，就辛苦您老人家了，帮着廖主任好好查一查账吧。”而后转身对廖红宇说：“我们家不大，只有里面那个小屋，还安静一点……是我儿子的……”

儿子忙说：“我今晚就睡外头沙发上了。让爸跟这位阿姨在我的小屋里查账。”

这时廖红宇心头一热，没等她说出什么感谢的话，只听女主人又对儿子说道：“你桌上那个台灯灯泡不是不亮了吗？赶紧去胡同口小卖店里买个二十五瓦的灯泡来……”廖红宇忙说：“没事没事，就用上边的大灯……”女主人说：“今晚你们得战斗一整夜哩！还是用台灯好。”说着就催儿子快去，还特地叮嘱道：“上外头见着你那些朋友和同学，千万别乱说。”儿子嚷了句：“哎呀妈，你可真是够累的！”说着拿了钱就向门外跑去。一会儿又跑回来说：“给阿姨和我爸再买点夜宵吧？这一晚上可够他们熬的。”女主人忙说：“对对对，我怎么把这碴儿给忘了，还是我儿子脑袋瓜儿管用。”说着又赶紧掏钱。廖红宇心里又一热，忙说：“不用不用……”女主人便说：“你瞧瞧你们这些人，官不大，都虚了吧唧的。一点夜宵又怎么了你了？”这时，廖红宇再也忍不住了，鼻子一酸，眼眶里热热的，心里就像是打翻了十七八个调味瓶似的，嘴里刚说了声：“谢谢……”大滴大滴的眼泪便成串地“吧嗒吧嗒”地往下掉。她呜咽着忙转过身去。廖红宇这么一动真情，女主人一时不知发生了什么，茫然地问：“怎么了？我说错啥了？”廖红宇忙又转过身来，连声说：“没有没有……”同时，眼泪仍然止不住地流下来。女主人还在惶惶地解释，想求得廖红宇的谅解：“廖主任，一开始，我是不太愿意你上我家来……”廖红宇鼻子更酸了：“不是不是……”女主人说：“我真不知道你是为这事儿来找孩子他爸……你别跟我这种平头百姓退休女工计较……”廖红宇哭得更厉害了，连连地说道：“不不不……不不不……”女主人眼圈也有点红了：“往后你只要是查那些乌龟王八羔子们的账，尽管上我们这儿来。我们全家不吃不喝不睡，也给你腾地方，给你做好吃的！”事情发展到这一步，廖红宇终于忍不住了，一下坐倒在凳子上，双手捂住自己的脸，放开嗓门，痛痛快快地哭出了声。

第二天上午，果然不出廖红宇所料，一上班，冯祥龙就直奔她的办公室来找她。当时廖红宇不在。她撂下皮包，就上大楼隔壁的邮局寄信去了。冯祥龙拿起廖红宇的皮包细心地摸了摸。显然是看包里是否藏着那套复印件。小汪在一旁忙提供了一个情况：“她一来，就从包里取出一个什么东西放进她这个抽屉里了。”冯祥龙立即问：“啥玩意儿？”小汪说：“没怎么看清楚……”他又回头问那个女办事员：“你看清了没有？”女办事员摇了摇头。冯祥龙让女办事员上她包里找开抽屉的钥匙。女办事员觉得私自去别人包里掏东西，总是不好，便犹豫，后来在冯祥龙一个劲儿地催促下，只得勉强地在包外头摸了摸说：“好像……没有……”冯祥龙不耐烦地啐了她一句：“在外头摸个什么劲儿！”于是自己动手把包翻转过来，往外一倒，稀里哗啦，包里的东西便杂七杂八地撒了一桌子。但没有钥匙。于是冯祥龙命令小汪拿改锥来，把抽屉上的锁给撬了。

这时，廖红宇把一封已封好的挂号信递进邮局的营业窗口，信封上写的收件人是“省人民检察院反贪局举报处负责人收”。

寄信人的地址是她随意编造的，寄信人姓名写的是“民心”。邮局工作人员看了看那名字，问：“民心？这是你的名字？”廖红宇反问：“怎么了？我不可以叫民心？”邮局工作人员用心地打量了一眼廖红宇，又着意去瞟了一眼那收信人姓名，似乎明白是怎么回事了，便小心翼翼地把信放到身旁一个金属筐里，再不说什么了。

廖红宇回到经理办公室，冯祥龙已经走了。她不仅觉出此刻办公室里的气氛不对头，很快又发现自己的抽屉被人撬了。她一下子站起，极愤怒地问道：“谁干的？”乖巧的众人自然不肯作声。廖红宇便大步向冯祥龙办公室走去，想当面责问他一下。走到冯祥龙办公室门口了，甚至都已经伸手抓住门把了，她稍稍冷静下来想了想，对自己说，何必呢，现在要跟他计较的不是这些小小不言的不恭，走着瞧吧！于是收回手，正想离开，门却开了。

开门的正是冯祥龙。冯祥龙很客气地把她迎进办公室。“你来集团公司这么长时间了，我也没得空儿跟你好好地唠一唠。这一段，太忙了。中午，我们去‘明珠酒楼’坐坐？”

廖红宇知道这几句话只不过是个“开场白”，真的去了“明珠酒楼”，那也肯定是一桌“鸿门宴”，便采取后发制人的战术，一声不吭，默等着看他下边将说些什么。

“我知道，把你从东钢调这儿来‘赋闲’，你心里挺不是滋味。你是个实实在在干事的人。过去我对你不了解，也不清楚你到底能不能在我这儿干长了，也就不敢给你一个实实在在的位置，闹了一点不大不小的误会。我这个人，你以后处的时间长了，就知道了，绝对是个爽快人，只要别人对我够朋友，我对人也绝对仗义，绝对没得可挑。集团公司还缺一个管人事的副总经理，我考虑了一下，你原则性强，顶这个位置比较合适。”冯祥龙有板有眼地说着。廖红宇笑了笑：“我哪当得了副总经理！你看我像副总经理吗？”冯祥龙笑道：“哈哈，你不像副总经理，我冯祥龙就像总经理？”廖红宇一语双关地：“你不一样哦！”冯祥龙收敛起笑容，很认真地说道：“对你的重新任职报告，我已经让人都起草好了，正在打印。”说罢便当场拿起电话，吩咐秘书把刚打印完的报告正本马上送来。

冯祥龙把报告放在廖红宇面前。

廖红宇瞄了一眼那报告。只见报告的标题写着《关于任命廖红宇同志为九天集团公司副总经理的请示报告》。“有些情况不用我多说了。我们这个集团公司是有关领导树的一面旗帜。是他们树的，你想想，他们能让它垮了吗？你进班子，咱们一起好好干，把这面旗帜树得高高的……”冯祥龙淡淡地说道。廖红宇继续谦让：“冯总，我的确担当不起……”冯祥龙有点不耐烦了，他那个行伍劲儿一下又泛上来了：“廖红宇同志，话说三句，狗屎臭！什么担当得起担当不起，只要上头有人替你撑腰，把你放在省市领导的位置上，照干！说不定比他们干得还来劲儿！不信？咱试试！”廖红宇笑道：“咱们还是别开这种玩笑。”冯祥龙拍着那份报告：“那我们就说定了，我就这么报上去了，走，上‘明珠酒楼’。”廖红宇摇摇头：“我还有点儿事。”冯祥龙说：“廖红宇，这你可是有点儿不像话了。”廖红宇沉吟了一下，慢慢地说道：“我真有事，我还得去修我那个抽屉上的锁。”冯祥龙面不改色地说道：“嗨，那算个啥事，我让小汪找人替你修。”仿佛此事跟他没一点儿关系似的。廖红宇也不是一盏省油的灯，故意问道：“你在我抽屉里找到你要找的‘东西’了吗？”冯祥龙咧着嘴笑，还用力挥了一下手道：“我找啥找嘛，那‘东西’你用完了，总会还给我的。”廖红宇故意皱起眉头，问：“我还给你啥？”冯祥龙笑道：“行了，咱们就不说那些事了。你用完了还给我就行了。咱们都是九天集团的人……”廖红宇装作很认真的样子，站起来问：“冯总，你把话说明白了。我拿你什么‘东西’了？”冯祥龙沉下脸说道：“廖助理，咱们可都是明白人……”廖红宇哈哈一笑：“我怎么越听越糊涂！”

冯祥龙的脸一下拉长了许多。

这时，公司总部办公室的工作人员几乎都不在做自己的那份工作，都在竖起耳朵，倾听着冯总办公室发出的任何一点声响。他们都想知道这场“好戏”的结果。一个没有任何背景的女人，一个从不轻易饶人的总经理，热闹，实在是热闹！只有小汪极其不安地呆坐在经理办公室里。他知道万一真出点啥事，冯祥龙是不会放过他的。说到底，这账本是从他手指缝里漏给了这姓廖的女人的，此时他真是恨透了廖红宇。

“廖助理，刚才我只跟你说了一半。九天集团和冯祥龙可都没做什么对不起你的事。我冯祥龙对朋友，绝对两肋插刀，脑门儿心钉钉。但你也打听打听，跟我冯祥龙作对的人，绝对没好下场。你还应该打听一下，九天集团能有今天，不是谁捧出来的，也不是一个半个臭娘们儿使使臭心眼儿就能挤对得了的！”冯祥龙威胁着。廖红宇还在装迷糊：“冯总，你说什么呀？”“昨晚你把复印的账本拿哪儿去了？”“什么账本？”冯祥龙一拍桌子，吼道：“廖红宇！”这一声吼叫得太响，立刻通过那空洞幽深的走廊，传遍了所有的办公室，吓着了经理办公室的小汪和那几位女工作人员。

41

大型喷气客机对准跑道俯冲下来，巨大的胶皮轮猛一下触地的那一瞬间，马凤山心里总是控制不住地要“忽悠”那么一下。虽然他已经记不清自己究竟坐过多少次飞机了，从最初的伊尔 14、18（更早时还坐过双翼的安二型喷农药飞机），到现在的波音、麦道（有一回通过国际刑警组织，跟公安部的同志一起去欧洲带逃犯，在阿姆斯特丹，他还坐了一回协和），但几乎每回降落时，他都会“忽悠”这么一下子。也就是说，总有那么零点儿几秒的时间，他要心慌一下，总会本能地产生一种整个人都飘起来、没着没落、不知所措的感觉。他悄悄跟老婆说过此事。老婆笑着只给了他两个字的结论：“农民！”这么说马凤山，还真让他冤得慌。马凤山虽说出身贫寒，既不是像这个圈子里的许多工作人员那样出自公安世家，也并非出自革干门庭，但毕竟还不是个“种地”的。他老爸跟《红灯记》里的李玉和是同行——铁路工人，扳道岔儿的。母亲早亡，他从小跟着父亲在那个道口的小砖屋里，陪伴着那几棵挺拔粗悍的钻天杨和信号灯杆，等待着一趟又一趟呼啸而来，又呼啸而去的“铁龙”。父亲沉默、坚毅、严谨、俭朴，就像那永远在风雨中却又永远不生锈的钢轨一样，承受着巨大的重负，生活得十分简单，却又十分明确。父亲说他长得像母亲，但他起小崇拜的却是父亲。

市局派来接他们的车一上机场公路，便飞也似的向市区驶去。这一回他和几位同志奉命进京，是向部里汇报“12·18”大案的进展情况的。中纪委听说他们去了，还特地派人来一起听取了情况汇报。一上车，马凤山就告诉随车来接他的郭强，马上通知破案小组的全体同志来开会，同时也通知方雨林。郭强忙问：“上边是不是有新的精神，可以对周密正式立案侦查了？”马凤山摇了摇头，叹道：“事情还没那么简单……”

到开会时刻，除了有两位同志去东钢可能要晚到一会儿，就是方雨林没来了。

马凤山问郭强：“通知他了没有？”郭强说：“通知了。这小子怎么了？跟他说了今天的会特别重要，千万别迟到。他答应得好好的。”

“催他！”马凤山下令。

电话打到方雨林的手机上，开始没人接，后来接的居然是他老爸。

“大伯？您好！雨林去哪儿了？”郭强问。

“我们也在找他哩。郭大队长，他没跟你们联络？咋回事？他一早就让人叫走了。我在一边听了一耳朵，好像是双沟林场的……是是是……是双沟的。他走得还特别匆忙，连手机和呼机都没来得及带……”

听说双沟林场的人把方雨林叫走了，马凤山着实吃了一惊，忙从郭强手里拿过电话，问："老哥，我是市局的老马，怎么回事？”也许是方父怕自己说不清耽误事，便忙把手机交给早在一旁急得不行的方雨珠。方雨珠忙答道："今天起早，还不到六点，我哥在院子里帮我收拾平板车，来了两个人，自称是双沟林场的，把我哥拉到院门外头说话去了。过了不大一会儿，我哥进院冲我说了声，他去办点儿事，一会儿就回来，就跟着那两个人走了……”“他说去哪儿了吗？”马凤山问。“他说一会儿就回来，我也就没问他去哪儿。再说，他出外办事，从来也不让我们打听他的去处，问了也白问。”方雨珠答。“大概有个方向吗？”马凤山再问。“好像是一出门，就往北走了。对，中间还打回来一次电话，大概是七点半说是在陪那两个人在哪儿吃早饭，让我替他盯着他的手机和呼机，在他回来前，千万别离开家。要是局里有人打电话找他，让我替他接一下电话。”方雨珠又答。“他没说什么时间回家？”马凤山又问。“没说。听起来，他在那儿说话好像不是挺方便，说得特别匆忙，说话的声音也压得特别小……局长，你们派人去找找他吧！他会出什么事吗？”方雨珠恳求道。“别急，大白天的，又是在市里，出不了啥问题。一会儿，他要再打电话回家，你一定问清楚他的位置，让他无论如何给局里回个话。”马凤山安慰了方家人，立即让人取来方雨林家所在街区的详图。对照地图，他又略略沉思了一下，命令郭强立即通知枣林前街、枣林后街、西横街三个派出所，让他们派人到他们辖区靠近方家的那些小吃店去找一找。发现方雨林的下落，马上报告，但先不要惊动他们，继续监视。“顺便再到附近的茶馆酒吧澡堂瞧瞧。”最后他又补充了一句。郭强问："双沟林场的人找他干吗？”马凤山只说了一句："来者不善，善者不来。快去行动！”

方家周边几个派出所的同志于是倾巢分头出动。但一直找到近中午时分，也没找到。到十一点半左右，这儿正着急哩，方雨林突然打来电话了。马凤山拿起电话，真是有点生气了：“雨林？你在哪儿呢？”方雨林告诉他：“我刚到家。”“你小子整啥呢？找你一上午！”马凤山批评道，并问：“双沟的人找你干啥？”方雨林忙歉疚地说道：“见面再跟您汇报。”“那你马上到这儿来。”“我现在还不能去……”“为什么？”“见面再说。”

方雨林匆匆挂断电话，急忙安排小妹去东大桥的那个西餐馆。方雨珠正在收拾那些鱼，不想去。方雨林啐她：“鱼鱼鱼，你就知道你那些鱼！”方雨珠娇嗔道：“鱼卖不掉了，你赔我呀？”方雨林着急地说：“我赔，我全赔。你赶紧打个出租车去。”方雨珠说：“打出租车？你发横财了？”方雨林说：“听我的，你赶紧打个出租车到那个西餐馆，刚才我跟双沟的那两个人吃完早饭，从东大桥过，冷不丁瞧见丁洁跟个男人向那个西餐馆去了……”方雨珠立即叫了起来：“你想让我跟踪丁姐？哥，你咋了？你咋变得这么无聊、小气？你又不想跟丁姐处对象，你管她跟哪个男人进西餐馆呢！”方雨林脸微微红起，但还是坚持道：“快去，我这是工作需要，完全跟私人感情无关！”方雨珠却说：“工作需要，你让你手下那帮侦查员去干么。”方雨林着急地：“在没有搞清跟丁洁进西餐馆的那个男人到底是谁以前，我不能动用刑侦支队的同志去做这件事。”方雨珠说：“可我又不认识丁姐的那些男朋友，我咋能告诉你他是谁？”“你只要回来跟我描述一遍你见到的那个男人的样子就行了。”方雨林说道。“丁姐那么些男同事男朋友，你都认识？”方雨珠说道。“我没必要知道那么些。我只要确认这个男人是不是我需要确认的那一位就行了。”方雨林说道。方雨珠迟疑了一下，问：“你要确认谁？”方雨林说：“这你就别问了。进西餐馆以后，表情要自然，不要贼眉鼠眼地紧看着他们。如果能背对着他们看就更好……”方雨珠说：“背对着他们，我咋看？我后脑勺上又没长眼睛！”方雨林说：“你就那么傻？不会利用橱窗玻璃、镜子或别的什么方法拐弯抹角地去看，非得大眼瞪小眼地去看！”方雨珠噘起嘴说：

“我可没受过你们那种间谍训练！”方雨林赶紧掏出一点钱，催促道：“快去，一定把那个男的年龄、高矮、面貌等主要特征看清楚了，你给我认真一点。哥绝对不是在跟谁争风吃醋，明白吗？”方雨珠这才点点头走了。

方雨林而后又赶紧让父亲去医院，替母亲收拾收拾，准备给她转院。方父不明白，问：“你妈住得好好的，转啥院？”方雨林忙说：“您先别问这么多，收拾好我妈的东西，您在她病房里等我的电话。在我的电话来之前，您千万一步也别离开我妈身边，收拾东西时，表情也要做得自然一些，别让人觉出您是要给我妈办转院手续了。另外，这几天您轻易别出咱大杂院的门。不管外头谁来叫您，您都别理睬，别离开家一步。记住了没有？”方父还是不明白，但没再追问，只是又呆呆地愣怔了一小会儿，便进了自己的小屋。

安顿了父亲，方雨林走进自己那个小房间里，掩上门，从内衣口袋里取出一个牛皮纸信封。信封装得鼓鼓囊囊的。他往外一倒，“哗”的一下子倒出一厚摞百元大钞，总数不会少于万元。他的心一“扑腾”。这时，门外方父叫了一声：“雨林，我还有件事要跟你说。”方雨林忙把那信封和钱都塞到枕头底下，应道：“爸，您就赶紧上医院去吧。”

方雨珠在胡同口外的街边上等了一会儿，等来一辆低档的出租车，到东大桥那西餐馆门前，车刚停下，穿着黑红呢子制服，戴着雪白手套的餐馆的侍应生忙上前来，替她开车门。方雨珠哪经过这阵势，刹那间，浑身不自在起来，脸大红，差一点都忘了给出租车司机付车钱了。进了餐馆，她虽然仍处在忐忑之中，但还是很快便在一棵硕大的桶栽的橡皮树背后，“发现”了丁洁和“那个男人”。怎么看清那个男人的长相呢？一路上，她琢磨了个“侦查方案”。此刻便“照计行事”。她多少有点僵硬地走到餐馆的一个外卖柜台前，买了两个最便宜的面包。趁服务生找零钱的工夫，她又向那棵橡皮树背后，细细地瞟了一眼。也许正是她这一回头和一瞟，引起了丁洁的注意。每回单独跟周密在一起，丁洁总觉得周围的人都在用异样的目光打量她（其实没有，全是她自己神经过敏的缘故）。晚间这种"过敏"还稍稍好一些。今天周密约她中午出来见面，她越发不安，对周围的目光就更加敏感了。而且一眼之下，她觉得那个回头打量她的人非常像方雨林的妹妹，不免心里一紧，便慌张地扭转身去张望。"怎么了？"周密也觉出她的慌张来了。"没什么……没什么……"她一边掩饰道，一边却仍有点紧张地注视着方雨珠离去的背影。"看到熟人了？我们要不要换个地方？"周密关切地问。"不用……不用……"她忙说，对自己的这种"慌张"也觉得有点可笑，为了镇静自己，端起咖啡杯，连连地抿了好几口。

方雨珠回到家，对方雨林详细描述了那个男人的模样。方雨林一边画一边修改，十几分钟后，方雨林笔下已经画出了周密的一个头像。

"是这个人？"方雨林问。

"嗯……差不离吧……面部表情好像还要和善一点……"方雨珠答道。此时，平静下来的她，突然觉得自己好像在哪儿见过这个人。"他是谁？怎么这么眼熟？"她问。

方雨林没正面回答她的问题，只是追问："你再看看，刚才你在西餐馆里看到的那个跟丁洁在一起的男人，就是我画的这个模样？"

方雨珠斩钉截铁地答道："没错。"

42

方雨珠走后许久，丁洁才慢慢平静下来。她这时已经确认刚才进餐馆来的是方雨林的妹妹方雨珠。她也确认，方雨珠刚才已经看到了她。看到了又怎么样呢？她为什么就不能跟另一个男人在一起喝喝咖啡谈谈话？在某一个餐馆里坐一会儿？方雨林这一年多突然间对她疏远淡漠，而且还不肯说清缘由，已经使她伤透了脑筋，伤透了心，伤透了她“高贵”的自尊。她什么都不缺，但她需要一个爱人的呵护。她从来没有想过要在门当户对中寻找这种呵护。她觉得那是非常庸俗和世俗的。她见的官太多了。“官”和“名门望族”对于她算个啥嘛！如果她真把“官”、把“名门望族”当一回事儿，真的一心只想嫁个“官”、嫁个“名门望族”，可以说一百个都嫁了，早把户口办到北京某个青砖大宅院里去了。不，她要的是一份真实的感情和生活。一个真正能让自己真心真意走过去，彻彻底底把自己交给他的人。一个能燃起自己全部生活热情和情感欲望的男人。能让她“放肆”，“放肆”地让她拥有自己的生活，与她共筑一片自己的天地，哪怕临了只有“几只小小的油鸡和一棵孤独的枣树陪伴着他们”。方雨林的坚忍和激情曾使她无比着迷。他整个人，尤其是眼神中透着那样一种罕见的清气。而他的平民身份恰恰使善于做浪漫之遐思的她，激发出一种母性的怜悯，使她整个的爱变得更加纯净和厚实，更容易让她进入少年时在童话里读到过的那种令人陶醉的意境……也许正因为这一切，她一直没把跟周密之间的交往真的当一回事，使她无法无牵无挂地跟着周密向前走。但今天有一点不同了。她真切地感受到，周密对她是非常认真的，甚至还可以说是“极急迫”的……周密同样的平民出身，生活得同样的……甚至可以说是更加地执著，这都使她不能不为之“心动”。起码，她开始想知道他到底是一个什么样的人了。应该说，在她接触过的这么多的男人中，真还没有几个能引起她这种兴趣的——绝对不是因为他们的“官”没有周密做得这么大。

“周老师，我发现您这个人挺惯性的……”丁洁淡淡地笑道。

“此话怎讲？”周密小心翼翼地把一块丁洁爱吃的蛋糕拨到她面前的碟子里。

“跟您吃了几次饭，您总是带我到这个西餐馆来，而且总是订这个座位。”丁洁说。周密微微一笑，说：“与其说是惯性，还不如说是怀旧。”丁洁扬起她那好看的眉毛，不解地问：“怀旧？这家西餐馆新开张还不到两个月。这旧从何来？”周密微笑着从西服上衣的一个口袋里，掏出一个牛皮纸的信封。从信封里倒出一个不算大，但很旧了的日记本。再翻开日记本，里边夹着一张旧照片。

照片上照的是一家名叫“和平食堂”的中式小饭馆。

“认得出照片上照的这个街角是哪个地方吗？”周密问。

丁洁看了看照片，又看看窗外的景色，猜道：“好像……应该就是这一带吧？”

周密又问：“照片上的这家小饭馆呢？”

丁洁想了想，说道：“附近好像没有叫‘和平食堂’的饭馆……”

周密笑了：“当然不会再有了。那是六十年代的饭馆名称。现在当然不会再有这样的餐馆饭店把自己叫做食堂了。告诉你吧，这个照片上的‘和平食堂’，就是这家西餐馆。高中三年，我每天都给这家食堂送一百个红豆粽子，从这里领取八毛钱的佣金。一年三百六十五天，天天如此。刮风下雨、天冷天热、星期节假，从不耽误。三年里只中止过三天，那就是高考的三天。”

丁洁十分好奇：“给他们送粽子？为什么？”

周密笑笑说：“用现在的术语说，就是替这个食堂搞来料加工。他们发给我们原料：米、红豆、粽叶等，我们包成粽子，煮熟了，第二天给他们送去……”

丁洁说：“家庭小作坊？”

周密点点头：“对，可以这么说吧。专搞来料加工的家庭小作坊。”

“您还别说，这种作坊形式，还挺适合当时中国生产力水平的，真不失为一种组织闲散劳力生产自救的可行方式。周老师，您说对不？”

周密默默一笑，却没有马上回答。

丁洁调皮地一笑："我说错了，经济学老师？"

周密轻轻地叹了口气道："你真有趣，在这儿跟我做经济理论分析。但你要知道，当时这每天一百个粽子，在我一生打下的却是一个怎样沉重而又伤痛的烙印？到什么时候，我一闭上眼睛，就能看到我妈和我妹妹在灯下埋头包粽子的模样，她们那被水浸泡得发白浮肿了的双手……她们用牙齿咬粽绳时，嘴唇被粽绳勒红了的样子……"

丁洁难堪地忙说："对不起……"

周密好像没听到丁洁这真诚的一声道歉似的，只管沉浸在往事的回忆之中。"我和我妹妹就是靠这每天八毛钱的佣金读完中学的……就是这个饭馆……就在这儿……我从背上取下那个装粽子的筐，然后接过他们事先准备好的钱……三百六十五天……整整三年……"周密眼眶湿润了。丁洁肃然。那天晚上，丁洁回到家，洗了澡，换了睡袍，在自己房间里一直徘徊到深夜，最想做的事，就是拆开那一包至今仍未拆封的周密日记。犹豫了许久，房间里的电话铃响了起来。丁洁猜到是周密打来的，忙去拿起电话。果不其然，电话里传出周密沉稳的声音："还没睡？"虽然猜到今天晚上周密一定会打电话来的，但真的接到他的电话，丁洁心里依然有一种说不出的高兴，急急地说道："我正犹豫着要不要拆开您封得好好的那一包日记来看呢。"周密总是那么不急不忙："如果你没兴趣，不必勉强。"丁洁笑道："您干吗不逼我一下呢？也许逼我一下，我就会看的。"周密说："我不愿意让你做你没兴趣做的事。"丁洁轻轻地叹了口气道："说实话，不是有没有兴趣的问题。一个新提拔起来的副市长的早年的日记，对于一个新闻工作者来说，会具有什么样的吸引力是可想而知的……"周密立即插话道："实在不想看，暂时不看也罢……""不……不是的，我不是不想看，我只是有点害怕……""你怕什么？我日记又不是潘多拉魔盒，里面没有妖怪。"周密说道。他此刻在自己家里打这个电话。沙发很旧，房间里许多东西似乎已经搬走了，只留下几件必用的家具，因此显得很空。

在深夜里看起来，甚至都有一点古怪。回家已经有一个多小时了，他却仍穿着那套西服，甚至连皮鞋都没换。如果丁洁这时候看到他，会觉得他是那么苍白那么疲倦那么忧郁那么……那么地衰老和孤独……

“说不上来怕什么……我总是没那个勇气打开您的日记……一开始，我觉得我自己没那个资格去看您的日记。我问自己，你凭什么去看一个男人的日记？而且他还是个副市长。后来，您在我心目中，副市长的成分渐渐地减少了，但我还是不敢去看。我觉得去看一个人的日记，就是进入那个人的心灵。进入一个人的心灵，那就得为这个人负责。我又问自己，我……有什么权利让这个人对我敞开他的心灵。而且……”

“而且什么？”休息了一会儿，周密的神色恢复了许多，敏感地追问道。

丁洁脸微微一红，说道：“我……我有这个义务为对方负责吗？”

电话里突然安静下来。丁洁忙问：“您在听吗？”周密的声音又出现了：“听，当然在听。”“今天听您讲了自己少年时代的生活，让我真的走近了您许多，也消除了我的一些顾虑，但我发现自己还是打不开您的日记……”丁洁自己都没觉得自己说着说着，声音竟然变得柔情善感起来。周密当然注意到了这一点，但他没点破它。他当然懂得情感的萌芽在初期是极其脆弱的、精细的，对它最好的呵护往往是顺其自然，千万不能强求。他只是说道：“你是想告诉我，我们之间还是不可能有这份真感情？”丁洁脸顿时大红，窘迫地说：“那……那倒还不是这个意思……但是……但是……我真的说不清楚……”善解人意的周密没再追问下去，给窘困中的丁洁一个缓解的时间。这样，好长一段时间双方都没再说话。过了一会儿，丁洁主动问道：“您还在听吗？”周密说：“在听。”

丁洁迟疑了一下，说道：“您早点休息吧，明天还要处理那么多的事情。休息吧……”

43

方雨林把那个装着钱的牛皮纸信封放在了马凤山面前。马凤山问了声：“多少？”得知信封里居然装着一万五千元，他拿起信封掂了掂，问：“他们为什么要给你这么多钱？他们说了原因没有？”方雨林说：“他们没说别的，只说，要跟我交个朋友。说，知道我家里困难，想尽一点朋友的责任。”“你在双沟那会儿，见过这两个人吗？”马凤山又问。方雨林说：“好像见过一两面，但印象不深。”“你能肯定他们是双沟的人？”马凤山好像对他们到底是不是双沟人特别重视，反复追问这一点。“这一点绝对没问题。”方雨林一口咬死。“你问他们的姓名没有？”“他们不会那么傻。我问了，他们不肯说。但我跟他们约了下一次见面的时间。明天下午五点三十分，在江堤饭馆。”“哦，这个好。”“看来，他们想通过收买我来干预我们破案。”“双沟人为什么要插手这件事？他们怎么知道你参与了这个案子？”

“我想过这个问题，结论只有一个，‘12·18’案的凶手一定出自双沟，而且这件事跟周密一定有直接关系。假如跟周密没关系，双沟人不会插手进来的。”方雨林说道。

马凤山却摇了摇头说道：“还不能这么轻易下结论。如果这一切都是周密在背后直接指使的，你不觉得周密有点太蠢笨了？”

方雨林固执地问道：“容我反问一下：如果这件事跟周密没有关系，为什么在案件的几个关键时刻，都有双沟的人跳出来活动，或者向办案人员提供假情况，或者拉拢有关办案人员？”

马凤山不作声了。又过了一会儿，他才说道：“这次去北京汇报，有关领导对这么多双沟的人出现在这个案件里，也相当重视。他们特别指出，要我们密切注意这方面的动向。但他们也指出，仅仅凭这个还不足以证实周密跟谋杀张秘书有必然的联系。所以，我们还是要特别冷静，特别谨慎……要找到直接证据。你把钱收下来了，这很好。跟他们约了下次见面的时间，这更好。等他们再来找你时，顺着这根藤摸出后边的那个大黑瓜来。我想他们是干了一件大蠢事。弄得不好，整个案子有可能就从这儿突破。你方方面面都不要露出一点点蛛丝马迹，别让他们觉察出你在警惕他们。要尽量麻痹他们，让他们放心大胆地接近你，在跟他们的接近中，摸清他们的真实情况……”

方雨林想了想道：“那……那我暂时还是别让我妈转院了……”

马凤山忙问：“你让你妈转院了？为什么？”

方雨林说：“我怕他们要是觉察出我不跟他们合作，会去医院找我妈的碴儿来威胁我……”

马凤山忙说：“别动！别让他们觉察出你在提防他们！你妈离开那个医院了吗？”

方雨林说：“还没有，我让我爸在医院里等我的电话。”

马凤山忙问：“你什么时候让他去的？”

方雨林说：“中午。”

马凤山看看墙上的石英钟：“已经四五个小时了。你赶快告诉他，什么事也别做。那些收买你的人一定会监视你的一举一动的！”

方雨林说：“行，我马上去医院找我爸……”

马凤山忙说：“不，就在这儿给他打电话！”

方雨林又说：“还有一件事，那天我看到技术鉴定科对射杀张秘书的子弹头和弹壳的鉴定结果，说这几发子弹都出自五六式手枪……”

马凤山立即打断他的话：“好了，待一会儿再说这事，你赶紧给你爸打电话。”

方雨林拿起电话，拨通市医院内科三病房，却得知，十几分钟前，他爸实在等不得了，已经把他妈接出院了。“你老爸和老妈这一动弹，可能已经让那些双沟人觉察到你在提防他们了。我估计他们不会再来跟你见面了。”马凤山担心地说道。

“也不一定……他们不一定有那么神……”方雨林心存侥幸地说道。

到约定的那天傍晚，方雨林扮作在江面上滑冰的人，另外安排了三个小组的人埋伏在预定地点，准备抓捕那两个双沟人。但一直等到晚上七点半——约定见面的时间是五点半，那两个双沟人连根人毛都没出现。“看来他们是有所觉察了……”回到破案组住处，方雨林感叹道。“这两个双沟人到底是谁呢？他们很了不得呀！不仅了解你的情况，还相当熟悉我们的一些工作规律……”第二天一早，马凤山见了方雨林、郭强又这么说道。

方雨林昨晚也是一夜没睡着。他说：“我觉得在这件事中间真正起作用的应该是另外一个什么人……这个人，可能还不是周密。”

郭强问：“什么叫真正起作用的？为什么是另外一个人？”

方雨林说：“我说的真正起作用，是指案发后在方方面面起着转移我们侦破视线，干扰我们破案那种坏作用。从各方面的迹象来看，他不会是周密本人。另外，他不可能是那两个双沟人中的一个。因为接触过后，我感觉那两个双沟人比较浅陋。从气质上看，属于那种长年生活在偏远地方，比较土，还有点木讷和愚执的人，根本不像是能掌握那么多内部情况，还能策划什么行动，还能如此机动地跟我们较劲周旋的人。”一个侦查员问：“为什么你又说不是周密？”方雨林说：“从大的方面说，周密本人不可能脱出身来监视我们的行动。具体来说，昨天从中午到晚上，周密一直在忙着别的事情。他也没那个时间去医院监视我妈。”马凤山问：“你知道他在忙什么？”方雨林说：“是的，我有确切的证据证明他中午跟一个女士在东大桥西餐馆一起吃西餐，吃到很晚才离开那儿。晚上去参加了一个很重要的外事活动。”郭强说：“昨天他没时间，不等于他跟这件事就没有关系。他可以提前把这件事策划好了，再交给别人去执行。”方雨林说：“即便是周密策划的，我觉得，他也不可能直接向这样两个双沟人面授机宜。任何一个处在他那样高职务上的人都不会这么蠢。通过这件事证明，在周密以外，还有一个人在这个案子里起着相当重要的作用。”他一边说，一边在一张纸上画了这么一个示意图：

周密——?

\ /

双沟人

马凤山指着那个问号，问：“你觉得这个人可能是谁？”

方雨林说：“你们还记得那个杂务工吗？”

“他就是你说的‘另外一个人’？”郭强反问。

方雨林摇摇头：“那当然不是，但是从那个杂务工身上我觉得可以推断出一个人来。请你们注意，那个杂务工也是双沟人。”

“你想以此推断出什么？”马凤山早觉得这里有一口值得深挖的“井”，他想听听方雨林的分析。

方雨林接着说：“我们从来没有对这个杂务工的证言做过认真的怀疑。你们应该还记得，案发后，我们曾经讯问当时在来凤山庄案发现场工作的全体人员。从江边回来后，我把所有这些讯问笔录都细细地翻了一遍，注意到这么一份笔录。这是对另一个杂务工的讯问笔录。”

“另一个杂务工？”

方雨林说道：“是的，当天负责大厅后门附近清洁卫生工作的，有两个杂务工。我们一直只注意了其中的一个，而忽略了另一个。我念一段对这个被我们忽略了的杂务工的讯问笔录：‘问：怎么你一个人来了？那一个工友呢？答：他有点儿事，让阎秘书叫走了。他一会儿就来。’请注意这句话：‘他……让阎秘书叫走了。’这里提供了一个非常重要的情况。那个双沟籍的杂务工接受讯问前曾经被一个姓阎的秘书叫走过。”

郭强问：“那又怎么样？”

方雨林说："这个姓阎的秘书为什么在那个双沟籍的杂务工接受我们讯问前把他叫走？这是偶然的，还是有意的？"

郭强问："你认为是这个姓阎的秘书让那个杂务工对我们做了有利于周密的伪证？"

方雨林没正面回答郭强的问题，却说："我查了一下，这个姓阎的秘书，也是双沟人。"

马凤山一震："他也是双沟人？"一直半靠半坐着听方雨林说话的他，一下子把上身挺直了起来。

方雨林翻开记录本，说道："他原先是双沟林场中学的一个中学教师。周密的父亲早先就在这个中学教过书。周密和这个姓阎的秘书从小一块儿长大，他俩曾经是双沟林场中学的两个学习尖子。周家搬到东钢去以后，周密和这个姓阎的老同学还保持着密切的来往。周密到市政府工作不久，这个留在林场工作的老同学就被提起来当了双沟林场中学的教务主任。几个月前，又被调到市政府秘书处当秘书。而那个杂务工正是这个阎秘书从双沟林场安排到来凤山庄去的。"

马凤山眼睛又一亮："哦？"

"因此完全有可能，案发当天，当得知警方要讯问所有在场的工作人员时，这个一直和周密往来特别密切的阎秘书就在半道上截住了那个杂务工，指使他向警方作了伪证，保护了这个他少年时代的好朋友、人生旅途上的大恩人周密。而且很有可能同样也是他，策划了最近的这档子收买事件。因为从各方面来看，只有他最有可能掌握这么多的内部情况，同时又有可能指使双沟的人来做这件事。我甚至想，那个双沟籍杂务工的失踪，跟他也有关联。"马凤山忙问："那个杂务工失踪了？"方雨林说："是的，我曾经派人去找过那个杂务工。他失踪了。"郭强问："他在双沟的家呢？"方雨林说："也搬走了，同样去向不明。"马凤山一下站了起来："找，要不惜一切代价找到他。同时赶快找到另一个杂务工，核实有关情况。”郭强也站了起来，说道：“是不是再派一组人到双沟，用拉网式的方法，找到那两个带钱来收买雨林的人。我看，整个案子的突破口，很可能就在这儿。”

44

寻找那两个杂务工的工作进行了好几天，真是说起来容易，做起来难。好不容易找到一个线索，那天方雨林带着一个侦查员骑自行车钻进市内一片杂乱老旧的居民区，远远地就闻到一股酸菜味。“有门儿了！”他俩不觉兴奋起来。因为有人告诉他们，那个双沟籍的杂务工，就搬到这一带来做腌酸菜的营生了。两个人被这浓浓的酸菜味刺激得“哧哧”地嗅着鼻子，一路爽朗朗蹬车过来。来到一个大杂院门前向一个妇女打听。这时，不远处有一个瘦弱的男子正在从一个酸菜坛子里往外掏酸菜。另一个妇女急急忙忙地跑来跟那个瘦弱的男子低声嘀咕了些什么。那个男子慌不迭地扔下酸菜，就往后边跑去。无论是比腿功，还是比眼力、比机灵，他都不可能是方雨林等人的对手，所以他当然是跑不掉的。方雨林等追出两条胡同，就把那家伙堵在了一小片菜地里。这一带近郊，常有这样的情况：在一些十分破旧的平房住宅当间，还保留一两片、两三片散发着粪土味儿，并被几棵筑有硕大鸟窝的老杨树包围的菜地。那个瘦弱的男子猫着腰，喘着粗气，恐惧地看着眼前这两位警察（其实方雨林等人穿的是便衣。但直觉告诉他，他们一定是警察），绝望地大叫道：“不是我！不是我——我啥也没做——”带到预审室，他还是这么叫喊：“真的不是我……我啥情况也不知道……”那个侦查员挺恼火的，问：“你不知道，你跑个啥？跟我们逗着玩儿呢？”那个瘦弱的男子忙说：“不是的……

真不是的……”方雨林问他：“去年的十二月十八日，来凤山庄枪杀事件发生时，你在什么地方？别紧张，把事情发生的前后，自己见到的听到的，老老实实地跟我们再说一遍……”那个瘦弱的男子哆嗦着：“该说的我都说了……真的都说了……再没啥可说的了……”一直问了一个下午，他翻来覆去地就叨咕这几句话，好像再不会说别的话似的，直把方雨林叨咕烦了，后来就给他下了个结论：神经不正常。向马凤山汇报这情况时，侦查员们说：“奇怪！案发当天，我们跟他谈话，当时他挺配合的，问什么就说什么，看着挺正常的。”马凤山想了想说道：“一定是有人在这些天里对他做了工作，找他的家属再做做工作。”

他的家属小菊在某日杂用品商店当营业员。这商店让附近新开的几家大规模连锁超市挤得够呛，生意冷清。方雨林等人去时，几个女售货员正在一块儿扎堆聊天。方雨林通过经理去叫人。商店经理一脸愁苦相，穿着一件挺厚的羽绒服，撩开厚厚的棉门帘，走到店堂里叫小菊上他办公室去。办公室在后院。那些女售货员跟老鼠见了猫似的，一边赶紧回到各自的岗位上，一边跟小菊开着玩笑道：“小菊，还不快去？经理等着哩！”小菊红红脸，怏怏地不肯往后院去。“快去吧，别让他关了灯就行！”几个女售货员哈哈大笑。一个年龄稍大些的嬉笑着上前来推她：“去吧，去吧，兴许仨瓜俩枣的还会偷偷地塞个红包什么的给你。”小菊的脸继续大红，啐嗔道：“塞红包给你！”几个人正笑着，后边又传来经理的喊声。小菊只得去了，待她怏怏地撩起门帘，抬头一看，小小的办公室里，除了经理，还坐着两个警察，腿肚子一软，差一点跌坐在那张大方板凳上。经理跟小菊交代了两句，让她有啥说啥，老老实实配合公安方面破案，便甩打着两条小粗腿，上店堂里照顾门市去了。

谈话进行了一会儿，显然没得到多少有用的东西。再问，小菊就低下头低声抽泣起来。方雨林劝了两句，见她还是抽泣着不肯说话，就拿出一盘录像带说：“请你看一段录像。”这是方雨林他们去学校找她的儿子问情况时拍下来的。她儿子一出现在电视屏幕上，她就停止抽泣了，像遭了电击似的，一下惊呆在那儿了。

她那十岁的儿子在屏幕上喃喃地向方雨林讲述着："这些日子经常有个姓阎的叔叔来找我爸……有一天晚上，我都睡了好大一会儿了，让屎憋醒了，起来拉屎，见那个姓阎的叔叔还在跟我爸说话。我听了特气愤，因为他就像教训他家的孩子那样在教训我爸，让我爸别在外头乱说……"方雨林摁了一下遥控器，电视画面停住了。"有这么回事吗？"方雨林问。"这事跟我儿子没关系！求求你们别找我儿子！"女人叫了起来，随后，她就把市里那个姓阎的秘书如何一而再再而三地来找她家男人，"威胁"她家男人，不许她男人在外头乱说话的情况，一五一十地全告诉了方雨林。

虽然没有拿到周密直接作案的证据，但这些跟周密关系亲近的人千方百计地作伪证，保护周密，转移公安方面的侦破视线，应该说，从另一个方面也证实周密跟此案有关系。

"还不能这么说。阎秘书这么做，你也可以解释为，他的确认为周密不是作案人。他跟周密的私交又太好。他太怕我们误解了周密，就千方百计地去保护他，做了一系列的蠢事……"听了方雨林的汇报后马凤山这样分析道。

"有没有这种可能，阎秘书知道作案人就是周密，而在设法保护他？"一个年轻的侦查员试探着问道。

"可能啊，完全可能啊！问题是我们能不能证实这一点。有没有证据来证明这个阎秘书是个知情人。"马凤山说道。

"动他一下。以他私下活动制造伪证为由，突审他一下……"方雨林说道。

"不行。"马凤山非常干脆地否定道，"万一审不下来，这事就闹大了。不是怕有关方面发火，怕的是打草惊蛇，因小失大。"

"那下一步怎么办？"另一个年轻一点的侦查员问道，显得忧心忡忡的。

马凤山笑了笑，拍拍这个年轻人的肩膀头，劝慰道："别急嘛，这两天你们干得很有成效，包围圈已大大缩小。河清有日啊！"

这时，桌上的电话铃急促地响了起来。市交通大队报告，刚才在双沟林场附近发生一起重大交通事故，一辆轮式拖拉机翻进沟里，造成两人死亡。马凤山心里"咯噔"了一下。已经放下电话了，似乎又想起了什么，马上又拿起电话，拨通交通大队，问："你刚才说哪儿出了车祸？""双沟。""死了几个？""两个。""男的女的？""男的。""多大年龄？""三四十岁吧。"马凤山脑子里跟闪电似的，立刻把这两个人跟前两天拿着一万五千元钱找方雨林的那两个家伙联系在一块儿了。他马上对交通大队大队长说："赶紧通知出现场的同志，在重案大队去人前，一定要保护好现场。"交通大队大队长没搞明白马凤山的用意："重案大队？这么一起交通事故，干吗要重案大队去人？"马凤山只说了一句："好了，别多问了，赶紧打电话让你的人保护好现场！"就放下电话，让方雨林等人立即驱车赶往事故现场。

等方雨林等人驱车赶到，只见二十几个山民拿着担架、扛棒、铁锹、老镢头等工具，吼叫着向坠落的拖拉机和死者冲去。保护现场的交通警拼命地挡也挡不住。他们吵吵着要抬走死者。方雨林冲过去大声劝阻："往后退！往后退！"山民们大吼："我们的人摔死了，还不让我们抬回去？"方雨林前挡后堵地也吼叫道："事故要调查……现场要保护……"山民们渐渐地向方雨林围了过来："这是我们自己的事……你们来干什么？"

方雨林刚想再劝说几句，突然间，头上闷闷地挨了一棍，"嗡"的一下，眼前金星迸射，一团漆黑，天旋地转。方雨林抱着头慢慢往后转过身去，想看一看是谁从身后袭击了他。待他踉跄着转过半个身子，看到一个模糊的人影时，人便向地上倒去了。在他倒地的一瞬间，人群便像潮水般地涌了过来。重案组的一个同志怕他被踩着，立即扑到他身上，紧紧地抱住他，用自己的身体保护他。后来有人朝天上开了两枪，这才制止了见血后近乎疯狂的人群。

现场照片确切无疑地证实，“车祸”死者就是那天拿钱来收买方雨林的那两个家伙。

“又一次杀人灭口？”马凤山问。

“是的，又一次杀人灭口。”方雨林极其肯定地答道。

马凤山却说：“先别急着下结论。咱们还是先听听交通大队对这起事故的鉴定意见。”

“从这些天发生的事情来看，我同意你的分析。对你进行行贿，以至于冲击车祸现场，掩盖车祸真相是有组织有预谋的。但是把这起事件和‘12·18’枪杀案联系在一起，并且进一步挂到周副市长身上，还缺乏必要的证据……”当天晚上，金局长听完汇报后，对方雨林这么说道。又过了几个小时，交通大队交通事故科对双沟这起“车祸”的鉴定报告也出来了。他们认定这起车祸不是人为制造的。方雨林有点儿傻了：“怎么可能不是人为的呢？如果不是人为的，怎么偏偏这么巧就死了那两个家伙？”但交通事故科的鉴定报告应该说是可靠的。这个交通事故科的技术鉴定水平在全国都是很有名气的。

“下一步，你们准备怎么干？”金局长见方雨林呆在那儿好一会儿不作声，便问。

方雨林强打起精神答道：“我们已经把昨天冲击事故现场的那些人都拍下来了。我们想先凭这些照片找到这些人，通过这些人把昨天冲击事故现场的幕后策划者找出来。再从这条线索往上推，看看他们对我行贿和‘12·18’枪杀案是否真有某种联系。”

金局长说：“我看这个态度是比较客观的、冷静的，也是可取的。先别急于下结论，要拿事实说话。你看呢，老马？”

马凤山点了点头。

开罢会，已是中午时分，郭强拉着方雨林去“喂脑袋”。局机关食堂的小炒还是挺有特点的。下边的同志来开会，中午一荤一素要两个小炒，一瓶啤酒，一碗饭，至多花个十来块钱，吃得相当滋润了。但方雨林今天却摇了摇头。郭强用力推了他一把："咋了嘛？你非得认定那起车祸是人为制造的又一起谋杀案？"方雨林闷闷地说道："我真的不能相信这起车祸完全是偶然事故所致……"郭强说："甭管偶然的必然的，反正得吃中午饭呀！"方雨林说："中午我有饭局了。"郭强嚷道："你小子有饭局，不叫上我？"方雨林说："我中午这饭局，叫你，你也不会去。"郭强笑道："别逗了，别人的饭局，我真还得考虑考虑。你小子的饭局，有一回我吃一回！"方雨林只得笑笑道："那行，你等着。"郭强问："到底是谁又烧包了，想起来要请你？"方雨林说："着啥急呀，一会儿就知道了。"说话间，电话铃响了，是传达室打来的。告诉方雨林，有人开车来找他。方雨林放下电话，指着窗外，对郭强说："我的饭局来了，你自己看吧。"郭强忙探头去看，只见传达室门外停着一辆墨绿色的欧宝车，丁洁站在车旁，正向这边翘首张望着。郭强忙笑道："这饭局，还是你自己去吧。"说着，便赶紧走了。

方雨林故意冲着他的背影叫道："走啊，二缺一，就少你一个哩！"

郭强匆匆地："别价，我不给你俩当灯泡，替我问丁洁好，让她多关心关心咱们公安战线的优秀男儿。别八个月不来一回，来一回还让人等八个月。"

45

今天一早，方雨珠受方雨林委托，打电话给丁洁，说她哥想约她一块儿吃中午饭。接到这个电话，丁洁着实地犹豫了好大一会儿。她知道应该拒绝，但却偏偏硬不下这心肠。她觉得自己真窝囊，凭什么他那儿一招手，自己就赶紧往那儿凑？欠他什么了？没有啊！放下电话后，她在心里把自己骂了个一溜够，但一到时间，还是开着车来见方雨林了。只有一个理由她可以为自己“如此窝囊”开脱，那就是：方雨林找她，肯定有大事。她是为“大事”去应他之约的，与感情无关，与私情更不相干。说起来，这也是这许多年两个人关系风风雨雨坎坎坷坷，可丁洁心里却始终丢不下方雨林的一个重要原因。方雨林身上的的确确有一股大男人气（不是大男子主义），就像远远的地平线上耸立着的一棵大树。他不矫情，不气馁，从不扬扬自得，也不斤斤计较。他总有自己的想法，总在埋头干着自己认为应该干的“大事”。在许多小事上，他也许显得特别“傻”，特别“不懂事儿似的”。但只要你走近他，你总能从他身上感受到一种特有的“气场”，一种色彩斑斓的“悲壮”。这使丁洁常常会产生这样一种冲动和想象：一旦紧紧地抱住他，轻轻地抚摩他那紧绷的肌肉块，把他硕大的脑袋搂在自己文弱的胸前时，那会是一种什么样的感觉呢？

车一启动，丁洁就问坐在副驾驶位置上的方雨林：“咱们去哪儿？”方雨林淡淡笑道：“我来开车，你跟我走。”丁洁说：“别呀，我还想活几年哩。”方雨林笑道：“开玩笑，停车。”丁洁只得停下车，让他坐到驾驶员位置上来开车。于是车便飞快地向城外驶去。说句实话，方雨林的驾驶技术的确是没得可挑的。

郊外，依然大雪无痕。驶过最后一个村子，车停在一片无边无际的岗地前。雪野在阳光下熠熠地静躺着，与蓝天的纯净对照出另一番纯净的厚度。丁洁前后左右打量了一遍，笑道：“请我吃雪？你够浪漫的。”方雨林淡淡一笑，从随身带着的那个军用挎包里掏出一大罐可口可乐和一个硕大的面包，还有两根香肠。丁洁笑道：“上这儿来吃忆苦思甜饭？”方雨林说：“这当然没有西餐好吃。”

提起“西餐”，她脸立即红了，不高兴地说道：“你派人跟踪我？”

方雨林说：“我干吗要跟踪你？”

“那你说什么西餐东餐的!”

“丁洁,我俩交往这么多年,在充分意识到你是大军区司令员的女儿,我只不过是个平民的儿子以前,我俩曾经有过一段非常非常真诚的交往……”

“这种可悲的封建意识是你自己强加给自己的,我没有这种意识,我的父母也没有这种意识。”

方雨林淡淡一笑道:“就算我自卑,行了吧。”

丁洁坐直了身子问道:“方雨林,你今天到底想干什么?你让雨珠给我打电话,说你负伤了,特别想见见我。我来了,你又没事儿找事儿地刺激我伤害我!”

方雨林说:“我……的确受伤了,挨了一棍子。”

丁洁说:“你让人伤害了,心里不平衡,就来伤害我?”

方雨林笑道:“我干吗要来伤害你?我怎么会给你留下这么个恶劣印象?”

丁洁赌气道:“你自己心里明白!”

方雨林说:“我对你从来是非常实诚的……”

丁洁说:“没发现!”

方雨林哈哈一笑道:“难道连我是个实诚的人你都没发现?那好,那好。我就是个坏人!”他一边说,一边走下车去。丁洁跟着也下了车,说道:“你也许在你老爸老妈面前、在雨珠面前、在你那些战友们面前,的确很透明,也很实诚。但是一到我面前,你就是……你就是一个让人无法理解、无法忍受、但又让人无法唾弃的家伙……”“食之无味,弃之可惜?”“食之还有点味道,但捡起来就总是那么扎手!”“居然还能让你感到有点味道,荣幸!荣幸之至!”“你能不能不用这种口气跟我说话?”方雨林没有答话。“我一直想问你,你敢不敢承认,你心里还是喜欢我的?”方雨林还是没有答话。“为什么不说话?是不敢承认,还是根本就不喜欢?”方雨林依然没做任何回答。“我再问你一个问题，你心里明白不明白，我是喜欢你的！”方雨林脸微微一红。“怎么了，连这个问题也不敢回答？没出息！”丁洁生气了，一边说，一边转身向车子走去，准备上车走人。

方雨林却一步抢到车门前，拦住丁洁，逼问：“你说我什么？”

丁洁冷笑道：“没出息！”

方雨林说道：“想逼我犯错误？”

丁洁又冷冷一笑：“对不起，我还没那兴趣哩。”

方雨林大声说道：“转过身来！”

丁洁打了个寒战，迟疑了一下，本能地转过身来，直瞪瞪地看着方雨林。她不知道他为什么要“喝令”自己转过身来，是要向她表示什么？还是……还是想对她做出一点爱的举动？ 她的心突然剧烈地跳动起来，浑身的血似乎都在往上涌。一时间，以致脸部的肌肉都僵硬了。一秒钟……两秒钟……方雨林就在离她几十厘米的地方站着，脸对着脸。严寒中，他粗重的喘息，炽热地形成一团团雾似的花簇，在有限的那一点空间里，不断地扩散、稀释，又形成，又扩散，又稀释……丁洁的这些“怨恨”，方雨林早有觉察。他早想跟她认真地谈一谈，认真地沟通一下。丁洁的可爱，在于她透明，她任性，她极善良的任性。她坚信一切可能都在可能之中。走近她，你会觉得是在走近一片蓝天。但蓝天同时又可能是风暴的场所，雷电冰雹的场所。特别是在经历了那样一件事情后（这件事他没有对任何人说——因为当事的另一方要他承诺不向任何人说），他的确渐渐地觉得“蓝天”的高远不是对任何人都是等距离的。“蓝天”也不是纯粹的。他于是开始疏离，在沉默中疏离。

“我……我会向你说明白这一切的……但不是在今天……”方雨林说道。丁洁极其失望地转过身去开车门。方雨林再一次按住了车门。丁洁平静地反诘道：“干吗？我饿了。我去吃你安排的‘忆苦饭’。”方雨林说：“丁洁，今天我找你出来，的确是有话要跟你说。”丁洁背过身去，望着远处被阳光和雪的洁白虚化了的地平线，冷冷地说道："那就快说。"

方雨林略略调整了一下自己的情绪和思绪，说道："你说我喜欢你……"

丁洁猛地转过身来，不由分说地打断方雨林的话："别再跟我倒那些无用的废话，我不爱听！"

方雨林却说道："不管怎么样，我方雨林总还算一个正直的好人吧？"

丁洁好奇了："从来不矫情的你，今天怎么这么矫情？这样的道德判别，留给替你写悼词的同志去做吧。"

方雨林好像没听到丁洁在挖苦他似的，只顾自己往下问道："我们这么多年，的的确确也曾经两小无猜过。是吗？"

非常了解方雨林的丁洁开始意识到，"这家伙"一定有什么重要的话要跟她说。他这是在为后头的话做铺垫哩。她稍稍打量了他一眼，不动声色地说道："往下说。""到如今，我俩虽然每次到一块儿总是磕磕绊绊、顶顶撞撞，但我俩依然是真心在为对方着想的。是吗？""说下去。""请你先确认这两点。""大概是吧。""那好，今天我有一件事相求。"（开始了，丁洁的心免不了有些慌张了。）"你求我？""是的。""说下去。""你能暂时不跟任何人谈恋爱吗？……"

丁洁一愣："什么？"

方雨林用心地盯着对方的眼睛，加重了语气说道："我说的只是暂时……"

丁洁也加重了语气："我问你为什么？"

方雨林耷拉下眼皮，装出一副无所谓的样子："没什么为什么。"

丁洁却叫了起来："没什么为什么？'没什么为什么'你方雨林会说出这种愚蠢至极的话？"

方雨林抬起头，让自己的眼睛正对着丁洁，极严肃地说道："请你明白，方雨林今天一没有喝醉，二没有发神经，三没有吃错药。他只是真诚地请求你，暂时别跟任何人谈恋爱，请你一定相信他的话。”

丁洁怔怔地看着方雨林：“没有理由？”

方雨林犹豫了一下，为难地：“是的……没理由……”

丁洁又追问了一句：“没有任何理由？”

“是的，没有任何理由……”

丁洁不作声了。两个人在冬日极明媚的阳光下默默地又站了一会儿，上车走了。一路上，两个人一直保持着沉默。车子开到一个岔道儿口。方雨林请丁洁把他搁到这儿。这儿有一趟公共汽车可以直接到他家的胡同口。丁洁居然一声不吭地把车停了下来。方雨林下了车，在关上车门前，他似乎还有什么话要对丁洁说。他试探性地去看了看丁洁。丁洁依然板着脸，似乎不想再跟方雨林说什么。他犹豫了一下觉得没趣，什么也没再说，便关上车门走了。走了十来米，他又回过头来看了看。只见丁洁依然没启动车，仍在原地停着。她也没注视他，只是板着脸，呆呆地视而不见地盯着正前方。后来公共汽车来了，这是一辆挺脏的公共汽车。方雨林走了，走很远了，丁洁却依然一动也不动地呆坐在她那辆精致的墨绿色欧宝车里，久久地……久久地没有启动。她什么都没想，只是有一点发蒙。她明白，方雨林正像他自己说的那样，本性十分正直，既然他说了她暂时最好不要跟“任何人”谈恋爱，一定是有十分正当的理由的。而且一定是为了她着想的。“任何人”——指谁？周密？

第二天早饭桌上，丁司令员和丁母都觉察出丁洁神情挺郁闷，但又都怕“碰钉子”不敢贸然开口问。两个“可怜的”老人相互交换了一下眼色。丁母往丁洁面前的碟子里夹了个小包子。丁洁马上把小包子又夹回到小笼屉里，不高兴地说道：“想撑死我？”说着便撂下碗筷，取出一张餐巾纸，抹抹嘴，回楼上房间去了。丁母接踵而至。

“你到底怎么了？昨天回来就吊着个脸，跟谁都不理不睬的。”丁母堵在房门口说道。“哎呀，你们烦不烦！”丁洁跺着脚嚷道。看她这会儿任性的娇小模样，你绝对想象不出在电视台新闻部全体编辑记者大会上，她居然能做得那般宽容厚道深沉睿智明慧。小女子，难道你们的名字就该叫“善变”？

半个小时后，丁母一无所获，下得楼来，闷闷地坐在老头儿的边上。丁司令员坐在客厅的大沙发里正在翻阅着大参考以及中央、军委下发的文件。丁洁穿着整齐，收拾停当，拿着皮包，“噔噔噔”跑下楼。正要开门，丁司令员一下叫住了她，然后又对丁母做了个手势。丁母会意地回避开了。

客厅里只剩下父女俩。

丁司令员温和地说道：“我能帮你做点什么？”

丁洁眼眶立即湿润了，强忍住眼泪，摇了摇头。

丁司令员继续轻声细语地：“谈一谈的可能性都没有？”

丁洁犹豫地：“爸……”

丁司令员点点头：“说下去。”

丁洁恳切地看着父亲：“最近……您……关于……关于周密，听说了什么？”

丁司令员意外地：“周密？周密他怎么了？”

丁洁惶惶地：“他没什么……”“他没什么，你干吗要这么问？”“真的没什么……”“小洁，爸从来不干预你的个人生活……”“我知道。”“你好像也过了那个需要家长经常用伦理道德教条来敲打的阶段。虽然有时还常常爱使点小性子，在喜欢你的人跟前撒个娇什么的，但总体上，在一系列大的问题上，你是能让我们放心的。不过有句话，我还是要提醒你。俗话说，高处不胜寒啊！别让这高处的‘寒’，妨碍了你自己……”“谁也没妨碍我。您真的在有关场合没听到什么人议论周密？”“没有啊！”“没有就算了。”

上午开完新闻部全体编辑记者例会，布置了下周的报道重点。待大家散去，丁洁单独把专跑政法口的女记者小高叫到自己的办公室里。

“你最近好像不太来劲儿，怎么了？一点新的东西都搞不来。”她嗔责道。“你让我怎么弄嘛，这也不让报，那也不让报……”小高埋怨道。“谁不让你报了？”丁洁喝了一口凉白开，润润干燥的嗓子眼儿。这两天上火，总觉得哪儿都不得劲儿。“不是您自己宣布的嘛：上边有谕，未经允许，不得擅自报道‘12·18’大案！”“那也没让你不去报道别的案子。最近他们内部有啥惊人消息，关于上层人物的？”

小高慢吞吞地：“反正，名堂总是有的……”

丁洁眼皮一跳：“是吗？”

小高凑近丁洁坐了下来：“原先搞‘12·18’大案的那一帮人突然失踪了。据说都集中在一个什么地方，闷头大干哩。”

丁洁说：“有什么具体新闻线索可以抓的？”

小高叹了口气道：“不行啊！连人都见不上，还抓啥新闻线索。有时偶尔见上一面，那嘴也好像灌了铅似的，一点风都不透。真怪了！”

丁洁故意说道：“怎么，凭你小高这魅力，也拿不下他们？”

小高也故意叹道：“不行喽，老了！”

丁洁静下神，布置道：“说正经的。这一段给我留点神，摸摸那边的情况，包括反贪系统的，看看他们内部又有什么人犯了什么事……”

小高敏感地问：“有什么特殊需要吗？”

丁洁忙掩饰：“有啥特殊需要，就是想抓点新闻线索呗。”

小高调皮地打了个立正：“Yes Sir!”然后又关切地说道：“丁姐，最近你太辛苦了，瞧你眼圈都黑了，瞧着像个风尘女子似的……”

丁洁啐道：“你才像个风尘女子！”

小高正经道：“人家正经关心你嘛。听说资生堂的眼霜能防治黑眼圈。就是贵了一点，有一千多一瓶的，也有八百多一瓶的。用雅诗兰黛也行，一瓶也就六百多。”

丁洁笑道：“口气不小，六百多，还‘也就’！我一个月才拿几个六百？”

小高笑道：“哎呀，你跟我哭啥穷嘛！我又不跟你借钱。”说着，“咯咯”地留下一串笑声，赶紧跑了。等办公室里只剩下丁洁自己一个人时，她又烦躁不安起来，一时间居然不知道做什么才好。

46

晚上刚擦黑那会儿，九天集团公司本部的大楼里已经没什么人了。准备下班回家的廖红宇收拾了自己的东西，向楼下走去。刚走过冯祥龙办公室门前，冯祥龙突然从门里走了出来。

廖红宇吓了一大跳，叫了一声："我的妈呀！"拍拍自己的胸口，对冯祥龙说："我的大经理，人吓人是要吓死人的！"冯祥龙却一语双关地说道："我以为你廖红宇天不怕地不怕，鬼也不怕哩！我正要找你哩，上我屋里坐一会儿吧。"

冯祥龙把廖红宇让进自己的办公室，告诉她："昨天上边转来一封揭发信。有一个叫'民心'的混蛋家伙，你知道不？"

廖红宇装糊涂："民心？咱公司有叫'民心'的吗？"

冯祥龙一边注意廖红宇的神情变化，一边哼哼道："自以为代表民心。哼！你要是能找到这个混蛋，就替我转告他……"

廖红宇忙说："我怎么能找得到他？"

冯祥龙说："我想告诉这个家伙……"

廖红宇说："冯总，你的话还是等找到那家伙了再说吧。"

冯祥龙却继续往下说道："俗话说，为人应该多栽花，少栽刺。后退一步，天宽地阔。多个朋友多条路。何苦非要把人往死里整？"

廖红宇说道："我想这个'民心'也不是为他自己争点啥，也不是非要整死谁。冯总，但凡替那些下岗职工想想，替那些本来可以办得好好的国营企业想想，大概就能心平气和些了。"

冯祥龙没再跟廖红宇争辩下去，只是默默地坐了一会儿，突然从抽屉里拿出两厚摞百元一张的人民币，往廖红宇面前一推："请转交那位'民心'女士，我冯祥龙想跟她交个真正的朋友。以后不管她有什么样的为难事，都可以来找我冯祥龙！”

廖红宇忙说：“我……我……哪儿去找这位‘民心’同志？”

冯祥龙突然语调温和起来：“廖助理，你今年高寿？四十五？四十六？我们是同一代人啊！当过红卫兵，有的下乡，有的去当兵；有幸的，恢复高考赶上个头班车，下海游泳混个大小老板当当。不幸的，回城进厂子当劳工，说得好听点，当家做主人。当年高举‘革命大旗’的是我们，现在为改革开放当先锋的还是我们。我们这代人有幸、不幸，全在于这一点：我们总是替他妈的别人着想。我们什么时候能为自己想想呢？就像眼下这二十啷当岁的这一代人那样，三个饱一个倒，卡拉OK去干号！你为你自己想过没有？你真的一点都不为自己想想？四十五六岁的人了，真的不为自己今后想想？”说着说着，他脸色阴沉下来，眼神中流露出极度的不平和愤懑。

廖红宇忙站起来：“对不起，我能走了吗？”见冯祥龙并没阻拦的意思，便赶紧走了出去。听着关门声，冯祥龙似乎在心里作了个什么决定，他闭起眼睛，又默默地独自坐了一会儿，然后把那两摞钱放回抽屉里，抓起电话，给他的人下了一道命令。

后来的事，廖红宇当然是想象不到的。从大楼内部自行车存车处取出自己的车，一路向家骑去。她本想去老街取回复印的账本。已然骑进了那条老街，却发现身后有人跟踪。她索性放慢了速度，从老街另一个街口骑了出去。骑到一个公用电话亭跟前，停了下来。跟踪她的那个人（也骑着一辆车）装出一副不在意的样子，不紧不慢地从她身边骑过去，骑到前边二十来米处一家小店门前，也停了下来，略略地倒转身子，斜过眼来注意地观察着廖红宇。

廖红宇拿起电话，拨了个号，略有点慌张地告诉老肖（就是那家的男主人），今晚她不能去他家了，有人跟上她了，让他把那些复印的账本妥善保管。老肖挺关心地问：“又出啥事了？咋的突然间又有人跟踪你了呢？”廖红宇告诉他关于“民心”的事：“没想到上边把这封信转下来，交给了冯祥龙。”老肖忙说：“那会不会是冯祥龙这小子派人在跟踪你？”廖红宇说：“好了，我不能跟你多说了。我在外头打公用电话哩。你千万替我把那些复印件藏好了……”而后老肖又告诉她，从昨天开始，省里市里好多家新闻单位突然猛劲宣传九天集团公司，宣传冯祥龙。“这是咋回事呢？这边群众意见一大堆，吵吵着检举揭发的，那边扯着嗓门给评功摆好！”老肖愤愤不平地说道。廖红宇解释道：“嗨，这你还不懂？最近这几天的宣传都是冯祥龙拿钱买的。我的肖大哥，不能再像从前那样了，以为报纸上的东西全都代表党中央，再不是那么回事了。好了，我挂了。”说着，急忙挂断了电话。待她骑着车拐进自己那个住宅小区，天色已经完全黑了。存车时，她注意到在楼的另一边，一辆很旧的桑塔纳轿车从黑黢黢的楼影里开了出来，向廖红宇住的那幢楼开去。等她急急地走到自己家楼下，那辆桑塔纳车已经停在楼门前了。

廖红宇一开始并没怎么把它当一回事。下班时间嘛，来个车走个车，常有的事。但她从这辆车旁经过时，无意中扫了一眼，发现这辆车居然没挂车牌号，她心里“咯噔”了一下。旧车不挂车牌号，想干吗？这才有一点紧张。她稍稍留心地看了一眼，车里黑乎乎地，悄没声息，好像也没人。她又四下里张望了一下，周围一片寂静，也没发现别的什么异常，这才松了一口气，放心大胆地向自家楼门洞里走去。

楼门洞里，漆黑一片，可以说是伸手不见五指，又冷得很。廖红宇站了一会儿，让自己适应了门洞里的这一片漆黑，然后伸手摸墙上的灯开关。就在她的手快要接触到灯开关的那一瞬间，突然有人从后面低低地叫了一声：“廖红宇？”（后来她分析，这是那帮家伙动手前在做最后的确认。他们不想砍错了人。）廖红宇一惊，回头应了一声：“谁？”黑暗中又有人闷闷地问了一句：“你是廖红宇吗？”廖红宇本能地把皮包往怀里一抱（事后她说，当时以为自己遇到了劫贼哩），大声喝斥道：“你想干啥？”

接着便有一个凶猛的声音从一旁蹿出："想送你回老家！"只见隐隐地刀光一闪，廖红宇只觉得自己头皮上冰凉地一麻，身子着了重力似的摇晃了一下，脸上便有热乎乎的东西往下流淌。她赶紧捂住自己的头，一边仓皇往楼上跑，一边喊着："杀人了！杀人了！"

这时，迎面站起一个黑影，照准她的头部又是一刀。

廖红宇一下子从楼梯上滚了下来。她没有停止叫喊，但声音显然已经有些嘶哑了："杀人了……快来抓坏人啊……有人杀人了……"又有几条黑影围上来，对准她砍了三四刀。廖红宇在地上挣扎、爬动、喘息，低低地叫喊："快……快……快抓……抓坏人……"事后分析当时的情况，楼里住着那么多人家，我们不奢望他们一起冲出来逮住这些暴徒，但至少可以做到在听到门外的叫喊声后，赶紧冲出来，齐声叫喊，把暴徒们吓跑，让廖红宇少挨几刀。但实际上却不是这样。住二楼的一对年轻夫妻闻声已经冲到门口了，却不敢再往外冲了，他俩浑身打着颤，在门背后呆站着，完全吓呆了。三楼，住着一个单身中年男人，租的这房子，大约有半年工夫了，每天打的上下班，谁也弄不清楚他在哪儿"高就"，从来也不跟楼里任何人打招呼。他听到外间的动静后，只是摸黑坐在破旧的沙发里，紧紧地抱着那只凶恶的狼狗，瞪大了双眼，脸上什么表情也没有，倾听着，却一动也不动。但还是有几家的门打开了（一道道灯光顿时从这些门里蹿出），也出来人了，但头几分钟里，他们只是在自己家门前低声言语，相互询问："咋回事？""搞什么名堂呢？"……谁也没想到就在他们眼皮底下发生了一起行凶报复杀人的恶性案件。

一直到廖莉莉听出在楼下求救的是她妈妈，惊叫了一声："妈——"便向楼下冲去时，他们才纷纷惊醒，跟着往楼下冲去。这时，几个歹徒相互掩护着，已有计划地分批撤出"阵地"，坐上那辆没有挂车牌号的桑塔纳旧车，扬长而去。

廖莉莉抱起倒在血泊中的廖红宇，一个邻居老先生忙提醒她赶紧打电话叫救护车。这时廖红宇头上的伤口已火烧般灼痛起来，被切断的皮肤血管肌肉筋腱凶凶地好像都要爆炸了，汩汩流下的血已把她的眼睛整个糊住，但廖红宇还竭力保持着清醒。她挣扎着让廖莉莉先不要叫救护车，先扶她去派出所报案。

派出所离小区不远，就在煤气站隔壁。但不知为什么，当晚的那个值班民警对依然还血流如注的廖红宇极其冷漠："你就是那个廖红宇？这么大岁数了，还跟人打架？"廖莉莉一听，肺都要气炸了，真想冲上去揍他一顿，但此刻不是打架的时候，只好强忍着气愤，咬着牙喊道："谁跟人打架了？是他们砍了我妈！"

那个值班民警也就二十三四岁的样子，看他那神态，事先好像是得到过某种"暗示"。比如说是这种暗示："嗨，哥们儿，今晚你值班？保不齐会出什么事哩。要是有个姓廖的丫挺的脑袋开了瓢，你少管那闲事。这丫挺的，最不是个玩意儿了，吃饱了撑的，净他妈的装孙子，跟咱大哥过不去。"或许还有别的什么幕后交易，就不知道了。但有一点是肯定的。当晚，他自始至终对报案的这对母女持爱理不理的态度，连笔录都没好好做，只是浮皮潦草地写了二三十个字，说了声："行了行了，写个情况，回家等着吧。有什么结果会通知你们的。"就把廖家母女俩打发了，连现场都没去看一下。一直到"12·18"大案结案，杀害张秘书的凶手被押赴刑场，绳之以法，那晚对廖红宇行凶的几个凶手却还依然逍遥法外。

生活中，我们都痛恨腐败和腐败分子。数落这些人和事时，我们都能做到咬牙切齿，挥斥方遒。但一旦"腐败"笑嘻嘻地扭动着腰肢以各种不同的形式贴近你的时候，你又会觉得"她"挺可爱，因为"她"能超规范地满足你种种本能的欲求，种种消费的欲求，让你轻松获取轻松——以伤害他人和社会的规范为代价。这时，你会讨厌像廖红宇那样的人，觉得他们不近人情，不谙世事，没有人味，视之为"怪物"，轻则疏离他们，甚至于处处跟他们过不去。并不是说大家都应该喜欢他们，但至少在他们迫切求助时，都能伸出手去拉一把。中国进步到今天，只知道拿一块馒头去蘸革命者砍头后流下的鲜血治自己儿子的病的人肯定是不会再有了。但是拿着其他种种的“馒头”去蘸“改革者”和“反腐败者”的鲜血，以望填满个人欲壑的人，绝对还没有绝迹。至于为了一己私利（往往只是蝇头小利）而麻木不仁地助纣为虐的事情也许还会发生在我们自己身上。不能说这样的现象日趋严重，但如不很好解决，它的确会影响我们民族的素质和历史的进程。如若不信，请稍待时日（比如二十年左右，你我都还能活着看到那一天），便可见出一个分晓了。

47

手术进行了两个来小时。一直脸色苍白地等候在手术室门外的廖莉莉却觉得这不是两个小时，而是二十个小时，或者更漫长，几乎没有尽头。来了不少人在手术室门外守候，有蒋兴丰，有老肖一家，有路南区检察院和市公安局的一些同志，还有橡树湾的一些干部和职工，来人中还有冯祥龙。

手术后的第二天，廖莉莉发现妈妈不会说话了。“大夫，您给好好瞧瞧吧，我妈现在怎么说不了话了？”她急得快哭了。正在查房的苏大夫一时也查不出真正的原因，刚想说几句安慰的话，平平廖莉莉的心，一个护士走了进来，低声告诉他，来了两位省反贪局和公安局的同志，要找他了解廖红宇的情况。

“现在没法跟廖红宇谈话。她突然不能说话了，出不来声音……”苏大夫无奈地耸耸肩，对两位司法部门的同志说道。

“她没有伤着嘴，也没伤着咽喉，怎么说不了话了？”那两位同志问道。

苏大夫指指头部："这儿突然受了刺激，也会造成失音。心理的问题、神经性的，都有可能。"

"这得多长时间才能恢复？"

苏大夫叹了口气说道："这就难说了。"

"我们急需跟她谈一谈。只有她本人看到过凶手。她能不能尽快向我们提供凶手的情况，对于能不能尽快地抓住凶手，特别关键。"

苏大夫满口答应道："我们一定努力，尽快让她恢复说话的能力。"说话间，苏大夫口袋里的手机响了，给他打电话的是冯祥龙。冯祥龙是苏大夫的朋友。有一回他驱车经过苏大夫家门前（那时他还不认识苏大夫），见几个泥瓦小工在一个满脸横肉的工头指挥下正扯着一个白面书生模样的人要动武，他停下车上前打探究竟。那白面书生（苏大夫）为装修自己的私家诊所门脸儿，欠了那工头一笔为数并不多的钱（大约一万二三千元）。他们动武，就是为了讨债。冯祥龙听说苏大夫是市二中心医院的外科主刀大夫，立即动了恻隐之心。当场把自己的名片给了那工头，由他担保，在新限期之内，保证归还拖欠的工款。以后他俩就交上了朋友。凡是冯祥龙所有不宜公开去大医院治疗的病，都由苏大夫包下了。即便他治不了的，也由他介绍他的朋友来为其治疗。杜海霞两次怀孕，就是由苏大夫给解决掉的。事情办得一点不露痕迹，还没给杜海霞留下一点后遗症，让冯祥龙特别满意。冯祥龙因此要出高薪正式聘请苏大夫为集团公司的"医疗顾问"。不知为什么苏大夫对这个"肥差"却婉言谢绝了。"朋友就是朋友，一'顾问'就变味儿了。"苏大夫这么解释。是否还有别的原因，就不得而知了。冯祥龙也没勉强他，但从此以后，两个人的朋友关系却是越走越近。

"兄弟，忙着呢？"手机里传来冯祥龙的声音，苏大夫忙向两位司法人员点头示意，拿着手机便进了另一个房间。"听说廖红宇就住在你管的病区里，这可真是不是冤家不照面了。还得委屈你老弟给她多多关照。

这个女人前半辈子太自以为是，不该她管的她说的，她都管得说得太多。我看，真该让她消停消停了。至于怎么才能让她消停下来，现在她是你手里的病人，你老弟会有高招的。一切花费，你不用担心……”冯祥龙直截了当地给自己这位“兄弟”吩咐道。“到底怎么回事？你跟这个姓廖的啥关系？”苏大夫小声地问道。“你别问。知道得太多，对你没好处。你想办法让她消停了就行。我想你会有办法的。”冯祥龙又叮嘱道。

这时，住在病房里的廖红宇好像仍处在半昏迷半清醒状态，放在床头的一个半导体收音机在小声地放送着东北二人转。过了一小会儿，她艰难地抬起一只插着管子的手，对廖莉莉指指那个收音机。廖莉莉不明白妈妈这个动作是什么意思，是要把声音放大呢，还是放小，还是关了它。廖莉莉先把声音拧小了，廖红宇立即摆摆手。廖莉莉赶紧又把声音放大，廖红宇这才点点头，并对廖莉莉招了招手，让她靠近她床边蹲下（病房里住着五六个病人。廖莉莉向院方要了个白色的屏风，把妈妈的病床跟其他人的病床隔开）。等廖莉莉在她床头蹲下后，她突然很低地说了句：“闺女，你听着……”

廖莉莉真是大吃一惊：“您……您能说话？”

廖红宇忙做了个噤声的手势：“嘘……”（她居然还能做手势！天哪！看来术后这一天多的“昏迷”也是装的了！）

但聪明的廖莉莉看出这一切都是妈妈有意所为，是防备坏人进一步加害于她，而故意设下的迷魂阵，最起码也是为了麻痹那些坏人。而这时，她是有要事交代，便竭力压住内心的惊诧和喜悦（看来妈妈的伤痛并不是那么严重），赶紧俯下身去，把耳朵凑到妈妈嘴边，听她吩咐。廖红宇只匆匆说了十来个字：“掩护我伪装，戒备这个苏大夫。”有护士来送药，她赶紧又把眼睛闭上了。

48

傍晚时分，往往是电视台新闻部最安静的时刻。准备好当晚播出的本市新闻，忙得晕头转向的记者、编辑，包括几个小时一直不得空闲的新闻部主任，这一刻最想做的事，往往是端一杯咖啡或浓茶，躲到某个只属于自己的角落里，“窝”上那么一小会儿。丁洁有自己的角落，那就是用大块玻璃与大办公室隔开的“主任办公室”。这时候，大家都知道，除非有天大的突发事件，否则谁都别去打扰她。

但是，那一天，那个年轻的女记者小高却偏偏在这时推开门，把自己那个剪成男孩儿式短发的小脑袋探进去，招呼道："主任，没事了吧？我回去了。"

丁洁一副被惊醒的样子，忙坐起："啊……你走吧。"

小高不仅不走，还偏偏从虚开的门缝里挤了进去，做出一副怜惜的样子说道："主任，您也回吧。"

丁洁没说话，只是瞟了她一眼。电视台的人谁都知道，在晚间新闻播出前，作为新闻部主任的她，一般是不能走的。她得盯到播出结束。小高在新闻部已经干了两三年了，说不上资深，也应该说熟悉这一套行规了。她今天挤进门来说这一番“废话”，绝对是另有所图。丁洁太了解这些精明的“现代化小丫头”了，所以懒得再跟她多说什么，只是“且听下回分解”。

果不其然，在一旁蔫蔫地站了一会儿，小高突然弯下腰来，悄悄问道："怎么了？一个人在这儿发什么呆呢？恋爱出故障了？"

丁洁笑着啐她："什么乱七八糟的！我在考虑工作。"

小高撇撇嘴道："得了吧，我的大主任。在这个年龄段，谁不清楚，为工作而发呆和为爱情而发呆，那模样那神情是完全不同的。丁姐，到底怎么了？快说嘛！周副市长好长时间没给您打电话了……"

丁洁笑道："你昏了头了，跑新闻跑到我身上来了？跟我扯什么市长副市长，净胡说！"

小高拿起自己的皮包，一边笑着向外跑去，一边还热心地劝说道："主动给人家打个电话吧，别在这里苦苦折磨自己了。"过了一会儿，她又跑了回来，说道："忘了告诉您一件事，刚才台行政科通知，让我们明天一早派人去他们那儿领工作服……""又发工作服？不是上个月刚发了一套吗？"丁洁问。"嗨，又不要您自己掏钱，管他呢！每天发一套才好哩！"小高甩着自己那个小皮包说道。"什么不掏钱？上一套每人不是掏了五十元？"丁洁反驳道。小高叫了起来："我的大主任，一套纯毛西服让您个人只掏五十元，您还觉得吃大亏了？您真够可以的！"丁洁问："这一回是哪个企业赞助的？""听说是九天集团。"

又是这个九天集团，丁洁没再问下去。这个九天集团最近拼命地在新闻媒体上"投资"。前不久刚给电视台每个办公室送了一个纯净水饮水机。没几天又每人送一套工作服。昨天还听说，他们又决定出资三百万，赞助电视台建托儿所……这个冯祥龙钱多得烧手了！当然效果也是非常明显的。电视台这几天天天播放跟九天集团冯祥龙有关的专题片，就跟做大广告似的。电视台专题部差不多都成了九天集团的广告部了。前天晚上有人打电话来报告说，九天集团发生一起特别奇怪的伤害案。一个叫廖红宇的经理助理在自己家的门洞里被人砍了四五刀。这个廖红宇前不久刚写了一封匿名信揭发九天集团的许多问题，就让人砍了。当时丁洁已经通知小高带人去拍一下现场，准备留一点相关资料。最近她听许多人都说，这个九天集团，尤其是这个冯祥龙，有朝一日肯定要出事。他那个德行都不出事，那就是咱们这个省真有问题了。但经请示台领导，台领导愣是不让拍。说，九天集团的事特别敏感，不要去碰。

"什么叫特别敏感？"当时丁洁还追问了一句。台领导没做更多的解释，只说了一句，这牵涉方方面面许多关系，能不去碰，还是不碰的好。

“干什么不好，干吗非要去碰它呢？”领导最后说道。是的，以中国之大，可拍的东西太多太多，何必自寻烦恼，偏去碰这么个“刺儿毛球”呢？

丁洁不作声了。父亲常常教导她，在外做人做事都要特别的谦虚谨慎，一定要考虑到影响问题。“出什么事，人家都不会怪你，总是要怪到我头上来。他们会说，看，这个司令员，怎么教育自己的闺女的嘛！”正因为如此，在家里、在熟人面前有诸多任性的她，在自己下属和生人面前，总是要把很大一部分真实的自我收藏起来，做出一副敛容的样子。

那些日子里，方雨林一直在忙着寻找那天冲击车祸现场的二十几个山民，想从他们嘴里找出在幕后策划此事的总后台。最后搞清，策划者居然是那位市政府秘书阎文华。材料报到金局长跟前时，局长大人还真有点不相信。因为在这同时，局里又让郭强去交通大队认真核实了一下那起翻车事故。郭强回来汇报说：“可以说搞清楚了，完完全全是一起违反交通规则造成的普通车祸。这两个家伙原先就不怎么会开车，那天急着上谁家去喝喜酒……”方雨林说：“会不会是有人故意把他们灌醉了，又把他俩弄上车，制造了这样一种普通车祸的假象？”郭强说：“他们是去新娘新郎家的路上出的车祸，还没喝到喜酒哩。”

既然是一起普通交通事故，现在无法解释的是，市政府阎秘书为什么要组织双沟的人去冲击事故现场？他好好的一个市政府秘书当腻了？还有一件事，更加让人百思不得其解，破案小组的两位同志奉命秘密搜查阎秘书的家，没搜到别的什么东西，但是，出乎意料的是搜出了一条黑白花围巾，跟周密的那条完全一样。

“完全一样？”市局的几个局领导都愣了。

“是的，完全一样。”去搜查的侦查员十二分肯定地说道。“那天在小杂树林里跟张秘书接头的可能是这位阎秘书？整个策划杀害张秘书的，也是这位阎秘书？他为什么要这么干？难道说，他跟东钢三十万份内部职工股有重大牵连？如果来行贿我的那两个双沟人，真的是死于车祸，这个阎秘书又为什么要组织一帮人来冲击车祸现场呢？”方雨林提出一连串疑问没人回答。静了一会儿，马凤山提议：“查一查，案发当天，这位阎秘书去来凤山庄时，围没围那条黑白花围巾？”方雨林马上答道：“没有。关于围巾的问题，我们一开始就已经查过了，案发当天，在整个来凤山庄，只有周密一个人围了一条黑白花围巾。”郭强分析道：“有没有那样一种可能，这个阎秘书为了嫁祸于周密，去来凤山庄时，偷偷地围了一条黑白花围巾，去后门外的杂树林边上，跟张秘书接触……”方雨林马上反驳：“他为什么要嫁祸于周密？周密是他的好朋友，有恩于他。再说，拐着弯儿让那条黑白花围巾留在照片上作证嫁祸于周密，这种做法也实在是太玄了。因为事先谁都不可能预测到，谁在跟张秘书接触时会被哪一位记者拍下来的……除非那个记者也是他们一伙儿的。”郭强说：“还有一种可能，他围着这条黑白花围巾，是作为一种标志物，万一有人远远地在现场看到他，就可能据此认为是周密在作案。”方雨林很不痛快地说：“我真不明白，你为什么一定要把整个事件往这个阎秘书身上引？”

马凤山觉察出方雨林情绪过热，立即强压了一下道：“方雨林，注意听取不同看法。”然后又对郭强说道：“继续说说你的看法。”

郭强略略打量了一下方雨林，才继续往下说道：“两位领导都在，我说说我心里的感觉。从案发那天接触这个案件，一直到今天，我一直不能接受这样一种结论，说周密是这起谋杀案的幕后策划者，更无法想象这样一个人会直接杀人。周密为什么要杀人？上上下下，他口碑极好，可以说前程似锦，下一步他很可能是市长、市委书记、副省长的接班人。就算他一时糊涂，从张秘书手里拿了那三十万份职工内部股，怕暴露，作为一个副市长，他还是可以有很多办法来遮盖抹平这件事的呀！也不至于去亲手杀人嘛。如果周密平时特别霸道，特别贪心，为人办事手段特别狠毒，那又是另一回事。从全国的情况来说，副市长雇人杀害市长，副县长雇人杀害县长，省委秘书长诬陷省领导……这样的事情已经不是一起两起了。但你仔细翻翻老底，这些做坏事的副市长、副县长、秘书长，为人原先就不怎么的。可是周密的为人，我们大家都是清楚的，在中年干部中，应该算得上是个佼佼者了吧？在找到第二条黑白花围巾前，我的确没话可说。现在又出现了一条黑白花围巾，我觉得我们还是一锥子扎在周密身上，对别的都不顾不问，于情于理真的都说不过去。这样确定我们的侦查方向，我觉得是有问题的，是要误大事的！”

马凤山立即问：“那你说，下一步应该怎么办？”

郭强惶惑了一下：“我不是破案小组的，我说行吗？”

马凤山严肃地说道：“你不是破案小组的，你还是重案大队的大队长嘛！”

郭强忙正色道：“那我就说了？首先，当然要把这个阎秘书列为我们的侦查重点。其次，我们要在那个杂务工身上下大工夫，下大力气找到另一个杂务工。我觉得另一个杂务工开枪杀人的可能性不是没有的。”

“杂务工开枪杀人？新观点。有意思，有意思。”马凤山虽然连连称赞，但没下什么结论，也没做任何具体部署，看看已到午饭时间，便挥挥手，打发众人去“喂脑袋”。

市局机关食堂跟所有的机关食堂一样，中午这一顿总是“人山人海”。即便全是维护社会秩序的主力，但在此时此刻，照样有不少人夹塞儿插队。方雨林买好饭菜，正四处找座位，郭强端着饭菜走了过来。

郭强拿胳膊肘碰碰方雨林：“不高兴了？”

方雨林笑笑：“我有啥不高兴的？”

吃罢午饭，方雨林推着车子刚出了市局，郭强推着车子就跟了上来，取并肩走的姿势，对方雨林说道：“你说你这个人，至于吗？你就非认准那个周密不可……”

方雨林忙“嘘”了他一声，提醒他别在光天化日之下说什么“周密”。这时。他俩腰间的 BP 机同时响了，两个人看了看，撂下车子同时转身向局大楼跑去，呼他俩的是马凤山。

“你俩可好，吃了饭也不打一声招呼，拍拍屁股就颠了？”待他俩气喘吁吁跑进办公室，马凤山笑着责怪道。金局长也在马凤山的办公室里。郭强忙向两位主管领导解释：“我们以为已经没事了哩。”

金局长说：“路南区发生一起非常特殊的伤害案。九天集团公司总经理助理廖红宇昨天晚上被人砍了五刀。但由于受的刺激太深太重，受害者精神出了点儿问题，不会说话了。反贪局提供了个情况，他们最近接到一封化名举报、揭发九天集团公司总经理冯祥龙经济问题的信。据他们初步查证，这个化名者可能就是廖红宇。如果情况确凿，这起案子的性质就相当严重了。反贪局要求我们派刑侦方面的力量，和他们一起工作。我已经给路南分局打了电话，让他们派人协助市反贪局工作。你俩谁要有时间，也去关心一下这个案子。”“那个冯祥龙不是省里十佳企业家吗？去年搞了个大型商城，一直火得不得了。这几天天天见他在电视上亮相。”郭强说道。金局长说：“没人说冯祥龙一定和这起伤害案有关。但事情发生在受害人刚写了举报信不久，这性质尤其严重。”马凤山对郭强说：“你这就去路南分局，最好亲自去看一下现场，再到医院接触一下受害人。”

郭强赶到市二中心医院，那位苏大夫却执意不让他接触廖红宇，理由是，廖红宇至今还不会说话，不能再受刺激。拒绝了郭强以后，这位姓苏的大夫通知廖莉莉：“今天要给你妈做一次全身检查。”廖莉莉立即警惕地反问：“全身检查？上哪儿做？”苏大夫说：“还能上哪儿做？就在我们医院做。先去 CT 室，做一下脑部造影。”

不一会儿，便有两个人高马大、长着一脸肉疙瘩、皮肤又黑又紫的男护理工推着个平车来接廖红宇。廖莉莉寸步不离地跟着，并且紧紧地抓着妈妈的一只手，警惕地注意着那两个护理工的每个举动。

车在一个治疗室门前停了下来。廖莉莉用心打量了一下，发现治疗室门上没注明是 CT 室，一时间疑心顿起，正要发问，车已经往里推去了。

廖莉莉赶紧拉住车，大声问："这……这是CT室吗？"

苏大夫生硬地说道："不是CT室是什么？你在门外等着，松手。"

廖莉莉犹豫了一下，不想松手。一个护理工走来，想扳开她们娘俩的手。这时，廖红宇却紧紧地拉着女儿的手不肯松开。从虚眯的眼缝里，她看到这间治疗室空空如也，没有任何医疗器械，根本不像一间CT室。苏大夫催促道："请病人也松开手。"廖莉莉又迟疑了一下，只得说道："妈，我就在门外，您放心！"廖红宇这才极度忐忑地松开了手。

平车一进屋，那两个男护理工就走了。苏大夫立即把门锁死，并且把窗帘拉了起来。当听到窗帘上端的金属环爽朗朗地响动，室内的光线一下子暗下来，"咣当"一声室门被重重地锁上的时候，廖红宇一下从平车上坐了起来，十分紧张地看着眼前这位苏大夫。

苏大夫平静地走到廖红宇面前，拉过一把椅子，正对着廖红宇坐了下来。

"廖女士，请您躺下。您的伤口还没好……把您请到这儿，是想跟您随便聊聊。"他说着一口夹带着南方口音的普通话，让听惯了一口一个"干哈（啥）呢"、充满大粒子味的东北话的廖红宇觉得挺别扭。她没照他的意思躺下，关键时刻，她知道该怎么办，她不会顺着别人的意思走。除非事实证明她自己错了，否则她是不会拐弯儿的。"您把心放宽了，您血压偏高，别太紧张了。先向您解释一下，我不是公安局的人，也不是检察院的人。我是冯祥龙的朋友，但不是他的走狗，我就是一个大夫。一个有私心的大夫，但还知道大夫为何物的大夫。这段时间，一直是我负责给您治疗，所以我非常了解您的病情。我知道您会说话……有人跟我说了您的情况，说您揭发了你们九天集团的总经理冯祥龙。他们就是为了这事儿，要您的命！"

廖红宇紧张得脸部的肌肉都在微微地抽搐。但为了控制住自己的情绪，她慢慢地躺了下去，并闭上了眼睛。

“几分钟前，冯祥龙跟我通了电话……”苏大夫说得不紧不慢。廖红宇听着，却跟电打了似的，腾的一下，又坐了起来。

“我也是这两年才慢慢地真正认识了冯祥龙。在这个世界上就有这么一号人，啥都想占，啥都想搂，恨不得把全世界都搂进自己的腰包里，还不许别人哼一哼……”

廖红宇无比紧张地：“你……你到底是什么人……”

苏大夫苦笑笑：“我……怎么跟您说呢？一个不好不坏、好也好不起来、坏也不敢多坏、中不溜儿丢那么一个东西……”

“你……你想干啥？”

“放心。就是搁一百万在这儿，我也没那勇气杀您。但……我也不知道能为您这样的人做点啥……”

廖红宇怔怔地呆住了，等待着，不知道此时此刻是信他说的好呢，还是不信他说的好。“我这么跟您说吧，”苏大夫接着往下说道，“您现在处境挺危险。那些要您命的人，可能不会让您太太平平出这医院的。我知道您现在装着不会说话，装着神志不清，是想让那些人别来再害您。可您这样，还是不太保险……我不是上您跟前来充英雄好汉，我……我也不是一个好管闲事的人。虽然年轻时也热情澎湃过，但这十来年……这十来年……也就这样了……我现在跟什么样的人都能混。说实话，要是我，我就不会去写什么举报信，管什么用？中国因此就不腐败了？没门儿！根儿不在这儿！告诉您，他们砍您的这五刀里，有一刀只要再往上偏那么半公分，就扎着您腿上的大动脉了。那一刀下去，您就完了，彻底完了。您完了，这地球还照样转，那些贪官污吏该干吗还干吗！您跟谁去要公平、公正、公道？谁跟您说公平、公正、公道？”

这时，廖莉莉在门外等急了，老也不见这所谓的治疗室里有动静，便不顾一切地砸起门来，并大叫：“大夫，请您开开门……”

苏大夫冲过去猛地打开门，喝斥道：“嚷什么嚷？保持安静！”说着，不等廖莉莉反应过来，又把门锁上了。回到廖红宇面前，他接着说："您的血，白流！不信，您瞧着吧。我要跟您说的就是，您住院这段时间，要特别小心。有什么要我帮忙的，请开口，这是我办公室和家里的电话号码。"说着，把一张事先写好的小纸条塞到廖红宇的手里。"还有，天天轮班来护理您的那几个护士小姐，都是挺不错的女孩儿。万一找不着我，有事也可以招呼她们。她们都挺佩服您的。其实她们不懂……真的不懂，您这么干真的不管用……"

说到这里，他突然低下头去，不说话了。过了好大一会儿，突然又莫名其妙地说了这么一句："也许……这就是人吧，明知不可为而为之……"然后，就走了出去。走到门外，他对一直等候在那儿的男护理员冷冷地说了声："把廖女士送回病房。"便倒背着双手，径直回自己的办公室去了。

廖莉莉开始一愣，不知道发生了什么，而后急忙冲进治疗室。只见妈妈一动不动地躺在那平车上，脸上一点表情都没有，两眼直直地看着天花板，怔怔出神，眼角却慢慢淌出两滴硕大的泪珠，只是在眼角边的那些皱纹里滚动，而不肯爽快地滴落下来。

廖莉莉急切地抱住妈妈叫道："妈，那鬼大夫怎么你了？妈……"

廖红宇一声不响，过了一会儿，她只是轻轻地摇了摇头，闭上了眼睛，什么也没说，由着那两行热泪慢慢地、慢慢地在自己的脸颊上流淌……流淌……

49

就像无数从那个年代走过来的人一样，一到晚上七点，丁司令员必定要看中央电视台的《新闻联播》。可以说是雷打不动。那时候在军区工作，指挥重大军事演习，到时候无法脱身，不得不放弃这一档子节目。于是他就提前通知手下的人替他录下来，以便第二天找个时间补看。但今晚，老伴儿却吵吵着非不让他看。“你还是关心关心自己家的新闻吧！”老伴儿一下把电视机给关了。闺女已经两天没着家了，老伴儿该打的电话都打了，就是找不着她。老头儿却像没事儿人一样，该看啥看啥，真气人！丁司令员的理论是：闺女都小三十了，两天没回家又怎么了？“你三十岁时，天天回家？回得了家吗？啧！”“又说你那歪理，我那时有家可回吗？”老伴儿生气地说道。“是啊，闺女现在有家了，这家还挺大挺舒服，就得见天在家窝着。对不？”丁司令员用他特有的反嘲的语调说道。老伴儿反驳道：“我怎么让她窝着了？可两天没着家了，你这做爸的也该问问。”丁司令员故意笑道：“军委可没给我下这任务。”老伴儿撅他：“这是老天爷给你的任务！”丁司令员笑着挥挥手道：“老天爷算个啥？军人只听中央军委的。”老伴儿让他气得哭笑不得，说：“死老头……你跟我抬杠！”

就在这时候，丁洁一脸倦容地走了进来。丁母忙迎上前，一把拽住女儿：“小姐呀，你两晚上不着家，去哪儿了？连你们新闻部的人都不知道你去哪儿了！”母亲着急其实是挺有道理的。你想啊，快三十了还单身一个，心气又高，长得又出众，家庭条件又那么好，追她的人肯定少不了，连着两晚不归家，出事的可能性是很大的呀！

丁洁却若无其事地往沙发上一坐：“我在军区招待所住着哩。”

丁母一愣：“你住那儿，干吗？”

丁洁拿起当天的晚报随手乱翻着：“我想一个人安静安静。”

丁母立即拿起内部的红电话机要核实此事：“军区总机，给我要招待所。”

丁洁一步冲过去摁住电话，瞪起眼叫道：“妈，您能不能给我留一点面子！您是不是还要给当地派出所打个电话让他们查一查您女儿这两晚上到底干了些什么？”

丁母也放大了音量："你冲我吼什么吼？我这都是为了谁？"

丁洁死摁住电话机不放。她知道，她这个妈激动时是什么事都干得出来的，而且还永远以为自己是正确的。"妈，您知道不知道您女儿都快三十岁了？您知道不知道，三十岁，对一个女孩子来说意味着什么？""你就是四十岁五十岁，在还没成家前，我这当妈的该管还得管！""好，您不就是嫌我没成家吗？我成家，我这就成给您看！"说着，她拿起大衣皮包就向外跑去。

一直不想卷入这一老一少两个女人间纠纷的大男人——丁司令员，觉得必须亲自出马了，便大喝一声："丁洁！"想先把女儿镇住。没料想，历来都挺管用的这一招，今天不灵了。丁洁压根就像没听见似的，照直地跑出了门。于是乎，丁司令员在屋里又大叫了一声："丁洁！"

这一下，管用了。已经冲下台阶的丁洁终于站住了。好大一会儿，屋里、院里都没有人再吱声了，只有寒冷的风卷着散漫的雪花，在宽敞的院子里，在高大的杨树上，在那两架干硬的葡萄藤之间来回地飘荡着。

风雪中，丁洁委屈地低声呜咽着。

"从三岁以后，我就没见你再哭过，今天是怎么了？"把女儿带回她的卧室，丁司令员心疼地问道。父亲这么一说，女儿越发委屈了，眼泪也涌得越发地厉害了。

"我的天，我怎么生了这么个海绵宝宝，一挤一泡水！瞧瞧，是海绵的吗？"丁司令员的这个玩笑并不高明，但女儿还是忍不住"扑哧"一声笑了起来："爸！瞧您说的！"丁司令员递了一块毛巾给女儿，亲切地问："说说，说说，到底怎么回事？"

女儿犹豫了一下。

丁司令员试探着："要不要把你妈也叫来，一起听听？"

女儿忙说："别……"

丁司令员忙顺从道："那行，咱俩先说，商量出个道道来，再告诉她。"

女儿又犹豫了一下，说道："爸……我想结婚了……"说话间，眼睛居然又一下湿润起来。

"真的？""真的。""拿定主意了？""人家就是拿不定主意嘛……""想让司令员替你下决心？"丁洁为难地看着父亲，既没表示同意，也没表示不同意。

丁司令员想了想，慢慢地说道："一个是副市长，自己尊敬而又钦佩的老师；一个是发小，虽不说是青梅竹马，但毕竟志同道合，耳鬓厮磨了这么些年。丢不下这，舍不开那，难啊！爸这方面也没多少成功的经验可提供给你。我一生就跟你妈谈了这一回，而且还不是我们自己谈的，是组织上派定的。从认识到结婚四天半时间。第六天，就分手，我上战场，她回后方。一年后，她抱着你那才两三个月大的哥，到前线来找我。当时我正在师作战科当参谋，是我接待的她。我俩说了半天话，她都没认出来她要找的男人就是我，我也没认出来一直盼着的妻子就是她。你看，我和你妈现在不也过得挺好的吗？"丁洁很认真地反驳道："但你们也绝对体会不到另一种更好的人生滋味。"丁司令员点点头感叹道："也许吧。一代人有一代人的人生滋味，一代人也有一代人的人生灾难。这是既没法超前，也不可越后的。""瞧，当司令员的还宣传宿命论。""这不是宿命论，是规律论。那个方雨林……好像有好长时间不来咱家了。"

丁洁脸色阴了下来。

父亲说："我有个问题一直想问问你，方雨林这小子这么长时间不理睬咱了，你为什么还丢不开他？"

丁洁无语。

父亲："因为……因为跟他有过那种关系了？"

女儿脸一下大红，坚决否定地大叫："爸！"

父亲仍平静地（真不愧是久经沙场的老将）："因为他跟周密相比，他是个弱者，你觉得在道义上应该向他那边倾斜一点？"

女儿："哎呀，你们不了解他，就别瞎说。他是弱者？他在谁跟前，都不会示弱，尤其在精神上。"

父亲："正是他这种始终不肯示弱的劲头，一直在吸引着你，使你无法丢开他？"

女儿："是的，我承认这一点……他在精神上总是那么自信，总是那么强大，总是那么一往无前，总是洋溢着一种少见的男子汉的阳刚气……使我总是钟情于他。"

父亲："据我了解，周密身上也有这种不示弱的劲头。而且表现得更有分寸、更完美。许多老同志在我面前都夸过他这一点。他出身很贫寒，完全没有什么背景。从那样一个起点挣扎出来，很不容易……我是过来人，非常懂得这里边的艰难。"

女儿："说实话，我正是了解了他这一点以后，才对他慢慢开始有了点好感。"

父亲："那你还犹豫什么？方雨林身上具备的长处，周密都具备。可周密具备的长处，方雨林不一定具备……"

女儿："事情并不那么简单，因为这毕竟不是在用货币购物，在天平上称东西。"

父亲："那还因为什么？因为周密还没离婚？这件事大家都很清楚嘛。是他妻子要和他分居，而且早就向他提出离婚要求。是周密拖着，不肯在离婚协议书上签字，才勉强维持到现在。如果周密想离婚的话……"

女儿："不，不是因为这个。"

父亲："那到底因为什么吗？"

女儿："我说不清楚！"

父亲摇摇头："你们这些人真够麻烦的！那就干脆，抓阄儿！抓到谁就嫁给谁。"

女儿："您能不能耐心地听我说一说？"

父亲深深地叹了口气警告道："你要再不快说，一会儿你妈过来了，那可就真说不成了。"

女儿："您跟省里市里的领导经常有往来，您先想一想，最近您听他们透露过周密的什么事没有？"

"哪方面的？""让您感到意外的、吃惊的……觉得不可能的……""你到底想跟我说什么？"丁洁迟疑了一下："前两天，方雨林来找我，非常郑重其事地告诫我，近期内不要谈恋爱……""这小子又玩儿啥花招？""这人有一百个缺点，但有一点，对人对事绝不玩儿花招。""不会玩儿花招？那他怎么当重案大队的副大队长？他怎么破案？怎么跟那些凶手、骗子、强盗和黑社会的人打交道？""我说他不玩儿花招，是指他在跟好人打交道时，绝对不玩儿花招。比如跟自己人，跟同志、朋友、亲戚打交道时。""哦？这个年轻人居然还能有这么个了不起的品质？难得，太难得了！""所以，这些天，我心里一直在打鼓，可以说非常不安。""他知道你跟周密在来往？""我觉得他已经知道了。""他会不会是想跟你捣个乱？开个玩笑？""我已经说过了，他绝不会使什么阴招来对待我……""即便是看到你已经在和别人来往了？男人有时看到自己心爱的人爱上了别人，是有可能做出非常出格的事情来的。""他不会，即便是因为看到我和别人来往而感到十分痛苦，他也绝对不会故意做个假来捣这个乱，来伤害我……""那天，下大雪，去来凤山庄，他不是故意拦了我们的车？""那是他在耍小孩子脾气哩。但一旦遇到重大事情，关键时刻，他绝对不会伤害我。""你对他那么有把握？""也许这正是我始终无法割舍他的另一个重要原因。他这个人的纯真，真是太难得了。""你的意思说，他一定是因为某个十分真实的、急切的原因，才对你做出这种告诫的？""是的。我怀疑他得到了有关周密的什么消息……""他向你发出过这方面的暗示？""没有，他不会做这么具体的暗示的，他是一个十分忠于职守的警官。""还有没有别的方面的原因，促使他对你做出这样的告诫？”“我想了两天了，找不到任何其他方面的理由。我就是为了这件事才躲到军区招待所去的。”“你再找他谈一谈，怎么样？”“没用的，如果能直接告诉我，他早就说了。”

两个人都不说话了。过了好大一会儿，父亲问：“你从周密身上觉出些什么？”女儿说：“这也是我这两天要一个人躲起来想一想的主要原因。我仔细回顾了这些日子跟周密交往的经过，但想来想去，脑子里还是一盆糨糊。我没发觉周密他……他有什么可怀疑的地方……唯一的一点……”父亲忙问：“唯一的是什么？”女儿说：“我也搞不明白他到底是怎么回事。你说他不喜欢我吧，他总是隔三差五地找个理由来约我。跟他在一起的时候，他整个的神情、姿态、动作，都流露出这样一个信息，让你感到他全身心地在关爱着你，这种关爱真正可以说是无所不容的，细致入微的，是一种……是一种……爸，我说了您别生气……是一种在别的爱里，包括父母的爱里都感受不到的……是一种真正能把你全部融化了的关注、关爱。甚至我在这么多年跟方雨林的交往中都没得到过的那种关爱。但是，我不明白……他……也就到此为止。他频频地约我出去，一次又一次，吃饭，说话，仅此而已……”父亲问：“你还想他做什么？”女儿脸大红：“爸，您想到哪儿去了！”父亲说：“他向你表示了他的心意，这挺好嘛！目前这个阶段，以他的这个身份，他当然只能做到这一步。”女儿说：“不是的，他让我感觉到，他不能真的爱我，他非常想爱我，但是他不能真的爱我。有一种什么无法逾越的障碍……”父亲说：“别胡说，他结过婚，有过孩子，有什么障碍。有那障碍，他还跟你掺和这么长时间？”女儿的脸又一次大红：“您又想哪儿去了！我说的障碍是……他好像有一种极严重的心理方面的、精神方面的……或者是别的，总之是这一方面的无形的障碍隔在我和他中间。而且是无法逾越的……说不清。我想了方方面面的理由，好像都站不住。甚至想到，是不是他工作上遇到天大的困难了？领导班子内部有人给他作梗了？没有啊！我是搞新闻的，我经常接触各级领导。我听到的一切反映，对他都是有利的。那他到底还忧郁什么呢？”父亲一怔：“忧郁？你感到他忧郁？”女儿马上印证：“对，能说得清的就是这一点，每一次我都能感到他那种隐隐约约，却又强大得无所不在的忧郁……有时他甚至让我感到他整个的人都好像笼罩在这样一种忧郁的浓雾里。”父亲不作声了，非常认真地盯着女儿，仔细地打量着、思索着。过了好大一会儿，他才喃喃地说了两个字：“奇怪……”

突然，电话铃响了起来，是方雨林打来的，他要见丁洁。

“这会儿？”父亲问。

“这会儿。”丁洁答。

“你自己决定吧。”父亲说道。

丁洁点点头，然后对着电话喊道：“方雨林，你一百年想不到要见我，突然要见，也不看看时间、地点，而且要非见不可。你以为我这里是什么？是你们方家开的茶馆？饭店？旅馆？想来就来，想走就走？对不起，本小姐今天就是不见。”说完，“啪”的一声挂断了电话。但电话接着又响了起来。丁洁恼火地一拿起电话就喊道：“方雨林，我这儿不是你们公安局的拘留所，你方雨林不能想怎么干就怎么干！告诉你，今天我就是不见你。你就是说破了天去，也是不见！”说着又要挂电话。知道她脾气的方雨林赶紧抢先喊了一句：“别挂电话！丁洁同志，请你走到阳台上看一看，我现在就在你家门口，用手机在跟你说话。我现在来找你，完全是因为工作需要，有急事，请你顾全大局！”

丁洁迟迟疑疑地走到通阳台的落地窗前，向外看去。果不其然，在自家的大铁门外，在呼啸着的风雪中，在清寂的方砖铺砌的人行道上，站着的正是他方雨林。他正抬起头企盼地注视着这小楼里每一扇明亮的窗户。

丁洁只得把方雨林让进屋里，但待方雨林一坐下，就直截了当地问道：“说吧，找我什么事？”方雨林说：“很长时间没来看你了……”丁洁马上打断他的话：“请直接进入主题，找我什么事？”

方雨林笑了笑，环顾四周道：“总得给杯热茶，让我暖暖手……”说话间，丁母送了一杯热茶过来。丁洁和方雨林忙不迭地站起来。方雨林忙说：“谢谢伯母！”丁洁则说：“妈，您睡您的。”

丁母温和地笑着问方雨林：“这一段挺忙？”

方雨林忙又站起，答道：“是。发案率一直居高不下，挺挠头的。”

丁母做了个很大度的手势，让他坐下说话。“好长时间没来看我们家丁洁了？”

“是……”方雨林答道。

丁洁不耐烦了：“妈！”

丁母只得说：“你们谈，你们谈。冰箱里有鲜牛奶，还有南京军区的高副参谋长上回从上海带来的稻香村八宝饭。要饿了，拿两块放到微波炉里转两三分钟……”说到这儿，见丁洁脸色更不好看了，忙收住话头，跟方雨林招了招手，便回自己房间去了。

两个人默默地坐了一会儿，方雨林一会儿问：“你爸身体怎么样？”一会儿又问：“这段时间出没出差？”

丁洁强耐着性子说道：“方雨林，你是访贫问苦来了，还是怎么的？”

方雨林不好意思地笑了笑，刚要说些什么，放在高脚茶几上的电话铃突然响了起来。电话是丁司令员打来的，老人不放心楼下的这个“会晤”，特别地关照丁洁：“别意气用事，人家主动来了，这不是个机会吗？跟人家好好说会儿话，把情况详细了解一下。”

丁洁放下电话，告诉方雨林：“我爸怕我欺负你哩。”方雨林笑笑，只是没作声。丁洁便催促道：“说呀，一百年不来一回，来了装什么哑巴？”

方雨林笑道：“你看你这个人……”

丁洁说道：“说吧，别你这个人他这个人了。到底怎么了？是因为什么案子跟我有关，还是又来劝我别谈恋爱？”

方雨林忙说："你能跟案子有什么关系？"

"那么，是为了劝我别谈恋爱？"

方雨林没有答话。

"你真行啊！什么时候又当上政治思想辅导员了？说话呀！你方雨林什么时候什么场合都是叱咤风云、左右一切、指挥一切的，今天怎么了？怎么也变得黏黏糊糊的了？"

方雨林沉吟了一下，说道："我今天来找你，完全是为了工作……一会儿，我会谈到一个非常敏感的话题，但你要相信，我之所以提到这个话题，完全是为了工作，完全没有掺杂任何个人的情绪和个人的意图。"

"需要为此发表一个如此冗长的开场白吗？"

"需要。"

"还要发表一个声明吗？"

"我无意跟你开玩笑。"

"好，进入正题。"

"我想跟你打听一个人。"

"谁？"

"周密。"

"说下去。"

"我犹豫了很长时间，要不要来找你……"

"说下去。"

"丁洁……"

"说。"

"丁洁……我知道，最近……你们之间有来往……"

"真不愧是侦查员。"

"你应该了解我，方雨林不是一个无聊的人。任何时候，方雨林都不会因为私人感情生活问题，深更半夜杀上门来故意找你的碴儿。我在工作中遇到一点麻烦。非常抱歉的是，我还不能告诉你这个麻烦到底是什么。但我需要了解周密这个人，如果不是你，我绝对不会来进行这样的谈话。因为是你，我才觉得可以冒一下险。今晚的谈话如果传出去，会造成非常不好的影响。即便是让人知道，我到这儿来向你了解过周密，都会造成非常不好的影响。但我现在非常需要了解周密到底是个什么样的人……”“他跟什么案子有关？”“你不要提任何问题。”“你觉得你这样做公平吗？你既然要我回答你的问题……”

“请你不要提任何问题。”方雨林非常坚决地回答道。

沉默。过了一会儿，丁洁说道：“好，我答应你，今晚不向你提任何问题。我也绝对不向任何人说，今晚你来向我了解过周密了。现在你可以继续说下去了吧？”

“请你直截了当地告诉我，他是一个什么样的人？”

“好人，大好人！”

“为人真实吗？”

“比起在大学当老师那会儿，他也许是少了些直率，但仍然不缺真实。”

“表里一致？”

“我很难全面界定他这一点。但起码在跟我交往时，我觉得他表里是一致的。”

方雨林沉吟了一下，勉强地笑了笑，站了起来说道：“谢谢你的合作！这么晚了还来打扰你，真挺对不起的。我再声明一下，我今晚来找你，没有经过任何人批准，完全是一种个人行为。我之所以要向你了解周密，是因为我有一点个人的事想找找这位副市长。但又跟他没接触过，不了解他的为人和脾气，怕莽莽撞撞地找上去吃了闭门羹……”

“方雨林，你在对我撒谎以前，是不是还应该去找个班儿学一下，学一学怎么撒谎才不脸红？”丁洁“哼”了一声，挖苦道。方雨林的脸微微红起：“我真的是有一点个人的事要去找他……”丁洁板起她那张秀气的脸说道："你这个谎话瞒得过全世界的人，就是瞒不过我丁洁。你方雨林会为了自己个人的一点事情去找市领导？你什么时候为了自己的一点事情去找过领导？更别说去找市一级的领导！你跟你小妹合住一间小屋，我让你去找你们市局领导解决一下住房困难，你去了吗？你妈住院，半年多报不了医药费，我让你去找一下你妈的单位领导，请他们优先照顾一下你们家的困难，先给你们家报一点医药费，你去找了吗？那天我好不容易买了两张俄罗斯红军歌舞团的票约你一起去看，你说你当晚要值班。我让你跟领导说一下，换个班，明天再去补上这个班，你去找了吗？如果说全世界的人都不了解你方雨林，我丁洁这么多年可以说是彻头彻尾地了解了你，也领教了你。你，你会为了自己的事情去找市领导？"方雨林的脸更红了："雨珠下岗这么长时间了，一直没能找到个特别理想的工作……我想……我想能不能找找这位周副市长……"丁洁冷笑了两声："方雨林，你知道有这么一句成语吗，叫'越抹越黑'？"

方雨林一时语塞。

丁洁义正词严地："所以，你不要再解释了。只要你不无聊，我绝不会无聊到那种程度，拿你上我这儿来这件事，上外头去当话料，特别又牵扯到这么一位在职的副市长。"

方雨林忙真诚地谢了两声就要走。丁洁拦住了他："别急呀！我还有个私人的问题，想请你解答一下。你方雨林对我还有一点真正的感情没有？请说真话。"

方雨林说："感情的事不能放在嘴上说。"

丁洁十分坚决地说："今晚我想听你说。"

方雨林为难地："这真的挺让人……"

丁洁不想让他回避："别真的假的，照直说。"

方雨林说："丁洁，我俩在一起这么多年……你还……"

丁洁说："就是因为在一起这么多年了，我才要你跟我说一句真话。"

方雨林鼓足勇气说："好吧，说就说，没什么了不得的。感情当然有……"

丁洁说："'当然有'的是一份真感情吗？"

方雨林又犹豫了一下："丁洁……"

丁洁果断逼近："回答我！"

方雨林匍匐迂回："你看我跟谁玩儿过假感情了？"

丁洁乘胜追击："那好，你肯定不希望我陷到一个是非的漩涡里，对不？你希望我过得比你好？"

方雨林说："是的。"

丁洁突然站起："那请你告诉我，周密到底出什么事了？"

方雨林对丁洁的这一问，似乎早有防备，在认真地打量了丁洁一眼后，便闭上了嘴，不作声了。过了好大一会儿，丁洁伤感地说："好了……你可以走了……"方雨林沉吟了一下，似乎想劝慰一句："丁洁……"丁洁只是重复道："我说你可以走了！"方雨林默默地又站了一会儿，才拿起手套和帽子，向外走去。

门终于在他身后关上时，他并没有马上走下台阶。他站在被一盏过道灯朦胧地渲染成橙黄一片的台阶上犹豫了许久，他想，要不要再去跟丁洁作些解释。此时下了又不下、不下了又下起来的雪，无声地在风中飘旋，无声地吟唱着。犹豫的结果，他想，还是走吧。丁洁是女性中属于特别明事儿的那一种，剩下的那半杯苦酒必须由她自己去处理了。"她能处理好的，一定能处理好的……"想到这儿，方雨林突然也有些伤感起来，心中涌起阵阵酸涩，甚至产生了一种自责：这一年多来，我如此疏离她对吗？其实产生这种"自责"已经很久了，长期以来只是似隐似现，或浓或淡，常常以混沌的形态存在，不似今晚这样明确和直接罢了。

从卧室的窗子里瞧着方雨林发动了那辆老式吉普车驶进黢黑的风雪夜中之后，丁司令员才快步向楼下客厅走来。

客厅里，丁洁还呆坐着。方雨林今晚正面向她来打听周密的为人，使她确信，周密一定是出了什么大事。但她没法让自己相信这一点，更没法让自己把周密跟“重案大队”扯在一起。即使是开动最丰富的想象力，也是没法想象到这一点的呀！重案大队是干吗的？重案大队是抓最重大的恶性刑事案件的。而“重大”、“恶性”、“刑事案件”的概念，说直白了，就是杀人放火强奸抢劫，是最坏的坏人干的事！也就是说，专治重大杀人放火强奸抢劫案的方雨林现在盯上了周密……天哪，究竟发生了什么？她心里一阵阵发紧，浑身一阵阵打颤，甚至都有些头昏眼花了。

“他是来谈周密的事的？”丁司令员急切地问道。

丁洁呆呆地答道：“不是……”

“你跟我还不说真话？”丁司令员关切地嗔责。

丁洁抬起头怔怔地看了一眼父亲，只说了一句：“不是不是，他真的没说周密的事。”就跑回自己卧室去了，只待卧室的门“砰”的一声重重地在自己身后关上，早已忍不住的眼泪便夺眶而出。

50

还是那家西餐馆，还是那棵高大的桶栽橡皮树，还是那一张小巧的餐桌，那带挑花边纹的蓝白间色桌布。

“今天……你怎么了？你那种看我的眼神，特别怪……好像……好像在看一个不认识的人似的……”周密低声地问道。

方雨林找过丁洁以后，经过几天的心理调整，丁洁虽然仍然不能说服自己确认周密是一个“有问题”的人，但她暗自还是作了个决定，不再跟周密来往了——最起码也得是暂时不来往。她确信方雨林不会跟她玩儿“空穴来风”那样的把戏。不管怎么样，总得等有了一个结果再说。长期生活在那样一个家庭里，这几年又处在那样一个工作岗位上，她比起同龄的女性来，头脑里要多许多政治意识。但今天下午五点左右，当接到周密约她出来一块儿吃晚饭的电话时，她居然没加任何犹豫，就一口答应了。电话传声器传出周密声音的那一瞬间，她忽然觉得自己非常想见到他。就是为了证实他到底有没有问题，她也要见他一下。这一瞬间，她天赋的冒险性和任性顿时占了绝对的上风。她比约定的时间早到了半个多小时。她不安地向餐馆门口张望，不断地“演练”那些旁敲侧击的“台词”，心跳加速了又加速，甚至觉得小肚子都有些发胀，总想去卫生间。虽然她努力让自己镇静，但还是让周密觉察出了她的异常。

“我……我很正常啊。你是不是‘做贼心虚’了？还是有什么‘不可告人’的秘密瞒着我？”她勉强地笑笑。由于内心紧张，鼻尖上免不了渗透出一小片热热的油汗。

周密坦然地笑了笑道：“你这话是什么意思？我哪有什么‘不可告人’的秘密？”

丁洁往椅背上一靠，说道：“没有就算了。”她必须用一些较为夸张的举止来掩饰自己此刻极度的不自在。“干吗不说话了？”她又问。

周密又坦然地笑了笑：“没什么事啊。”

“以后，我们换个地方坐坐，行吗？你不觉得老在一家餐馆吃饭，挺让人心烦的？”丁洁皱起眉头说道。

“行，上哪儿、吃什么，一切都听你的。”周密拿起雪白的餐巾纸文雅地擦了擦嘴角，温存地笑道。而后端起那杯干红葡萄酒，小小地抿了一口。眼睛里依然闪烁着平时常见的那种自信和沉稳，还有那种只给了丁洁的特有的体贴、顺从。而且你还可以明显地觉察出，这会儿，他在心灵的深处，是在充分地“享受”着这种由于自己的体贴和顺从在两个人之间所酿造成的“温馨”和“平和”……如果说得酸一些，那就还有一种“甜蜜”……丁洁的心开始慢慢地平静下来。不，绝对不可能，周密绝对不可能是个涉案人。方雨林关注他，一定是另有事因。她松弛了，眼瞳里再度闪烁出周密所熟知的那种活泼和机灵，并端起干红葡萄酒杯，着着实实地喝了一大口。

51

六点来钟，天已大黑。苏大夫匆匆赶到住院部值班室，让正在当班的几位大夫护士都大感意外。“苏大夫，您今天不是休息吗？”他不置可否地只应了声：“啊……”便换上白大褂，匆匆拿起夹着廖红宇病历的铝质薄板翻看了一下，向廖红宇住的病房走去。

“廖红宇今天挺稳定的，怎么了？”一位护士问那个当班大夫。

“是挺稳定的，没怎么呀！”那个当班大夫也不明白苏大夫突然返回是为了什么，只能这么应道。“苏大夫很少主动加班。再说，今天也没有加班的任务呀！”“这就叫利益驱动啊！多得多劳嘛！”一个小护士撇撇嘴调侃道。她以为苏大夫一定是因为收了廖家什么人塞的“红包”，故而特别来劲儿，连休息日都放弃了来关照廖红宇。在场的各位听了只是嘿嘿一笑，便散开各忙各的了。

苏大夫走到廖红宇的病房前，先叫出特别护理，问：“刚才没发生什么情况吧？”

特别护理愣了愣：“没有啊！发……发生什么情况了？”

苏大夫只说：“没发生情况就好。”

这时，廖莉莉拿着暖瓶出来打水，苏大夫忙对她使了个眼色，让廖莉莉跟他一起到楼道拐角处。苏大夫窥探了一下四周，见无人注意他俩，便压低了声音问：“今天没什么人来找过你妈吧？”

廖莉莉见状，也愣了一下，答道：“没有啊！怎么了？有什么情况？”

苏大夫犹豫了一下说道：“冯祥龙今天派人来找过我……”

廖莉莉一惊：“是吗？找您干吗？”

“给了我一万元钱。当然，我没拿……”

“他们没说要让您干啥？”

“只说是冯总提前给的年礼。”

“年礼？谁会提前这么长时间送年礼的？”

“是啊……”苏大夫沉重地叹了一口气。

那是在傍晚时分，冯祥龙派了两个心腹开着一辆车，找到苏大夫开的惠力私人诊所。当时诊所里候诊的人不多，只有两个老街坊病恹恹地坐在窄窄的过道里，打着吊针。突然走进两个身穿黑呢子大衣的人，还真把那两位老人吓了一跳。得知是冯祥龙派来的人，苏大夫忙把他们迎进一侧的一间小屋。小屋的门被漆成白色，门上写着两个红字：“诊室”。这两个人不等坐下，就去把门关上，然后就掏出了那个装着钱的信封。苏大夫掂了掂信封，心里自然明白这里装的是什么东西，便赶紧先去把那两位老人打发了，关上诊所大门，并在门上挂上“休息”的牌子，再回到那小屋，问：“冯总要我干什么？”其中一个人不屑一顾地说道：“干啥呀！你这当大夫的怎么也那么俗呢？怎么一见钱就问要干啥？冯总特地交代了，他什么也不干，就是跟您交个朋友嘛。”苏大夫当即把钱装回到信封里，忙说：“无功不受禄……一万元钱，可不是个小数。”这个人大大咧咧地说道：“嘿，别装得跟个没破过身的小童子鸡似的。你们这些当大夫的什么世面没见过？一万元钱算个啥嘛。”说着，又把信封扔了过来。

苏大夫把信封又推了回去。

另一个人就问：“嫌少？”

苏大夫忙说：“不不不……”

两个穿黑呢子大衣的人说：“你怕什么？这会儿只有你和我们。我们说没给，你说没拿，谁还能把我们怎么样了？”

苏大夫说：“我不是怕这个……”

其中一个人说：“那您就是不给我们冯总这个面子了？”

苏大夫忙说：“不不不……不是那意思……”

另一个人开始面露凶相了：“苏大夫，这样……不大好吧？”一边说，一边把信封往苏大夫怀里一塞，冷冷一笑道："我还不信哩，真有不吃腥的黄猫？不吃腥，就别在家里偷着开私人诊所呀！您一个国家大医院的大夫……"

苏大夫不高兴了："你能不能把嘴放干净一点？我偷着开诊所怎么了？我出卖的是自己的劳动，我用自己的业余时间，我挣的是自己的血汗钱。我一不害人，二不坑国家……"

那两个穿黑呢子大衣的人见苏大夫真来火了，人家毕竟是冯总的"朋友"，真把他得罪了，在冯总跟前也不好交代，便说了声："得得得……"拿着钱赶紧撤了。

等剩下自己一个人时，苏大夫越想越觉得不是味儿。再往深处想，不觉一哆嗦：冯祥龙那边是不是又想要对廖红宇下什么毒手？便赶紧赶到医院里来了。

"你为什么还不给你妈换一个单人房间呢？我担心住这样的大房间，人员那么杂，总有一天还会出事。"苏大夫低声对廖莉莉说道。廖莉莉暗自一惊："还会出什么事？"苏大夫叹了口气："不知道……我也不知道……这两天都留点神吧。"

叮嘱了几句，苏大夫便抽身回家去了。

回到家，也不安生，左想右想，总觉得要出事。

"怎么了？不舒服？"妻子问。"咱们家这个诊所……"苏大夫吞吞吐吐地说道。"咱们家这诊所又怎么了？单位里有人说你了？原先不是允许个人利用业余时间开诊所的嘛！"妻子说。"唉，又下了个新文件，又不允许了。""一天三变！甭管那么些！现在哪个有本事的人不搞第二职业？没有灰色收入？你没看报上刚登了个案子，一个副省长，光从他家抄出现金就二百来万，满屋子的家用电器一摞一摞地堆到天花板，几辈子也用不完，就跟个百货公司仓库似的。他一个副省长，光靠那点工资不吃不喝一辈子，能攒几个钱？二百来万现金，他靠啥？"妻子说得慷慨激昂。苏大夫却叹了口气："他这不犯了事了吗？进了局子，等着吃枪子儿。""你管那么多哩！这年头，谁跟谁呀？能挣一点算一点，到上门来封咱这诊所时再说。他是犯法，咱们这最多也就是违纪。不怕！"嘿，妻子还挺懂法。

这时，有人敲门。两个人一惊，忙去开门。敲门的居然是廖莉莉。苏大夫又一惊："你怎么知道我住这儿？"然后给妻子介绍道："这就是我告诉过你的那个病人廖红宇的女儿……""廖莉莉。"廖莉莉礼貌地自我介绍道。苏夫人忙把"廖小姐"让进屋里。

傍晚时分，苏大夫离开医院后，廖莉莉赶紧把苏大夫说的情况悄悄地告诉了廖红宇。廖红宇沉静下来，认真忖了忖，还真没想到自己能遇见苏大夫这么个好人（从表面上看，这个大夫还挺滑的），想着不能让好人吃亏，说不定自己以后还需要他帮忙，就赶紧打发女儿来见苏大夫。

"我妈让我来谢谢您！她说，当大夫的工资收入也不高，为了她，您拒绝了那一万块钱……"廖莉莉说道。

苏大夫说："还不能说是全为了她。"

廖莉莉说："但怎么说，她心里都特别过意不去……"

苏大夫满不在意地说道："嘿，钱的来路多得很，咱干吗非要拿那钱？莉莉，我早就提醒过你妈，装着不说话，装着神志不清，以此来麻痹那些坏家伙是长久不了的。下一步怎么办？你妈想过没有？"

廖莉莉说："她今晚让我来找您，主要的还就是为了这事儿。她想去北京，找一找那儿的领导。进不了中南海，能见见中纪委的人也行啊！"

苏大夫问："怎么去北京？"

廖莉莉说："我妈说，您开个转院证明，建议送北京治疗，就管用。"

苏大夫想了想："这倒是个好主意。"

廖莉莉说："为了装得更像一些，医院可以找一两个人陪同。比如您，再加上一两个护士。你们来回的路费和在北京的开销，我妈全包了。"

苏大夫想了想又说："费用还不是主要的问题……"

廖莉莉说："不解决费用问题，医院不会同意让你们护送的。没有医护人员护送，那些家伙不会相信我妈去北京是为了治病。闹不好，他们还会在半路上对我妈下手。这费用当然不能让医院、更不能让你们个人负担。所以你们就甭客气了。"

苏夫人忙插话："为了避嫌，老苏最好不去。"

苏大夫说："这问题不大，医院里同情和敬佩她妈的同事有的是。"

廖莉莉打量了一下苏大夫两口子，犹豫道："还有一件事……不知道……不知道该不该……"

苏大夫笑笑道："该，不该，你自己全说了。我还说什么？"

廖莉莉脸微微一红，又犹豫了一下道："我妈请您，也请阿姨别生气……她没有别的意思……"说着，她犹豫着从皮包里拿出一个小白信封，怯怯地放到苏大夫面前。

苏大夫立刻变色道："干什么？"

廖莉莉慌忙站起："我妈说，您为了她，担惊受怕，还受到威胁，她心里实在过意不去……她真的是没有别的意思，只是觉得怎么感谢您都感谢不尽……"

苏大夫一下站起来，脸色整个变得十分难看，指着桌上那个小白信封，嘴唇颤动道："你……你们……"

廖莉莉从没在别人家里遭遇过这种场面，此时脸色一下吓白了，慌慌地连声说道："对不起……对不起……对不起……"并慌里慌张地收起了小白信封。

深夜，苏大夫在床上翻来覆去地睡不着。苏夫人不耐烦地说他："瞧你这人，给你钱又不敢拿，不拿了吧，又不甘心……"苏大夫嘟囔道："谁不甘心了？""那你翻来覆去地在床上烙什么饼？折腾得别人也睡不成！"苏大夫一下坐起，把被子全带了起来。妻子叫道："你疯了？怕我不感冒？"苏大夫拉亮了灯，却说道："你说，咱这中国到底怎么了？好人坏人办事，全拿钱铺路……"妻子叫道："哎呀……这有啥想不通的嘛！"苏大夫回头问妻子："是不是我这个人不怎么样，好人坏人跟我打交道，觉得都要拿钱来填补我才行？"妻子不乐意地嘟囔着："行不行……反正你一分钱也没敢拿。窝囊！睡觉！”

苏大夫长长地叹了口气问道：“也许……我这人的胆儿，真的太小了？”

“知道就好！睡觉睡觉。”灯关掉了。不一会儿，她那边便响起了粗重的鼾声。

52

进了卧铺车厢，把一切都安顿妥了，廖红宇才知道，苏大夫给他自己买的是硬座票。

廖红宇忙说：“您这不是明摆着要让我们难受一路吗？”

苏大夫笑笑道：“咱们别讨论车票问题了，一会儿人都来了，说话就不方便了。您又不让我自己掏钱买票……”

廖红宇说：“让您送，我心里已经特别过意不去了。再让您自己掏钱买车票，我廖红宇还是个人吗？”

苏大夫说：“听着，其实我并不赞成您跑北京告状……”

廖红宇说：“您一个大夫，不了解医院以外的情况，也不太了解冯祥龙的情况。他在省里市里朋友特别多，这些人平时吃他的花他的，这时候，您要让他们站出来为我说句公道话……”

苏大夫说：“可总不能说省里市里都没好人！”

廖红宇说：“那当然。可我没那个时间，也没那个可能慢慢地跟他们打交道，一个一个地分清谁好谁不好。我已经挨了五刀了，我只有一条命！”

苏大夫忙说：“好了好了，我不跟您争了。但我要告诉您，在北京，我肯定不能待长了，医院那头也不会允许。”

廖红宇应道："那当然。""另外，您千万不要把上京告状想得太简单。也许去了就解决问题了，也许这是一个非常非常漫长的旅途的开始，甚至有可能暂时还看不到尽头……以后你们花钱的地方还多着哩！从现在开始，能省一点儿，就得省一点。既然走上了这条路，恐怕就得坚持走到底，否则，你们的结局就会更惨！"廖红宇点点头："这我心里有数。"苏大夫又说："别人能帮你们的，只能是一点儿，不可能太多。我能为你们做的也就是这些……"听到这儿，廖红宇的眼睛顿时湿润了："这已经很感谢您了……"

这时，别的旅客陆续上车，再说什么话便不方便了，苏大夫闭了嘴，对廖红宇母女俩示意了一下，便转身要挤下车去。刚走了两步，听见两位刚上车的旅客在议论。"你怎么到得这么晚？人家在车站外头等了你四十多分钟！"（女的）"塞车了……没误点儿，就算不错了……"（男的，满头大汗地）"你走大东门那一线，塞什么车？"（女的）"是呀！谁想到车走到省反贪局门口就走不动了。不知道出了什么事，那人才叫多噢，里外三层，围个水泄不通！"（男的）"又出什么事了？"（女的）"嘿，这事出得新鲜。有人在检察院反贪污贿赂局大牌子上做了手脚，拿张白纸把'反'字给贴住了，这一下，反贪污贿赂局成了贪污贿赂局了。招好几百人围在那儿叫好，把整条马路都堵死了。检察院的人出来揭那张白纸，围观的老百姓还不让，闹得山呼海啸般的……我问了好几个过路的人，才问清楚，说是省九天集团公司有个经理助理给反贪局写了一封举报信，本来是绝密的事情，不知道怎么的给透出来了。这位经理助理让人砍了二十多刀……"（男的）"我的妈呀！"（女的）"那还不剁烂了？"（另一个男的也凑了过来）"听说都剁掉了一只胳膊。"（男的）"你说这叫什么事儿？真是没王法了！"（另一个女的）"让大伙儿想不通的是，发案这么些日子了，愣就是没人去追查凶手。"（男的）"你真幼稚！还追查呢？闹不好就是他们内部人整的！"（又一个男的凑了过来说道）"那位经理助理也是的，她怎么就还不明白，这胳膊是永远拧不过大腿的。干吗不是干，非得跟当官的过不去？这不是自找的吗？”（议论的人越来越多）“你还别说，要真没这些自找的傻人，那咱这中国，不就完了吗？”（一个男的敲着小桌子，极其动情地说道）坐在这些人旁边，没法插嘴，也不能去插嘴的廖莉莉一时间心潮澎湃，十二分地感动。自以为已相当了解这个社会，特别是相当全面地了解自己母亲的她，第一次体会到了母亲作为社会人的另一面，体会到了自己这个小家和整个大社会之间居然还存在着这样一种密切的关系。这个曾让她觉得远而又远的“社会”，居然如此关注着她们的行为，使她不仅受到巨大的冲击，为之感动，也禁不住地自豪起来，为自己能有这样一个母亲而自豪。她深深地打量了母亲一眼，悄悄地伸出手去搂住她，并把整个身子也紧紧地偎了过去。

开往北京的这趟列车走了十分钟后，省反贪局招牌上的那张白纸终于被揭了下来。两个工作人员站在凳子上使劲儿地用湿抹布擦去留在牌面上的胶水痕迹。一些交警也奉命赶来，拼命地吹着哨子，疏散人群。两辆洒水车贴着路边，一边洒水，一边慢慢地向前推进。这冰冷的水虽然没有明着向人群喷去，在此情此景下，人群还是散去了。

省高检的张检察长走进小会议室时，反贪局的几位领导已经在那儿等候着了。

“这件事咋整的？你们是不是觉得国内几家大报的驻省记者在我们这儿闹得没事儿干了，不给他们制造点情况写个内参往中南海捅，你们心里就不痛快？廖红宇举报冯祥龙这件事，怎么透到社会上去的？”张检察长未待坐下，就厉声地训问起来。“廖红宇所举报的那些事情，你们派人查了没有？”

“她被人砍了以后，我们马上派人去医院看过她。她一直神志不清，话都说不成，没法配合我们的人搞这案子……”反贪局局长报告道。

“她是真不能说话，还是装的？她要是真的神志不清，已经失去说话能力，这件事怎么会闹得满城风雨？”张检察长是搞批捕出身的，后来又当过多年的办公室主任，写一手好字，正经是一个台阶一个台阶地干上来的。

反贪局局长说：“有个情况还没来得及汇报。据刚得到的情况说，这个廖红宇已经离开省城，转到别处去治疗了……”

张检察长一愣：“转院？转哪儿去了？”

反贪局副局长说：“据院方说，可能是去北京了。”

“北京？”很有经验的张检察长马上意识到事态可能严重了。马上说道：“接到廖红宇举报后，我就告诉过你们，要马上组织人查。当时我就意识到，这里可能会有什么名堂。但你们对这件事太不敏感，启动太慢！”

反贪局另一位副局长说：“她去北京是治伤去的。”

张检察长非常不高兴地：“事情发展到了这一步，你们还觉得她是去治伤的？什么大病要去北京治？不就是砍了那几刀吗？去年煤矿爆炸，一二十个矿工炸成那样，省医院都治好了。她那几刀就非得到北京去治？醉翁之意不在酒，事情没那么简单。你们回去马上研究一下，考虑个解决问题的方案。但先别动，等我向省反腐领导小组把情况汇报了以后再说。”

反贪局的几位领导立即回局去贯彻落实张检察长的指示。他们心里也还是有不痛快的地方的。在回去的路上，其中一位副局长就说：“刚接到廖红宇举报那会儿，我就亲自向他汇报过。我记得当时他没让我们马上组织人去查。他当时还强调说，廖红宇的举报涉及九天集团公司。这个公司是省里一些领导抓的点儿，是个很敏感的领域，要我们处理的时候一定谨慎再谨慎。当天下午还特地追了个电话过来，说，他已经看了廖红宇的举报信，信的内容主要说的是橡树湾的事。而橡树湾那边，省反腐领导小组已经派了工作组去查了，反贪局就不要再插手了。现在他怎么又批评我们对这件事不积极？”

“唉，你就别发牢骚了。领导当时不让你去查，是对的。现在批评你当时没去查，也是对的。领导嘛，永远是对的。”另一位副局长说完了又轻轻地叹了口气。

反贪局的几位领导一走，张检察长就驱车去了顾副书记那里汇报这新发生的情况。顾副书记多年来一直在省里主抓经济，刚从副省长的位置上调整到副书记的位置上。他是本省人，大学毕业回乡劳动。从生产队队长、公社团委副书记干起，一直干到省级领导，除去在中央党校专设的省部级班学习的那两年，可以说一天也没离开过这个省，也可以说是本省的“土地爷”了。他的实力(威力)不在于经济理论上多么精明通达，把握政策上多么全面深刻，行政管理上多么纲举目张中规中矩，而在于他惊人的记忆力和深广的社会关系。多年前他能熟知本省一多半的公社书记，几乎全部县委书记、县长的名字和身世，能够和不同性格、不同爱好、不同经历、不同处境的地市级主管干部保持着极良好的个人关系。在他当地区行署专员时，他那个地区从来没有总结出什么突出的经验，提供给省的有关部门上他那儿召开现场会。各项工作的综合达标指数都不在全省的前列，地区新闻在省报的见报率一直也是维持着中下水平。但是他有一点是突出的，那就是贯彻落实省里的指示和推广省里要他推广的兄弟地区的经验，总是非常到位非常彻底。所以“突然间”宣布，偏偏把他，而不是把另几位工作特别拔尖的地市领导提到副省长这个岗位上时，人们虽然也有瞬间的愕然，但细细一想，却也认为正常，甚至还觉得应该。张检察长之所以立即要找顾副书记报告这个情况，一方面当然他现在受章书记之托主管省反腐领导小组工作，还有一个更直接的原因是，九天集团公司是当年他当副省长时抓的一个点儿。涉及九天集团公司的一切情况，理所当然地要尽快向他报告。

“这女人真会折腾。”听了张检察长简要而明了的汇报后，顾副书记直接的反应就是这句话。

张检察长试探道：“我觉得她这回去北京肯定属于上访性质的，要不要尽快跟那边的有关部门打个招呼？”

顾副书记问道:“打什么招呼?”

张检察长说:“就说我们早已着手在查这件事了……”

顾副书记不以为然地:“不要做这种此地无银三百两的事。冯祥龙到底有什么问题?啊?橡树湾的事情完全可以有不同的看法嘛。五千万不动资产放在那儿不增值,只不过是一堆废铁一片烂房子嘛。他虽然只卖了几百万,我还认为他盘活了国有资产哩,做了一件好事哩。”

正说着话,秘书来报告说:“省纪委的孙书记来电话,要找顾副书记。”

顾副书记犹豫了一下,吩咐秘书:“跟他说,我不在。”然后又对张检察长说道:“这个老孙,你找个时间去跟他聊聊。你们俩私交不是挺好的吗?这两天他天天打电话找我,要我召开省反腐领导小组会,重新讨论冯祥龙的问题和橡树湾的问题。他这个人,就是一根筋,怎么也转不过弯儿来,总是看不到冯祥龙这个人的大节。冯祥龙在短短几年时间,搞起了几个大企业。光一个商城,就搞活了市中心一大片嘛!还带动了餐饮、文化娱乐、商业、交通、城管各方面的工作,很不容易嘛!纪律检查、反腐败,都得服从以经济建设为中心的这个总目标,并要服务于这个总目标。这是中央定的方针。从这个逻辑上讲,促进本地经济发展的就是个好检察官、好纪委书记,反之,就得考虑他是不是称职,就得考虑还让不让他在这个位置上继续干下去!”

这时候,冯祥龙也得到了廖红宇“转院”的消息。消息是小汪向他报告的。他出了电梯就冲进总经理办公室,呼呼直喘:“消……消息确……确实。她昨天上了车,去北……北京。医院还派……派人陪同了。一起去的还有她闺女。”

冯祥龙沉着个脸,只是不作声。

“冯总……”

冯祥龙还是不作声。

“昨天省反贪局的牌子都让人砸了……”小汪又说道。

冯祥龙瞪他一眼："胡说啥？谁砸牌子了？就是有那么一两个小痞子吃饱了撑的，拿白纸糊了一下。"

"不止一两个小痞子，一大群人在那儿围着哩。"

冯祥龙不耐烦地对小汪挥了挥手，不想再听他说下去。小汪只得走了。而后，冯祥龙又闷闷地呆坐了一会儿，突然起身向外走去。他并不担心橡树湾问题会给他捅多大的娄子，说透了，在这件事情上，他只是替人搭了个桥，可以说是割下自己一块肉，煨汤让别人喝了。这件事即使错到底了，责任也不在他。这一点，他是一百二十分地有把握。廖红宇自以为这一下捏到了冯祥龙的麻筋儿，能让冯祥龙好瞧一回，其实是暴露了她自己的"狼子野心"。一百二十天沤麻秆儿，剥她皮抽她筋的日子在后头哩！

冯祥龙现在去找财务部长老龚头。"账上马上能调出来的现金还有多少？"他问老龚头。公司总部只有老龚头的办公室享受他总经理的待遇，也是里外套间。除此以外，包括两个副总、人事部、营销部等那么重要的经理、部长的办公室都只是单间。冯祥龙这个人就是这样，但凡他真瞧出你在哪一门上比他行，你又在这一门上真替他出活儿，他对你真好。他对老龚头就是这样。别瞧他平时跟老龚头说话，也跟对别人一样，爱吹胡子瞪眼睛，但对老龚头就是好。老龚头一来，他就给他买了一套三室一厅的住房。那厅大，四十好几平方米，整个能赶上个台球厅了，还给他搞了装修。第二天上班时，冯祥龙居然亲自开着他那辆凌志车去接，把老龚头感动得直打哆嗦。冯祥龙的理论就是，你不是要当领导吗？当领导就得是这样，你得让怕你的人怕得浑身哆嗦，让忠心耿耿替你干事的人高兴得浑身直哆嗦。或者合而为一：让他既怕你怕得打哆嗦，又让他高兴得直打哆嗦。冯祥龙对老龚头说，我不会天天开车来接你，但是，我的车就是你的车。你什么时候想用车，只管开口，就是我不用，也得保证你用。后来的两年，证明冯祥龙说话是算话的。只要老龚头开口，凌志车保证按时开到他家门口。当然老龚头也是个特别讲分寸的人。只是在他那个最心疼的老闺女出嫁的那天，用了一回凌志车，平日里，要遇个急事，就用那辆“小红旗”，不赶时间的话，仍然蹬着那辆他在市一通用当财务科长时蹬的“老坦克”，慢慢悠悠地上下班。至于冯祥龙每月给老龚头开多少工资，这绝对是最重要的“企业秘密”。除了冯、龚这两个当事人以外，还能知道个大概数的就只有替冯祥龙把着钱库钥匙的那个杜海霞了。虽然老龚头平时穿的那件皱皱巴巴的化纤西服扔给当下的农民企业家，人家也瞧不上了，还是有人猜冯祥龙给他的年薪总有三十万元左右。但更多的人却认为，绝对不止这个数。

老龚头见冯祥龙今天脸色不好，本来想跟他说说昨晚北门同乐园新辟的一档二人转专场的事（他俩有个共同的爱好——上同乐园看二人转，有时能连着看两星期，追着同乐园的那班子，吉林、长春、哈尔滨、通化、四平、沈阳……满东北大地上走），话到嘴边，又咽了回去，听到冯祥龙问他账面上还有多少现金时，直接答道：“三十来万吧。”

冯祥龙眉头一耸：“怎么只剩那么一点了？上个星期你说还有两百来万哩。”

老龚头从保险柜里拿出两份字据：“你让杜海霞从我这儿取走一百万，又让……”

冯祥龙不耐烦地打断他的话：“好了好了。”转身去找杜海霞。杜海霞在公司的正式名分是“出纳”，但谁都知道，在九天集团公司，主管财务的是老龚头，但管着老龚头的却是他手下的这个“小丫头出纳”杜海霞。老龚头的“出色”，就在于他非常平静地接受了这个畸形的局面。他知道自己已不能再把当年在一通用的那一套拿到九天集团公司来使了。虽然说起来，都是国有的。但此“国有”，远不是彼国有了。此“国有”，是一定要打上引号的，否则在这里发生的一切，你都会无法理解的。此“国有”带着更强烈的“个人色彩”。这种“个人色彩”到底合法不合法，合理不合理，老龚头闹不清。但几十万的年薪和三室一大厅的房子，还有使用专车的权利，他还是十分看重的——当年在一通用那样的特大型国企当财务科长时，他有什么呀？上职工食堂吃中午饭花一元五角钱买一份红烧肉还得左顾右盼跺脚放屁下多大的一份决心呢！

冯祥龙从杜海霞身旁走过时，对她做了个手势。这手势是他俩之间才通用的，其内涵也只有他俩才清楚。几分钟后，杜海霞便悄悄地进了冯祥龙办公室。

“你那小金库里还有多少现金？”冯祥龙问。冯祥龙喜欢杜海霞，首先当然是她长得有棱有角，大大方方一张瓜子脸，白白净净两条细眉毛。尤其重要的是她聪明。女孩儿的聪明对冯祥龙来说，居然会是那么的重要，甚至是必需的。自从中国大地上再度兴起“无烟工业”以来，歌厅舞厅练歌房洗头洗脚洗浴中心……他真没少去过。他也曾惶惑过（毕竟是当兵出身，部队的正面教育，曾经给过他一个单纯的心灵），也激愤过（怎么如此轻易地甚至是“廉价”地就能从肉体上“享受”一个完全陌生的女子——要知道当兵时，哪怕是走近一个女子，都会使他沉重得紧张得喘不过气。异性的一切对于他来说都曾经只是美丽的远不可及的想象），后来对这一类的女孩儿便厌倦了（也就这样吧）。他重新看重“精神”，也就是说，跟他交往的女孩儿，除了要能让他赏心悦目，还要能跟他“说得上话”。虽然他还是会上那些可以找到廉价享受的地方去消遣——真烦人啊，经常要陪各种各样的客人以至各种各样的贵宾去做这种“消费”，但他开始下功夫给自己找一个这样的女孩儿，不仅能跟自己“说得上话”，而且在遇到真正焦头烂额、手足无措时，给自己一份真诚的慰藉和体贴，一种庇护和松弛，一点宽谅和理解，一片余荫，一杯不会凉去的浓茶……但这样的女孩儿又不能太聪明了，太聪明也会是一种祸害，只能聪明到他能驾驭的程度即可。有时还要能装一点“小迷糊”……他认为杜海霞百分之一百就是这样一个“小东西”。她原先是房管局系统下属的一个内部招待所的服务员。他在那个系统里当行管科科员。第一眼见她，他就非常激动。不知道为什么，她哪哪都那么合适，站在那儿发呆的神情也……也完全是……早先想象之中的。后来交往深了，发现她跟他单独相处时，总爱抢他的话头，总要反驳他的观点，这有点让他心烦。但世界上哪有十全十美的人呢？九全九美也实属难能可贵了呀！况且她还有一副修长而又饱满的身材哩！

杜海霞告诉他，她手中六七十万。

"都给我提出来。"冯祥龙啜着牙花子说道，仿佛牙有点疼似的。

杜海霞低声说道："干吗？你不过日子了？"

冯祥龙瞪她一眼："叫你提，你就提。"

杜海霞一赌气，沉下脸，转身就走。

冯祥龙忙一把拽住她："又怎么了？"

杜海霞甩开冯洋龙的手，说道："我还能怎么了！"

冯祥龙压低了声音说道："那位顾大公子又别出心裁，想投资影视，从我这儿借一百万……"

杜海霞扭过头问："哪位顾大公子？"

冯祥龙说："还有哪位？顾副书记的大儿子。"

杜海霞啐道："上个星期他刚从咱们这儿拿走一百万，说是搞北华宾馆装修。这又来了！他还有完没完？九天集团不是他顾家的私人银行。就是他顾家的私人银行，也不能这么由着他的性子花，想拿多少就拿多少，那也得经董事会讨论批准哩。"

冯祥龙无奈地："他让我替他垫付一下，下个月他就还。"

杜海霞一屁股坐下，给冯祥龙一个大后背："还？你不去打听一下，他顾大公子跟人借过多少回了？哪一回真还了？"

冯祥龙打着圆场："大多数还是还了的，就是不那么准时。"

杜海霞苦笑笑："这钱反正不是我杜海霞的，我操哪门子心？"

冯祥龙忙说："我知道，我知道。"

杜海霞一下站起，冲他吼道："你知道？你那些朋友一张嘴，你就给。你总有一天……让人卖了、埋了，还不知道上哪儿找自己的坟头哩！"

冯祥龙赔着笑脸道："好了好了，我现在需要顾家的支持嘛。再说，什么事，有利也有弊，有弊总有利嘛。没有那些朋友，我冯祥龙能有今天吗？既然要交朋友，就不能不担一些风险、付一些代价，这世界没有光赚不赔的事。想着光赚不赔，到头来什么也赚不着！"按说，论冯祥龙的个性，他是绝对不能受人这么"撅"的，更不能受一个女孩儿这么"撅"。但杜海霞每每冲他发这么大的火，他不仅都领受了，还总在他心里引发一股酸也不是，甜也不是，亦酸亦甜的人生滋味——你想啊，她这是为了谁？小脸儿涨得通红，两眼气得直冒泪水，还不是为了我冯某人？她又得什么了？她是真把我冯某人的事情当她自己的事情来盘算，才这么上心的。要不，她犯得着吗？所以，每回跟杜海霞这么闹过，他总是先赔下笑脸，悄悄买两样她喜欢的东西，最不济也要带她去王老五酱骨头店去吃一回她最爱吃的那"猪半边脸儿"，或上新开的那家"东北风"涮锅店里涮一回大鱼头。那家涮锅店里金纸包装的"哈尔滨啤酒王"，透着那么一股醇香，据说能让现如今从不喝酒的女文化人也都一个个地喝上了瘾。

"那你也不能往顾家投那么多钱！"杜海霞渐渐平和下来。真跟她说道理，她还是能听的，这女孩儿就这点好。"好了好了，我已经说过了，这是需要，尤其是这些天，我特别需要，特别特别需要。赶快替我去提这钱，我已经跟顾大公子说好了，等他那个北华宾馆装修好了，你就上他那儿上任，先当副经理……"

杜海霞娇嗔道："只是个副的呀？"

冯祥龙说："当副官，时间比较富裕。这一段时间你不是还要自学考试吗？"

杜海霞说："哎呀，其实考不考也无所谓。"

冯祥龙正色道："要考！你不能靠我过一辈子……"

杜海霞一愣："你这话什么意思？"

冯祥龙沉默了一会儿，郑重地说道："意思就是你得把文凭给我拿下，你自己得有那么一点真本事。万一有那么一天，姓冯的让人拉下马了，你自己还能混口饭吃。"

杜海霞一下呆住了。

53

雪越下越大，有人慢慢地走了过来。精巧的女式皮靴踩在雪地上，发出一声声十分清晰的"咯吱"声。因为是夜深的缘故，街上行人和车辆都已经很少了，街道显得特别的空旷和冷清。很久很久才会有一辆公共汽车从这儿开过，从一些娱乐场所泄出的彩色灯光和黝黑的天空形成了极为鲜明的对比。而停在那些娱乐场所门前的轿车，车身车头早已覆盖上了一层白白的雪。她走到十字路口站住了。十字路口通向四条不同景象的马路，有的依然繁华，有的更加宽阔却幽静，有的突然变得窄小而陈旧。她慢慢地转了一圈，怔怔地盯住了那条窄小而陈旧的小街，她是丁洁。她站在这个曾一度非常熟识而近来又正以加倍的速度陌生起来的胡同口，犹豫着，斗争着，反复地问自己，还要往前走吗？她今天没有开车。无论什么时候，只要是到这儿来，她都跟自己约定：不开车。其实没人要求她这么做，也不是为了要掩饰什么。从她们家住的那庄重阔绰的北岗区到这个杂乱陈旧琐碎的平民区，整个是从城市的尽西北到尽东南，走一个大吊角。自己开车紧着抄近道，也得二十几分钟，打的得花好几十元钱。就那，她也不开车，宁愿打的。为什么？说不清。也许只是为了跟眼前的一切——低矮的平房、卸在山墙后的煤堆、修鞋摊和设在居委会窗台上的那部公用电话……取得一个暂时的平等身份，求一个心灵的“融洽”和“准入”。她一直是希望能得到这种融洽和准入的。

一片片毛茸茸的雪花继续沉降下来，黏结在胡同口左边那一个个璀璨晶莹的彩色广告灯箱上，一部分积聚起来，另一部分在慢慢融化，变成水滴往下流淌，并最终在灯箱下沿儿冻结成一根根长短不一的锥状冰凌，去折射那朝霞的淡雅和夜的幻梦。

一阵大风刮来，她赶紧合住自己的大衣领，背过身去。等风刮过去以后，她又回转过身，依然怔怔地打量着那条黑黢黢的小街。这条小街，是方雨林家的所在。一辆出租车开了过来，显然是来向她招揽生意的。她赶紧向那条小街走去。出租车开走了，然而风更大了。一些小餐馆的店幌在风中剧烈地摇晃着，她把双手更深地插进大衣口袋里。

快要走到方雨林家所在的那个大杂院时，她再一次站住了：“也许他不在家？我怎么知道他一定在家？就是在家的话，我为什么一定要向他来探问这一切？就是问清了又能怎么样？我能因此安慰了我自己？”她又木木地转过身，慢慢地向胡同口走去。

这时，方雨珠和她那个女伴儿每人蹬着一辆平板车，从她身边骑过。方雨珠像所有的女孩儿一样，当她们注视另一个年龄跟自己相差不算大的同性时，先注意的往往是对方的衣着打扮，然后才会去看人。丁洁穿着典雅得体，让她着实叹羡，接着产生的一个直觉是：眼熟。她一下刹住车，回头再看了一眼。

女伴儿问：“干啥呢？丢东西了？”这时已走出十来米了。方雨珠让女伴儿等她一会儿，说着便下了车，向胡同口跑去，她要去确认一下。丁洁当然绝对想不到会在这儿遇见方雨珠，甚至都想不到自己居然会感到如此亲切，如此高兴，欣喜地叫了声：“雨珠！”就伸出手去抓对方。方雨珠忙把手藏在自己身后，连声说道：“别别别……我手上全是鱼腥味儿……你在这儿干吗？不上家去坐坐？我哥在家哩，走吧。”

丁洁脸微微红起："你妈……你爸身体怎么样？"

方雨珠在风中跺着脚，嚷道："哎呀，快走吧，上家去说吧，这里冻死人了！"能拒绝方雨珠这样单纯而又热情的女孩儿的邀请吗？丁洁最后一道心理防线终于垮了。

"嘿，看我给你们带谁来了？"方雨珠异常兴奋地叫嚷着冲进小屋，同时也带进去一股雾似的寒气。当方雨林的父亲对站在自己女儿身后这位穿着高贵的年轻女子还处在竭力辨认的阶段时，方雨林一下就站了起来，近乎惊愕地叫出声来："丁洁？"

说心里话，方雨林非常想见到丁洁，有时候这种渴望几乎到了疯狂的地步。上学那会儿，他常常喜欢招惹她，突然之间把她的书包藏起来，或者故意在大雨中把她的伞撞掉在地上，听她在雨中大叫："你坏！你坏！"他自己也没法说清自己为什么要这么做，但有一点他是知道的，尤其是看到丁洁处在极度的愉悦，极度的愤恨，极度的忧虑，极度的亢奋，极度的极度之中时……他会觉得自己完全"坠落"了、"消失"了，像一道最强的光，一片最热的雾，一股最强劲的风，完全蓬勃发散。他会处在一种完全的紧张、完全的感动、完全的临战状态和完全完全的自我消解中……他会被丁洁突然发出的尖叫声所吸引、融化，他会走过去，把自己的伞递给她，看到她如此这般地被大雨浇淋，他会那样地痛恨这雨，那样地谴责自己刚才的"恶作剧"，那样地羞愧难当，慢慢转过身去，跑进瓢泼般的大雨中，让大雨把自己浇个半死……他完全是在一夜之间，突然发现，丁洁长成了一个光彩照人的"大姑娘"。他完全没有思想准备，完全不知道该怎么办。有一度他恨所有那些有意无意地在丁洁身边晃来晃去的男孩儿，恨班主任给丁洁布置那么多课余要做的事。他瞅准了一切空子去替她完成那些义务劳动，恨得丁洁连连跺着脚，挥动着扫把抹布之类的"武器"，冲他吼道："方雨林，你想当三好，也别这样嘛！"那年，他十六岁，她十五岁零三个月……

“方伯伯……”丁洁略有些难堪地躲开方雨林愕愣却又有许多惊喜的目光，去跟方雨林的父亲打招呼。

方父已经认出来人是谁了，忙说道：“稀客！坐，快坐！”“诡计多端”的方雨珠这时在小厨房里匆匆地洗着手，一边叫喊：“哥，你来给丁姐沏杯茶。”等方雨林急忙走来，她却又小声地对他说：“刚才她在咱家那个胡同口站了老半天也不往里走，好像是有啥特为难的事。人家难得来找你一回，你热情点儿、主动点儿。”说着，拿一块干毛巾，赶紧擦擦手，沏了杯茶，示意方雨林给丁洁送去。等方雨林把茶杯放在了丁洁面前，方雨珠从五斗橱上拿起一盒廉价的擦手油抹了抹自己的手，又拿来几个苹果，对丁洁说道：“苹果不太好，你凑合着吃。”

丁洁略有些不自在地说道：“雨珠，你干吗呢？别忙了，我刚吃过。”

方雨珠挑了一个比较大的苹果，又拿了一把水果刀，塞给方雨林说道：“你给丁姐削一个。”丁洁忙说：“不用，不用。”方雨珠说：“嘿，你就让他给你削一个吧。”然后转身对方父说：“爸，您来，我还有点事要跟您说。”方父明白女儿的用意，便知趣地对丁洁说了声：“那你就坐着，我跟雨珠说件事去。”说着，赶紧起身和方雨珠一起进了他那个小房间。

父亲那个小房间的门关上了，这边这个小房间里只剩下方雨林和丁洁两个人。也许因为很久没有单独在一起待过了，一刹那间，两个人都有点难堪，都又重温起这一年多的疏离和隔阂来了。

“冷吗？我们家没暖气，这蜂窝煤炉又特别脏。”方雨林显然是没话找话，说的又净是废话。

“挺好的，挺好的……”一时间，丁洁也不那么实事求是了。

“今天怎么没开车来？”他竟然忘了丁洁向来的习惯了。

“是没开车……”这叫丁洁又能说什么呢？

“听说你刚才在胡同口犹豫了好长时间，下不了决心上这儿来？”嘿，这个方雨林，干吗哪壶不开偏提哪壶？

瞧，这不让丁洁的脸又红了起来："没的事……"

"找我什么事？"稍稍平静了一点，方雨林便单刀直入了，这也是长时间来丁洁喜欢他的一个重要地方。为人爽快，比较透明，跟他交往，不累。（当然，这一年多，例外。）

丁洁犹豫了一下，小心地说道："我们上外头找个地方谈谈？"

方雨林一愣："有必要吗？"

丁洁点了点头。

方雨林犹豫了一下，便起身去对着那个小房间嚷了声："爸，我们出去一下。"

方父忙拉开门说道："就在家里谈吧。谈多晚都没事儿。外头风那么大，随便找个暖和的地方坐坐，还得花钱。"老人考虑的就是"陈旧"。年轻人的钱不花在这些地方，还留着干吗使啊！这时候，三十元一杯的咖啡，十八元一杯的花茶，二三百元一张的音乐会门票，他们都敢消费。谁像你们那时候？啧！

方雨珠就不一样，赶紧对老爸使了个眼色，让他别在这儿"露怯"、"添乱"了，然后对方雨林、丁洁说道："去吧，去吧，就是别太晚了。丁姐，以后常来走走。对了，你带几条鱼回家吧。"

丁洁忙说："不用不用。"

方雨珠真诚地："挺好的大黄鱼，真的。"

方雨林啐嗔道："行了行了，人家丁洁不吃海鱼。"

方雨珠还真不知道丁洁这习惯，赶紧问："丁姐，你真的不吃海鱼？"

丁洁愧疚地说道："也不知道怎么落的这坏毛病。"

方雨珠大声叫道："嘿，你不早说？那行，下一回我进了河鱼，给你留几条大的。"

方雨林又在一旁"敲边鼓"了："人家电视台新闻部主任，什么鱼吃不上？还净不用花钱。"方雨珠用力瞪他一眼："去去去，你们戴大盖帽的才净吃不花钱的鱼哩！哥，你过来一下。”她神秘兮兮地把方雨林叫到老爸的小房间里，掏出一把钱，从中抽出几张大票递给方雨林，低声说道：“在外头别给我丢人，大方些。”方雨林笑道：“你自己留着花吧，我有。”方雨珠忙说：“我知道你有，我让你大方些，快去吧。要是太晚了，别忘了打的送送她，她今天没开车。”

好在胡同西口不太远的地方，就有一家麦当劳餐馆。巨大的鲜黄色的“M”标志在夜空中熠熠闪光。餐馆里的人并不多，有两三对年轻的情人，只知低头悄悄说着贴己话。有一两个小伙子只要了一杯热咖啡在静静地读专业外语杂志。还有几位好像是职高的男女学生，也就十六七岁吧，穿着特别的“酷”，则要了全套的套餐，在店堂中央灿烂辉煌地吃着喝着大声说笑着。而雪，是越下越大了，即便隔着餐馆那整面墙大的落地玻璃窗，都能感受到密集的雪片在风的裹挟下，一次次向餐馆扑来的威猛气概。

方雨林和丁洁拣了个远离玻璃墙的座儿坐下。“小妹刚才把你拉到小屋里，悄悄跟你说什么来着？”丁洁问道。

方雨林掏出方雨珠给的那几张大额钞票。

丁洁问：“她给你钱了？”

方雨林把钞票递到丁洁鼻子前：“你闻闻。”

丁洁说：“挺腥的，鱼腥味儿。”

方雨林说：“是她贩鱼赚的，她让我对你大方些。”

丁洁心头一热：“小妹这丫头，真是难得……”

方雨林说：“说吧，找我什么事？或者……让我来猜一猜，你约我出来究竟想跟我说什么。”

丁洁说：“你猜吧。”

方雨林拿手指蘸了点饮料，在丁洁面前写了个大大的“周”字，问：“对不？”

丁洁脸红了。

方雨林说："我说过，我不能说……"

丁洁恳切地："告诉我，他出什么事了？你不必说得很详细。你只说一点，他是不是出事了？"

方雨林嘿嘿一笑："他能出什么事？一个正走红的副市长……"

丁洁说："他没出事，你为什么要来向我了解他？别再跟我撒那种谎，说是为了去找他办点私事。"

方雨林说："一个市民想了解自己的父母官，这有什么可奇怪的？"

丁洁真有点急了："你能不再跟我打哈哈吗？你能不再把我当傻瓜吗？"

方雨林慢慢收敛了脸上调侃的笑容，沉吟了一会儿，低声问道："想听我说一句真话吗？"

丁洁说："如果你还能对我说真话的话，非常感谢！"

方雨林说："你先回答我几个问题。""你问。""不管我们俩现在的关系怎么样，我们曾经交往过很多年，是这样吗？""是的。""而且是很真诚地交往过，是吧？""是的。""我们曾经都以为自己非常了解熟悉对方了，对吗？"丁洁默默地点了点头。方雨林接着问道："你直到现在还认为自己非常了解我？"丁洁肯定地又点了点头："是的。"方雨林立即说道："但从你今天晚上的做法来看，你太不了解我了。""你的意思是说，你不可能告诉我周密到底出没出事？""我们不谈周密了，行吗？"丁洁突然任性起来："不行。你得告诉我，那天晚上你为什么深更半夜闯到我家来逼我告诉你周密到底是一个什么样的人？"

方雨林说："我逼你了？"

丁洁说："反正你向我打听周密，绝对不是偶然的。"

方雨林不说话了。

丁洁说："也不要跟我说，你是因为忌妒，忌妒周密跟我的关系，才来打听他的为人的。你方雨林不会忌妒任何人！"

方雨林笑道："我怎么就不会忌妒人？你现在这副为周密着急的样子，就够让人忌妒的了……"

丁洁叫道："方雨林！我在跟你说正经的！周密他……"

方雨林立即正色道："轻点！这是公共场所，咱们还是别直接指名道姓。"

丁洁只得压低了嗓门，并指着桌上那个大大的"周"字说道："他现有的这一切都来得很不容易、很艰难。他来自生活底层的普通民众之中，他内心深处一直潜藏着一种本原的平民意识。我了解他，他是愿意为老百姓做事的，也是能够为老百姓做一点事情的。如果他真的不慎卷进了什么是非里，我们为什么不帮他一把，非要等着给他一副手铐呢？"

方雨林微笑着，轻轻地拍了两下掌："好！说得好，说得非常好！"

丁洁郑重地声明："我这全是真心话。"

方雨林却说："谁说过要给他戴手铐？谁敢给他戴手铐？你这不是在跟我开国际玩笑吗？"

丁洁哀求地："雨林，我们能抛开个人感情，来谈谈这件事吗？我知道，这段时间以来，我们之间的关系挺别扭的，我一直想找个时间跟你认真地谈一谈，说说我们俩之间的事……"

方雨林忙摆手："打住，打住。丁洁同志，你要再跟我扯什么个人感情个人关系问题，我就走了。我已经有十来天没回家看看了。今天难得请了几个小时的假，不是陪你来扯这些无聊的事情的，我们之间已经没有任何事了。我早就告诉过你，我们俩不合适。家庭出身、生活背景、性格脾气、事业追求，都不一致……我们门不当、户不对，我只是一个普通的刑警……"

丁洁愣了愣："好吧……我不牵扯个人关系，只谈……他……"

方雨林忙说："不，也不谈他。"

丁洁真急了："可你那天晚上来找我了解他，总是有原因的吧？不会是因为闲得无聊来乱串门子的吧？你有那种串门子的习惯吗？"

方雨林无奈地："我是个刑警……"

丁洁咄咄逼人地："别老跟我说你是刑警了，我知道你是刑警，早八百年就知道了。正因为我知道你是刑警，才觉得你不会随随便便深更半夜上一个人家里去打听另一个人！"

方雨林说："随随便便？我怎么随随便便了？我去的是一个政治上极其可靠的人的家。她父亲是一位功勋卓著的革命老军人，视党的事业和人民的利益为自己的生命……"

丁洁气愤地："别扯远了！我知道你现在根本不相信我，你不相信我，是因为我离开了你。"

方雨林苦笑道："又扯个人关系？"

丁洁一下站起来往外走去："好，不扯！"走出餐馆门，见方雨林并没有追出来，无奈地又回到餐馆里，低声对方雨林说道："你不说也可以，我去告诉他，有人在调查他。"

方雨林淡淡一笑道："威胁我？我知道你不会去说的。"

丁洁正色道："我会说的，而且我会告诉他，是公安局刑侦支队的人在调查他！"说着，转身又出了餐馆门。这一回，方雨林追了出去。他知道，真把这位大小姐惹急了，她真的什么事都干得出来。你想啊，她怕谁？追到餐馆门外，又追了六七米，才一把抓住了她。"喂喂喂……哥们儿，别开这样的玩笑……"方雨林故意做出一副赖兮兮的样子，说道。"谁是你哥们儿？谁跟你开玩笑？"丁洁甩开方雨林的手说道。方雨林忙又抓住她的胳膊说道："你是学过法律的，你应该明白你这么做，会引起什么后果！"丁洁冷笑道："想吓唬我？哼！"说着甩开方雨林的手，走了。方雨林赶紧去抓。丁洁叫道："你干什么？放手！你弄疼我了！"这一回，方雨林可紧抓着不放了。

丁洁叫道："你弄疼我了，听到没有？"

方雨林依然不松手。

丁洁跺着脚嚷道："你想干什么？想干什么？到底想干什么？"

方雨林一声不响，却只是不放手。他知道今天这事儿一点疏忽不得。不让这个有时极任性的丁洁彻底地真正地明白此间的利害关系，让她真心答应不到周密跟前去透露一点风声，他是无论如何也不能放了她的。几十分钟后，他把她带到某豪华四星级宾馆大堂前台，向前台的服务员出示了他的警官证："市局刑警。执行公务。要和这位女士在你们大堂里待一两个小时。"

前台那个女服务员疑惑地打量了一眼方雨林，又打量打量在他身旁站着的丁洁。他俩此时的形象不能不让人生疑心：丁洁的头发、大衣都被雪弄湿了，神情又有些疲惫、惶惑，整个人都显得那么狼狈。而方雨林又没穿警服。

女服务员犹豫着拿起了电话。她当然要向宾馆保安部请示一下。方雨林却厉声地喝斥道："我是警察，我们只在你们大堂里坐一会儿，你还要请示谁？"女服务员忙放下电话，又稍稍迟疑了一下，这才对方雨林点点头，说道："你们请便……你们请便……"于是方雨林把丁洁带到大堂的一角坐下。丁洁却有些坐立不安，便提议："还是去我们电视台谈吧。"方雨林掏出手绢，递给丁洁，一边安慰道："没事。我们执行任务时，常找这样的地方休息。"

这时，大堂值班经理匆匆赶了过来。那个女服务员趁他俩转身走去的空儿，还是往上打了个电话。这一回直接打到了值班经理那儿。只是她没料到，值班经理跟市刑警支队不少人都挺熟，也认识方雨林。一听说此事，就亲自赶来了。"方队副，执行任务呢？给您找个空房间吧。"值班经理热情地说道。

方雨林起身跟他握过手，只说："不用不用，这儿挺好。"

值班经理瞟了丁洁一眼，压低了声音笑道："还是给你们开个房间吧。没事，有空房。"这话虽然说得挺含蓄，但其中的意思还是十分明了的。于是，丁洁的脸腾的一下大红了。方雨林笑着捶了那经理一拳，啐嗔道："你在女士面前胡说八道什么！给我送两杯热茶来，把大堂里的暖气给我开足了，就行了。"

这位值班经理方才明白，这位方队副今天真的不是来"消费"的，便立即回头吩咐服务员："送两杯咖啡来，把暖气开足了。"于是，咖啡送来了。于是，暖气开足了。于是……还搬了个福禄寿雕漆屏风，给他俩隔出一个便于谈话的空间。然后，便悄然退去。但丁洁仍有些局促不安。

方雨林却很习惯这一切，大度地说道："喝口咖啡，暖和暖和。这儿的咖啡都是现磨现煮的，味道特别地道。"

丁洁把咖啡杯捧在手心里慢慢地转动着暖和着自己冰凉的手，只等方雨林把刚才中断的话再捡起来重续下去。

"丁洁，不管我们之间的个人关系怎么变化，在这个社会上，你我总还应该算是比较正直的人吧？或者说，都还算是愿意堂堂正正活着的人。虽然，'堂堂正正活着'这六个字，已经被不少人视为贬义词，压根就瞧不在眼里了。但作为电视台的工作人员，你为这个世界轰轰烈烈地制造着香花；作为刑警，我为这个世界默默无闻地铲除毒草。我俩说到底，还是在一条道上跑的车，你说，对吗？"方雨林认真起来。

丁洁却苦笑道："方雨林，你真逗，说着革命样板戏里的台词，跟我白话那些人人皆知的大道理。""可每年都有几百个年轻的警察为这些人人皆知的大道理献出自己不能再重复的生命！"方雨林说道。"如果不是出于多年来对你的基本信任，那天晚上我不会那样冒冒失失地去找你打听那个人的情况的。"丁洁十分委屈地说道："你既然要我协助你，你就应该向我讲明周密……"方雨林忙打断她："嘘……"丁洁忙改口道："你就应该向我讲明那个人的情况。"方雨林真诚地："到能讲的时候，我会讲的。"丁洁说："你大致说一说，他到底卷进了一个什么样的旋涡……"方雨林十分恳切地："不要再逼我了，行吗？"

丁洁犹豫了一下，点了点头。

“谢谢！”方雨林真诚地说道。两个人默默地又坐了一会儿。方雨林犹豫地说道：“我能再问你一些有关他的情况吗？我保证，我问这些绝不是要套你的隐私，更不是想干预你的私生活，只是想得到你的帮助。”

丁洁也犹豫了一会儿，问：“你想知道什么？”

方雨林想了想，问道：“你这段时间跟他那么亲近，有没有感觉出他有什么反常的表现……”

丁洁脸一红：“谁跟他亲近了？”

方雨林说：“亲近就亲近，这没什么……”

丁洁说：“没亲近就是没亲近。我和他的关系，到目前为止，只能说来往比较多。”

方雨林说：“好好好。在你们的来往中，谁占主动？他？还是你？”

丁洁有些反感地反问：“这跟你要了解的情况也有关系？”

方雨林忙说：“那倒不是……你跟他在来往中，觉出些什么……什么来了？”

丁洁想了想：“他总是劝我读他的日记……”

方雨林马上兴奋起来：“日记？”“青少年时代的日记。”“有他荣升副市长前后记的日记吗？”“那他怎么会轻易示人呢？”“也许他会给你看的。”“你想看？”“我没那瘾。如果他能拿给你看，你倒不妨看一看。”“想让我当你的眼线，给你卧底，当一回你的私家侦探？”“你说他为什么要你看他的青少年时代的日记？”“不知道。”“你看了吗？有什么值得注意的东西吗？”“我没看。”“为什么不看？”“这你就别管了。”“他催你看了吗？”“也没有。他从来不逼我做我不愿意做的事。他从来不像你似的……”“他修养当然比我好，要不，他怎么能当上副市长呢？”“问题根本不在修养不修养！”“让你看他的日记，也许是为了增进你对他的了解。这算不上什么反常。”“但是……他总带着一种那样的情绪……”“什么情绪？”“说不清……”“是急着要跟你亲近，想跟你有肉体接触？还是……”

丁洁极反感地啐道：“你们男人怎么老喜欢往那儿想？”

方雨林认真地反驳道：“肉体接触也很正常嘛。”

丁洁真生气了：“你要再说这种话，我就不谈了。”

方雨林忙歉疚地做了个免谈的手势，问道：“如果不是那种东西，那你觉得会是一种什么东西？”

丁洁说：“如果他急着想跟我亲近，有……有你所说的那种接触，也许又正常了。但他不是。他频频地主动跟我约会，但每一次，他又特别有分寸，在那种让人简直感到压抑的分寸感中，还总是带着那么一种忧郁，让我觉得他心里憋着什么……憋着一种想摆脱又摆脱不掉的东西……”

方雨林追问：“什么东西？是工作上、人际关系上遇到的障碍？”

丁洁摇摇头：“好像还不仅仅是这一类的障碍……他给我日记，又不催我看，给我的感觉，好像只是要我替他保管这份对于他来说最珍贵的记忆。他约我见面，但又不做进一步的接触，给我的感觉，也好像只是在跟一份他最不能割舍的记忆做告别……”

方雨林的心一动：“告别？告什么别？为什么要告别？”

“说不清……真的说不清……”

方雨林小心翼翼地提议：“你没找个机会深入跟他谈谈，了解一下他的这种情绪，问问他心里到底憋着什么？”

丁洁沉默了一会儿，轻轻地摇了摇头：“我觉得，任何追问，都会使他处于十分为难和尴尬的地步。我……不想使他为难，更不想让他尴尬……”

方雨林沉默了一会儿，说道：“看来你是真的爱上他了。”

丁洁苦笑笑：“也许吧……”

回家的路上，方雨林和丁洁都在出租车的后座上坐着，又都保持着沉默，都把脸向着自己那一边的车窗，默默地打量着窗外那冷寂的景色。车窗外，雪已经不下了，马路上几乎没有行人。唯有一幢幢黑黑的楼影，同样无语地默对着高阔的夜空。车到丁家小院门前，丁洁要掏钱，方雨林抢先一步，把钱递给了司机，并笑着对丁洁说："还是用我这带鱼腥味儿的票子吧。"

丁洁则对司机说："麻烦你一会儿送这位先生走。"

方雨林则说："不用，不用。"

丁洁立即掏出五十元钱给了司机，说道："一会儿送这位先生回家。"说着，转身拿钥匙开了院门，走了进去。方雨林赶紧从司机手里拿过钱，对司机说了声："你走吧。"急急地追上丁洁，把钱还给了她。

丁洁不接，这张五十元的票子便一下掉到雪地上。两个人默然相对，无语地站着。一阵风吹过来，把地上那张票子吹得飘了起来。方雨林慢慢弯下腰捡起它，轻轻掸去票面上的雪花，最后说道："丁洁……你愿意跟谁好，愿意去爱谁，我不干预，但请允许我再说最后一句话，我们都是人民奉养的国家公务员，都是年轻一代的共产党员……"

丁洁叫了起来："够了！

方雨林不作声了。他也不想说得更多。话说到这个份儿上，的确也"够了"。

过了一会儿，方雨林把钱放进丁洁的皮包里，然后转过身，走了。门在方雨林身后关上的一刹那，丁洁伤心地抽泣起来。

夜空，雪霁后的夜空，终于浮出了半轮明月，静静地高悬在树梢上。而后，这半轮明月又很快被云翳遮蔽了起来。大树、雪地、楼群……又都很快笼罩上了一层浓浓的阴影……丁洁独自站在小院的廊檐下，低声地哭了许久许久……从今天方雨林的态度来看，虽然他仍没说出什么具体的情况，但可以肯定的一点是，周密的确出事了。最起码也是方雨林认为周密是出事了，所以他才会持那样的态度：不希望丁洁跟周密再保持某种“恋爱”关系。也许到目前为止，这还只是方雨林个人的看法，但他毕竟是市公安局一位重要的刑事侦查员。他是掌握（部分）内部情况的人。他的态度，他的警告，绝不可能是“空穴来风”。她不知道自己究竟在哭什么。在新闻部，听同事们采访回来，讲述贫困山区的情况，讲述染病学子的困境，讲述司法不公给基层民众造成的无奈和窘迫……她都会激动，都会心酸，以至热泪盈眶，虽然一次又一次地她不再拍案而起，心尖战栗的程度也不似原初时那般强烈，呐喊的愿望和痴情的追问也渐渐被积重的无奈和忧患般的沉默替代，但每每地听到深情处，她还是会为之动容，眼圈会发红，眼眶也会湿润起来……但这会儿，哭什么？哭周密？哭自己？好像都不是……她只是觉得心烦……这世界到底怎么了……怎么了……怎么了……

方雨林在小区一个街角的拐弯处静静地站了好大一会儿。他也有些茫然，甚至突然间后怕起来：自己给丁洁说了那么多，万一丁洁真的一时冲动，“感情用事”，上周密那儿说些什么，这后果……他情不自禁地打了个寒战，忙掏出手机，想再给丁洁强调一下。但犹豫了一下后，还是没打这个电话。该说的都已经说了，再说，就烦人了。还是应该相信丁洁，不管怎么样，她总还是一个大气的女人，是自己深爱着的人。她会在自己想做的和应该做的这两者之间找到一个适当的结合点，去决定自己行为的趋向。假如，她把握不住自己，真的上周密那儿捅出了什么娄子，因而牵累了他，他也不后悔。因为自己真爱她。至于将来到底能不能跟她走到一起，那是另外一回事。在这种重大的关键时刻，自己必须要为她负责，告诉她，你要小心哦！你要警惕呀！否则，什么叫“爱”？什么叫“男人”？当然还得想办法别让她真的去捅娄子。因为“爱”，却没得个好结果，这算怎么回事嘛！我方雨林当然要在等待中千方百计地避免这种后果的出现。我也应该有这样的能力避免让自己遭遇这样的后果。接着他就设想了几个预防措施，自觉轻快许多，便快步向公共汽车站走去。由于住在这个小区里的人大多都有专车代步，也不希望公共汽车站上必有的杂乱搅扰了这儿特有的清静，因此，有关部门很自觉地就把车站设在了小区以外稍远的一个地方。如果不快走，怕是要赶不上末班车了。于是他放大步幅，加快步频，急急忙忙地冲进林阴道上幽暗的地方，急行军般地小跑起来。

54

北京三里河附近，有一片五六十年代修建的中央国家机关宿舍区。清一色的青砖楼房，黑瓦大屋顶，加上比楼层还要高大的梧桐树所构成的林阴道，再加上它的居民中中年以上的那部分人特有的简朴和稳重的气质，使这个表面看起来已显得比较陈旧的住宅区，依然保持着一种独特的风韵。苏大夫的一个亲戚在这儿已经住了快二十年了。

“这就是中央国家机关干部的住宅呀？啧！也挺普通嘛。”来北京都快三天了，廖莉莉还没从种种预先的想象中转过弯儿来。这时她注视着窗外，情不自禁地喃喃道。

苏大夫笑道：“你以为中央国家机关的干部都住豪宅？嘿，他们早晚照样出溜出溜提个菜篮子，骑一辆破自行车上菜市场去买菜。”

“部长们也住在这院里？”她问。她已经琢磨了好长时间了，想从楼前水泥甬道上来来往往的那些人中间寻找出一两个“部长”来以一睹“尊容”。

“他们可不住这儿，他们有他们的部长楼。”亲戚家的小保姆解释道。小保姆三个月前才从安徽老家来，虽然才只有三个月，但在这帮子“东北佬”跟前，已俨然是个“北京通”了。

廖莉莉忙说：“改天你带我去瞧瞧。”

正在厨房里帮忙做下手的廖红宇忙喝斥："莉莉！路上怎么跟你说的？你以为上北京旅游来了！"

廖莉莉噘起嘴说道："瞧瞧又怎么了？"

这时，一个二十一二岁模样的小伙子走了进来。他是亲戚家的孩子。他有个同学是中纪委一个领导的孩子。他们设想，能不能通过这个同学的关系，把"状纸"递到那位中纪委领导手上。

"见着你那位同学了没有？"苏大夫忙问。

"玄，太玄了，就差一分钟。我再晚去一分钟人家就走了。"小伙子一边换拖鞋，一边说道。

廖红宇忙问："他怎么说？愿意帮忙带我们会见他妈吗？"

小伙子说："他说试试吧。他妈住院了，血压挺高，还老犯美尼尔症，犯起病来天旋地转的，睁不开眼睛。大夫不让她管这些闲事儿。秘书把她看得特严，轻易不让她见客。所以，他让我们别抱太大的希望，不行了，就再走走别的路子。"

廖红宇忙问："还能找谁？"

小伙子只是说："找找呗。"

苏大夫说："最好还是要找这样的同学，他们的父母在中纪委监察部负一点责任的。正管！"

小伙子为难地说："再没了。爹妈跟中纪委监察部沾点边儿的，就这一个。"

廖莉莉说："就这一个，他妈还犯病了。怎么这么倒霉！"

苏大夫忙提议："实在不行，或许，再去找找信访部门。"

廖红宇叹道："走信访的路子，那就猴年马月了！"

廖莉莉忙问："为什么？"

廖红宇觉得要说清这里包含的"为什么"，就不是一句半句的事。就算花大力气把该说的都说了，像莉莉这个年纪，也不一定真明白了。所以她就没接这话茬儿，只是沉默了一会儿。苏大夫赶紧问："你那个同学说什么时候给你答复？"小伙子说："我把廖阿姨的情况跟他说了，他还挺积极的。他说他这就去医院找他妈。他自己开车去，进医院，谈情况，定时间，再回来，怎么也得个把小时吧。"

廖红宇、苏大夫都不约而同地抬头去看墙上的石英钟。钟面上显示：十点。果不其然，大约快到十一点时，里边房间的电话响了起来。电话是小伙子那个同学打来的。小伙子接完电话，极兴奋地告诉廖红宇："快走，我同学他妈同意见您了，连我那同学都不敢相信。他妈已经有两个多月没过问一起案子了，原先她经办的大案要案，也都交给下边的人去办了。可是一听廖阿姨因为举报让坏人砍了五刀，特别生气……说怎么能允许发生这样的事情？她马上就要见您。"

廖红宇有些担心地问道："是……是个女领导？"

小伙子扬起眉毛反问："女领导又怎么了？中纪委的董琳副书记，您没听说过？嘿！赫赫有名的'女包公'啊！"

一走进北京医院住院部的高干病区，廖红宇的感觉好像是走进了一家特别实用、特别干净、又特别幽静的老式宾馆。窗外栽着的那些马尾松一准都是几十年的"老家伙"了。楼道里很少见到人，只有一些护士们在悄悄地来回走动着。也许是心理的作用吧，她觉得这里的护士也特别不一般。瞧她们那水灵的小模样，既稳重，又机灵，穿着的白大褂也比别的医院里的护士们穿的要白许多。是啊，中央部以上干部都在这儿住院治病，它给人的感觉是应该不一般嘛。

302 病房。

董琳，个头不高，一头花发，穿着一件很厚的深色毛衣，指着随廖红宇一起进病房来的那几位，问："他们是你什么人？"

廖红宇说："这两位是陪我来北京的。这位是省红十字医院外科的苏大夫。这个是我女儿。这个是您儿子的同学。他嘛……"

董琳笑道："他，你就不用介绍了。我这个儿子呀，就爱管闲事。"

董琳的儿子也笑道："那还不是跟您学的。您不是说，有些闲事是不能不管的吗！"

董琳笑道："是，这闲事让你管得我住院都不得清闲。好了，你们出去，上外头等着。"

秘书忙对苏大夫等做了个手势，把他们都请出了病房。

一走出病房，廖莉莉极感慨地对董琳的儿子说："你这位妈妈真厉害，没让我们待几分钟，就把我们赶了出来。"

董琳的儿子煞有介事地解释道："她管的那些烂事儿，总要牵扯一些领导，甭管大小吧，总还在位，当然不能让我们知道。在家里，她的书房轻易不让我们进，她的书桌都不让我们靠近，抽屉里的东西那更是不能碰。"

廖莉莉好奇地问："那你爸爸呢？她对你爸爸也那么厉害？"

董琳的儿子笑道："我老爸呀，早让我妈训练入门了！"

"他们说你因为举报单位领导的问题，被人砍了好多刀。有二十来刀？"待病房里只剩下她们两个人时，董琳问道。

"没那么多，一共是五刀。"廖红宇答道。

"五刀还少？都砍哪儿了？"

"头上两刀，胳膊上一刀，还有两刀砍这儿了……"廖红宇指指自己的屁股，说道。

董琳仔细查看了她头上和胳膊上的伤，然后让她把裤子脱了，又验看了她臀部上的伤。董琳想知道实情，特别想当场验证一下眼前这个泼辣的东北女人有没有那种"夸大其词"的毛病。泼辣的女人敢作敢当，但往往也好夸大其词，看问题往往也只计其一，不及其余。办案的时候，跟这样的人打交道，有它有利的一面，但也有必须警惕的一面。她问她有没有二十来刀，一般的受害人都喜欢把自己受的伤害多说一点，争取更多的同情。但廖红宇居然没有顺着杆子爬，相反还主动把自己所受的伤害“减少”到五刀，这第一印象不错。但即便是这“五刀”，董琳也得亲自验过。看过五处伤疤，果然处处属实，而且都是新疤痕，也都是利器砍杀所致。董琳让廖红宇赶紧系上裤子，自己则气愤地说道：“这些人真下得了手，砍一个女人五刀！材料带来了吗？”

廖红宇说：“材料是带来了，但写得不太好……”

董琳说：“什么好不好的，事情写清楚了没有？”

廖红宇忙把随身带来的那份书面材料递了过去，说道：“我相信有许多事情还没揭出来。”董琳往那个宽大的罩着浅黄色的咔叽布套子的单人沙发里一坐，转身去找老花镜，摸索了两下，没找着。廖红宇赶紧从她的床头柜上取来眼镜递了过去。这时，秘书轻轻推门进来说：“董副书记，差不多了吧？一会儿专家组要来给您会诊，大夫请您提前停止会客。”董琳连头都没抬一下，说道：“请专家们等我一下。”秘书犹豫着，还想说什么。董琳却对他做了个手势，让他别再说了。秘书偷偷瞟了一眼廖红宇。廖红宇挺知趣，忙趋前说道：“董副书记，您先瞧病，我过一会儿再来。”董琳依然连头都没抬一下，对她也做了个同样的手势，让她别再“啰唆”。

董琳只看了两页材料，就感到头又有些晕了，便摘下眼镜，稍稍闭目休息了一会儿，“哗”的一下，把材料扔给廖红宇，说道：“你念。”

廖红宇一愣，董琳说：“念啊！”

廖红宇这才醒过味儿来，赶紧拿起材料，问：“从哪儿念起？”

董琳闭着眼睛，低声地说道：“从头念起！”廖红宇念完材料，等着她表态。她却一声不响，只是闷坐着，好像在回味刚才所听到的一切。过了一会儿，才说了声：“你可以走了。”廖红宇却老大的不满足，心想，材料您都听了，情况大致您也知道了，好歹给个话呀！这样，我回去也好有个交代。聪明的廖红宇从种种细枝末节中，已充分地感觉出，这位董副书记对她有好感。于是她倚仗着对方的这点“好感”，怔怔地赖在那里，想求她发句话。却没料想，董琳又重复道："你可以走了。"在一旁的秘书早就等着这句话了，便赶紧上前来催促廖红宇。廖红宇心有不甘，但也无可奈何。面前这位，虽说也是个"柔弱女子"，且又上了年纪，但用老百姓的话来说，毕竟是左手举着尚方宝剑，右手掂着龙头铡刀的人啊，正经代表中南海对全国怀揣党票的领导干部，行使着监督检查权。一半个省长部长从她面前过，也得小心三分哩。而自己只不过是遥远黑土地上的一个小小科级干部，今天能直接向她报告情况，又倾吐了自己心里的委屈，应该知足了。想到这里，廖红宇便乖乖地留下一箱苹果和两支吉林野山参，赶紧走了。

但没等廖红宇下楼，秘书便追上来，把那箱苹果和两支野山参都还给了廖红宇。秘书非常认真地说道："以后来看董副书记，别带东西。""带几个苹果又怎么了？"廖红宇说道。"照董副书记说的去做。明白吗？"秘书相当严肃地说道。还有两件事秘书没告诉廖红宇：刚才廖红宇一出门，董琳立即吩咐秘书，第一，记下廖红宇的地址、电话号码，随时跟她保持联系；第二，马上给他们省纪委孙书记挂个电话，让他亲自过问此事。过问的情况，直接报告给她本人。

接到董琳的电话后，孙书记立即向省反腐领导小组的代理组长顾副书记做了汇报，再次提出请省反腐领导小组专门听橡树湾工作组汇报一次，重新研究一下橡树湾的问题，并希望在会上传达中纪委董琳副书记的有关电话指示精神。顾副书记问："董琳同志在电话里说了些什么？"孙书记把一份完整的电话记录递给顾副书记。下面是这份电话记录的原文：

孙立栋同志（以下称孙）：董琳同志，我是小孙。

董琳同志（以下称董）：你们那儿有没有一个叫廖红宇的女同志？因为举报九天集团公司领导的经济问题，被砍了五刀，这情况你知道吗？

孙：廖红宇被砍的事情我听说了。但被砍的具体原因还没有查实。

董：你们查了没有？

孙一时语塞。

董：这个廖红宇举报了九天集团公司领导的重大经济问题，是不是事实？

孙：她有举报。但九天集团公司的领导在经济上是不是真有重大问题，省里已经派了工作组在调查核实。

董：这个工作组的调查结论，上报前，你们纪委看了没有？

孙：这件事一直是省反腐领导小组直接抓的。

董：别管是谁在抓，你作为省纪委书记，知道不知道这个结论？

孙：这个结论是由省反腐领导小组审定后，报省委和中纪委的。

董：我问你知道不知道这个结论？

孙：知道……

董：我已经看过这个工作组报来的这份汇报材料了。要我念一段你听听吗？（说到这里，董琳同志十分激动）孙立栋同志，你搞纪委工作多年，是个很有经验、党性也很强的同志……五千万的国有资产，五百万就卖掉了，你说这背后有没有不正当交易？举报人在暴露自己的真实身份四天后，就被人砍了，差一点就送了命。这件事得重视啊……这种歪风滋长起来，谁还敢站出来和我们一起反腐败？没有广大人民群众的支持，反腐败就会变成一句空话！这个廖红宇现在就在我这儿，我马上让她回去。你要亲自接待，不能往下推，更不能随便找个人跟她敷衍一下了事。要组织强有力的工作班子去搞清事实。不管涉及一级干部哪一个部门，都要一追到底。然后把结果直接报到我这儿。

顾副书记看完这份电话记录，沉吟了一会儿，便同意了孙书记的建议，尽快召集反腐领导小组的同志来重新议一下橡树湾的问题。等孙书记走后，他让秘书通知橡树湾工作组的组长蒋兴丰，来参加这个会议时先单独见一下他，他有话要跟他谈。到开会那天，顾副书记匆匆地从一个外事活动场所脱身出来，赶回省委来主持这个会议。秘书告诉他，蒋兴丰已奉命在外头等着了。可他猛然间却记不起蒋兴丰是谁了。

“蒋兴丰？”他一边脱大衣，一边问。

“路南区检察院的副检察长，橡树湾工作组的组长。”秘书提醒道。

“噢，是他呀！怎么了？”

“您说开会前，要跟他单独先谈一谈。”

“是的，要单独谈一谈。是的。”不过，刚才在酒会上，他结识了一个澳洲的华商，这个华商有个失散多年的姐姐，想托他派人找一找。他一口答应了此事。他急于要跟民政厅和公安厅的有关同志安排此事，已没有时间亲自跟这个蒋兴丰谈了。“我说几条意见，你给蒋兴丰转达一下。”他一边说，一边飞快地翻着办公桌上的台历，翻到有关的一页，上面记着当时他想对蒋兴丰交代的几件事：第一，工作组上报来的那个关于九天集团公司橡树湾基地的材料是要报中纪委看的，因此很重要。但目前写的还不行，还得再改一下。第二，汇报材料里一定要反复强调，省里对橡树湾问题一贯是很重视的。第三，对工作组前一阶段的工作，要强调主流是好的，成绩是主要的，基本上应该加以肯定的。然后又说了一些，让秘书记下。

秘书传达完顾副书记的三条指示精神，拿出一份材料交给蒋兴丰：“这是你们报上来的那份材料。顾副书记在这上面作了不少批示，你看一下，回去就按顾副书记批示的精神去修改。”蒋兴丰说：“我能把这份材料带回去用一下吗？”秘书说：“不行。”蒋兴丰说：“可上面有顾副书记的重要批示。”秘书说：“正因为有顾副书记的亲笔批示，才不能给你。”蒋兴丰说：“那我复印一份带回去……”秘书立即说：“不行，不能复印。”蒋兴丰为难地说：“你不给我原件，又不让我复印，我怎么在修改中贯彻顾副书记的批示精神呢？”秘书说：“你就在这儿看一下。”蒋兴丰说：“那我也记不住这些呀！”秘书说：“你可以作一点简要的摘录。”蒋兴丰只得拿过那份原件，一边看，一边匆匆地作了些摘录。待摘完，秘书又仔细地把他所摘的审看了一遍，改正了一两处错漏字，最后指着那个摘录的标题，对蒋兴丰说："你不能注明这是从顾副书记的批示里摘下来的。"

蒋兴丰一愣，想辩解什么，但又一想，这时候辩解也是没用的，便把到了嘴边的话咽了下去，拿起笔把标题画掉了。因为原稿上还留着秘书刚才修改的笔迹，他不想让蒋兴丰带走自己的这些笔迹，便又提出要蒋兴丰把原稿再抄一份。蒋兴丰二话没说，又重抄了一份。秘书把蒋兴丰重抄过的又仔细地看了一遍，这才放心地交还给蒋兴丰。最后他又关照道："顾副书记这么多批示，我理解归纳起来就是两层意思（拿出一张事先写好的底稿，一板一眼地念了起来）。第一，省委省政府，尤其是省反腐领导小组历来十分重视九天集团公司的问题。对于群众反映的各种问题都及时做出了必要的反应，进行了清查。这是首先要写清楚的。第二，九天集团公司和冯祥龙在开放搞活中，有错误，但他们的问题是违纪的问题，不是违法的问题。这个界限要分清。九天集团公司和冯祥龙在我们省做出了突出成绩。像冯祥龙这样敢想敢干、有开拓精神的中青年企业家，在我们省不是太多，而是太少。这也是我们省长期落后于沿海各兄弟省的重要原因之一。所以，对冯祥龙的问题，我们要慎重。这不光牵扯一个冯祥龙，还牵扯一大批这样的中青年企业家能不能和敢不敢在我们省放手大胆地继续干下去的问题……"

蒋兴丰越听越觉得这些话非常"要害"，便赶紧提出："这是顾副书记的原话吗？你能不能让我抄一下，把它们写进汇报材料里？"

秘书说："是不是顾副书记的原话，你自己去领会。但有一条是肯定的，那就是不能原封不动地把它们写进这份汇报材料。你只能把这些意图体现在你们的修改稿里，对橡树湾的问题作一个恰如其分的结论。"

蒋兴丰问："这也是顾副书记的意思？"

秘书笑笑道："蒋检察长，你也是个老同志了，有些话需要我说得那么明白吗？”

参加完省反腐领导小组的会，孙立栋回到省纪委让秘书立即把纪委的几位主要领导都找来。秘书说：“吴副书记今天好像要去望江地区处理那起干部走私案。”孙立栋忙说：“你先去通知其他几位领导。吴副书记那儿，我来给他打电话。”半个小时后，纪委的几位主要领导都来了。不一会儿，吴副书记也匆匆赶到。

“对不起呀！把你从半道儿上截了回来。”孙立栋说。

这时，秘书进来给各位领导沏茶。一位头发已花白的副书记从自己的包里取出专用茶杯，又取出三个旧信封，伸进三次手指，从每一个信封里细心地取出一小撮中草药似的东西，放进茶杯，又小心翼翼地摇动了几下，让它们在茶杯里和弄匀了，这才把茶杯递给秘书去续水。

孙立栋让到会的各位一一传阅了董琳副书记的那份电话记录。吴副书记看完了，一边折起身把电话记录递还给孙立栋，一边笑道：“董琳让您亲自接待这个廖红宇，您就接待呗，这还用得着开会决定？”另一位副书记则不无忧虑地说道：“孙书记亲自接待她，当然不会有什么问题。但是马上组织一个强有力的工作班子去九天集团公司查冯祥龙的问题，不太好办……”第三位副书记说：“是啊，省反腐领导小组已经派了一个工作组了。我们再派一个去，合适吗？这么干，把原先那个工作组放在什么位置上了？把省反腐领导小组放在什么位置上了？把顾副书记又放在什么位置上了？省委章书记去海南治病前，省委常委作出了决定，由顾副书记主管省反腐领导小组的工作。九天集团公司这两年干得非常红火，是顾副书记亲自树的一根标杆。正经查九天集团公司的问题，顾副书记这一关怎么过？这可是不能不慎重考虑的呀！”

55

清晨，一场罕见的大雾笼罩了整个城市。到办公室已经有半个多小时了，丁洁仍一动不动地坐在她那把皮圈椅里，呆呆地看着落地大玻璃窗外那把一切都吞没了的大雾，在想着什么。新闻部和电视台其他部门一样，很少有人这么早来上班。

而这几天，丁洁却早早就到办公室坐着了。她甚至有些责备自己，以前为什么没发现，一早坐在这“零乱不堪”而又悄无一人的办公室里，居然能获取这样一种难得的感觉，既在这无法摆脱的繁华世界之内，又明显地感受到身处繁世之外的超脱。好一番清静，好一番清爽，好一番……无奈……

电话铃响了起来。

丁洁本能地去抓起电话，却在犹豫了一下之后，才把它放到耳朵上。传来第一个声音，就让她吃了一惊：“周副市长？”

“今天怎么这么早？”周密问。

“昨晚我在台里当班。”她说。她的脸微微红了一下，因为她撒谎了。她昨晚没值班。她不想告诉他，只是因为心烦意乱的缘故，才早早来班上待着的。

“看见窗外的雾了吗？”周密轻轻地问道。

“看见了……”

“好大的雾……”

“是的，好大的雾……您现在在哪儿呢？”

“我在雾中站着哩。走到外头来，亲自感受一下这样的雾吧……难得的大雾……没有了大楼……没有了街道……没有了天，也没有了地……没有了各种各样的差别，没有了那些让你心烦的评价、结论、方案、计划……更没有了诱惑和罪恶……一切都抹平了……到雾里来走一走……你在听我说吗？”

不知为什么，电话在丁洁手里猛然微微地抖动起来。她整个的身子也在微微地战栗着。她低声答道：“我在听着哩……”

“到外面来走一走……有人说大雪无痕，其实，大雾也无痕啊……”

丁洁心里突然一颤，一种极恐惧的感觉袭来，使她下意识地挂断了电话。她在电话机旁呆呆地站着。过了一会儿，她拿起电话，想重新拨通周密的手机，但犹豫了一下，又放下了。然后拿起大衣和皮包，慌慌地准备离开办公室。这时，电话铃又响了起来。

她慌急慌忙地冲过去拿起电话。

“怎么把电话挂了？”周密问。

“不是的……电话……电话突然断线了……”丁洁慌慌地答道。脸又微微地红了起来。

“看到了吗？雾开始散去了……它一点点在散去……”

“看到了……”

“原来的一切又将重新出现……可惜啊……雾永远只能是暂时的……雾开始散去了……原来的一切又将重现……什么时候我们再见见面？”

“好的……好的……再约时间吧……”

丁洁匆匆放下电话，便向外走去。她怕周密还会打电话来找她。最近，她有点怕接到他的电话。不完全是因为跟方雨林谈了那次话。心慌了两天后，她回过头来细细地想了想，依然不能让自己相信，周密会是一个让刑警们关注的“刑事犯罪分子”。倒是周密的一些奇怪的举止，使她感到某种诧异。他有时突然的“失态”，比如，刚才对“雾”的伤感，就使丁洁感到不那么舒服。“这是一种什么情绪呢？只是想对她表示他的风雅？”但直觉告诉她，这里边隐含着的东西，肯定要比“附庸风雅”深沉得多。

她一边想，一边跑出电视台大门，低头横穿马路。快走到马路中央时，一辆载重卡车鸣着喇叭隆隆驶来。她好像什么也没听见，依然低头往前疾走。卡车司机猛地打了一下方向盘，巨大的卡车从她身旁擦过。她惊吓地抬起头，差一点摔倒。司机从驾驶室里探出半截身子，恶狠狠地对她指指戳戳，好像还骂了一句什么。丁洁再也顾不上跟这号人计较，强抑制住自己剧烈的心跳，捡起掉到马路上的皮包，赶紧跑了。

56

开完书记碰头会，孙立栋又签了几份地市级干部违法违纪问题处理意见的请示报告（这几份报告都是要报请省委常委们最后议决的），已是晚上十点来钟了。报告虽然是签发了，但孙立栋历来的做法是，还要将它们在自己身后的机要柜里锁上一两天（当然，这样做的前提是时间允许），让自己对这些人和事的看法稍稍沉淀一下，然后，找个清静的时间，取出它们，再仔仔细细地看上两遍，再逐字逐句地推敲一下，尤其涉及案件定性的那些关键部分，他会反复提出一些"疑问点"来测试一下，看看能不能推翻目前的定性。确实不能了，他才会把它们呈报给省委常委会。应该说，今天要办的事均已完毕，可以回家了，但他没走。下午的会，最终没有得出一个结论。因为涉及顾副书记和九天集团公司的关系，涉及省反腐领导小组已经向橡树湾派出了工作组，省纪委到底还要不要过问这个基地的问题，书记们最终没能统一认识。在沉默了很长一段时间后，吴副书记谈了一个想法。他说最妥善的处置方法是，把这件事报告给章书记，等他表个态以后，我们再照着去办。这叫"解铃还得系铃人"。这么做，既不会得罪顾副书记，也没"抗着中纪委领导的指示"，也维护了组织原则。但另一位副书记当即提出了异议:“这好像……等于到章书记跟前去告顾副书记的状。”接着,另一位副书记推测:“假如章书记发出话来,让我们还去找顾副书记拿主意,这不就等于把我们自己逼到了绝路上?”在沉默了几分钟后,吴副书记又提了个建议:“还有个解决办法,就是把董琳副书记的电话记录原原本本地打印两份,一份呈省反腐领导小组并转顾副书记,一份呈章书记。对董琳副书记的指示,我们纪委先不要表示任何态度,等双方的态度出来后,再相机行事。”这个提议立即得到了大多数与会者的赞同,认为这样做最保险。但也有对此不表态的。孙立栋明白这两位没表态的同志的想法。他们觉得,作为一级纪委组织,尤其是省一级的纪委组织,对如此重大的问题,尤其是中纪委领导已经在过问的事情,应该表明自己的态度,提出相应的处置措施,而不该把问题和矛盾往常委会和省主要领导那儿一推了之。但他们没在会上坚持己见,引起争论。这一方面可能是因为自己处于少数的地位,另一方面从会议的进展情况来看,孙立栋好像也没有非要在这次会上作出什么最后决定的意思。既然事情还在两可之间,那么暂且不作争论也罢。

会议可以暂且不作决定,但事情却再不能拖延。孙立栋明白,大主意还得自己拿。董琳副书记的作风他是知道的,她交办的事,桩桩件件都会亲自来查问处理结果。什么时候对哪件事,她说过什么话,有时候甚至是针对一件不怎么起眼儿的事情说过一两句初听起来并不怎么“强硬”的话,你以为她只是随口说说而已的,不会较真儿的,但到时候她仍然会来检查你办了没有。而且特别让人佩服的是,几个月前说过的话,她会记得清清楚楚。时间、地点、在场有哪些人、对她提出的要求你当时表了什么态、而你现在又拖着不办到底是为什么等等等等,问得你哑口无言。

但是,从目前的情况看,怎么做才能不得罪了顾副书记,也是不能不顾及的一个大问题呀!那个老式的落地大钟“当当”地敲了十一下,孙立栋还没有拿定自己的主意。他的秘书也没走,只不过在外头那间办公室里待着。大约到十一点四十多分，孙立栋突然出现在秘书面前，口气非常坚决地吩咐道："给我要章书记在海南的电话。"看情况，他是决心要向章书记汇报了。秘书心里"咯噔"一下。秘书作为记录员，参加了下午的会议。他虽然没有资格在会上开口说话，但因为是孙立栋身边的人，这样的会参加多了，有时候对所讨论的一些问题的前因后果、来龙去脉、所涉及的种种利害关系，甚至比与会者掌握的情况还要多。孙立栋常常在会后（有时也在会前）把自己的这位秘书单独找到办公室里，让他说说对有关问题的看法。不管他说什么，孙立栋当场往往不表态。但事后仍可以觉察出，他所说的话对孙立栋后来的决策并非一点都不起作用。

秘书赞成那种看法：这时候就橡树湾问题给章书记打电话，就等于去告顾副书记的状。万一章书记也不想得罪顾副书记，把事情又打发回来，让他们去找顾副书记解决，今后这事情就难说了。章书记身体"不太好"，到底还能在省里待多久，很难预料。从现在的情况看，顾副书记也是有这个可能接替章书记来主持省委工作的。这也是纪委里许多同志的顾忌之处。

"今天太晚了……明天再说吧。"秘书这么说。他想拖一拖，也许到了明天，孙立栋一夜考虑过来，处理起来会更理性一些。

"现在还不到十二点，章书记历来有晚上工作的习惯，不晚。"孙立栋态度似乎挺坚决。

秘书说："他去海南是治病，不是工作。"

孙立栋略有些不耐烦地："我还不知道他是去治病的？"

秘书劝道："孙书记，您考虑过没有？章书记的病万一好不了，今后很有可能就是顾副书记来主持省委工作。您已经五十八岁了……"

孙立栋一下变色道："怎么可以这么考虑问题？"

秘书慌慌地："我没别的意思……"

孙立栋很不耐烦地摆了摆手："你走吧。"

秘书嘴里回答："是。"但人却依然不动。

孙立栋说道："把章书记在海南的电话号码给我留下，你可以走了。"

秘书依然没动。

孙立栋有点火了："怎么没长耳朵？"

秘书恳切地："孙书记，您再考虑一下……下午会上，几位副书记的担心不是一点没道理的。万一章书记把这件事又推回来交顾副书记处理，您就会非常被动。顾副书记也许就会记恨您一辈子（越说越激动）。孙书记，不管您怎么批评我，今晚这话我都要说。您辛辛苦苦、勤勤恳恳地干了一辈子，从来没怎么为自己考虑过，眼看就到退休的坎儿上了，您不能不为自己考虑一回呀！省直机关里谁不知道冯祥龙跟顾副书记一家人走得特别近？尤其是顾副书记的那个儿子，在经济上跟冯祥龙更是掰扯不开。最近还有一种说法，说顾副书记和冯祥龙的父亲五十年代在一个县里干过工作，关系还非同一般。"

"别道听途说。""那会儿，顾副书记还在乡里干着哩，只是个拿津贴的民政助理。冯祥龙的爸爸是他的顶头上司、管民政的副乡长。后来冯祥龙的爸爸出了车祸，两条腿都锯了，没法再干了，他就极力推荐了手下这位民政助理接替他当了这个副乡长。顾副书记是从这时开始成了个正式的脱产干部的。他以此为起点，正式走上仕途，从此一发不可收，进步特别快。从乡到区，从区到县，一直干到省里……"秘书一边说，一边又从外间的文件柜里取出一个收存相关剪报资料的卷宗。又从卷宗里取出几份有关冯祥龙的剪报，放到孙立栋面前说道："您别不信，这几篇有关冯祥龙的报道所说的一些情况，都跟我听到的差不多。顾副书记在省直礼堂做报告时，也好几次提到他当年在桦树县的基层怎么怎么做工作……"孙立栋对秘书出示的这些剪报资料仿佛并不感兴趣似的，只是淡淡地瞄了那么一眼，说道："就算这些情况属实，又怎么样？顾副书记今天已经是党的一个高级干部，已经是我们党、我们国家的栋梁之材，他早已经不是乡里的一个民政助理员了。我们怎么可以毫无根据地在背后议论一个省委省政府的主要领导，断定他在处理问题时一定会徇情枉法？这种错误已经不是简单的自由主义问题了！”

秘书不作声了。

孙立栋断然说道：“回去吧。”

秘书转身向外走去。

孙立栋说道：“电话号码。章书记在海南的电话号码。”

秘书本能地犹豫了一下，但这一回没再犟嘴，乖乖地从一本机要记事本里抄下号码，端端正正地放到孙立栋面前，毕恭毕敬地问了声：“还有事吗？”

孙立栋摆了摆手。

秘书去拉上窗帘，往茶杯里续满水，并且从小柜里拿出一点干点之类的点心，放在孙立栋的手边，然后走了出去，顺手还把门带上了。

里间只剩下孙立栋一个人，一时间办公室里十分安静，甚至静得都有点让人感到窒息。只听到那架老式的落地座钟“嘀嗒”单调的走动声。孙立栋机械地看了看桌上的那些剪报，又拿起那张记着章书记电话号码的纸片看了看，沉重地坐了好大一会儿，迟缓地正要伸手去拿电话机，忽听得隔壁外间有什么响动。他放下电话，立即起身走到外间一看，秘书根本没走。皮包、大衣、手套都已经准备好了，但就是没走。“还不走？末班车都没了。”孙立栋关切道。“我骑车回去。”秘书闷闷地说道。“这么晚了，路上全是冰壳子，还骑什么车？我让司机送送你。”孙立栋说道。“不用。没事的，天天如此。”秘书说道。“那就赶紧走吧。”孙立栋说道。秘书的头却一下低了下来，脸上现出极伤感的神情。孙立栋知道这位忠心耿耿的助手只是在为自己担心，担心已经五十八岁的他，一旦处理不好这档子事，难以让自己这一生善始善终了。其实也不一定，大不了，从省纪委书记这个位置上退下来，不给安排个人大副主任政协副主席的位置，真正一退到底罢了。就是一退到底，在自己家楼底下种点菜、养点花，又何乐而不为呢？真是的！“走吧走吧。”他极感慨地对秘书说道。

秘书似乎还想说什么，刚抬起头来，却见孙立栋对他摆了摆手，明确是在“赶”他走。

他只得走了，拿起大衣、手套、皮包，便走了出去。孙立栋关上外间屋的灯，转着身子四下里打量了一圈，看到各处的门窗都已关好，这才慢慢地走回里间，沉沉地坐了下来，拿起那张记录了章书记电话号码的纸条，开始给章书记打电话。

第二天一早，人们发现，顾副书记早早地就来上班了，而且脸色阴沉。不一会儿，大铁门再一次“隆隆”地开启。政法委的宋书记、省高检的张检察长、省公安厅的高厅长、省监察厅的曲厅长……一辆辆公务用车鱼贯地开进大院，连岗台上的两个警卫战士对此也不禁感到愕愣。“又出啥事了？”被紧急召来安排会务的几个工作人员，对此也都莫名其妙，互相打听着，却谁也不知道昨晚下班后，又发生了什么事。

会议室里的气氛稍好一些。虽然被紧急召来时，没人告诉他们具体的原因，但毕竟都是各部口的负责同志，对这样的场面早已不陌生，内心深处各有猜测，各有戒备，但表面上都很放松，谈笑风生地寒暄着。蒋兴丰也被通知来与会，比起其他与会者，他的级别显然是很低的了，加上天性内向，事先可能听说了今天的会跟橡树湾有关，心里七上八下安生不下来，这一刻就独自一人怔怔地坐在一个角落里，显得比较沉闷。不一会儿，顾副书记的秘书走来低声对他说了一句什么。他忙站起来，跟着秘书走了出去。

顾副书记一到办公室，就让秘书安排，他要赶在开会前，跟纪委的“那个”孙立栋和橡树湾的蒋兴丰“单独谈一谈”。昨天后半夜快两点了，他接到章书记从海南打来的电话。今天这个紧急会议就是按章书记的要求召开的。

秘书问："这两位是一起谈，还是分开谈？"

顾副书记说："分开谈，当然分开谈。"

蒋兴丰紧随着顾副书记的秘书向外走，心里自是极为忐忑。工作组近期在橡树湾基本处于停顿状态。省市几家宣传媒体这一段时间加大了对九天集团公司和冯祥龙本人的宣传力度，更使蒋兴丰不敢"轻举妄动"。他几次打电话给省反腐领导小组办公室，探问虚实，答复都是：你不要东张西望嘛，不要管外头在刮什么风嘛，你查你的。毛主席早就说过，结论要做在调查研究之后。你那儿没查出什么来，让省里的领导怎么说话？好嘛，一家伙，把球又踢到他脚下来了。报纸电视台都是党的喉舌，它们那里扯着嗓门在夸冯祥龙，让我在这边查他的问题，这是干吗？我要真查，我这是在跟谁过不去？所以，即便没有省里的明确指示，蒋兴丰也有一搭没一搭地放慢了工作步伐。"今天这个会难道是要追究我这方面的责任？"他多少有些害怕起来。

"顾副书记要跟我谈啥？"他瞄了秘书一眼，试探着问。

秘书只说了一句："不清楚。"

"听说中纪委对我们报上去的那个材料特别不满意？"

秘书还是说："不清楚。"

"你应该知道，这个材料上报前，是经过省反腐领导小组批准的。你向我传达了有关领导的意图。其实不光是这个材料，我们在橡树湾做的每一档子事都请示了省反腐领导小组……"蒋兴丰进一步申诉道，想得到这位大秘书的一点同情和支持。但秘书此时干脆一声不响了。秘书也是对的，现在是省委主要领导要找你谈话，我能对你说什么？

不一会儿，已经走到顾副书记办公室门口了。蒋兴丰最后又看了看秘书，似乎希望他能在这最后一刻给他透露一点什么。但秘书依然一点表示都没有，只是做了个手势，请他进门。

顾副书记急着还要去跟孙立栋交代一些事，所以都没请蒋兴丰坐下，他自己也不坐，站在那儿跟蒋兴丰说了几句："要解散你们工作组了，你要有个思想准备。"蒋兴丰心一紧："不查九天集团公司的问题了？"顾副书记冷冷地说道："另外派一批人去查。"蒋兴丰忙说："不会再派我去了吧？"顾副书记说："不会。"蒋兴丰忙说："那好，那好。"顾副书记说："一会儿，可能会让你在会上做个检查。"蒋兴丰一愣。顾副书记说："还要你在会上简单表个态。"蒋兴丰忙说："我应该怎么说？"顾副书记说："怎么说都行，就是不要说那些废话，什么你们工作组做的一切都请示过我，一切都经过我批准……"蒋兴丰忙说："不……不会的……到会上，我绝对不会把责任推给领导的。"

顾副书记把孙立栋约在223号房间谈话。这里原先是常委会几个小会议室中的一个。因为离顾副书记的办公室比较近，有时需要单独跟什么人研究个事情，他就让秘书把人带到这儿。久而久之，这个223房间就成了他"专用"的谈话室了。

跟孙立栋谈话，当然不能用刚才对待蒋兴丰的那种态度。一进门，他做了个热情的手势，请孙立栋坐下。他喜欢抽云南产的一种不知名的白盒烟。白盒上烫着两道细细的金边，中间淡淡地印着一朵山茶花。虽然熟知孙立栋不抽烟，但他还是让了他一下，拿起烟盒对着孙立栋晃了晃："来一支？味道满不错的哦。"孙立栋笑了笑："多谢了！再不错，我也不上这个圈套。""什么圈套？这是爱国的表现，是在给项怀诚、金人庆做贡献哩！""这贡献，你们做吧，我就免了。"孙立栋笑着应付道。

"开会的事，决定得特别仓促，来不及事先跟你通个气。所以抽会前这一点时间，想先听听你的想法。现在这个工作组撤走后，橡树湾那边，下一步怎么办，你有考虑没有？"

"我听省反腐领导小组的。"孙立栋忙说。

顾副书记淡淡地笑了笑："你昨天不是给章书记打电话了吗？"

孙立栋略有些不自在起来："我只是把董琳副书记的电话指示精神

向他作了汇报。章书记去海南前，丢下过话，希望我们有什么重大情况还要跟他通气儿。”

顾副书记点点头：“通气是对的。跟你通完话，章书记马上给我打了个电话。他的意思是，对董琳副书记的指示，千万不能掉以轻心（拿起一份电话记录，不带任何感情色彩地照本宣科着）。‘董琳同志亲手抓过好几个震惊全国的大案要案。这方面她有特别的经验，嗅觉也特别灵敏。对于她的意见一定要非常非常重视。’章书记建议，撤销橡树湾那个工作组，由你们省纪委牵头，公安、检察、监察几个部门协同，组织一个联合专案组，重新调查九天集团公司的问题。”

“还是由省反腐领导小组牵这个头吧。”孙立栋忙说。

“这是章书记的意思，你们就不要谦让了。”顾副书记说道。

夜里很晚的时候，顾副书记的那个大儿子顾三军不知从哪儿得到了这个消息，匆匆赶回家来。顾副书记也回家不久，刚在那个四周带有按摩喷头的大浴缸里舒舒服服地泡了个澡，裹着厚厚的棉浴袍，在客厅里，一边听着程派青衣著名唱腔选段，一边在闭目养神。顾副书记非常喜欢程派青衣唱腔，尤其对中国京剧院的李世济格外推崇备至。他觉得能把委婉和铿锵这两种在美学上几乎不能相融的东西融合到天衣无缝的地步，而又能达到一种独特的古典美境界的，唯有程派青衣的唱法了。他让省京剧院的院长特地为他转录了这两盘录像带，其中一盘是李世济的专辑，另一盘是省京剧院两位程派新秀的专辑。此刻，他正在听《锁麟囊》中的一段：“那花轿必定是因陋就简，隔帘儿我也曾侧目偷观。虽然是古青庐以朴就俭……轿中人必定有一腔幽怨，她泪自弹，声断续，似杜鹃，啼别院，巴峡哀猿……”顾三军不便贸然打断，便在一旁一直等到这段“西皮原板”转“流水”了，才轻轻叫了声：“爸。他们重新组织一个专案组进驻橡树湾，到底想搞谁呢？”顾三军急急地问。

“甭管搞谁，你别掺和！”

顾三军不满地提醒道："我看他们这么搞，矛头是直指着您哩！"

顾副书记拿起遥控器，调小了音量，说道："不要说这种不着边际的话。我正要找你哩。你跟冯祥龙关系怎么样？"

顾三军说："没怎么样。这个人特别够朋友，帮了我不少的忙。做事也大气，是一把好手。"

顾副书记向宽厚的沙发背上躺去，不作声了。

顾三军迟疑了一下，问："您……您问这，什么意思？"

顾副书记端起茶杯，向卧室走去，只说了一句："随便问问。"

顾三军想了想，忙跟进卧室里，追问："您的意思，是要我给老冯透一点消息？让他有点思想准备？"

顾副书记不作声。

顾三军又问了一句："您真觉得有这必要吗？"

顾副书记非常不满意地斜了他一眼，但让顾三军纳闷的是，父亲还是没说一句话。回到自己的房里（他当然在别处还有住房，而且不止一套），在电话机前犹豫了好大一会儿，才下了决心，拿起电话。

57

冯祥龙开着他那辆凌志车到达北华宾馆主楼的后门口时，杜海霞已经在那儿等着了。她换了一身北华宾馆主管制服——全黑全毛高档呢料女式套装，打着腥红色的领结，等车刚停稳，便满面春风地带着两位领班忙迎上前，略带一点戏谑的意味儿说道："欢迎冯总光临！"然后吩咐一位领班替"冯总"把车开到车库去；又吩咐另一位领班赶紧到"冯总"的房间里，把热水放上。打发走了那两位，这才一本正经地对冯祥龙说：

“想参观一下我们的宾馆吗？”

冯祥龙不怀好意地笑了笑，什么也不说，只是随杜海霞往里走去。等走进宾馆幽暗的茶色玻璃甬道，冯祥龙一把抱住杜海霞。他抱得那么紧，双臂的力气那么大，贴上来的嘴唇又是那般迫不及待地在她脸上四处吮吸着。杜海霞立刻轻轻地呻吟起来。

偏偏在这时，冯祥龙口袋里的手机响了。

杜海霞呻吟着、推拒着，忙说：“电……电话……”

冯祥龙却好像根本没听见似的，一边拥吻着杜海霞，一只手慢慢地从杜海霞的外衣里探了进去。杜海霞缩起身子，从冯祥龙贪婪的拥抱中挣脱出来，喘息着说道：“别……别……别在这儿……”“你怕什么？”“不行不行……我还要在这儿工作……”“工作又怎么了？”冯祥龙一边说，一边又想去搂抱杜海霞。杜海霞一巴掌打掉他那只“贼手”，却又晃动着发烫的身子，贴近去，踮起脚尖，双手搂住冯祥龙的脖子，娇嗔地说道：“两年后，我要把北华宾馆办成全市全省最好的宾馆。你信不信？”杜海霞盼望冯祥龙能匀出一点时间来帮她做成一两件大事。她相信自己的能力，当然更相信冯祥龙的能力和实力。但是，冯祥龙此刻心里只想着一件事，忙说：“咱们回房间吧。”

杜海霞扫兴地跺着脚说道：“哎呀，你急什么嘛！”

冯祥龙解释道：“我只有一个小时……”

杜海霞觉得自己在冯祥龙心里真的只是一块可以随便揉搓的“香肉”，心里凉了大半截，立刻丢开冯祥龙，板起脸，向外走去。冯祥龙忙追上去，叫道：“海霞……海霞……”这时，他口袋里的手机又一次响了起来。仍然是顾三军打来的。他还是不想在这个时候接任何电话。

一路小跑，跑到宾馆后院幽静的花坛旁，杜海霞极委屈地说道：“一个小时！你找我，就是为了这一个小时！”这样的埋怨，不是第一次了。杜海霞怕冯祥龙只把她当成泄欲的对象，所以在平日的交往中，她隔三差五地总在提醒这一点。而冯祥龙扪心自问，觉得自己想从杜海霞身上得到的和已经得到的还真不止是这么“低级无耻”。当然，跟她亲热，也是很重要的一点，但绝不是唯一的。他不知道为什么就不能让这“丫头”彻底明白过来，有时候都挺烦她的这个“唠叨”。所以他就说：“又来了？”杜海霞却突然呜咽起来：“我真的受不了这种偷偷摸摸做贼的日子了。”

冯祥龙不耐烦地：“做啥贼吗？我让你从一个出纳员变成一个大宾馆的副总经理……”

杜海霞眼泪汪汪地倾诉道：“我不稀罕什么副总经理！我要公开地和你生活在一起，我要在阳光下跟你生活在一起！”冯祥龙火了：“你们这些女人，什么都想要！把我逼死算了！”

这时，手机再一次响了起来。冯祥龙不耐烦地拿起手机，按下通话键叫道：“叫叫叫！你叫个屁！”手机里却传出同样火爆的声音：“你叫个屁！”冯祥龙一怔——谁这么胆大？便问道：“你是哪条虫生的？嗓门整得比我还高？”

手机里的人立马答道：“你才是虫生的哩。”

这时，冯祥龙听出来了，忙作笑声：“小顾？哎哟，我的妈哎！真没听出来。对不起！对不起！”

顾三军这时已急得跟热锅上的蚂蚁似的了，叫道：“大经理，在干吗呢？我都拨了你八百回了！正跟小姐亲热吧？忙得都顾不上接电话了。”

冯祥龙笑笑答道：“亲热？操！正饿饿着哩，亲热个屁！有事儿？”

顾三军叫了一声：“有事儿？我的冯大总经理，事儿深了去了！”

在一旁一直听着看着的杜海霞，不一会儿便觉出这电话的分量来了——冯祥龙表情的演变，告诉了她一切。从满不在意的嬉笑，到罕见的沉默和愤怒。等他一收线，得知省里要重新搭班子来清查九天集团公司的“问题”，她也愤愤不平起来：“又要来查你？这些人也真是的，老想从你身上挤油水。不过，都查过八百回了，再查一回，也不怕！”

冯祥龙不作声。

杜海霞便催促道："快洗澡去吧，要不，水又该凉了。"她觉得这种时候，作为冯祥龙身边最贴己的人，她不能慌张。她的态度最影响他的"士气"。所以，这突如其来的消息虽然让她吃惊，甚至还有点害怕，但她还是做出一副很坦然的样子，对冯祥龙的态度甚至比刚才还亲热了一点。冯祥龙看看手表，却说："不洗了。"杜海霞娇嗔道："不洗，就别碰我。"冯祥龙只说："让人把我的车开出来……"杜海霞一怔："真走啊？"冯祥龙沉吟了一下道："对不起……我得回去做一点安排……顾副书记的儿子亲自给我打招呼，看来，这一回，来头不小……"杜海霞故意缓和气氛道："又不是顾副书记给你打电话……"冯祥龙却说："你懂个屁！顾副书记怎么会给我打这种电话？他儿子能给我透这个信儿，已经相当了不得了。"杜海霞又说："今天是人家当经理的头一天……你别扫了人家的兴嘛……"冯祥龙顺手搂了一把她，歉然道："对不起，我真得走！"杜海霞认真地问："这一回真有那么可怕？"冯祥龙叹道："可能吧！我有一种很不好的感觉。海霞，你给我记住了，别的都没什么，就是我让你记的那些账，一定要统统都给我烧了。"

杜海霞一愣："哪个账？"

冯祥龙说："就是小金库的账。"

杜海霞忙说："烧了那些账，你将来跟人怎么说得清？"

冯祥龙说："什么说得清说不清？"

杜海霞忙说："这些年，你打点方方面面的关系，从小金库里整整花出去了七百多万，你想都一个人扛着？一百万就够让人枪毙你一回的了。七百多万，你想让人枪毙你几回？"

冯祥龙一愣："七百多万？怎么那么多？"

杜海霞说："我正要问你哩。谁来跟你哭个穷，三万五万，眼皮都不眨一下，给。"

冯祥龙忙说:“这些,你全记在账上了?”

杜海霞说:“我当然要记呀!我要不记,我怎么跟你说得清这几百几十万的是怎么花出去的?以后你跟我吹胡子瞪眼睛的,我上哪给你找补回来?”

冯祥龙再问:“你真的每一笔都记了?”

杜海霞答道:“全记了。大的,给谁买整套的房子、买车,小的到送衣服、送手机、烟酒,我全记了。现金、实物……反正从我这儿出去的,每一笔我都给你记了。至于,别处你还有没有更年轻、更漂亮的‘出纳’,她给你记没记,我就不知道了。”

冯祥龙忙说:“哎呀,这个节骨眼儿上还吃啥醋!我再跟你说一遍,马上回去把这些乱七八糟的东西全给我烧了,连个纸片也甭给我留!”

58

随后几天,章书记几乎每天都打电话来询问橡树湾基地的情况。联合专案组很快成立起来,并且点名要调市局刑侦支队的郭强和方雨林。

“来凤山庄枪杀案现在也到了最关键的时候,郭强、方雨林一走,这边怎么办?”那天晚上,金局长找马凤山商量省纪委调人的事,马凤山不太想给。

金局长态度很明确:“服从大局。”

马凤山说:“来凤山庄枪杀案也是公安部挂号的大案。”

这时,秘书走了进来,向金局长报告:“能找的地方都找了,他俩都不在。”

马凤山问:“找谁?”

金局长说："我想把郭强和方雨林找来说说这事儿。"

马凤山说："这会儿你咋能找他们？你怎么忘了？"

金局长忙去看了一下台历，这才恍然大悟般地叫了声："噢，今天已经是十八号了！我真忘了。"

十八号，经市局领导批准，郭强、方雨林等决定对市政府的那个阎秘书采取"行动"。

半夜十二点左右，两辆警车飞快地驶到阎秘书家所在的那个大院门洞前停下。这是古老的北方城市常见的那种大院。它们临街而建，穿过一个窄窄的过街楼门洞（门洞里特别黑暗），便是一个相当宽敞的正方形或长方形的院子。围着院子建有一圈两层楼的房子。那是一种楼上楼下都带有廊檐的房子。穿着便服的方雨林和郭强带着几个侦查员下车后，穿过院子，上了二楼。方雨林轻轻地敲了敲其中一家的门，客气地问道："阎秘书在家吗？"

门开了，一个知识型的中年女子出现在方雨林等人面前。

那女子谨慎地问："你们……"

方雨林忙说："我们是市高新技术开发区的，有点事儿要找阎秘书。您……"

那女子忙说："我是他爱人。"

方雨林忙说："噢，是嫂子。阎秘书在家吗？"

那女子见是办公务来的，便忙往屋里招呼："进屋说。快请进。他刚走。"

郭强说："这么晚了，我们就不进屋了。他不在家吗？下班那会儿，我们给市秘书处打了电话，那边说他回家了。"

那女子说道："他是回来过了，取了一点东西，又走了。"

方雨林忙问："去哪了？"

那女子很痛快地答道："好像是去双沟了。"

方雨林和郭强交换了一下眼色。郭强便又说道："我们有个急件，请阎秘书呈市领导审批。您看看，他是不是带回家了？"

那女子有点为难地："就是在家里，我也不敢给你们，这必须通过他本人。对不起！"

方雨林忙说："不，我们不是这会儿就拿走，只是请你看看，这个批件在不在家里搁着。"

那女子犹豫了一下："那好，我去替你们看看。"

趁着阎妻进里屋，方雨林、郭强也跟着走进屋子，用眼角的余光赶快四处扫视，确证所有房间里都没有阎秘书，两个人便不敢耽搁，赶紧脱身跑到楼下，蹿上车，吩咐司机："去双沟！快！"

到双沟，他们也没敢惊动有关单位，只在镇边的一个小旅店稍稍休息了三四个小时。从前一阶段的经验教训来看，双沟的情况很复杂，很难搞清这里什么单位的什么人跟周密到底有什么样的关系，会在他们的行动中起到什么样的副作用。闹不好，这里甚至可能还会有一种变了种的"地方保护主义"在作怪。这种变了种的"地方保护主义"，保护的不是本地特产、本地财税收入……而是本地的"名人"、"要人"。他们从阎秘书的妻子嘴里得知，双沟镇政府和镇人代会前不久作了这么一个决定，从今以后，只要是在双沟居住过，以后为本县本市本省做出了"杰出贡献"的人，不问男女，不问老少，不问资历深浅，只要有五十人联名举荐，经镇人代会批准，就可以为他立碑。今天上午，要举行一个隆重的仪式，为周密立碑。这碑两人多高，一律做成毛笔的模样，笔头冲上。因为纪念的都是活人，镇人代会还决定，这样的碑不勒铭，不记名，只寄托本地百姓对这些人的一片崇敬和感激之情。一旦待他们"千古"，如果盖棺论定，仍可算做是个"杰出人物"，再把他的姓名和事迹补刻上碑。

上午九点光景，方雨林、郭强赶到镇郊的一个空旷山头，只见那儿已聚集了两三千人。阳面的山坡上耸立着一个两人多高的突起物。整个突起物被一块大红绸了包裹着，在白皑皑的雪野里显得尤为鲜艳夺目。许多村民和中小学的学生都列队站在这个突起物前边的空场上。

阎秘书作为市里的“贵宾”、“周副市长的代表”，极庄重地站在镇里一群党政和人大常委领导中间。一会儿，镇党委书记做了个手势，全场安静下来。镇党委书记是个精瘦的中年人，据说是个自学成才的人物，每年都能在省市报纸上发表十来篇挺有观点、文笔也相当不错的随笔杂文。但不知为什么，大概正因为他太会写了，偏偏写的又太有自己的观点自己的锋芒，难免也要有些偏颇，他在镇党委书记这个位置上居然待了近十年，还没有得到升迁，但也没有被拿下。因为他毕竟还是很能干的，作风上也不出大格，在上级眼里，属于舍之可惜，捡起又扎手的那一类干部。这次人代会上，不少代表提出这头一块碑应该给他立。慌得他连忙站起，把手和头一起摇得跟拨浪鼓似的，连声说：“该死该死。怎么可以拿我和周副市长相提并论？谁要再作这样的提议，马上给我掌嘴！”他今天面对本镇父老乡亲说道：“今天，我们双沟人在这里举行一个仪式。这也是一个开始，今后，凡是从我们双沟这山坑坑走出去，给全省全国，以至给全世界做出贡献的人，我们都要给他在这里立碑，感谢他为我们双沟争了光，为我们双沟的下一代做出了榜样……这第一块碑，给谁立？”

全场齐声喊道：“周副市长。”于是，镇党委书记做了个有力的手势。早等候在一旁的十个土枪手一起举起土枪（或者是一种火铳），齐射起来。紧接着，站在一旁的校长，也做了个手势。全场的中小学学生齐声喊道：“好好学习，天天向上！好好学习，天天向上……”

镇党委书记上前请阎秘书为碑揭幕，阎秘书又推让了一下，后来还是两个人一起揭下了碑上的那块红绸子。当那个巨大的毛笔塑像迎着晶亮柔和的阳光，在飘飘然落下的红绸子后面骤然出现在山坡上时，孩子们再次齐声喊叫了起来：“好好学习，天天向上！好好学习，天天向上……”

那清脆可爱的童声声浪一阵阵袭来，还真的非常打动人心。虽然他们手里奉命拿着一束束纸花，并奉命举起花束，配合喊声，作机械的有节律的挥动，给这个原本充满着生存渴望的场面加上了许多“作秀”的成分，但仍无法掩盖修正了这场面本身所具有的原发性冲击力——山里人真的非常渴望山外的那种生活。一代代他们渴望的、崇敬的就是四个大字——“走出大山”。

也曾是山里人的阎秘书一刹那间心里热热地酸涩起来。这时，镇党委书记宣布，请市里来的贵宾阎文华秘书讲话。阎秘书为今天的讲话，还准备了一份讲稿。昨天来之前，他找周密，说了这事，还想请周密“审查”一下这讲稿。周密笑道：“市里好些重要文件都是你起草的，还跟我玩儿这一套干吗？”他最终没审查。

阎秘书掏出讲稿，刚准备讲话，两辆警车进入了他的视线。他略略地愣怔了一下，似乎意识到了什么，立即镇静住自己，回过头去低声跟那位镇党委书记说了句什么。镇党委书记便快步向那两辆警车迎了过去。

阎秘书在临时搭建的土台上清了清嗓子，大声讲道：“乡亲们，朋友们，老师们，同学们，今天本应该由周副市长亲自来讲这个话的。他也非常想回来看看大家。但是，一方面，他公务活动非常繁忙，实在脱不开身；另一方面，他非常谦虚，一直不同意为他立这么一个碑……”

阎秘书一边说，一边用眼角的余光悄悄地扫视着那边发生的情况。这时，两辆警车已经开到旷场的边上，停了下来。郭强、方雨林带着几个人慢慢地向这边走来。阎秘书冷不丁战栗了一下，眼睛深处掠过一丝很难被别人觉出的惶恐。但他很快镇静了自己，深深地嘘了一口气，继续向在场的乡亲们大声说道：“我今天不是代表周副市长来的，我也代表不了他。但是，作为一个双沟人，最后，我只想说这么一句话，让我们大家都记住这样的人，他们曾经在我们这个艰苦的环境中不屈不挠，奋发向上……”

掌声，浪潮一般涌来。尤其是在场的那些中年人、老年人，他们太懂得阎秘书最后这句话的分量了。要知道，他说的就是他们的这一生啊！只不过他们最终没能走出这大山，没能做出一番“杰出贡献”而已。

土枪手们再次把枪口（或火铳口）对准了碧蓝的天空。枪声震天，群鸦乱舞。大家都欢呼雀跃。孩子们一起跑到那座高大的笔形塑像前虔诚地去触摸它的底座，按校长、老师事先规定的大喊：“好好学习，天天向上！好好学习，天天向上！”阎秘书看到郭强、方雨林等人在那位神色骤然变得极其惶然的镇党委书记陪同下，正一步一步慢慢地向他走来，他知道自己“最后的日子”到来了。于是，他慢慢地走下土台，向方雨林等人走去，一边不无悲伤地、留恋地回过头来注视那些天真烂漫的孩子。一些老乡围上来，崇敬地跟阎秘书打招呼。他却不无尴尬地一边跟他们点头示意，一边用力推开他们向前走去。老乡们不明白，“老阎”脸上虽然做出了一份“微笑”，却为什么还要如此生硬强横地推开他们，就像是推开一道陌生的屏障？

不知道走了多久……阎秘书终于走到郭强、方雨林面前，他低下头默默地站了一会儿，突然抬起头，非常恳切地请求道：“能上了车再给我戴手铐吗？请给双沟的乡亲们留一点面子。”

郭强严厉地斥责道：“是给乡亲们留面子，还是给你自己留面子？”

阎秘书战栗了一下，惶惶地把头低了下去。在这里，我们不能为阎秘书说什么好话，但起码在这件事情上，郭强的认识是“肤浅”了，而阎秘书说的却是对的。他是个聪明人，是一个历经沧桑的聪明人。对于他来说，事到临头，确实已没什么面子可说。但对于双沟这些质朴而淳厚的老百姓，他们视阎秘书这样的人为自己的“骄傲”、“楷模”，在他们没有丝毫思想准备的情况下，当着他们的面，骤然把阎秘书铐起来，不啻是当众扇了他们一个耳光，啐了他们一脸唾沫，毁了他们一场好梦，砸碎了他们一个偶像。他们会很长时间处于惊骇之中，觉得让人深深地伤害了……

郭强虽然反驳了阎秘书，但还是给了他一个面子，当场没铐他。

警车终于慢慢驶离旷场，这时郭强才把阎秘书铐上了。冰凉的金属物滞留在他手腕上以后，阎秘书本能地把双手往回收缩了一下，并夹到双膝中间，抱着他那个很旧的皮包，眼神发呆，直瞪瞪地望着车窗外那一望无垠的雪野。等车驶出山镇，他突然伸手到皮包里摸出什么往嘴里一塞。方雨林一惊，忙扑过去一把掐住阎秘书的双颊，大叫了一声："快停车！这家伙服毒了！"郭强也一惊，本能地向阎秘书扑去。阎秘书凄然地对他俩笑了笑，人便发蔫了似的瘫软了下去。

警车拉着抽搐的阎秘书，又飞快地驶回双沟，把他送到镇医院抢救。谁也想不到，不到半个小时，阎秘书出事的消息便传遍了全镇。到傍晚时分，医院门前便聚集起成百上千的老乡，都呆呆地守候着、等待着阎秘书生或死的消息。为了防止事态恶化，深夜时分，局里派人派车把阎秘书转送市公安医院去监护治疗。车刚进市内，方雨林就得到通知，让他马上到金局长办公室去一趟。

金局长催他赶快到省纪委去报到。

方雨林犹豫道："来凤山庄枪杀案刚有一点突破……"

金局长笑着对在一旁只坐着不作声的马凤山说道："老马，你不吭气，袖手旁观看好戏？"

马凤山笑道："我看什么好戏？雨林说的不是没道理嘛。"

方雨林见马凤山支持他，便赶紧加油说："省专案组这回集中全省司法纪检一百多个精英，我们市局多去一个少去一个，对他们来说不影响大局。可来凤山庄这案子全指着我们这几个人哩。缺一个，坍半边天，真不一样。"

金局长一本正经地说道："不要再讨价还价了，服从大局。"

这时，郭强走了进来。

马凤山忙问阎秘书那边的情况。郭强说道："病情稳定了，人也清醒过来了。初步讯问了一下，这位阎大秘书就是不说话，整个儿一个实心铁葫芦，没法让他开口，气死你没门儿！”马凤山咬咬牙：“那也得想法子让他开口。”方雨林忧心忡忡地说道：“本来是想秘密抓他的，现在事情闹开了，肯定会很快传到周密的耳朵里，得马上想办法控制周密。”郭强反问：“怕他自杀？”方雨林说：“各种可能性都存在，包括出走。”郭强说：“怎么个控制法？把他抓起来？或者对他实行二十四小时监视、监护？这可得请示省市有关领导，让他们下决心才行。”金局长说：“但一直到现在为止，我们还没有拿到能说明周密直接涉案的证据，怎么让领导下决心？”方雨林说：“但有一条，我们是可以做到的，也是应该做到的，那就是报请省市有关方面，近期内不让他出国。”郭强这时却说：“有一件事我差点忘了，刚才上楼来的时候，楼下传达室的同志让我带句话给你，说是有个女同志找你。”方雨林说：“女同志？在传达室？谁？”郭强笑道：“谁？我怎么知道。”

方雨林匆匆走进传达室，一怔，来找他的竟是丁洁。“出什么事了？”方雨林忙问。丁洁神态惶惶地问：“能找个地方谈谈吗？”方雨林问：“很急？”丁洁犹豫道：“还不能说怎么急……但我希望……希望……”方雨林马上打断她的话：“好了，你不用再说了。等我一两分钟，我上楼去取一下我的东西，就跟你走。”

回到楼上，他把这个情况跟两位局领导说了。

马凤山问：“你估计是什么事？”

方雨林说：“一定跟周密有关。”

金局长问：“为什么？”

方雨林说：“我们今天白天抓阎秘书的事，一定传到周密的耳朵里了……”

郭强问：“传到周密耳朵里跟丁洁又有啥关系？要她在这里头忙乎个啥？”

方雨林只得说道："有个情况我一直没告诉你们……丁洁最近跟周密走动得挺勤的……"

马凤山问："你这个'挺勤的'是一个什么概念？"

方雨林说："类似……类似谈恋爱吧……"

郭强一愣："啥？丁洁跟周密谈起恋爱来了？那你呢？被甩了？丁洁怎么这样？"

方雨林急着说道："先不讨论我和丁洁的关系。丁洁在这个时候找我，肯定是周密那边有所动作，我得去一下。"

郭强说："要不要派人跟着？"

方雨林立即否定："不至于。"

马凤山关照："随时保持联络。"

方雨林点点头，到了传达室门外，见丁洁已经在她那辆欧宝车里等着了。不一会儿工夫，欧宝车带着方雨林便飞快地驶出城去。丁洁脸色显得有些苍白，神色有些呆木，车都行驶这么长时间了，她居然还没系上安全带。方雨林提醒了她一句，她才拉过带子，插上扣环。几十分钟后，车驶出城区，仍没有停靠的迹象。方雨林疑惑了。他看看丁洁，丁洁仍直瞪瞪盯着前方，神情仍有些发呆发木。

突然一辆车迎面驶来，丁洁的反应很迟钝，对方的车离得很近了，她还没作出应有的反应。方雨林忙大喊一声："前边有车！"说着，伸手猛地打了一下方向盘。两辆车"呼"的一下，擦肩而过。欧宝车左拐右拐地又往前开了十来米，终于停了下来。

方雨林的心一个劲儿地猛跳，俯过身去忙问丁洁："你没事吧？"丁洁半天没从惊愕中清醒过来。过了好大一会儿，她又要启动车。方雨林一把摁住了她正在打火的那只手，问："到底发生什么事了？"丁洁迟疑着，好像一时间居然不知从何说起才好。方雨林问："你到底要跟我谈什么？是周密的事？"丁洁默默地点了点头。方雨林忙说："那好，我来找个地方，咱们好好地谈一谈。”他跟丁洁交换了一下座位，把车飞快地开回到自然博物馆。进了那个小房间，方雨林先打招呼：“我这儿没喝的。”丁洁忙说：“你别忙。”

方雨林有些不甘心，四下里一通猛翻，终于找出两个差不多快要干瘪了的橙子，还不知道是哪年哪月一时大意让“它俩”得以逃生苟活至今。好在只是干瘪，还没烂。他高兴地掏出一把瑞士军刀，把两个橙子切成八瓣，像是上了一道大菜似的，对丁洁说：“来来来，边吃边说。”

“我知道我不该来找你……”丁洁却只是悻悻地说道。

“你慢慢说。吃啊！”方雨林把橙子往丁洁面前推了推，自己先拿起一瓣“啃”了起来。

丁洁没去碰那“橙子”，又犹豫了一会儿，大概是对自己依然处于心乱如麻的境地难以启口感到十分的歉疚，便对方雨林喃喃道：“对不起……”

方雨林拿起晾在铁丝上的一条干毛巾擦擦嘴说道：“没事，没事。如果你觉得这会儿还没法开口，别着急，先在这儿歇会儿，我上外头去买点喝的……”

丁洁一把拉住方雨林，叫道：“不！你别走！我不要你买喝的……不要……”她好像害怕方雨林走，害怕独自一人留在这陌生的小房间里。方雨林觉出，她好像是受了什么惊吓，整个内心还处于极度紊乱的状态，还没有恢复自我制衡能力。他慢慢地坐了下来，轻轻地握住丁洁那只拉他的手，温和地抚慰道：“好的，我不走。你别急。”

又静静地坐了好大一会儿，丁洁终于开口了：“今天，我去周密家……昨天，他打电话来约我，说他不久要为引进一条先进的皮革生产流水线，带团去意大利。他希望我今天能陪他去买两件在意大利跟人洽谈时穿的服装……请你不要责怪我没有听你的话，中断跟他的来往。我的确认真掂量过你多次的告诫。我相信你这么做不会是无中生有，更不会仅仅出于个人情感的因素。我并不认为自己非常了解周密，但我跟他毕竟有过这么一段交往，这种超越以往师生关系的交往即便不能说是亲密的，但也应该说是比较接近的。也就是说，在这一段时间里，我毕竟在一个相对比较近的距离里感受了他……他的确给我留下了比较好的印象。我这么说，并非是说他就那么圣贤，从政后的官场生涯没给他造成一点负面影响。不是的，他这方面的变化还是可以明显感觉到的。最明显的一点就是他比以往患得患失多了。以前他在学校里当老师时，给我们女生最深的一个印象就是他为人'憨厚''实诚'，我们在背后善意地笑他挺'农民'的。但这次再接触他，可以明显地感到他内心总安定不下来，总是在波动着，处在一个难以平衡的状态中。他总在计较上下左右对他的'评价'。他那种对人际关系的敏感，对政治风向的敏感，对利害得失的敏感，有时简直让我感到，站在我面前的已完全是一个从来不认识的'周密'。可以举一个简单的例子。他和一般朋友、一般人来往，一见面，说得最多的往往是这样两句话，一句是'怎么样，最近上头有什么新消息新动态'？还有一句便是'说吧，要我做什么'。对此，我真的是有些反感。他已经很习惯地把人际关系简化成了一是消息来源（只关注上边的动态），一是互相求助。更可怕的是他自己居然没觉察到这一点。我曾经给他提出过。他开始还不信。我让他留心观察一下自己。过了几天，他苦笑笑告诉我，果然是这样。但他并不认为这有什么太大的不好。他解释，实在是太忙了，有些人际关系必须简化，否则时间就不够用。我相信他的这种解释，因为我从和我家来往的许多从政的长辈和朋友身上都听到过这种感慨。我是容易接受这样的解释的。况且，周密也的确在做着相当大的努力，竭力保持自己的平民化。比如他经常以普通理论工作者的身份去参加一些科研机构的理论研讨会。在那些会上，他跟普通与会者一样住双人普通标准间，提交论文，参加小组讨论，尽量不早退迟到，不搞任何特殊化。只要回到机关，赶上吃饭时间，他总是到机关大食堂排队买饭。

他还坚持在学校兼教，坚持带研究生……所有这些，都让我感到他是与众不同的，甚至是杰出的。这使我确信，你可以怀疑他，但你的怀疑一定是一种误解。我确信，由于他所处位置本身的复杂性，或者工作上一些难以避免的失误，认识上难以避免的偏颇，经验上难以避免的缺乏，再加上其他一些身不由己的因素（即便在我们这个体制下，一个人当政了，制约他的因素仍然很多，并非像普通人想象的那样，只要一当政，手中有权了，就能'想干什么就干什么'。'身不由己呀！'常常是许多当政者最大的一个感慨），都有可能使他卷入一些比较复杂的政治的或经济的旋涡中，陷入某些是非里，甚至犯一些自己不愿意犯的错误，出一些自己不愿意出的问题。但我不相信他会陷入你所怀疑的那种境地，成为需要由你来侦办的对象。"

说到这里，丁洁略略停顿了一下。

"你别生气，你越是反对我接近他，我反而越发觉得自己离不开他了。"过了一会儿，丁洁又接着说道，"造成这种局面，绝对不是因为他是副市长，这一点你应该明白。对于我来说，一个地市级城市的副市长，不应该算是什么太了不得的人。在我们家的朋友中，这样的干部应该说只能算是中低档的。不止一个省部级干部家的孩子，或年轻的厅局级干部本人向我表示过要跟我确定那种关系，要给我买车买房，给我办一个以我的名义注册的公司，等等等等，我都没动过心。不是他们不优秀，而是气质不对。我没法让自己抛开一切拘束走过去，那样地去接近他们。他们不能让我觉得自己只是一个无拘无束的女人，一个只希望得到爱抚的女人。他们总让我想起别的什么。他们不能让我忘乎所以。在过去的很多年里，你是唯一能让我做到这一点的。而现在，却是他……"

说到这里，丁洁又不说话了。

59

丁洁的这段自我剖析应该说基本上是准确的。但有一点，也许是她故意忽略不谈，也许是因为激动而疏忽了没说，那就是方雨林的告诫还是在她与周密的交往中投下了无法抹去的一道阴影，尤其是影响了她的心态。从那以后，她的确仍渴望着见周密，但那已不是以往那种纯情般的渴望，多少已带有一种"窥测"想从交往中看出周密到底有什么问题。这显然是受了方雨林的影响。也许正因为内心滋生了这种"窥测"的愿望，才会导致昨天晚上那样事情的发生……

"昨天，我如约开车到了周密家楼下。为了不引起邻居们的注意，每次去，我都把车停在不同的地方……"

楼梯上十分幽暗。丁洁慢慢地向楼上走去。工人住宅区的六层楼房自然是不会装备电梯的，但丁洁反而认为这样更"方便"。坐电梯的话，几次以后，就会让开电梯的人记住她常来找周副市长。她却不愿意让这儿的什么人"记住"这一点。

"他曾经告诉我，他近期内可能要搬家。市政府拨了一批专款，买了几套现房，解决他们这几位新领导的住房问题。他要不搬新房，其他领导也不便于搬迁。但是他非常舍不得离开这两间住了多年的老房子。他希望今天晚上我能去陪陪他，在那儿再坐一会儿，说说话……再陪他去买衣服……我们约好，我六点到他家。但非常奇怪的是，从来非常守时的他，却没在家……"

丁洁又敲了两下门。里边没人应声。她迟疑地在楼道里徘徊了一会儿，拿出手机来给周密打电话。手机里传出的声音是："对不起，你所拨打的用户已关机。"然后她又往他办公室拨电话。办公室里也没人接。

"我在楼道里整整等了十来分钟。这真是破天荒的了，我不能再等下去了。但就在我要离开那儿的时候，一件完全不可想象的事情发生了……"

忽然，从周家门里发出一声响，让正转身要下楼的丁洁着实怔住了。一开始她还以为自己听错了，是耳朵出了毛病。但紧接着，门里边又传出一连串的窸窸窣窣声。事实告诉她，声音是真切的，里头分明是有人在开门锁要往外走。然后，那门把"咔嚓"一声被拧动了，门"吱呀"一声慢慢地打开了。

"我认定是贼，便本能地跑到消防通道的拐角处躲了起来……"

但走出来的却是周密。他站在门口，略略地四下张望了一下，而后又走出来一个人。这个人跟周密握了握手，独自急匆匆地向楼下走去。在他转过身来的一刹那，丁洁看得非常清楚，此人是顾副书记的大儿子，人称"顾三军"。

"顾三军？顾副书记的儿子？"方雨林惊问。

丁洁浑身战栗着答道："是的……"

方雨林再问："你看清了？当时楼道里应该是很暗的。"

丁洁说："开始的确看不清楚……但是，就在他往楼下走去的时候，他点了一支烟……"

方雨林说："周密平日不抽烟。"

丁洁说："点烟的不是周密，是那个顾三军。当时我也怀疑自己是否看走眼了。因为从来没听周密说过他跟顾三军有过来往，所以我也非常想确认一下，这个家伙到底是谁。当打火机'咔嗒'一声响起，从机头上一下蹦出一小团橘黄色的火苗来时，我赶紧探过头去仔细看了一眼那张被火光映亮的脸，确认的结果，我可以很负责任地说，他就是顾三军。"

"你认识顾三军？"方雨林问。

"岂止是认识。"

"很熟？"

“顾三军也曾是我家的座上常客。”

“为什么？”

“他追过我。”

“顾三军追过你？不可能。他比你小好几岁。”

“你呀，还不了解顾三军这种人。从比他小十几岁的女中学生，到比他大十几岁的大小富婆，他都追过。这是他的一大爱好。”

“你也没跟我说起过这事……”

“我压根就没搭理过他。我觉得没必要告诉你，再让你心烦。”

“周密既然约了你，怎么又会去约顾大公子？就算是约了顾大公子，也该回你的电话。从常识来说，他周密不是那种失约又失信的人。”方雨林不解地问。

丁洁嘘了一口气答道：“是啊。当时，我也特别气愤。顾三军一走，我真想冲过去狠狠地责问周密一下，然后转身就走，从此再不理他了。但就在要冲过去的一刹那间，突然一个直觉又让我镇静下来。你不要生气。在我和周密接触的这一段时间里，他给我的全部印象都告诉我，他绝对不是一个把自己喜欢的女人不放在心上的人。他一生没有得到过真正的感情生活，因此非常珍惜这一次跟我之间的交往。他为人重信诺，尤其在我和他之间，他总是表现得非常宽厚、体贴，只要对我承诺了的，他一定会做到。因此，本能又告诉我，今晚他之所以如此不正常，一定是出了什么天大的事。只有这一种可能，才会使他变得如此反常……于是我就收回了几乎是已经跨出去的那只脚。只见周密在单元门前稍稍呆站了一会儿……你完全想象不到，此时此刻我看到的是一个什么样的周密。在从门里泄出的那点灯光的映照下，他显得那么惶惑，那么疲惫，那么沮丧，甚至可以说都有一点苍老，连头都缩小了许多，甚至都有些罗锅。他就那样呆呆地站了一会儿，便转身进去了，并把门关上……”

门关上后，楼道里越发地黑暗了。丁洁又等了一会儿，她以为，周密送走了顾大公子，会马上给她打电话，说明情况，再把她约过来。但等了一会儿，他没打。又等了一会儿，他居然穿戴整齐，拿着公文皮包，匆匆走了。锁上门以后，周密用力地搡了搡门，看看门是否已经锁上。而后打量了一下周围，确证了周围没有旁人，便把一把钥匙塞到防盗门铁边框和墙之间的一个缝隙里，然后转身向楼下走去。

“他留了一把钥匙在外头。这是特别符合他性格的典型做法：不管做什么事，他都要留一个后手，以防万一。这也许跟他小时候过的日子太苦，一生的奋斗太艰难，现有的一切都来之不易有关。他跟我说过好多次，一直到现在，他晚上都做那样的噩梦，好像还住在那特别偏僻的大山沟泥巴糊的茅草房里，冒着漫天大雪，给小饭馆去送粽子，突然掉进万丈深渊……他还说过，他做的梦，从来都是黑白的，他从来没做过彩色的梦。当时一种巨大的冲动，激得我非常想进门去看看到底发生了什么。这种冲动和同样巨大的好奇心，使我做出了从来不会做，也不敢做的事……”

周密下楼后，丁洁马上走到防盗门前，掏出钥匙，打开周密家的门，悄悄地走了进去。虽然明知屋里已没有其他人了，但进屋以后，丁洁的心却仍“扑通扑通”地跳得厉害。这一段时间以来，她虽然也多次到过他的家，进过这个门，但从来没有单独待过。也许是心理的原因吧，一进门她就被一种无形的紧张压得喘不过气……

“你去过周密家吗？”丁洁突然问方雨林。

“我怎么会去过他家……”方雨林忙否认。

“你们没有秘密搜查过他家？”丁洁愣愣地又问。

“别逗了。副市长家是随便能搜查的？就是普通老百姓的家也得经过批准，办了搜查证才能去搜！”

“周密的家你任何时候去都特别整洁，特别简朴。那种整洁简朴，简直到了让人特别感动的地步。它会让你想到这是一个对眼前这个世界完全没有多余要求、没有非分之想、目标特别明确、而又活得特别精细的人。你想啊，他一个副市长，工作那么忙，妻子又常年不在身边，还没雇保姆。父母早退休回了祖籍，这里就他一个人住着。他居然能把一套住房维持得如此纤尘不染，就凭这一点，我一直觉得他是一个对待自己绝不随意，延伸开去也可以这样认为，他是一个绝对靠得住的人——起码从个人生活秩序上来说，应该可以这样认识。但是，激动着我、促使着我偷拿他的钥匙偷开他的房门偷进他这屋子的真正原因，还不在于他外边的这两间屋子。这两间屋子，一间是客厅，一间是他的卧室，我早已看到过了。诱惑我的是另一间屋子……这个房间他从来都不许我进去。他总说屋里太乱，也没啥看的……但我从来不相信他说的这理由。如果真的很乱，真的没啥可看的，他早就让我看了。你想啊，他连日记都让我看，还有什么要躲着我、回避我的？那就是说，这间房间里放着比他的日记还要重要的东西。是和另一个女子的通信？是收藏的古物字画珍品？是当初他和妻子共同生活时的'洞房'，点点滴滴保留着无数绵绵情愫的痕迹和难以抹去的记忆？还是他和其他女人幽会的一个场所？任它是其中的哪一项，我都想立即知道！我想知道它蕴含的那个巨大的'神秘'到底是什么……"

丁洁在这间屋子的门前站了好大一会儿，让自己稍稍平静下来，才壮起胆子慢慢地推开了它的门。

"但是我看到的却仍然是一个收拾得特别干净的房间，仍然是干净得一尘不染。一切都安排得井井有条。除了一张床以外，三面靠墙全是通顶的旧式书柜。书柜里没有一本书，大约一半的柜架上放的是他多年收藏的旧报纸……"

"旧报纸？什么内容的旧报纸？"方雨林问道。

"我翻了一下，主要是刊登各级领导讲话的报纸。从中央领导，到省市地县的领导；从中央大报，到地县小报，甚至一些大企业办的企业报。

我早就知道他有这么个特长。这么多年，中央和省这两级的主要领导，不管是哪一届的，在一些主要问题上的主要观点，曾有过哪些主要提法，是在哪一年的什么会议上提出来的，他都记得特别清楚。许多原话，他都能原原本本、整段整段地背诵下来。原先我只以为他的记忆力强，没想到为了做到这一点，他还真下了大工夫……”

“这工夫下得还不止是一年两年哩！”

“那当然，从他收集的旧报纸来看，他在财经学院当副教授那会儿，就开始下这工夫了。”

“难怪……”

“我想不通的是，他记住历届中央领导的讲话精神，那还可以理解。他为什么还要花那样的工夫去记省一级的以至地县、大企业领导讲过的话？”

“也许，这就是他周密的独到之处和过人之处吧。前二十年，经常发生这样的事，有人只靠背诵了马恩列斯毛著作的原话就可以出人头地风光一世。周密也许从这里得到启发。你想啊，一般人只能接触到下面的领导，背诵这些领导的原话其实也是可以起家的，起码在跟这些大大小小领导打交道时，会让他们感到你非常可靠，非常可亲，是个可用之才，能得到更快的提拔使用……”

“我真的不相信周密会这么庸俗，这么实用主义……”

“庸俗也可能是逼出来的……”

“谁逼你去庸俗了？”

“丁洁呀丁洁，你真该走出你那‘将军公卿府’，到贫民窟里好好地住两年。”

“我知道你对我的出身总抱有成见！”

“今天不说我们之间的事了，你接着往下说。你在那个房间里又看到了什么？”

书柜的另一半放的全是用过的笔记本，按日期分类码放着。丁洁抽出几本来看了看，几乎全是一种内容：每天记录着他跟谁说过什么话，谁又对他说过什么话。然后是当天发生过什么事（跟他有关的事，或他参与过的事）。在这些事情里，出现过什么矛盾，这些矛盾涉及哪些人，事情是怎么解决的，还遗留了哪些问题没有解决……使丁洁特别吃惊的是，他从中学开始就在做这种记录。那时，他是双沟镇中学学生会的总务干事……而最晚的记录，则可以看到，上一回跟丁洁见面时，他说了些什么，都做了扼要的追记……还有一种笔记，是专门做自我解剖用的。严查自己的不足，谴责当日自己发生的“问题”（大部分是自己脑子里刚涌现，还没来得及去做，或者根本不可能去做的那些“邪念”）。这种自我解剖、自我谴责，中学时期做得最为严厉、最为到位，也最为详尽，一篇自我解剖能写个两三千字，引经据典地上纲上线批判。后来，稍稍地简略起来，到前些年，有时只是很简单的一行字，比如：“周密，你该注意了！”“喂，老毛病又犯了！”有一天是这么写的：“怎么了？怎么了？怎么了？怎么了……”而去年的某一天只写了这么两个字：“老天！”

“他为什么要这么做？好像他一直生活在一种非常的压抑之中，而且是从中学时期一直延续至今？”方雨林问。

“也许只是出于一种自我保护，出于一种他自己也说不太清楚的自卑和恐慌……”丁洁说道。

“他自卑什么？恐慌什么？”方雨林又问。

“不知道……说不清楚……但我的直觉，他在心灵深处，好像……好像总有那么一种不自信，害怕会失去现有的一切……我在那个房间里正翻看着，突然我的手机响了……”

“周密打来的？”

“我拿起手机一看，来电显示是周密打来的。我本能地向门外冲去。我以为他在门外。但门外没有人。我又回到屋里。这才接通了电话……

我问他，你在哪里？他反问我，你在哪里？我装着非常生气的样子，问他，你约我六点见面。你看看现在几点了？他也用一种烦躁不安的语调急促地打断我的话，并急问，别再说那些了，你赶快告诉我，你到底在哪里？我问，你先说你在哪里？他的回答真让我吃了一惊。他说，我在你的车旁边。我出来看到了你的车……”

丁洁一惊，忙跑到窗前，撩开一条窗帘缝儿，向下看去。在淡淡的月光下，在她那辆欧宝车旁，果然站着周密敦实而略显得有点罗锅的中等身躯。手里拿着手机，正在给她打电话，而且还向楼上的方向看来。

丁洁知道瞒不过他了，但也不能让他知道自己已经偷偷地进了他的屋，便赶紧拿起自己的皮包，一边向门外跑去，一边对周密说：“我在你们这幢楼的楼梯上，正往你们家走哩。”她一边说，一边冲出门，并用力把门关上。她没想到手机还开着，这一声响亮的关门声是会通过灵敏的手机传导，传到周密的耳朵里去的。事实上周密也确实听到了这一声关门声，下意识地喝问道：“什么声音？你进了我屋子了？”立即向自家这幢楼快步走来。丁洁意识到周密正在往这里走来，越发慌张，关门时，大衣下摆的一角居然被轧在了防盗门的门缝儿里了。她一边使劲儿地拽着大衣的下摆，一边通过手机对周密解释：“没什么声音……还能有啥声音……”周密怕她从自己的房间里拿走什么，便一边加快步频大步跑来，一边装做很平和地对丁洁说：“你在我家门口等着，我来给你开门。”想稳住丁洁。丁洁当然不想让周密看到自己的大衣让他家防盗门轧住的狼狈相，一心只想在周密赶到前脱身，便急得脸红脖子粗地拽着大衣下摆，一边对手机狂叫：“你不用过来了，我走了。我不会再见你，也不会在这儿等你的。”周密跑得更快，已接近他家的这个楼门洞了。他对手机喊道：“丁洁，你先别走。你听我解释……”丁洁蹲在门前，把手机夹在脖弯儿里，腾出双手一边用力拽着那大衣下摆，一边对手机说：“你不用再解释，不用……”周密冲上楼梯，三级一跳，两级一蹦地向楼上跑着。他喊道：

“你一定要听我解释……”这时，丁洁把手机关了。他忙叫：“丁洁……丁洁……”待他冲到自家房门前，丁洁不见了。他一愣，他不相信丁洁会走得这么快，忙四下里扫视，又大声喊了两声：“丁洁！丁洁！”却还是没人答应。楼道里也是空空的。他忙冲到防盗门前，把手伸进门框边缝儿里，摸索了一会儿，摸出了那把钥匙。他松了一口气，然后去开房门，冲了进去。

这时，从楼道消防通道那个拐弯儿处突然闪出一个黑影，飞也似的向楼下跑去。刚进屋的周密听到门外有动静，忙追出来喊了一声：“丁洁，你听我解释……”但已经来不及了。

60

“除了这些旧报纸和旧笔记本，你还看到了些什么？”方雨林怔怔地呆坐了一会儿，又接着追问。

丁洁十分痛苦地大声说道：“你还要我看到什么？难道这些还不够？你能想象他是那样一种人吗？跟任何人交往，跟任何人谈话，他都要记录在案，以防万一。还要花那么多时间去研究、背诵大大小小、各种各样领导人的讲话。你说他活得多累！他为什么要活得那么累？那样活着，有什么意思？我见过的官，大大小小，多了去了，他们也不都是这样的嘛！他是怎么了？”

方雨林轻轻地叹了一口气：“也许跟他的出身有关……”

丁洁激动地站了起来：“出身？你……你也是苦出身。你这样吗？”

方雨林苦笑着摇了摇头：“我不一样。我压根就没想当什么官。”

丁洁更激烈地反问：“当官就非得这样？我大小也是个官，我这样吗？”

方雨林沉吟了好大一会儿，说道："也许是因为你这个官，还没当到他那么一个层次吧。到了他那么一个层次，也许你也得那么干才行……"

丁洁反驳道："什么层次？他在双沟镇中学学生会当总务干事时就那么干了。那是啥层次？"

方雨林苦笑笑感叹了一句："人啊……人啊……"

这时，丁洁好像又突然想起了什么似的，抬起头怔怔地看着方雨林，问道："他那屋里还有一样东西，挺让我感到意外的……是关于枪……手枪……"

方雨林一震："手枪？你看到手枪了？"

丁洁忙说："不是手枪，是一本介绍手枪发展历史和使用方法的小册子。好像还是英文原版的……"

方雨林再追问："跟这有关的，还看到了什么？"

丁洁摇摇头："没有了……"

方雨林盯着："你再仔细想想，有关枪的。"

丁洁愣怔怔地："枪？你为什么要追着问这个？你们觉得是周密杀了那个张秘书？他会是杀人凶手？"

方雨林忙否认："谁也没这么说……"

丁洁："那你为什么要盯着问枪的事？周密也许不是我想象中那么一种心地极光明、信念极坚定、人格极完美的人，但他怎么可能会是杀人凶手？他怎么可能会去杀人？你这个警察也真是当昏头了！"说到最后，丁洁简直是疯了一般地叫了起来，整个人都无法自制地战栗着，脸涨得通红，眼眶里充满了无望的泪水。以后，再谈什么，都不行了。

"送我回家吧，我头晕……"丁洁终于支持不住了。

送丁洁到家，方雨林直接去了市公安局。巧的是，那晚，正好马凤山在局里值班。他把马凤山从值班床上叫起，已是凌晨时分。起床后，马凤山照例要连续抽两支烟，狠狠咳一通痰，再舒心畅气地喝几口沏得极浓极烫的酽茶，才能完全摆脱头一天的倦劲儿，重振"虎气"，投入到新一天的工作中去。这是多年连续打疲劳战留下的恶果，也是多年来长期失眠所附生的“恶习”之一。但这一天起床后，他披着那件警用大衣，弯着腰，闷头坐在值班床上听方雨林汇报时，却只是连续抽着烟，由着烟头上那一小点暗红，同时在自己嘴边发出“吱吱啦啦”的微响，既没怎么咳嗽，甚至都忘了沏他那绝对少不得的酽茶了。

“丁洁还说了一个情况，我觉得也挺重要的。昨晚她进了周密的屋以后，发现周密把整个屋子都收拾过了……”方雨林说道。

“他要搬新房，要交出这旧房了，当然得收拾一下。”马凤山闷闷地反驳。

“他搬新房，这套旧房也不用上交。这套房子原是他父母名下的，用不着交。”

“他是怎么收拾这套旧房的？”马凤山又续了支烟。

“依我看，他那种收拾法，好像是要长期出门，很长时间不回这个屋住似的。”

“比如说？”

“比如说，他用大块大块的白布，或旧报纸把家具都盖了起来。特别让她吃惊的是，周密把所有的灯和所有家具的脚都用布包了起来。”

“这又怎么样呢？”

“她也闹不清楚。也许只是他的一种怪癖，啥也不说明。”

随后赶来的郭强插话道：“昨天我们刚抓了阎文华，周密就这么反常，这的确值得警惕。”

“对了，他最近要出国，去意大利。”方雨林说道。

马凤山一下把头抬了起来，怔怔地盯着方雨林，问：“确切？”

“这是他亲口跟丁洁说的。”方雨林说道。

郭强忙说：“绝对不能让他出国。”

“你拿啥去禁止他出国？到目前为止，我们手里并没有拿到任何证据可以说明是他作的案，是他策划了此案。”马凤山在烟灰缸里用力揿灭烟头，说道。

方雨林说："但是在这种情况下让他出国，他很可能就不回来了，那么这个案子就甭想了结了。"

马凤山又拿起一支烟，沉吟道："阎文华那边情况怎么样？只要他能供出一点啥来，我们也可以拿了去让省里取消周密这次出国的任务，给我们一点缓冲的时间。"

郭强说："我们已经审了阎文华好几次。这家伙够瓷的，怎么的也不开口，就跟你来一个死猪不怕烫。"

"丁洁说的情况里有一点很值得注意：昨晚，顾三军突然去找周密……"方雨林沉吟道。

郭强反问："怎么，你还想把顾大公子拘起来？"

方雨林说："当然不是要拘他。但这件事让我想到，周密和冯祥龙之间会不会有啥事？周密是主管商贸的，冯祥龙的商贸城办得这么红火，创办期间，又得到过几次大幅度的减税，这里不会没有周密的一份努力。冯祥龙这人一身匪气，但也挺仗义。周密为他做了那么些事，他不会不给周密一点好处。这人做事又特别大大咧咧。在他的大大咧咧中，说不定会留下一点蛛丝马迹让我们抓个正着……"

郭强说道："你的意思是咱们换个思路想想，能不能从冯祥龙那儿找到周密的一点什么问题来作突破口，搞个曲线破案？"

方雨林忙点头称道："是啊是啊。哪怕从冯祥龙那儿找到周密几千元的问题哩，我们就可以拿它来拴住周密，不许他出国，这样我们就有时间慢慢跟他周旋！"

马凤山却沉吟道："这两天我认真琢磨了一下，那阎文华不会平白无故搅进这个案子里来的。他为什么要唆使人收买你方雨林？他为什么要组织人冲击车祸现场？他为什么要买一条黑白花围巾放在自己家里？他这么干，不管是出于什么目的，我想他一定是知道一些什么情况，才会干这些莫名其妙的事情的。可以肯定，他是个重要的知情人。所以，他那头还不能放松。咱们双管齐下。强子，你负责突破阎文华。雨林，你去对付冯祥龙。我看，有必要对他加大工作力度，把他‘双规’起来！”马凤山所说的“双规”，就是根据有关规定，允许有关部门在办理经济案时，在“规定”的地点，“规定”的时间内，对涉案人进行隔离审查。这也是一种强制措施。但还不同于刑事诉讼法中的拘留等做法，操作起来，似乎有更大的自由度——当然，这里讲的“自由度”，是对操作者而言的。

确定了下一步行动方案，三个人到楼下食堂吃了点早点，方雨林便回家去收拾行李，准备去联合专案组对付冯祥龙。父亲正在煎中药，用的是能自动计时定量的新式电煎锅。这些日子，家里常冒出一些时兴的玩意儿，不用问，都是小妹折腾回来的。这天取衣服时，方雨林在旧衣柜里又看到一件新的男式黑呢子大衣，挺漂亮。老爸告诉他，这是雨珠给你买的。方雨林笑着叹了口气，心里暗想，这小丫头是真阔起来了！说话间，方雨珠胳肢窝里夹了个纸包，走进门来，听了个话尾，便笑道：“这父子俩又在背后絮叨谁呢？”方雨林便笑道：“噢，小富婆回来了！”方雨珠噘起嘴说道：“不许叫我小富婆！”方雨林大笑：“那叫你啥？大富婆？”方雨珠扬起手里的纸包，装出一副要打的样子，追着方雨林，并叫道：“爸，您也不管管您这个臭儿子、臭警察。人家整天想着给他买好东西，他还一个劲儿地臭我。”方雨林一边躲，一边解释：“富婆是个好词，别人想当还当不上哩！”方雨珠一跺脚道：“谁爱当谁当，反正我不当。”然后诡秘地一笑道：“人家还没嫁人哩，什么婆不婆的？真难听。喂喂喂，你这个神探亨特，怎么一点眼力见儿都没有啊？快替我拿一下这个嘛。我刚从鱼市上来，还没来得及洗手哩。”她把纸包交给方雨林。方雨林打开纸包一看，里边是新买的一副男士真皮黑手套，还有一副大宽边的墨镜。

“你先把那件黑呢子大衣穿上，再戴上这副手套和墨镜让我瞧瞧。”方雨珠拿了块增白皂在院子里一边洗着手，一边冲这边嚷道。

方雨林笑道：“都戴上，我成什么了？整个一个国民党警探。”

方雨珠叫道：“你土不土啊？快戴上！爸，您快来看呀，多帅呀！整个一个大帅哥！”

方父笑道：“有一点钱你就乱花！”

方雨珠也笑道：“我就花，不花白不花。挣钱不花，图个受累？什么观念嘛！朱镕基就指着大伙儿花钱来拯救国企哩。我还给我妈买了件驼绒棉袄，给您买了个降血压的电子仪器……”

平时无比清静的家，这时刚闹起一点儿人气，那个和方雨珠一起贩鱼的女伴儿急匆匆地走了进来，看她满脸沉不住气的样儿，大概是出了啥事了。

“雨珠在家不？”她慌慌地问。

“程姐，你快过来瞧瞧我哥穿这件大衣！”方雨珠还在兴奋之中。“挺好……挺好……”那位叫“程姐”的女伴儿好像没那份心思陪她欣赏她哥的新大衣，一边应付着：“真挺好的……”一边便不由分说地把她拉到门外，压低了声音问她：“街道托儿所的那几个老师没上这儿来找过你？”方雨珠反问：“怎么了？不是昨天刚给他们那儿送去二十多斤鱼吗？他们还想要？”女伴儿着急地小声说道：“什么呀！出事了。刚才托儿所那个姓什么的所长……”“张所长？李所长？还是那个小个儿的丁所长？”程姐忙说：“对，就是那个小个儿的丁所长，‘呼哧呼哧’地跑到我那儿说，托儿所的孩子吃了咱们卖给他们的鱼，上吐下泻的，还头晕……”方雨珠一惊：“食物中毒了？怎么可能？”

说话间，托儿所的那个丁所长带着两个女教师真的找来了。“方雨珠！方雨珠！”丁所长个头小，却干脆麻利。这时，脸都急黄了，声音也急变了调。

方雨珠忙迎上去：“丁所长……”

丁所长都要哭了：“你卖的什么鱼吗？”她刚从保育员提到副所长，就摊上这么一档子事，一下病倒二三十个孩子，能不着急吗？

程姐却说：“丁所长，事情还没整明白哩，你别一锤子就把什么事儿都推到我们的鱼身上。”

丁所长哑着嗓门叫道："今天我们就吃那鱼了，不是让你们那鱼害的，还能是什么？是我姓丁的放毒了？"

方雨珠忙说："丁所长，有话慢慢说。谁也不会放毒，别那么说。"

丁所长更急了："慢慢说？一下病倒了二三十，全是独生子女呀！这责任谁负？谁负得起？别以为你们家里有个警察，就没事了。"

方雨林听着有点别扭，便从屋里走出来问："什么警察？出什么事了？"

方雨珠忙把方雨林推回屋里说道："没你什么事！"然后回头对丁所长说："走，咱们去瞧瞧。丁所长，您放心，是我们鱼的问题，我们负责。孩子送医院了吗？"

丁所长说："二三十人哩，这得多大一笔钱？"

方雨珠说："不管多少钱，赶紧送医院。钱，我们付。"

程姐着急了："雨珠！这责任还没分清哩，凭什么我们付这钱？"

方雨珠忙说："你糊涂了？救孩子要紧啊！"说着，回到屋里，匆匆从大衣柜里找出一个小包，从小包里翻出一些钱和一个存折。她看了看存折，又问方雨林："哥，你身上有多少钱？"

方雨林问："干吗？"

方雨珠说："你别问，有多少，全给我。"

方雨林一边掏钱，一边问："到底出什么事了？"

方雨珠心里一阵酸涩，眼眶湿润了，却只是难过地说道："没事，没事，真没事。"说着，拿上钱，便转身向外走去。

方雨林忙追出去："这点钱够不够？不够，我再去想办法！"

方雨珠顾不上详细解释，只说道："先这么着吧。不够了，我再打电话找你。"说着，便和那几个人急匆匆地出了大门。方雨林还想问什么，他身上的手机响了，是专案组那边在催了，要他二十分钟之内赶到。

"那边也出事了？"方父问。方雨林说："不太清楚。有事就给我打手机。告诉我妈，过两天我再抽时间去看她……"方父劝慰道："实在太紧张了，你就先顾一头吧。你妈那边，有我和雨珠哩……”方雨林又说：“一会儿，你一定去看看雨珠，好像是出了什么大事。”方父点点头道：“你快走你的吧，雨珠那边我会去看的。”

方雨珠等人赶到托儿所时，孩子的哭叫声正闹成一片。托儿所跟急救中心已联系了，但那边只剩一辆救护车了，而发现症状的孩子却已多达二十七八个了。

方雨珠果断地：“好了，别跟他们扯了，咱们自己打的去。”

程姐叫道：“打的？二十多个人，再加上护送的老师，这得打多少辆的？”

方雨珠下定决心：“打，多少辆也得打！”

61

新成立的联合专案组设在江对岸一幢四层的灰砖旧楼里。据说这里原先是军工所属的导弹工厂厂部所在。导弹工厂拆迁后，这楼就一直这么空闲着。这些年，周围陆陆续续建起不少新楼、饭店、娱乐场、商场，它却一直还这么空关着，倒也算得个闹中取静的地方。这些日子进驻了专案组，从外表上仍然看不出它和往日的自己，和同类型的旧楼旧院落有什么不同。反而觉得它的大铁门比以往关得更严实了。再多的人进出，也只开一个小边门。但只要是进得门去，就会发现，这里的安全保卫工作极其严密，确实与众不同。首先，不管什么人出入，你得出示一种特制的出入证。方雨林在传达室填了表。经管保卫的同志仔细地审看，在一张特制的出入证上现盖了钢印，加上塑封，这才郑重地交给方雨林。“这出入证，你可得好好保管。进出这大门，只认证，不认人，丢了可就麻烦了。”方雨林笑道：“那我就回刑侦支队去呗。”管保卫的同志“嘿”了那么一下，也笑道："回去？你想得美！没说清楚到底是怎么丢的，你哪儿也去不成，下半辈子就啥也甭想干了。""有那么严重吗？丢了警官证，也不至于如此！""告诉你，这个专案组非同寻常，你还真别不把它当回事儿。带手枪了吗？带了的话，交我这儿保管。"

方雨林迟疑了一下，把手枪交给了他。

管保卫的那个同志又填了一张卡交给方雨林："上外头执行任务时，凭这张卡到我这儿来领枪。回来进大门时，必须交到我这儿保管。所以这张卡也是千万丢不得的！丢了卡，这枪可就不是你的啦！"他又笑道。

方雨林也笑道："我人要丢了呢？"

那个同志说道："那只好找你爹妈去了，让他们再给市局生这么个宝贝神探吧。"

方雨林拿起那两张卡，在桌上拍了拍，说道："操！我这是不是进拘留所了？"

那个同志仍笑道："那还是有点区别的。上那儿，你得剃光头。我这儿不剃光头。周末，你还可以回家会会老婆情人……"

方雨林说："要没老婆情人呢？你管找？"

那个同志哈哈大笑："嗨，像你这么个帅小伙儿，还用得着我给找？就怕你忙不过来！"

这时，桌上的电话铃响了。

那个同志接完电话，赶紧对方雨林说："找你哩。你小子还真火，一来，头儿就瞄上了。"

方雨林扛着行李赶紧去专案组办公室把手续交了，放下东西，办公室主任告诉他，省纪委的孙书记找他。

方雨林一愣："孙书记找我？他也在这儿？"

办公室主任长长地"啊"了一声道："你不知道？章书记亲自点的名，让孙书记在我们这儿坐镇哩！快上楼吧，会都开始了，孙书记昨天就说要见你。"

会议是在孙书记的办公室里进行的。办公室陈设虽然简陋，但特别宽敞。据说原先是导弹工厂工会的一个大接待室。专案组方方面面的负责人都到了。专案组的杨组长正在报告一个突发的情况：今天他们决定对冯祥龙实行“双规”，一早派人去执行，冯祥龙却已经跑了。他们觉得，是内部有人给冯祥龙通风报信了。

孙书记皱了皱眉头，问：“有线索了吗？什么人给他通风报信了？”

杨组长说：“正在查。”

对冯祥龙实行“双规”，是一天前孙书记亲自作的决定。怪的是一直拖了十五六个小时，才付诸执行。这里到底是哪个环节出了问题？命令下达后，为什么会拖延这么长的时间不执行？这风声到底又是怎么透出去的？目前整个儿还是“一锅粥”。这种通风报信的事，这两年可以说在查处几个大案要案的过程中都发生过，简直是屡禁不绝。更可怕的是在一些人眼里，这样的事仿佛已司空见惯，见怪不怪，似乎不发生这样的事反而是不可思议的。社会上说，现在已无密可保，就是这个意思。不管什么会，你今天在会上作了什么决定说了什么话，明天外头准有相当准确的“谣传”在给你散播着。这是一种什么迹象？仅仅是涉及保密观念强弱的问题，还是一种党风政风的问题？作为党纪律检查方面的一个负责人，孙立栋认为这是值得自己深思，并三思的。

冯祥龙在这个对他实行“双规”的决定作出后不到一个小时，就接到了相关“警报”。他迅速从当晚住宿的五洲锦华堂总统套间撤出，飞车驶往大亚商城。在那儿只待了二十分钟，换了一辆车，又飞车驶往工商银行省分行总部。他告诉司机他要去跟银行的一个负责人谈一笔贷款。进了银行大楼，他又用手机告诉司机，别在这儿等着了，先把车开回公司总部，什么时候要车，他会打电话给他的。然而，他根本就没上楼，而是直接出了银行后头的那个铸花大钢门，叫了一辆出租车，回到自己家里猫了一个晚上。谁也不会想到，这时候他会回自己家去的。谁都会认为，冯祥龙这时候有一百个地方一千个极为保险的地方可去，就是不会回家。

他们恰恰都想错了。得到警报，冯祥龙心里一沉，当即采取行动，准备跟那帮人周旋一番。但他心里明白，只要上头有人动真格的，他冯祥龙肯定是没跑了。现在他之所以还想“周旋”，是寄希望于这次也像以前那许多次一样，并非“动真格”的。他太明白了，上边的一些人也非常明白，假如要动真格的，出问题的绝非他一人，因此就会扯出一大串。这就是俗话说的，盘根错节，真拔，拔出萝卜带出泥，这地面上会显出好大一个坑哩！但万一是动真格的呢？当然这不容易。但万一……他倒吸了一口凉气。当出租车的里程表已然开始计数，他还没有决定要到哪儿去躲一躲。无数个朋友无数个相好无数个灯红酒绿的场所无数个软榻秘窟……他还是想到了自己的家。他心里一沉，又一酸，“家”呀，老婆孩子……能说我这么干，不是为了你们吗？起码最初的出发点是为了你们呀……他在家里住了半宿，作了种种善后的安排。以往每次回来，他老婆总要借故跟他闹上一闹（这也是他越发不愿意再回来的原因之一）。但那一晚上也怪了，大概是也觉出一些什么来了，他老婆郁郁地只是不说话，听他作各种吩咐。他以为她什么都明白了，临走前，忽然想搂她一下，也真的伸出手去了，但她却非常不愿意地将他的手打开了，然后很用力地将门关上。他告诉她，他要连夜驱车去哈尔滨办事。她一定以为他是去另一个女人那儿了，所以非常愤恨。他在自己家门外默默地站了好大一会儿。他意识到这是“最后的告别”了吗？没有。他这时只是被一种罕见的伤感、委屈，甚至还有好多年不再出现的那种留恋困住了，毕竟是“家”呀……离开家以后，他便到了北华宾馆。他没走正门，通过一个边门，直接去了副楼。副楼里有杜海霞的一个“工作间”。经理、副经理每人都有这么一套房。还有几间套房是专给有特殊身份、特殊关系的那些人留的。留给他们随时随地来此“休息”、“消费”。

杜海霞提着一包东西，匆匆走到自己那个“工作间”（准确地说，应该是“工作套房”）门前，掏出那种为贵宾专备的镀金电子插卡开了门。房间里所有的窗子都严严地拉着窗帘，灯也都关着。即便是白天，房间里也显得特别暗。

杜海霞关上门，小心翼翼地叫了声："冯总……冯总……"（她至今不习惯用其他的称呼叫他。）

冯祥龙听出是杜海霞，并确证只有她一人时，便从卫生间里走了出来，还再次追问道："嘘……没人跟着你吧？"

杜海霞放下手里的东西，说道："一会儿，我得带各部门的领班到商学院听课去。中午可能赶不回来了。给你准备了一点冷餐，到时候，你自己再冲一点咖啡……"

冯祥龙闷闷地说道："我不喝那玩意儿！"

杜海霞忙说："那你自己煮奶茶喝。电锅、牛奶、砖茶……我都给你准备好了，在里间的壁柜里放着哩。煮完奶茶，别忘了拔电源线。你别再在这儿整一场大火。"

冯祥龙长叹道："我现在真他妈的想整一场大火，把所有的一切都烧得精光！"

杜海霞瞪他一眼道："别胡说。"

冯祥龙闷坐了一会儿，突然说道："你把车给我留下……"

杜海霞忙说："你老老实实在这儿待着吧。你！"

冯祥龙摇摇头说："海霞，你不懂。昨晚我整整想了一宿。躲是躲不长久的，我得主动找找那些还在位置上掌权的……"

杜海霞恨恨地："你还要去找他们？"

冯祥龙冷笑道："我得告诉他们，他们要愣把我冯祥龙整到台前去出丑，我可得把丑话跟他们亮在头里，到时，出丑的肯定不止我一个人。到那时候，还不知道谁先下台哩！"

杜海霞忙说："这些，他们比你明白。要不，他们怎么会透消息给你，让你赶紧躲起来呢？他们也不想你被逮起来。现在还不到跟他们彻底摊牌的时候，得忍着点。"

冯祥龙一挑眉，咬着牙说道："忍？哼，谁不让我好死，我绝不让他好活!”

这时,电话铃响了起来。冯祥龙、杜海霞都愣怔了一下。冯祥龙示意杜海霞去接电话。电话是顾三军打来的。冯祥龙极生气地逼到杜海霞面前,训问:“他怎么知道我在这儿?”杜海霞捂住送话器,低声催道:“你先接电话吧。”冯祥龙迟迟疑疑地打量了杜海霞一眼,这才接过电话:“你好啊!我的顾总,你这宾馆整得不错呀……啊……啊……这是你的意思,还是你老爸的意思?啊……啊……行。我考虑考虑。顾老弟,不管怎么着,有句话,我得说在头里,我冯祥龙历来是为朋友两肋插刀在所不惜。现在到了需要朋友帮我忙的时候了,请你转告你老爸。”说着便一下挂断了电话。

杜海霞不无担心地问:“他怎么说?”

冯祥龙却还在追问:“他怎么知道我在这儿?是你跟他说的?你这个骚货想跟我玩儿什么?”杜海霞忙说:“没……没有……”“他说是你告诉他的!”“不是……”冯祥龙瞪起大眼,“不是?”说着,扬起他那粗大的巴掌,狠狠地甩了杜海霞一个耳光,血涨红了他那宽大的肉脸,大声叫道:“告诉你,冯祥龙还没趴下哪!”说着,便向外走去。

杜海霞捂着脸忙冲到门前拦住了他:“不是这意思,真的不是这意思……”

冯祥龙一把揪住她的胸襟,问:“那是什么意思?”

杜海霞呜咽着:“我希望他们能帮帮你……我想让他们帮你出出主意……他们都是你的好朋友……”

冯祥龙跺着脚,长叹一声:“好朋友?你真的还不懂?你知道他刚才跟我说什么了?他让我立即找专案组去自首。还说是他老爸的意思。这不是明着要卖我吗?”

杜海霞忙说:“祥龙(真是头一回这么亲切地称呼他),你能冷静地听我说一句吗?你自己也说,躲是躲不长久的。你越躲,他们越来劲儿,咱们越被动。与其这样,不如大大方方地走出去跟他们周旋。说到底,咱们在上边还有朋友，还没到那个一点周旋余地都没有的地步。你说呢？说不定，大大方方还真的过了这道鬼门关。”

冯祥龙呆坐了一会儿，好像是下了决心要公开去跟那一帮人“周旋”了，便说：“如果我真去自首，你还得跟我办公室的小汪说一声，前两天有个鱼的事儿，让他千万别上外头去瞎叨叨。”

杜海霞忙问：“咋又整出个鱼的事儿了？”

冯祥龙极不耐烦地挥了挥手：“你就别多问了。”

杜海霞没敢再问下去。其实事情是这样的，前不久，冯祥龙在公安上的几个哥们儿给他透信说，在市刑侦支队重案大队当副大队长的方雨林这一段跟他特别过不去。冯祥龙觉得这小子太不近“情义”。“他妹妹下岗，我还好心好意把她招进公司。嗨，他可好，整个把我这好心当驴肝肺卖了。”他一打听，听说方雨林的这个妹妹也不是个什么“东西”，进了公司就跟那个廖红宇搅和得挺紧，在橡树湾基地没起“好作用”。听说她这一段闲在家里跟几个小姐妹贩鱼哩，经常到公司属下的一个水产品基地趸鱼。冯祥龙就起了个“歹心”，让那个水产品基地给了她一批变质的鱼，想小整她一下。冯祥龙还安排小汪，假如她那边真出了事，比如说有人吃她的鱼中了毒，就让报社那些耍笔杆子的哥们儿姐们儿，好好地给她来几篇，好好地臭臭这不知深浅的“丫头片子”，也刹刹那个“方队副”的威风。

临走前，冯祥龙让杜海霞坐在自己面前，轻轻地抚摩着她的手，足足有十来分钟没说话。最后，再三再四地叮嘱：“甭管他纪委姓孙的省委姓章的有什么道法，只要你这儿不出问题，他们就不能把我把你怎么着。你得向我保证，一定马上去把这几年保存的私账烧了。他们没凭没据，咬不下我一根毛！现在不跟‘文革’时那样了，不能只凭当官的一句什么话就把人判了毙了。得有证据！你听明白了没有？咱们得把所有那些可能被他们拿去当证据来整我们的东西都毁了。赶紧！听明白了吗？”

杜海霞认真地点了点头。两个人又搂到一块儿小缠了一会儿，冯祥龙这才丢开杜海霞，大叫一声："走，不走是狗熊！"扭头就走了。杜海霞独自听着他"噔噔噔"的脚步声远去了，一时也顾不得那许多的哀怨、悲戚，赶紧把房间稍稍整理了一下，打电话请人替她带队去商学院，自己便匆匆往郊外赶去。

62

杜海霞从小是她一个姨妈带大的。姨妈在近郊一个镇上住。姨夫临街开了一个修理家用电器的小小不言的门市。开门市所花的钱是杜海霞当服务员时攒下的血汗钱。后来杜海霞跟上了冯祥龙，手头宽裕多了，一再地劝姨妈姨夫关了这门市，搬城里去享几天清福。他俩就是不搬。是因为故土难离小院难舍，还是他俩的"旧脑筋"作怪，觉着杜海霞跟冯祥龙这种关系终究不是正路子，不能作自己终老的依靠。总之，他俩最终没依杜海霞的劝，还是过着自己的本分日子。

这天见杜海霞风尘仆仆地从出租车上下来，付了一百好几十元的车资，把老实巴交的姨夫心疼得什么似的。"就是要打的，当间坐一段公交车也能省个百八十块嘛！"姨夫忙迎出去，嘀咕道。杜海霞一脸焦虑，只问："我姨呢，还在做佛事？"姨夫点点头道："大概吧。"杜海霞便照直往后院走去。后院自设了一个佛堂。香烟缭绕，念念有词的姨妈正虔诚地跪坐在金身菩萨跟前，做着每天必做的"功课"。杜海霞轻轻走进，不敢惊扰，只在一旁悄悄地站着。不一会儿，姨妈的佛事做完了，她才忙着上前帮着姨妈收拾香火蒲团经本木鱼之类的用具。姨妈淡淡地扫了她一眼，问："啥时候来的？"杜海霞忙答："刚到。"姨妈不满意地："今天是你妈的忌日，你大概都忘了吧？"杜海霞顿足后悔地叫道："哟，真的！"姨妈摇了摇头，叹道："一会儿跟我一起上你妈坟上磕个头去。"杜海霞难过地说道："姨，改日我一定好好做一回法事，祭一祭我妈……今天真的不行，单位里有点特别急的事要去处理。上一回我让您替我收着的那点钱还在吗？"姨妈说："当然在。"杜海霞忙说："快给我。"

姨妈光净明亮的脸上即刻掠过一丝阴影，问："出啥事了？"

杜海霞说："没事……快给我。"

姨妈说："没事？没事你要那钱干啥？你不是说，这钱是留着救急救命用的吗？"

杜海霞只得说："跟您实说了吧，我就是拿它去救急救命的……"

姨妈一惊："到底咋了？"

杜海霞眼圈一红，说道："好了，您别问了，一时半会儿也说不清。您快去拿吧！"

姨妈深深地叹了口气，走到佛龛的后头，一边从佛像下拿出一个大包，一边念叨着："作孽呀……阿弥陀佛……"

杜海霞接过钱，分出一半交给姨妈，说："这是给您二老养老送终的……"

姨妈一惊："你今天是干什么来了？"

杜海霞嗒然低下头，沉默了好大一会儿，想托付那一口袋账本，却未等开口，眼泪已然像断了线的珠子"吧嗒吧嗒"地掉下来。

这时，方雨珠也在为钱的问题奔波。要为二十七八个孩子预交医疗保证金，绝不是一个小数。但为了抢救这些孩子，就是天掉下来，也得扛住！她把存折递进附近那家储蓄所的窗口，对营业员说："全取了。"营业员瞄了她一眼："全取？"方雨珠断然地："全取。"取回钱，赶紧到医院收款窗前去排队。拿到收款单据，一口气都不敢多喘，赶紧又跑进急诊室，通知大夫，她已经交了款。急诊室里横七竖八躺满了孩子，到处都耸立着打吊针用的铁架。一些闻讯赶来的家长正义愤填膺地同电视台的两个记者在痛诉着。看到方雨珠来了，记者们忙又撇下家长，冲她围了过去。这时，方雨珠已经东跑西奔了好几个小时，实在累得不行，疲倦地坐倒在大门旁的长椅上。当记者们对着她掏出采访本，扛起摄像机时，她羞愧地用手把自己的脸捂了起来。她真的愧疚万分，不知该对记者们说些什么。她觉得这时候说什么都晚了。她只求孩子们一个也别出事。她只想求大夫使出全部本事，用尽最好的药，把那些孩子们抢救过来。记者们当然不想放过这个直接面对“肇事者”的好机会，一个又一个问题连珠炮似的向她“发射”过去。方雨珠张口结舌，虚汗淋漓，惶恐万分，后悔不已。她躲避着记者，向院门外跑去。记者们却觉得这正是个好“场面”，便扛起摄像机，在后头一边穷追不舍地拍摄，一边追问：“方小姐，这起食物中毒事件到底是谁的责任？”方雨珠快哭了：“我有责任……”记者再问：“你有什么责任？”方雨珠惶惶：“对不起，我现在还欠医院一万多块钱。我得去筹钱……”一个记者问：“听说你有个哥哥是当警察的，他在这起事故中起了什么作用？”

方雨珠忙说：“这跟他没关系。”说着，她已跑出医院大门，向马路对面跑去。

记者觉得问题刚提到要害处，当然不肯就此罢休，便追着问：“方小姐，听说这批有毒的鱼是你哥替你搞来的……”

方雨珠就怕自己的事连累家里人，立即惊骇地回转身来大声叫道：“不……不是这样……这件事跟我哥没有任何关系……没有……”正为她至爱的哥哥申辩的时候，一辆大卡车开了过来。卡车司机以为她会照直跑过马路，便没作躲避的动作，没想到她居然会站着不动。待她听到马达的轰鸣声逼近，看到一团巨大的黑影扑来，刚要叫出声，头上就被闷闷地狠击了一下，然后便被高高地抛起，在空中飞了个沉重的弧线，重重地摔倒在冰冷生硬的柏油马路上。倒地的一刹那间，她只是闷闷地哼了一声，心里还在想着：“不……不……不……这事跟我哥没有关系……没有关系……别赖我哥……”眼前黑晕黑晕。接着就再也不省人事了。待方雨林赶到，那些记者们早走了。大夫对方雨林说了三句话：你妹妹伤势危重；已经在抢救，请你在这张手术单上补签个字；马上去交三万元医疗保证金。方雨林在手术单上签了字，马上赶到九天集团公司财务部。他想让九天集团公司给出一部分钱，因为名义上小妹还是九天集团公司的人。财务部的老龚头却说："公司手头现在拿不出现金。"方雨林说："你们这么大的公司……"老龚头苦笑笑："公司再大也没用啊，总经理跑了！"方雨林离开专案组来医院前，已经得知冯祥龙"自首"了。冯祥龙并没有直接到专案组去"报到"，而是去了省纪委。省纪委立即打电话来给专案组通报了此事。方雨林知道老龚头说这话是带情绪的，是在埋怨参与了冯祥龙专案的方雨林。方雨林此时只想他能拿出一点钱来，别的不想跟他计较。双方僵持着。九天集团公司的一个干部匆匆走来，交给方雨林一笔钱，说是公司机关的员工凑了四五千，让方家的人先拿去"救急"用的。方雨林说："四五千，顶啥用？"这时，重案大队的一个同志驾车匆匆赶来，告诉方雨林："市局的领导都到医院去了，他们带了钱，让你赶快回医院。"

方雨林无心再跟老龚头对峙，赶紧冲出门要去医院，却被公司的一个职员拦住，往他手里悄悄塞了一张纸条。上车后，方雨林展开纸条来看，只见纸条上写着："变质的鱼，是冯祥龙故意安排下的一个圈套，为的是报复和坑害你和你妹妹。"看完条子，方雨林急忙地抬起头去找那个人，那个人已消失得无影无踪了。

待方雨林赶回医院，一切都晚了。手术已经结束。手术室门上的那盏红灯已经灭了。马凤山、郭强和重案大队的同志们都不知道怎么面对喘息未定的方雨林，告诉他这个晴天霹雳般的噩耗。只有那两个跟方雨珠一起"卖鱼"的小姐妹，在这无比的寂静中，相拥在一起，"嘤嘤"地抽泣着。手术大夫也显得那么沮丧无奈。

还需要他们说什么呢？方雨林浑身抽搐起来。

马凤山、郭强等人的眼眶也一下子湿润了。泪水无声地从方雨林的眼睛里涌出，并大滴大滴地坠落。他仿佛听到空中响起小妹清脆的叫喊声："哥……哥……"

方雨林说，他要再看看小妹。说话时，脸部的肌肉在剧烈地抽搐着跳动着。同样泪流满面的郭强一把抱住了他，说：“雨林，先别看了……过一会儿吧……”

“过一会儿？”他疑惑地抬起头看着这位好朋友。他不明白，这个“过一会儿”的含义是什么？难道，过一会儿小妹就又能活蹦乱跳了？过一会儿小妹又能跟他这当哥的撒娇了？难道……难道过一会儿……过一会儿她就不再这样毫无血色地躺在这儿了？她那双灵巧的手又能舞动起来？她小时候是那么渴望学舞蹈、学钢琴。可是老爸最瞧不上的事就是女孩儿学舞蹈，说那纯粹吃的是青春饭，一次又一次地不许她去少年宫舞蹈班学习。家里当然也不可能为她买钢琴。她只能说，但凡有一天她要有了女儿，一定让她既学舞蹈，又给她买钢琴。还能让她实现这样的梦想吗？如果不能，那为什么要让他“过一会儿”？这一刻，方雨林觉得这世界好闷啊！一切都要爆炸，一切都该爆炸！一切都是那样的无情……

他突然推开郭强，扭头就向外跑去。

郭强忙叫：“雨林！”

马凤山也叫：“雨林！”

方雨林这时想起在九天集团公司得到的那张小纸条。冯祥龙，你有种找我方雨林来算账啊。我小妹又怎么你了？一个弱女子，一个还没活过二十三岁的女孩儿，她从来没做过一件对不起人的事情，在她眼里太阳总是那么辉煌，月亮总是那么明亮，明天总是那么充满希望，人间总是洋溢着温情。你怎么忍心整治这样一个女孩儿？她是那样的善良，那样的美好，那样的单纯，那样的盼着所有的人都活得好……冯祥龙，你还算是个人吗？他跳上一辆警车，发动着车子，冲上马路。随后赶到的郭强、马凤山等也跳上各自的车，追了上去。

方雨林要去找那个“浑蛋”冯祥龙。但在最初的几分钟里，他却想不起来自己这会儿驾着车要去干什么。他操纵着方向盘，不住地擦拭着流下的泪水，完全是在潜意识的驱动下，选择着方向和道路。郭强追上他以后，和他并驾齐驱——马凤山总是因为上了一点年纪的缘故吧，再也开不了他们那样的“飞车”了，只是着急地在后头紧赶慢赶地跟着。

郭强摇下车窗，对方雨林喊叫：“雨林，不要做傻事！”方雨林不理会郭强。郭强着急地叫道：“雨林，你听我说……”方雨林踩了一脚油门，车便飞快地超到前边去了，刚好赶上变灯，他冲过了路口，郭强和马凤山的车却被红灯挡住了。

方雨林把车开到了专案组驻地。他找到那个管保卫的同志，把持枪卡拍在桌上，闷闷地说道：“领枪。”

那个同志问：“外出执行任务？”“是的。”方雨林仍答得瓮声瓮气。那个同志想了想：“没人通知我你要外出执行任务啊？”方雨林冷冷地说道：“我现在通知你！”也许是因为方雨林在这个专案组里名声特响，都知道他是孙书记点着名从市局要来的“破案高手”。那个同志“虽然没得到通知”，但在稍稍迟疑之后，还是同意了：“那你在这儿签个字。”说着便转身去开保险柜。枪都存放在保险柜里了。

方雨林很快签了字，拿了枪就向楼下跑去。居然都没说一声再见。大概到这时候，这个专管“内务”的同志才突然觉出，今天这位“破案高手”的神情很不对：整个人发木，眼神发直，说话没腔没调，脸上还透着一股黑气。“他来领枪……”他越想越后怕，觉得要出事，马上拿起电话，通知传达室，赶紧截住方雨林！但等传达室的同志放下电话，冲出去拦截，方雨林的车已经启动了。这时，郭强和马凤山的车也赶到了。他俩连停都没停，赶紧掉转头，接着又去追赶方雨林。

这时候，方雨林已经完全清醒过来。他明白自己要去干什么。当所有关于公安工作“光荣”“惊险”“刺激”“重要”……一切的一切都像“哗哗”退却的浪潮恢复平静和平凡，方雨林已准备用自己的一生来在这个岗位上站稳了站直了，站出名堂或站不出名堂都决心要站到底的时候，他真的没想到有人因为他是一个“公安干警”而来报复他，而这报复的恶果，偏偏会加害到他那样一个小妹身上。在中学时期的同学老师的惋惜声中，在某些自以为在这社会里有地位有身份的人的“藐视”下（比如，丁洁的母亲……这件事，他从没有跟丁洁说起过），也包括许多普通老百姓的不信任的冲击之余（干警中的确有一些“混浊分子”），他之所以从来没后悔过自己的选择，就是因为他的这份清醒。他清醒地被一种“光荣感”和“责任感”激动着。在这一点上，他知道自己是“超乎寻常”的，是超越了无数同龄人的。因为不少的同龄人讨厌谈论“责任”。而他却撕心裂肺地想为“当下”服务，为“当下”站岗。说他“媚俗”也罢，说他“胸无大志”也罢，他觉得中国的文明升华，必然也只有从“当下”的努力开始。为“当下”服务，不完全等同于为“当权者”服务。“当下”的真正含义是“当前正活着的人民”。当权者能为人民着想，真正办一点“人事”，他们就是人民的一份子，服务于他们也是应该的。反之，他们就自动地站到了人民的对立面去了。不仅谈不上服务于他们，还要用法律来制裁他们。为当下服务，为当下站岗，舍此，还有什么更紧迫的事吗？舍此，还会有什么值得炫耀的未来可说吗？但他却没能保护好自己的妹妹。啊……当下啊……

方雨林的车很快开到了省纪委办公楼门前。冯祥龙到省纪委来“自首”，省纪委的同志立即通知了专案组。所以，方雨林是知道他此刻在哪个房间里待着。他大步走去，用力推开那间办公室的门。果不其然，冯祥龙在里头坐着。省纪委的两个干部还“陪同”着。方雨林掏出专案组的特别出入证，在他们面前扬了一下：“我是专案组的。”一个干部立即问：“来接冯祥龙？”方雨林答道：“是的。”另一个干部再问：“你带手续了吗？”方雨林再次把那张特别出入证向他们扬了一下，拉起冯祥龙就往外走。那两个干部忙阻拦：“喂，你这怎么是带人的手续？你别走！”但方雨林推着冯祥龙已经进了不远处的电梯了。

省纪委是个老楼，不知为什么，水泥地上总是湿漉漉的。但它那部电梯却是新装备的西门子产品。电梯门悄然无声地关上后，冯祥龙骇异地看了看方雨林，刚要问你是什么人（冯祥龙没见过方雨林）时，方雨林拿出了手铐。冯祥龙立即反抗："你想干什么？我是省杰出的中青年企业家。我到省纪委来，是协助你们搞清问题的！"方雨林铁青着脸，一声不吭，两下子就把他逼到冰凉的不锈钢壁上，然后一下把他铐了起来。

出了省纪委办公大楼，太阳高照。这里不少人是认得冯祥龙的。许多人昨晚还在电视里看到冯祥龙，所以当方雨林押着冯祥龙走出大楼时，不少人都极意外极惊讶地驻足打量他俩。

这时，郭强和马凤山的车也赶到了。他们刚停车，便看到方雨林押着冯祥龙上了那辆警车。郭强忙冲过去大叫："雨林，你给我站住！"但是，方雨林仿佛没听见似的，开起车，飞快地出了省纪委大门。

冯祥龙这时凭着第六感觉，猜出，对手正是方雨林。但他还不敢确定，便说："嗨，哥们儿，有话好好说，有事也好商量。这是干什么呢？"

方雨林一下掏出枪指住他，冷冷地说了句："你给我放老实点儿。"

冯祥龙说："嗨，朋友，你就是方雨林吧？招工的时候，是我发了话，才给你妹妹一个位置……"

方雨林见这个"无赖"居然还要在他跟前"表功"，真是气不打一处来，便一下用枪戳住他的腮帮："你再说一句，我就在车里崩了你！"

方雨林这一下戳得也够狠的，冯祥龙的腮帮子上立马火辣辣地疼起来。他哆嗦着，叫道："哥们儿……哥们儿……"

车开到郊外的一块野地里才停下。冯祥龙挣扎着向窗外张望了一下，不无惊慌地问："哥们儿，想干吗？"

方雨林挥了挥手枪，喝斥道："下车。"

冯祥龙挺直了身子，躺到车上要赖，叫道："方大队长，我也当过兵……"

方雨林用力踢了他一脚："你他妈的给我下车！"

冯祥龙连滚带爬地下了车，越发惊慌："方大队长，你可别乱来。你前程远大……"

方雨林用力搡了他一把，命令道："往前走！"

也许是这一把用力过大，也许是到这时候冯祥龙的腿肚子已经发软，也许根本就是冯祥龙在耍赖，他一下摔倒在雪坑里。

“起来！”

冯祥龙躺在雪坑里再也不肯起来了，“哇哇”地叫喊着，一边连滚带爬地往前挪动，搞得浑身上下都是泥浆雪水。

方雨林骂了两声：“你这个人渣、败类……你还有脸跟我说你当过兵……给我起来！”说着“咔”的一声把子弹拉上了膛。当过兵的冯祥龙自然知道这意味着什么，赶紧挣扎着从泥和雪的大坑里爬起。

这时，郭强和马凤山两辆车相继赶到。郭强跳下车，快步地向这边跑着叫着：“雨林，你冷静一点！”马凤山也大声喝斥：“方雨林，听话！”冯祥龙更是像遇到救星似的大叫：“马副局长，他子弹已经上了膛啊！上……上了膛……”

马凤山知道，这时候冯祥龙越是喊叫，越会激起方雨林的暴怒，起到火上浇油的作用。于是他瞪大眼睛，对冯祥龙怒斥道：“你给我闭上你的臭嘴！”

冯祥龙一下呆住了。

这时马凤山才转过身来，用非常平静的语调对方雨林说道：“雨林，你的心情我们都能理解。你先把枪放下……”

方雨林只是怔怔地看着马凤山和郭强，好像完全不认识他俩似的，一只手握着枪，还死死地指着冯祥龙。郭强想上前去劝慰。马凤山忙对他做了个手势，让他不要冒这个险。也许只要有一点半点的闪失，一秒半秒的失控，方雨林扣一下扳机，后果就难以设想。作为一个老公安，马凤山太喜欢这个年轻人了。不仅仅是为了公安事业的未来，不仅仅是为了本局的工作，不，即便是什么也不为，他也打心眼儿里喜欢这个有本事读完大学，还能用全部的情感来为某种事业献身的年轻人。这年月，想干好什么事都难。难不就难在缺少一点献身精神吗？一种不顾一切的献身精神！当人们开始嘲笑这种精神，怀疑它的正当性和必要性，并从自己的日常生活中排斥这种精神，弱化这种精神时，能说这是个正在走向强大的民族？正在走向强大的时代？富而不强的悲哀是可能再度发生的，而最终失去的就不仅仅是可能有的富裕和自尊……

风萧萧地刮来，马凤山不说话了。他张开双手，挡着郭强，也不让他做任何举动。这关键时刻，他相信方雨林的理智，相信方雨林的心胸，相信方雨林这几年在这支队伍中得到的应有的锻炼所积淀下的那种自制能力和“大局观”，相信他对未来的憧憬能最终战胜当下这一时的迷茫和冲动。他能控制住自己，不会因为一秒半秒内的盲目而失去一生奋斗的主动权……

五秒……十秒……二十秒……五十秒……

方雨林举枪的手终于垂落了下来。郭强冲过去，狠狠地踢了冯祥龙一脚，然后又把他像拖死狗似的拽上了自己那辆车。

马凤山也大大地松了一口气，慢慢地走上前来，安慰似的拍拍方雨林的肩膀。眼泪“哗”的一下从方雨林眼眶里涌出。

他冲着广阔无垠的雪野跑去，跑上高坡，掏出手枪连连向着天空开了五六枪……

63

方雨珠的追悼会是方雨林大队里的那些同志一起帮着操办的。公墓在市郊。追悼会开得简单而隆重。开完时，已是傍晚时分。来参加追悼会的朋友们同事们大都走了，只剩下刑侦支队的一些同志和方雨珠生前的几个小姐妹围绕在方雨林身旁。

郭强低声对方雨林说：“走吧。”

方雨林说：“你们把我爸先带回去，我想在这儿再坐一会儿。”

郭强说："你这样，你爸就更难过了……"

这时，方父走过来，反而劝说郭强等："不要勉强雨林，他想坐一会儿，就让他坐一会儿吧。"郭强无奈，便和那几个女工一起搀扶着方父，先上车走了。

方雨林怔怔地凝视着骨灰盒上方雨珠的照片。他问："这就是一种结束？"风不作回答。冰冷的暮色也不作回答。泪水慢慢地又涌了出来。这时，身后不远处传来清晰的脚步声。方雨林一怔，忙擦去泪水，转过头去。

不远处站着丁洁。

不知为什么，泪水一下子又从他眼眶里涌出。

丁洁慢慢地走了过来。她没参加刚才的追悼会。显然是刚赶来。一停车，都没顾得上熄火，就走来了。

丁洁惶惶地："对不起！我刚知道。"

方雨林没有说话。

丁洁把带来的一束白色的鲜花轻轻地放在方雨珠的骨灰盒前，双手合十，默祷了一会儿。默祷时，泪水完全失控地流满了整个脸庞。开始她还咬着嘴唇，想克制住自己，不一会儿，便忍不住地哭出了声。越哭越伤心，她终于捂住脸大哭起来。

"我送你回去。"等稍稍平静下来，丁洁对方雨林说道。

方雨林说："不用……一会儿，大队里的车就来了。"丁洁说："还是坐我的车走吧。"方雨林说："谢谢了！"丁洁又默默地等了一会儿，见方雨林还是执意不肯上自己的车，她只得走了。但她没把车开多远，只走出二十来米，又掉转头开了回来。

方雨林抬起头，对她说："你走吧。"

丁洁说："我等你。"

方雨林说："求你了，让我一个人待一会儿。"

丁洁眼圈又红了。她再次发动着车，向前开去。开出三四十米，她把车停在了路旁。这时，天已经很黑了。丁洁独自坐在车里，捂着脸，默默地，默默地哭泣着……哭泣着……一阵狂风袭来，旷野里卷起一片雪粉，跟随着狂风，呼啸着向远处闪烁着星星点点灯火的居民点扑去。而上下左右的天色，终于完全黑了下来……

三天后，市局金局长、马副局长带着郭强和方雨林到顾副书记处汇报“12·18”大案的进展情况，主要的目的还是想请省反腐领导小组向有关部门打招呼，在近期内能禁止周密出国，最好也不让他去国内其他地方出差。

“这件事还有点麻烦。你们自己觉得就凭你们谈的这点情况，省反腐领导小组就能向有关方面下达禁止周密出国这个命令？”顾副书记审视着在座的几位问。

“我们自己也觉得理由不是十分充分。”金局长答道。

顾副书记笑了笑：“不是十分充分。换句话，你们还认为是比较充分，对不？充分在什么地方？你们现在掌握了哪一件证据可以说明周密直接参与或制造了这起谋杀案？”他环视了在场的各位。各位都沉默。“没有啊！”顾副书记自问自答道。“一个都没有啊！周密主管我们这个省会城市的工交财贸。他主管的这一摊，每年产生的国民生产总值占我们全省的国民生产总值的百分之十五。百分之十五，是一个什么概念，明白吗？而它产生的利税是我们全省利税总额的百分之二十六。没有他这一块利税，我们这些在省里当头头的上北京去开会说话就直不起腰杆子。这表明什么，明白吗？”

这时，秘书匆匆走了进来，稍稍地等了一会儿，对顾副书记指指墙上的石英钟，好像是在告诉顾副书记，如果再不结束这个谈话，就赶不上下一个日程安排了。

顾副书记对秘书说了一声：“知道了，知道了。让那帮人再等一会儿。”说着就站了起来说道：“就这样吧。那边还有一大堆人等着我哩。我让省反腐领导小组再研究一下你们这个问题，然后给你们一个正式答复。”

答复是过了三十多个小时才下来的。当时，方雨林裹着棉被坐在自然博物馆二楼那个小房间的地铺上，怔怔地看着墙上挂着的那些放大了的黑白照片。郭强打来电话，告诉他，答复下来了。

方雨林没作声。自方雨珠出事后，他真的好像换了个人似的，能几天不说一句话。

“喂，你咋不问问他们是怎么答复的？”

“问啥？周密还将按原定时间出国。”方雨林答道。

“是这样。”

“很正常。有人盼着周密走，甚至希望他叛逃、能死在国外更好。这样，就会把他们之间所有的秘密都一笔勾销了。你怎么不说话？”

郭强在电话里说：“你让我吃惊！”

方雨林平静地问：“我让你吃什么惊？”

郭强说：“我们以为你听到这个消息会跳起来大发雷霆，完全没想到，你会那么平静……”

“你们？还有谁？”

“猜猜。”

这时，方雨林觉得这声音不对头，不仅从耳机里传出，还从一个很近的地方传出。方雨林疑惑地四下打量，最后确认声音是从门外传来的。他立即跑过去一下打开门。

果然是这样，门外，郭强拿着手机正在说话。跟他一起来的还有马副局长。他们一直担心方雨林的情绪，今天约好一起来看他。

“阎文华近来怎么样？”默坐了一会儿，方雨林问。

“还是一个死猪不怕烫。你这边的冯祥龙呢？”郭强问。

“也一样，一无所获。这家伙倒是肯说，而且还说个不停，但全在给自己评功摆好，只要一接触到实质问题就瞎火了。”方雨林说。

“周密后天上午八点十七分的飞机去香港。转道香港，直飞罗马。”过了一会儿，马副局长轻轻地叹了口气，说道。

“这么说来，来凤山庄谋杀案自动结束。”方雨林不无悲哀地说道。

“也许吧……”马副局长又轻轻地叹了口气道。

于是，三个人都沉默了下来。

过了一会儿，马副局长苦笑了笑，说道：“就这样让他走了？两位大侠，快出招啊！此刻不出招，更待何时？”

又沉默了一会儿。方雨林问：“他后天啥时候的飞机？”“后天上午八点十七分。”马副局长说道。方雨林看看手表，心里计算了一下：“还有三十二个小时。”而后又默默地坐了一会儿，说道：“这两天，我把案子又在脑子里整个过了一遍，也想到有人会让周密出国。只是没想到会让他走得那么快。我想了个招，你们听听，看看管用不管用……”

马副局长说：“你说。”

“我想，在阎文华和冯祥龙这两个突破口中间，更容易突破的应该是冯祥龙……”

“为什么？”郭强问。

方雨林分析道：“冯祥龙的社会关系多，可以从他那些众多而又复杂的社会关系中找到一两个比较薄弱的环节突破。”

马副局长笑道：“又是你那套‘曲线破案’理论，采取先扫外围的打法来突破冯祥龙。”

方雨林点点头：“是的，从外围找突破口。应该迅速果断地对冯祥龙身边的几个骨干分子实行隔离突审。尤其是原九天集团公司本部的出纳员、冯祥龙的情妇兼私人财务总管杜海霞，应列为重点中的重点突审对象。直觉告诉我，冯祥龙这个案子的突破口可能就在这个女人身上。还有一点，我也挺担心的……”说到这里，他突然不说了。

马副局长催促道：“担心啥？”

方雨林犹豫了一会儿，才说道：“从决定对冯祥龙实行‘双规’，到派人去具体执行‘双规’，整整拖延了十六七个小时，差一点让冯祥龙跑了。是谁故意拖延不办？谁走漏了风声？这一定得查清了。冯祥龙这小子神通广大，在我们内部有他的耳目。不把内部搞干净了，这个案子没法整。”

这时，马副局长的手机响了。

马副局长接完电话，神情颇有些不安地说：“顾三军跑了。”

郭强问：“怎么发现他跑了？”

马副局长说：“刚才联合专案组的同志到他公司去找他。他公司的人说，他已经有两天没在公司露面了。专案组的人赶到他家，他家的小保姆说，顾三军两天前就走了。”

“去哪了？”方雨林问。

马副局长说：“小保姆说不清。一会儿说去广州；一会儿说去深圳；一会儿还说去泰国。再问，就哭鼻子。”

方雨林站了起来，坚决地说：“赶紧派人去拘传那个杜海霞！”

64

北华宾馆副楼虽然只有五层，但是有三面墙都是用茶色玻璃装潢起来的，比起十六层的主楼，它更显出一种雍容华贵的神态，仿佛漫步在古老庄园里那碎石砌就的甬道上的一个当家少妇，充满着悠游的自信和沉稳的矜持。杜海霞知道，自己最后的日子临头了。给她这个征兆的是，刚才顾三军打电话给她，他把宾馆都托付给了她；只说他在外头要“过一段”，但不肯说明这“一段”时间可能会有多长，他何时能回来重新担负起“宾馆经理”的责任。“总有人跟我们过不去……要跟我们搞资源再分配呀……”电话里他显得异常的沮丧，一点都不肯透露他现在到底在哪儿藏身。“他们或许还会从你身上打点儿主意的。老冯那儿，还要你多替他担待着点。”他突然挺动感情地说了这么一句，而后不等杜海霞再追问，就挂断了电话。

不知为什么，杜海霞从认识这位“大公子”的那一天起，就挺可怜他的。她也曾像社会上大多数人一样，怀着一种特别忌讳、特别戒备的心态去对待这位拥有“衙内”身份的同龄人。他的确有一些“衙内”习气。典型的就是好色。但据冯祥龙说，实际情况并不能全怪他。“现在真有那么一类的女孩儿，特别‘贱’，就为一点蝇头小利，上赶着要跟他上床，满不凛，还以此为荣。”以后有了一点交往——交往之初，他也曾把她当成那一类女孩儿似的试探过，想跟她随便玩儿那么一两把。杜海霞按冯祥龙教给的方法和自己多年的经验，给他碰了个不软不硬的钉子后，他倒也不再对她死缠烂搅，有时“海妹子”、“海妹子”地浑叫几声，却再也不动手动脚了。往深处一接触，她才得知，在较长的一段时间里，他的生活也是挺“禁锢”的。顾副书记当县委书记那会儿，他大概是在读小学。据说，顾副书记对他的管教也是相当严厉的，反复向他强调不能给“党和人民”丢脸。县城里的孩子早不穿带补丁的衣服了，我们的这位“三军同学”实实在在地还带着“补丁”过了两三年。父亲甚至都不许他跟同学争论——因为他必须要处处表现得十分谦虚。正因为这样，他得下了口吃的毛病：许多次想说，话都到了嘴边，又必须“这……这……这……”地往下咽。许多次想说三句，但吞吞吐吐地最后只说出一句来。许多次想说出自己对问题的结论，但一想到父亲的教导，明确的思想就变成了哼哼哈哈的呻吟。十五岁以前，他没有埋怨过。他觉得自己应该如此。他活得拘谨、低调。有两次同学们选他当中队长，他父亲一个电话打到学校，说，不要因为是我的儿子就让他当“干部”。那一晚上，他实实在在地哭了许久许久……但父亲执意在他身边修筑的“堤坝”又怎么能挡得住一个以社会的形式和声势席卷而来的浪潮呢？况且，父亲的这“堤坝”究竟有多少合理性、坚固性，尚有很大的探讨余地。十六岁那年，这建筑在沙基上的“堤坝”终于在一个很偶然的夜晚，开始决口……

事情其实很简单：当时，他正准备随已定下要调任某地区地委书记的父亲离开这个县。因为快要走了，几个平日跟他比较要好的同学（请注意，他一生没有特别要好特别铁的朋友）邀请他去他们家玩玩。这几个同学家都在县城外的乡村。报告父亲后，父亲细问了这几个同学的情况，得知这几个同学无论在学业上，还是在共青团支部内担任的职务，都要比他好比他高。想到能“让他深入乡里去看看，也许对他思想的成熟品格的锻炼有好处”，便批准了此次行动。这是他第一次离开家，走得那么“远”。过去父亲都不准他“乱说乱动”，只怕他给他捅“娄子”。要到乡里农家去住，三军心里自然是忐忑的。但那一晚上和第二天所发生的事情却完全“深刻”地“教育”了他。他才真正懂得，自己真正的价值，自己真正的身份，并非体现在自己的“家”里，而是体现在“社会”上。他才体会到，做某某某的儿子，有时是非常卑屈的，但有时也可以是非常非常“高傲”的。而那一晚上，他真正体会到了他这某某某的儿子的“高傲”和“高贵”之处。当“某某某的儿子到了我们村啦”这消息传开去以后，村支书立即来了，乡长也从五里外赶来了。当时他正在一位同学家的炕上喝高粱糙子粥。村支书和乡长的突然出现，把那位同学的父母吓了一大跳。乡长忙着要给三军安排住处，三军坚持要住在同学家。乡长显得非常“生气”，后来派人从乡招待所抱来了两床崭新的被褥，送来了一整套清洁卫生的洗漱用品，一再叮嘱，明天不能走，一定到乡里去玩玩，这才“依依不舍地”离去。第二天，中午饭是村里安排的，晚上乡长安排吃“便饭”，又看乡里的二人转剧团演出。吃饭，他坐贵宾席；看戏，他坐第三排正中间。而他那几个同学，即便在他的一再坚持下，也只能叨陪末座。到了看戏时，却只能远远地站在后头张望了。对于此情此景，他心里极度不安。要知道，这几位同学，在学校里都是他崇拜的对象。他们虽然是农民的儿子，但在班里是班长，是团支书，是全校的学习尖子。但到了这时，在这些乡长和村支书眼里，连给他当陪衬的资格都不够了……那一晚上，他领略了乡里所演的二人转的“刺激”和“够味儿”。演出完以后，乡长又在乡政府对门的“再回头酒家”开了一桌，说是简简单单吃点夜宵，但最后还是盘摞盘、碗摞碗地喝掉了四瓶高粱烧……那一晚上，十六岁的他头一回失眠了……头一回真正感觉了自己的存在……感觉了周围的世界……感觉了内心长期潜伏的那种种无名的骚动、激奋，以他独有的偏执心态"明白"了一个道理：这世界其实很简单、很幼稚，只要他开口说"我要"，人们就会给他的，就会主动地送上门来的……

以后的变化就是明显的了，大家甚至发现他在同学面前，尤其在女同学面前说什么都不口吃了。当然，有一条是不变的，那就是回到父亲跟前，他仍然是那样的毕恭毕敬，少言寡语，而且依然口吃……

杜海霞原先跟冯祥龙约好，他一到省纪委，基本闹清情况，就给她打电话，免得她着急。但去了那么长时间，不仅没电话来，连给他手机打电话，也没回音。四处打听，谁也说不清楚他目前的状况。"肯定出事了！"她心里一阵阵发慌，知道自己也该躲一躲了。"姨，我是海霞。单位派我出去学习，这回是脱产学习。学习时间可能比较长。是一年，还是半年，还没最后定。我走了，您和姨夫一定照顾好自己……"说着，便呜咽起来。过了一小会儿，赶紧又擦去泪水，继续说道："我交给您的那些东西，您一定得给我保管好。千万千万！"

这时，有人敲门。

杜海霞赶紧说了句："姨，我走了。您多保重！到了外头，我会找机会给您打电话的……"挂了电话，去开门。敲门的是楼层服务员小姐。是她叫来的。

"这是中青旅行社的张先生留下的两件行李。你把它们送到总台，告诉总台，一会儿他会派人来取的。"杜海霞是个聪明人，她仔细考虑了一下，假如冯祥龙已经出事，很可能她也被监视了。怎么从宾馆脱身才能不留一点蛛丝马迹，她煞费了一番苦心。她借用中青旅行社某位"张先生"的名义，先把自己的行李放到总台。然后又假装要到中青旅行社去开会，对总台的人说："中青旅行社的张先生在你们这儿存了两件行李？我正要去中青社，他刚打电话来，让我顺便把行李给他捎去。"一切都安排得很好。她驾着车，带着金银细软驶出北华宾馆大门时，冬日的阳光以少见的明媚度，高照在她的车头上。此时此刻，她心里虽然难免生发一丝悲凉，但还是庆幸自己终于走脱。

这时，方雨林正向北华宾馆急驶而来。为了预防万一，他在车里给宾馆总台打了个电话，问："杜副经理在不在？"得知她走了，他真吃了一大惊。

"走多大会儿了？刚出门？请你马上请她回来接个电话。"

总台的服务员小姐马上给她的手机拨了个电话（杜海霞此时没有关掉自己的手机，也许这是她这一生都后悔的事）。告诉她，有人找。听说有人找，杜海霞一阵心慌，只问："谁找？"服务员小姐答："是一个先生。"杜海霞再问："哪儿的先生？"服务员小姐惭愧地答："没问。"杜海霞生气地："去问问清楚。"说话间，便加大了油门。

服务员小姐拿起那个还没挂断的电话，问方雨林："我们杜副经理请问您是哪一位？"极机敏的方雨林本能地答道："我是九天集团冯总的好朋友。冯总有特别重要的话，托我转告。"

听说是冯祥龙的朋友，又听说是冯祥龙有重要的话转告，她一下把车停住了。她相信冯祥龙不管处于什么困境下，一定会千方百计地托人来找她，假如真的出了事，最起码他也会托人向她发出警报的。

"你问清那个朋友的手机号，我直接跟他联系。"杜海霞多了个心眼儿，这样吩咐总台的人。几分钟后，她直接跟方雨林联系上了。他们约定在历史博物馆门前见面。到约定的地点后，她戴上了一副墨镜，警觉地注视着来来往往的车辆和行人。不一会儿，一辆普通轿车徐徐驶来，并从她车旁驶过。这辆轿车就是方雨林的车。他带上了宾馆总台的那个服务小姐，请她来帮他们指认杜海霞的车。

方雨林的车又往前驶了二十来米，才停了下来。然后通知其他几辆车在杜海霞的车的周围布控，就在这一切就绪，准备采取行动，两个同志已然下车向杜海霞的车走过去时，发生了一点意外。一大群中学生，大约有一二百人吧，蜂拥着向历史博物馆走去，可能是来接受革命传统教育的。不知为什么，这一二百人停留在台阶上，在那儿"叽叽喳喳"地说笑着，居然不走了。方雨林生怕杜海霞起急拒捕，开车逃跑时冲击人群，伤了那些中学生。于是他忙对那两个同志做了个手势，招回他们，暂时中止了行动。然后他又给杜海霞打电话：“杜副经理，我们已经到了。但这会儿人太多，说话不方便。你看到一辆停在马路对面乐凯照片洗印店门前的那辆车了吗？那就是我的车。请你跟着我，慢慢向前开。”方雨林说着，启动了车，徐徐向前开去。

杜海霞迟疑了一下，打开随身带的一只精美的保险箱，里边装满了现金，然后又拿出一小瓶汽油，洒在保险箱里，又拿出一个镀金的打火机放在自己座位边上，这才启动了车，跟着方雨林的车向前开去。方雨林的车开进一条幽静的小马路。杜海霞的车跟着也开了进来。方雨林的车停了下来。杜海霞的车也停了下来。方雨林下车，向后边张望，看到后边同志们的车这时也拐进了这条小马路，已经把杜海霞的车的退路堵死了。他向杜海霞的车走去。

杜海霞拿着打火机，下车去迎“冯总的朋友”。她先打量了一眼正慢慢走来的方雨林，心里“咯噔”了一下，觉得这位“朋友”气质不对，再说也太陌生。冯祥龙的好朋友十有八九她都是见过的。直觉告诉她情况有变。她忙四下里去瞟瞥，发现了那辆在自己车后不远处的车。她不觉一惊，再往远处看，前后都有车堵着，便肯定有诈。于是拿起打火机，“啪”的一下打着火，要向保险箱扔去。说时迟，那时快，方雨林一个猛虎扑食蹿来，死死地摁住了她的手，以迅雷不及掩耳之势夺下了那个镀金的打火机。灼热的火机还正经烫了他一下。

65

谈话已经进行了两三个小时，杜海霞一口咬定所有保存在她那儿的账本都已烧掉，除此以外，什么话也不再说了。方雨林拿起那个镀金的打火机。打火机的机身上精刻着一个“冯”字。方雨林问:“冯祥龙送你的?”

不答。

方雨林指着那个保险箱里的钱:“这些现金是你的,还是冯祥龙的?”

仍不答。

“谁都知道你跟冯祥龙走得近,又是公司的总出纳。冯祥龙是怎么花钱的,你应该最清楚。你只要把这些账交出来,你就没事了。”

还是不答。

“杜海霞,你还不到二十八岁,人也聪明能干,你以后的日子还很长……”

对方突然把头深深地低垂下去,不一会儿,便双手紧紧地抱着自己的肩膀,高烧似的不断呻吟着、哆嗦着,而后,突然倒在了地上。到晚上,还是这么僵持着。方雨林指着已经凉了的饭菜,问她:“想绝食?”

依然不答。

“听说是你姨把你带大的?你可怜你姨吗?她要是知道她这个二十八岁的外甥女铁了心地要把自己一生毁在一个四十多岁的腐败分子手里,她会怎么个伤心法?”

杜海霞突然呻吟道:“我想去卫生间……”

方雨林对专案组的两个女工作人员示意了一下。她俩上前来搀着她进了卫生间。这一段,她一直躺在沙发上,闭着眼睛不吃不喝,披头散发不说话。

杜海霞进卫生间,顺手要关门。一个女工作人员拿脚顶了一下,让门虚开一条缝。她俩就在门外监守着。等了一会儿,卫生间里并没有发出本该发出的那种声响。她俩又等了一会儿,便起了疑,正想嚷一嗓子问问,却听到从卫生间里传出“咕咚”一声响。好像是有什么重物倒在了地上,她俩忙冲了进去。不一会儿,其中的一个跑出来向方雨林报告道:“她又倒下了。”“快扶她起来。”方雨林吼道。“不知道是真是假,她就是不肯起来。扶也不起，死沉死沉的。”

方雨林忙推开卫生间门，只见杜海霞蜷曲着身子，躺倒在卫生间的马赛克地面上。女工作人员要上前去搀扶杜海霞。方雨林却示意别去管她。

女工作人员疑询般地看了看方雨林，跟着方雨林一起到大屋里。方雨林对她俩说：“我问过大夫，大夫说她没病，装死哩。让她躺着，愿意躺多久，就躺多久。也许躺着想，能想得更明白。”他故意把说话声提得高高的，让杜海霞听到。而后，又悄悄地向女工作人员点头示意了一下。女工作人员便上工作人员住的屋里拿来一条毛毯，替杜海霞盖上了。

眼泪慢慢地涌出杜海霞的眼角，她低声地抽泣起来。到深夜时分，去搜查杜海霞住房的那个小组打来电话，搜查一无所获。马凤山叹了一口气，对方雨林说道：“只剩下十二个小时了，你觉得她真的把那些黑账都烧了？”“我再努把力试试。”方雨林低头想了想，而后又回到预审间，杜海霞还在卫生间的地上躺着哩，照旧不吃不喝也不吭声。方雨林站在卫生间门口，默默地打量了一会儿杜海霞。一直在一旁监候着的那个女工作人员刚要张嘴跟方雨林说什么，方雨林忙做了个手势，让她什么也别说。他又默默地观察了一下杜海霞，便向外走去。他找到专案组杨组长和马凤山对他俩说：“刚才我注意观察了一下，我觉着，这女孩儿不是满不凛的人，相当有心计，也相当能善待自己……”

杨组长问：“何以见得？”

方雨林分析道：“刚才我注意到，给她毯子后，她还重新铺了一下，拿一半垫着，一半盖着。特别是她的脚……”

一个女工作人员问：“她的脚又咋了？”

方雨林说：“连这你们都没注意到？太明显了！大概是怕地上有水弄湿了她那双高档的意大利皮鞋，每过一小会儿，她就悄悄地在毯子上蹭蹭她的鞋尖儿。”

那个女工作人员笑道：“你们男人瞧女人就是细。她蹭鞋尖儿又怎么了？”

方雨林说："你想啊，这么一个知道心疼自己的人，又整了这么些年的财务，她能轻易把自己经手的黑账烧了？账本对她这个经手钱财的人，就意味着生命，意味着一切的一切。她不会想不到，烧了账本，万一出了事，她就无法说清这几百上千万现金的详细去处，再让人反咬一口，对于她，这后果是不堪设想的。我想她一定是把那些黑账藏在一个什么地方了，一个她认为最可靠的地方……"

马凤山问："你觉得她会藏在什么地方？"

方雨林想了想："一定藏在那里了！"

十分钟后，方雨林调集了人和车，连夜向杜海霞姨家驶去。这时风雪俱寂，万籁俱静。通往郊区的公路上只有运煤的卡车和奉命作急行军的军车撞破了这死一般的宁静，标志着这世界只是在作暂时的休息。

方雨林等人的出现，让早已皈依佛门、力求六根清净的杜姨仿佛横遭天塌地陷般的魔劫。在巨大的震惊过后，她便一直在低头啜泣着。这位佛门子弟、半道出家的女居士对外甥女这两年的所作所为所获，也并非是没有一点担心和预感的：小女子怎么就手头一下阔到了那种程度？言谈举止间怎么就对那位冯大总经理有了那样一种温存和体贴？还有她的拒绝结婚、拒绝跟别人处对象？还有那些要她藏进菩萨肚子里的现金（作孽！罪过！）？还有那一大袋……一大袋"纸"或"本子"……她不知道究竟发生了什么。她没法说清"佛境"和"人境"之间为何会有这么大无法弥合的间隔。自己前生到底作了什么孽，要在今世遭受这样的磨难……

过了好大一会儿，她突然抬起头，问："海霞一天一夜没吃饭了？"方雨林说道："而且一直躺在卫生间冰凉的地上不起来。蓬头垢面，跟个小疯子似的。"

杜姨突然咬牙切齿地哭骂起来："全是这个冯祥龙大坏蛋闹的！都小五十岁的老爷们了，还勾引我们家海霞。天打五雷轰！我跟她说过多少回了，好好找个男人过日子。她就是让冯祥龙这浑蛋带坏的！她过去不这样……她孝顺……体贴……她真的是个好女孩儿……十里八村都知道……真的呀……"

方雨林平静地说道:"她的确是个好女孩儿,我们也为她着急。"

"我要是说了,能算是她坦白的吗?政府能给她减轻处罚吗?"杜姨急切地问道。

"政府有政策,您应该相信政府。"方雨林忙说。

杜姨一下站了起来。这时方雨林才看出,其实她不只是慈悲为怀,还十分干脆利落:"我给你们全说了,你们可得救救我的海霞,她真的是个好女孩儿呀!"

谁也没想到事情会了结得这么痛快。一个多小时后,当方雨林驱车返回专案组的那个预审间时,以为什么都还没发生的杜海霞仍躺在卫生间的地上。

"杜海霞。"方雨林叫了她一声。

杜海霞不理。

"杜海霞,你瞧瞧我们给你从你姨那儿带什么东西来了。"

听说是从她姨那儿带"东西",杜海霞的眼皮"突突"地跳了两下。过了一会儿,她慢慢地睁开了眼睛,很快地向方雨林站立的地方扫了一眼。她突然好像被雷击了似的,一下像一根弹簧似的跳了起来。

方雨林身前立着一个五六十厘米高的塑料编织袋,袋身上还沾着许多的泥土。她显然是熟悉这个编织袋的。她脸色苍白了,她惊恐万状了,她不知所措了,她人也摇晃起来了,眼睛盯着那只编织袋,浑身战栗着呆木了一会儿,嘴里喃喃地念叨着:"姨……姨……我的姨……"然后两腿一软,眼前一黑,一下晕倒了。这回是真晕了。

这个小小不言的塑料编织袋里装的就是杜海霞为冯祥龙保存的全部"黑账"。这些黑账记录了冯祥龙为打通关节给有关人士送礼行贿,也记录了生性"慷慨大方"的他在那个位置上的背后的一切所为……

马凤山看了看手表,说道:"快组织人查看吧,只剩不到十个小时了。”

杨组长并不清楚眼前这档子事的背后，还牵扯着公安局的另一个大案，便问：“什么只剩十个小时了？”

马凤山笑笑，说道：“没啥，没啥。我说我们局里的一个事哩。”

杨组长也是老司法了，前年才调到省纪委，懂得司法部门严如军法的保密规定。见马凤山在打哈哈，知道此事不宜多问，便只是摁了一下桌子下边的一个电铃按钮儿。刹那间联合专案组这幢旧楼里上上下下便响起了一片电铃声。一个个原先已经灭了灯的窗户，顿时又一个个亮了起来。男男女女的工作人员从各自的宿舍里挤出，差不多用小跑的姿态，向会议室赶去。杨组长要集中专案组内全部可动用的力量，赶在那“十个小时”结束前，把杜海霞的这些“黑账”理出个头绪来。

这时，楼下传达室打来电话，告诉方雨林，有个女同志急着要找他。

方雨林一怔：“都几点了，还有什么女同志来找？”

“反正是找你的，快下来吧。”传达室的同志打了个哈欠说道。

方雨林猜想是丁洁。果不其然，是她。“丁洁？出什么事了？”他拉了把椅子过来让丁洁坐下，便问。“周密刚才来找我了。”丁洁眼圈有一点发青，很明显，这一段时间以来她都没好好安生过。方雨林略略地问了几句，觉得事情重大，便跟马凤山请示了一下，直接把丁洁带上了楼，带到马凤山面前。

马凤山问：“周密什么时候去找你的？”

丁洁说道：“今天晚饭后……他没有像往常那样，把车直接开到我家门口来接我，也没像往常那样，让我开着自己的车去见他，而是让我在我家附近街区的一个拐角处等着他……”

到约定的时间，周密开着他那辆黑色的大奥迪车徐徐驶到丁洁家附近街区的一个拐角处，一直把车开到丁洁面前，赶紧下了车，极绅士地替丁洁打开车门，殷勤地邀她上了车。走了一段，周密微微地笑了笑道：“还在为那天的事生气？”

丁洁苦笑笑："无所谓了。"

那天事过后，方雨林曾再三告诉丁洁，第一，不要不理周密；第二，周密再来找她，要及时告诉他；第三，在和周密继续接触时，不要提及那些旧报纸和旧笔记本的事。假如要生气，也只表明对他那天的失约有所不满，特别不能提看到了顾三军一事。今天晚上，丁洁就是按方雨林的"谆谆教导"做的。从那天以后，丁洁也不再追问方雨林，周密是否出了事。预感告诉她，这一定已是不用再问的事了。但从心情上来说，她的不安和巨大无比的痛惜，仿佛自己走到了一道深不可测的悬崖边似的，等待着一阵狂风猛袭，来结束这一切……

"我已经向你道过三次歉了。丁洁，许多事情，我也是身不由己，没法左右自己……"周密一边开车，一边继续圆着那天开始的这个"谎"。"你今天拉我出来，就是为了跟我说这句话？"丁洁瞟了他一眼。

周密不作声了。过了一会儿，他忽然说："我明天要走了……我给你带了一样礼物，放在后座上了。"丁洁起身从后座上取来一个小包。周密叮嘱说："现在别看。等我上了飞机，你再看。"丁洁问："什么东西那么神秘？"周密说："没什么神秘的，是我进市政府机关前几年写的日记。你不是一直想看我最近的日记吗？"丁洁说："你那几本青少年时期的日记，我还没敢看哩。"

周密突然笑了笑，说道："不着急，也许过些日子，你就会非常想看了。"

丁洁心里一紧，因为他这时的笑容，让丁洁觉出是用一种无奈逼出来的，是她从来也没有在他脸上看到过的。她稍稍愣怔了一下后，问："为什么？"

周密淡淡一笑，不答了。

这时，车已开到郊区的一个大型水库边，停了下来。周密下车，慢慢走到大堤上。寒风吹起他的衣襟。他居然就像是什么感觉也没有似的，一动也不动地站着，神情十分复杂地眺望着远方。

丁洁走了过去。

周密目不斜视地问：“你怕水吗？”

丁洁说：“我在学校里就是游泳好手。你忘了？”

周密嗒然感叹：“我从来不敢下水游泳。我崇拜水，敬畏水。我从来就认为，水是所有有形物质中最不可捉摸，最富有生命力，又最具有毁灭性的。我们诞生在母亲腹中的羊水里，最后又腐烂在土壤的水分中。水让我感到窒息，让我感到自卑……一跳到水里，总让我感到自己就是孤苦无援的婴儿和正在腐烂的尸骨……”

丁洁打了个寒战说道：“你怎么会把这么美好的一样东西看得如此阴暗可怕？”

周密反问：“水，可爱吗？”而后苦笑笑，低下头默默地站了一会儿，突然转过身向停在大堤下的轿车走去……

“我把他给我的那包日记本带来了，不知道对你们有没有用？”丁洁说道，苍白的脸颊上泛起一丝病态的红晕。

马凤山问：“他说是进市政府机关前写的？”

丁洁点点头：“是的。”

方雨林：“要是最近写的会更有用些。”

马凤山对丁洁说：“这日记，今天晚上肯定没时间看了。今晚，他没有再跟你谈一点别的什么？”

丁洁想了想，说道：“没有了。后来只是又说了一句，不管我能不能原谅他，他到了意大利，一定会给我写信的。他说他特别感谢我这一段时间能给他这样的信任……”

这时，专案组的一个工作人员急急地走来，对马凤山和方雨林说：“杨组长请你们到他办公室去一下。杜海霞的账里好像查出什么特别重要的问题来了。”

方雨林于是忙对丁洁说了声：“你稍等我们一会儿。”跟着马凤山去杨组长的办公室了。这时，已到凌晨时分。杨组长说：“已经把那些账本粗粗地清理了一下，拉了一个涉嫌受贿人的名单，一共有八十多人，省、市正副厅局级的干部就有九人。”

马凤山接过名单，急急地往下搜寻。搜寻到最后一页，才看到“周密”二字。他马上把名单递给了方雨林。方雨林看罢名单，匆匆回到丁洁身边，对丁洁说：“出了点新情况，你先回去吧。谢谢了！”

丁洁犹豫了一会儿，问道：“那日记……”

方雨林说：“你先保管着，连同他以前给你的，都锁好了。也许一两天之内就会有用的。”

丁洁又发了一会儿呆，似乎想问什么，又知道不该问，犹豫之后，便闷闷地走了。方雨林送她到大门口，对她说：“一两天后，我们能认真地谈一谈吗？”

丁洁默默地站了一会儿，说：“还有必要吗？”

方雨林说：“当然有必要。”

丁洁的眼圈突然红了，说了声：“那我等你的电话。”便上车走了。

方雨林回到杨组长的办公室，专门从账册中调来有关周密的那一项，听查账的工作人员介绍，有关周副市长的，账上只有这一笔三万六千元。下边还特地注明了一下：貂皮大衣一件，周副市长没收。

方雨林问：“没收，为啥还要记在他名下？”

工作人员说：“详细情况还来不及核实。”

马凤山立即把这件事报告给了金局长。金局长赶到局里，听了详细汇报，说道：“我们不能为了一件他压根就没要的貂皮大衣，去强硬阻止一个副市长出国。这不是在无理取闹、在搞笑吗？”

方雨林说：“但是……”

金局长说：“好了，不要‘但是’了。只剩下四个小时了。我们已经没什么‘但是’可说了。”

这时，方雨林的手机响了起来。他看了一下来电显示，是丁洁卧室的电话号码，便立即接通了来电。

“你怎么还没休息？”他问。

丁洁告诉他：“有个情况不知道对你们有用没用。”

“你说。”方雨林向两位局座打了个招呼，便走到过道里跟丁洁说话去了。

“那天我在周密的那个房间里，还看到一样特别怪的东西。我一直以为没什么意思，也没敢往那儿联想。刚才仔细想了想，那东西可能跟枪有关联……”丁洁喃喃说道。

“枪？”方雨林一惊，忙追问，“你别急，慢慢说。”

“他那个老式书柜里有两本那么老厚的俄语大辞典。但每一本上都有几个挺古怪的洞……他为什么要在俄语大辞典上打这样的洞？也许这事没什么意义……”

方雨林忙说：“不不不……你先不要把自己的思路堵上。是什么样的洞？”

丁洁：“怎么跟你说呢？”

方雨林提醒道：“有可能是枪打的吗？”

丁洁一愣：“枪……他为什么要拿枪打辞典呢？”

方雨林果断地：“试枪。”

丁洁反问：“试枪？”

方雨林说：“先别问是为什么。再想一想，这洞眼有可能是枪打的吗？大小……形状……弹着点的分布……你详细给我描述一下。”

丁洁说：“我不太懂……光看大小，好像……好像是……枪打的……”

方雨林说：“你不会跟周密去说，你今天来找过我们吧？”

丁洁好大一会儿不作声，然后突然说道：“你看我会吗？”

方雨林只说了句：“早点休息吧，过两天我们再谈。”收起手机，几乎是飞跑般地冲进金局长办公室。

“你觉得，他在他的房间里试过枪？”马凤山也觉得这是一个非常重要的线索。他竭力让自己平静下来，追问。

“从丁洁描述的情况看，那大辞典上的洞眼很像是手枪打出来的。”方雨林两眼放光。关键时刻，这可能会成为突破性的一个发现，使他处于极度的兴奋中，完全抑制不住地大口大口喘道。

刚赶来的郭强也说道：“如果能搞到这两本大辞典，就可以鉴定出，辞典上的枪眼是不是用来凤山庄作案的同一支枪打的。”

马凤山看了看手表：“没有多少时间了，就算搞到那两本辞典，也来不及做鉴定了。”

方雨林说：“先把辞典搞到手吧。”

郭强说：“我去。”

方雨林忙说：“这种粗活还是我去干吧。你赶紧调人做鉴定，抢一抢，也许还来得及。”

与此同时，廖红宇家又一次遭受了“袭击”。这几天，她家一直不消停。比如今天早晨，廖红宇和女儿正在厨房里忙着做早饭。突然，一块石头从楼下飞来，“哐”的一声砸碎了她家的客厅窗户。稀里哗啦碎玻璃碴儿散落了一地。这已经是几天来的第三回了。廖红宇和廖莉莉忙冲到客厅里，捡起石头。只见石头外边跟前几回一样，还包了一张纸。纸上写着几个同样的血红大字：“小心狗头！”

毫无疑问，又是冯祥龙那一帮哥们儿干的。也许是因为紧张和害怕，再加上刚起床不久，廖莉莉浑身索索地颤抖了起来。廖红宇抓起那块石头，就要冲下楼去。廖莉莉忙拦住她说道：“别管他……求您了……”

这时，一些邻居来敲门。邻居们气愤异常，一致感慨“好人做不得”，嚷嚷了一阵才慢慢散去。廖红宇和廖莉莉送走众邻居，刚要关门回房间，却看见蒋兴丰独自一人站在门外。“你什么时候来的？”廖红宇一愣，让他进来。分开以后，她从来不许蒋兴丰上她这儿来，蒋兴丰轻易也不敢来。“出啥事了？你开口呀！”廖红宇最见不得的就是蒋兴丰的那副“窝囊相”。他俩从吵架到分手，起因大多就是因为他的这个性格使然。廖莉莉心疼她爸，断喝道："妈！"转身又和颜悦色地向蒋兴丰："是不是因为橡树湾的事挨批评了？"蒋兴丰往沙发上一坐，只是不说话，神情显得特别沮丧。廖红宇瞪他一眼："你瞧你这个人！"蒋兴丰犹豫半天，抬起头请求道："莉莉，你能出去一下吗？我有几句话要单独跟你妈说。"廖莉莉挺不高兴地："我护着您哩。您还要赶我走？"蒋兴丰为难地笑笑："只要一会儿工夫……"廖莉莉赌气地："我走，我走。"

廖莉莉到厨房里点着煤气炉，烧上一壶水，拿出一套比较好的茶具和一筒好茶叶，正准备给难得来一次的爸爸沏茶，忽听得从客厅里传来廖红宇咆哮般的吼声："你……你……我警告过你，你怎么可以这么干？"紧接着便是一声什么瓷器被摔破的声音。廖莉莉忙撂下手里的东西冲了过去。她看见她这位"蒋爸爸"极狼狈地站在"廖妈妈"面前，说道："我……我完全是为了莉莉……当时也没说是白送给我的……我想……我想……"

廖红宇恶狠狠地吼道："你想你个大头鬼！"

蒋兴丰哀求地："你们要不愿帮这个忙，就算了，算了……"说着，转过身去就要走。廖莉莉一把拉住爸爸，问："到底出什么事了？"廖红宇和蒋兴丰迟疑了一会儿，才把事情说清。她这位爸爸从冯祥龙那儿拿了一套两室一厅的房子。目前，联合专案组已从刚抄出的"黑账"里发现了这个问题，正在跟他核实这件事。廖莉莉一惊："两室一厅？那得一二十万！怎么办？算不算受贿？要算受贿，那得判多少年刑？"

廖红宇冷笑一下："多少年？一二十万，最轻也得十年。如果再加上一点别的事，无期、死缓也不是不可能的！"

廖莉莉叫了起来："妈，您别吓我们了……"

廖红宇说道："我吓你们？你问你爸，我是在吓你们吗？"

廖莉莉一下哭出声："妈……您救救爸吧，他这人耳朵根软，经不住别人跟他说好话。他不是坏人。您应该是了解他的，他自己有房，他要这套房一定是为了我。他跟我说过，他觉得这些年挺对不住我的，他要为我弄一套房，结婚用……还有没有办法救救他了？”

“你爸出了个馊主意，说尽快把这套房过户到你的名下，这样跟他就没关系了。”廖红宇说道。

廖莉莉忙问：“这么做行不行？要能救爸，咱们就这么做吧。”

廖红宇瞪她一眼：“这是弄虚作假，是逃避审查，让专案组知道了，罪加一等！”

廖莉莉又哭道：“可我们总不能见死不救啊！妈，他总是我的亲生父亲啊！你们分手，只是因为性格不合，不是因为他做了什么不好的事。他这人一生软弱，但的的确确是个大好人！”

廖红宇心口一阵阵绞痛起来。

廖莉莉忙叫：“妈！您怎么了？”

廖红宇捂着自己的胸口，吩咐道：“你……你打开大衣柜最底下那个……那个抽屉……快去……那里有个棕色的小皮包……看到没有？”

“看……看到了……”

廖红宇气短地说道：“皮包里有一张存折……存折里有四万块钱。这是我这些年全部的积蓄，原想给你做嫁妆的。你拿去给你爸，让他去处理。”

廖莉莉忙问：“怎么处理？”

廖红宇喘着：“怎么处理，他明白。”

廖莉莉忙又说：“可四万块钱也不够啊！”

廖红宇摊开双手说：“那怎么办？我只有这么多了。总不能把我卖了，替你这个爸爸还赃吧？”

廖莉莉又问：“交出去四万元，能不能减轻一点对他的处罚？”

廖红宇长叹一声：“也许吧……”

“谢谢您……妈，谢谢您……”廖莉莉说着，紧紧地抱住廖红宇号啕大哭了起来。

而此时，在市公安局金局长的办公室里，气氛似乎有点紧张。所有的人都怔怔地看着一声不响的金局长。金局长却久久地不表态。马副局长着急地看了看墙上的石英钟。钟上的显示是五点二十三分。金局长沉吟了一下问："周密的飞机几点起飞？"

马副局长答道："八点十七分。"

金局长又沉吟了一下："就算在他房间里发现了他使用过枪的迹象，也不能证实就是他杀了张秘书……"

这时，值班室的同志急急忙忙地走来报告，省委章书记从海南赶回来了，让两位局领导马上到他那儿去汇报情况。

马副局长惊呼："章书记回来得太及时了，快走吧。"

金局长却问："有人向他说了些什么吧？否则，他怎么会赶在这个时候回来呢？"马副局长催促道："甭管是谁去说的，他回来，肯定是件好事。"郭强又报告道："从杜海霞替冯祥龙藏起的那些黑账里，又查出一笔，周密曾向冯祥龙借过十万元钱。"金局长说："借钱不犯法。"郭强说："但这里也可能会有别的什么问题。为了进一步搞清这笔账，我们完全可以据此向省里提出，请周副市长暂时不要出国。"金局长犹豫着："章书记既然已经回来了，这个决定只有他才能作。不过，还得跟市委秦书记打个招呼吧？我们是市公安局……"马副局长说："老金，已经没有时间了……如果秦书记要再找人研究研究，再打报告批文走正式文案手续那一套，黄花菜就肯定凉了，我们直接去找章书记吧。"金局长很不高兴地说道："有没有时间也得走这个程序！越过市委秦书记，他会咋想？以后我们不见秦书记了？别忘了我们是市公安局。"

这时一直在旁边没作声的方雨林，虽然也心急如焚，但却在告诫自己：镇静，方雨林啊，关键时刻你一定要镇静。刚才他提出要去周密家取那两本辞典，马副局长没让他去。马副局长考虑到，去周密家取辞典这样的活儿，不一定非方雨林不可。而现在最重要的是决策，是说服金局长下决心采取行动。从这一点上，方雨林再一次感到了自己和马副局长这样的老公安之间的差距。任何时候都要冷静地确认，什么事情是最关键的，只有这样才能把握住大局，推动全局前进。聪明和热情都不能代替大局观，而缺乏大局观的刑侦人员，既不可能在刑侦方面成就大气候，最终也不可能成为大众利益最出色的保护者。他脑子在飞快地转动着，怎么去说服固执的金局长。是啊，要打动多年坐机关出身，习惯“等因奉此”的金局长采取非常规手段去采取行动，的确是一件“近乎是异想天开”的事情。

方雨林小心翼翼地说道：“金局，我们已经认真地核查过了，案发当天下午四点三十六分左右，阎秘书并没有走出大厅。因此照片上所显示的那个戴着黑白花围巾正在小杂树林边上跟张秘书接触的人，绝对不可能是他，只能是周密。阎秘书在案发后所做的一切，包括唆使杂务工提供伪证、唆使双沟的人来收买我、组织人冲击车祸现场、制造一种那场车祸是有人制造的假象，等等等等。以至于自己准备了另一条黑白花围巾来搅浑水……这一切的一切，很清楚是为了保护一个人……”

金局长反问：“照你这么说，阎秘书还是这起杀人案的同谋犯？”

方雨林说：“同谋的可能性比较小。最大的可能是，他是一个知情人……”

金局长反驳道：“知情人？他怎么会知道情况的？周密会跟他谈自己是怎么杀人的？嗯？”

方雨林说：“我想了想，案发当天下午四点多钟的时候，秦书记曾经派阎秘书去找张秘书要贵宾室的钥匙。阎秘书找到后门外杂树林里，很可能看到了周密和张秘书在一起……案发以后，阎秘书当然马上就想到，杀张秘书的人可能是周密。为了报答他这位双沟时期的好朋友、自己人生路上的大恩人，他于是不顾一切地做出种种蠢事，来转移我们的视线，以达到保护周密的目的。现在丁洁又从周密的房间里发现了试射手枪时被击中的辞典，这进一步加大了周密的可疑程度。这一阶段周密的种种心理反常，也从另一个方面证明周密可能作案。现在只剩下两个小时了……”

金局长抬头看了看墙壁上的石英钟。

马副局长也抬头看了看石英钟。

郭强也抬起头看了看石英钟。

这时电话铃突然响了起来。电话是秦书记打来的。这一刻，他已经在章书记那儿了，他让金局长赶快过去。

金局长如释重负地说道："好吧，一切等我从章书记那儿回来再说。"

马副局长急切地："老金！"

金局长一边收拾东西一边说道："这时候，谁敢拍着胸脯说，我来下令拘留周密？谁来下这个令？"

在场所有的人都不敢作声。

"事关重大呀，但凡有半点闪失，这后果，你们考虑过没有？我这当局长的是要负全部责任的！怎么能轻举妄动？"金局长动真感情了，说到这儿，他稍稍停顿了一下，平息一下自己的激动，接着说道："你们在这儿做好一切准备。省市领导有什么新的指示精神，我会立即打电话来通知你们的。老马，你在这里先安排一下，然后也尽快赶到章书记那里。"

金局长走了，办公室里一片寂静，寂静得简直有点怕人。

石英钟"嘀嗒"无情地走动着。方雨林脸色铁青，跟个木头人似的呆坐着。马副局长"嚓"的一声，点着了一支烟，默默地吸了两口，抬起头："怎么了，都被霜打了？"方雨林烦躁地伸过手去，想从马副局长的烟盒里拿烟。马副局长一下打开他的手："你抽什么烟？"方雨林走到净水器那儿，倒了一杯凉水，咕咚咕咚地喝了两口，突然放下了杯子："我们就这么干等着？"郭强说："那我们还能干啥？"

方雨林苦笑道："是啊，站在金局的立场上想一想，他也只能这样。不过，金局说了让我们做好准备。咱们得去准备呀！"

郭强说："他让我们在这儿待着。"

方雨林说："他这么明确了吗？他没说非得在这办公室里死等着……"

郭强还要跟他争辩。

马副局长立即做了个严厉的手势，制止了他俩的争辩，然后问方雨林："有什么高招？"

方雨林说："至少，我们应该马上派人去机场布控。金局那儿一有消息，我们可以就近采取行动。另外，咱们还应该派人去周密家里瞧瞧。直觉告诉我，那支枪可能还在。"

马副局长说："我已经派人去周密家取辞典了，你俩赶紧带人、带齐必要的手续，到机场去等着。"

三个人正说着话，派往周密家去取辞典的同志打电话来报告："马局，有情况。刚才我们去周密家……""你们取到东西了吗？"马副局长忙问。"我们没进去……""咋回事？"马副局长急问。"好像有人赶在我们前边去他家了……"去取辞典的同志在周密家楼下一辆"伪装"成普通车的警车里说道。"什么人？是周密吗？"马副局长忙问。"不是。好像是个挺年轻的女同志……""年轻女同志？"

方雨林心里一怔："会不会是丁洁？"

马副局长立即断定："很可能。"

方雨林的心怦怦地跳动起来："我去瞧瞧？"

马副局长说："不，你俩赶紧去机场布控，那边我会安排的。"

这时候，先期到达机场候机大厅的出访团的成员和一些来送行的官员们也正着急哩。该到的人都到了，唯有出访团的团长周副市长还没到。十分钟前接到过他的一个电话，说他已经出发了。可是十分钟后，他又打来一个电话，说他"可能要稍稍晚到一会儿"。

一位官员抬起头看了看墙上的电子显示牌。这时，牌上标示的时间是六点四十五分。

六点四十五分。周密家。因为屋里所有的窗帘都严严实实地放了下来，所以屋里极暗，也极静。丁洁轻轻推开那间屋子的门。屋里一下蹿出一只大猫，把她吓了一大跳——它是从哪儿来的？周密平时不养猫啊。她觉得这征兆挺不吉利的，只好站了一会儿，让自己怦怦乱跳的心稍稍平静下来，而后轻轻地试探性地叫了一声："有人吗？"

没人答应。

她提高了一点声音，又叫了一声："有人吗？"

还是没人答应。

她摸索着去打开灯。屋里的一切，都用白布和旧报纸蒙了起来。她站在客厅中央，静静地回想了一下，那天是在什么位置上看到那两本辞典的。她不想盲目乱找，她知道飞机还没起飞，可能发生的事情仍可能发生。她得赶快找到那两本辞典，让方雨林他们下最后的决心。昨天跟方雨林通完最后一次电话后，她心里平静了许多。虽然她仍然不清楚周密到底出了什么事，更不清楚他是怎么会出事的，但他肯定是出事了，这一点似乎已不容置疑了。枪……他居然跟"枪"有关……"12·18"杀人案？为什么？她想搞清楚。她要帮助方雨林。她向自己确认的方位走去。终于在一堆旧报纸的上头，找到了那两本大辞典。她是有备而来的，随身带了一个塑料袋。她刚把两本大辞典装进塑料袋里，忽听得身后传来一声响动。她一惊，忙转身去看，只见周密一身出门的打扮，正站在她身后怔怔地盯着她。她几乎要吓昏过去，塑料袋一下从她的手上掉了下来。

一时间丁洁竟不知说什么才好，只是问道："您……您……怎么没走？"

周密弯下腰捡起那个沉重的塑料袋，然后慢慢地在一把椅子上坐下，说道："我也是来取这两本大辞典的。"其实，他是为了放在门外的那把钥匙才回来的。已经决定不再回来了，钥匙也该收回了。

丁洁没去跟他抢那两本大辞典。"对不起……我该上班去了……"她慌乱地说道。

周密冷静地："别走！"

丁洁一怔。

"钥匙。"他突然说道。

丁洁索索地赶紧掏出钥匙放到桌上。

周密苦笑了一下说道："本不该这样结局的……"他很痛苦地摇了摇头，默默地坐了一会儿，突然又抬起头来，十分严厉地板起脸，大叫了一声："本不该这样结局的！"

十几分钟后，马副局长得到报告："有人从周密家出来了……"

马副局长忙问："谁？"

那个侦查员说："好像是周密……"

马副局长说："不可能。他这时候应该早就到机场了。"

那个侦查员说："肯定是他。他上车走了。要不要跟着他？"

马副局长忙问："那个年轻女同志呢？没跟他一块儿下来？"

那个侦查员说："没瞧见，可能还在他屋里吧。要不要上去瞧瞧？"

马副局长忙大声下令道："快上楼去看看。"

这两位在楼下监视的侦查员为什么没有看到周密上楼去？

周密是怎么躲开他们的监视，从他们的眼皮底下漏网上楼去的？至今也一直是个谜。

方雨林等开车赶到机场，所剩的时间已不太多了，布控完毕，已临近登机时间。没过多大一会儿，候机大厅里便响起了通知乘客登机的广播声。但这时，周密还没到。方雨林和郭强交换了一下眼色。郭强带着两个人走近贵宾室。方雨林带着另外的两个人快步向候机大厅外走去。

前来送行的政府官员和出访团的成员都焦急万分。还有一件事也令他们感到不安，原先说好秦书记要为他们送行，突然却通知他们，他不来了，而且没有说明任何理由。这时，一辆黑色的大奥迪车缓缓地向入口处驶去。当它从守候在机场入口处的警车旁开过时，一个侦查员叫了一声："周密来了！"方雨林忙扑向车窗向外边看去。从车牌号上可以认出，这是周密的车。"洞幺拐（017），目标到达。洞幺拐，目标到达。"他立即拿起对讲机向守候在贵宾室门前的郭强通报了情况。当周密急匆匆大步向贵宾室走来时，一个侦查员焦急万分地看了看手表。此时八点整。一大群已经等得几乎“绝望”的官员和出访团成员忙改换了神情，迎上前去，纷纷握着周密的手，笑道：“周副市长，您可真会掐时间！快登机，登机！”

“已经八点了，马局怎么还不下命令？”一个侦查员低声地问道。

方雨林不作声。他能说什么？

这个侦查员又提议道：“咱们直接给章书记打个电话吧？”

方雨林厉声喝斥道：“给我闭嘴！”

那个侦查员不作声了。

最后一个旅客通过登机口，消失在那两扇玻璃大门后头。郭强带着两个侦查员撤回到车上。方雨林看了看手表。这时是八点十五分。那个年轻的侦查员着急地提议：“能不能跟机场领导商量一下，推迟这一班飞机的起飞时间？”

方雨林不语。

另一个侦查员说：“省委章书记不是已经从海南回来了吗？我们直接给他打个电话吧。”

方雨林再次打断了他的话：“放肆！”

那个年轻的侦查员说：“现在情况这么紧急……”

“耐心！耐心！要按程序办事。程序问题就是政治！处理不好政治关系，就办不了这样的大案！明白吗？”方雨林训导道。

车内的焦虑情绪刚有所平缓，一个侦查员叫了起来：“看哪，飞机离开停机坪了！”车里所有的人一惊，都站了起来，向车窗外看去。果不其然，停机坪上，庞大沉重的飞机机体发出震耳欲聋的巨响，正徐徐掉转头来，向起飞跑道滑去。

两个年轻的侦查员一下沮丧地坐了下来：“完了！”

机舱里，还没有完全放松下来的周密这时显得无比的疲倦、衰颓。他竭力镇静一下自己狂跳的心，闭目坐着。他明白只要再有五分钟或十分钟，这场噩梦就算是做到头了。随着飞机的轰鸣声越来越响，他额头上的青筋也隐隐暴起，脖子里的冷汗不断渗出。

现场的郭强和方雨林，还有那些年轻的侦查员们心急火燎。但他们不知道在章书记的办公室里，正在发生的一切却更加惊心动魄。从来不在章书记面前发火的顾副书记，在马副局长竭力申诉“即便要冒天大的风险，这风险也是值得冒的。我愿意拿我的党籍做担保，请省市两级领导下命令终止周密这次出访。”时拍案而起。“你的党籍？你来担保？马凤山，你知不知道你这么做既不合法，也不合情理！”同时他又看了看墙上那个造型十分奇特的石英钟。那是一个无边无沿的钟，黑色的指针和表明时间的长方形黑块几乎是直接装潢在雪白的墙面上的。钟上的时间已接近八点十七分了。

“你给我要通去周密家看情况的那两个同志，我要亲自跟他们说话。”章书记说道。在听完汇报后，他已经意识到情况是严重的，终止周密出访是必要的，案情可能会发生重大突破，现在是领导下决心的时候了。现在他需要最后再确认一下，今天早晨在周密家可能发生的情况是否已经到了他猜测的那种严重程度。电话接通后，他只听了两句话，就向金局长下命令道：“通知你的人，马上采取行动，拘留周密！”冲进周密家的侦查员在电话里向他说的第一句话是：“周密家屋里都是烟，他把那两本大辞典烧了。”第二句话是：“那个年轻女子被绑在椅子上，嘴也被堵住了……”

得到命令，郭强和方雨林兵分两头。郭强带人去塔台中心控制室，请他们下令让飞机延缓起飞。方雨林驾驶着警车，快速去追那架在跑道上滑动的飞机。

此时，飞机已滑到起飞线上，已经得到可以起飞的命令，正渐渐加大油门，准备最后的那一跃。经历了登机前一番繁杂手续和长时间等待折磨的乘客们这时终于安静下来，随着起飞前飞机传来越来越强烈的震动，他们似乎觉察到机身下那三个巨大的轮子已然开始滑动。但坐在靠右边舷窗口的乘客却惊讶地看到一辆警车跟着已滑动的飞机在快速行驶着。他们窃窃私语，互相转告，纷纷起立询问，疑心发生了突发的机械故障，或更大的什么事。正在犹豫要不要向空中小姐提问些什么时，他们看到坐在头等舱里的周密站了起来，十分平静地打开行李舱，取出自己的行李，拿上大衣，跟出访团的成员小声地打了个招呼："我得出去一下。"在出访团成员和其他旅客无比诧异的目光下，他一步一步地向舱门走去。更让人不可思议的是，不一会儿工夫，飞机居然减速，以至停下了，并转身向后滑去。这一下子，旅客们哗然，纷纷解开安全带，左顾右盼，大声询问。出访团的几个成员更是躁动不安。这时，周密已经快走到舱门口了。空中小姐似乎已得到相关的通知，待飞机停稳后，她们立即打开舱门，让方雨林等人上机来执行公务。

周密目光呆滞地看着出现在机舱门口的方雨林。

方雨林越走越近。

周密走到舱门口，在迈出舱门的那一刹那，行李从他手上掉了下去，他空着双手，呆呆地站了一会儿，突然用力地向金属的舱门框撞去。血一下子从他的额头上喷涌而出。方雨林等人急忙上前扶住他，他双手扶着舱门，苦笑了一下，人整个儿地慢慢滑下去。

千百年来，人类总是在探讨着这样一个最基本的问题，生命是什么？生命的过程需要回报吗？有人说不需要回报，活着就是活着而已。有人说需要回报，活着不仅仅是为了活着，生命本身就是一个需要从回报中得到充分体现的有机状态。全部的分歧和全部的意义就在于我们在争取一个什么样的回报，最后又得到了什么回报。高山仰止？长风飘摇？念天地之悠悠，独怆然而涕下……或者还要这样问一声：大雪真的是无痕的吗？或者，问题应该这样提出：大雪本是无痕的，但它为什么不再无痕了呢？或者也可以这么问造物主：它本是有痕的，我们为什么偏偏要奢望它无痕呢？生命产生意义吗？还是……活着只不过就是活着而已……

第一次预审周密的那天，他头上的伤还没有好，依然包扎着雪白的绷带。他明显地消瘦了。他拒绝回答任何问题。他只是在凝视，凝视着拘留所外那一片皑皑白雪，以及把他和这片皑皑白雪隔离开的那些"物障”。比如说：高墙，电网，哨兵。和哨兵在一起的警犬，更远处的白桦林和近处这一幢幢既保护他不受严寒袭击，又明令他不再享用自由的砖砌拘室。

分配给他使用的那间拘室，比起别的拘室来说，条件应该说还是非常不错的。起码只住着他一个人。也就是俗话中说的“单间”。有床，有桌子，有纸，有笔。便桶是带盖的。手纸也是政府方面提供的。桌子上放着一摞周密尚未写完的交代。（似乎他也不准备再写完它。也许他认为，这份交代自己是再也写不完了。）屋里光线挺暗，只有从高处一个小窗户里泄进一缕细细的阳光。周密背对着窗户盘腿坐在一个板凳上，默默地坐在那唯一的一缕阳光之下。

上中学时，背着那刚煮熟的粽子，冒着漫天飞舞的大雪，往城里赶去时，我赞叹过大雪无痕，我坚信过大雪无痕，我心疼过大雪无痕，我渴望过大雪无痕。是的，大雪无痕。是的，事情本来不该有这样结局的……但那天，张秘书拿着那三十万份东钢内部职工股股权证，到我家来找我，似乎已经注定了事情将一定会有这样的结局……

那天晚上，张秘书吞吞吐吐地吭哧了半天，终于向周密转告东钢领导班子的意图后，周密非常生气，非常严肃地批评了张秘书。“你想干什么？这是什么东西？内部职工股。是东钢职工为自己挣来的。是职工们应该享有的权益。咱们拿它去取悦领导？拿它去做交易？别说政策不允许，法律不允许，单论你我都曾是东钢职工子弟这一点，良心也不允许我们这么干哪！不能纵容这样的行为，更何况去参与这种行动？”周密确确实实说了以上的这一段话。“马上把这些股权证给我退回东钢去，也别跟东钢的那些领导说，已经找过我了。我不想跟他们多啰唆。企业有困难，从管理上多找找自己的差距。搞这些歪门邪道干啥？完全是害人害己的事情嘛！告诉你，别说我言之不预，这种事下不为例。今后要让我知道你还在为下边的单位企业领导忙这一号事，你就别在市政府干这秘书了。”堂堂正气，一泻千里。张秘书当即做了检讨，乖乖地把那些股权证拿走了。周密以为这事就这样了结了。因为张秘书虽然年轻，但办事还是牢靠的，主管领导交办的事，他一般都能忠实照办，绝不打折扣。即使如此，张秘书走了以后，周密还在三天后的那一页台历上用红笔特地注上了“张”、“东钢”这几个字，并在这两个词上各画了一个大大的圈，提醒自己，到哪一天，还要追查张秘书，是否把这些内部职工股真的退了回去。但他万万没有想到，从不跟领导“讨价还价”的这位张秘书鬼使神差，这天却偏偏“讨价还价”起来。大约到了晚上十一点，张秘书又打了个电话过来……现在回想起来，假如那天晚上张秘书不再打这个电话，以后还会发生一系列的事情吗？如果老天爷干脆不下雪，还会不会产生“有痕”“无痕”的问题呢？如果雪粒（片）和雪粒（片）之间原本就是有痕的，我们还有那个必要去追问大雪到底是不是有痕的吗？假如……

十一点左右，张秘书又打了个电话给周密。当时他又回到了办公室，刚参加完一个小型会议。与会的人带着极大的兴奋和倦意纷纷离去。阎秘书拿了一份刚草拟完的此次会议纪要稿来请周密过目。他刚走到通里间的门口，就听周密在跟什么人通电话。十分激动，声音也很大，传到外间，可以让他听得很清楚。听了一会儿，他听出周密是在跟张秘书通话。周密说：“小张，我再说一遍，这件事就这样了。你不要再说了。”周密的语气已经非常不耐烦了。听到这里，阎秘书以为周密已经打完电话，便推门而入，却看到周密拿着电话还在说，便立即知趣地退了出来。

周密那天也非常意外。自己都这么说了，这个张秘书居然还不罢休。真是吃错药了！他无奈地笑了，说：“小张啊小张，你今天是怎么了？”张秘书迟疑了好大一会儿，大约有一二十秒钟的时间，他既不作声，也不放下电话。后来就说了下面这样一段话：“周秘书长，这件事，我的确非常为难。的确也就跟您说的那样，我们都是东钢的子弟，我的父母现在还在东钢住着，弟弟妹妹也都在东钢就业。我原先也在东钢厂部工作，能有今天，完全靠了东钢这些领导一手提拔栽培。说心里话，我不能也不想得罪东钢的这些老领导，这也是一个良心问题。您说对不？这些内部股，我们不送，有人也会去送的。今天的现状就是这样，与其让别人拿着这些内部股到领导跟前去讨好，还不如让我们自己来讨这个好。”说实话，张秘书这一番话已经说得非常的“掏心窝”了。但即便如此，周密还是没有动心，只是不再那么生气了。别人跟你掏心窝，不管是对，还是错，总还是好的。也许是感觉出周密的态度有了明显的变化，张秘书便壮起胆子说了一段非常关键的话。现在回过头去想，正是这一段话，撬开了周密自我保护得非常严密的心扉。张秘书说：“周秘书长，听说上头已经考虑要把您提起来当副市长。情况您一定比我们清楚，候选者不只是您一个。城南区的李书记、建委的宋主任，还有团省委的张明……都是这个位置挺有实力的竞争者。您从学校到机关也好几年了。您一定也明白，在这个节骨眼儿上，有没有人在讨论人事组织问题的常委会上替您说话，结果会很不一样。您不想有人在这样的关键时刻替您说说话？您苦苦奋斗几十年，不就是为了这一刻吗？您还想啥呢？您不觉得东钢的领导和我在这个时候请您去送这些股票，不仅是为了东钢，也是为了您吗？当然作为我个人来说，也是想让您知道，我这个当小秘书的心里的的确确还是装着您这个大秘书长的。要不然，我完完全全可以自己去送嘛！”

是的，苦苦奋斗几十年……也许只有周密自己明白，“苦苦奋斗”这四个字究竟意味着什么……也许只有周密自己才明白拿到大学录取通知书的那一刻，他为什么哭了……第一次出国，坐上飞机了，他还不相信这是真的……第一次踏上美国的国土，下飞机，走出通道，拿出护照，接受那个黑人海关人员的检验时，他觉得自己两条腿的小腿肚子都止不住地在战栗，他觉得自己快喘不过气来了。这是美国吗？美……国……U……S……A……如果说别人倒时差只要用一两天的时间就可以了，他却整整倒了一个星期。他倒的是心理时差。他需要努力地说服自己，去相信这一点，新的生活是真的属于那个来自双沟林场的土孩子的……走在纽约和罗马的大街上，他念念不忘的是，那一年的那一天，父亲给他的那一个耳光。那一个耳光差一点打聋了他的耳朵。他不能忘记，打完他，号啕大哭的不是他，却是父亲自己，他哭得那么伤心。那天，父子俩吵了几句嘴，为了那一年能让他评上三好学生。周密已经连续两年被评为市级三好学生了。按有关规定，连续三年被评为市级三好学生，就取得被保送省市重点中学读高中的资格。因为省市重点中学的高考录取率比普通中学高出好几十个百分点。一般情况下，只要能上重点中学的高中班，就意味着可以上大学；可以上大学，就意味着拥有商品粮户口、国家干部身份、旱涝保收的劳保福利待遇，在北京、上海、广州、深圳……那样的城市落户，娶妻生子，甚至可以进入中央机关，当“翰林”做“大学士”啊！是的，很早我就懂得，无论是著书立说做学问，还是当官走仕途，在某种“气场”的阴影下，只凭真本事你是没法排除人生进程阶梯上一道又一道障碍的。尤其在官场里，人们更讲究“关系”，讲究“山头”，讲究你是谁的人，不是谁的人，你听谁的招呼，不听谁的招呼。一些机关大院，一进大门，就立着一块通红的影壁，上面大书“为人民服务”几个大字。但他们真的是把这几个大字当作任用干部的基本标准了吗？有的，是的；有的，却根本不是。有的嘴上这么说，但实际操作中却不是。有的对一部分人使用这个标准，对另一部分人则使用另一个标准。在这种情况下，你为之“服务”的那个人，如果是个好人，心里还真想着“人民”“国家”“民族”“世界”……（这样的人应该说还是多的），那么你也就能多多少少做成几件好事；万一你跟着的是另一种人（那样的人难道还少见吗），“做事”的想法你真该免了……但不管你跟着的是个什么样的人，有一种可能性，你都得警惕：你可能会一天比一天地把个人仕途的得失升迁看得重于一切。那天，周密想到万一提他为副市长的动议在省常委会上得不到通过，心里就非常茫然。他的确不希望只是因为在最后一刻没人替他说话，而使他升任副市长的努力功亏一篑。张秘书的这番话的确击中了“靶心”。“我……动摇了……我是不该动摇的……但我动摇了！”

“那三十万份职工股通过你的手，又送到了哪些领导手里？”预审进行了好几天，在几个关键问题上仍毫无进展，马副局长亲自来跟周密交锋。

周密说："这个，你们就不要问了……"

马副局长问："你想一个人承担全部责任？你以为你这样做了，那些人就会千方百计地来保护你？事到如今，你还没想明白？"

周密呆呆地不作声了。

给某位领导送了股票后，周密一直非常紧张，非常忐忑。三十万份内部职工股上市后，价值将达一千多万元人民币。一旦事发，就是一件不得了的事情。他当然明白这件事的分量。特别让他感到不安的是，他发现自己已经进入了一种悖论式的恶性循环之中：为了当官而不择手段；不择手段所造成的恶果只有用当更大的官来庇护和遮掩……

事发前，张秘书多次安慰过他，让他放心。张秘书说给领导送内部股的事，好多人都干过，没听说谁出过问题。他还说，就算出什么问题，到时候他也会把责任揽过去，不会把他抛出去的。

但一旦事到临头，就完全不是那样了……十一月，听说东钢一个叫廖红宇的人向上写了举报信，揭发了有人拿内部职工股行贿，周密就开始紧张。但毕竟还是雷声大，雨点小。只听楼梯响，不见人下来。十二月十七日，筹备来凤山庄聚会，他整整忙了一天。大约七点来钟，市委秦书记打电话通知他，第二天的聚会要提前结束。提前结束的理由是，省纪委的同志要找张秘书谈话，向他了解东钢股票的事情。因为有人说，东钢的股票是通过他的手送到某些省市领导手里去的。当时秦书记还说让他陪着省纪委的同志跟张秘书谈。周密稍稍稳定了一下自己的情绪，当即给张秘书拨了个电话，约他当晚出来商量一下怎么对付第二天的谈话……

他约他到郊外一个铁路岔道儿口见面。那天晚上还黑乎乎地下着鹅毛大雪，一直等到半夜十二点多钟，这位张秘书居然没来。周密心里一下就慌了。张秘书是特别听话的人，他居然不来，一定是出了天大的变故。一定是有意在回避他。回避的目的，当然只有一个：想把责任都推到他一个人头上去。周密越想越可怕，一路上不断地给张秘书拨电话，回到家也继续不断地拨电话。但不管他怎么拨，往哪儿拨，都找不到他。这时，他已经预感到要出事了。但绝对还没想到要“杀人灭口”。是的，周密从来没想到要“杀人灭口”。十七日，他一夜没睡，只是快到天亮时，才在长沙发上迷迷糊糊地打了个盹儿。天一亮，他又往张秘书家拨了个电话。这一回通了。他问他，昨晚为什么没去那岔道儿口？张秘书说，他去了。但半道上走到人民路口，恰遇那边的东风商场着火，所有路过那儿的出租车都被警察拦下来，作送伤员的救护车。而后又遇见赶到现场来指挥救火的几位市领导，他就不好意思再走了，留在那儿协助他们指挥，一直到天亮时分才回到家。周密随后查了，确有此事。于是又重约了一下见面时间，就去了市政府。当时他心里虽然稍稍安稳了一点，但还是非常慌，应该说也非常害怕。但即便到这个时候，他也仍然觉得他能处理好这件事。他想尽快地把那些股票追回来，退给东钢……

马副局长问他：“你还向冯祥龙借了十万元钱？”

周密轻轻地叹了一口气，说道：“是的。”

马副局长问：“为什么？”

周密不答。

马副局长问：“钱做什么用了？”

周密还是不答。

周密独自一人把这部分内部股的股权证送到了某一位省领导的家里，这位省领导当仁不让地收下了。这位领导还说，他手头没有这么多现金来购买这些股权证。他让周密替他暂时垫付十万元。周密进入市政府机关后，给自己立下一个规矩：在不犯大忌的情况下，万不得已，可以替“别人”（这个“别人”的范围当然是严而又严，小而又小的）搞一点钱，但自己决不“搂钱”。十万元现金，现在对不少人可以说都是一笔能随时凑齐的款子。那位省领导也是这么想的：你周密都在秘书长的位置上干了两年了，让你替我“垫”十万元钱，绝对是个小数。但他哪里知道，这对周密来说真的是一件难事。周密不能拒绝那位领导。因为他是省委常委中的一个成员。他更不能向他哭穷——你想啊，按现行的行情，在秘书长的位置上干了两年，居然拿不出十万元现金，这也许是说给谁听谁都不会相信的。但这的确是他的现状。于是他就托另一个人在冯祥龙那儿借了十万元钱（当时周密没有露面）。

“这位领导到底是谁？”马副局长一再地问。

“请你们不要再问了。”周密道。

马副局长义正词严地问：“你都到这个地步了，还有什么不能说的？”

周密再一次低下头，不再说话了。

十二月十七日凌晨五点多钟，也就是在跟张秘书通过电话后，周密曾给那位领导打过一个电话，请他把那些股权证还给他。他告诉那位领导，可能要出事。他想把这些股权证退还给东钢。出乎周密意外的是，那位领导沉默了一会儿，居然反问周密：“股权证？啥股权证？周密，你跟我说啥呢？”没等周密再说什么，他“啪”的一下就把电话挂了……

当听到对方一下把电话挂断了，周密的脑袋“嗡”的一下炸了。真的是天崩地裂，五雷轰顶。一瞬间，他所有的精神支柱都垮了，彻底垮了……如果张秘书把事情全推到他身上，而这位领导又矢口否认从他手里拿到过这些股权证，那么这价值一千多万的东西最后都成了他一个人的罪证。一千多万啊！这时，他眼前真的是一片空白了……

周密摇摇晃晃地拿起一只瓷花瓶用力向墙上砸去。

更可怕的事情是，大约七点来钟，秦书记突然又给他打了个电话。他觉得周密这几天为筹备这个聚会，太累了，为了让他早一点休息，聚会结束后，就不用参加省纪委的同志跟张秘书的谈话了。当时给周密的感觉是，他们已经发觉他的问题了，找了个借口，把他排除在谈话之外。放下电话的一刹那，他做了最后的准备……

周密呆了一会儿，扑到大书柜底下，掏出一支手枪。这是一支黑枪，是双沟的一个个体老板上他家来看他，送给他玩儿的。上帝作证，拿枪的那时候，周密想的仍然不是“杀人灭口”……他对明天跟张秘书见面，还抱着一丝希望。他希望张秘书在这关键时刻，能站出来替他作证，为他说一句公正话：他，周密没有拿一份内部股。当然，他也作了最坏的打算，假如张秘书不说这样的话，他准备用这支枪“自杀”。处于自己这个位置上，虽说不上“高处不胜寒”，但几十年来艰辛营造的身家前程和声誉一旦都不复存在了，还要这性命作甚？

周密没“玩”过枪，拿着枪好长时间不敢动弹。后来，他拿出那两本大辞典，放在墙角，给枪口套上消声筒，连着向辞典扣了几下扳机，试验了一下。这是他一生中第一次打真枪。没想到，到再一次扣动扳机时，居然就打死了一个活人。这样的记录，大概即便在枪支横行的美国，也是不多见的吧！

马副局长问：“你什么时候开始策划杀人灭口的计划的？”

周密说：“我从来没有策划过这样的计划。十八日上午，我还给那位领导打了好几次电话。我仍抱着最后一点希望，希望他能把那些股权证退还给我。但是，每一次电话打过去，他只要听到是我的声音，就立即把电话挂了。一直到中午，我给他打了不下二十次电话，他都不理我。到中午后，我真的绝望了……但我还是按计划在来凤山庄主持了那天的聚会……”

十八日下午四点来钟，他约了张秘书在大厅后门外的杂树林边上见面。目的只有一个，说服他能在省纪委的同志面前，为他说一句公正话。但是，同样出乎他意外的是，不管他怎么说，这位张秘书都不作声、不表态。这时，看到有个记者在不远的地方拍照，他赶紧把张秘书带到后面的小别墅里，原想再跟他谈一谈。但进了那个破败的旧别墅，张秘书却一改常态，反过来劝他赶快如实地向组织上交出这三十万份股权证。他说据他所知，省市任何领导都没有拿到过这些股权证。这时，周密才意识到，有人抢在他之前，向这位张秘书做了“思想工作”。在他和那个人之间，这位平日里一直表现得特别听话、特别顺从、特别能替领导考虑问题的张秘书，很自然地选择了那个人。周密恼怒了，周密疯狂了。“我几十年的自我奋斗啊……几十年的自我压抑……几十年的一步一个脚印……

几十年的清规戒律……几十年的超脱整合，我一个双沟的土孩子啊……你知道你毁灭了一个什么吗？”周密掏出了本该向自己发射的手枪，对准张秘书连着打了三枪……

枪响了……他反而平静下来了……

一年后，周密被判处死刑，并被剥夺政治权利终身。他没有要求上诉。他也一直没有供出“那个人”的名字。行刑前的一天，马凤山带着方雨林去看他。主要的目的当然还是为了劝说他供出那个人来。周密默默地笑了笑，很平静地对马凤山讲了这么一个故事：过去一个富翁，家产富可敌国。忽然得了绝症，临终前却把家产全部分给了穷人，没给自己的儿子们留下一点东西。人们很不理解，便去病榻前向他请教。他回答说，如果我的儿子们是有出息的，他们会挣钱来养活自己，用不着我来留给他们什么。如果他们没有出息，只知纵欲奢靡，不知自食其力，就是把天下的财富都留给他们，也是没有用的。总有一天他们还是要饿死的。

马凤山非常生气地训斥他：“党和人民曾付出了那么大的代价，把你培养成一个高级干部，你沦落到今天这种地步，不想做点什么来弥补一下自己给党和人民造成的损失，还自比为那个富翁父亲？你不觉得可耻吗？”

周密一动不动地闭着眼睛默坐了好大一会儿，脸色渐渐阴暗下来，而后嗒然低下了头，用很小的声音很勉强地说了一句：“我错了……”便再不说话了。最后也没说出“那个人”到底是谁。

周密被捕后的第二天，丁洁冲进自己的房间，拿出周密给她的那两包日记本，驱车赶往联合专案组驻地，找到方雨林，说是要把这日记本交给公安局方面，看看对进一步澄清周密作案动机和作案过程能否有点帮助。方雨林当即给马凤山打了个电话。马凤山同意他们打开看看。

方雨林对丁洁说道：“打开吧。”

丁洁犹豫了一下：“还是你打开吧。”

方雨林笑了笑：“又不是定时炸弹，怕啥？”

丁洁迟疑地："还是你来打开。"

方雨林沉吟了一下，对丁洁说道："应该由你来亲手打开它。这是他给你的。"

丁洁忙说道："当时我完全不知道他……他还是一个……一个……杀人凶手……"

方雨林又沉吟了一会儿，正色道："还是你来打开。他是杀人凶手，但他对你的感情还是真挚的……"

丁洁的脸顿时红起："你这是什么意思……"

方雨林说："快打开吧，看看他在这里都写了些什么？"于是掏出那把瑞士军刀，递给丁洁。

丁洁接过军刀后又犹豫了一会儿，才小心翼翼地去裁开包在日记本外面的那层纸。

"打开。"丁洁拿出日记本后，方雨林轻轻地说道。

丁洁屏住气慢慢地翻开第一页。空白的。再翻一页，也是空白的。又翻了几页，都是空白的。她疑询般地看了看方雨林。方雨林忙拿起日记本，连连翻看，整本都是空白的。而后又打开第二本、第三本、第四本……所有这些，居然全都空白……

丁洁本能地拿起手机，要给周密打电话，问问他，这到底是怎么一回事。刚按了两个号，马上意识到，这个电话永远打不通了，突然一种无法解释的茫然涌上来，她一愣，便赶紧收起手机，非常不自在地打量了一眼方雨林。方雨林默默地坐了一会儿，只是在打量那些完全空白的日记本。他似乎仍有些不甘心，总觉得周密会给丁洁留下一两句宣示性的话语，不会只是"空白"就了得的。他一页一页细细地去找，仿佛这空白的纸页上隐藏着什么秘密似的。翻到最后一本日记本的最后一页，果然，看到了这样一段文字：

我给自己留下了一片遗恨……一片空白……我一直想告诉你这一切到底

是怎么发生的。我想以空白的日记本来引发你的好奇，让你主动来询问我。但你竟然如此地‘规范’，不肯稍稍提早一点进入一个男人的心灵……虽然如此，我还是要感谢你这些时日以来给我的信任和那种特殊的感觉。正由于这种感觉，才使我在面对你的时候，总是能回悟到这世界还是纯净的，生活也仍然是美好的。珍惜上苍所赐予你的一切吧！要知道并不是所有的人都能得到他如此的恩爱和厚赐……珍惜它……珍惜它……生活本不应该这样结局的……不应该啊……

日记本上虽然只有这么一小段话，但还是作为罪犯的个人档案，留在了方雨林那里。方雨林告诉丁洁，周密在整个审讯过程中，没有为自己作任何辩护，只是请求司法方面对阎文华从轻发落。而阎文华出于私情，挑动群众，干扰办案，最终被判处三年徒刑……

“能告诉我，这两年你突然疏远我的真正原因吗？”走到大门外，丁洁问方雨林。

方雨林叹了口气道：“另找个时间吧。这会儿也不是谈这类事的时候。没这样的心情。你说呢？”

“我只要你告诉我，到底是哪方面的原因，是我的原因，还是别的什么原因？”

“不是因为你。”

“肯定？”

“肯定。”

丁洁没再追问。过了几天，专案组方面要丁洁就那几本日记本的来历，写一点旁证性的东西。丁洁写完后，给他们送去，又遇见方雨林。方雨林留她吃饭。在饭桌上，她问方雨林：“是不是我家里什么人无意间得罪了你？”方雨林说：“不能说得罪。”丁洁问：“那究竟发生了什么？”方雨林说道：“谁也没得罪谁。我只是觉得不能那样走进去罢了。那天——大概一年多前的某一天，我去你家。你当时还没到家。你妈妈很热情地问起我的近况，尤其问我对未来的打算。她对我，表面上看，一直是挺热情的。我说了一些我的打算。当然，我说的还是刑警的那一套。她沉默了一会儿，突然说，你要相信阿姨的话，让阿姨来替你做些安排。我问她做些什么安排。她说，我送你去省委党校学习。有一年期的地县级进修班。我说我不是地县级的干部。她说你就安于这样下去吗？只要你有心要求进步，阿姨完全可以替你重做安排。你不相信阿姨有这个能力吗？我说我相信。但我没有答应由她来安排我的'前程'，我也不认为当一个好刑警就标志着我'没有上进心'。我更不想依靠这么个'阿姨'来混进'地县级干部进修班'，虽然我知道，你妈妈是完全能够为我办到这一点的——只要让她确认我就是她未来的女婿……"

丁洁说："这绝对不是我的意思，也不会是我爸爸的意思。"

"是吗？"方雨林说道。

丁洁说："我们怎么可能强迫你去做你不愿意做的事呢？"

"是吗？"方雨林又说道。

丁洁一下很激动："我们相处那么些年，你怎么就一点都不了解我呢？"

"是吗？"方雨林再次说道。

丁洁委屈地呜咽起来。方雨林沉默了，过了有五六分钟，他见丁洁仍在低声地抽泣，便伸过手去，轻轻地把她搂了过来，轻轻地说了句："我了解你……了解你……"

周密被处决后，九天集团公司总经理冯祥龙以贪污挪用公款行贿数额巨大，而被判处无期徒刑。对此判决，省检察院认为量刑明显过轻，已提出抗诉，要求对这个不仅从经济上给国家造成巨大损失，而且又腐蚀了近百名国家公务员的蛀虫，同样判以死刑。其他所有牵连九天集团行贿案的人员也都受到了相应的处理。

特别需要提出的是，那位东钢行贿案的"受贿主角"仍逍遥法外。人民会答应吗？还有该案的第一揭发人廖红宇的处境一直不太好。由于她为人正直，又敢说敢为，市里有关部门破格将她提升到九天集团公司副总经理的位置上，主持该集团公司的工作——总经理一职暂时空缺。但她上任一年多来，困难重重。一方面是因为冯祥龙在位时拉下许多的“饥荒”，欠下的无数“外债”，使她穷于应付；另一方面周边职能部门的某些人似乎总有些跟她过不去，该给九天集团公司办的事，拖着不办，能通融缓办的事，则又不通融缓办。而冯祥龙在位时，这些事情办起来似乎都要顺畅许多。这些职能部门的这些人是否得到过什么人的暗示，唆使他们这样为难廖红宇，那就不得而知了。对此，我们能说的只有这样一句话：历史拭目以待，大雪必将无痕！

二〇〇〇年四月二日十点三十六分改毕